SUPERBESTSELLER
9

Della stessa autrice

SEMPRE NON È PER SEMPRE
SORELLE
IL POSTO DELL'AMORE
NESSUN AMORE È PERDUTO
LE SCELTE DI UNA DONNA (con James Elward)
SEGRETI E MENZOGNE - LA NEGRA BIANCA
IL RICCO E IL GIUSTO
I VISITATORI DEVONO FARSI ANNUNCIARE
UNA DONNA NECESSARIA

HELEN VAN SLYKE

IL CUORE ASCOLTA

SPERLING
PAPERBACK

Traduzione di Tilde Arcelli Riva
The Heart Listens

I edizione «Superbestseller» Paperback aprile 1988

ISBN 88-8274-857-X
86-I-05

XIV EDIZIONE

Questo romanzo è un'opera di fantasia. Nomi, personaggi, località e avvenimenti sono immaginari e qualsiasi riferimento a persone, a fatti o a luoghi realmenti esistenti è puramente casuale.

Ai cari amici
che hanno rischiarato questa impresa d'amore

INTRODUZIONE

CALIFORNIA 1972

Le sue mani erano morbide e affusolate. Parevano quasi due uccellini posati sui braccioli della poltrona. A Elizabeth Quigly piaceva immaginare che appartenessero a un'altra donna e di essere un osservatore casuale che cercasse di indovinare qualcosa di lei dalle sue mani. Che cosa avrebbe pensato un estraneo di quelle manine oziose e ben curate, con le unghie ovali prive di smalto e le nocche appena un po' gonfie per l'artrite? Non avrebbe visto né callosità né altri segni che testimoniassero i suoi lunghi anni di duro lavoro. E non c'era nemmeno una macchia di nicotina, a ricordare le centinaia di migliaia di sigarette che ancora non l'avevano uccisa, nonostante il parere dei medici, i quali del resto sostenevano anche che i Martini, che tanto le piacevano, sarebbero stati prima o poi la sua morte.

Elizabeth sorrise. Povero, sciocco estraneo. L'avrebbe di certo definita una vecchia signora viziata e coccolata, che passava i suoi giorni in serena contemplazione di quel paesaggio da cartolina illustrata che si scorgeva dalla finestra. Un'analisi davvero molto superficiale. E, come tutte le analisi, deludente. Erano per lo meno cinquant'anni che nessuno coccolava Elizabeth. Molti l'avevano amata. Parecchi si erano serviti di lei. Per alcuni, almeno così le piaceva pensare, era stato un vantaggio averla conosciuta. Ma nessuno, proprio nessuno, l'aveva mai coccolata. No, non era davvero una parola adatta a quella bella signora con i capelli bianchi e i vivaci occhi azzurri, dallo spirito acuto e dall'aria decisa e sicura. «Elizabeth è incredibilmente autosufficiente», dicevano di lei. Come se non avesse mai avuto bisogno di una spalla su cui piangere, di braccia per proteggerla o di parole dolci per scacciare timori e lenire ferite. «Elizabeth sa badare a se stessa», dicevano. E lei così aveva fatto.

E non era nemmeno l'aggettivo «serena», caro estraneo. Quello che la gente prendeva per serenità era invece autocontrollo, autodisciplina. E soprattutto orgoglio. Lei aveva creato il mito della propria efficienza e lei lo aveva alimentato. Anzi, in un certo senso le era perfino piaciuto. Ma ora ci si trovava costretta. Il suo sguardo ancora limpido si posava sulla distesa di sabbia sotto di lei, sull'inquieto Pacifico che prendeva d'assalto la grande scogliera scura e sulla distesa degli arroganti, inattaccabili pini di Monterey, schierati come ricordi all'orizzonte. Elizabeth stava tranquillamente seduta e sorrideva. Sorrideva di sé e di quel grande scherzo che si chiama vita.

PARTE PRIMA

BOSTON 1905-1933

1

ANN Treadwell Quigly fu la prima, tra amiche e parenti, a partorire in ospedale. Nel 1905 era ritenuto più opportuno partorire in casa propria, preferibilmente nello stesso letto in cui la madre e la madre della madre erano state messe al mondo. Un letto venuto in America dall'Inghilterra o dall'Irlanda e tramandato di generazione in generazione per accogliere di volta in volta il nuovo nato. Ann invece non aveva voluto niente del genere. Era la sua quarta gravidanza, ma la prima portata a termine. Dopo tre aborti non le importava tanto tenere fede alla tradizione, quanto fare nascere sano e salvo il figlio che Charles desiderava così ardentemente. «Le anticaglie del New England vanno bene per i ricevimenti», diceva vivacemente, «e con tutti gli aborti che ho avuto preferisco vedermi intorno gli strumenti sterili di una sala parto piuttosto che l'intrepido viso di prozia Charlotte che mi fissa dal fondo del letto.»

Charles, che la adorava, si dichiarò d'accordo, come del resto faceva quasi sempre quando Ann prendeva una decisione. Era un uomo dolce e affettuoso, dai modi gentili e devoto a quella donna dall'animo forte in contrasto con il corpo delicato. Charles desiderava effettivamente un figlio e la sua delusione per non avere ancora realizzato questo sogno era grande quanto quella di Ann, benché si guardasse bene dal manifestarla.

«Ci siamo sempre noi due, Ann», le diceva cercando di consolarla quando lei s'infuriava per la propria incapacità di portare a termine una gravidanza.

«Sciocchezze», ribatteva lei. «Tu, signor Quigly, avrai un figlio sano e robusto, dovessi morire per provarci.»

Queste parole si rivelarono terribilmente premonitrici, ma vere solo in parte. Ann Quigly morì effettivamente di parto. Ma il bebè che mise al mondo sano e robusto non era un maschio, bensì una graziosa femminuccia alla quale il povero Charles, con il cuore infranto, diede il nome di Elizabeth. Tanto la sua famiglia quanto quella della moglie avrebbero voluto che la chiamasse Ann, ma lui si rifiutò. «C'è una sola Ann», disse. «Ce n'è stata una sola e così sarà sempre, per me.» Per cortesia nei confronti dei parenti, diede alla bimba come secondo nome quello di Ann, ma senza che figurasse sull'atto di nascita. «Tanto Ann che io abbiamo sempre trovato molto affascinante il personaggio di Elisabetta I», spiegò. «Una regina così fiera eppure così dolce. Era una donna piena di compassione, ma con grande fermezza d'intenti. Una specie di tenero fuoco. Voglio che questa bimba abbia dignità e coraggio, come sua madre.»

Charles non tornò mai più sull'argomento e la bimba si chiamò Elizabet Quigly. Senza diminutivi: non fu né Beth, né Betty, né Liza, né Liz. Del resto il nome Elizabeth le si adattava molto bene perché fin dalla più tenera infanzia mostrò una specie di portamento regale, che ben si addiceva al suo nome. Fu una neonata solenne, quasi sapesse quello che ci si aspettava da lei. Da bimba manifestò chiaramente di avere ereditato il coraggio e la determinazione di sua madre, come pure il suo viso dolce e grazioso. Ma aveva anche la bontà, il buonumore, la dolce comprensione di Charles Quigly.

«È una benedizione di Dio», diceva la madre di Ann. «È come era la mia adorata figlia e anche meglio. Ci sono molte delle tue buone qualità in Elizabeth, caro Charles. Che gioia è questa bambina, come deve essere felice Ann, sapendo di averti lasciato un ricordo vivente tanto prezioso.»

Il povero vedovo non riuscì mai a vedere la situazione in questo modo. Era ancora giovane, ma non pensava certo a risposarsi. Sapeva che una vita costruita intorno a un «ricordo vivente» era un'esistenza incompleta, eppure non riusciva a dedicarsi a nessun'altra donna in modo duraturo. Conduceva vita quasi monastica, cercava oblio nel suo lavoro di professore all'università di Harvard e gioia nella compagnia della sua vivace figlioletta aspettando, senza troppe speranze, che il dolore si affievolisse. Contrariamente a quanto ci si sarebbe potuti aspettare, non viziò affatto Elizabeth. Cercò di essere per lei padre e madre, contento di essere abbastanza esperto in psicologia per non addossare alla figlia la colpa della perdita della donna che non avrebbe mai potuto essere sostituita nel suo cuore. Di tanto in tanto si concedeva qualche sfogo fisico con una prostituta che poi non rivedeva mai più e in queste occasioni tornava a casa con una sensazione di benessere fisico, esausto e indifferente come se si fosse dovuto sottoporre a qualche terapia stancante, ma necessaria. Non viveva unicamente per Elizabeth, ma per poterle dare sicurezza e faceva tutto il possibile per compensarla di quella sua «vita incompleta». Elizabeth lo capiva e lo adorava. La bimba crebbe con una personalità tutta sua, a volte anche un po' inquietante. Dietro l'aspetto esteriore, tranquillo e prevedibile della ragazzina bostoniana beneducata, c'era un'altra Elizabeth: anticonformista, piena di curiosità e con una strana brama di vita. Accettava di buon grado tutte le formalità imposte dall'ambiente: la bella casa confortevole vicina all'università, la cameriera a giornata, l'interminabile corteo di zie, cugine e nonne sempre pronte a dare consigli di cucina o su certi complicati lavori di cucito e, più tardi, sui delicati fatti della femminilità in boccio. Non uscì di casa per andare a scuola. Charles insistette perché lo facesse, ma, con determinazione degna di Ann, lei disse che non vedeva la necessità di lasciare la casa o il padre che amava. Aveva molti amici, andava spesso ai ricevimenti e tutto lasciava supporre che avrebbe finito per sposare un ragazzo di Boston e avrebbe trascorso la vita nella sua città natale.

Questa era Elizabeth come appariva pubblicamente. L'altra era nota solo a lei stessa e intravista da Charles per brevi e inquietanti attimi. A sedici anni questa Elizabeth segreta cominciava a battere leggermente alle sbarre della sua comoda gabbia. Una sera verso le undici tornò da un ricevimento al quale era stata accompagnata da un ragazzo che Charles conosceva e stimava. Charles era in biblioteca a leggere; Elizabeth andò ad accoccolarsi per terra accanto alla sua poltrona, ed emise un lungo sospiro. Il padre abbassò il libro.

«Questo sospirone ha tutta l'aria di essere pieno di significato», disse in tono scherzoso. «Che cosa c'è, bimba mia? È stato così noioso il ricevimento?»

Lei gli batté affettuosamente una mano sul ginocchio. «I ricevimenti non sono mai noiosi, professore. È la gente che è noiosa. Perlomeno, la gente che conosco io.»

«Grazie tante.»

«Non tu, sciocco. La gente della mia età. Non si interessano a niente d'importante. Dio mio, sono tutti convinti che il mondo cominci e finisca a Boston.»

Charles aggrottò la fronte. «E tu, invece, che ne pensi?»

Elizabeth rialzò il mento con un gesto che le sarebbe stato abituale per tutta la vita. «Io penso che ci sia un intero magico universo fuori di qui. Pieno di luoghi eccitanti in cui andare, di cose meravigliose da vedere. Anche di pericoli, forse, ma fanno parte del suo fascino. Penso che ci siano tante cose da cambiare, tante cose da fare per gli altri. Mi piacerebbe allargare le braccia e raccogliere esperienze a piene mani. Ma le ragazze che conosco badano solo a essere promosse a scuola, sposarsi, avere dei bambini e lasciar passare la propria vita senza fare niente di più eccitante che appartenere all'Associazione genitori! Mi sarebbe piaciuto essere un uomo e potermene andare in Europa con l'esercito. Perlomeno avrei avuto la sensazione di cambiare veramente qualcosa.»

Charles sorrise. «Mia cara Elizabeth, dubito che il generale Pershing avrebbe accettato un soldatino di dodici anni, sia pure coraggioso come te!»

Lei rise. «Non scherzare, papà. Sai che cosa intendo dire. La gente è così egocentrica. A molti non interessa altro che il proprio benessere, che la propria vita graziosa, sicura, egoista. Moriranno e nessuno si accorgerà nemmeno che sono vissuti. Non posso sopportare quest'idea. La mia vita sta passando e io voglio che abbia un significato!»

«Per l'amor di Dio, hai solo sedici anni!»

«Sedici o sessanta, che differenza fa? La gente è così stupida. Così priva di curiosità. Non ti è mai venuta voglia di fare qualcosa di grande, di eccitante, papà?»

Charles scosse il capo. «Penso di essere proprio uno di quei tipi noiosi senza curiosità. Non ho mai desiderato altro che il mio lavoro. E te. E tua madre.»

Elizabeth si sentì piena di vergogna. «Lo so, papà. Scusami tanto.»

«Non ti preoccupare», sorrise Charles. «Se al mondo non ci fosse gente come te, Elizabeth, sarebbe davvero un luogo molto noioso. Sarebbe come un'enorme biblioteca, immagino, scura, tetra e silenziosa. La vita sarebbe piatta e monotona, se non ci fossero i tipi impazienti, i curiosi sempre a caccia di qualcosa di nuovo, di rilevante, su cui lasciare la propria impronta. Sempre all'erta, ad anticipare le scoperte. Per gente così i cambiamenti sono necessari quasi come l'aria che respira.»

«Ma non sarà un male?»

«No», rispose lui. «Solo che può essere pericoloso. O straziante. O tutt'e due le cose insieme.»

Elizabeth parve interdetta.

«Intendo dire, tesoro, che quando ci si tuffa in acque così ambiziose si può naufragare in un mare di delusioni. Si diventa vulnerabili. La gente può deludere crudelmente. A volte, più si cerca di prestare aiuto, più si fa del male a se stessi e agli altri. Aiutare gli altri può essere un compito ingrato. Non nel senso di fare la carità, intendo dire mettendo mano al destino degli altri. Dare se stessi, la propria comprensione, la propria consapevolezza è una cosa meravigliosa finché si riesce a non essere troppo coinvolti. A volte si può anche confondere una crociata con il proprio ego. Devi sempre tenere a mente che non sei Dio. Lui aiuta, ma non s'immischia. Non ha bisogno di questo genere di autogratificazione.»

«Non capisco», disse Elizabeth.

«Hai ragione, non potresti nemmeno capire. Anche se la mia filosofia fosse un po' meno oscura, sei troppo giovane per capirla e forse io sto solo scambiando una semplice inquietudine giovanile per zelo eccessivo. Lascia che ti faccia un esempio, prima di cambiare argomento. Ricordi tua cugina Natalie?»

«Quella che vive a New York?»

«Precisamente. Per la verità è tua procugina, era cugina di tua madre. Be', comunque, Natalie era una benefattrice. Chiunque avesse una storia infelice, finiva dritto nella sua sfera e, in caso contrario, era lei ad andarli a cercare. Tua madre diceva sempre che Natalie si circondava di derelitti e abbandonati con problemi economici, sentimentali o di lavoro. Tua cugina dava loro consigli, li curava, cercava di raddrizzare la loro vita e si prendeva sulle proprie spalle i loro problemi. Era così occupata a salvare il mondo, che non aveva tempo per pensare al corso della propria vita.»

«E che cosa c'è di sbagliato in questo?» chiese Elizabeth.

«Niente. Solo che un bel giorno Natalie si rese conto di quello che stava facendo. Non so come sia effettivamente accaduto. Immagino che qualcuno le abbia dato un bel calcio nei denti. Comunque, alla fine dovette affrontare la dura, fredda realtà. Cioè che non stava affatto cercando di aiutare queste persone per pura generosità, o perlomeno che non era questa la molla principale. Il vero impulso a comportarsi così derivava dal voler apparire saggia e indispensabile e dava più soddisfazione a lei che non aiuto a quella gente, della cui vita si appropriava letteralmente. Natalie stava inconsciamente esaltando il proprio ego. Giocava a essere Dio, se vuoi. L'unico modo per sentirsi veramente importante era apparire una persona superiore in rapporto a un sacco di gente inadeguata. Credeva di cambiare il mondo. O, perlomeno, una piccola parte. Ma in realtà si serviva dei deboli per rafforzare l'insicura opinione che aveva di se stessa. Non poteva competere con la gente forte, perciò diventava una specie di sacerdotessa d'un mucchio di parassiti. Ho reso l'idea?»

«Non ne sono proprio sicura», rispose Elizabeth lentamente. «Immagino che tu stia cercando di dirmi che se agisci per la giusta ragione, o perlomeno se capisci perché fai certe cose, aiutare la gente è un bene. Altrimenti, si cerca solo di ingannare se stessi. È così?»

Charles la baciò sulla fronte. «Più o meno. Per ora può bastare. Comunque, quello che conta è che tu non cominci subito a preoccuparti di partire alla conquista del mondo. Quando ci sarà bisogno di te, le persone giuste ti troveranno. E non dovranno necessariamente appartenere alla schiera dei derelitti e degli abbandonati, grazie a Dio.»

Elizabeth si alzò. «A proposito, la cugina Natalie è poi riuscita a fare qualcosa di veramente importante?»

«Puoi scommetterci. Ha sposato un simpatico, solido agente di cambio senza ombra di nevrosi; hanno tre bambini e vivono a Greenwich, Connecticut. Non è importante?»

«Non ne sono proprio sicura», disse ancora Elizabeth.

Quella conversazione notturna con il padre turbò e in un certo senso deluse Elizabeth. Per la prima volta ebbe la sensazione che lui non la capisse. Tutta quella tiritera sulla cugina

Natalie le pareva inutile. Elizabeth non ammirava i deboli. Al contrario, per loro provava qualcosa di molto simile all'impazienza. La gente che conosceva in quel momento era debole, pensò. Per questo la annoiava. Se fosse stato per lei, avrebbe dato loro una bella scrollatina. «Su, sveglia», avrebbe detto, «là fuori c'è la vita che aspetta solo di essere vissuta.» Ma era tutt'altra cosa che tentare di risolvere i loro problemi. Elizabeth non voleva affatto cambiare il loro limitato orizzonte. Semplicemente rifiutava di accettarlo anche per sé. Si stupiva che suo padre non fosse riuscito a capirlo. Lei non sarebbe mai stata una Natalie con una giovinezza piena di sogni e una maturità convenzionale. No, mai. E non sarebbe nemmeno rimasta ad aspettare che le persone si rivolgessero a lei per chiederle aiuto. Era ancora troppo presto, ma certo entro pochi anni sarebbe riuscita a trovare una risposta a tutti quei vaghi interrogativi. Non sarebbe morta come sua madre, dopo aver conosciuto solo la soddisfazione mondana di mettere al mondo un figlio e senza nemmeno poterne godere la gioia.

Una volta a letto, Elizabeth aprì la Bibbia, così come le era stato insegnato a fare ogni sera. Sarebbe divertente, pensò, se mi capitasse proprio il versetto: «Cerca e troverai». Scelse una pagina a caso. Lo aveva mancato in pieno.

Tre anni dopo, una sera, Charles portò a casa un ospite a cena. Aveva telefonato poco prima per dire che il figlio di un suo vecchio amico era andato a trovarlo e che lui lo aveva invitato a mangiare un boccone a casa loro. «Scusa se non ti ho avvertita prima, ma aveva un'aria così derelitta che mi ha fatto pena.» Elizabeth non si scompose per nulla. Da tempo aveva imparato a governare la casa e a cavarsela con grazia le poche volte che Charles invitava qualcuno a cena. Di solito si trattava di altri professori e delle loro mogli. Non avrebbe avuto nessuna difficoltà a far mettere a Delia un altro posto a tavola. Il pollo arrosto sarebbe bastato per un commensale in più e verdura e dolce erano sufficienti per tutti.

«Va benissimo, non ti preoccupare», disse a Charles. «È un tipo pazzamente bello?»

«Pazzamente.»

«Nuovo dei paraggi?»

«Arrivato fresco fresco», rispose Charles. «Il che spiega di certo il fatto che abbia accettato con entusiasmo il mio invito. Ha l'aria sperduta di un cucciolo beagle, disperato al punto da cenare con un vecchio professore bizzoso dell'età di suo padre.»

«Vorresti dire che non gli hai rivelato di avere una figlia giovane e bella?»

«Oddio, no! Deve essermi scappato di mente.»

«Pa-pà!»

Charles sorrise. «Per la verità pensavo di fare una bella sorpresa al giovanotto, perciò cerca di farti molto carina.»

«Sarò uno schianto!»

Le pareva di vedere suo padre, all'altro capo del filo, aggrottare la fronte. «Elizabeth, ma che modo di esprimersi! E non dirmi che siamo nel millenovecentoventiquattro. Conosco anch'io il calendario, ma questo non ha niente a che fare con la dissacrazione del linguaggio!»

«Come avrai certo appena spiegato nella tua lezione di letteratura inglese», lo stuzzicò Elizabeth.

«Precisamente. Arrivederci alle sei.»

Mentre si vestiva, Elizabeth cercava di immaginare il povero «beagle sperduto». Comunque l'idea di un uomo nuovo in città era eccitante. Ma chissà se era proprio un uomo; Charles aveva parlato di un ragazzo. Forse era solo uno studente, tutto acne, occhiali e balbuzie.

Alan Whitman non solo era un uomo, ma, come Charles aveva promesso, era anche pazzamente bello, con quel genere di figura solida, muscolosa e robusta che Elizabeth trovava particolarmente attraente. Gli occhi azzurri ispiravano subito fiducia e il sorriso che le dedicò convinse Elizabeth che, dopotutto, era stata proprio una bella sorpresa.

Charles fece le presentazioni: «Elizabeth, questo è Alan Whitman. E questa è quella sbarazzina di mia figlia, cerchi di non stupirsi delle cose che dirà».

«Come sta?» disse Elizabeth. «Siamo felici di averla qui con noi. Lei è sposato?»

Il padre scosse la testa con disperazione. «Ha capito che cosa intendo dire? Avrei dovuto dirle 'quella maleducata di mia figlia'. Deve perdonarla, Alan. Che cosa vuole, ha un gravissimo problema. Pensi, ha già diciannove anni ed è ancora zitella!»

«Ah, allora io ho un problema ancora più grave», commentò Alan. «Trentadue anni e sono ancora scapolo!»

Si scambiarono un'occhiata divertita; Alan era deliziato di scoprire che la figlia di Charles era così carina. È davvero una bellezza, pensò, una ragazza molto eccitante. In fondo, forse il soggiorno a Cambridge non sarà poi così tetro.

I pensieri di Elizabeth assomigliavano a quelli di Alan, con qualche leggera variante. Era senz'altro l'uomo più bello che avesse mai conosciuto, reso ancora più interessante dal fatto di essere maggiore di lei di tredici anni. Sarà molto importante nella mia vita, pensò. Non so perché, ma lo sento. Lo sento e basta.

Durante il pranzo Elizabeth, in qualità di padrona di casa, condusse la conversazione. «Dove abita, signor Whitman?»

«Qui, ora, spero. E mi chiami Alan, la prego. I miei genitori sono morti, io sono cresciuto a Chicago. Ho lavorato per la Moreford Aviation, vicino a Baltimora, negli ultimi cinque anni. Mi hanno appena trasferito alla loro fabbrica di Weymouth. Mi sembra ormai di essere diventato uno zingaro: prima il Midwest, poi il Sud e ora il New England. Non che m'importi. Mi trapianto con facilità.»

«Deve essere eccitante girare e vedere il mondo», osservò Elizabeth.

Charles le diede un'occhiata significativa. «Con il dovuto rispetto, mia cara, direi che il mondo non è tutto qui. Certo, con il lavoro di Alan non si può mai sapere dove andrà a finire. In fondo si occupa di un nuovo campo in grande sviluppo, l'aviazione civile, e la Moreford è senz'altro una delle aziende più grosse.»

«Che cosa fa per la Moreford, Alan?»

«Sono ingegnere aeronautico», rispose lui. «Sono uno di quei matti che disegnano aerei civili. Anche aerei militari, del resto.»

«Allora mio padre ha ragione. Potrebbero davvero mandarla in qualsiasi parte del mondo.»

«Sì, è possibile. Ma adesso starò da queste parti per un bel pezzo. Abbiamo appena ottenuto un grosso contratto governativo con scadenza di dieci anni.»

Elizabeth parve inorridita. «Dieci anni! Ma è una vita.»

«Già, così sembra quando si hanno diciannove anni», disse

Charles. «Aspetta quando avrai la mia età. Allora dieci anni ti sembreranno dieci minuti.»

«Sì, anch'io comincio a pensarla in questo modo», ammise Alan. «Certo, potrebbe darsi che io non resti qui per tutto il tempo del contratto, anche se ora il progetto è questo. Devo dirle, Elizabeth, che la sua reazione mi ha un po' deluso. Speravo che non le dispiacesse troppo avermi tra i piedi per i prossimi dieci anni.»

Con sua grande sorpresa Elizabeth scoprì di arrossire. «Non intendevo questo», disse. «Volevo solo dire che è un impegno lungo, per stare sempre in un posto. Dieci anni sono molti...»

«Più di metà della tua vita», concluse Charles intenzionalmente.

Ad Alan non sfuggì il sottinteso. «Che meraviglia essere così giovane», disse innocentemente. «Pensi quante cose aspettano ancora Elizabeth.»

Per i sei mesi successivi, a Cambridge, metà della gente non parlò d'altro che della corte che Alan faceva ad Elizabeth. L'altra metà, meno caritatevolmente, parlò della corte che Elizabeth faceva ad Alan. Ma né preda né cacciatore se la prendevano troppo. Erano pazzamente, allegramente, meravigliosamente innamorati l'uno dell'altra. O forse dell'idea che ciascuno si faceva dell'altro. In Elizabeth, Alan vedeva bellezza, giovinezza, spontaneità, una sensualità contenuta, ma inconfondibile, un eccitante desiderio sessuale che nessuno aveva ancora risvegliato. In Alan, invece, Elizabeth credeva di avere trovato l'uomo che poteva darle tutto quello che cercava. Anche lei sentiva una forte attrazione fisica. Ma soprattutto era conquistata da quel bell'uomo sofisticato più vecchio di lei, che viveva un presente eccitante e prometteva un futuro abbagliante. Fu un periodo molto felice per tutt'e due, era come se ambedue aspettassero che si levasse il sipario su un bellissimo spettacolo.

Le reazioni di Charles Quigly a quel romanzetto furono se non altro contraddittorie. Alan gli piaceva. Era quasi impossibile il contrario. Ma aveva qualche riserva sull'uomo che pareva destinato a diventare il figlio che aveva sempre desiderato. Alan era troppo perfetto, pensava Charles. Ma poi rideva delle proprie assurde elucubrazioni. Eppure, era vero. Ogni gesto di Alan era sempre così giusto da sembrare il risultato di ripetute prove. Come se avesse studiato la propria parte alla perfezione e la stesse recitando in modo eccellente. La sua allegria, i suoi modi, il suo atteggiamento protettivo nei confronti di Elizabeth erano un vero e proprio manuale di fascino. Il solido futuro di Alan nel campo dell'aviazione era una realtà. Charles l'aveva controllato attentamente, con molta discrezione, grazie a certi suoi amici che lavoravano alla Moreford. A parte la differenza d'età, non c'era proprio nessun difetto che Charles potesse trovare nella scelta della sua bambina. L'elemento decisivo era che Elizabeth era entusiasticamente, felicemente disposta a dividere la propria vita con Alan Whitman. «È l'uomo dei miei sogni, papà», gli diceva Elizabeth soddisfatta. «È la realizzazione di tutti i miei desideri.» Charles pregava che avesse ragione e che le sue personali e istintive esitazioni non fossero altro che la normale riluttanza di un padre a lasciar andar via la sua unica adorata figliola. Speriamo che sia davvero l'uomo dei tuoi sogni, mia cara Elizabeth, diceva Charles tra sé. Dio mio, fa' che questo sogno sia vero, almeno quanto lei crede.

Quando finalmente gli dissero che volevano sposarsi, Charles non se ne stupì; diede loro la sua benedizione e assunse in pubblico l'atteggiamento del felice padre della sposa. Partecipava a tutte le cene e a tutti i ricevimenti che venivano dati in loro onore e fino alla sera prima delle nozze non fece a Elizabeth il minimo accenno a quei vaghi timori che lo tormentavano. Declinò l'invito alla cena da scapolo di Alan, con la scusa che quella era l'ultima sera che avrebbe passato con la sua «ospite». Naturalmente Alan gli assicurò che capiva perfettamente. «Ci mancherà, Charles, ma non posso che apprezzare i suoi sentimenti. Naturalmente vivremo sempre vicini, ma certo non sarà più la stessa cosa. Del resto immagino che anche Elizabeth desideri stare sola con lei, questa sera.» Alan s'interruppe. «So che può sembrare ridicolo, vittoriano, ma voglio ringraziarla per avermi concesso la mano di sua figlia. E voglio che lei sappia che non causerò mai volontariamente un attimo di infelicità a Elizabeth.»

Charles annuì. «Se non le credessi, Alan, non avrei mai lasciato andar via la mia bambina.» Quelle parole così affettate e formali non fecero che rinverdire i timori di Charles. Ma poi si irritò ancora una volta con se stesso. Che asino sono, pensò. Chi avresti voluto che Elizabeth sposasse? Forse qualche focoso giovanotto, vestito con una pelliccia di procione e con una fiaschetta a tracolla? Pensa piuttosto a quanto sei fortunato, Charles Quigly. Tua figlia sposa un uomo come si deve.

Quella sera diede a Elizabeth il suo dono di nozze, un delicato ciondolo d'oro incastonato di diamanti e zaffiri. «Era il dono che feci a tua madre quando ci sposammo», spiegò. «Lei lo indossava il giorno delle nozze, come spero farai anche tu.»

Elizabeth lo ringraziò tra le lacrime. «È bellissimo. È la cosa più bella che abbia mai avuta. Oh, papà, non potrei lasciarti per nessun altro al mondo che non fosse Alan!»

Lui la strinse a sé. «Nemmeno io ti lascerei andare, se non con un uomo come Alan.» Ci fu una lunga pausa. Poi, tastando cautamente il terreno, Charles disse: «Ricordi la conversazione che abbiamo avuto circa tre anni fa, tesoro? Quando tu parlavi di afferrare la vita a piene mani, di voler cambiare le cose e la gente?»

Elizabeth lo guardò incuriosita. «Sì, ricordo. Perché?»

«Niente, così», disse Charles. «Solo che sono felice che tu abbia cambiato idea. Non mi piacerebbe che tu ti sposassi convinta che Alan sia il tuo cavaliere alato nella sua splendida armatura. Vivere con un'altra persona, per quanto tu possa amarla, è la cosa più difficile di questo mondo, Elizabeth. Non è un biglietto per il successo. E nemmeno un boccaporto per sfuggire alla noia. Anzi, a volte può essere molto noioso e faticoso. Non riesco a dimenticare la tua ribellione alla monotonia. L'euforia che provi ora non durerà per sempre, mia cara. Se Alan non sarà sempre lo spensierato compagno del periodo del corteggiamento, non gliene volere, Elizabeth. Avrà i suoi problemi così come tu avrai i tuoi. Ma non cercare di risolverglieli tu. Aiutalo, ma senza strafare. Okay?»

Elizabeth sorrise con aria sbarazzina. «Be', professor Quigly, immagino che lei si senta in vena di proverbiali consigli paterni.» Poi si fece seria. «Ma hai ragione, naturalmente. Immagino che nel mio intimo ci sia ancora qualcosa di quella ragazzina di sedici anni. Ma solo qualcosa. Allora in quella mia curiosità c'era una buona parte di romanticismo infantile. Ma ora ho imparato parecchio. Da te e da Alan. Lo amo e intendo essere una buona moglie, avere una bella casa, un mucchio di bambini e non cercherò mai e poi mai di reggere il mondo sulle mie spalle. Parola d'onore. Te ne prego, non preoccuparti, papà. Non sono la cugina Natalie. Perlomeno io so quello che è importante. E, credimi, l'ho trovato.» Si toccò con le dita il gioiello che le pendeva al collo sottile. «E se mai me ne dimenticassi, questo me lo ricorderà.»

Il giorno seguente Elizabeth indossò orgogliosamente il gioiello. Avanzando per la navata della chiesetta di Cambridge al braccio di Charles pareva serena come lo era stata Ann venticinque anni prima, quando Charles aspettava in piedi davanti all'altare sua moglie come ora aspettava Alan.

Charles si augurò che la loro felicità non fosse breve come era stata la sua.

Passarono la luna di miele a Saratoga Springs. Nell'agosto del 1925 quella sorgente d'acqua dello stato di New York era all'apice della fama come costoso luogo di villeggiatura. Anzi, era qualcosa di più di un luogo di villeggiatura. Benché in origine fosse diventata famosa per le proprietà terapeutiche delle sue acque che sgorgavano da pubbliche fontanelle lungo la strada principale, in agosto la maggiore attrattiva di Saratoga Springs erano le corse di cavalli, che attiravano i ricchi proprietari di scuderie e i loro amici, giocatori di professione e perdigiorno, oltre a gente con ambizioni sociali. Era un mondo esotico, ma Elizabeth ebbe subito la sensazione di esserci nata. Le piaceva il vecchio *Grand Union Hotel* dalle dimensioni mostruose, con l'ampia veranda che offriva notte e giorno una vista sul panorama degli eleganti passanti. Mandò gridolini di gioia alla vista della sontuosa camera preparata per lei e Alan, una stanza zeppa di pesanti mobili in stile vittoriano, ma nello stesso tempo inondata dalla luce estiva che danzava attraverso le sottili tendine bianche. E trovava divertente la bizzarria di un albergo che conservava ancora appesa alla finestra di ogni stanza da letto una robusta corda, l'unica via di scampo in caso d'incendio.

Ma soprattutto le piacevano la mondanità e la ricchezza degli ospiti. Si fece un punto d'onore di trovarsi tutte le sere nell'atrio dell'albergo, per osservare la sfilata delle signore famose che ritiravano dalla cassaforte dell'albergo i gioielli che avrebbero indossato per la serata. E in sala da pranzo fissava incredula quelle dame dai nomi che aveva letto nei giornali, cariche di collane di rubini e diamanti, di massicci braccialetti di smeraldi e di spille; ogni sera indossavano una parure diversa, così almeno le parve nelle quattro settimane che trascorsero in quel sofisticato paese delle meraviglie. Elizabeth era abbagliata da tanta ricchezza, ma non invidiosa. La collana di sua madre, il modesto anello di fidanzamento e la fede nuziale che portava le parevano belli quanto i preziosi gioielli di grande valore che le altre sfoggiavano con tanta disinvoltura. Era perfettamente felice nel suo semplice abito da sera comperato fatto da Filene's quanto le ricche signore che si pavoneggiavano tra lustrini e piume, in abiti lunghi fino al ginocchio di Lanvin o di Chanel. Elizabeth non si sognava neppure di poter possedere cose simili. Ma le piaceva vedersele attorno.

Fu a Saratoga che Elizabeth imparò a fumare mentre Alan, divertito, la incoraggiava. Non aveva mai visto donne fumare in pubblico prima di allora e sulle prime prese l'abitudine più che altro per la novità della cosa, per quell'illusione di leggera perversione e di emancipazione che il fumo le dava. Ben presto però cominciò a prenderci gusto, anche per quel senso di quasi complicità che le dava accendere una sigaretta dopo cena, mentre Alan si accendeva uno dei suoi lunghi sigari. Altra scoperta fatta a Saratoga furono i cocktail, discretamente serviti in tazze da tè. A casa a volte aveva bevuto del vino, ma liquori forti assolutamente mai. Ora, nei nightclub delle case da gioco di Saratoga, sorseggiava il gin del proibizionismo e quelle orrende bevande degli Anni Venti chiamate con nomi stravaganti come Pink Lady o Clover Club.

Faceva parte del rituale. Così come andare all'ippodromo ogni pomeriggio faceva parte della routine quotidiana. Le pareva tuttavia che Alan scommettesse un po' troppo avventatamente, che facesse il tifo in modo esagerato per i cavalli su cui puntava e che accogliesse le perdite con una rabbia non esattamente da gentiluomo e le vincite con eccessivo e avido trionfalismo. Giocava in modo troppo impulsivo, esultante se vinceva, furioso se perdeva. Una volta Elizabeth fece l'errore di prenderlo leggermente in giro sul fatto che non sapeva perdere. La reazione rabbiosa di Alan la sconcertò.

«Destesto i perdenti!» gridò furioso. «Non esiste nessuno

che 'sappia perdere'. Se perdi, significa solo che sei stato stupido, sbadato, che hai torto. Che ti sei buttato in qualcosa che non sapevi dominare e che ti sei lasciato sconfiggere.»

Elizabeth era esterrefatta. «Tesoro, ma non ti sembra di esagerare? Nessuno può vincere sempre. Scommettere sui cavalli o alla roulette è solo un gioco, non ti pare? Non c'è niente di cui vergognarsi, se si perde.»

«Niente è un gioco», ribatté Alan. «Niente nella vita è un gioco. La vita è solo una competizione continua. E il vincitore prende tutto.»

Nella beata ignoranza dei suoi vent'anni, Elizabeth preferì tacere. Non capiva quell'improvvisa trasformazione dell'uomo gentile e affettuoso che aveva sposato in un giocatore ostinato, amaro e irritato. Il brutto momento passò, ma guastò in qualche modo l'atmosfera idilliaca del viaggio di nozze. Rimpiangendo il proprio scatto d'ira, Alan negli ultimi giorni della loro permanenza a Saratoga cercò di controllarsi. Ma Elizabeth non riuscì ad allontanare del tutto la sensazione che in lui ci fosse qualche profondo motivo di risentimento, trapelato in un momento di distrazione. Non poteva fare a meno di paragonare l'atteggiamento irrazionale di Alan nei confronti dei perdenti con la simpatia e la tolleranza di Charles Quigly verso tutti gli esseri umani. Quello scoppio incontrollato d'ira fu la prima nota inquietante del loro rapporto. Colmò Elizabeth di sgomento e di un'ansia che non riusciva a scacciare.

Fu felice di tornare a Cambridge, nella casetta che avevano preso in affitto all'altro capo della città. Benché quando viveva con il padre fosse lei a occuparsi dell'andamento della casa, era la prima volta che aveva quattro muri tutti suoi e li aveva arredati con grazia e buon gusto, con tutti quegli oggetti che lei scherzosamente chiamava i suoi «Lari e Penati». Anche se allora non poteva certo saperlo, quella era la prima di una lunga serie di case che avrebbe avuto in vari luoghi; tutte diverse, ma tutte con il segno inconfondibile dell'amore che Elizabeth aveva per le cose belle. Aveva un vero talento nel rendere calda e accogliente ogni stanza, con in più un tocco assolutamente personale: infatti quella «casa della luna di miele» rifletteva tutta la gioia della giovane donna che l'aveva arredata con amore.

Aveva molto tempo da dedicare alla casa. Forse troppo Alan tornò alla Moreford con zelo quasi eccessivo. Due o tre sere la settimana restava in ufficio fino a tardi, lamentandosi perché durante la sua assenza si era accumulata una mostruosa quantità di lavoro. A Elizabeth dispiaceva vederlo così occupato, ma riempiva le serate libere facendo visita al padre, alle zie, alle cugine e alle amiche, divertendoli con i suoi racconti sulla gente incredibile incontrata a Saratoga e su quello strano modo di vivere. Molte sere però se ne stava tranquillamente a casa. Era una divoratrice di libri e un'abile ricamatrice, per cui riusciva a trascorrere piacevolmente le ore in attesa del ritorno di Alan. Sperava sempre che dopo quelle «lunghe separazioni» Alan tornasse pieno d'amore e di desiderio per lei. Ma il più delle volte Alan si buttava esausto sul letto, apparentemente distrutto dalle quattordici ore di duro lavoro.

Benché fossero ormai tornati da due mesi dal viaggio di nozze, il lavoro straordinario continuava. Elizabeth lodava Alan per la sua ambizione, lo ammirava per la sua intelligenza, ma lo pregava di non affaticarsi troppo. Lui si limitava a sorriderle e a baciarla.

«Sono un uomo con delle responsabilità», le diceva con aria semiseria. «Non sono più uno scapolo spensierato. Ora devo pensare a una moglie e ho una casa da mantenere, per non parlare della mia carriera. Che cosa vuoi che contino un paio di serate di lavoro, tesoro, quando ce ne sono altre cinque per fare l'amore con te?»

Ridendo, Elizabeth ammetteva che forse stava diventando egoista. Una sera, cinque mesi dopo il matrimonio, ammise con aria scherzosa che sì, cinque sere la settimana potevano anche bastarle.

«Non so se sono proprio contento di sentirtelo dire, adesso che ho fatto di tutto per convincerti», le disse Alan. «Mi pare quasi che tu ti stia già stancando di me.»

Elizabeth gli si raggomitolò tra le braccia. «No, non sono affatto stanca di te, tesoro. Ma mi rendo conto di essere veramente amata. Tanto è vero che sono incinta. Ormai sono due mesi. Il prossimo agosto festeggeremo insieme il primo anniversario di matrimonio e il nostro primo bambino. Sono tanto, tanto felice, Alan.»

Rimase in attesa di una risposta, ma le parve che tardasse tanto ad arrivare che si sentì afferrare da un'ondata di paura. Non avevano mai parlato tra loro di una famiglia. Elizabeth aveva semplicemente pensato che anche Alan, come lei, desiderasse dei bambini. E tanti, se possibile. Erano due bambini anche loro, in fondo. Alan doveva sapere come si sentiva sola. Ma forse, pensò a un tratto, si preoccupa per me, forse sa quante volte mia madre ha cercato di avere un figlio e come è andata a finire. Si affrettò a rassicurarlo.

«Tesoro, se ti preoccupi per me non ce n'è proprio motivo. Il dottor Franklin dice che sono sana come un cavallo e che non avrò nessun problema. Sono una donna grande e forte, in caso tu non te ne fossi ancora accorto. Ho preso da papà. Non sei arrabbiato, vero? Voglio dire, sei contento?»

Lui le accarezzò i capelli. «Ma certo che sono felice. Sono solo rimasto sbalordito dalla notizia, se vuoi proprio sapere la verità. Buffo. Non avevo mai veramente pensato ai figli. Forse inconsciamente sapevo che ne avremmo avuti. Mi hai colto di sorpresa, tesoro. Ma adesso mi sono ripreso. Propongo di fare un brindisi, d'accordo?»

Elizabeth si sentiva ancora un po' a disagio. «Ma sei davvero felice? Non ti dispiace che sia arrivato così presto?»

«Felice? Amore mio, sono entusiasta! Che cosa ne dici, sarà maschio o femmina?»

«Tu che cosa preferiresti?»

Questa volta non ci fu la minima esitazione. «Ah, una bambina, senz'altro. Una bambina come te.»

«Sei uno strano uomo», rise Elizabeth. «Pensavo che tutti i futuri padri agognassero l'erede maschio.»

«Io no. Mi identifico meglio con le donne. Che cosa ne dici di brindare, dunque?»

Durante la gravidanza il modo di vivere di Elizabeth non cambiò drasticamente. Come aveva previsto il dottor Franklin, tutto procedeva bene, senza nessuna complicazione. Diversamente da sua madre che era stata una donna fragile e delicata, Elizabeth era una ragazzona alta e robusta, nata per generare, come diceva il dottor Franklin tutto soddisfatto. Comunque le aveva consigliato, con una certa fermezza, di smetterla con le sigarette e i cocktail, una richiesta molto onerosa per Elizabeth. Le sere in cui non lavorava ad Alan piaceva che Elizabeth desse qualche piccolo ricevimento, in genere per i suoi capi e le rispettive mogli. Oppure andavano a teatro con qualche altra giovane coppia e poi a cena. Alan si seccava quando lei rifiutava una sigaretta o un liquore.

«Devi proprio comportarti come la santa Madre Terra?» le chiese irritato, una sera che lei aveva rifiutato tanto di fumare che di bere. «Buon Dio, vediamo di non fare un feticcio di una semplice gravidanza.»

Elizabeth cercò di non fare capire agli altri quanto l'avessero ferita quelle parole. Oltretutto si sentiva molto in imbarazzo per la villania di Alan davanti agli amici. «Ordini del medico», disse con leggerezza. «Solo per un po' di tempo. Aspetta settembre e vedrai. Mi prenderò la più grossa sbornia della storia!»

Gli altri risero e la tensione si allentò. Ma Elizabeth era offesa e ferita. Come si permette di farmi fare queste figure da stupida? pensava. Specie in pubblico. Quando furono soli lo affrontò rabbuiata.

«Perché mi hai parlato in quel modo stasera, Alan? È stato assolutamente inopportuno. Sai bene che non posso né fumare né bere, dato che mancano appena sei settimane al parto.»

Lui si versò ancora da bere. «Oh, è stato giusto per stabilire qualche regola per il futuro», disse con tono casuale.

«E cioè?»

«Cioè, avere dei bambini va bene, ma se c'è una cosa che proprio non sopporto sono quelle donne che pensano di essere diventate dei mostri sacri solo perché stanno svolgendo niente altro che la naturale funzione di riproduzione. Se cominci già ora a prendere quell'aria da santarellina, che cosa diavolo diventerai quando avrai la prova vivente della tua capacità di popolare questo mondo?»

Fu come se le avesse dato uno schiaffo. Elizabeth cercò di mantenere calma la voce. «Mi sono forse mai comportata nel modo che dici?»

Subito Alan subì uno dei suoi meteorici cambiamenti d'umore. «Ma no, certo che no. Scusami. Non so proprio perché mi sono comportato così. O perché ti ho detto quelle parole. Ti chiedo scusa. Attribuiscilo ai troppi drink.»

Elizabeth tirò un profondo respiro. «Bene», disse, «forse questo è proprio il momento di dirti una cosa che avevo in mente già da tempo. Bevi troppo, Alan. E stai sempre meno a casa. Sono preoccupata, Alan. Per te. Per noi.»

Per fortuna Alan non riprese il tagliente tono sarcastico, come lei aveva temuto. Anzi, fu quasi gentile.

«Non c'è di che preoccuparsi. Di solito so quando è il momento di smettere di bere. Quanto al lavoro, non potrai proprio aspettarti che possa dedicarvi meno tempo. Se mai dovremo accettare il fatto che dovrò lavorare ancora di più. Ora abbiamo, come si dice, una nuova bocca da sfamare e ho intenzione di chiedere un sostanzioso aumento di stipendio. È il momento buono. L'economia è florida e gli affari vanno bene. E così pure il nostro matrimonio», disse teneramente. «Ti amo molto, Elizabeth. Forse sei l'unica donna al mondo che mi possa capire e sopportare, questo almeno lo so. E te ne sono grato.»

Elizabeth rimase subito conquistata, disarmata da quelle parole e questa volta toccò a lei scusarsi. Gli si avvicinò, premendogli contro il suo pancione. «Mi dispiace. Temo di essere un po' ipersensibile, in questi giorni. So che non è facile nemmeno per te. Ma presto sarà tutto finito. Torneremo a essere come prima. E ti giuro che non diventerò affatto il tipo tutta istinto materno. Tu vieni per primo. È sempre stato così e lo sarà sempre per quanti figli possiamo avere.»

Alan fece un viso sbalordito. «Come sarebbe a dire 'quanti'? Hai qualche progetto, in proposito? Perché, nel caso, gradirei essere messo al corrente.»

«Be', almeno più di uno», rispose Elizabeth. «So come ci si sente soli a essere figli unici. E anche tu dovresti saperlo. Non ti è mai venuta voglia di avere un fratello o una sorella, Alan?»

«Francamente no. Mai. Pensavo molto semplicemente che fosse bello essere l'unico re della collina.» Poi, vedendo la delusione dipingersi sul viso di Elizabeth, si addolcì. «Ma avremo tutto il tempo per parlare di queste cose, vero? Non abbiamo ancora avuto il primo!»

«Ma certo, abbiamo un sacco di tempo», disse lei. «Tutto il tempo del mondo.»

Ann Treadwell Whitman era fermamente decisa a venire al mondo e non perse tempo per farlo. Elizabeth la partorì rapidamente e quasi senza sforzo in una afosa mattina d'agosto del 1926, poi si abbandonò esausta sui cuscini pensando con trionfante soddisfazione a come sarebbe stato contento Alan di avere la figlia che aveva «ordinato». Era già stato deciso che se fosse stata una bambina l'avrebbero chiamata con il nome della madre che Elizabeth non aveva mai conosciuto. Questa volta Charles Quigly non fece obiezioni. Ventun anni avevano comprensibilmente addolcito la sua risoluta affermazione che non ci sarebbe mai stata un'altra Ann. Allora, al momento del dolore cocente, non aveva voluto che il nome della moglie morta venisse dato alla propria figlia, ma ora, da bravo nonnino commosso e lieto fu ben felice di vedere un'altra Ann venire al mondo.

«Ricordati le mie parole, sarà identica alla nonna», affermò guardando con affetto la neonata. «Vedi la linea decisa della mascella? Proprio uguale a quella di Ann. Saprà esattamente quello che vuole dalla vita, questa bambina.»

Elizabeth gli sorrise dolcemente. «Contrariamente a sua madre, immagino. Meno male che hai finalmente per le mani una donna con un po' di buon senso, professore. Ma non è un po' presto per previsioni così sicure? Magari potrebbe diventare anche lei una sciocca sognatrice come me. Oppure», aggiunse ambiguamente, «potrebbe rivelarsi volubile, imprevedibile e affascinante come suo padre.»

Charles gettò alla figlia un'occhiata indagatrice. Era la prima volta che Elizabeth faceva la sia pur minima allusione al fatto che Alan non era un uomo con cui fosse facile vivere. Non che la cosa lo sorprendesse troppo. All'apparenza, infatti, Elizabeth si mostrava sempre allegra, entusiasta e felice e all'apparenza Alan era sempre l'uomo devoto e dai modi squisiti che era stato sin dalla prima sera in cui era andato a cena a casa dei Quigly. Ma Charles aveva una sensibilità tutta particolare per quanto riguardava Elizabeth. Già da tempo sospettava che il loro matrimonio non fosse così perfetto e felice come la figlia voleva far credere a tutti. Solo Charles infatti riusciva a coglierne gli impercettibili e rari segni di tensione. Gli bastava una piega delle labbra. O quei lievi segni di fatica sotto gli occhi. Un tono improvvisamente acuto nella voce abitualmente dolce di Elizabeth. Ma era deciso a badare ai fatti propri e a tenere per sé le sue preoccupazioni. Anche in quel momento non approfittò dell'occasione per approfon dire la cosa. Non fece commenti, con grande sollievo di Elizabeth, già pentita di quella sia pur velata critica nei confront' di Alan. Tanto per cominciare, pensava fosse un problema che doveva risolvere da sola. Inoltre l'ultima cosa che voleva al mondo era dare delle preoccupazioni al padre, specie in quel momento. Lo amava molto e in quell'ultimo periodo era stata molto in pena per lui. Da qualche mese Charles non aveva un bell'aspetto e, benché lui le assicurasse di sentirsi benissimo, era certa che non fosse affatto andato a farsi controllare dal medico, come le aveva promesso. Glielo aveva chiesto qualche settimana prima e lui glielo aveva promesso, tentando di minimizzare la sua ansia. Da allora, non ne avevano più parlato. Le parve perciò il momento buono per riprendere l'argomento.

«Visto che adesso sei un nonno molto importante», gli disse, «spero che tu sia pronto ad assumerti tutte le tue nuove responsabilità. Come fare il baby-sitter, per esempio. Te la sentiresti, in questi giorni?»

Charles sorrise. «Elizabeth, sei trasparente come il négligé che indossi. Tesoro, vuoi smetterla di covarmi come una chioccia? Ti ho detto che sono già stato dal medico. Non ho niente. Solo un po' di tosse, tutto qui. Andiamo, Elizabeth, non penserai davvero che il tuo vecchio abbia intenzione di sparire a cinquant'anni, vero? Non contarci. Sono qui per restarci ancora a lungo. Specie adesso che è arrivata Ann. Niente mi impedirà di starmene qui, se non altro per constatare che le mie previsioni erano esatte al cento per cento.»

Elizabeth si lasciò convincere e rassicurare da queste parole. La vita senza di lui sarebbe stata inconcepibile. Charles rappresentava per lei tutto quanto c'era di solido, sicuro, immutabile. Forse è per questo che sono spesso così intollerante con Alan, pensò Elizabeth, così ipercritica. Forse è perché mi aspetto che lui abbia tutte le qualità di quest'uomo. E invece nessuno potrebbe. Promise solennemente a se stessa di non fare mai più paragoni tra suo marito e suo padre. Era immaturo e poco salutare. Sono due uomini meravigliosi, si disse. Ciascuno a modo suo. Sono davvero la più fortunata delle donne. Diede un'occhiata alla bimba attaccata al seno e si sentì felice. Quando rispose a Charles, aveva una voce dolce e intenerita.

«Sono così contenta che ti sembri che Ann somigli alla mamma», disse. «Nessuno avrebbe potuto farle un complimento più bello. Nemmeno io.»

Charles la baciò dolcemente sulla fronte. Il suo sorriso diceva più di ogni parola. La commozione lo aveva sopraffatto.

La reazione di Alan alla sua prima figlia non fece che ribadire in Elizabeth la determinazione a non mettere mai più a confronto padre e marito. Alan considerò l'arrivo di Ann come un successo personale, quasi fosse una conferma della sua virilità. Non riusciva a staccarle gli occhi di dosso.

«Ma guardala, Elizabeth», chiocciava. «È un esemplare perfetto. Diventerà una vera bellezza.»

«Papà dice che somiglia moltissimo a mia madre.»

Alan aggrottò la fronte. «Davvero? Può darsi. A me pare una Whitman fatta e finita. Ricordami di cercare qualche mia vecchia foto da bambino per mostrartela, cara. Rimarrai stupita dalla somiglianza. E poi, dicono che quando la figlia somiglia al padre, sarà una bimba fortunata, non è così?»

«Sì, credo di sì.» L'orgoglio di Alan la divertiva. «Inoltre hai avuto proprio una femminuccia, come desideravi.»

«Ah, non ne ho mai dubitato, neppure per un istante», le rispose con aria di presuntuosa soddisfazione. «La mia principessina. Tutto quello che vorrà, sarà suo. È la cocca del suo papà.»

«Alan, devi promettermi di non viziarla!»

Lui baciò la moglie. «Non si promettono cose del genere», la stuzzicò. «Ann è nata per farsi viziare. Lo si vede già.»

«Nessun bambino nasce per essere viziato», ribatté Elizabeth. «Sono i genitori che fanno quest'orribile cosa. Ma noi non faremo questo errore con Ann.»

Ma Alan non si lasciò scoraggiare. «Per che cos'altro sono fatte le bambine, se non per essere adorate dal loro papà? Tu avrai avuto di certo la tua parte: per Charles il sole sorge e tramonta in te.» Un leggero risentimento s'insinuò nella voce di Alan. «Tutto quello che fai tu è perfetto agli occhi del professor Quigly. Perfino sposare me.»

La sensazione di pace che Elizabeth aveva provato prima cominciò a incrinarsi. Eccoli di nuovo sull'orlo di un altro insensato bisticcio. Era ridicolo come fra loro due le minime sfumature diventassero gravi conflitti. Ma questa volta non avrebbe permesso che accadesse. Aveva scelto di vivere con Alan e se a volte lui si mostrava stravagante e irragionevole era in fondo un ben piccolo prezzo da pagare, in cambio di un marito brillante e di successo, che lei amava veramente. Avrebbe dovuto darsi da fare di più per mantenere il loro matrimonio in acque tranquille. Alan avrebbe viziato Ann in modo intollerabile, lo sapeva. E non tanto per amore di Ann, quanto per il gusto che ci avrebbe provato. A lei sarebbe toccato la parte antipatica. Già prevedeva che sarebbe toccato a lei dovere imporre la disciplina, se voleva che quella bimba diventasse una persona equilibrata e responsabile. Era lampante, come il roseo nasino all'insù nel viso di Ann Treadwell Whitman. Ed era ben chiara anche un'altra cosa: bisognava evitare a tutti i costi che restasse figlia unica e che i genitori concentrassero su di lei la loro adorazione e il loro interesse. Mentre era ancora in clinica con Ann, Elizabeth progettava già il suo secondo bambino. Questo, si disse, sarebbe stato un maschio e si sarebbe chiamato Quigly Alan Whitman. Era il suo segreto. Un segreto che per il momento avrebbe tenuto ben nascosto. Anche all'uomo che sarebbe stato il padre del suo secondo figlio.

2

Nell'anno che seguì, Ann sbocciò e crebbe proprio come prometteva, diventando una bellissima bimba. Aveva ossa minute e un aspetto delicato, come la nonna, ma era ben formata e sana, una brava bambina che già a quella tenera età mostrava di avere una volontà tutta sua.

I genitori e il nonno la adoravano. La presenza di Ann portò una nuova armonia in casa Whitman ed Elizabeth ne fu molto felice. Alan faceva ancora gli straordinari in ufficio un paio di sere la settimana, ma in complesso sembrava aver trovato un nuovo appagamento nella vita matrimoniale. Anche nel fare l'amore con Elizabeth aveva trovato un rinnovato entusiasmo, fin quasi a raggiungere l'ardore della luna di miele. Pareva quasi che l'arrivo di un figlio avesse ridato ad Alan nuova fiducia in se stesso e lo ripagasse in pieno anche sotto altri aspetti. In quel periodo ebbe due promozioni alla Moreford e un adeguato aumento di stipendio ogni volta. Il suo nome cominciò a comparire regolarmente sui giornali di Boston in interviste sull'industria dell'aviazione in rapido sviluppo e nei servizi sui discorsi che teneva durante i banchetti o i seminari frequentati dai maggiori esperti d'aeronautica del mondo.

Elizabeth era fiera di lui. Forse solo un filo meno di quanto Alan fosse fiero di se stesso. Era sulla cresta dell'onda, ma aveva la tendenza leggermente sgradevole a credere alla sua stessa pubblicità, al punto da parlare con una certa condiscendenza con colleghi e amici. Inoltre continuava a bere smodatamente. Non che fosse mai apparso ubriaco in pubblico o avesse mancato un solo giorno in ufficio. Ma era sulla china dell'esagerazione e questa era l'unica nube che offuscava l'orizzonte di Elizabeth. Non che lei fosse contraria al bere. Anzi, piaceva anche a lei prendere con lui un paio di Martini prima di cena. Era rilassante, rendeva la conversazione più scorrevole e creava un dolce calore artificiale di grande intimità. Purtroppo Alan non si fermava a due bicchierini. Prima di cena prendeva sempre almeno quattro e a volte anche cinque Martini. Aveva una capacità d'ingerire alcool davvero formidabile e più si rendeva conto di poterne bere impunemente più aumentava la dose giornaliera. Elizabeth tuttavia cercava di non stare a pensarci troppo e di parlarne il meno possibile. Aveva cercato di convincerlo con l'adulazione che era più chic mantenersi sobri. Un paio di volte aveva anche cercato di parlare con Alan seriamente del problema, cercando di trattare l'argomento abilmente ed evitando di sembrare una moglie brontolona. Ma in ambedue i casi l'effetto era stato nullo. Il primo tentativo era stato del tutto ignorato e il secondo chiuso sbrigativamente con la scusa, in apparenza ancora vera, che sapeva benissimo quando era il momento di fermarsi e quanto alcool poteva bere senza ubriacarsi.

Quindici mesi dopo la nascita di Ann, Elizabeth fece simultaneamente due scoperte. Il dottor Franklin le confermò che era di nuovo incinta e Alice Baldwin, moglie di un collega di Alan, le confidò con apparente riluttanza che Alan aveva una relazione con una delle segretarie della Moreford.

La gioia della prima notizia venne subito annullata dall'orrore della seconda. Seduta a un tavolo del *Filene's Restaurant* davanti al pranzo, Elizabeth rimase a fissare incredula l'amica. Alice si agitava a disagio.

«Erano mesi che mi tormentavo, chiedendomi se fosse meglio dirtelo o meno, Elizabeth», disse. «Fred mi ha suggerito di tenere la bocca chiusa. Che non era affar mio. Ma ormai ne parlano tutti e non posso sopportare di vederti fare questa figura da sciocca. Oddio, te ne prego, non fare quella faccia! Adesso vorrei non avere mai aperto bocca! Avrei dovuto dar retta a Fred.»

Elizabeth scosse la testa rigidamente. «No. Hai fatto bene a dirmelo. Davvero, Alice. So che volevi solo essermi amica.»

Mentre accendeva una sigaretta, le mani di Alice tremavano

più di quelle di Elizabeth. «Non so», disse. «Forse ho sbagliato. Ho pensato solo che se fossi stata al tuo posto, avrei voluto che qualcuno me lo dicesse. Per poter reagire in qualche modo. Che cosa pensi di fare?»

Elizabeth fece una risatina amara. «Non lo so. Forse parlarne ad Alan, credo.» Capì che Alice era agitata. «Non ti preoccupare. Non gli dirò da chi l'ho saputo. So che Fred ti ucciderebbe. Ma, vedi, è più complicato di quanto tu non creda. Stamattina sono stata dal dottor Franklin. Sono incinta di due mesi.»

Alice schiacciò con rabbia la sigaretta nel posacenere. «Quel bastardo! Come se già non fosse bastato prima di Ann...» S'interruppe di colpo, atterrita dall'involontaria rivelazione.

Elizabeth non disse nulla. Era tutta occupata a cercare il portafoglio nella borsetta. Forse non mi ha sentita, pensò Alice speranzosa. Ma naturalmente Elizabeth aveva sentito benissimo. Si era solo ammantata nella sua maledetta dignità.

Come se niente fosse accaduto, si divisero il conto del pranzo e ciascuna se ne andò per la propria strada, separandosi davanti al ristorante con la promessa di rivedersi presto. Alice rimase per un attimo ferma a guardare la figurina eretta dell'amica che spariva tra la folla, lungo la strada. Tanto, prima o poi l'avrebbe scoperto, si consolò. Gli uomini! Se Fred Baldwin osasse farmi una cosa simile, gli spezzerei il cuore in due! Elizabeth è diversa. Lei spezza il suo, di cuore. E nessuno lo saprà mai.

A Elizabeth pareva d'avere una grossa pietra sul cuore. Le mancava letteralmente il fiato, quando entrò nella sua casa di Cambridge, e invece di recarsi subito nella camera della bambina, come faceva sempre, si lasciò cadere su una sedia in anticamera, respirando a fatica. Dopo qualche minuto apparve la cameriera. Il viso cinereo di Elizabeth e il suo respiro affannoso la terrorizzarono.

«Signora Whitman, che cos'ha, si sente male? Ho udito la porta, ma siccome non l'ho vista salire nella nursery ho pensato di venire a vedere dov'era. Si sente male? Posso fare qualcosa per lei?»

Elizabeth cercò di raddrizzarsi sulla sedia. «Sto benissimo,

Beulah», disse. «Penso solo di essermi stancata troppo, fuori, a far compere. Come sta Ann?»

«Bene, come sempre. Si fa una gran fatica a farla restare nel suo lettino. È decisissima a sgattaiolare fuori per trotterellare in giro per la casa. È un tipetto ostinato.»

«Ah, lo so. Una testolina tutta sua.»

«Sì, signora. Nessuno riesce a fermare quella signorinetta, quando si mette in testa di fare qualcosa. È tutto pepe. Come il signor Whitman.»

Neanche immagini quanto sono vere queste parole, pensò Elizabeth. Niente riesce a fermare il signor Whitman, quando ha deciso di fare qualcosa. Sia che si tratti di sposare me, o di avere una serie di avventure. Aveva sentito benissimo l'ultima frase che Alice aveva lasciato in sospeso. Evidentemente la relazione che aveva ora non era la prima. Forse, pensò Elizabeth con cinismo, non c'era mai stata una vera serata di «lavoro straordinario» in tutto il loro matrimonio. Fin dal principio. Stranamente, non riusciva a piangere, benché ne avesse una gran voglia. Era al di là delle lacrime. Al di là di tutto, eccetto della necessità di cercare subito una soluzione sensata al suo problema. Alice aveva ragione nel ritenere che detestava essere l'ultima a sapere. Ma ora non era quella la cosa più importante. Questo, come pure il fatto di sentirsi umiliata e respinta, adesso erano elementi secondari. Avrebbe dovuto lasciare Alan o sarebbe riuscita a superare la cosa? Qual era la cosa più intelligente da fare, per il bene dei suoi figli? Che cosa aveva condotto suo marito a quel punto? Dove aveva sbagliato? si chiedeva Elizabeth.

Si trascinò stancamente in camera da letto e si sdraiò. Dobbiamo parlarne da persone civili. La colpa non è mai tutta da una parte. Devo trovare in che cosa ho mancato, quali sono le esigenze di Alan che non riesco a soddisfare. Avrei dovuto capirlo, pensò. Quella strana ostilità e tutto quel bere, il bisogno di sentirsi sempre rassicurato sulle sue brillanti capacità. E anche l'atteggiamento che aveva verso Ann, come se fosse tutta opera sua. Elizabeth si sentì a un tratto molto stanca. C'erano tante cose che non capiva in quell'uomo complicato che aveva sposato. Chiuse gli occhi e subito piombò nel sonno pesante dell'oblio.

Qualche ora dopo Alan la svegliò da quel sopore dimentico di tutto. Lei si destò lentamente, quasi malvolentieri, cercando di mettere a fuoco il viso chino su di lei, quella bocca che formava un messaggio incomprensibile. Con riluttanza riprese conoscenza, si costrinse ad ascoltare quello che il marito le stava dicendo.

«Elizabeth! Stai bene? Sono cinque minuti che cerco di scuoterti. Beulah dice che stai dormendo da ore. Che succede? Ti senti male?»

Elizabeth si rizzò a sedere sul letto, passandosi le mani tra i capelli cortissimi. Per un attimo pensò che forse la conversazione con Alice Baldwin era stata solo un brutto sogno. Ma appena riprese pieno possesso delle sue facoltà capì che l'incubo era vero.

«Che ore sono?»

«Le sette passate. Beulah dice che sei qui dalle tre. Dice che avevi un'aria strana, quando sei rientrata. C'è qualcosa che non va?»

Elizabeth non era ancora pronta a tradurre in parole l'orrore che provava. «Perché non scendi a bere qualcosa, Alan? Mi faccio una doccia per rimettermi un po' in sesto e ti raggiungo tra poco. Dobbiamo parlare.»

«Ma sei matta? Alle sette e mezzo dobbiamo essere dagli Sloan per la cena. Berrò qualcosa mentre mi cambio. Vuoi un bicchiere anche tu, mentre ti vesti?»

«No», rispose Elizabeth. «Non voglio niente. E non mi vesto. Stasera non andremo a cena dagli Sloan.»

«Ma allora stai veramente male.»

«Non esattamente. Almeno non nel senso che intendi tu.»

Alan prese un'aria seccata. «Per l'amor del cielo, Elizabeth, si può sapere che cosa succede? Se non stai male non possiamo certo chiamare gli Sloan all'ultimo minuto per dire che non andiamo. È il mio vicepresidente! Se la prenderebbe a morte, se rinunciassimo all'ultimo minuto. E, se stai bene, non c'è motivo di rinunciare.»

«Noi non andiamo», ripeté stancamente Elizabeth. «Restiamo a casa a parlare. Allora, telefoni tu o devo farlo io?»

Impossibile equivocare la fredda determinazione della sua voce. Irritato, Alan distolse lo sguardo. «Potrei andare da solo», disse.

«No.»

«Da quando sei tu a dare ordini, qui dentro?»

Elizabeth sorrise acidamente. «Diciamo circa dalle tre di oggi pomeriggio. È più o meno l'ora in cui ho scoperto che il nostro matrimonio sta andando a pezzi.»

Alan non aprì bocca. Non era difficile indovinare che cosa poteva aver scoperto Elizabeth. C'era anzi da stupirsi che non l'avesse saputo prima. Aveva cercato di essere discreto, naturalmente, ma aveva sempre saputo che prima o poi Elizabeth sarebbe venuta a conoscenza dei suoi «piccoli svaghi», come li chiamava lui. Non aveva quindi un'aria né particolarmente confusa né contrita. Solo un po' seccato all'idea che ci sarebbe stata una scenata. Odiava le scenate, a meno che non fosse lui a provocarle di proposito.

«Non so di che cosa tu stia parlando», disse bluffando. «Ma se proprio muori dalla voglia di restare a casa, allora telefona tu a Trudi Sloan e raccontale le frottole che vuoi. Non aspettarti che mi metta di mezzo io, per tentare di spiegare il tuo comportamento stravagante.»

«D'accordo, la chiamerò io», disse Elizabeth calma. «E ora, Alan, ti prego, scendi di sotto, ti raggiungerò fra pochi minuti.»

Alan si avviò alla porta, ma quando fu sulla soglia si fermò e si voltò verso di lei. «E la cena? Non penserai di farmi saltare il pasto solo perché hai deciso di recitare una scena madre d'accusa qui in casa.»

Le ultime parole di Alan era una rivelazione involontaria. Sa esattamente di che cosa si tratta, pensò Elizabeth. Immagino perfino che se l'aspettasse. Ma, anche così, non riusciva a provare rabbia. Era solo sbalordita e ferita. Lo guardò con calma.

«Che cosa ti fa supporre che voglia farti una scenata?»

Lui esitò. «Be', Dio sa se ti sei preparata un bel palcoscenico! In ogni modo, la mia cena?»

«Chiedi a Beulah di scaldarti lo stufato. Ne è rimasto un po' in frigorifero. Basterà giusto per uno.»

«E tu?»

«Non ho appetito. E poi ho fatto un'abbondante colazione oggi. Prenderò solo un goccio di caffè.»

Dopo una ventina di minuti raggiunse Alan in soggiorno.

«Com'è andata con Trudi?» le chiese lui. «Che cosa le hai raccontato?»

«La verità», rispose Elizabeth. «Almeno in parte. Le ho detto che oggi sono andata dal medico e che non me la sentivo di uscire. È stata molto comprensiva. Trudi sa come ci si sente nei primi mesi di gravidanza.» Attese, quasi incuriosita, l'effetto della bomba che aveva lanciato a bella posta. Il viso di Alan fu tutto un sollievo, ma solo per un istante. Per la frazione d'un secondo pensò che lo strano comportamento di Elizabeth fosse solo un modo per dirgli che voleva stare sola con lui la sera in cui doveva annunciargli che aspettavano un secondo figlio. Ma poi ricordò subito che Elizabeth aveva accennato a qualcosa circa il loro matrimonio che andava in pezzi. Certo lui non poteva sapere che cosa o quanto Elizabeth sapesse esattamente dell'altra faccenda. Finché non riusciva a capirlo, doveva stare al gioco.

«I primi mesi di gravidanza?» ripeté. «Ma è vero? È di questo che si tratta? Ah, tesoro, come sono felice! Quando l'hai saputo? Oggi? E quando dovrebbe nascere il bambino?»

«In giugno», rispose seccamente Elizabeth. «Fra sette mesi. Davvero ne sei felice? Mi pare di ricordare che tu fossi per il matrimonio con un figlio unico.»

Lui fece una risata indulgente. «Già, ma questo era prima che conoscessi le gioie della paternità. Dammi un'altra femminuccia come Ann e ti incoraggerò a figliare come un coniglio!» Poi la sua voce si fece bassa, seria, quasi seducente. «Sei una moglie e una madre meravigliosa, Elizabeth. Sei così... non so... così perfetta, nel tuo ruolo. Così piena di calore, orgogliosa, saggia.»

«Dici?» fece Elizabeth piano. «Ma non basta, vero? Si vede che mi mancano comunque altre qualità, che tu vorresti in una donna. O nelle donne. Altrimenti non ci sarebbe ragione per andarle a cercare altrove, non ti pare? Come invece fai tu da chissà quanto tempo. Devi avere immaginato che ne avessi finalmente sentito parlare anch'io, dato che, a quanto pare, lo sanno tutti quanti: e cioè che hai un'avventura con una ragazza dell'ufficio. E che non è la prima. Vorrei che tu me ne parlassi, Alan. Che mi spiegassi che cosa sanno darti queste donne che io non posso darti.»

La ragionevolezza di Elizabeth servì solo a infuriarlo. «Gesù Cristo, sei proprio la figlia del professore, vero? Tutta logica e curiosità scientifica! Per l'amor di Dio, che modello di perfezione sei! Sì, è vero, ti sono stato infedele. Sei, sette, otto volte, non ricordo. C'è sempre stata un'altra. Fin dal principio. Un'altra donna che mi chiede solo di essere un bravo stallone. Una notte a rotolarsi nel fieno, senza tante storie. E tanti saluti, fino alla prossima volta che riesco a svignarmela da casa. Qualcuna con la quale non mi devo misurare, a cui non importa un accidente se conosco la gente giusta, se ottengo le giuste promozioni e se sono brillante sul lavoro e in società. Quello che mi serve, ogni tanto, è una puttana. Di quelle che non si pagano, ma pur sempre una puttana. Una con cui non mi senta inferiore. Una madama che a volte ha la biancheria intima un po' sudicia. Ti stupisce? Credi che sia malato? Che accidenti di differenza fa per te? Ti sono forse mai venuto meno? A letto o altrove? Tu sei la padrona della mia casa, la madre dei miei figli, la donna che porta legalmente il mio nome. A modo mio ti amo, Elizabeth. Ma, ho anche maledettamente paura di te. Paura di non essere all'altezza, paura di non essere sufficiente per la brava, tollerante, organizzata Elizabeth Quigly. Ti basta, come risposta? In caso contrario, te lo dirò chiaramente: tu non sei capace di farmi sentire superiore. Per quanto sia sciocco, ne ho bisogno. E tu non puoi farlo.»

Elizabeth era sbalordita. Si era aspettata delle bugie, forse. O una confessione e poi una richiesta di perdono. Ma non quell'esplosione di risentimento contro di lei e di autocondanna, che aveva trovato sfogo in un torrente di sgradevoli accuse. L'ostilità di Alan era spaventosa. Elizabeth si sentiva inerme di fronte a essa. Tutto il suo passato, tutta la sua educazione le dicevano che si sarebbe dovuta sentire offesa da quell'ammissione quasi insolente di colpevolezza e dall'arroganza di attribuirne praticamente a lei tutta la colpa. E invece Elizabeth provava solo dolore all'idea che l'ego di Alan fosse così fragile e la sua virilità così incerta da aver bisogno di sentirsi rassicurare da donne che fossero inferiori a lui. Era tutto un buio mondo d'insicurezza. Strano che lei non ne avesse nemmeno intuito i segni premonitori. Non avrebbe certo difeso il tipo di donna che lei era. Non ne vedeva la necessità. Con tutto quello che lui le aveva fatto, pure Elizabeth lo amava ancora. E soprattutto voleva aiutarlo. Questo non significava certo che le sue infedeltà non la turbassero. Anzi, ne era profondamente ferita. Si sentiva annientata, la sua fiducia in se stessa era profondamente scossa. Eppure provava pietà per Alan.

Era una specie di malattia che lui non poteva controllare. Era sicura che lui non aveva voluto ferirla. Così come era certa, ora c e il problema era venuto alla luce, di poterlo aiutare. I pochi secondi che attese per rispondergli le parvero ore. Quando parlò, non c'era recriminazione nella sua voce. Era piuttosto il tono di chi accetta praticamente la realtà. La sua domanda parve quasi banale.

«Dove andremo a finire?»

Alan la guardò incuriosito. «Non tocca a te decidere? Immagino che vorrai divorziare, ora che sai tutto di me. Tutte le ragioni morali e legali sono dalla tua parte.»

«È questo che vuoi? Il divorzio?»

Alan era calmo, ora. Scosse la testa, stupito. «No, io non voglio il divorzio, ma penso che potresti ottenerlo. Ti ho detto che, a modo mio, ti amo. Amo la mia casa, mia figlia. Ma non sono disposto a vivere con una santa accusatrice. Non voglio vedere rimprovero nei tuoi occhi, quando mi guardi. Non voglio che resti con me solo per senso del dovere o per l'erronea convinzione che si debba restare insieme per amore dei figli. Non credo, Elizabeth, che potresti più essere felice con un uomo che ti ha offesa. Posso dirti che cercherò di cambiare. E ci proverò. Ma non c'è nessuna garanzia. Non credo che nessuno possa diventare un altro dalla sera alla mattina. Penso che l'unica cosa sensata, per te, sia lasciarmi e accordarti per un aborto terapeutico con il dottor Franklin. Sono certo che si può sistemare. Dopo tutto quello che è successo, un altro figlio finirebbe certo per mettere a repentaglio la tua salute mentale. E», aggiunse cinicamente, «un tipo instabile in famiglia mi pare che basti.»

Gli occhi le si riempirono di lacrime. «Non voglio il divorzio, Alan. Non ti sei innamorato di un'altra. So che quelle donne non contano per te. È una strana, inquietante parte della tua mente con cui ora abbiamo a che fare. Forse insieme riusciremo meglio di quanto tu non sia riuscito da solo.»

Alan fece per protestare, ma lei lo interruppe. «Le uniche cose che io possa metterci sono amore e ammirazione. E per te ne ho in abbondanza di tutt'e due. Non ti prometto di dimenticare. Forse nemmeno di riuscire a perdonarti del tutto. Ma la parte di martire non mi si addice. Non ti devi preoccupare, sotto questo aspetto. Sei riuscito a farmi vedere più chiaramente in me stessa, che tu ci creda o meno. Anch'io devo cambiare, se voglio che questo matrimonio funzioni. Ma funzionerà solo se ci proveremo tutt'e due. Io voglio provare, Alan. E tu?»

«Più di ogni altra cosa al mondo», rispose lui. «Ma non nutro grandi speranze, Elizabeth. Prima o poi te ne andrai via da me. Forse è meglio che succeda ora, finché sei ancora giovane e desiderabile. Comunque, penso che dovresti parlare con il dottor Franklin. Digli pure tutto, se vuoi. Penso che sarà anche lui d'accordo che in questo periodo di prova non dovremmo aggiungere un altro figlio ai nostri problemi.»

Ma Elizabeth rifiutò con ostinazione. «Non andrò dal dottor Franklin e non credo a questi ridicoli termini, come 'periodo di prova'. Il matrimonio non è una sentenza, ma un impegno volontario. Non c'è una parola d'onore o un termine da rispettare. Non stiamo giocando all'imputato e al pubblico ministero. Siamo solo due persone che cercano di risolvere i loro problemi. E se ci proveremo sono sicura che ce la faremo. Ricominciamo tutto da capo, Alan. Senza dire niente a nessuno.»

«Nemmeno a tuo padre?»

«No», disse lei. «Tanto meno a mio padre.»

Per tutto l'inverno, Elizabeth visse sempre in stato d'allarme. Scrutava il volto di Charles Quigly per scorgervi i segni della malattia e notava con sollievo che il colorito sembrava migliore e l'energia maggiore. Nonostante le promesse, non poteva fare a meno di immaginare, ad ogni insolito atteggiamento di Alan, che fosse tornato alle sue antiche abitudini. Tuttavia nascondeva con cura le sue inquietudini e per la verità Alan faceva del suo meglio per comportarsi bene e tentava con tutte le sue forze di superare quel profondo complesso d'inferiorità, mentre Elizabeth cercava di aiutarlo. Si dimise infatti da tutti i comitati assistenziali in cui prima operava ottenendo riconoscimenti e soddisfazioni personali e declinò gentilmente ogni ulteriore incarico pubblico che potesse metterla troppo alla ribalta. Il suo modo di tener fede al patto con Alan era di cercare di scivolare in secondo piano, di non far nulla che potesse minacciare il ruolo del marito come persona più importante della famiglia.

Questo atteggiamento era ovviamente contro la sua stessa

natura. Elizabeth era un'attivista nata e non era facile reprimere quel dono per l'organizzazione e la direzione che aveva e che faceva sì che la gente cercasse la sua guida. Ma ne sarebbe valsa la pena, se questo annullarsi, cancellarsi avesse veramente rinvigorito la fragile fiducia che Alan aveva in se stesso. Comunque, il suo volontario appartarsi parve funzionare. Alan sembrava più felice e più soddisfatto. Elizabeth era ragionevolmente sicura che dopo la sera del loro franco discorso lui avesse rotto l'ultima relazione illecita e non ne avesse ancora allacciata una nuova. Tra loro non ne parlarono più e questo naturalmente non era molto salutare. Era come una tregua sorvegliata. Per la verità Elizabeth avrebbe voluto che parlassero ancora dei loro problemi, ma aveva paura ad affrontare l'argomento. Forse era meglio lasciar perdere la faccenda per un po'. La gravidanza non sarebbe potuta arrivare in un momento più propizio, poiché le forniva la scusa necessaria per ritirarsi dalla sua posizione preminente nella vita cittadina. La prossima paternità, inoltre, pareva sollevare anche il morale di Alan.

Verso la primavera, Elizabeth si concesse un po' di tranquillità. Nel giugno del 1928 mise al mondo Quigly Alan Whitman, il figlio che aveva segretamente pianificato già due anni prima. Anche questa volta la reazione di Alan fu convenientemente entusiastica, ma senza la profusione di gioia mostrata alla nascita della figlia. Anzi, dopo essere stato in ospedale a vedere il bambino e a fare una breve visita a Elizabeth, parve quanto mai impaziente di tornare a casa da Ann. Elizabeth rimase stupita e anche leggermente ferita dall'indifferenza con cui aveva accolto l'arrivo del figlio maschio. E per la prima volta, dopo mesi, si permise di mostrarsi irritata con Alan.

«Davvero non ti capisco», disse. «Chiunque sarebbe felice di avere un figlio maschio. Non sei contento che ci sia qualcuno che porti il tuo nome?»

«È un bel bambino», rispose Alan, «e mi piace molto. Ma non mi sono mai preoccupato di cose come l'immortalità, specie della mia. Credo di non avere nessuna voglia di immaginare una lunga discendenza della mia progenie. Forse perché non penso di essere esattamente della specie che andrebbe perpetuata, nemmeno nel nome.»

La delusione rese tagliente la voce di Elizabeth «Eppure

mi sembravi piuttosto soddisfatto quando è nata Ann. E sei ancora infatuato di quella bambina. Anche adesso, non vedi l'ora di tornare a casa da lei.»

«Hai proprio ragione», ammise Alan. «Non so perché continui a rifiutare di accettarmi così come sono, Elizabeth. Te l'avevo già detto prima che nascesse Alan, che preferisco le femminucce.»

«Già, me ne sono accorta», rimbeccò Elizabeth. Appena detta quella frase, avrebbe voluto rimangiarsi le parole. Per un attimo un pesante silenzio gravò fra loro due. Alla fine Elizabeth si scusò. «Mi dispiace. Non intendevo dirlo.»

«Davvero?»

Alan si alzò per andarsene. Ritto ai piedi del letto, rimase un attimo a guardarla in silenzio. «Sto cercando di capire se devo dirti la verità o meno», disse infine. «Sarebbe facile dirti che mi preoccupo per Ann perché temo la gelosia fraterna. Ann ha quasi due anni. Finora è stata il centro del mondo. Del mio mondo, in particolare. Ora è inevitabile che risenta dell'arrivo di questo intruso, che le sottrarrà in parte la nostra attenzione. Potrei dirti che desidero stare con lei per rassicurarla, per farle capire che per me è importante come sempre, che nessuno potrà mai prendere il suo posto nella nostra vita.

«Ecco, questa potrebbe essere una spiegazione razionale, accettabile, della mia preoccupazione per Ann. E in parte sarebbe anche vera. Il resto della storia, anzi la parte più significativa, sarebbe che per quanti figli noi due possiamo avere Ann resterà sempre la mia prediletta. So che i bravi genitori non devono avere preferenze, ma sono solo sciocchi sentimentalismi. Con un po' di fortuna ora potremmo perfino pareggiare i conti: io mi dedicherò ad Ann e tu a Quigly. Così la famiglia avrebbe un perfetto equilibrio matematico, sempre ammesso che tu non ti faccia mettere incinta un'altra volta.»

Elizabeth rimase colpita da questo cinico discorsetto. «Vuoi punirmi, vero, Alan?»

Lui parve sorpreso. «Punirti? E di che?»

«Non so; forse delle mie parole prive di tatto di poco fa. O forse solo di essere viva e di starti fra i piedi.»

Alan non era in vena di lasciarsi rimproverare. «Mio Dio, come siamo melodrammatici, oggi! Ti sei sempre vantata di sapermi capire tanto bene, Elizabeth. E allora, perché non cerchi di arrivare alla radice del problema, adesso? Anche uno psichiatra dilettante capirebbe la mia mancanza di entusiasmo per la nascita di un figlio maschio: temo la competizione maschile in ogni sua forma. D'accordo? E adesso ti prego di scusarmi, sono sicuro che hai bisogno di riposo.»

Elizabeth voltò la testa sul cuscino. Quando la porta si chiuse, pianse amaramente. Questa volta comunque non pianificò altri figli.

Appena le tornarono le forze, Elizabeth ritrovò il suo ottimismo. Dopo la nascita di Quigly le cose andarono abbastanza lisce per la famiglia Whitman, come era successo anche dopo la nascita di Ann. Alan continuava a «comportarsi bene», almeno per quanto ne sapeva lei, anche se i loro rapporti fisici erano meno frequenti e meno appassionati che nel breve e felice periodo seguito alla nascita di Ann. Eppure non fu un momento infelice. Alan s'interessava appena del piccolo e non faceva certo mistero della sua predilezione per Ann. Elizabeth cercava di dividere equamente il suo amore. Non volle certo, come le aveva suggerito Alan, pareggiare il punteggio dando la sua preferenza a Quigly. Dava a tutt'e due i bambini lo stesso affetto e la stessa sicurezza che era capace di offrire. Anzi, se possibile cercava di evitare anche il minimo segno di favoritismo. Quando qualcuno veniva a trovarla e ammirava il piccolo, Elizabeth si faceva un dovere di tenere anche Ann presente, di attirare l'attenzione su di lei e di lodarla per la sua bellezza e la sua intelligenza. Quigly era ancora un infante, che non si rendeva conto di nulla, eppure lo teneva tra le braccia e lo cullava sperando che nel subconscio lui sentisse l'amore e il senso di protezione della madre. Era un bambino molto diverso da Ann. La bimba era stata tutta sorrisi, moine e gridolini fin dalla nascita. Quigly invece era un bambino tranquillo, solenne, con un'espressione che in una persona adulta si sarebbe potuta definire accigliata. Guardando i suoi bambibi, Elizabeth si chiedeva che carattere avrebbero avuto. Come sarebbero stati a vent'anni? E io, si chiedeva, come sarò io, allora?

Giorno per giorno si rendeva conto sempre di più di non potere continuare all'infinito la parte di reclusa che s'era scelta. Scoppiava d'energia e aveva una gran voglia di ributtarsi nel vortice delle cose. Le riusciva sempre più difficile dire di no ai vari comitati di assistenza e alle varie iniziative che chiedevano il suo aiuto. Era stufa di quell'inattività forzata Beulah se la cavava egregiamente sia nel prendersi cura della casa sia nel badare ai bambini. Durante il giorno, Elizabeth non aveva altro da fare che leggere e ricamare, oppure fare un po' di giardinaggio, pranzare con le amiche al *Country club* o andare in città, a Boston, a fare qualche commissione.

Anche le attività della sera riuscivano solo in parte a sollevarla dalla noia. Era stanca delle cene in casa loro o degli amici, stanca di vedere sempre le stesse facce, per lo più colleghi d'ufficio di Alan con le rispettive mogli, che probabilmente, pensava Elizabeth, guardavano i Whitman chiedendosi incuriositi a che punto fosse il loro matrimonio. Cambiò più volte l'arredamento di casa, finché un giorno Alan commentò seccamente che avrebbe fatto mettere tutti i mobili su rotaie, in modo che Elizabeth si sarebbe potuta semplicemente sedere in mezzo alla stanza e far funzionare gli scambi, per spostarli più facilmente. Elizabeth rise, ma sapeva che quella era solo una manifestazione della propria irrequietezza. Tuttavia esitava a riprendere il suo posto di rilievo nella comunità, temendo di poter avere di nuovo un «ruolo competitivo» agli occhi del marito.

Ci volle la crisi del 1929 per riportarla a qualche attività di una certa soddisfazione. Comunque i Whitman non furono personalmente colpiti dalla crisi. Certo anche alla Moreford ci furono riduzioni di personale, ma per fortuna Alan non fu tra coloro che si ritrovarono di colpo senza lavoro e pieni di paura. Alan era troppo importante per la ditta, l'unico che potesse fare uscire la fabbrica dalla Depressione. Nemmeno il professore Quigly fu toccato. Non possedeva azioni, non era coinvolto in nessuna speculazione e viveva, come sempre, del suo modesto, ma dignitoso salario di professore. Elizabeth si rendeva conto della loro fortuna. E si rendeva conto anche della povertà che aveva colpito tanta gente nella zona di Boston. Alla fine il bisogno di quella povera gente le parve più importante dei suoi timori a tornare ad assumersi qualche pubblico impegno. In passato aveva prestato la propria opera in molti comitati assistenziali organizzati dal comune e fu molto contenta quando il sindaco in persona si rivolse a lei per chiederle di costituire un Comitato femminile d'assistenza, per fare il possibile per i disoccupati e le loro famiglie.

Comunque, prima di accettare l'incarico, volle parlarne con Alan.

«Perché dovrei essere contrario?» chiese lui con calma, quando Elizabeth gli ebbe spiegato la cosa. «Dio sa se quei poveri diavoli hanno bisogno d'aiuto. Ma che cosa farete per loro, tu e il tuo comitato di dame di carità?»

«Non so esattamente», rispose Elizabeth. «Immagino che cercheremo di raccogliere denaro per offrire cibo, asilo e abiti alla gente. Forse dovremo regalare qualche indumento. E magari organizzeremo delle mense nelle zone più povere della città.»

«Non vedo che male possa fare. Inoltre devo dirti che mi aspettavo proprio che volessi tornare a fare qualcosa. Mi sembri un topo in trappola. Forse ti farà bene ricominciare a flettere i muscoli. Devo dire che sei stata un modello di modestia. Cominciava quasi a darmi sui nervi, questa parte di schiva mogliettina che hai recitato con tanto impegno.»

La reazione di Alan le diede un senso di disagio. Cercò di presentare il progetto con noncuranza. «Non è poi un compito così importante, quello che mi vogliono affidare», disse. «Tu sei sempre quello di casa che ha cervello e responsabilità, Allan.»

«Oh, per l'amor di Dio, finiscila con queste stronzate ricoperte di zucchero! Sono un insulto alla mia intelligenza. So esattamente quello che hai per la testa. Temi che io mi senta di nuovo minacciato nel mio ruolo di capofamiglia, vero? Be', forse sarà così e forse no. Ma non ha senso continuare questa farsa all'infinito. Tu sei quella che sei. Non puoi considerarti assunta a vita per farmi sentire superiore. O per provarci. È sempre stata una ridicola finzione. Se tu non facessi altro che startene seduta sul tuo posteriore per tutta la vita, probabilmente non riuscirei mai a superare la sensazione di non essere all'altezza. E non solo in confronto a te, ma in confronto al mondo intero.»

Lei protestò. «Ma, Alan, non è affatto vero che non sei all'altezza. Lo dimostri ogni giorno. Guarda ad esempio che progressi hai fatto nel tuo lavoro e come sei apprezzato in tutta l'industria.»

«Senti, non ho nessuna voglia di ricominciare questo discorso», sbottò. «Sono maledettamente stufo di tutti i tuoi più che evidenti sforzi di tirarmi su abbassando te stessa. Per quanto riguarda questo matrimonio, o funzionerà o non funzionerà. E non c'è un accidenti di niente che tu o io possiamo fare. Lascia perdere l'argomento, Elizabeth. Lascia stare le nostre vite, non rovinarle del tutto con le tue cure maldestre.»

Elizabeth rimase sveglia tutta la notte, a pensare quale potesse essere la via migliore da prendere. Verso l'alba finì per accettare la fredda analisi di Alan. Ha ragione lui, pensò ineluttabilmente. Non posso manipolare le nostre vite come sposto quadri su una parete. Dobbiamo correre i nostri rischi, come tutte le persone sposate.

Il mattino seguente telefonò per accettare l'incarico. Alle dodici i giornali di Boston la fotografavano alla City Hall, mentre stringeva la mano del sindaco. Le foto, con il titolo «La signora Whitman accetta un importante incarico locale», apparvero sui giornali dell'indomani. Quella sera stessa il signor Alan Whitman «rimase fino a tardi in ufficio».

Tutto ricominciò come prima, ma questa volta Elizabeth non aveva bisogno di Alice Baldwin per sapere le brutte notizie. Rimase impotente a guardare Alan che riprendeva a bere, ad assentarsi spesso da casa la sera e tentare appena di nascondere la sua ostilità quando la radio o i giornali facevano allusione all'attività di Elizabeth. Se il telefono squillava dopo cena, Alan si comportava come se fosse sordo. Sapeva che si trattava sicuramente di qualcosa che riguardava il Comitato femminile d'assistenza e che Elizabeth sarebbe stata chiamata a rispondere, anche se aveva più volte chiesto che non le telefonassero a quell'ora per problemi o colloqui.

Da parte sua, Elizabeth accettava quella lenta, ma ineluttabile disintegrazione del loro rapporto con tristezza e un senso di completa frustrazione. Ora sapeva che non sarebbe mai riuscita a cambiare Alan, così come non poteva soffocare il suo desiderio di essere utile e costruttiva. Non parlavano più di divorzio, fra loro, ma non fingevano più nemmeno di essere una coppia felice. Alan era discreto per quanto riguardava le sue relazioni, ma Elizabeth capiva che i loro amici ne erano al corrente. Lei lasciava che le cose andassero avanti così, restando ostinatamente del suo parere e riuscendo comunque a fare buon viso a cattiva sorte.

Il loro unico vero legame erano i bambini. Nel 1932 Ann

era una bella bambina di sei anni, che adorava chiaramente il padre, spudoratamente conscia di averlo ai suoi piedi. Quigly era un bel ragazzino, ben fatto e robusto, con la stessa struttura del padre, lo stesso carattere imprevedibile e la stessa tendenza alla ribellione ostinata. Non mostrava grande affetto per nessuno dei genitori. Era più attaccato a Beulah, l'unica che sapesse dominare le sue collere e riuscisse perfino a tenere testa alla sua caparbietà.

Elizabeth ammetteva d'essere un fallimento come madre. I suoi tentativi di stabilire un certo rapporto con Ann fallivano sempre. Nei rari momenti in cui le sembrava di essere quasi riuscita ad accostarsi alla figlia, come per magia compariva Alan e i due sparivano a guardare qualche nuovo giocattolo che lui le aveva portato, o a sedersi comodamente in poltrona, Ann in braccio, a scambiarsi piccoli segreti. Quigly era ancora troppo piccolo per poter veramente comunicare con lui. In genere accettava l'affetto della madre con indifferenza, come se gli fosse dovuto, e come se il fatto che lei esistesse o meno gli fosse assolutamente indifferente.

Sin dall'inizio Elizabeth cercò d'istillare nei suoi figli l'amore per la bellezza e la cultura. Sottraeva tempo ai suoi impegni per portarli al museo, a qualche spettacolo teatrale per bambini o al Boston Common, dove cercava d'insegnare loro i nomi delle piante e degli uccelli. Ma durante queste spedizioni i bambini si mostravano inquieti e annoiati. Tuttavia, Elizabeth insisteva. E insisteva pure negli sforzi per imporre ai bambini la disciplina, anche se spesso gli ordini che dava ad Ann erano subito annullati dall'indulgenza di Alan. Insisteva anche perché Ann imparasse a tenere in ordine la sua cameretta e Quigly imparasse a vestirsi e mangiare da solo. Come aveva supposto, Elizabeth rappresentava per Ann l'impopolare figura dell'autorità. Per Quigly, forse, era solo un adulto in più da tollerare.

Comunque il lavoro la stimolava molto e suo padre era una specie di torre incrollabile. Anche se non gli aveva mai parlato dei problemi con Alan e i bambini, Elizabeth sapeva che suo padre se ne rendeva conto e che il saperlo era per lui tanto doloroso quanto i sintomi della propria malferma salute, che parevano aumentare di giorno in giorno. Una volta che Elizabeth andò a trovarlo, Charles stava così male che quasi non riuscì ad alzarsi dalla poltrona. Aveva un'aria fragile e grigia, ma come sempre sorrise appena la vide. Il suo affettuoso saluto venne tuttavia interrotto da un violento attacco di tosse. Elizabeth non riuscì a nascondere la sua preoccupazione

«Papà, ma che hai? Dimmelo, te ne prego!»

Boccheggiante e senza fiato, incapace di parlare, Charles si limitò a fare un gesto con la mano, per rassicurarla. Quando l'attacco finì, Charles si abbandonò debolmente nella poltrona con un viso stanco e tirato, ma di nuovo perfettamente calmo e tranquillo.

«Niente di serio, tesoro», disse. «Maledettamente seccante, lo ammetto, ma niente di fatale.»

Elizabeth non gli credette. «Che cosa dice il dottore? Che cure ti ha dato?»

«Non c'è proprio niente da curare», rispose Charles. «È solo debolezza toracica. La cura migliore è il riposo e aria fresca. Niente di preoccupante. Ti do la mia parola. Ti ho forse mai mentito?»

Ma Elizabeth non si lasciò convincere. «Penso che ci sia qualcosa che non mi dici. Dovresti consultare uno specialista. Perché non vai al Massachusetts General e ti fai fare un bel controllo generale? Sarei molto più tranquilla.»

«Tesoro, te l'ho detto, stai esagerando. Ogni tanto mi vengono questi attacchi di tosse, ma poi passano. Lasciamo perdere. Piuttosto, parlami di te. Come stanno i bambini?»

Lei notò che non le chiedeva di Alan. Non lo faceva mai, da un po' di tempo a quella parte. Gli raccontò dei nuovi interessi di Ann, delle sue lezioni di nuoto e dei progressi di Quigly all'asilo. Parlò di un progetto che le stava molto a cuore per aiutare i bambini ritardati. «È un argomento che spezza il cuore», disse, «ma importantissimo. Stiamo costituendo un comitato, nella speranza di sensibilizzare l'opinione pubblica. Abbiamo bisogno di sostegno economico e il comune non ce lo può dare. Siamo in cerca di fondi privati.»

«Immagino che aggiungerai questa presidenza a tutto il resto del tuo lavoro.»

«No, non sarò io la presidentessa. Ci lavorerò soltanto. È così triste vedere quei poveri piccoli handicappati e mi fa sentire così egoisticamente felice che i miei siano sani, per capricciosi che siano ogni tanto, quei due piccoli birichini.»

Lui annuì. «Ti danno qualche preoccupazione, vero?»

Elizabeth rise. «Per citare te, maledettamente seccante, ma

niente di fatale. Temo che la nostra piccola Ann sia viziata in modo impossibile. Se continua così, diventerà presuntuosa e arrogante. Quigly, poi, per me è assolutamente un mistero, lo confesso. A volte penso che viva in un mondo tutto suo, anche se mi rendo conto che è una cosa molto strana da dire di un bambino di quattro anni. Ma non saprei come altro esprimermi.» Si strinse filosoficamente nelle spalle. «Comunque sono due bei bambini robusti, grazie a Dio, e probabilmente con il tempo queste stranezze che mi irritano spariranno. Per ora tutto quello che posso fare è amarli e cercare di far loro apprezzare le cose belle di questo mondo. Dio solo sa se a loro sembrano interessare ben poco.»

«Forse pretendi troppo da loro, Elizabeth. Sono ancora dei bambini.»

«Lo so. Non faccio che ripetermelo.» Lo guardò maliziosamente. «No, è inutile che tu me lo dica, professore. Non ho dimenticato la predica della vigilia del mio matrimonio. Non sto cercando di cambiare nessuno. Nemmeno i miei figli.»

Charles sospirò. «C'è differenza tra cambiare e guidare. Come madre, la seconda cosa è tuo compito. Se la fai bene, anche la prima avverrà senza sforzo. Continua a metterli di fronte alle cose concrete della vita, le cose belle. Prima o poi qualcosa resterà dentro di loro.»

Elizabeth gettò un'occhiata all'orologio. «Dio mio, il tempo è volato. Devo scappare, papà. Verrai presto da noi?»

«Ma sì, certo.»

«E penserai alla possibilità di quel check-up in ospedale?»

«Ci penserò a una condizione.»

«E cioè?»

«Che tu non ci pensi affatto. Hai già abbastanza problemi. Non aggiungerne di immaginari.»

Lei sorrise con aria pensosa. «Va bene, ci proverò. Ma sai che non sopporterei che ti succedesse qualcosa.»

«È un'eventualità che alla fine dovrai accettare, mia cara.»

«No», fece Elizabeth. «Non ci voglio nemmeno pensare.»

«L'idea è appunto questa», ribatté Charles.

Nel 1932 Elizabeth aveva effettivamente molti problemi, alcuni di carattere personale, altri provocati dalle caotiche condizioni in cui versava il paese. Era l'anno in cui venne eletto presidente Franklin Delano Roosevelt, con le sue famose promesse di un New Deal per portare la nazione fuori dalla lunga Depressione. Le cose non potevano andare peggio.

Le file di gente in attesa della distribuzione gratuita di pane riempivano Elizabeth di compassione. Come pure la notizia della preclusione al diritto di riscatto delle ipoteche, la dilagante disoccupazione e la terribile povertà, che parevano distruggere il suo paese. Fedelissima democratica, Elizabeth guardava con fiducia al nuovo forte e trascinante presidente e ringraziava egoisticamente Dio che la triste situazione finanziaria di tanti non avesse toccato né lei né la sua famiglia.

Anzi, per una quasi imbarazzante concatenazione di avvenimenti, le fortune dei Whitman aumentarono. Il lavoro di Alan attirava sempre più l'attenzione dell'amministrazione di Washington, un'amministrazione pronta a favorire giovanotti brillanti e lungimiranti. I famosi «Cento giorni», in cui vennero adottate misure drammatiche, come il *National Industrial Recovery Act* e la *Tennessee Valley Authority*, portarono anche molti cambiamenti in vari campi del mondo dell'aviazione. Il New Deal era a caccia di scandali dell'amministrazione Hoover e in quell'anno il Black Committee, capeggiato dal senatore L. Black, avrebbe aperto le udienze su quelli che sarebbero dovuti essere dei sussidi pagati per la posta aerea oltreoceano. Queste udienze ben presto presero in esame anche la situazione dell'aviazione civile nazionale, accusando le grosse compagnie aeree di avere indebitamente ottenuto contratti per la posta aerea. Nel 1934 Roosevelt avrebbe annullato tutti i contratti, affidando il trasporto aereo della posta all'esercito per un breve periodo, con risultati disastrosi.

Nel 1933 la partecipazione statale si estendeva in due campi: le Poste, che controllavano la posta aerea, e il Bureau of Air Commerce, responsabile delle questioni tecniche riguardanti i piloti, gli apparecchi, il traffico aereo e simili. In questo secondo campo, dipendente dal Ministero del commercio, fu chiamato a collaborare Alan Whitman. Venne nominato vicedirettore del Bureau of Air Commerce e trasferito a Washington.

Elizabeth era al settimo cielo.

«Oh, Alan, sono così fiera di te! L'uomo numero due del Bureau of Air Commerce! Saremo davvero importanti a Washington, vero?»

«Calma», le raccomandò lui. «Non sono ancora stato nominato segretario di Stato. Non è proprio una carica altissima, ma è un pósto importante. Cristo, spero di farcela.»

«Ma certo che puoi farcela! E io ti aiuterò in tutti i modi possibili. Aspetta e vedrai. Saremo la coppia più popolare di Washington.»

«Franklin ed Eleanor saranno stupiti di sentirlo», disse Alan. Non c'era allegria nella sua voce. «Però abbiamo parecchio in comune, con loro. Ho sentito dire che la loro vita intima è ancora più finta della nostra.»

«Forse», replicò Elizabeth piano, «può darsi che cambiare ambiente ci serva anche sotto questo aspetto.»

Ma Alan pareva deciso a insistere in quel suo insolito atteggiamento crudele. «Tutto è possibile, penso. Ma lo sai che a Washington la percentuale è di cinque donne per ogni uomo?»

Elizabeth si lasciò prendere dall'esasperazione. «Oh, insomma, possibile che non ti vada bene niente? Sembra che tu sia deciso a fare fiasco, non solo nel matrimonio, ma anche nel lavoro!»

«Non deciso. Destinato.»

«E allora rifiuta quel maledetto lavoro», sbottò lei con ira. «Resta qui a Boston, nel tuo bel posticino comodo alla Moreford con la tua schiera di segretarie supersessuate. Volti la schiena ad ogni mio gesto affettuoso. Respingi qualsiasi incoraggiamento io cerchi di darti. E va bene! Sono cinque anni ormai che vivo praticamente per conto mio e posso continuare a cavarmela, senza nessun aiuto da parte tua. Non ho bisogno di Washington, io! Sei tu, Alan, che ne hai bisogno. Ma se intendi semplicemente trasferire tutti i tuoi timori e la tua abitudine all'autodenigrazione da una città all'altra, allora lascia perdere! Ti offrono su un vassoio d'argento la promozione che tanto aspettavi e tu speri solo di non potercela fare. Avremmo un'altra occasione per ritrovare quello che abbiamo perduto fra noi e tu non sai fare altro che citarmi statistiche sulla proporzione tra maschi e femmine. Hai già perso prima di cominciare, vero? Già da tempo hai abdicato a tutte le tue responsabilità. Tutto non è che un gioco stupido e infantile, e allora perché darsi da fare?»

Lui la fissò. «Dovremo essere a Washington tra sessanta

giorni. Sarà bene che la prossima settimana tu vada laggiù a cercare una casa.» E senza altre parole uscì.

Elizabeth sentì la sua auto avviarsi. Sapeva che per quella sera non lo avrebbe più rivisto.

Ma quando il giorno dopo andò a trovare Charles, per raccontargli la novità, tutto il suo entusiasmo e la sua allegria erano apparentemente ritornati. Charles sembrava essersi un po' rimesso in salute e fu naturalmente molto contento della notizia.

«Ma è magnifico, gattina mia», disse. «È un grande riconoscimento per Alan e soprattutto ben meritato, ne sono sicuro. Certo mi mancherete, ma Washington non è poi in capo al mondo. Riusciremo a vederci ogni tanto, spero.»

«Ma certamente! Non ci andrei, se questo dovesse significare una lunga separazione da te.»

Charles, la guardò curiosamente. «Spero che tu non intenda dire proprio questo», osservò. «Preferirei sapere che Alan viene per primo. E che tu lo seguiresti anche in capo al mondo, senza pensare a quello che potrebbe significare per noi due.»

Elizabeth non rispose. Evitò di guardarlo dritto negli occhi.

«Che cosa c'è, Elizabeth?» chiese Charles. «È forse arrivato il momento di fare quel lungo discorso che abbiamo sempre rimandato? Non sono cieco, sai. Riesci a ingannare quasi tutti, ma quando si tratta di te ho una sensibilità particolare. Gli ultimi due anni sono stati molto difficili, vero?»

Lei annuì. «Molto.» E con grande semplicità gli raccontò tutto quanto, compresa la conversazione della sera prima. Era molto calma, in grado di parlare del proprio matrimonio con la stessa clinica obiettività che se si fosse trattato dei problemi di un'altra donna. Charles rimase colpito nel vederla così oggettiva, così fredda. Ora capiva di avere avuto ragione a proposito di Alan fin dal principio. Il suo fascino era tutta apparenza, una specie di copertura difensiva di qualche intimo tormento. Era incredibile che Elizabeth potesse parlare così particolareggiatamente delle infedeltà del proprio marito, della sua ostilità, con tanta compassata freddezza. Forse, pensò Charles, è perché s'è trovata con troppe responsabilità sulle spalle ancora tanto giovane. Prima padrona di una casa senza madre, poi moglie di un uomo più anziano di lei di dodici anni. Ma in parte doveva anche essere il carattere ereditato da

Ann, sua moglie, che aveva la stessa ferma determinazione a tenere per sé i suoi problemi e a condurre la vita in modo ordinato e preciso, almeno fino al momento della sua imprevedibile fine. Mentre questi pensieri gli attraversavano la mente, Elizabeth finiva di raccontare la sua storia. A un tratto gli sorrise.

«Caro papà, sei riuscito a tirarmi fuori le cose più impensate. Non avevo la minima intenzione di raccontarti tutto questo. Non sono problemi tuoi. Posso farcela da me e tu non ti devi preoccupare. È un ordine! Questa occasione di Washington è una fortuna. Lo so, lo sento. Vedrai, andrà tutto bene. Davvero. Te lo prometto.»

Ecco, era tornata l'Elizabeth che tutti conoscevano: gaia, serena, equilibrata. Ma Charles sapeva che quella non era la vera Elizabeth. La vera Elizabeth era spaventata, insicura e gli chiedeva un aiuto che lui non sapeva come darle. Elizabeth non era quel modello di autosufficienza che la liscia superficie poteva fare credere.

«Vuoi lasciarlo?» Perfino a lui quelle parole parvero sciocche e inadeguate. «Sai che tu e i bambini potrete sempre venire qui.»

«Lasciarlo?» Elizabeth pronunciò quella parola come se fosse assurda. «No, non lo voglio lasciare. Se l'avessi voluto, l'avrei già fatto da un pezzo. Alan ha bisogno di me, papà, che se ne renda conto o no. E immagino che in qualche strano modo abbia anch'io bisogno di lui. Ti prego, ti prego cerca di dimenticare tutto quello che ti ho detto. Me la caverò. Vedrai. Alan non è il primo marito che esce dalla retta via, né io la prima moglie che ve lo riconduce. Buon Dio, non viviamo più nell'epoca vittoriana. Non ho intenzione di mettermi a letto, con il mio dolore e i sali. Siamo nel 1933. Un'era emancipata. Noi donne combattiamo le nostre battaglie. Non scappiamo, come una fanciulla che si presenta sulla soglia di casa in una notte di bufera con un infante tra le braccia, piagnucolando che 'lui' le ha fatto torto. E adesso vuoi finirla di fare il vecchio adorabile impiccione e lasciarmi perdere? Ho bisogno di una sola cosa da te: te. Perciò prenditi cura di te stesso, vuoi? E io avrò cura di me. Parola d'onore.»

Charles annuì in segno di muto consenso. Non c'era niente da dire. Niente da fare, se non sperare.

PARTE SECONDA

GEORGETOWN 1933-1935

Molto più tardi, quando fu in grado di essere più obiettiva, Elizabeth si rese conto che il suo matrimonio con Alan era stato come una corsa sull'otto volante. Era partito in fretta, ma in modo regolare, con la consapevolezza dei brividi e dei moderati rischi che ci sarebbero stati. Aveva proseguito per i lunghi declivi del piacere, era salito ad altezze vertiginose di estasi e a vette di gioia da levare il fiato, per poi piombare rapidamente a orrende profondità. E come in tutti i luna park, si era infine fermato sul terreno, dove i passeggeri scen devano dai carrelli scossi, ma sollevati di trovarsi finalmente con i piedi per terra. Durante la corsa, Elizabeth non era mai riuscita a sfogare le sue paure con strilli e urla. Era rimasta seduta, irrigidita in una specie di disperato terrore che non avrebbe mai lasciato intuire a nessuno. Aveva fatto tutto il viaggio in silenziosa angoscia, anticipando le impennate verso l'alto ben sapendo che ogni volta sarebbe seguita l'inevitabile discesa a picco, preparandosi ogni volta alla straziante incertezza di tutto.

Non c'è da stupirsi che difficilmente la gente salga da sola sull'otto volante. Come per il matrimonio, anche per le montagne russe ci vuole un buon compagno di sedile, qualcuno cui attaccarsi, da stringere freneticamente quando comincia la lunga, pericolosa discesa e con il quale ridere quando il carrello illeso ricomincia a salire. Su e giù. Giù e su. E senza mai sapere che cosa ci sarà oltre la china seguente.

Questo tipo di analisi spassionata era naturalmente lontano

mille miglia dalla mente di Elizabeth, al momento in cui partì da Boston per recarsi a Washington a cercare casa per la famiglia Whitman. L'idea del viaggio la eccitava molto. Nel 1933 l'aviazione era ancora una novità e per molti volare era ancora una cosa pericolosa e d'avanguardia. Elizabeth adorava volare, così come le piaceva essere su un treno o su una nave, se non doveva essere lei il pilota. Detestava perfino guidare l'auto. E questo era stranamente in contrasto con il suo carattere.

Normalmente infatti Elizabeth si sentiva più a suo agio quando il controllo era nelle sue mani. I trasporti costituivano un'eccezione, un'incongruenza per sua stessa ammissione. Si sentiva molto meglio quando era affidata alle cure di un esperto pilota o di un ingegnere, di un capitano di mare o di un autista competente piuttosto che quando era lei stessa a guidare il proprio destino. La sua presuntuosa convinzione di essere più capace degli altri spariva quando si trattava di veicoli a motore. Era una strana ammissione di incapacità, pensava tristemente. Forse la vita sarebbe stata migliore se fosse riuscita ad ammettere la propria debolezza anche in altri campi più significativi.

Ora comunque il suo compito era di trovare casa in quella strana e bella città. Per vicina che fosse a Boston Elizabeth non conosceva Washington e, quando all'imbrunire il taxi la portò dall'aeroporto Virginia attraverso la città, Elizabeth fu conquistata da quella pura intatta bellezza. La prima occhiata al Lincoln Memorial le strappò un sospiro di piacere. Osservava i viali ampi e larghi, a tre corsie, meravigliandosi che fossero così puliti. Non aveva mai visto Parigi, ma non stentava a credere che l'architetto di Washington si fosse ispirato alla capitale francese. La città sembrava possedere vitalità ed eleganza, ma anche una straordinaria tranquillità da cittadina di provincia. Incredibile, pensò, che i destini del mondo si decidessero dietro quella facciata cordiale e modesta.

Il taxi si fermò davanti al *Carlton Hotel*, che un piccolo parco separava dalla Casa Bianca. Il portiere con un sorriso le prese la borsa e la condusse al banco della reception, dove Elizabeth diede il proprio nome. L'impiegato aveva un leggero accento del Sud, tipico, come Elizabeth avrebbe avuto poi modo d'imparare, degli abitanti di Washington.

«Stanza 422, signora», disse. «Mi auguro che il soggiorno qui sia di suo gradimento.»

Elizabeth si sistemò nella sua stanza, appese qualche abito e prenotò una chiamata per Cambridge, per far sapere ai suoi che era arrivata sana e salva. Alan non c'era, le comunicò Beulah, ma i bambini stavano bene: non doveva preoccuparsi. Sì, Beulah avrebbe chiamato il professore e gli avrebbe riferito che la signora aveva fatto buon viaggio. La signora non doveva preoccuparsi. «Torni a casa presto. Sentiamo già la sua mancanza.»

«Anche voi mi mancate», disse Elizabeth. Era la prima volta che si allontanava dai bambini. La prima volta, del resto, che viaggiava sola. Era stranamente eccitante rendersi conto di essere assolutamente anonima in una grande città. Nessuno sapeva esattamente dove lei fosse in quel momento. Si sentì improvvisamente libera e felice. Tanto che decise di scendere al bar dell'albergo a bere qualcosa prima di cena.

Con la recente abrogazione del proibizionismo, la sala bar aveva assunto una nuova importanza nella vita dei cittadini e infatti il bar del *Carlton* era il punto di ritrovo più popolare di tutta Washington. Dalle cinque del pomeriggio in poi la sala dalle luci velate, arredata in uno strano stile pseudomoresco, era la mecca tanto dei turisti che dei nativi. Anzi, si sarebbe dovuto dire più correttamente dei «residenti e dei visitatori». Washington aveva pochissimi nativi e quei pochi, i cosiddetti «cavernicoli», raramente frequentavano bar e ristoranti. La capitale era una città per divertimenti casalinghi. C'erano solo pochi ristoranti decenti, in genere quelli dei grandi alberghi come lo *Shoreham* o il *Mayflower*, e solo un paio di luoghi in cui mangiare, come l'*Occidental* in Pennsylvania Avenue, o l'*Harvey Seafood House* in Connecticut Avenue.

Ancora Elizabeth non aveva idea della netta linea di separazione tra gli «estranei» che mangiavano e bevevano nei luoghi pubblici e gli abitanti fissi di Washington, che ricevevano o venivano ricevuti nelle case di Georgetown o Chevy Chase o che si divertivano alle grandiose feste date nelle eleganti magioni diplomatiche del «giro delle ambasciate» in Massachusetts Avenue. Elizabeth sapeva solo di essere in mezzo all'atmosfera più cosmopolita che avesse mai conosciuto, ancora più imponente e solida del ricco e appariscente mondo di Saratoga.

Ordinò un Martini molto secco e si abbandonò contro lo schienale della poltrona, soddisfatta di godersi la vista di Washington in movimento. I suoi occhi si erano ormai abituati alla penombra della sala e con grande piacere scoprì fra la folla volti di persone assai note, politici o giornalisti, che riconobbe dalle foto viste sui giornali. Fece una tranquilla cena nella sala da pranzo dell'albergo e tornò nella stanza 422 a sfogliare l'elenco delle agenzie immobiliari sulla guida del telefono. Era un lavoro quasi impossibile. Elizabeth rimase colpita dalla quantità di agenzie immobiliari elencate, senza che nessun nome le fosse sia pure vagamente familiare. Alla fine scelse una ditta che aveva gli uffici vicino all'albergo e ne trascrisse il numero di telefono, per chiamarla l'indomani mattina per prima cosa. Quindi fece un bagno e s'infilò in un letto estraneo, in una stanza estranea di una città estranea. Improvvisamente, la vita le parve straordinariamente facile. Forse, pensò, era perché non si era sforzata a fare conversazione e si era limitata a ordinare da mangiare e da bere. Com'era riposante! Che animale fondamentalmente egoista sono, pensò.

Se era egoista, era anche sfacciatamente fortunata. Il mattino seguente telefonò all'agenzia immobiliare e capitò nelle abili mani di una vivace e allegra signora di mezza età del Sud, la signora Chapman, che si offrì di passare a prenderla in albergo alle undici per «mostrarle alcune proprietà straordinariamente belle». Elizabeth accettò con entusiasmo. Dopo di che, per tre ore, non fece che entrare e uscire da una gran quantità di case al seguito dell'energica figuretta della signora Chapman. Quando arrivarono all'ottava, in Georgetown, Elizabeth capì di avere trovato ciò che cercava e decise di fermarsi lì, benché la signora Chapman volesse assolutamente mostrargliene ancora.

«Ma, cara, potrebbe anche trovarne una che le piace di più!» esclamò. «Non abbia tutta questa fretta di prendere la prima che le capita. Accidenti, e dire che vi credevo gente che va con i piedi di piombo, su nel New England. Mai avuto una cliente più facile!»

Elizabeth rise. «Non creda a tutto quello che le raccontano sui mercanti yankee. Non a questo, almeno. Io mi innamoro subito.»

La signora Chapman storse il naso. «Potrebbe essere solo infatuazione, sa.» Poi, vedendo l'aspetto deciso di Elizabeth si arrese con grazia. «Bene, se lei è proprio così sicura, signora Whitman, immagino che possiamo dire di avere concluso, a meno che lei non voglia prima farla vedere a suo marito.»

«Mio marito verrà a firmare il contratto d'affitto», disse Elizabeth. «Ma la scelta spetta a me. E io ho scelto. Non è una delizia di casa?»

Guardando la graziosa casetta georgiana con la facciata di vecchi mattoni e le stanze piccole, ma ben proporzionate, disposte su tre piani, la signora Chapman dovette ammettere che era una delle più graziose di quella via di acciottolato. Pareva avere tutto quanto serviva ai Whitman. Un soggiorno e una sala da pranzo abbastanza grandi al primo piano; una camera da letto padronale, un bagno e un salottino al secondo; tre stanze da letto e due bagni per i bambini e la nurse al terzo piano. La cucina e i servizi erano nell'interrato ed erano accessibili dalla strada da un ingresso separato. Sul retro c'era anche un giardinetto, l'ideale per i giochi di Ann e Quigly. Elizabeth stentava a credere alla sua buona stella. Ora era contenta che la signora Chapman le avesse mostrato tante case da affittare. In confronto alle nuove costruzioni in Chevy Chase e in Stepherd Park, con i loro finti stucchi e gli archetti in falso stile castigliano, quella casetta dell'Ottocento era un vero gioiello. A Elizabeth piaceva tutto di quella casa, anche che fosse situata in una tranquilla viuzza con alberi delicati e autentici lampioni a gas. Doveva risalire a un'epoca precedente, prima che Georgetown diventasse preda del «Kennedy chic», con i suoi pretenziosi ristorantini francesi dai prezzi salatissimi e le boutique orribilmente alla moda. La Georgetown del periodo cui apparteneva quella casa era come una Cambridge più bella, una cittadina intatta nella città.

Diede una caparra alla signora Chapman e tornò subito a Boston. Alan ascoltò le sue entusiastiche descrizioni con tiepido interesse, anzi quasi con indifferenza.

«Il prezzo è giusto», fu il suo unico commento. «Sembra okay, la settimana prossima andrò a firmare il contratto. Per non più di due anni, penso.»

Elizabeth parve sorpresa. «Credo che vogliano un minimo di tre anni. Probabilmente si basano sulla fine del periodo dell'attuale amministrazione.»

«Mi dispiace», osservò Alan, «ma non stanno affittando a Franklin Delano Roosevelt. Lui resta di sicuro fino al 1936, ma non si può dire che sarà lo stesso anche per me. Non so quanto resisterò in questo lavoro. Sarei davvero sciocco a impegnarmi per un affitto a lunga scadenza. Anzi, se vuoi proprio sapere la verità, mi sentirei molto meglio se si potesse affittare di mese in mese.»

Elizabeth non fece commenti. Aveva ormai imparato che quando Alan parlava con quel tono duro e sgarbato era solo per mascherare il suo nervosismo.

«Sarebbe un peccato però perdere quella casa solo per la questione di un anno», disse cortesemente. «Forse potremmo fare aggiungere una clausola, che ci permetta di subaffittare se firmiamo per tre anni. Questo risolverebbe tutto, non pare anche a te?»

Borbottando, Alan ammise che forse era così. «Sempre che riusciamo a liberarcene, eventualmente.» Alan detestava Elizabeth quando risolveva logicamente un problema, demolendo le sue irrazionali e arbitrarie affermazioni. Non capiva perché si sentisse tanto competitivo con lei: Elizabeth non era una donna autoritaria e dominatrice. Eppure affrontava ogni discussione con lei come se si trattasse di una battaglia e come se vincere fosse la cosa più importante del mondo. Non poteva sopportare quei suoi modi tranquilli e comprensivi. Avrebbe preferito che reagisse alle sue irritanti obiezioni con proteste emotive, magari perfino con lacrime isteriche piuttosto che con quel suo contrattacco freddo e sicuro.

Il loro rapporto lasciava anche Elizabeth disorientata. Era cresciuta in una casa in cui prevaleva la pacata ragione. Anzi, proprio lei aveva semmai rappresentato l'elemento capriccioso e imprevedibile della famiglia, mentre Charles era la ferma voce dell'equanimità. Ora invece, all'interno della propria casa, le parti erano rovesciate. Era Alan che sollevava le tempeste e lei che cercava di calmarle. Stava imparando che era inutile impegnarsi con lui in lunghe discussioni. Meglio cercare di dire subito la sua e sperare che l'innata intelligenza di Alan prevalesse sui suoi deliberati tentativi di creare difficoltà. Quella ridicola conversazione sulla casa di Georgetown era solo una delle quasi quotidiane discussioni che sorgevano fra loro.

Pensò all'offerta di accoglierla con i bambini che le aveva fatto Charles, effettivamente quella sarebbe stata l'unica cosa sensata e realistica da fare: lasciare Alan prima che la situazione si deteriorasse oltre ogni possibilità di essere sanata. Ma, per motivi che le restavano incomprensibili, Elizabeth non riusciva a farlo. Non era del tutto sicura di essere stata veramente sincera con suo padre quando gli aveva detto che lei e Alan avevano bisogno l'uno dell'altra. Forse era solo una tendenza al masochismo in ambedue che li teneva legati in quella lotta disperata. Forse nessuno dei due voleva ammettere il proprio fallimento, dato che tale sarebbe stato per lei il divorzio. Soltanto a se stessa confessò che probabilmente solo un ostinato orgoglio la legava a quel vuoto matrimonio. Così come per Alan era forse la debolezza che lo teneva attaccato a quel vincolo.

Stranamente, Elizabeth sentiva pena per lui. L'antica adorazione era ormai diventata solo compassione. E anche se la pietà è una ben fragile base per un matrimonio, tuttavia Elizabeth non era la prima donna che non si separava solo perché convinta che senza di lei la distruzione del suo spaventato partner sarebbe stata più rapida e completa. La cosa più triste era che ormai Alan era diventato per lei più un figlio che un marito, provava per lui quasi sentimenti materni e protettivi. Purtroppo non era un sentimento che generasse rispetto. E senza rispetto un amore maturo è impossibile.

Elizabeth comunque non lasciava trapelare la propria pietà. Se non altro, la mascherava così bene che Alan la scambiava per arroganza. Accidenti a lei, pensava. Non le importa altro che salvare la faccia. Fino a quando quelle sue regolette di buona creanza le sarebbero bastate? Alan sapeva bene quante volte l'aveva ferita e quante volte ancora l'avrebbe umiliata in futuro. E sapeva anche che la sua crudeltà era solo il sintomo di una malattia mentale. Eppure era maledettamente sicuro che l'avrebbe colpita ancora, ancora e ancora. Elizabeth era il comodo bersaglio per sfogare l'odio che nutriva per se stesso. Avrebbe continuato a torturare se stesso torturando lei, fino all'estrema malvagità che avrebbe messo fine a tutto una volta per sempre. Poteva essere il giorno seguente o dieci anni dopo, ma era certo che sarebbe accaduto. Il suo scopo era l'autodistruzione. Alan accettava questo dato di fatto. Se Elizabeth voleva continuare, era affar suo.

Se almeno fossero riusciti a comunicare fra loro, ci sarebbe stato un raggio di speranza. Ma per Elizabeth discutere con Alan era come ragionare con un ubriaco, anche quando lui non era esattamente in quella condizione. Per Alan, invece, parlare con sua moglie era come strisciare ai piedi di un sedicente oracolo, che si degnava di pronunciare pacate, ma incomprensibili parole di saggezza. Ormai aveva abbandonato ogni speranza di successo sia nella vita professionale sia in quella privata. Stava semplicemente segnando il tempo, in tutt'e due i campi, senza più speranze di poter cambiare rotta. E benché lo accusasse di aver abbandonato ogni responsabilità, Elizabeth rifiutava di affrontare emotivamente i fatti, pur accettandoli razionalmente.

Era dunque in questa specie di limbo che vivevano Elizabeth e Alan nel 1933, dopo otto turbolenti anni di matrimonio. Elizabeth vide perciò Washington come una pagliuzza cui attaccarsi, come una possibilità di speranza che si verificasse un cambiamento in Alan, grazie a un grosso successo nel campo del lavoro. Per Alan invece era solo una dilazione dell'inevitabile oblio.

Eppure, a dispetto del suo pessimismo, anche Alan si lasciò contagiare dall'eccitazione di Washington in quei primi tempi dell'amministrazione Roosevelt. Emanava un'atmosfera sovraccarica da quell'affabile capo di Stato, con il suo fascino sofisticato, i suoi audaci piani d'azione e l'incantesimo dei suoi «discorsi vicino al caminetto» che tenevano milioni di americani appiccicati alla radio. Alan trovò il lavoro affascinante. Gli piaceva quel nuovo potere di cui godeva sui giganti dell'industria aeronautica e rifioriva sotto quella pioggia di elogi e di pubblicità che gli veniva tributata. In quei giorni non fece mai apertamente nulla che potesse guastare l'immagine di Elizabeth, che aveva finito per diventare una delle signore più popolari di Washington dando piccole cene sofisticate nella sua bella casa di Georgetown o comparendo tutta elegante al braccio di Alan ai ricevimenti ai quali erano invitati quasi ogni sera. Alan non dava segno di seccarsi dei complimenti che gli altri uomini facevano a sua moglie. Tutt'a un tratto la perfezione che Elizabeth emanava parve alla sua mente confusa una prova della propria abilità nello scegliersi la compagna perfetta. I Whitman erano molto ricercati e ammirati. E per la prima volta Alan aveva la sensazione di essere lui a dare il passo. Era lui la star della famiglia. Nell'ebbrezza del successo, vedeva Elizabeth come un semplice satellite, comodo e inoffensivo.

Per ironia della sorte, questa volta fu l'irrequietezza di Elizabeth a turbare il primo periodo di armonia che avevano dopo tanti anni. Per quanto contenta della nuova serenità di Alan e felice della fiducia che aveva ritrovato in se stesso, Elizabeth cominciava a stancarsi di tutte quelle vuote attività mondane della Washington anteguerra. Proprio lei, che aveva sempre aspirato a una vita cosmopolita ed elegante, fu la prima a stancarsene. Una sera, dopo che erano usciti per dieci sere di fila, cercò di spiegare ad Alan queste sue sensazioni. Seduta davanti alla toilette, mentre si faceva il solito trucco leggero, emise un profondo sospiro. Alan la guardò nello specchio, mentre si aggiustava la cravatta nera.

«Ti spiacerebbe tradurre, cara?» le chiese.

Lei lo guardò seria. «Il sospiro, vuoi dire? Significa solo che darei l'anima per una serata tranquilla in casa. Niente chiacchiere, niente discorsi sul New Deal. Solo noi due. Ma ti rendi conto che sono dieci sere che non restiamo in casa? E prima abbiamo dato tre cene una in fila all'altra. Sono quasi due settimane ormai che non abbiamo un attimo di pace.»

Lui aggrottò la fronte. «Non capisco. Ma se eri proprio tu, che pensavi che questa fosse la vita più eccitante del mondo! Che senso avrebbe avuto trasferirci qui per poi chiuderci in casa tutte le sere?»

«D'accordo. Ma c'è sempre un giusto medium.»

«Ah, sì, certo che c'è. Si chiama signora McClaren e predice la fortuna. Dicono che fosse il consigliere spirituale del presidente Harding. E vedi quanto gli è servita!»

«Non sto facendo giochi di parole, Alan. La nostra vita sta perdendo il suo equilibrio. Non abbiamo mai l'occasione di parlare un po' fra noi, o semplicemente di rimanere a casa a ricaricare le batterie. Inoltre mi preoccupa il fatto che vedo così poco i bambini. Io so che cosa vuol dire essere privati della madre.»

«Per l'amor di Dio, Elizabeth, non essere sempre così tragica! Mary è una perla», disse riferendosi a Mary Jackson, la bambinaia di colore che Elizabeth aveva trovato quando Beulah aveva detto che non poteva trasferirsi a Washington con loro. «E poi hai tutta la giornata, per vedere i bambini, se proprio ci tieni tanto.»

«Tu credi?» replicò lei. Gli lanciò il suo carnet d'appuntamenti. «Da' un po' un'occhiata qui.» Ogni pagina era zeppa di appuntamenti, colazioni, tè, sfilate di moda, tutti i passatempi insomma cui si dedicavano le signore bene della Washington ufficiale, non solo per ragioni mondane, ma anche per mantenere i contatti che potevano risultare utili ai loro mariti.

Alan le ributtò l'agenda. «Non te l'ho chiesto io di fare queste cose», disse sulla difensiva. «Diavolo, per quello che mi riguarda puoi startene anche a casa a fare formine di fango tutto il giorno. Il mio lavoro va a meraviglia, non ho bisogno di nessun aiuto da parte tua. Quelle riunioni di comari non significano proprio un accidenti di niente. Le serate, invece, sì. È proprio allora che posso parlare in modo informale con le persone che contano. E questo è molto importante, per muoversi in questa città. Può darsi che non ti piaccia, ma fa parte del vivere qui.»

Elizabeth piombò nel silenzio. Alan era molto irritato.

«Che cosa hai intenzione di fare, adesso? Di tenere il broncio per tutta la serata?»

«Perché, ho forse mai tenuto il broncio?» chiese lei ragionevole.

Il tono di Alan divenne sarcastico. «Certo che no. Tu ti comporti sempre da perfetta signora. La figlia del professore. Tu e le tue schifose buone maniere!»

Elizabeth ci riprovò. «Alan, non perdere le staffe così in fretta. Sto solo cercando di dirti che se non ho qualche ora di tranquillità finirò per impazzire. Mi sento come se fossimo stati consegnati nelle mani del New Deal. Come se fossimo due marionette che ballano al suono di una folle musica. Il più delle volte è divertente, te lo concedo. Ma il troppo stroppia e ormai sono mesi che non facciamo che ruotare in questo girotondo. Mi chiedo se non sia il caso di concederci una pausa. Di rifiutare gli inviti meno importanti. Di stabilire di restare in casa almeno un paio di sere la settimana. Chiedo troppo?»

«Sì», sbottò lui sgarbatamente. «Chiedi troppo. Non siamo noi a stabilire le regole, qui. Tu eri maledettamente sicura che in questo lavoro me la sarei cavata. Ora però vuoi che me la cavi bene, ma solo se il metodo ti conviene. Bene, se così com'è il gioco non ti va, altezza, puoi anche sederti ai bordi del campo. Ma ricordati che ci starai da sola.»

Ma perché finisce sempre così? si chiedeva Elizabeth. Perché non possiamo mai avere una normale e ragionevole conversazione su un argomento qualsiasi? Perché, le diceva una voce dentro di lei, non vivi con un uomo normale e ragionevole. Allora cercò di vedere la cosa dal punto di vista di Alan. In un certo senso, aveva ragione lui. Lei era stata tutta entusiasmo e speranza che quel lavoro operasse una magia in lui. Ora che il sogno pareva avverarsi non era bello da parte sua cominciare a piantare grane. Alan non aveva tutti i torti. Avrebbe ridotto gli impegni giornalieri e avrebbe accettato di buon grado il fatto che Washington non concedesse nemmeno una serata di libertà ai suoi abitanti ambiziosi.

Gentilmente, cercò di scusarsi. «Hai ragione, scusami. Forse sono solo un po' stanca. Almeno troppo stanca per partecipare a questa serata. Ti spiacerebbe molto, caro, presentare le mie scuse? Sono certa che l'ambasciatrice francese capirà se le dici che ho un po' d'influenza. E poi ci sarà una folla tale, che nessuno sentirà la mia mancanza.»

Alan non era in vena di rispondere con altrettanta cortesia. «Hai ragione», sottolineò intenzionalmente. «Nessuno sentirà la tua mancanza.»

Se ne andò senza aggiungere parola. Quando la porta sbatté alle spalle di Alan, Elizabeth cominciò a tremare tutta. Da tempo temeva che quella nuova pacifica coesistenza sarebbe finita, ma non avrebbe mai creduto che sarebbe stata proprio lei a creare nuovi problemi. Sperava che, se si fosse adattata, Alan avrebbe superato, dimenticato quell'arrabbiatura e sarebbe tornato a essere gentile e ragionevole come era stato in quegli ultimi mesi. Purtroppo, credeva poco nella sua speranza. Lo conosceva troppo bene.

Elizabeth aveva ragione. Quella stupida scaramuccia era proprio la scusa che Alan, forse inconsciamente, aspettava. I segni esteriori della sua rinnovata ostilità contro di lei furono i soliti: più alcol e palese disprezzo nei suoi confronti. Perlomeno, pensò Elizabeth, non potrà ricominciare anche con le solite avventurette. Infatti continuava a rientrare regolarmente tutte le sere alle sette, come aveva fatto da che s'erano trasferiti a Washington, giusto in tempo per cambiarsi d'abito e uscire o ricevere gli ospiti. Docilmente, Elizabeth non fece ulteriori proteste contro l'eccesso di vita mondana. Cominciò invece a passare più tempo in casa nel pomeriggio, a giocare con i bambini quando tornavano da scuola cercando, sia pure con scarsi risultati, di avvicinarsi di più a loro. Ann viveva solo per il momento in cui suo padre tornava a casa. Quanto a Quigly, aveva trasferito l'affetto di cui era capace su Mary Jackson, che con lui era buona e paziente quanto lo era stata Beulah.

Ma le illusioni che Elizabeth si faceva a proposito della fedeltà del marito purtroppo erano solo frutto dell'ingenuità di una donna che viveva a Washington da troppo poco tempo per capire quanto era sofisticata la gente che ci abitava. Elizabeth si rendeva conto che nell'ambiente dei funzionari d'alto rango e dei diplomatici s'intrecciavano molti innocenti flirt. Era un innocuo divertimento che interrompeva la monotonia dei ricevimenti. Aveva anche notato che Alan era palesemente pieno di attenzioni verso molte belle signore che incontravano alle feste. Provò inoltre una certa angoscia per la speciale ammirazione che dedicava alla giovane moglie di un anziano industriale austriaco, ma cercò di allontanare i propri timori. Dopotutto gli Whitman erano insieme tutte le sere e anche se Alan avesse voluto darsi da fare non ne avrebbe avuto il tempo. Non era come ai vecchi tempi di Cambridge, quando «faceva gli straordinari» parecchie sere la settimana. Fortunatamente per lui, Elizabeth era troppo convenzionale per rendersi conto che persino le ore del giorno offrivano ampia occasione per incontri clandestini. Doveva ancora scoprire che spesso una tranquilla colazione all'*Washington Hotel Roof* era solo il preludio a un paio d'ore di discreta intimità in qualche motel dei paraggi. O che in una città in cui vivevano tanti europei chic, gli appuntamenti «cinq-à-sept» erano un'usanza acquisita tra le belle donne e i loro amanti. E non le venne mai in mente di chiedersi come mai, se gli uffici governativi chiudevano alle quattro, Alan non tornava a casa che alle sette. Elizabeth non pensò mai a indagare su queste tre ore buche, finché una sera Alan non venne a casa a cambiarsi in tutta fretta mentre lei, già in abito da sera, stava seduta sul letto a osservarlo. Alan si tolse l'abito da giorno e lo gettò insieme con la camicia sulla sedia accanto a lei. Lei prese la camicia per metterla nel cesto della biancheria sporca e sentì che emanava un forte profumo. Quel genere di profumo costoso che portano le mogli degli industriali. E sul colletto c'era, naturalmente, il classico segno d'un frettoloso incontro galante: la solita traccia di rossetto.

Elizabeth non disse nulla. Passò la serata con un sorriso stereotipato sulle labbra. Improvvisamente si rendeva conto che in pubblico Alan e la bella signora austriaca si evitavano di proposito e si salutavano in modo molto casuale e compito. Ma come ho fatto a essere tanto sciocca? si chiese. Avrebbe dovuto sapere che il bere e la freddezza verso di lei non sarebbero stati una punizione sufficiente. Doveva esserci anche questo colpo, per essere completa.

Quando rientrarono, verso mezzanotte, Alan si spogliò rapidamente, spalancò la bocca in uno sbadiglio e si buttò sul letto gemello, prima ancora che lei si fosse levata l'abito. «Gesù, sono sfinito», disse con la voce soffocata nel cuscino. «Queste maledette serate mi ammazzano.»

In un altro momento Elizabeth si sarebbe quasi divertita per quella sua involontaria ammissione che tutti quegli impegni mondani avevano finito per stancare pure lui. Ma quella sera non era in vena di battute umoristiche.

«Strano», rispose. «Avrei pensato che fossero le giornate a consumarti.»

Alan finse di non capire. «Il lavoro è duro», borbottò semiaddormentato, «ma per ora ce la faccio.»

«Accidenti, Alan, smettila di prendermi in giro.»

Era completamente sveglio, ora, supino, e la guardava gelidamente.

«Da quanto tempo va avanti?» chiese Elizabeth. «Chi è lei? No, non c'è bisogno che tu mi risponda. È quella puttanella austriaca da quattro soldi, vero? La tua camicia era impregnata del suo profumo, quando sei tornato a casa oggi. Dio, sei proprio stato furbo questa volta, vero? Non sei mancato da casa una sola sera, da che siamo qui. E io ero tanto stupida da credere che avessi chiuso con le tue sordide avventure. Evidentemente, non sono alla tua altezza. Non mi sarebbe mai venuto in mente che potessi passare le ore del giorno in modo così romantico.»

Lui la osservava fissamente. Quasi con gioia. Il suo silenzio non fece che accrescere la frustrazione di Elizabeth. «Come hai osato?» gli chiese. «Se non t'importa dei tuoi figli o di me, come puoi essere tanto pazzo da rischiare uno scandalo pubblico nella tua posizione? Non pensi come potrebbe influire sulla tua carriera?»

«Non me ne importa un accidenti di come può influire sulla mia carriera», ribatté lui tranquillamente. «Tanto la rovinerò comunque. Così come di certo rovinerò me stesso. Non dovrebbe giungerti nuovo. È una storia che senti raccontare da un pezzo.»

«Sentirla raccontare è un conto. Capirla, è un altro. Ho accettato il fatto che tu mi abbia amata per poco tempo. Forse non mi hai mai amata. Ma che cosa ti ho mai fatto, perché tu debba umiliarmi così? Dov'è il tuo orgoglio, Alan? La tua volgarità non mette in imbarazzo anche te stesso?»

Lui uscì lentamente dal letto e si infilò la vestaglia. «Penso che andrò a bere qualcosa.»

«Questa è la tua risposta a tutto, vero?»

«Perché, tu ne hai una migliore?»

Improvvisamente Elizabeth si sentì completamente sconfitta. Da arrabbiata diventò supplichevole. «Ti prego, non sfuggire a questo discorso, Alan. Non bere più niente. Hai già bevuto tanto stasera ed è sempre così, tutte le sere.»

«Già, è vero», convenne lui. «E per tua fortuna non sai quello che bevo durante il giorno. Oppure sì? A quanto pare stai diventando un buon detective. Ma non vorrei che il tuo dossier su di me restasse incompleto. Sai che in ufficio tengo una bottiglia nel cassetto della scrivania? Utilissima per una trincatina a metà mattinata, quando si hanno incubi giganteschi come i miei. E poi, naturalmente, ci sono i Martini prima di colazione, perfettamente legittimi. Quanto all'ora del cocktail, che è poi anche il momento migliore per scopare la signora in questione...»

«Finiscila!» gridò Elizabeth. «Non voglio sapere niente.»

«Ma come? Non mi avevi chiesto una spiegazione?» replicò lui con voce melliflua. «Mi pare di ricordare che dicevi di non capire perché ti umilio tanto, perché metto a repentaglio il mio splendido, fantastico posto di lavoro. Giusto, Elizabeth? Allora te lo dirò, mia cara. È semplicissimo. Ti umilio perché vado a puttane, e vado a puttane perché bevo, e bevo perché... Ecco, qui sta la chiave di tutto, vero? Sospetto di bere perché fondamentalmente sono un uomo insicuro, che è stato eccezionalmente furbo o fortunato. Sono riuscito a fare fessi tutti quanti sulle mie capacità. O, meglio, sulla mia mancanza di capacità. I miei datori di lavoro e perfino mia moglie sono convinti che io sia un tipo brillante. Secondo loro sono una vera e propria centrale elettrica. Sono stato in gamba, vedi, ma solo perché il novantanove per cento della gente è tanto stupida. Nessuno s'è ancora accorto che sono fatto di cartapesta. Un uomo a una sola dimensione, vuoto, che a furia di bluffare ha ottenuto posti di lavoro troppo importanti per lui e una moglie troppo in alto. E, visto che io solo conosco la verità, continuo a rimandare il giorno fatidico della scoperta tenendomi su con liquori secchi e corpi morbidi. Non mi sembra poi tanto difficile da capire, no? Non ho niente da perdere. Perché, capisci, in realtà io non ho niente.»

Elizabeth era sgomenta. «Non è vero», replicò. «Stai inventando scuse alle tue paure. Non puoi ingannare il mondo intero, Alan. Tu *sei* brillante. L'avresti scoperto già da un pezzo, se non fosse vero. Eri già sulla via del successo, quando ci siamo conosciuti. E allora non bevevi così. Deve essere qualcosa che ha a che vedere con il matrimonio e con me. Devo aver mancato in qualche cosa, ti ho legato troppo presto con le responsabilità di una famiglia. Deve essere per questo che bevi e fai queste cose tremende, per sfuggire all'oppressione di casa tua.»

La voce di Alan divenne dolce. «No. Tu non mi hai fatto niente del genere. Al contrario, sono io che ti ho fatto cose terribili. Nel mio modo malato, tortuoso, amo te e i bambini. Siete le uniche persone al mondo che contino, per me. Il resto è solo una terribile costrizione. Il bere. La crudeltà. Andare a donne. Non vorrei fare niente di tutto ciò, ma non riesco a controllarmi. Te l'ho già detto tante volte. Affronta la realtà, Elizabeth. Sono un uomo debole, spaventato. Tu meriti di meglio. Qualunque cosa sia ciò che mi divora, non smetterà. Peggiorerà. Lo so, ne sono sicuro, quanto è vero che mi chiamo Alan. I miei timori ingigantiranno. Berrò sempre di più. Diventerò più indiscreto. Io non posso farci niente, ma tu sì. Se sei furba, vattene ora, mentre sono ancora abbastanza ragionevole da capire perché. Chiedi il divorzio, come ti avevo consigliato due anni fa. La mia mente se ne va un po' ogni giorno. Non voglio ferirti più di quanto non abbia già fatto. Ma, se resti, lo farò, mia cara. Lo farò di sicuro.»

Era una disperata domanda d'aiuto, pensò Elizabeth. Aiuto che lei non sapeva dare. Aveva a che fare con un uomo malato. Ma al quale, incredibilmente, voleva ancora molto bene. Aveva paura per tutti loro. Ma, soprattutto, sentiva una grande pietà per lui e, come aveva fatto tante altre volte, cercò di tendergli una mano.

«Devi farti vedere da un medico, Alan. Uno psichiatra. Noi non possiamo capire quello che ti succede, ma deve esserci una spiegazione, magari nascosta dentro di te, nel profondo. La nostra sola speranza è riuscire ad arrivare al fondo delle tue paure. Io credo che tu sia spaventato. Ma non credo che tu sia debole. Ti prego, caro, facciamoci aiutare da qualcuno. Non gettiamo via qualcosa di tanto importante. L'analisi può richiedere molto tempo, ma è l'unica speranza.»

Lui scosse la testa. «Dimenticatene. Già fatto. Ho passato due anni con un medico del cervello, prima di conoscerti. Non è servito a niente.»

«Forse non era il medico adatto a te. Ne troveremo uno che vada bene.»

«No.»

Elizabeth era sul punto di piangere. Ma nello stesso tempo, con suo grande stupore, sentiva la passione crescere dentro di sé. Quella scenata intensamente emotiva l'aveva eccitata. Improvvisamente ebbe voglia di fare l'amore con lui. Senza una parola, si tolse gli abiti e rimase nuda, immobile davanti a lui.

«Lascia che ti aiuti», disse. «Lascia che sia io tutto ciò di cui hai bisogno: moglie, amante, amica. Lascia che ti mostri quanta fiducia ho in te. Prendi da me la tua forza.» Tese le braccia. Quasi riluttante, Alan si avvicinò.

«Non funzionerà.»

«Ci riusciremo, vedrai.»

Quella notte, Charlene Margaret Whitman venne concepita in una specie di disperato, estremo sussulto d'estasi.

Di solito Elizabeth si sentiva molto bene quando era incinta e portare in grembo questo nuovo bambino pareva suscitare in lei una gioia tutta speciale. Una felicità incomprensibile a lei stessa. La notte in cui il seme che sarebbe diventato Charlene Whitman entrò dentro di lei, fu una delle più tremende della sua vita. Il trasporto, l'estasi di quella notte furono quasi animaleschi. Eppure si sentiva al settimo cielo. Era forse una specie di autoipnosi, una disperata voglia di credere che quell'ultima confessione di Alan fosse una specie di estrema purificazione. Da inguaribile ottimista qual era, si convinse che la malattia del marito era in via di guarigione. Le lettere che scriveva al padre in quel periodo riflettevano quella sua nuova pace dell'anima. Erano bigliettini spensierati, futili, pieni soprattutto di notizie sui bambini.

Ann è ormai una donnina di otto anni, scriveva. Riesce perfino a far sentire goffa me! Ma dove mai avrà imparato tutte quelle moine? Quigly, raccontava, è un piccolo Alan in miniatura, con lo stesso viso serio e adorabile. Già compiango le donne che incontrerà nella sua vita. Con quel viso e quel corpo lascerà dietro di sé una scia di cuori spezzati tra le debuttanti del 1950! Erano commenti inconsapevolmente rivelatori, pensò Charles. Senza rendersene conto Elizabeth stava semplicemente dicendo che Quigly aveva la stessa crudeltà del padre e lo stesso fisico affascinante.

Elizabeth parlava con gioia anche del nuovo bambino. Come si dice nel mondo dell'aeronautica, non abbiamo ancora il «tempo d'arrivo previsto», ma più o meno sarà all'inizio di luglio. Sarei felice se nascesse sotto il segno del Leone. Di solito sono forti e simpatici. Conquistatori. Devo confessare che temo un altro «leoncino» come Ann. Due cuccioli di fiera in una stessa famiglia sono troppi. Vedi che parlo già del nuovo bambino come di una «lei». So che sarà una bimba e ho già deciso di chiamarla Charlene, dal nome del più meraviglioso nonno che nessun bambino abbia mai avuto.

Non parlò al padre dei suoi problemi con Alan e Charles, di conseguenza, si convinse che questo significava che tra loro andava tutto bene. Dopo quella famosa conversazione a Cambridge, Elizabeth non aveva più fatto parola con lui delle difficoltà del suo matrimonio e Charles non era tipo da chiedere, anche se sospettava che ci fosse molto che Elizabeth non diceva in quelle lettere spensierate.

Se è così, pensava Charles speranzoso, siamo a posto. Rispose perciò con lettere altrettanto gaie e serene. Le raccontava quello che faceva durante il giorno, qualche pettegolezzo di Cambridge e sorvolava naturalmente sulla grave notizia che aveva avuto dal medico. Non c'era motivo di far sapere a Elizabeth che suo padre aveva, nella migliore delle ipotesi, ancora un anno di vita. La tosse ostinata, la debolezza sempre più grande che sentiva e che lui aveva diagnosticato come bronchite, ora era stata definita con sicurezza tubercolosi. Aveva tardato a rivolgersi al dottor Samson, un amico di vecchia data. Il male ormai era troppo avanzato. Era cresciuto a poco a poco, con mortale lentezza, anche se nessuno poteva dire esattamente da quando il professor Quigly avesse quella fatale malattia o in che momento la sua «debolezza toracica», come diceva lui, fosse diventata un male mortale.

Quando gli venne comunicata la terribile notizia, il primo pensiero di Charles fu per gli altri. «Non potrei averla trasmessa a Elizabeth o ai bambini?» chiese con ansia.

«Possibile, ma non probabile», rispose il dottor Samson. «Se così fosse, si sarebbero già dovuti vedere dei sintomi in famiglia.»

«Grazie a Dio.»

«Sì, certo; però sarebbe meglio che facessero ugualmente degli esami.»

Charles aggrottò la fronte. «Preferirei che non lo sapessero, a meno che tu non lo ritenga assolutamente necessario.»

Samson lo guardò con aria comprensiva. «Vorrei saperne di più su questa malattia, Charles. Un giorno forse ci saranno medicine miracolose, ma per ora... be', è tutta questione di riposo e, se possibile, di un clima migliore di quello di Boston. Dovresti trasferirti a una maggiore altitudine; a Denver, per esempio. Oppure in un clima caldo e secco, come in Arizona.»

«E guarirei?»

«Be', forse proprio guarire no», disse il dottore. «Ma di certo ti allungherebbe la vita. Di quanto, naturalmente, nessuno può dirlo.»

«Ma se mi trasferissi Elizabeth dovrebbe sapere il perché.»

Il dottor Samson non rispose. «Potremmo anche tentare un'operazione ai polmoni», disse infine. «Senza nessuna garanzia, naturalmente.»

«E se invece non faccio niente di tutto questo», continuò Charles, «quanto tempo mi resta?»

«Difficile a dirsi. Sei mesi. Forse un anno. Ma con l'operazione e il trasferimento in un altro clima potresti vivere ancora per anni. Non fare lo sciocco. Elizabeth preferirebbe certo averti vivo, anche se si dovesse preoccupare per te. È una donna forte e con la testa sulle spalle. Buon Dio, non hai ancora sessant'anni. Con tutta probabilità avresti ancora una decina, forse anche una quindicina di anni da vivere, nelle condizioni giuste. Lo devi a Elizabeth, anche se pensi di non doverlo a te stesso.»

Charles scosse il capo. «Non sono più smanioso di morire di chiunque altro, non fraintendermi. Ma non mi va di vivere sapendo che ogni mio respiro può essere causa di preoccupazione per le persone che amo. Elizabeth soffrirà di certo, quando me ne andrò. Ma qualche mese infelice è sempre meglio di anni passati a sorvegliare i sintomi della malattia e ad aspettare. Sarebbe diverso, Ed, se avessi un male curabile. Qualcosa che le procurasse solo qualche settimana o mese di preoccupazione. Ma mi hai appena detto che la mia malattia invece potrebbe trascinarsi per anni. Io conosco Elizabeth. Sarebbe lacerata tra il desiderio di stare con me e il dovere di badare alla sua famiglia. Non posso farle questo. La sua vita sta solo cominciando. La mia invece non ha più promesse domani di quante ne abbia oggi. No, non bisogna dire niente a Elizabeth. Resterò qui a mettere in ordine i miei affari, così come stanno, e spero solo di vivere abbastanza per vedere il mio nuovo nipote.»

Il dottor Samson provò un'altra volta. «Sono tutte sciocchezze e tu lo sai benissimo. Il ruolo del martire non ti si addice affatto, amico mio. Per essere un uomo logico, ti stai comportando come l'eroe di un lacrimevole polpettone televisivo.»

Charles Quigly sorrise. «Non mi sento per niente eroico», disse. «Anzi, ho una terribile paura.»

Samson sapeva riconoscere la sconfitta. «Sono sempre convinto che dovresti prendere seriamente in considerazione la possibilità di trasferirti», continuò debolmente.

«D'accordo, ci penserò», mentì Charles. «Però ricordati che questi sono discorsi tra medico e paziente. Segreto professionale. Nessuno lo deve sapere.»

«Eppure dovresti dirlo a qualcuno. Per ovvie ragioni.»

«Va bene», acconsentì Charles. «Lo dirò a mia sorella Beatrice. Sarà lei a chiamare Elizabeth quando arriverà l'ora, ma nemmeno un minuto prima.» La precedente preoccupazione tornò. «Certo, mi piacerebbe andare a trovarla a Washington, prima di sentirmi troppo male, ma immagino sia fuori questione.»

«Assolutamente. A questo stadio della malattia sei moltò contagioso. Non devi avere contatti diretti con nessuno. E dovresti anche tenere separati piatti e posate. Mi dispiace, Charles, ma non puoi proprio andare vicino a Elizabeth e ai bambini. Dovresti essere ricoverato in clinica, ma immagino che tu non voglia nemmeno questo, visto che hai deciso di tenere tutto segreto.»

«No, niente clinica. Tra parentesi, come si prende la TBC?»

«È un germe. Non molto discriminante. Colpisce giovani e vecchi, ricchi e poveri, uomini, donne e bambini.»

«Ma non è ereditario.»

«No», rispose gentilmente il dottor Samson. «Non è ereditario.»

4

AL sesto mese della gravidanza di Elizabeth, Charles Quigly morì. Come aveva promesso, zia Beatrice aspettò finché non fu ricoverato in ospedale e ormai giunto allo stremo prima di chiamarne la figlia e dirle tutto. Elizabeth ne rimase profondamente sconvolta. In un baleno gettò qualche abito in una borsa e si preparò a prendere il primo aereo, mentre Mary la tranquillizzava, dicendole di non preoccuparsi per i bambini e Alan le assicurava che appena fosse stato necessario l'avrebbe raggiunta in poche ore.

«Verrei subito con te, ora», le disse gentilmente, «ma c'è talmente da fare in ufficio che dovrei proprio restare, a meno che tu pensi che io possa servire a qualcosa a Boston.»

Elizabeth scosse il capo. «Nessuno può fare più niente ormai. Non so nemmeno se mi riconoscerà. Ma devo andarci, assolutamente. Gli voglio molto bene.» Prese un'espressione stupita e triste e aggiunse: «Non mi ha mai detto una sola parola. Doveva saperlo già da molto tempo, ma non me l'ha mai detto. Perché non ha lasciato che lo aiutassi? Perché mi ha esclusa, nel momento in cui aveva più bisogno di me?»

«Non ti ha esclusa», disse Alan quasi rudemente. «Voleva solo risparmiarti un po' di sofferenza. Dio mio, Elizabeth, ma non capisci quanto coraggio gli ci sarà voluto, per non dirti niente?»

Elizabeth rifiutò di accettarlo. «Ma avremmo potuto ancora fare qualcosa», replicò ostinatamente. «Avremmo potuto consultare altri medici. Magari trovare nuove cure. Già molti anni fa lo avevo pregato di rivolgersi a qualcun altro, ma lui aveva una tale fiducia in Ed Samson! Al giorno d'oggi non si dovrebbe più morire di TBC. Ci sono luoghi in cui la curano. Perché non me l'ha detto, Alan?»

Alan cercò di essere paziente. «Perché sapeva benissimo come avresti reagito. Esattamente come stai facendo ora. Charles sapeva che saresti impazzita di preoccupazione per lui. Se avesse pensato che poteva servire a qualcosa, avrebbe certo chiesto il tuo aiuto. Ma adesso basta. Devi pensare al bambino. Sono sicuro che anche Charles pensava a lui quanto a te.»

Le parole di Alan la ricondussero al buon senso. Il bambino! Era vero. Charles, che la conosceva meglio di chiunque altro, sapeva come avrebbe accolto la notizia della sua malattia. Forse aveva perfino temuto che potesse abortire. Era un suo vecchio incubo, che probabilmente risaliva alle deludenti gravidanze vissute con la moglie. Elizabeth sospirò con disperata rassegnazione.

«Non mi sembra vero. Non riesco a concepire un mondo senza di lui.» Poi si sforzò di pensare ai problemi pratici. «Zia Bea dice che sta molto male. Oddio, Alan, se non arrivassi in tempo?»

«Arriverai», la rassicurò lui. «E non preoccuparti di come vanno le cose qui. Mary si occuperà dei bambini. E io ti telefonerò tutte le sere.»

«No, sarà meglio che ti chiami io. Non so fino a che ora mi lasceranno restare con lui in ospedale, ma cercherò di starci il più possibile. Sarà meglio che ti chiami io la sera quando torno a casa.»

Alan sorrise cinicamente. Era davvero quella la ragione o era l'antica sfiducia che tornava a fare capolino? Forse Elizabeth pensava che se la chiamava lui avrebbe potuto telefonarle da qualsiasi posto, ma se invece era lei a telefonargli a casa era sicura che lui fosse lì e si comportasse bene. Quando la gatta non c'è... con quel che segue, pensò Alan. Ma si guardò bene dall'esprimere i suoi sospetti.

«Sì, forse hai ragione», ammise. «Mi sembra più ragionevole. Prenditi cura di te. Non vogliamo arrivi prematuri. E porta il mio affetto a Charles.»

Elizabeth assistette il padre all'ospedale per due lunghe, terribili settimane. Passava al suo capezzale tutto il tempo che i medici le permettevano: meno di quanto lei avrebbe voluto, ma sempre più di quanto non avrebbero normalmente permesso a una giovane donna al settimo mese di gravidanza. Era come se dovesse mettere in serbo una dose di coraggio da usare negli anni a venire. Sedeva accanto al letto per ore, senza riuscire né a leggere né a ricamare, semplicemente fissando il viso energico e gentile di quell'uomo che aveva significato tanto per lei. Per la maggior parte del tempo Charles Quigly sonnecchiava sotto l'effetto dei calmanti. Ma ogni tanto apriva gli occhi e cercava perfino di sorriderle, quasi per dirle: «Va tutto bene. Sono contento. Cerca di esserlo anche tu».

Verso la fine, Elizabeth arrivò a sperare che morisse, pur desiderando con tutta se stessa che vivesse. Quell'inerme persona sperduta nel grande letto d'ospedale non era Charles Quigly. Divenne, per Elizabeth, qualcuno che implorava silenziosamente la liberazione. A questo punto, Elizabeth permise ancora che continuassero a somministrargli gli analgesici, ma ordinò ai medici di interrompere le altre cure. Si controllava molto bene e il suo dolore era così profondo che quasi non si vedeva. Non piangeva, non gridava, non si abbandonava a isterismi. Se ne stava semplicemente al capezzale del padre, riversando su di lui tutto l'amore di cui era capace.

Zia Bea espresse con energia la sua disapprovazione per aver fatto sospendere la somministrazione di vitamine. «Non ne hai il diritto», disse a Elizabeth. «Così gli accorci la vita.»

«Sì», rispose Elizabeth, «ma so che è esattamente quello che lui desidera. Chi altri potrebbe compiere questo estremo atto di gentilezza verso di lui?»

Durante quelle due settimane, si recava all'ospedale nelle prime ore del mattino e vi restava fino a sera, finché le infermiere non le ordinavano di andarsene. Allora si trascinava fino alla casa di suo padre, ubriaca di stanchezza e di fatica, prendeva un piatto di minestra e telefonava ad Alan, prima di piombare esausta sul letto. Con sua vergogna, doveva ammettere che un attimo d'ansia precedeva sempre ogni telefonata e che si sentiva poi inondare di sollievo quando udiva all'apparecchio la sua voce. In tutto quel periodo non mancò mai una sola sera. Ma lei non era mai del tutto sicura che ci sarebbe stato.

Quando Charles morì, Alan si precipitò subito per aiutarla a sbrigare le varie faccende pratiche e per esserle accanto. Elizabeth aveva un'aria scarna, ma gli occhi asciutti. A parte il pancione, era uno scheletro vero e proprio. Alan ne rimase impressionato.

«Mio Dio», le disse, «ma hai perso un sacco di chili! Ti senti bene? Hai consultato un medico?»

Quella preoccupazione le fu di conforto. «Sto benissimo», gli rispose. «Ho solo una gran voglia di tornare a casa a vedere i bambini.» Né lei né Alan erano dell'idea di esporre i bambini al barbaro rituale della morte. Elizabeth avrebbe spiegato loro più tardi che il nonno era morto. Ma non avrebbe mai tollerato che ricordassero Charles come una figura fredda e rigida in una bara. Anzi, avrebbe preferito evitare anche a sé e agli altri quello spettacolo. Contrariamente alle abitudini, volle che la cassa venisse chiusa. E non acconsentì nemmeno alla tradizionale esposizione del morto nel soggiorno. Come un tempo Ann aveva per prima infranto la tradizione ed era andata a partorire in ospedale invece che in casa propria, così Elizabeth preferì che Charles restasse all'obitorio fino al momento del funerale. Non si lasciò smuovere da questa decisione né da zia Bea né dal resto della famiglia, scandalizzata da quella procedura così poco ortodossa. Zia Bea, sia pure con gentilezza, espresse la sua disapprovazione.

«Sembra così impersonale», le disse. «Il funerale di Charles dovrebbe partire dalla sua casa. E la gente che gli ha voluto bene dovrebbe poterlo vedere qui un'ultima volta.»

Ma Elizabeth fu irremovibile. «Mi dispiace, zia Bea, ma io la vedo diversamente. Papà ha lasciato questa casa per l'ultima volta da vivo. Tornarci da morto non ha senso per lui e sarebbe doloroso per me. Quanto a vederlo, ti assicuro che io lo vedo sempre. Com'era. Dolce, gentile e pieno di vita. E mi piacerebbe credere che così lo ricorderanno tutti quanti.»

Dopo la semplice e commovente funzione in chiesa, gli Whitman tornarono quasi subito a Washington lasciando l'incarico agli avvocati di vendere la casa e di sistemare la proprietà.

«Non che ci sia molto da sistemare», osservò Alan. «Temo che Charles ti abbia lasciato pochino.»

Elizabeth tentò un mezzo sorriso. «Secondo il tuo metro di giudizio, forse», rispose. «Non secondo il mio.»

I bambini furono straordinariamente felici di rivederla. Ann, la riservata e dignitosa Ann, la coprì di baci e anche Quigly le buttò le braccia al collo con un'insolita manifestazione d'affetto. Fu il primo momento di gioia per Elizabeth da settimane a quella parte e se ne stupì. Poi rifletté incuriosita su questo fatto. Strano che la gioia mi stupisca, pensò. Possibile che sia arrivata al punto da aspettarmi così poco?

Nonostante il dolore, provò un gran senso di pace nel ritrovarsi a casa. Mary si affaccendava attorno a lei tutta premurosa e riuscì finalmente a convincere i bambini a uscire a giocare. «Dobbiamo lasciare riposare la mamma», disse loro. «Non c'è bisogno di preoccuparsi. Ora è di nuovo a casa. Non è meraviglioso?»

«Meraviglioso, meraviglioso!» ripeté Elizabeth.

«Sì, signora Whitman. In molti sensi.»

C'era una sfumatura particolare nella risposta di Mary. Come se avesse in mente qualcosa che non voleva o non poteva dire. Perché è meraviglioso in «molti sensi» che io sia di nuovo a casa? si chiese Elizabeth. Deve essere successo qualcosa mentre non c'ero. Il suo pensiero corse subito ad Alan. Forse Mary sapeva qualcosa che non poteva riferire? Senza dubbio aveva pronunciato intenzionalmente con enfasi quelle tre parole. Voleva accennare a qualcosa che, ragionò Elizabeth, non sarebbe toccato a lei rivelare. Non poteva trattarsi che di Alan. Nessun piccolo problema che riguardasse la casa o i bambini avrebbe mai potuto suscitare quel tono innegabilmente allusivo. Cercò di pensare a un modo per riuscire con tatto a far parlare Mary, ma aveva la mente vuota. Forse mi sto immaginando tutto quanto, pensò. Sono così stanca, che mi pare che vada tutto storto. Non ci pensò più. Del resto, di qualsiasi cosa si trattasse, l'avrebbe saputo ben presto.

Nei due mesi che seguirono i rapporti con Alan furono così idilliaci che Elizabeth ripensò solo fugacemente all'avvertimento, se poi era tale, che Mary aveva cercato di darle. A volte piangeva per suo padre. Ma erano lacrime salutari, che poi la facevano sentire meglio. A poco a poco le quotidiane faccende domestiche, così poco impegnative, finirono per riassorbirla di nuovo. Elizabeth riposò e si rimise in salute. Washington era calda in modo insopportabile, ma gli Whitman seguivano lo «schema di sopravvivenza» di chi era costretto a passare l'estate in città. Per prima cosa, al mattino venivano tirati tutti i tendoni, in modo da non lasciare entrare il sole cocente e mantenere le stanze in una fresca penombra. In ogni stanza giravano i ventilatori elettrici. Dopo l'ora di pranzo fino alle quattro i bambini venivano spogliati e messi a letto per fare un riposino, nonostante la loro ribellione. Georgetown era tranquilla. Molte famiglie erano già partite per i luoghi di villeggiatura sulla costa, come Rehoboth Beach o Cape May. I più mondani erano andati a Newport o nel sud della Francia.

La gravidanza di Elizabeth la tratteneva in città, ma non se ne dava pena. Era meravigliosamente riposante. Il frenetico giro di ricevimenti sarebbe ricominciato solo a settembre, con il Labor Day. La pausa estiva si estese anche al governo («Diavolo», diceva Alan, «anche FDR è in Hyde Park!»), ma il lavoro di Alan non per questo era diminuito. La partenza del suo superiore per una prolungata vacanza gettò ancora maggiori responsabilità sulle sue spalle. Elizabeth era contenta di vedere che, almeno in apparenza, Alan se la cavava benissimo, anzi traeva profitto dai più gravi doveri. Continuava a comportarsi bene, come aveva sempre fatto dalla loro ultima rappacificazione: tornava a casa presto, beveva poco e non le dava motivo di preoccupazioni. Elizabeth si cullava in un senso di sicurezza, aspettando con ansia l'arrivo del nuovo bambino. Erano d'accordo tutt'e due che il nome sarebbe stato Charles o Charlene, a seconda che fosse maschio o femmina: una vita per un'altra, il più caldo tributo che potesse dare a Charles Quigly.

Da che era morto suo padre, Elizabeth aveva cambiato idea, a proposito del figlio in arrivo. Non desiderava più una bambina, ma sperava fosse un altro maschietto, che sarebbe diventato letteralmente un altro Charles Quigly. Ma i suoi desideri non furono esauditi. Il 4 luglio del 1935 Charlene Margaret Whitman annunciò il suo arrivo con un energico strillo. Bastò un'occhiata a quel visetto birichino perché la delusione di Elizabeth svanisse. In qualche modo sapeva, e se ne vergognava segretamente, di avere messo al mondo la sua figlia prediletta.

«Dalle il nome di tua madre come secondo nome», disse ad Alan. «Solo ora mi rendo conto di essere stata molto egoista. Gli altri due hanno preso il nome dalla mia famiglia. Visto che non ho avuto la fortuna di potere conoscere i miei suoceri, mi piacerebbe che uno dei nostri figli li ricordasse.»

Alan si strinse nelle spalle. «A me non importa, davvero. Ricordo appena mio padre e mia madre. Sono morti tutt'e due molto giovani. Noi Whitman siamo tutti predestinati a una vita corta, ma felice.»

«Cerca di non sposare questa causa, per favore!» Elizabeth era tornata gaia come un tempo.

Ma Alan reagì stranamente, quasi sulle difensive, alla leggera ironia di Elizabeth. «E invece la sposo, eccome», ribatté. «Voglio godermela, la vita. E non voglio certo restare al mondo finché sarò vecchio, brutto e malato.»

Elizabeth non rispose. Aveva imparato a lasciar perdere quelle inattese impennate. Con qualcun altro avrebbe cercato di discutere della reazione eccessiva, ma con Alan sarebbe certo finita in un inutile bisticcio.

Una settimana dopo portò a casa Charlene: Ann la accolse con riluttanza e con una punta di gelosia, Quigly invece con suprema indifferenza. Elizabeth s'era aspettata tutt'e due le reazioni e non se ne fece un cruccio. Charlene era una bimba incantevole, che non somigliava né ai genitori, né al fratello né alla sorella. Elizabeth avrebbe giurato che già a due mesi Charlene era tutta uno spumeggiare di vivace curiosità.

Quella bambina la attirava come nessun altro prima. Forse dipendeva da quel periodo di agitazione che aveva preceduto la sua nascita. La morte di Charles. E anche quei momenti unici di passione, terribili e felici al tempo stesso, della notte in cui era stata concepita. Qualunque fosse il motivo, Charlene le pareva più figlia sua degli altri due. Restava ore e ore semplicemente seduta ad ammirare la bambina, tanto che Alan finì per notarlo.

«Non accusarmi più di favoritismi», le disse una sera in cui rientrando la trovò che fissava con adorazione la culla di Charlene. «Se, per usare le tue parole, pensi che io sia 'infatuato' di Ann, dovresti vederti mentre guardi lei.»

Elizabeth arrossì. «Non essere sciocco. Li amo tutti e tre.»

«Non essere sciocca tu», ribatté Alan. «Povero Quigly, dovrà cercarsi la sua parte di adorazione fuori di qui, eh? Tu e io abbiamo già fatto le nostre scelte.»

La sola idea spaventò Elizabeth. «Alan! Che cosa terribile, hai detto! Non è vero.»

«Certo che lo è. Non lo cacceremo fuori nella neve a vendere i giornali, ma, per quanto riguarda l'affetto dei genitori, a Quigly è toccata la pagliuzza più corta. Sono i casi della vita, no? Semplicemente un'altra prova che nessuno può ordinare un mondo come vorrebbe che fosse. Né Quigly, né io. E nemmeno tu.»

Era un anno almeno che non gli sentiva più quel tono nella voce, ma lo riconobbe subito per quello che era: il ritorno del vecchio Alan ostile e ombroso. Appena uscita dalla stanza in cui avevano improvvisato una nursery per Charlene, Elizabeth si sentì tremare le ginocchia. Alan si avvicinò al bar, in salotto, e riempì due bicchieri.

«Bevi con me?» le chiese.

«Sì, grazie.» Bevve un sorso di Martini ghiacciato, poi disse: «Alan, qualcosa non va?»

«Che cosa te lo fa pensare?»

Elizabeth cercò di mantenere il controllo. «Il tono della tua voce. Quelle strane cose che hai detto nella camera della bambina. Sono dieci anni che vivo con te, sai. Credo di capire quando c'è qualcosa che ti secca.»

«Davvero? Allora dovresti sapere che sono annoiato a morte.»

La voce di Elizabeth era colma di stupore. «Annoiato? No, non me n'ero accorta. Credevo che ti stessi godendo questa estate tranquilla, almeno quanto me. Be', la noia finirà presto. Il Labor Day è in arrivo. Giochi e divertimento ricominceranno.»

«Questo non è l'aspetto principale del problema», rispose lui. «Anzi, se proprio vuoi saperlo, ne ho fin qui, di questo lavoro.»

Lo stupore divenne sbalordimento. «Ma stai scherzando! Come potresti essere stufo del tuo lavoro? Ma se diventi più importante e più rispettabile di giorno in giorno! Credevo che fosse la cosa più eccitante della tua vita.»

«È un mucchio di spazzatura.» E si preparò un altro Martini.

Elizabeth era allarmata. Dietro quelle parole c'era molto di più. Non poteva essere vero che ne aveva abbastanza del suo lavoro. Stava prendendo le distanze da qualcosa, stava creandosi delle scuse per qualcosa che non sapeva affrontare. Cercò di pensare che cosa potesse essere. «È andato storto qualcosa in ufficio?» gli chiese. «C'è forse qualche problema? Non potremmo parlare di quello che ti angustia veramente?»

«Accidenti, te l'ho detto! Sono stufo, stufo, stufo! Per l'amor di Dio, Elizabeth, chiudi la bocca e smettila di tormentarmi.»

Elizabeth era più sgomenta che ferita, più ansiosa che arrabbiata. Saggiamente, tacque. Il silenzio pesò immobile fra loro, mentre Alan beveva in rapida successione cinque Martini, senza più offrirne a lei. E continuò poi durante la cena, nella quale lui non toccò quasi cibo. Dopo cena Alan si sprofondò in poltrona, accese la radio a volume altissimo e si mise vicino una bottiglia di whisky e un bicchiere. Verso le nove, l'aspro rumore della partita di baseball aveva fatto venire a Elizabeth un mal di testa spaventoso.

«Me ne vado a letto», disse infine. «Buonanotte, Alan.»

Alan non rispose. Elizabeth rimase sveglia fin verso l'una, quando lui entrò barcollando nella stanza e si lasciò cadere sul letto. Le lacrime scorrevano silenziose sul viso di Elizabeth. Ricominciava. Con spaventosa certezza lei sapeva che qualunque cosa fosse ciò che gli aveva fatto di nuovo perdere le staffe, questa volta era la peggiore di tutte. E sapeva anche che non sarebbero riusciti a sopravviverle.

Nelle settimane successive, quasi fosse stanco di recitare la parte del devoto marito, Alan cominciò a comportarsi in modo impossibile. Beveva smodatamente, le sue assenze da casa erano sempre più frequenti e prolungate. Una notte, in cui non tornò a casa per nulla, Elizabeth gli chiese con ira dove era stato. Lui le rispose di badare ai fatti suoi. Lei esitava tra cercare di uscire da quella tempesta o dichiararsi subito sconfitta. C'erano i bambini a cui pensare. Tanto per cominciare, Charlene aveva solo tre mesi. E poi bisognava affrontare il lato pratico della situazione. Se avesse lasciato Alan, come avrebbe potuto lavorare e badare ai bambini? Non si era mai guadagnata la vita e non avrebbe saputo come cominciare. E poi c'era il senso di fallimento, di sconfitta, importante quanto i problemi di ordine pratico. Perché non era riuscita a fare funzionare quel matrimonio? Alan camminava sul filo della irrazionalità, ormai; forse della paranoia. Questo lo sapeva, anzi per la verità lo aveva saputo subito, fin dal primo anno.

Eppure, doveva esserci qualcosa che avrebbe potuto fare. Sentiva un irragionevole complesso di colpa. Dovrei convincerlo a consultare un medico, si disse, pur sapendo che non sarebbe mai riuscita a costringerlo. Il suo senso di frustrazione e di futilità era ossessivo. Come poteva abbandonarlo, pur con tutto quello che lui le aveva fatto? Ma come poteva continuare a vivere con un uomo divorato dall'odio per sé e dalla paura?

In quei giorni, Alan era assolutamente irraggiungibile. La loro vita insieme era una presa in giro. In pubblico recitavano la loro parte a perfezione. Ma in privato vivevano come nemici giurati. Eppure Elizabeth ancora non sapeva che cosa avesse scatenato quell'ultima crisi del marito. Lo seppe alla fine, ma non da Alan, bensì da George Stanlowski, un amico innocente e pieno di buone intenzioni, un collega di lavoro di Alan. Era a un cocktail dato dal Ministro del commercio, quando George la mise con le spalle al muro.

«Magnifica, la faccenda di Alan, vero?» le disse. «Non sarebbe potuta capitare a una persona migliore.»

Lei cercò di fare una faccia come se sapesse di che cosa le stesse parlando. «Ah, sì, davvero magnifico!» E aspettò che l'altro continuasse.

«Ce lo aspettavamo tutti, sai», continuò George. «Quando il capo s'è preso tre mesi di vacanza quest'estate sapevamo tutti che stava preparandosi a dare le dimissioni. Ed era logico che la scelta per quel posto cadesse su Alan. Certo, la notizia sarà ufficiale solo quando faranno l'annuncio, ma immagino che ormai sarà questione di giorni, non credi?»

Elizabeth si rese appena conto che George continuava con i suoi elogi sulle capacità di Alan mentre lei sorrideva e annuiva, sperando di avere un'aria fiera e felice. Per la verità non sentì quasi nulla di quanto le diceva George. Sentiva solo una voce dentro la sua testa. Ecco dunque di che cosa si trattava, le diceva la voce. Questa è l'ultima sfida, quella che lui temeva e corteggiava al tempo stesso. Il grosso posto di lavoro, per il quale teme di non essere all'altezza. Quello che potrebbe finalmente rivelarlo per quello che lui crede di essere; un impostore incompetente. Ora capiva. La rabbia, l'alcool, il bisogno di quella sicurezza che lei, per quanto si sforzasse, non sarebbe mai riuscita a dargli.

«Scusami», disse a George. «Ho un terribile mal di testa.

Credo sia meglio che trovi Alan e mi faccia portare a casa.» Rise scioccamente. «Forse è tutta questa eccitazione. Sei gentile a dire cose tanto carine di Alan. So quanto lui apprezza il tuo appoggio.»

Si fece strada attraverso la folla fino al marito, che stava in piedi a chiacchierare con una graziosa biondina. «Posso parlarti un attimo, caro?» Fece uno smagliante sorriso alla donna. «La prego di scusarci.»

La biondina agitò garbatamente il bicchiere e si voltò.

«Ti spiacerebbe accompagnarmi a casa, Alan? Non mi sento bene.»

«Che ti succede?»

«Niente di grave. Solo un tremendo mal di testa. Comunque, vorrei andarmene.»

Alan bevve un sorso dal bicchiere. «E allora vattene», disse tranquillamente.

Elizabeth non credeva alle sue orecchie. Aveva forse deciso di abbandonare anche quell'estrema finzione di armonia fra loro due? «Sola?» gli chiese incredula. «Non sembrerà un po' strano?»

Lui si strinse nelle spalle. «Magari puoi trovare qualcuno che ti accompagni. O puoi prendere la macchina. Eccoti le chiavi. Io prenderò un taxi.»

«Alan, ti ho detto che non mi sento bene. Non posso restare un minuto di più e non voglio sentirmi in imbarazzo davanti a tutta questa gente, lasciando il ricevimento da sola.»

«Scegli tu», rispose lui. «Io qui mi diverto. Non ho nessuna intenzione di andarmene ora. Perciò, o resti e cerchi di fare meno la guastafeste, oppure te ne vai a casa da sola.»

Elizabeth preferì andarsene, adducendo con la padrona di casa la scusa che uno dei bambini non si sentiva bene. «Ho insistito tanto con Alan, perché restasse qui a divertirsi», disse Elizabeth. «È un così bel ricevimento! Inutile che rinunciamo tutt'e due al divertimento.»

Prese il soprabito e cercò di scivolare inosservata fuori della porta d'ingresso. Nessuno parve accorgersene. Eccetto George Stanlowski, che la guardò andarsene, con la fronte aggrottata.

Erano solo le otto quando arrivò a casa, ma regnava un silenzio da notte fonda. Mary aveva messo a letto i bambini e si era ritirata in camera sua. Elizabeth si preparò una tazza di tè e si sedette in soggiorno, ancora tutta vestita, ad aspettare il ritorno di Alan. Quasi stesse facendo l'ultimo inventario, osservava attentamente i mobili della stanza uno per uno e tutti gli oggetti preferiti. Era come fare l'inventario della sua vita. I ritratti dei genitori, le cose che erano appartenute a sua madre, i mobili scelti con cura, scovati nei negozietti degli antiquari, e perfino il tappeto e i cuscini a piccolo punto, che aveva lentamente e diligentemente ricamato da quando era stata in età di farlo. Quella era la scenografia in cui sarebbe cominciato il terzo e ultimo atto della sua vita.

Mentre aspettava Alan, ripensò alla notizia che George le aveva innocentemente rivelato. Sperava, per salvare quel poco di dignità che le restava, che l'espressione del suo viso non l'avesse tradita. Era inconcepibile che Alan non le avesse nemmeno accennato una cosa che probabilmente centinaia di persone sapevano. Ma poi si corresse. No, non era affatto inconcepibile. Era proprio lei l'ultima persona alla quale Alan l'avrebbe detto, proprio perché solo con lei si sentiva vulnerabile. Lei avrebbe immediatamente capito la sua paura, la sua spaventosa mancanza di fiducia in se stesso. Dirlo a lei, sarebbe stato come ammettere la propria debolezza. Più lei veniva lasciata all'oscuro e più a lungo lui poteva rimandare il momento di tradurre in parole i suoi timori.

Lo squillo del telefono la fece sobbalzare. Le undici. Il cocktail doveva essere finito da due ore almeno, ma di Alan ancora nessun segno. Nervosamente, sollevò il ricevitore. Era George Stanlowski. Aveva una voce imbarazzata, nervosa.

«Elizabeth? Sono George. Spero di non averti svegliata.»

«No, non dormivo. Che succede? Qualcosa non va?»

Lui fece una risatina goffa. «So che ti sembrerà stupido, ma mi stavo chiedendo se Alan è già arrivato a casa. Era un po' su di giri quando ha lasciato il party e siccome... ehm... ho visto che te ne eri andata via prima, volevo solo essere sicuro che tutto fosse okay.»

Lei cercò di sembrare tranquilla. «Molto gentile da parte tua, George, ma tu conosci Alan. Sta benone.»

«Bene.» Rise di nuovo. «Mi sento molto idiota a telefonare a quest'ora, ma Alan era proprio sbronzo e continuava a dire qualcosa come che voleva andare in uno di quei bar malfamati della Quattordicesima. Meno male che non c'è andato. Avrebbe potuto buscarne un sacco e farsi derubare. Certa gente ha uno strano modo di festeggiare. Mi sento proprio un idiota», ripeté, «ma non riesco a levarmi Alan dalla mente. È un tipo molto in gamba tuo marito, sai, Elizabeth. Ma non c'è bisogno che te lo dica io, vero?»

«No», disse lei piano, «non ce n'è bisogno. Ti ringrazio per la tua premura, George. Alan è davvero fortunato ad avere amici come te.»

Quando posò di nuovo il ricevitore, Elizabeth aveva le palme delle mani umide. Cercò di non lasciarsi prendere dal panico. Non era certo la prima volta che Alan mancava da casa senza una spiegazione. Non temeva per la sua incolumità. Rimase in attesa del suo ritorno, piena di paura. Doveva essere già tremendamente ubriaco, quando aveva lasciato il party, se George si era preoccupato tanto da telefonarle. A quell'ora doveva essere ormai sul piano dell'incoscienza e dell'irrazionalità. Non sarebbe certo riuscita a parlargli di quello che aveva saputo da George. Sarebbe stato meglio andare a letto prima che lui tornasse. Ma qualcosa la trattenne sulla poltrona in soggiorno. Un istinto più forte della ragione le diceva di restare dov'era, che quello sarebbe stato l'estremo confronto. E accolse l'idea quasi con sollievo.

Alle due del mattino sentì la chiave girare nella toppa. Più ubriaco di quanto l'avesse mai visto, Alan entrò barcollando nel soggiorno. Non era solo. Con lui c'era una donna dalle gote arrossate, volgarmente vestita, che gli si attaccava al braccio. Un lampo di sorpresa passò sul viso di Alan alla vista di Elizabeth, poi scoppiò in una grossolana risata.

«Ehi, guarda un po' chi è rimasto in piedi ad aspettarci, per festeggiare con noi! La mia devota, paziente mogliettina! Mia cara mogliettina, ti presento la piccola Kitty. Brava ragazza, la Kitty. Oh, anche Lizabeth è brava, ma non è mai stata una ragazza, vero, Lizabeth? Lizabeth è una signora, giusto? Non si fa baldoria con una signora. Lo sanno tutti. Perché non te ne vai a letto, signora? Kitty e io vogliamo divertirci un po'.»

Kitty ridacchiò. «Alan, sei uno schianto! Mica me l'avevi detto che mi portavi proprio a casa tua! Gesù, hai un bel fegato!»

«Vattene da casa mia», le disse Elizabeth piano. «Chiunque tu sia, vattene da casa mia.»

La voce di Alan si fece più aspra. «Kitty, non mollare. Non

muoverti d'un passo. Questa è casa mia e tu sei mia ospite. Resta dove sei.»

Elizabeth lo ignorò. Si alzò e prese la donna per un braccio. L'odore del suo profumo da quattro soldi la disgustò. «Ti ho detto di andartene. Su, vattene.» Le diede una spinta. Kitty guardò interrogativamente Alan, intento a versarsi da bere.

«Accidenti, al diavolo», disse lui. «Puoi anche andartene, cocchina. La festa sarebbe comunque rovinata.»

«E i miei soldi?»

Alan si frugò in tasca. «Eccoti venti dollari. Ma mi devi una scopata, okay?»

«Certo. Quando vuoi.»

Appena la porta fu chiusa, Elizabeth deglutì con forza. Per un attimo credette di essere sul punto di vomitare. Ma poi la nausea passò. Era al di là dell'offesa e dell'incredulità. Provava solo un terribile senso di vuoto. Appena riuscì a parlare, disse: «Perché?»

Come un attore che si calasse in un altro personaggio, Alan si trasformò di colpo dal rauco e volgare ubriacone in un accigliato e insolente estraneo. Pareva fosse ridiventato sobrio in un solo attimo.

«A quale 'perché' vuoi che risponda prima? Perché ho portato qui quella puttana? Be', sono d'accordo con te che è stato un errore. Credevo che tu dormissi. Stupido che sono stato. La sua stanza non è molto bella, ma almeno era molto più intima.» Guardò Elizabeth con intenzione, misurando l'effetto delle sue parole. Ma, a parte un lieve tremito, niente in Elizabeth tradiva l'emozione. Evidentemente aspettava che Alan continuasse.

«Ma per quanto tu sia sconvolta, la cosa che più ti interessa è perché sono tornato alle mie vecchie abitudini, vero? Mi pare di essere un insetto al microscopio, Elizabeth. Deve essere affascinante e repellente insieme guardarmi strisciare qua e là, schizzando in tutte le direzioni. Alan, lo scarafaggio, smarrito. Alan, l'insetto in amore. È questo che sembro?»

Lei continuava a fissarlo, senza dire nulla. Il suo silenzio finì per farlo infuriare.

«Cristo, ma si può sapere di che cosa sei fatta? Di ghiaccio? Ti ho ignorata, ridicolizzata, insultata portandoti una mignotta proprio nella tua casa e tu te ne stai lì come una maledetta statua di marmo! Tutto quello che sai dire è 'perché'? Perché che cosa, Elizabeth? Perché sono nato? Perché ti ho sposata? Perché sono una causa persa? Ne abbiamo già parlato tante volte. Ne ho abbastanza delle confessioni di second'ordine e delle false promesse di cambiare. Sono stufo marcio della tua infinita pazienza con me. So che cosa sono e lo sai anche tu: un fallito di seconda categoria, di cui non ci si può fidare. Io lo penso e potresti pensarlo anche tu. Ogni volta che mi sento minacciato, esplodo. Punto e a capo.»

Elizabeth si sentiva come se fosse stata fisicamente schiaffeggiata. Era troppo stanca per provare rabbia, troppo esausta per fare qualcos'altro oltre che sussurrare: «È tutto per via del nuovo lavoro, vero?»

Lui applaudì ironicamente, battendo le mani lentamente e con forza. «Ma brava! Finalmente ci sei arrivata. Proprio così. Ho ottenuto la grande promozione. Li ho fatti scemi di nuovo, Dio mio! Il Capo sono io! Signore di tutti i cieli che contemplo.»

«Da quanto tempo lo sapevi?»

«Ufficiosamente? Da mesi. Da prima ancora che tu andassi a Boston. Naturalmente non potevo cominciare a festeggiare ufficialmente prima di stasera.»

«Però bastava per cominciare a festeggiare durante la mia assenza, vero?» La voce di Elizabeth era amara. «Che furbo, sei stato. Non ho sospettato di niente. Ero così contenta, di trovarti a casa, tutte le sere quando telefonavo! Come sei riuscito... Oh, mio Dio! Alan, non mi dire che portavi qui a casa quelle donne, mentre io ero via?!»

Lui rimase impassibile. «Mi stupisco che la fedele Mary non te l'abbia riferito.»

Un vero e proprio dolore fisico l'attraversò. Ecco a che cosa alludeva Mary, quando le aveva detto che il suo ritorno era magnifico «in molti sensi». Poi un'idea terribile la colpì. Le parole le uscirono lentamente.

«I bambini. Non hanno visto nulla, vero?»

Alan fece un'aria indignata. «Ma che razza di mostro credi che io sia?»

Elizabeth notò l'assurdità della domanda. Già sull'orlo di un attacco isterico, si mise a ridere freneticamente. «C'è forse qualcosa di cui non ti si potrebbe sospettare? Se sei una bestia tanto insensibile da portare le tue donne nel mio letto, perché mai dovrei pensare che hai avuto la delicatezza di non farti vedere dai bambini? Perché non dovrei pensare che sei completamente pazzo? Dio sa che devi essere capace di qualsiasi gesto nauseante e degenerato.» Elizabeth piangeva e rideva insieme, quasi fuori di sé. Poi afferrò un fermacarte di cristallo e lo tirò selvaggiamente in direzione di Alan. Lo colpì proprio in mezzo alla fronte. Un rivoletto di sangue cominciò a colargli dal naso. Ma lui non vi badò. Si avvicinò invece a Elizabeth e la colpì con forza sul viso. «Accidenti a te, perché non te ne sei andata quando te lo avevo chiesto? Adesso è troppo tardi.»

«Lo sai bene perché», singhiozzò lei. «Perché ti amavo. Perché credevo di poterti aiutare. Pensavo che avessi bisogno di me.»

«Ma adesso non credi più a nessuna di queste cose, vero?»

«Già. E adesso ti lascerò, Alan. Subito, appena avrò sistemato le cose per i bambini e per me. Me ne andrò da questa casa.»

«Mi dispiace, Elizabeth, ormai è troppo tardi.» La voce di Alan s'era fatta quasi tenera. «Sono andato troppo oltre. *Siamo* andati troppo oltre. So che non mi ami più. Questo è vero. Ma ora tu puoi davvero aiutarmi. Ora ho davvero bisogno di te.»

Lei gli voltò la schiena. «Non essere ridicolo.»

«Al contrario, sono freddo e concreto. Il nuovo lavoro fa di me un uomo molto importante, qui a Washington. Ci sarà un sacco di pubblicità, un sacco di divertimento ad alto livello. E avrò bisogno di una moglie che si occupi di queste cose. E, soprattutto, non devo sembrare un povero sciocco piantato in asso dalla moglie. Mi dispiace. Hai avuto la tua occasione. Potrà essere poco gradevole per tutt'e due, ma qui sei e qui devi restare.»

Elizabeth era sbalordita. «Ma sei veramente pazzo! Non puoi pensare sul serio che resti, dopo quello che è successo stanotte! Anche se riuscissi a sopportare la tua vista, morirei piuttosto che permettere ai miei figli di vivere nella stessa casa con un pazzo!»

«Non preoccuparti. Non si ripeterà più una notte come questa. O come quelle di quando tu eri a Boston. Te lo prometto.»

«Già, come mi hai promesso tante altre cose», disse Elizabeth. «No, Alan, non ci saranno più promesse, né occasioni. Se il fatto che io ti lasci può procurarti dei fastidi, delle noie in pubblico, ora è un pochino tardi per pensarci, non ti pare? Non solo hai disonorato te stesso, hai anche sporcato me. E non ti permetterò di farlo mai più. E Dio sa se t'impedirò di farlo ai tuoi figli.»

«Non ti lascerò andare via.»

«Non puoi impedirmelo. Non sono di tua proprietà.»

Alan era quasi disperato. «Ma non capisci? Non posso sopravvivere, senza di te. Non ti basta questa vittoria?»

«Non voglio una vittoria», ribatté Elizabeth. «Questa non è una guerra. Non so se potrai o meno sopravvivere senza di me. Non sono nemmeno sicura che me ne importi qualcosa. Ma so di certo che non posso sopravvivere con te. Ci ho provato. Ho gettato dieci anni della mia vita in questo inferno. Ho solo trent'anni. Deve pur esserci una possibilità, per me senza di te. Perché per te non c'è più nessuna possibilità, Alan. Non più. Morirai a causa della tua mente malata. Prego solo che nei tuoi figli ci sia ben poco di te.»

Alan era in preda a una cieca furia. «Ma chi ti dà il diritto di crederti Dio? Che cosa ti fa pensare di capire me o la mia mente? Ma lo sai che cosa vuol dire vivere con una persona così maledettamente superiore? Forse sono io che spero che i miei figli non abbiano il tuo marchio speciale di virtù puritana. Forse spero che non crescano cercando di essere schifosamente perfetti, come la loro madre. Se tu e i bambini ve ne andate fuori di qui, Elizabeth, ve ne andrete senza un soldo. Non ti darò un centesimo. Allora vedremo fin dove ti porterà il tuo orgoglio di bostoniana con la puzza sotto il naso! Davanti alla legge, sei tu che mi abbandoni. Vediamo un po' come andrà la faccenda in tribunale. A meno che tu non voglia sbandierare davanti a tutto il mondo i particolari del tuo felice matrimonio... come tuo marito beve, mente e non fa che andare a puttane. Sono sicuro che allora il giudice sarebbe molto comprensivo...»

Alan era ormai quasi incoerente, ma Elizabeth non provava nessuna pietà per lui. Lo guardò freddamente. «Tu sei pazzo», ripeté. «Non voglio niente da te, Alan. Non voglio neanche sapere sei sei vivo o morto. Vorrei provare dispiacere per te, ma non ci riesco. Sento solo un travolgente impulso ad andarmene il più possibile lontano da te. Voglio solo fuggire.»

«Allora, avanti, scappa», urlò lui. «Va' al diavolo! E al diavolo tutta questa merda di Washington! Possono anche prendersi il loro posto di lavoro e cacciarselo nel culo! Che aspetti? Su, vattene. E vedrai come te la caverai, da sola.»

Elizabeth si precipitò su per le scale in camera sua e chiuse la porta a chiave. Per tutto il resto della notte, lo sentì aggirarsi inquieto per la casa, sbattendo dappertutto. Grazie a Dio Mary e i bambini dormivano al terzo piano, dove non potevano sentire niente.

Non riusciva più a riflettere chiaramente. Alan, che aveva tentato di allontanarla in tutti i modi; Alan, che in passato le aveva suggerito di divorziare e di abortire, ora ammetteva di avere bisogno di lei, per egoista che fosse. O forse la scusa di aver bisogno della sua presenza in quel momento di particolare notorietà era solo un trucco per salvare la faccia. Forse, nonostante tutto, aveva davvero bisogno di lei come moglie, come donna. Forse, nel suo modo confuso e psicotico, le voleva anche bene. Durante quegli anni aveva anche cercato ogni tanto di essere come lei voleva, ma ogni sforzo era stato inutile e di breve durata. E in gran parte era anche colpa sua, Elizabeth lo sapeva. C'erano cose che avrebbe dovuto fare diversamente, debolezze che avrebbe dovuto capire e accettare. Alan era stato crudele, infedele e odioso. Ma c'erano anche stati momenti, che lei ricordava bene, in cui era stato tenero e indifeso. Poteva provarci un'altra volta? Aveva senso continuare quel matrimonio fra due persone così poco adatte l'uno all'altra?

Alla fine, capì che non poteva più continuare. Sentiva pietà per Alan, ma non aveva più forza di andare avanti così. Quel poco di forza che le restava, l'avrebbe spesa per provvedere ai bambini e a sé. Non voleva niente da Alan. Che Dio ci aiuti tutt'e due, pensò. Siamo così enormemente imperfetti.

All'alba scese a rimettere in ordine il soggiorno che pareva sconvolto da un ciclone, prima che Mary lo vedesse. A un certo punto, durante la notte, Alan se n'era andato. Aveva sentito la porta d'ingresso sbattere e l'auto partire. Quando gli altri comparvero, Elizabeth aveva reso di nuovo presentabile il soggiorno.

«Il signor Whitman è andato presto in ufficio, stamani», mentì a Mary.

La cameriera annuì. Aveva sentito tutto, quando s'era alzata alle due per dare il biberon a Charlene. E non si stupiva che fosse finita a quel modo. Si stupiva solo che non fosse accaduto prima.

PARTE TERZA

BETHESDA, MARYLAND 1935-1937

5

Era una casetta così buffa e graziosa. Non una vera e propria casa. Piuttosto un cottage quasi in rovina nella tenuta Parrish-Parker a Bethesda, Maryland, appena fuori della linea di circoscrizione, nei dintorni di Washington. L'idea di chiederla in prestito le era venuta quella mattina stessa, dopo la scenata finale con Alan. Gli aveva detto che non voleva niente da lui e diceva sul serio. Ma sotto quell'orgogliosa affermazione di indipendenza c'era quasi il panico. Tutto quello che Elizabeth possedeva al mondo erano ottomila dollari, la piccola somma ricavata dalla vendita della casa di suo padre. E sarebbe durata poco, ora che doveva nutrire, vestire e alloggiare tre bambini e se stessa. Ciononostante era decisissima ad andarsene da Georgetown quello stesso giorno. Fu allora che le venne in mente Marion Parrish-Parker.

Elizabeth era arrivata a conoscere piuttosto bene quella ricca vedova, molto mondana e stravagante. A parte la servitù, viveva sola in un'enorme casa con quattordici stanze da letto, una fotografatissima serra e un garage per cinque macchine, sempre al completo. Sparpagliati per i quaranti acri di una splendida tenuta c'erano cinque o sei case per gli ospiti, quasi tutte praticamente in stato di abbandono. Marion infatti non ne aveva bisogno, visto che quando aveva qualche amico per l'week-end c'era un sacco di posto nella casa principale.

Era contro la natura di Elizabeth chiedere favori alla gente, ma quella mattina, ansiosa com'era di andarsene, avrebbe fatto qualsiasi cosa. Appena fu un'ora decente chiamò Marion, le spiegò brevemente che voleva lasciare Alan e le chiese se poteva usufruire di uno dei suoi cottage.

«Non so che affitto potrò pagarti», confessò. «Praticamente niente, per ora. Ma troverò un lavoro e ti ricompenserò appena possibile.»

Come molte donne ricche, Marion Parrish-Parker era gentile quanto sicura di sé. Chi non la conosceva si lasciava intimorire dalla sua impeccabile posizione sociale e dal suo dispendioso tenore di vita, dal suo ultrapubblicizzato smeraldo Medici, una pietra di quaranta carati che lei portava, quasi con noncuranza, appesa a una catena di diamanti. Si diceva che una maledizione pesasse su quel gioiello dalla splendida luce verde, che era appartenuto a vari infelici esponenti della aristocrazia italiana. Marion trovava divertente la superstizione. «L'unica vera maledizione», si compiaceva di dire, «è l'altissima quota dell'assicurazione. A volte penso che starei meglio se qualcuno me la rubasse.» Chi la conosceva bene sapeva che non era tipo da intimorire la gente. Era una donna divertente e cordiale, schietta e intelligente.

«Non dire sciocchezze», disse a Elizabeth. «Ma certo che puoi prenderti un cottage. E senza pagare nessun affitto, per l'amor di Dio. Che cosa vorresti fare, rovinarmi la reputazione, facendomi passare per un'affittacamere? Non mi sognerei mai di farti pagare, sciocchina. Non saprei nemmeno quanto chiederti! Però ti renderai conto, Elizabeth, che quei cottage non comparirebbero mai sulle pagine di *House Beautiful*. Il più grande, di cui certo avrai bisogno tu, ha due stanze da letto. Ma i mobili! Be', mia cara, diciamo che sono appena un gradino più su delle cassette d'arance. Praticamente rifiuti dell'Esercito della Salvezza. Spero che tu abbia intenzione di portare le tue cose, altrimenti, amore mio, vivresti in uno squallore assoluto.»

Per la prima volta, Elizabeth riuscì a ridere. «Ti assicuro che per me sarà meglio di Buckingham Palace. No, non ho intenzione di portarmi molti mobili. Solo qualche piccola cosa che era mia prima che ci sposassimo e le cianfrusaglie che mi ha lasciato mio padre. Ma non importa. Ti sono così grata di offrirci un posto in cui andare! Davvero, non so come ringraziarti. Non riuscirò mai a dirti che cosa significhi per me...»

Marion la interruppe seccamente. «Sciocchezze. Felice che

qualcuno utilizzi uno di quegli orrendi tuguri. Spero solo che non sia troppo brutto. Mia cara, non so dirti quanto mi dispiaccia per te e Alan, ma, ti prego, risparmiami i particolari. Non voglio nemmeno lottare con la tentazione di fare pettegolezzi. Seriamente, ti conosco troppo bene. Deve esserti costato parecchio dover gettare la spugna. Va bene. Vieni subito. Cercherò almeno di far dare una spazzata, prima che tu arrivi.»

Appena riappeso il telefono, Elizabeth chiamò Mary e le comunicò che aveva deciso di lasciare il signor Whitman e di portare con sé i bambini.

«Devo traslocare oggi stesso, prima che lui torni», disse. «Vuoi essere tanto gentile da aiutarmi a riporre gli abiti, in modo da essere pronti ad andarcene appena Ann e Quigly torneranno da scuola? E, senti, Mary, per caso non conosci qualche camionista che sia disposto per poco a trasportare qualche mobile e qualche cosetta, come piatti e bicchieri? La signora Parrish-Parker mi presta un cottage a Bethesda. È lì che andremo.»

Mary annuì con calma. «Sì, conosco un camionista che verrà di certo oggi pomeriggio, se gli dico che è un servizio speciale. È un amico e non le farà pagare molto. Vuole che lo chiami?»

«Sì, grazie, te ne sarei davvero grata.» Elizabeth esitò. «Che farò senza di te, Mary? Non posso permettermi di pagarti e poi laggiù non c'è posto sufficiente anche per te. Forse quando avrò trovato lavoro e una casa migliore potrei chiederti di tornare con noi. Che ne diresti?»

«Se per lei va bene, signora Whitman, preferirei non andarmene affatto. Lei avrà bisogno d'aiuto. Qualcuno dovrà pur badare ai bambini, mentre lei è fuori a cercare lavoro. Forse potrei venire almeno per qualche giorno. Magari sette od otto. Non si preoccupi per il mio salario, ho messo da parte un po' di denaro che mi basterà per qualche tempo e posso abitare da mia sorella per niente.»

Elizabeth si commosse. «Sarebbe una benedizione di Dio, ma non posso chiederti tanto.»

«Lo farei volontieri.»

«Non vorrei che ti sentissi in dovere di farlo», insistette Elizabeth incerta. «Potresti trovarti un buon posto altrove. Molte mie amiche sarebbero felici di averti con loro. Oppure potresti restare qui, a badare alla casa per il signor Whitman.»

La donna negra la guardò con viso inespressivo. Sa tutto, pensò Elizabeth. E arrossì.

Quando Alan tornò a casa, la sua famiglia se n'era già andata. Del resto non se ne stupì troppo, entrando nella grande casa silenziosa e impersonale. Forse è meglio così, pensò. Più tardi sarebbe andato a cercarli. E forse si sarebbe anche potuto portare Ann con sé. Ci avrebbe pensato dopo, una volta smaltita la sbornia. Nel frattempo, si versò un robusto scotch e chiamò Kitty. Al diavolo, quella ragazza era ancora in debito con lui.

Quando Ann e Quigly tornarono a casa da scuola, abiti e giocattoli erano già tutti imballati, mentre Elizabeth, Mary e un camionista stavano sistemando gli ultimi mobili su un traballante furgoncino. Ann era la sola dei bambini abbastanza grande per capire che qualcosa non andava.

«Dove andiamo, mamma? Perché hai messo tutte le mie cose nelle casse? E dov'è paparino?»

Elizabeth abbracciò la figlia. «Andiamo in una nuova casa, tesoro», disse. «Tu, Quigly, Charlene, Mary e io. Papà non può venire con noi, ma è al corrente di tutto.»

Ann la guardò incredula. «E allora perché non è qui a salutarci? Non ci avrebbe mai lasciati andare via senza darmi un bacio.» E si mise a piangere. «Non voglio andare in una casa nuova», singhiozzò. «Resterò qui ad aspettare che paparino torni a casa. Non puoi costringermi ad andare via.»

Elizabeth era molto nervosa, ma cercò di restare calma almeno in apparenza. «Mi dispiace che tu sia arrabbiata, Ann, ma dovrai fare come ti dico io. Sono tua madre.»

«Io non voglio che tu sia mia madre!» strillò Ann. «Sei una vecchia brutta e cattiva.»

Elizabeth sentì una gran voglia di allungarle uno schiaffo. Ma le disse freddamente: «Non tocca a te volermi come madre, Ann. È tuo dovere invece far sì che io ti voglia come figlia. E proprio adesso non avrei nessuna voglia di avere per figlia una ragazzina ostinata, egoista e disobbediente. D'ora in avanti scoprirai di doverti meritare l'affetto degli altri. Immagino che ora tu non possa capire, ma spero che ci rifletterai. In questo momento, che tu mi ami o mi odi non è la mia principale preoccupazione. Penso piuttosto al tuo benessere. Se questo mi rende ai tuoi occhi una vecchia brutta e cattiva, non so proprio che cosa farci. E non ho davvero tempo di preoccuparmene».

Questo fermo discorsetto da adulta raggelò Ann. Non capiva gran che di quello che sua madre le stava dicendo, ma il tono era inflessibile, autoritario e spassionato. A occhi sbarrati, completamente soggiogata, la bimba tacque. In pochi minuti si trovò caricata su un taxi tra sua madre e Mary, che teneva in braccio Charlene. Quigly era sul sedile anteriore, accanto all'autista. Mentre si allontanavano, Ann fu l'unica a voltarsi per guardare indietro.

Marion Parrish-Parker non aveva esagerato troppo nel descrivere la mancanza di attrattive del cottage. Il meglio che se ne poteva dire era che era costruito solidamente e situato in una delle più belle zone della tenuta. I toni dorati dell'autunno erano sparsi ovunque, sugli alti olmi e sugli aceri che quasi nascondevano la casetta e sui grossi cespugli di crisantemi gialli, gonfi di fiori. Quel luogo ispirava una tale sensazione di intima serenità, che l'animo esacerbato di Elizabeth traboccò di gratitudine. Non si lasciò nemmeno spaventare dalle minuscole stanzette con pochi mobili sgangherati. Già immaginava come sarebbe stata la casetta una volta sistemate le sue preziose proprietà. Non sarebbe certo stata sontuosa, ma piena di calore e di bellezza naturale. Si sentì a un tratto colma d'ottimismo. Si pentì di essere stata tanto brusca con Ann e cercò di farsi perdonare.

«Non è carino, tesoro?» le chiese. «Non sembra una casetta delle bambole? Aspetta che abbia sistemato tutto quanto. Vedrai, ci metteremo tutte le belle cose della nonna e un sacco di fiori e di candele. Guarda che magnifico caminetto, Ann! Potremo fare i popcorn e cuocere la torta di malva, se vuoi.»

Ma Ann non si lasciava conquistare tanto facilmente. «Odio questo posto», disse cocciuta. «È orribile. Voglio tornare a casa mia.»

Elizabeth era comunque decisa a mantenere la calma. Si

rendeva conto che doveva essere duro per una bimba essere trascinata in quel nuovo, strano mondo. E poi c'era anche il problema di Alan. Di tutti loro, Ann era l'unica che ne avrebbe sentito la mancanza.

«Perché non vi fate una casetta dei giochi tutta per voi?» suggerì Elizabeth con tono allettante. «Tu e Quigly potrete costruirvi un rifugio segreto laggiù, sotto quello splendido abete. Sono sicura che Mary vi aiuterà, se glielo chiedete con gentilezza.»

«Mary resterà con noi?»

«Ma certo, cara. Non dormirà qui, perché ci sono solo due camere da letto. Tu e Quigly starete in una e Charlene e io nell'altra. Ma Mary resterà qui tutto il giorno, come sempre. Naturalmente tu e io dovremo aiutarla in casa. Vedrai, t'insegnerò a cucinare. Ti piacerebbe?»

«Non voglio cucinare. Quando stavamo con papà tu non dovevi mai cucinare.»

Elizabeth sospirò. «Ann, tesoro, devi capire che papà sta a Georgetown. È molto, molto occupato con il suo nuovo importante lavoro.»

«Allora io andrò a vivere con lui. Chi si prenderà cura di lui, se non ci siamo noi?»

«Papà starà benissimo», la rassicurò Elizabeth. «Capisce perché noi stiamo qui e conta sul fatto che tu ti comporti da brava bambina grande. Mio Dio, sei proprio cresciuta! Dovrò contare anch'io su di te. Specialmente per aiutarmi a badare a Quigly. C'è una bella scuola qui vicino, alla quale potrete andare tutt'e due. Solo a un paio d'isolati. Tu dovrai portarci Quigly e poi accompagnarlo a casa, vuoi? Guarda che è una grandissima responsabilità. Non mi fiderei di nessun altro, se non di una bambina grande come te.»

Ann fece il broncio. «Perché non ce lo può portare Mary, a scuola?»

«Perché Mary dovrà restare qui per badare a Charlene. Vedi, Ann, io penso di andare a cercarmi un lavoro. Per questo toccherà a te sorvegliare Quigly.»

Il viso della bimba si fece di porpora. «Non voglio andare in una nuova scuola! E non voglio badare a Quigly. Lui è orribile e io lo odio!»

«Certo non odi tuo fratello, Ann! Come puoi dire una cosa simile?»

«E invece sì. Lo odio, lo odio! E odio questa casa, e te, che ci hai fatti venire qui! Mio padre non ci permetterebbe mai di vivere in un posto come questo! Ha un cattivo odore, come di animali morti.» Ann cominciò a piangere. «Perché non posso tornare a casa, mammina? Ti prego, fammi tornare a casa!»

Elizabeth sospirò. Per via di Alan, Ann sarebbe stata un bel problema. Sentì compassione per lei. Ma in fondo era ancora piccola e avrebbe finito per dimenticare. Con il tempo, la figura paterna si sarebbe sempre più sbiadita nella mente della sua figlia maggiore. Nell'attesa, Elizabeth sarebbe dovuta essere forte e paziente. C'era da sperare che almeno lei riuscisse a superare quel senso di disagio che provava Ann. Aveva sentito spesso donne divorziate o vedove lamentarsi della responsabilità di dover fare da madre e da padre per i loro figli. Ora capiva che era davvero una situazione traumatica, tanto per il genitore che per il bambino. Fu molto dolce con Ann.

«Tesoro, questa è la nostra casa, adesso», le disse. «So che non è bella come quella di Georgetown, ma aspetta e vedrai che bel posticino la faremo diventare! Vieni», aggiunse mettendole un braccio intorno alle spalle, «andiamo a togliere dalle casse la porcellana di nonna Quigly. È sempre stata la tua preferita. Poi potresti cogliere qualche crisantemo per la zuppiera bianca e blu. Ne faremo uno specialissimo centrotavola per la nostra prima cena nella nuova casa!»

Ma quella forzata spensieratezza suonava falsa alle sue stesse orecchie. Ann era inconsolabile. Senza una parola uscì, prendendo svogliatamente a calci i pochi ciuffi d'erba che restavano sul sentiero davanti al cottage. Elizabeth la seguì con lo sguardo preoccupato. Avrebbe dovuto tener d'occhio la piccola Ann. Avrebbe perfino potuto cercare di scappare, per tornare da quel padre che le aveva dato un tale senso di falsa sicurezza.

Elizabeth rientrò in casa. Charlene gorgheggiava tutta contenta nella sua culla e Mary stava rifacendo i letti con le pratiche lenzuola bianche che Marion Parrish-Parker aveva saggiamente fornito. Quigly non era visibile da nessuna parte. Improvvisamente Elizabeth si rese conto che era scomparso subito dopo il loro arrivo. Si sentì afferrare dall'ansia. Forse s'era allontanato e s'era perso nei boschi. Cominciava a imbrunire.

In quella fitta boscaglia poteva succedere di tutto a un ragazzino.

«Mary, hai visto Quigly?»

«No, signora Whitman. Credevo che fosse con lei.»

Il cuore di Elizabeth cominciò a battere forte. Ma, quasi nello stesso istante, Quigly apparve sulla soglia. Aveva un vistoso graffio su una guancia, ma sorrideva. Teneva in braccio uno dei preziosi gatti siamesi di Marion. L'animale era afflosciato, senza vita.

«Quigly! Ma dove sei stato? E che cosa stai facendo, con quel gatto?»

«È morto, mammina. Possiamo fargli il funerale?»

«Morto? E dove l'hai trovato? E come ti sei fatto quel graffio sul viso?»

«È stato questo brutto gatto cattivo a graffiarmi.»

«Ma come... Insomma, come mai è morto?»

«È affogato. Nella vasca dei pesci. Dovevo punirlo.»

Elizabeth si sentì afferrare dalla nausea. «Quigly, che brutta cosa hai fatto! Perché hai annegato il gattino della signora Parrish-Parker? Perché mai hai fatto una cosa così terribile?»

Lui la guardò con gli occhioni colmi di stupore. «Ma dovevo farlo, mammina», ripeté. «Non vedi, mi ha ferito.» E indicò i segni degli artigli sul viso.

Elizabeth prese quel corpicino umido dalle braccia del figlio. Piena d'orrore, stava immobile in mezzo al soggiorno, reggendo l'animale come uno spaventoso trofeo. Mio Dio, pensava con tristezza, è dunque così che funziona la sua mente? Distruggerà qualsiasi cosa o essere che lo minacci? Mary le si avvicinò rapidamente e le tolse di mano la bestiola, portandola fuori. Elizabeth attirò Quigly a sé.

«Figliolo», disse, cercando di mantenere calma la voce, «non devi mai, mai più uccidere di nuovo. Non facciamo del male alle cose o alle persone che ci feriscono. Nemmeno se pensiamo che lo meriterebbero. La Bibbia ci insegna a perdonare i nemici, Quigly. È così che si comporta la gente per bene, cristiana. Solo le persone incivili fanno queste orribili cose crudeli.»

«Che cosa significa incivile, mammina?»

«Significa gente che non vive secondo le regole del mondo. La gente incivile si fa delle proprie regole, perché non capisce nulla di considerazione e gentilezza verso gli altri. Pensa solo a se stessa, alla propria protezione personale.»

Il bel visetto proteso verso di lei s'illuminò. «Ma è proprio quello che ho fatto io, mammina! Proteggere me stesso. Me l'ha insegnato papà.»

Elizabeth scattò. «Che vuoi dire? Papà è qui? Ti ha detto lui di annegare il gatto?»

Quigly scosse la testa. «No. È stato tanto tempo fa. Papà mi ha detto che devo sempre reagire, se qualcuno mi picchia. Mi ha detto che sarei una femminuccia, se scappassi via. Sì, proprio una stupida femminuccia. E quando quel brutto gatto mi ha graffiato, mi sono subito ricordato quello che mi aveva detto papà.» Il bambino era molto serio, quasi sulla difensiva. Pareva volesse sfidarla a confutare quello che gli aveva insegnato il padre.

Elizabeth scelse con cura le parole. Era assolutamente decisa se non altro a non aizzare i suoi figli contro Alan. Loro non avrebbero mai dovuto sapere che razza d'uomo era in realtà. Eppure bisognava vincere quel genere di consigli fraintesi. «Quigly, caro», disse, «temo che tu non abbia capito quello che papà voleva dirti. Papà vuole che tu sia un ometto coraggioso, capace di far valere i propri diritti, senza paura. Ma non intendeva dirti che devi far del male alle persone o agli animali. Non hai il diritto di punire fisicamente gli altri. È peccato. Non è certo questo che papà intendeva, quando ti ha detto che non devi mai tirarti indietro.» La voce le si spense. Era inutile, Quigly era troppo piccolo per capire. Non era ancora in grado di distinguere tra insensata brutalità e onorevole difesa. Provò di nuovo. «Vedi, tesoro, papà voleva dire che se qualche ragazzaccio cerca di attaccare briga con te, tu devi tenergli testa. Per esempio, come potrebbe succedere ai giardini; anche se questo significasse poi per te tornare a casa con un occhio nero. Ma papà non voleva certo dire che devi uccidere un povero gattino che ti ha graffiato, solo perché non sa quello che fa. O forse perché tu lo stuzzicavi. Capisci la differenza?»

Il bambino non rispose, ma era comunque chiaro che le sue parole non l'avevano minimamente toccato. Elizabeth cercò di consolarsi, dicendosi che in fondo il gesto di Quigly era solo un atto infantile di crudeltà senza particolare significato.

Non voleva nemmeno pensare che suo figlio avesse ereditato la tendenza sadica del padre.

«Spero che tu abbia capito», gli disse infine. «Comunque, domani tu e io andremo dalla signora Parrish-Parker e le diremo quello che hai fatto. E tu le chiederai scusa. Inoltre le prometteremo di comperarle un altro gatto. Vedi, sono sicura che Marion amava moltissimo quella bestiola c sarà triste che tu le abbia portato via qualcosa che lei amava. Proprio come saresti triste tu, se qualcuno ti portasse via una delle tue cose predilette. Aspetta. Voglio anche che tu mi prometta di non fare mai più del male a nessun essere vivente.»

Non ci fu nessuna risposta.

«Quigly?»

«Era un gatto cattivo», concluse il bambino. «E sono contento di averlo ammazzato.»

In due settimane il cottage subì una trasformazione quasi miracolosa. Non che fosse diventato qualcosa di grandioso o di elegante. I vecchi mobili sgangherati non potevano certo diventare invisibili, ma presero un'aria meno triste quando Elizabeth li sistemò a gruppi intorno al caminetto e dispose nei punti più in vista della casa qualcuno dei suoi bei pezzi. Nascose gli strappi più indecenti del divano con dei cuscini ricamati, distribuì per la casa tutti i libri e i quadri che era riuscita a portar via, inoltre nascose un tavolo assolutamente inguardabile sotto uno scialle spagnolo ricamato, in cui s'era tante volte avvolta nelle serate di gala. L'unica stravaganza che si permise fu d'illuminare tutta la casa con le candele. Solo nella stanza dei bambini c'erano, per sicurezza, delle lampade. Ma per il resto, eccetto una luce per leggere accanto alla sua poltrona, tutta la casa splendeva del caldo chiarore delle candele. Si servì dei fiori autunnali che crescevano in abbondanza nelle vicinanze per comporre mazzi di astri e crisantemi generosamente distribuiti in ogni stanza. La casetta divenne graziosa e accogliente, come se reagisse al primo gesto d'affetto che qualcuno aveva verso di lei.

«È più carina di quanto sperassi», confessò Elizabeth.

Mary era d'accordo. «È perché qui si respira la speranza, signora. Non la sente anche lei?»

Elizabeth annuì. Sentiva infatti rinascere dentro di sé la

speranza, così come sentiva che le ferite del suo animo cominciavano a guarire. C'era perlomeno una tregua, dall'infelicità e dalla paura, e lei vi si crogiolava. Aveva una meravigliosa sensazione di libertà. Sentiva certo anche un senso di sconfitta, il rimpianto di non essere riuscita a far funzionare il suo matrimonio. Forse, pensava, i miei metri di giudizio sono troppo alti, irreali, forse le mie pretese emotive troppo forti per qualsiasi uomo. Ma lei era fatta così. E non era tanto pazza da pensare di poter mai cambiare.

Comunque, per il momento si godeva quella paradisiaca assenza di tensione. Anche i bambini parevano adattarsi alla nuova vita. Nemmeno con uno sforzo d'immaginazione si poteva dire che scoppiassero di felicità, ma Ann accompagnava docilmente il fratellino avanti e indietro da scuola e non parlava più dell'adorato paparino. Quando stava in casa, la bimba era chiusa e riservata e passava quasi tutto il tempo sola con i suoi libri e il suo album da disegno. Faceva dei quadretti rigidi e meticolosi, come lei. Somigliavano quasi tutti ad Ann, pensava Elizabeth. C'erano fogli e fogli zeppi di bionde principessine, rinchiuse in castelli strettamente sorvegliati. Di certo era così che Ann vedeva la sua vita nel cottage.

Quigly, dopo aver borbottato qualche parola di scusa a Marion Parrish-Parker, pareva aver completamente dimenticato l'incidente del gatto. Si dedicava alle tipiche occupazioni di un ragazzino della sua età, come arrampicarsi sugli alberi e cacciarsi nei pericoli, facendo morire Elizabeth di paura con le sue gloriose gesta. Probabilmente, pensava Elizabeth, sta ancora dimostrando a un padre assente di non avere paura di niente.

Con enorme sollievo di Elizabeth, fino a quel momento Alan non s'era mai fatto vivo. Aveva sempre avuto la certezza che prima o poi avrebbe scoperto dove stavano lei e i bambini, benché lei non ne avesse fatto parola con nessuno dei vecchi amici. Del resto, non doveva essere difficile rintracciarli, se Alan avesse voluto; ma a quanto pareva Alan non aveva nessun interesse a sapere che fine aveva fatto la sua famiglia. I timori di Elizabeth di vederselo comparire davanti improvvisamente, furioso e ubriaco, a fare qualche orrenda scenata, si attenuavano con il passare dei giorni. Ogni tanto leggeva il nome di Alan sui giornali. C'era stato infatti l'annuncio ufficiale della sua promozione ed era stata pubblicata anche qualche sua foto con il presidente che si congratulava con lui. Elizabeth osservava incuriosita le fotografie. A quanto poteva vedere, in Alan non c'era nessun palese cambiamento, anche se per la verità non sapeva bene nemmeno lei che cosa si era aspettata. Alan appariva come era sempre stato in pubblico: vestito con cura, gentile, sicuro di sé, sorridente.

Elizabeth aveva pensato al divorzio da lui solo fugacemente. Forse non era ancora emotivamente pronta per un simile passo. O meglio, per essere più concreti, non se lo poteva ancora permettere. Finché non trovava lavoro, i pochi dollari che aveva in banca erano tutto quello che stava fra lei e il disastro. Non aveva motivo di desiderare la libertà legale. E poteva spendere meglio il suo denaro. Si era dovuta separare con rimpianto da ben settantacinque dollari per ricomprare il gatto siamese a Marion, anche se la cara signora aveva affermato che non ce n'era nessun bisogno. Elizabeth però era stata irremovibile. Non era solo una questione di principio, ma era diventato per lei quasi un gesto superstizioso, come se con quella riparazione potesse cancellare anche il ricordo di quella prima terribile giornata e della distorta giustificazione di Quigly per il suo gesto.

La sua prima preoccupazione era stata di creare un ambiente solido per i suoi bambini, ed era riuscita a dar loro una casa calda e accogliente e un senso di continuità grazie alla presenza costante di Mary. Ora doveva mettersi rapidamente alla ricerca di un mezzo di sostentamento per tutti loro. E questo sarebbe stato più difficile. Elizabeth non s'intendeva d'affari e non aveva pratica o esperienza se non come dama di carità. Era molto improbabile che un altro miracolo come quello di Marion Parrish-Parker o di Mary venisse in suo aiuto. Il fato non le avrebbe certo offerto anche un lavoro, così come le aveva dato una casa e una cameriera.

Ripassò mentalmente le sue abilità: cucinare, cucire, ricamare, arredare. Non riusciva a immaginarsi come cuoca o sarta e certo non avrebbe guadagnato abbastanza ricamando cuscini a piccolo punto. Restava l'arredamento, ma nemmeno in questo campo aveva un'abilità professionale. Forse, pensò, potrei trovare lavoro come commessa in qualche negozio di antiquariato o di arredamento. Sì, questa era probabilmente l'idea migliore. Le ore sarebbero state lunghe, il lavoro faticoso e il salario, supponeva, minimo. Ma comunque sufficiente al loro mantenimento. Perlomeno, tanto da cominciare a permetterle di pagare qualcosa a Mary. Forse sarebbe anche riuscita a portare Ann e Quigly a qualche spettacolo o a qualche concerto. Per Elizabeth queste cose erano importanti per la loro salute mentale quanto latte e cereali per la loro salute fisica. Era una mentalità che non avrebbe abbandonata per tutta la vita. Il macellaio e il droghiere potevano anche aspettare, mentre lei spendeva preziosi dollari per portare i bambini a vedere il *Lago dei cigni*, o a sentire il Concerto in la di Grieg, nell'esecuzione dell'Orchestra sinfonica nazionale. A molti suoi amici pareva un modo irresponsabile, quasi immorale di vedere le cose. Elizabeth, invece, riteneva suo dovere sia nutrire l'anima dei suoi figli sia riempire il loro stomaco. «A che cosa serve il corpo», soleva dire, «se lascio morire la loro anima?»

Ma questo sarebbe accaduto più tardi. In quel momento doveva trovare denaro per l'anima e il corpo dei suoi bambini. E anche suoi.

Nel 1935 era ancora molto difficile trovare lavoro e in genere si dava la preferenza agli uomini, non tanto per una discriminazione sessuale, quanto perché si riteneva che gli uomini fossero in genere quelli che dovevano sostentare la famiglia. Era anzi considerato quasi antipatriottico per una donna offrirsi per un posto di lavoro che poteva essere affidato a un uomo. Infatti sui giornali di Washington gli annunci per le offerte di lavoro a «commesse» erano pochissimi. Dopo aver cercato sul *Sunday Star*, sul *Post* e sul *Times-Herald* Elizabeth riuscì a trovare solo tre offerte di lavoro adatte a lei. Due erano di grandi magazzini a prezzi economici e la terza di un elegante negozietto d'antiquariato in Connecticut Avenue, di cui era stata a volte cliente. Decise di tentare prima con quest'ultimo. Pareva più adatto a lei e inoltre aveva il vantaggio di essere abbastanza vicino a casa, anche se per andarci ci sarebbero comunque voluti due autobus.

Il lunedì mattina, un'ora prima dell'apertura del negozio, Elizabeth si mise ad aspettare sul marciapiede davanti all'ingresso. Con sua sorpresa scoprì di essere la terza aspirante ad arrivare e, poco dopo, altre otto donne si aggiunsero silenziosamente al gruppo. Elizabeth guardava le sue concorrenti con apprensione. Avevano tutte un'aria composta, quasi stoica, come se stessero compiendo un rituale necessario ma inutile. La sicurezza di Elizabeth cominciò a vacillare. Timidamente, si rivolse alla donna che le stava accanto.

«Mi scusi, immagino che lei sia qui per l'impiego, vero?»

La donna dagli abiti dimessi le lanciò un'occhiata amaramente divertita. «Chi, io, dolcezza? Ma neanche per idea. Sto qui a gelarmi il culo solo perché muoio dalla voglia di comperarmi quel vaso da notte francese che sta in vetrina.»

Elizabeth arrossì di rabbia. «Scusi tanto», mormorò.

La donna si addolcì un po'. «Certo che sono qui per il posto di lavoro. E tu? Non hai l'aria di essere al verde. Dove lavoravi, prima?»

Elizabeth si sentì in imbarazzo. Aveva bisogno di quel lavoro tanto quanto le altre. Con una sola probabile eccezione. Lei aveva ancora una possibilità di scelta. Poteva ancora avere qualcuno che si prendeva cura di lei, se avesse inghiottito il suo orgoglio e fosse tornata da Alan. Sospettava che nessuna delle sue concorrenti avesse questa sia pur labile sicurezza su cui contare e questo la faceva sentire stupidamente colpevole. La donna accanto a lei la guardava incuriosita, in attesa della sua risposta.

«Non ho mai lavorato», sussurrò infine Elizabeth con voce quasi impercettibile. «Cioè, ho fatto un sacco di lavoro volontario, ma non ho mai avuto un impiego a tempo pieno.» Si chiese perché mai sentisse il bisogno di giustificarsi. Irritata con se stessa, prese un tono più deciso. «Ma credo che me la caverei molto bene a vendere oggetti antichi. Ho comperato un sacco di cose in questo negozio. È grazioso. Ha la miglior clientela della città.»

La sua compagna alzò le sopracciglia. «Ma è fantastico», disse ironica. «Spero che ti diano il posto, contessa. Sarà un'esperienza così divertente, sbattersi un po' dall'altra parte del banco.»

Prima che Elizabeth potesse risponderle, la porta del negozio venne aperta da una signora ben pettinata, con i capelli azzurrati, che Elizabeth ricordava come la proprietaria.

«Entrate, prego», disse. «Immagino siate qui tutte per il posto di lavoro.»

Dodici teste annuirono insieme

«Bene. Avrò un colloquio con tutte quante, perciò non state a preoccuparvi di chi è arrivata prima.»

«Crepa», borbottò la donna accanto a Elizabeth. «A che diavolo è servito allora arrivare qui all'alba?»

«Perlomeno sappiamo che avremo tutte quante una possibilità», disse Elizabeth. Tanta ingenuità fece girare tutte le teste verso di lei.

«Tu sei nuova, vero?» chiese una di loro.

«È poco che cerchi lavoro, eh, cocchina?» domandò un'altra. «Adesso capirai. Prima che quella vecchia puttana arrivi al numero sei, sarà già stufa marcia e di certo assumerà una delle prime cinque.»

Era tutto così strano e confuso. Entrarono a una a una e si disposero silenziosamente nel negozio, mentre la signora Markham andava nel retro alla sua scrivania. Da lì faceva loro segno a turno di avvicinarsi e di sedere accanto a lei. Elizabeth fu la quarta a essere chiamata.

«Lei, laggiù», disse la signora Markham. «Quella con il cappotto nero. Venga qui.»

Elizabeth avanzò sorridendo con aria, si augurava, sicura. Il suo colloquio fu anche più breve degli altri. Appena rivelò la sua assoluta mancanza di pratica nel mestiere, fu tutto finito.

«Mi dispiace, signora Whitman. Lei è proprio la donna che mi piacerebbe avere qui. Anzi, se non sbaglio, ci siamo già conosciute, vero? Lei deve avere comperato qualcosa in questo negozio durante l'anno.»

Elizabeth ammise di sì, ma aggiunse che aveva assoluto bisogno di lavorare.

La signora Markham parve imbarazzata. «Ne sono certa, mia cara. Ma anche le altre. E purtroppo le tre che ho visto prima di lei hanno già molta esperienza di vendite. Non ho proprio il tempo di insegnarle i mille particolari del mestiere. E poi, anche ammesso che lo facessi, chi può dire se lei ha disposizione a stare dietro un banco?»

«Ne sono sicura», replicò con ansia Elizabeth. «E so che potrei imparare rapidamente.»

La negoziante scosse il capo. Disperata, Elizabeth giocò il suo asso nella manica.

«Inoltre molte mie amiche verrebbero qui a fare acquisti, se sapessero che ci lavoro io.»

Per un attimo la signora Markham esitò. La prospettiva di una «clientela» era allettante, ma Elizabeth era troppo vaga. Fece un altro cenno di diniego. «Mi dispiace; certo è un punto a suo favore, conoscere tante signore importanti a Washington. Ma il negozio è già molto ben introdotto. Le sue amiche lo conoscono già. Se lei avesse esperienza di vendite, potrei correre il rischio, ma così è un'idea assurda.»

Elizabeth si alzò. «Capisco. Grazie comunque.»

«Ma le pare» Mentre si avviava alla porta, la signora Mar kham la richiamò. «Oh, signora Whitman.»

Elizabeth si girò tutta speranzosa. «Sì?»

«Spero che ricordi comunque alle sue amiche di venire a trovarmi.»

Elizabeth la fissò incredula. Poi scoppiò a ridere.

Le altre due offerte di lavoro furono ancora peggio. Nei due grandi magazzini del centro aspettò in uffici del personale stretti, soffocanti come prigioni e anche poco puliti, compilò delle schede, poi attese in fila di avere un colloquio. La reazione delle persone che la interrogavano con aria annoiata fu ancora meno riguardosa di quella della signora Markham.

«Mai lavorato prima? Torni quando avrà un po' d'esperienza.»

Però nessuno le spiegava come avrebbe potuto procurarsi il prezioso requisito dell'esperienza. Era la solita, vecchia storia. Per ottenere un lavoro ci vuole esperienza e senza esperienza non si ottiene un lavoro. Elizabeth si sentiva come Alice al cospetto della Regina di cuori. E mentre i giorni e le settimane passavano, la storia continuava a ripetersi. Per ogni posto di lavoro al quale Elizabeth si presentava, c'erano sempre almeno un centinaio di persone con più requisiti di lei. Elizabeth passò dallo smarrimento allo scoraggiamento e dallo scoraggiamento alla paura vera e propria. La sera del Ringraziamento, dopo aver offerto ai bambini la tradizionale cena con il tacchino, che non si sarebbe potuta permettere, pensò che Alan aveva ragione: senza di lui non riusciva a cavarsela. Aveva già la mano sul telefono per chiamarlo, quando a un tratto si tirò indietro e disse ad alta voce: «Che sia dannata se lo farò».

Fissando le fiamme nel caminetto, dove ardeva la provvista di legna, fortunatamente inestinguibile, di Marion Parrish-Parker, Elizabeth ripensava a tutti gli inutili sforzi delle ultime settimane. Evidentemente il suo metodo per cercare lavoro era sbagliato. Nessuno avrebbe mai assunto un dilettante, quando c'erano tanti professionisti fra la concorrenza nel mondo del piccolo impiego. Era sciocco continuare a rispondere agli annunci dei giornali, iscriversi alle agenzie di collocamento, fare insomma tutte quelle cose convenzionali che la gente fa di solito quando cerca lavoro. A un tratto le fu tutto così chiaro che si chiese come mai non ci avesse pensato prima. L'unico modo per trovare lavoro era avere l'appoggio di qualcuno che la conoscesse come persona, non come un'anonima e inesperta postulante. Lei e Alan conoscevano centinaia di persone a Washington. Da che aveva lasciato Georgetown non era più rimasta in contatto con nessuna delle vecchie amicizie, desiderando evitarne la compassione o la curiosità. Ma ora era disposta ad accettare tanto l'una che l'altra, se necessario. L'istinto di sopravvivenza era più forte dell'orgoglio. Che parlino pure, pensava. Che me ne importa, purché qualcuno di loro abbia un lavoro da offrirmi? Tutta ansiosa, cominciò a sfogliare la sua agenda di indirizzi. Ma quando fu arrivata alla lettera «O» il suo entusiasmo aveva già cominciato ad afflosciarsi. Tra tutte quelle dozzine di nomi, non ce n'era uno che non fosse legato al mondo dell'aviazione o a qualche impresa governativa a esso connessa. Niente che fosse nemmeno lontanamente vicino al tipo di lavoro che lei poteva fare. Poi voltò pagina e le balzò agli occhi un nome: Preston Stuart. Un campanellino le trillò in testa. Stuart Preston era un grosso editore specializzato in piccoli giornali molto remunerativi, distribuiti nelle aree periferiche. Possedeva anche una rivista femminile, un'agenzia di stampa e una catena di stazioni radio nel Texas. Stu Preston, un bell'uomo sulla cinquantina intelligente e simpatico, aveva cenato spesso insieme con sua moglie a casa degli Whitman. Elizabeth sapeva di piacergli. E soprattutto rammentava che il signor Preston l'aveva adulata in modo quasi imbarazzante per l'arredamento della casa e per lo stile delle sue cenette.

«Non sono sicuro che lei offra il cibo migliore di Washington», le aveva detto una volta, «ma credo che nessuno si accorgerebbe nemmeno se è cattivo. Lei ha veramente il dono di saper creare un'atmosfera speciale, Elizabeth. Tutto quello che fa è talmente di buon gusto! La sua casa è assolutamente perfetta. Lei ha sbagliato vocazione, ragazza mia. Dovrebbe intraprendere la carriera di arredatrice d'interni, invece di sprecare il suo tempo con questa specie di aviatore che ha per marito.»

Allora ne avevano riso. E per mesi non aveva mai più ripensato a quelle parole né a Stu Preston. Probabilmente anche lui se n'era dimenticato. Ma l'indomani glielo avrebbe rammentato lei. Di certo nel grande impero Preston doveva esserci un posticino anche per lei.

Preston aveva effettivamente dimenticato quella conversazione, ma non aveva certo dimenticato Elizabeth Whitman. Sapeva che lei e il marito si era separati. E sapeva anche perché. Era il suo mestiere sapere queste cose. Non che fosse difficile scoprirle, del resto. Nonostante tutta la sua reputazione internazionale, in fondo Washington restava essenzialmente una cittadina di provincia. La gente che «contava» era relativamente poca e continuamente in contatto. Sulla separazione degli Whitman s'erano sprecate le scrollate di testa e le riflessioni. Perlopiù la gente era rimasta stupita. Stu no. I suoi contatti giornalistici lo tenevano informato sul comportamento di Alan e Stu aveva subito capito, poco dopo l'arrivo di quell'uomo a Washington, che non era fatto per manovrare privilegio e potere. Sapeva che Alan beveva e che aveva facili avventure. Conosceva anche la tendenza di Alan a raccattare qualche sporca puttanella sulla Quattordicesima.

Per tanta stupidaggine, Stu nutriva solo disprezzo. Però provava compassione per la graziosa moglie di Alan Whitman, incastrata con quei tre marmocchi e quel marito, che prima o poi avrebbe di certo avuto la giusta punizione. Quando aveva saputo che Elizabeth se n'era andata di casa, aveva anche pensato di mettersi in contatto con lei, magari per offrirle il suo aiuto se ne avesse avuto bisogno. Ma alla fine non l'aveva fatto. Primo, perché immaginava che lei avrebbe cortesemente rifiutato. Secondo, perché sentiva di essere troppo personalmente attratto da Elizabeth e Stuart Preston non era un novellino. Dopo vent'anni di matrimonio era un po' stufo di sua moglie. Non era contrario a qualche rapida avventura quando faceva qualche viaggio d'affari a Chicago o a Los Angeles, ma legarsi a una donna del suo stesso ambiente, no grazie. Faccende del genere creavano sempre più guai di quanto non ne valessero la pena. Alan Whitman doveva appunto averlo scoperto a sue spese.

Nonostante tutta la sua cautela, tuttavia, Stuart Preston sentì un fremito di piacere, quando la segretaria gli disse che «una certa signora Whitman» lo voleva al telefono. Afferrò il ricevitore tutto premuroso.

«Elizabeth? Che piacere sentirla! Come sta?»

«Bene, grazie», rispose lei. «Un po' spaesata, ma bene.»

Stu non capiva che cosa volesse dire. Che fosse timida? Non si adattava al ricordo che aveva di lei.

«Vorrei vederla, Stu, se ha un po' di tempo da dedicarmi.»

«Ma certo, ho sempre tempo per lei», rispose lui evasivamente. «Che cosa preferisce, ci vediamo a colazione, o per un aperitivo?»

La calda risata di Elizabeth gli giunse attraverso il filo. Solo allora si rese conto di come potessero essere fraintese le sue parole. Povero Stu! Devo essergli sembrata una donna scontenta e senza uomini, in cerca di compagnia. Devo averlo spaventato a morte.

«Molto gentile da parte sua», disse cortesemente, «ma io volevo proprio un serio appuntamento d'affari nel suo ufficio. Se non le è di troppo disturbo, vorrei un suo consiglio. Lei certo saprà che Alan e io ci siamo separati.»

Il sollievo di Stu era quasi buffo. «Per lei, ho un sacco di tempo e anche una quantità di inutili consigli. Quando vorrebbe venire?»

«Quando andrebbe bene, per lei?»

«Domani? Verso le dieci?»

«Grazie. Ci sarò.»

Dopo aver riattaccato, Stu Preston si abbandonò contro lo schienale della sua poltrona di pelle e si domandò che genere di consigli potesse mai volere Elizabeth da lui. Forse voleva che le consigliasse un avvocato per il divorzio, oppure che l'aiutasse a trovare casa. Sapeva che viveva in uno dei cottage di Marion Parrish-Parker, ma presumeva che fosse solo una sistemazione temporanea. Non gli passò nemmeno per la testa che Elizabeth avesse bisogno di un lavoro.

Sentirsi cortesemente annunciare nell'ufficio personale di Preston fu un balsamo per l'orgoglio di Elizabeth, strapazzato dal rude e insensibile trattamento fino allora ricevuto nei colloqui con eventuali datori di lavoro. Naturalmente, pensò, Stu non sa che questo è un colloquio per cercare un impiego. Per quanto ne sapeva lui, stava semplicemente dedicando un po' di tempo a ricevere un'amica. Le si fece premurosamente incontro per salutarla, dandole un lieve bacetto sulla guancia, come usava nel loro ambiente. Sprofondata in una comoda poltrona accanto alla scrivania, Elizabeth si guardava attorno compiaciuta. Preston aveva un lussuoso ufficio in uno dei più grossi edifici in Dupont Circle. Da lì si teneva in contatto con tutte le sue imprese. La produzione vera e propria di carta stampata non si svolgeva lì, ma tutte le importanti decisioni sulla proprietà Preston venivano prese da quella scrivania di mogano. I suoi collaboratori lo chiamavano il «quartier generale» e Preston era infatti un comandante rapido e deciso.

In quel momento le stava sorridendo. «È proprio un piacere vederla, Elizabeth. Perdio, sono mesi che non faccio una cena decente, ora che ci penso.»

Risero. Poi il viso di Stu si fece serio. «Una battuta infelice, temo. Mi dispiace molto per lei e Alan. E non solo per il matrimonio e per i bambini. Penso che Alan sia destinato a colare a picco, senza di lei. Da quanto sento dire, si sta comportando molto male. Si dice perfino che stia perdendo quota, alla BAC. Immagino che lei lo sappia.»

«No. Non ci siamo più visti da quando me ne sono andata da casa.»

«Proprio una brutta faccenda. Ho visto un sacco di giovanotti finire così a Washington. 'Ubriachi di potere', come si dice. Gli alti incarichi danno loro alla testa. Non riescono a barcamenarsi tra fama e adulazione. Dopo un po' cominciano a sbronzarsi, a trascurare il lavoro e anche a non badare più...» S'interruppe. «Scusi. Temo di essere uscito dal seminato. Peggio di una vecchia pettegola. Dio, che mancanza di tatto!»

«Non deve scusarsi», disse Elizabeth. «Perché pensa che mi sia decisa infine a lasciarlo?»

Preston aggrottò la fronte. «Che maledetti sciocchi. E pensare che potrebbero farla franca in tutto, non crede?» Di colpo, l'umore di Stu cambiò.

«Be', ora basta con questi discorsi. Che mi racconta di lei, invece? Ha detto che aveva bisogno del mio consiglio. Come posso esserle utile?»

Elizabeth andò dritta al punto. «Ho bisogno più che di un consiglio, Stu. Ho bisogno di un lavoro.»

Preston apparve leggermente sorpreso. «Un lavoro? Ma certo Alan provvederà a lei e ai bimbi!»

L'orgoglio la spinse a mentire. «Lo farebbe, naturalmente, ma io non voglio. Andarmene è stata una mia scelta. Non credo che sia lui a dover pagare per questo.»

L'espressione di Preston le stava dicendo che era una pazza completa, ma si trattenne dal darle l'ovvia risposta. L'ascoltò anzi con attenzione, mentre lei gli raccontava delle sue esperienze nella caccia a un lavoro.

«Perciò, come lei vede», concluse Elizabeth, «sono 'inassumibile' nel vero senso della parola. Nessuna pratica, nessuna esperienza, nessun modo per farne, per quanto possa capire. Sono venuta da lei perché pensavo che forse potesse esserci un posticino nelle sue aziende per una signora di buone intenzioni senza il minimo talento.»

«Lei si sbaglia», disse Preston.

Quella risposta telegrafica lasciò Elizabeth allibita. Le ci vollero alcuni secondi per riprendersi. Poi disse con calma: «Capisco. Intende dire che qui non c'è nessuna possibilità. Giusto. È stata una follia da parte mia chiederglielo. Lei è prima di tutto un uomo d'affari e poi un amico ed è così che dovrebbe essere. Non c'è dubbio che io pensassi di approfittare della sua amicizia. Questo le darà una vaga idea di quanto sia disperata. Ma mi vergogno per averla messa nella situazione di respingere un caso pietoso». Si alzò sorridendo dalla poltrona. «Mi perdoni, Stu. È stato uno sporco tiro da giocare a un amico.»

«Si sieda, Elizabeth», disse lui quasi bruscamente. «E la smetta di comportarsi da piccola ipocrita.»

Elizabeth ripiombò a sedere. «Non c'è da stupirsi che non riesca a trovare lavoro», riprese Preston, «se questo è il modo con cui ci prova. Che cos'è tutto questo umile e pietoso torcere le mani? Ha abbastanza orgoglio, quando si tratta di proteggere quel mascalzone di suo marito. Perché allora va in giro a parlare di sé con quel tono miserevole? 'Una signora di buone intenzioni senza il minimo talento'! Mai sentito una tale quantità di menzogne! Lei sta cercando lavoro, non la carità. Be', chi diavolo pensa che voglia assumerla, se continua a presentarsi come un 'caso pietoso'?»

Un barlume dell'antico tono battagliero si ridestò in Elizabeth. «Questo non è giusto, Stu. Io le stavo parlando come a un vecchio amico. Non penserà certo che mi comporti così davanti a degli estranei!»

«Può scommetterci che lo penso», rispose lui. «Che lei lo sappia o no, Elizabeth la sua antica sicurezza è scomparsa. Forse qualcuno l'ha presa a calci, non so. Ma certo lei ora non è la donna che ho conosciuto a Georgetown.» La voce gli si addolcì. «Okay. Adesso ha avuto la sua dose di sculacciate e dubito che abbia fatto più male a lei che a me. Ma dovevo scuoterla, Elizabeth, prima di dirle perché lei si sbaglia.» Le sorrise, con l'antica cordialità che Elizabeth ricordava. «Lei sbaglia a definirsi senza esperienza e senza talento. Io ho avuto modo di vedere i suoi talenti di persona, nella sua stessa casa. Lei ha una grandissima esperienza nel ricevere e nel creare quell'atmosfera per la quale migliaia di donne darebbero l'anima, pur di riuscirci. Le donne sono affamate di questo genere di informazioni, Elizabeth, e lei ne ha da vendere.»

Elizabeth continuava a guardarlo con stupore. Stu continuava a parlare in quel suo modo veloce e scoppiettante. «E la cosa in cui sbaglia più di tutte è che non ci sia posto per lei nella casa editrice Preston.»

Quasi non credeva alle sue orecchie. Preston aspettava. «Senta, ha perso anche l'udito, insieme con la sua bella sicurezza?» le chiese gentilmente. «Le ho detto che ho un posto di lavoro per lei. Non mi chiede nemmeno di che cosa si tratta? E, per l'amor di Dio, non ricominci con il tono umile e dimesso. Se adesso mi dice qualcosa come 'ai mendicanti non è permesso scegliere', giuro che la picchio.»

Per un attimo, Elizabeth si portò le mani al viso. Quando rialzò lo sguardo, aveva gli occhi pieni di lacrime di gratitudine, ma la sua espressione era smaniosa, quasi felice. Una traccia dell'antico humour le vibrava nella voce.

«Lo so. Lei vuole farmi direttore generale di tutta la casa editrice Preston, da un capo all'altro.»

Lui rise. «Così va meglio. No, non è questo il lavoro che avevo in mente per lei. Dovrà cominciare un po' più in basso. Solo per il momento, si capisce.» Poi prese un tono serio. «Ha mai sentito parlare di un settimanale intitolato *Wife and*

Mother? Probabilmente no. È quello che noi in gergo chiamiamo opuscoletto. Viene distribuito gratis, in genere nei supermercati. Non vincerà mai il Pulitzer per il giornalismo, ma cinque milioni di donne della classe media lo leggono tutte le settimane perché se lo portano a casa insieme con la borsa della spesa. Ha un grande successo perché parla direttamente al genere di donne che lo riceve. Si rivolge a un pubblico con uno stile di vita assai più semplice di quello che lei, Elizabeth, conosce. È una rivista di massa che ha però abbastanza classe da dare alle lettrici qualcosa da ammirare. A queste lettrici piacciono le idee che *Wife and Mother* dà loro sugli abiti, la cucina, l'arredamento e le buone maniere. E naturalmente questa rivista piace soprattutto perché non costa niente.»

«Ma come fa lei a guadagnarci, se non la fa pagare?» chiese Elizabeth.

«Questa è una cosa dell'editoria che in genere la gente non capisce. I giornali e le riviste non fanno quattrini con gli abbonamenti. Anzi, la diffusione del giornale costa talmente, che normalmente è un affare in perdita. Eppure bisogna avere la diffusione, perché è su questo che si basano le tariffe pubblicitarie. Mi ha seguito, fin qui?»

«Credo di sì.»

«Bene. Allora lei avrà già capito che siccome *Wife and Mother* può garantire una distribuzione di cinque milioni di copie a clienti scelti accuratamente ogni settimana, noi possiamo far pagare, come in effetti accade, tariffe enormi per la pubblicità. Noi siamo l'ideale per le grosse aziende alimentari, per quelle di detersivi, per i fabbricanti di dentifricio, insomma per tutte quelle imprese che hanno enormi budget pubblicitari. Sono grossi inserzionisti non solo per le dimensioni del nostro pubblico settimanale, ma anche perché la nostra rivista non ha spreco di distribuzione. In altre parole, diversamente da altri giornali i cui lettori sono uomini o comunque persone che non s'interessano ai problemi della casa, tutte le nostri lettrici sono potenziali acquirenti dei prodotti venduti nei negozi in cui ricevono il giornale. È una delle mie imprese più redditizie e più riuscite, alla quale lei sarebbe adatta.

«È proprio fortunata, Elizabeth. La redattrice che si occupa d'arredamento se n'è andata la settimana scorsa e Grace Edwards, la caporedattrice, sta impazzendo per trovare qualcuno che la rimpiazzi. Penso che l'accoglierà come un dono del cielo.»

«Redattrice!» Elizabeth fece una faccia terrorizzata. «Buon Dio, Stu, ma non ho nessuna esperienza in questo campo! Ci saranno decine di persone a Washington, adatte a questo impiego!»

Stu sospirò. «Senta, non ricominciamo, per favore. Mi creda sulla parola, non ce ne sono. Qui non siamo a New York, dove ci sono molte donne esperte di riviste e giornali. Il grosso affare di questa città è il governo. Attira segretarie e impiegate fin dallo Iowa. Washington non brulica di signore di buon gusto che cercano lavoro. Le poche preparate sono tutte impiegate nei grossi quotidiani locali. Glielo ripeto, Grace non ha ancora visto nemmeno una possibile candidata. Io sto per procurargliene una e lei certo sbaverà di gratitudine.»

Per quanto spaventata, Elizabeth dovette ridere di quell'aria di comica rassegnazione. «Sembra meraviglioso, naturalmente; ma la prego, Stu, sia serio per una volta. Che cosa dovrò fare in realtà?»

«Lei dovrà presentarsi una volta la settimana con una buona idea per la pagina dell'arredamento. Testo e illustrazioni. Deve tenere a mente che a leggere la rivista sono famiglie dal reddito modesto, perciò non è il caso di consigliare loro di andare a comperare dei comò Luigi XIV per una stanza degli ospiti che non esiste. Quello che vogliono, sono idee per sistemare i loro mobili, per fare delle tende e raggruppare i quadri. Qualcosa insomma che faccia sembrare la loro casetta più graziosa di quella della signora della porta accanto. Pensa di poter adattare il suo gusto a una rivistina tascabile?»

Pensando al suo malandato cottage a prestito, Elizabeth sorrise. «Sì, penso di potermi adattare. Ma per l'articolo. Non ho mai scritto altro che qualche biglietto di cortesia o qualche lettera. E le fotografie! Non ho la minima idea, di come si vada in giro a fare foto per i giornali.»

«Mia cara», le disse Preston, «le ho già spiegato che non si tratta di grande giornalismo. Lei è una donna colta e, a parte oggi, capace di esprimersi. Finga di stare dando dei consigli per lettera a un'amica, se vuole. Vedrà che in pochissimo tempo imparerà a scrivere articoli per donne. Inoltre abbiamo dei redattori che rivedranno tutti i suoi pezzi e la guideranno all'inizio. Tra l'altro, Grace e le sue ragazze sono tutte giovani e simpatiche.»

«Quanto alle foto», continuò, «il suo unico compito consisterà nel sistemare una stanza di esempio in uno studio oppure nel trovare una vera casa che sia un luminoso esempio di ottimo gusto con poca spesa. Dopo di che arriverà un simpatico giovanotto con una macchina fotografica a farle le foto.»

«A sentire lei, è tutto meravigliosamente semplice e terribilmente eccitante. Mi pare di sognare' Ma lei è proprio sicuro che io possa riuscirci?»

«Non proprio. Diciamo al novantacinque per cento.»

Elizabeth era sopraffatta da questo insperato colpo di fortuna. Quando era entrata, non sperava in niente di più che un posto di receptionist. E ora quell'uomo incredibile e dinamico le offriva non solo un modo per guadagnarsi da vivere, ma addirittura il biglietto d'ingresso per un mondo completamente nuovo.

«Quando posso cominciare?»

«Quasi subito, penso», disse Preston. «Naturalmente devo prima parlarne a Grace, come atto di cortesia. Ma non c'è nulla di cui preoccuparsi.»

«È sicuro che a Grace non dispiacerà che io entri nella rivista in questo modo? Intendo dire, tramite lei. Non vorrei chc pensasse che ho un'intesa particolare con il grande capo.»

Lui parve divertito. «Perché, non ce l'ha?» Poi, vedendo l'imbarazzo di Elizabeth, aggiunse rapidamente: «Ma certo che a Grace non dispiacerà. La nostra cara signora Edwards non ha un briciolo d'incertezza o di meschinità. E sa bene che non assumerei neanche mia figlia, se non fossi convinto che è adatta al posto. Tra l'altro, Elizabeth, non mi ha ancora chiesto niente a proposito dello stipendio. I giornali non pagano molto. Detto fra noi, gli editori sono assassini impuniti. Forse non durerà più molto. La Corporazione dei giornalisti diventa ogni giorno più forte. Alla fine si organizzeranno e noi la pagheremo cara. Nel frattempo, le spetteranno sessanta dollari la settimana. Potrà farcela, con questa cifra? Vorrei fare di più, ma devo stare alla pari con gli stipendi che prendono le altre».

A Elizabeth quella cifra parve una fortuna. «Va bene», disse. «Ce la farò magnificamente.»

«Ne sono certo», concluse Preston. Non le disse che quel posto in realtà valeva cinquanta dollari la settimana. Ci avrebbe messo dieci dollari in più di tasca sua e avrebbe spiegato a Grace la situazione. Accidenti a quel mascalzone bastardo di Alan Whitman, pensò. Spero che abbia quel che si merita, come del resto già si dice in giro.

6

Stuart Preston aveva ragione. Il mondo di Alan stava facendo acqua da tutte le parti. E il peggio era che lui lo sapeva e non faceva niente per impedirlo. Per un certo periodo, dopo che l'abbandono di Elizabeth divenne di pubblico dominio, era stato un ricercatissimo «uomo extra» e si era visto inondare da un numero d'inviti a cene e cocktail anche maggiore di quello che sommergeva la coppia Whitman ai tempi della felice vita coniugale. Alan li accettava tutti indiscriminatamente, ma poi si comportava così male, che ben presto cominciò a essere depennato dalle liste degli invitati. Per quanto fameliche di uomini liberi, le belle signore di Washington non avevano nessuna voglia di sopportare nei loro salotti la maleducazione di Alan ubriaco, i suoi commenti volgari e le sue barzellette oscene. In una città in cui era risaputo che con un buon taglio di capelli e uno smoking presentabile si poteva essere ricevuti nelle migliori case, Alan Whitman si ritrovò improvvisamente solo con le sue donne prezzolate e la sua inesauribile provvista di liquori.

L'uomo che non era mai mancato dall'ufficio un solo giorno in vita sua cominciò ad assentarsi dandosi malato. Dapprima la cosa accadeva una volta ogni due settimane circa, poi ogni settimana e infine erano ben rari i giorni in cui si presentava a lavorare. Una mattina arrivò ubriaco e scarmigliato dopo una notte di bagordi in città. George Stanlowski si affrettò a riaccompagnarlo a casa, prima che gli altri si accorgessero delle condizioni in cui era.

Appena entrati, George rimase inorridito dallo stato in cui si trovava la casa di Georgetown. Pareva che nessuno l'avesse più toccata dal giorno in cui Mary Jackson se n'era andata. Ovunque c'era sudiciume. Nel lavandino c'era qualche piatto sporco e dappertutto erano sparpagliati bicchieri che lasciavano orribili cerchietti sui mobili polverosi. C'era puzza di whisky, di aria viziata e di lenzuola sporche. Peggio di una sordida stanza di un'infima pensione, pensò George. Si sentì imbarazzato per Alan, che invece aveva tutta l'aria di essere perfettamente a suo agio.

«Che ne diresti di bere qualcosa, vecchio mio?»

«No, grazie. E non bere nemmeno tu. La cosa migliore che puoi fare è filare a cuccia, Alan. Sei in pessima forma.»

Alan si versò una mezza caraffa di whisky in un bicchiere sporco. «Mai stato meglio in vita mia», disse. «Sono un uomo libero. Nessuna moglie pignola tra i piedi e niente bambini per cui preoccuparsi. Niente altro da fare che spassarmela tutto il giorno.»

George cercò di attirare la sua attenzione. «Senti, Alan, bisogna che tu ti rimetta in sesto. Piantala con il bere. Rimettiti a lavorare. Siamo tutti molto preoccupati per te. In ufficio ci sono state un mucchio di chiacchiere spiacevoli. È una cosa seria. Potresti anche perdere il posto.»

«Capirai che roba! Che vada a farsi fottere l'ufficio. E va' a farti fottere pure tu.»

«Cristo, Alan, ma non te ne importa proprio niente? Eri un uomo arrivato. E adesso vuoi gettare via tutto quanto solo per un bicchiere in più?»

Alan lo fissò freddamente. «Non mi licenzieranno.»

«E invece sì. Te lo garantisco, lo faranno.»

«No», ripeté Alan. «Nemmeno per idea.» Il suo viso sembrò improvvisamente vecchio e sfatto. Era difficile credere che avesse solo quarantatré anni. «Ti dirò un segreto. Non ne avranno modo. Ho deciso di licenziarmi io. Deciso la notte scorsa. Piene le palle di Washington. Piene le palle d'essere un pezzo grosso. E piene le palle anche di te. Perché non te ne vai all'inferno fuori di qui, George?»

«Ed Elizabeth?»

«Che c'entra lei?»

«Se rinunci a tutto quanto non avrai più nessuna probabilità di farla tornare.»

Alan si gettò lungo disteso sul divano, con la mano che reggeva il bicchiere penzoloni. Chiuse gli occhi. Alla maniera classica degli schizoidi, aveva cambiato umore di colpo.

«Elizabeth non tornerebbe da me nemmeno se fossi Clark Gable, Charles Lindberg e suo padre messi insieme.» Rise. «Doveva essere proprio questo che voleva da me, adesso che ci penso. Qualunque cosa volesse, non ero in grado di dargliela. No. Non in modo stabile. Né a lei né a nessun'altra donna. Capisci, George, sono proprio un marito schifoso. Amante fantastico, ma, come marito, zero. Pessimo marito e pessimo amministratore. Non sono fatto per il successo.» Fece una pausa, spalancando gli occhi quasi comicamente. «Tu non capisci un accidente di niente di tutto quello che sto cercando di dirti, vero, George?»

L'amico scosse il capo. «Tutto quello che so è che sei pazzo a pensare di dare le dimissioni. Non è che si vogliano liberare di te, in ufficio. Sei tu che li costringi. Buon Dio, Alan, ma tu non ti rendi conto che sei al pianterreno dell'industria a più rapido sviluppo di tutta la storia? Pochissimi uomini al mondo hanno la tua esperienza in aviazione e i capi lo sanno bene. Basterà che la pianti con questa merda e che ritorni a lavorare. Tutti sanno che puoi farlo, se vuoi.»

Alan si girò. «È questo il punto», disse. «Non voglio.»

Lo stesso giorno in cui Alan confidò ufficiosamente all'amico che aveva intenzione di abbandonare la carriera, Elizabeth si precipitò a casa ad annunciare che stava per cominciare la sua. Quando entrò come una ventata nel cottage, aveva il viso eccitato come quello di una ragazzina. Afferrò Mary Jackson per la vita e la abbracciò freneticamente.

«Ce l'ho fatta!» canterellava. «Ho un lavoro, Mary! Un lavoro fantastico. Ti ricordi il signor Preston? Quel tale che possiede tutti quei giornali? Mi farà lavorare in una delle sue riviste. Oh, Mary, non so dirti quanto sono felice! Dove sono i bambini? Voglio dare loro la buona notizia!»

«Grazie a Dio», disse Mary. «È una gioia vederla di nuovo come una volta, signora Whitman!»

«Non mi sento affatto come una volta, Mary! Mi sento completamente nuova di zecca! Tutto sarà diverso, ora. Potrò mantenere tutti quanti. Potrò perfino pagarti. Non come prima, temo. Ma qualcosa sì. E ancora di più con il passare del tempo.» Rise tra sé. «Ma senti un po'! Sto già pensando a un aumento di stipendio, prima ancora di avere l'okay definitivo per il mio posto di lavoro!» Spiegò a Mary del colloquio con Grace Edwards, che era fissato per l'indomani mattina. Per un attimo tutto il suo entusiasmo si afflosciò. «E se non le piacessi, Mary? Non ci avevo nemmeno pensato.»

«Non si preoccupi, signora. Le piacerà di sicuro. E adesso corra a dirlo ai bambini. Sono qui fuori a giocare.»

Elizabeth trovò i suoi due figli maggiori poco lontano da casa, che scorrazzavano tra mucchi di foglie rosse e dorate cadute dagli alberi pronti per l'inverno. Cioè, Quigly scorrazzava mentre Ann, come il solito, se ne stava là semplicemente, in dignitoso silenzio, a guardare con aria sdegnosa quelle buffonate infantili. Presa alla sprovvista, il suo viso era la personificazione della scontentezza. Non si era ancora adattata alla mancanza del padre, a quel drastico cambiamento di vita. Era troppo grande per accettare senza fare obiezioni e troppo piccola perché le si potesse dire quali ignobili avvenimenti avevano provocato quell'improvviso trasferimento. Dopo i primi giorni non aveva più chiesto di Alan, ma ormai sapeva leggere e più di una volta Elizabeth l'aveva sorpresa mentre cercava di decifrare qualche articolo di giornale in cui appariva il nome del padre, oppure mentre rimirava con solennità qualche foto di Alan sulle pagine dedicate all'economia.

Elizabeth rimase per un poco a osservare sua figlia da lontano. Poi, con voce deliberatamente allegra, esclamò: «Ehi, voi due! Ho buone notizie!»

Quigly le diede un'occhiata indifferente, poi tornò a prendere a calci le foglie. Per un attimo un breve lampo di speranza illuminò il visetto di Ann. Poi, avviandosi lentamente verso la madre, riprese la solita espressione seria. «Vieni, Quigly», disse al fratello, girandosi appena. Con riluttanza il ragazzino le raggiunse. Elizabeth raccontò loro del suo nuovo lavoro, cercando di trasmettere la sua eccitazione.

«Che ne dite della vostra mamma?» chiese. «Ricordate il signor Preston, che un tempo veniva spesso a trovarci? Mi ha dato un lavoro. Diventerò una vera giornalista. Magari metteranno anche il mio nome in cima ai miei articoli. Che ve ne pare?»

«Scriverai sui Senators di Washington?» le chiese Quigly. Il baseball era la sua passione.

«No», rispose Elizabeth. «Scriverò sull'arredamento delle case e roba simile.»

«Che stupidaggine.»

«Be', magari ci saranno anche mogli di giocatori di baseball con delle belle case di cui potrei parlare. Potrebbe essere divertente, ti pare?»

Quigly si allontanò senza rispondere. Era sciocco aspettarsi comprensione da un bambino di sette anni. Eppure Elizabeth provò un senso di delusione infantile, mentre si rivolgeva alla figlia.

«Immagino che ai maschi interessino poco l'arredamento e cose del genere. È roba per donne, come noi due. Che ne pensi della mia notizia, Ann?»

«Molto carina», rispose cortesemente la bambina.

«Tesoro, ma è molto più che carina. È terribilmente importante. Non capisci? Adesso potrò comperare a te e a Quigly qualche abitino. Quelli dell'anno scorso vi stanno tutti così stretti, ormai! E potrò cominciare a pagare Mary, che è stata così buona con noi. E potremo fare tante belle cose, tutti insieme. Saremo di nuovo una vera famiglia.»

Ann la guardò con occhi vecchi di cent'anni. «Dici davvero, mamma?»

«Ma certo. Aspetta e vedrai.»

«Potremo tornare nella nostra bella casa di Georgetown? Potrò tornare nella mia vecchia scuola?»

«Be', no, Ann. Non intendevo questo. Non diventeremo ricchi, tesoro. Solo più agiati.» I modi freddi della bimba la innervosivano. «Insomma, Ann, davvero non ti capisco. Sei sempre stata una bambina così allegra, ridente. So che senti la mancanza di papà. Un giorno, quando sarai più grande, cercherò di farti capire perché papà non è più con noi anche se vi ama ancora molto.»

«Quando paparino stava con noi, avevamo una bella casa e io andavo in una bella scuola. Adesso viviamo in questo orribile postaccio e tu devi metterti a lavorare. Come Mary. Come una negra.»

Istintivamente, Elizabeth alzò una mano per schiaffeggiarla. Si fermò appena in tempo. Non aveva mai inferto punizioni fisiche ai suoi figli. Era convinta che la ragione fosse sempre più efficace della forza, ma Ann riusciva, forse apposta, a portarla al limite della sopportazione. Cercò di mantenere la voce calma e bassa.

«Non usare più questa brutta parola, 'negra'. E non osare parlare di Mary con questo tono di voce. Sei viziata, egoista e senza cuore.» Fece uno sforzo su se stessa, per non aggiungere: come tuo padre. «Mi dispiace», aggiunse seccamente, «di non poterti trattare come una principessa. So che è questo che ti hanno insegnato a pretendere. Purtroppo, cara Ann, non sei più in quella piacevole situazione. Penso sia ora che tu ti renda conto che nessuno di noi potrà più permettersi molti lussi. Non per il momento, comunque.»

Ann sorrise. Un sorriso misterioso. «Il signor Preston è ricco?» chiese innocentemente.

Elizabeth si lasciò prendere in contropiede. «Be', sì, immagino di sì. Perché?»

«Forse potrebbe procurarci una bella casa, se tu glielo chiedessi.»

Gli uffici di *Wife and Mother* occupavano un piano intero di un grande edificio in K Street, nel centro di Washington. Il resto dello spazio era riservato al *Chevy Chase Courier*, all'*Alexandria Sentinel* e al *Bowie Bugle*, tutti quotidiani minori che facevano parte dell'impero di carta di Preston.

Il mattino dopo alle nove, entrando dall'ingresso principale, Elizabeth venne quasi travolta da due giovanotti, uno dei quali, munito di macchina fotografica, usciva a velocità supersonica. L'altro, quello senza macchina fotografica, si fece da parte e disse: «Scusi. Deve esserci un incendio, che non aspetta».

Elizabeth sorrise, mentre prendeva l'ascensore per il quarto piano. Quell'aria frettolosa, tipica d'un giornale, che pervadeva l'edificio la metteva di buonumore. La sua esperienza con la stampa si limitava ad alcune tranquille interviste con qualche reporter della cronaca mondana o articolista. Gli incendi erano fatti che capitavano e comparivano misteriosamente sui giornali. Forse adesso avrebbe scoperto come.

Non era preparata all'incontro con Grace Edwards. L'immagine che si era fatta della caporedattrice non somigliava affatto a quella giovane donna graziosa e vivace, che la salutò con un sorriso notando il suo stupore.

«Be', la sua è la reazione tipica», disse Grace. «Tutti si aspettano che la redattrice capo di *Wife and Mother* sia un incrocio tra Alice Longworth e Betty Crocker. Spero che lei non sia troppo delusa dall'apparenza, che non gliene derivi un senso d'insicurezza. Conosco il mio mestiere. Ho cominciato come dattilografa allo *Star*, a quindici anni. Vale a dire dieci anni fa. Abbastanza per diventare una giornalista; e anche molto in gamba, se mi è permesso dirlo.»

Elizabeth la trovò subito molto simpatica. Sprizzava competenza, umorismo e una femminilità per nulla volgare che fecero subito sentire a proprio agio la nuova redattrice. Grace era una irriducibile parlatrice, che guardava dritto negli occhi la sua interlocutrice e pareva farne un'immediata valutazione senza interrompere quella sua vivace e completa descrizione del giornale e del suo pubblico, delle sue ambizioni e del suo staff.

«Noi ci rivolgiamo alla donna che sta in casa», spiegò Grace. «Ne avrà sentito parlare, è la tipica signora del ceto medio che per dessert offre immancabilmente gelatina di frutta. Cinque milioni di queste donne oggi leggono *W and M*. Potrebbero anche diventare cinquanta milioni, se Stu Preston riuscisse a far sollevare ai suoi ragazzi della distribuzione i loro grassi e ostinati deretani. I giornalisti in genere non hanno molta considerazione per le donne, in questo mestiere. Pensano che contino solo le notizie 'hard' e che il nostro materiale sia tutto sciocchezzuole. Sciocchezzuole! Mostratemi uno solo di quei quotidiani maschili che abbia tutta la pubblicità che abbiamo noi! Comunque, sono certa che qui le piacerà. Pochi maschi in giro per la redazione di *W and M*. Solo un paio di fotografi, neanche troppo soddisfatti. Naturalmente degli uomini, ma stanno agli altri piani. Non che voglia farle sembrare la nostra rivista una specie di convento, ma ci sono molte donne a cui non piace lavorare se non c'è qualche uomo passabile nei dintorni. A lei importa?»

«Nemmeno per idea.»

«Bene. Voglio dire, non che questa sia una specie di convento, ma in genere il quarto piano viene considerato zona vietata agli uomini. Comunque, siamo maledettamente indaffarate. Qui si lavora come se dovessimo far uscire un quotidiano e non un settimanale tutto torte e vestitini! È sempre giornalismo e una volta che ti è entrato nel sangue, Elizabeth, non c'è niente che gli stia alla pari. Non ti spiace se ti chiamo Elizabeth? Chiamami Grace. Lo fanno tutti. Comunque questo dannato lavoro non paga abbastanza da mantenere un canarino e mi chiedo proprio perché non piantiamo tutto e non ci dedichiamo a un lavoro simpatico e redditizio come la prostituzione. Non lo capirò mai. Eppure teniamo duro: povere, ma felici. Contenta di averti con noi. Stu dice che sei in gamba. Io mi fido di quel vecchio brontolone, ma mettiamo subito in chiaro una cosa: se Stu si è sbagliato e tu non funzioni dovrò mandarti via. Okay?»

Elizabeth aprì la bocca per approvare, ma Grace stava già galoppando su un altro argomento. «So che sei completamente a digiuno di questo lavoro, ma imparerai in fretta. Nessuno ha tempo di stare a farti un corso di giornalismo, ma tutti ti daranno una mano, te lo prometto. Bene, quando vuoi cominciare? Subito, spero. La pagina della casa per la prossima settimana è nuda come il culetto di un bambino. Be'? Che ne dici?»

Elizabeth esitava. A sentire Grace era tutto semplice, ma lei era assolutamente terrorizzata all'idea di buttarsi a metter insieme la pagina dell'arredamento per la settimana successiva. Non aveva la minima idea da che parte cominciare. Non pensava che non le avrebbero dato nemmeno un breve periodo d'apprendistato. Aveva una gran voglia di svignarsela, ma non se lo poteva permettere. Un'occasione come quella non le sarebbe capitata mai più.

«Dove posso appendere il cappello?» chiese.

Grace sorrise con approvazione. «Brava ragazza. Ti confesso che temevo che tu fossi una di quelle signore smorfiose che se ne stanno tutto il giorno sedute con i loro bei guantini bianchi. Vedi», aggiunse gentilmente, «Stu mi ha raccontato un po' la tua storia. Mi dispiace per quello che ti è accaduto e ammiro il tuo coraggio.» Non fece parola dei dieci dollari in più che Preston metteva di tasca sua. Erano affari di Stu e poi Grace era sicura che le aveva detto la verità, quando aveva affermato che Elizabeth non ne sapeva niente.

Quasi non volesse essere ringraziata né per l'impiego né per la cordialità, Grace sospinse Elizabeth in una stanza più grande, contigua al suo ufficio, dove tre graziose donne producevano dei «din» non sincronizzati battendo sulle rispettive macchine per scrivere. Si fermarono e alzarono gli occhi quando Grace e la nuova collega entrarono.

«Ragazze, questa è Elizabeth Whitman», disse, «la nostra nuova responsabile dell'arredamento, grazie al cielo. Elizabeth, quel monumento laggiù è la nostra esperta di moda, Laurel Lane. Giuro che è proprio il suo nome vero. Si occupa anche delle cianfrusaglie di bellezza, oltre che della moda. Riceve più omaggi di tutte noi, perciò se sei a corto di rossetto Laurel è un'ottima fonte di rifornimento.»

Laurel era una ragazza alta e bruna molto carina, più o meno dell'età di Grace. Sorrise con calore, approvando la gaia presentazione.

«Accanto a Laurel c'è Maureen Duffy, redattrice di cucina. È lei che combatte la battaglia senza speranza di togliere alle nostre lettrici la fissazione della gelatina di frutta.»

Maureen, una donna sui quarantacinque anni circa, grande e grossa con i capelli scuri, fece una smorfia. «Ingrato compito», disse con spirito. «Le massaie adorano quei teneri colorini in cui quella roba viene confezionata. Ci toccherà lavorare insieme, Elizabeth. Ci sono donne che chiedono perfino come apparecchiare la tavola usando come guarnizione ciliegie, limoni e cedri. Grazie a Dio, questo è il tuo campo.»

Grace e le altre risero. «E infine la nostra segretaria schiavetta-angelo, Nancy St. John. È la nostra bimba.» Una bella ragazzina, che non doveva avere più di diciassette anni, fece un sorriso luminoso a Elizabeth. «Nancy ti mostrerà dove sta la carta per impaginare e il resto», disse Grace. «E quando sei occupata risponderà al tuo telefono. A proposito, quel bell'angolino laggiù è tutto tuo, Elizabeth.» E indicò una vecchia scrivania piena di mucchi di carte, con una sgangherata sedia girevole di legno e una vecchia macchina per scrivere. «Che cosa diavolo è tutta quella roba sulla scrivania, Nancy?» chiese Grace.

«Comunicati stampa delle ditte di mobili, perlopiù. Qualche lettera di lettrici che chiedono consigli. Un paio d'inviti a dei ricevimenti.»

«Non lasciarti spaventare, Elizabeth», intervenne Laurel Lane. «Non è così terribile come sembra.» Elizabeth le rivolse un sorriso di gratitudine. Evidentemente Grace aveva detto a tutte che lei era proprio a digiuno. Si sentì riscaldata dalla cordiale accoglienza delle sue future colleghe.

«Be', mettiamoci al lavoro», concluse Grace. «Nancy, procura a Elizabeth carta e penna, per favore. Maureen, forse potresti farle vedere come metti insieme la tua pagina di cucina. E tu, Laurel, non avresti qualche minuto per farle fare un giro d'ispezione? Vorrei che le facessi vedere la stanza di composizione, la sala stampa e lo studio fotografico. Quando torni, Elizabeth, mi metterò a sfogliare qualche vecchio numero con te e ti spiegherò le nostre scadenze di lavorazione. Naturalmente ciascuna di noi batte a macchina il proprio articolo, scrive i suoi titoli e le didascalie. Tu sai battere a macchina, vero?»

Elizabeth si sentì persa in un vortice di parole nuove e usanze misteriose. Non capiva nemmeno la metà di quello che Grace le stava dicendo, ma si rese conto che in quel momento aspettava da lei una risposta.

«Scrivere a macchina? Be', sì. Non tanto bene, però. Con due dita.»

«Perfetto», affermò Grace. «È proprio così che scrivono a macchina tutti i bravi giornalisti. Mai visto *Prima Pagina*? Laurel, già che ci sei, falle vedere anche la stanza della cronaca cittadina, così vedrà tutti quei tipacci che pestano sui tasti con due dita.»

Laurel si alzò con grazia. «Metti cappotto e cappello nell'armadio», disse indicandole un vecchio appendiabiti stile vittoriano in un angolo, «e vieni con me. Cominceremo dal posto più importante e più interessante. Grace non te l'ha menzionato perché lei gode di privilegi speciali, ma i miseri mortali come noi devono pur sapere dove sta la toilette per signore.»

Grace rise di cuore. «Hai ragione. Questa sarà la prima tappa. Se qualcosa può dare a Elizabeth il sapore del suo nuovo ambiente, è proprio la nostra toilette.»

Confusa, Elizabeth seguì Laurel per il corridoio sino a una porta sulla quale c'era scritto «Signore». Una volta dentro, Elizabeth non riusciva a credere ai propri occhi. La stanza era attrezzata con i soliti stanzini e lavabi. Ma, in aggiunta, contro il muro c'era una fila di tre orinatoi, ognuno dei quali reggeva un vaso di felci. Laurel scoppiò a ridere, vedendo la sua espressione.

«Ma che cosa diavolo...» esclamò Elizabeth stupita.

«Benvenuta nel regno dell'uomo», disse Laurel. «È proprio così. Buffo, ma così. Prima che *Wife and Mother* si trasferisse in quest'edificio, qui c'erano solo quotidiani. Quindi qui non lavoravano altro che maschietti. Naturalmente noi avevamo bisogno di una sistemazione separata e così hanno semplicemente cambiato in una 'e' la 'i' finale di 'signori' e questo è diventato il nostro cesso.»

«Ma quelle felci!» esclamò Elizabeth. «Perché proprio le felci?»

«Ah, quella è stata un'idea di Nancy. Sono sicura che la piccola è veramente convinta che quei cosi servano proprio per metterci le piante. E nessuna di noi ha il cuore di disilluderla. Anzi, la decorazione ha finito per piacerci. Perlomeno serve a farci una risata, quando le cose vanno storte.»

Tutt'a un tratto Elizabeth si sentì a suo agio. C'era un bel salto tra le stanze piene di fiori della sua casa di Georgetown e quegli orinatoi con le felci in un sudicio ufficio di giornale sulla K Street, ma per la prima volta nella mattina sentì di poter superare quella distanza.

L'ora che seguì fu un caleidoscopio di frettolose impressioni. La stanza della cronaca cittadina, dove lavoravano i reporter e gli articolisti, era un manicomio di frenetica e assordante attività in maniche di camicia. Nubi di fumo stagnavano nell'aria, i telefoni squillavano di continuo mentre al grido di «materiale!» frotte di ragazzi correvano a raccogliere dei lunghi fogli gialli vomitati da una intera batteria di macchine per scrivere tutte usate, come aveva detto Grace, con il classico sistema a due dita, ma a un ritmo fulmineo.

La stanza di composizione al piano superiore era un mare di piombo, dove le pagine delle varie pubblicazioni venivano messe in forme di metallo, della dimensione della pagina, pronte per essere mandate in sala stampa, al seminterrato. Elizabeth era rimasta molto disorientata dal processo di «composizione di una pagina». Ai due estremi di ciascuna forma un redattore e un compositore stavano uno davanti all'altro, infilando con cura blocchi di piombo, titoli, cliché, facendo miracolosamente combaciare tutte le colonne nella precisa dimensione della pagina. Era affascinante e misterioso, come un abile gioco di prestigio. «Ma come fanno a capire che cosa stanno facendo?» chiese Elizabeth ingenuamente. «Guardano tutto quanto alla rovescia.»

«È così che si fa», rispose Laurel. «Non è poi tanto difficile, una volta che ci fai l'abitudine. Probabilmente le prime volte verrà Grace a comporre le tue pagine, ma poi dovrai farlo da te. È molto divertente, una volta che hai imparato a reggerti a testa in giù. Per modo di dire, naturalmente.»

Elizabeth era impressionata dai misteri che le si schiudevano uno dopo l'altro. Rimase a bocca aperta davanti all'enorme stampatrice, che da una parte ingoiava quelle stesse forme di piombo e dall'altra le rivomitava sotto forma di migliaia di giornali stampati. Fu molto incuriosita dall'attrezzatissimo laboratorio fotografico, ma un po' scoraggiata dall'accoglienza quasi incivile che ricevette da parte di due anziani e scarmigliati fotografi.

«Non mi sembrano molto contenti», azzardò timidamente con Laurel. «Tutti gli altri sembrano così pieni di vitalità Questi due invece si comportano come se avessero in odio il mondo.»

«Immagino che sia proprio così, poveracci. Capisci, sono gli unici uomini adibiti esclusivamente alla nostra rivista. Darebbero l'anima per andare in giro a fare servizi su sommosse e omicidi. E invece gli tocca andare a sfilate di moda e scuole di cucina. Preston ha una buona politica di pensionamento. Quei due stanno semplicemente segnando il passo, in attesa di raggiungere l'età pensionabile. Ma sono due bravi tipi. Vedrai quanto saranno efficienti e collaborativi, anche se non esattamente entusiasti di fotografare i tuoi arredamenti e le tue composizioni di fiori.»

«Laurel, ho una paura da morire», confessò Elizabeth come se quella ragazza fosse la sua migliore amica. Strano, ma era proprio questa la sensazione che aveva: di essersi fatta la prima vera amica della sua vita.

Anche Laurel sembrò condividere questa sensazione. «Ma va'», le disse. «Diventerai bravissima. La gente dei giornali è la più simpatica del mondo. Si fingono dei duri, ma non troverai mai persone altrettanto solidali e comprensive.» Fece una pausa. «Credo che anche tu sia una brava persona, Elizabeth. Te la caverai benone.»

Elizabeth le sorrise. Non c'era un motivo al mondo per credere che ce l'avrebbe fatta, ma da come lo diceva quella ragazza sembrava proprio vero e si sentì più fiduciosa.

Lo spirito umano, così come il corpo, ha una straordinaria capacità di adattamento, eppure Elizabeth rimase stupita dalla facilità con cui si inserì nella nuova vita, nel nuovo lavoro. Fin dal principio fu subito evidente tanto a lei stessa che a Grace che l'occhio clinico di Stu Preston l'aveva gettata in un mondo nel quale lei fioriva. Elizabeth non finiva mai di stupirsi del semplice cameratismo, della assoluta indifferenza per lo «status» di una persona e della natura generosa delle donne con le quali lavorava. Erano di una razza assolutamente diversa dalle egocentriche, manierate e crudeli mogli degli uomini di Stato. Laurel aveva ragione. La gente del mondo dei giornali si comportava in modo duro all'apparenza, ma poi si facevano in quattro per aiutare «i loro». E ben presto tutti accettarono Elizabeth come una di loro.

Stranamente, nonostante l'intimità professionale, Elizabeth sapeva assai poco della vita privata delle sue colleghe. Ed era comprensibile. Al giornale non si parlava che di lavoro. Dato che dovevano passare buona parte del tempo fuori ufficio, non c'era nemmeno tempo per le colazioni tra ragazze, tipiche dei normali uffici. In un certo senso era un bene. Elizabeth non si sarebbe mai potuta permettere un pasto al giorno al ristorante, per modesto che fosse. A meno che non fosse invitata a qualche colazione di lavoro, si portava un panino da casa. Ogni tanto andava con Laurel al bar degli impiegati a mangiare un rapido boccone. Queste rare escursioni piacevano a tutt'e due e fu proprio così che Elizabeth riuscì a spigolare qualche notizia sulle altre della redazione.

Grace, raccontò Laurel, era l'unica sposata del gruppo. Il marito era legale in una grossa azienda. «Un ragazzo molto simpatico», disse Laurel, «ma non ancora arrivato. Lo stipendio di Grace è molto importante per loro. Probabilmente lui un giorno sfonderà e Grace non avrà più bisogno di lavorare. Però dubito che anche allora lascerà il giornalismo. Grace ce l'ha nel sangue. Il giornalismo ha una parte importante nella sua vita e non credo che potrà mai rinunciarvi.»

«E tu ci rinunceresti?» le chiese Elizabeth.

Laurel si esaminò con aria indifferente le unghie ben curate, laccate di rosso, senza la minima scheggiatura nonostante il furioso battere a macchina. «Chi, io? Non so. Be', certo, penso di sì. Però non potrei mai starmene tutto il giorno seduta a non fare niente. Non riesco a immaginare niente di più mortalmente noioso che starmene a casa.»

«E i figli? Non ti piacerebbe averne, un giorno?»

«Non posso averne», rispose semplicemente Laurel. «Almeno, così dicono i medici.»

«Mi dispiace.»

«Non è il caso. Sono una fantastica zia onoraria di un sacco di bambini degli altri. Probabilmente migliore di quanto sarei come madre. E i tuoi bambini, a proposito, come sono? Mi piacerebbe conoscerli, un giorno.»

«Ma sicuro», confermò Elizabeth. «Potresti venire una sera a cena, che ne dici? Mi piacerebbe moltissimo farti conoscere Ann. Va pazza per abiti e cose di moda. Sarebbe certo un bene per lei. Probabilmente le toccherà lavorare un giorno e sarebbe simpatico per lei conoscere una donna che ha intrapreso con successo una carriera. Magari potrebbe avere la fortuna di prenderti a modello.»

Laurel sollevò un sopracciglio. «Perché proprio me e non te, per esempio?»

Elizabeth scosse la testa. «Impossibile. Non mi vede nemmeno. Non è colpa sua, ma temo sia una piccola snob di dieci anni. Suo padre le diceva sempre che era una principessa, perciò lei ci tratta come suoi vassalli.»

«Forse non le farebbe male una buona dose di sculaccioni, se vuoi il mio parere.»

Elizabeth non rispose. «Parlami di Maureen», disse cambiando argomento.

«Be', dunque, vediamo», Laurel si lanciò nella nuova direzione. «È vedova. Senza figli. Tornata a vivere con la madre, dopo che il marito è morto in un incidente d'auto. Maureen è una masochista, secondo me. La vecchia è uno strazio. Dio solo sa come faccia a sopportarla. È una vecchia puttana egoista e ipocondriaca. A quattrini sta bene e sarebbe perfettamente in grado di vivere da sola, ma non vuole. Strano come certa gente resti legata a situazioni terribili, anche se non ci è costretta. Maureen deve avere nei suoi confronti qualche complesso di colpa. Bisogna dire però che non si lamenta mai di sua madre. Io la conosco solo perché una volta Maureen ha dato una festa di compleanno e io ci sono andata, per un eccessivo senso del dovere. Ma non ci cascherò mai più, te lo giuro. Mi spiace per Maureen, ma nemmeno una pariglia di cavalli selvaggi potrà mai più trascinarmi entro il raggio di trenta chilometri dalla vecchia!» Laurel rimase un attimo pensierosa. «Non usciresti qualche sera con me e i miei amici, Elizabeth? Ci facciamo sempre un sacco di risate. E credo che a te non farebbe niente male.»

Elizabeth sorrise, apprezzando l'offerta. «Sì, è vero, ma temo proprio che tu debba escludermi dal numero. La mia cameriera non vive con noi e qualcuno deve pur restare con i bambini, la notte.»

«Che ne diresti di una baby-sitter?»

«Temo che sia da escludere anche questo. Piccole questioni finanziarie. E poi, Laurel, dimentichi che teoricamente sono ancora sposata.»

«Senti, non sono affari miei, ma che cosa pensi di fare, in proposito?»

«Non lo so. Alla fine ottenere il divorzio, immagino. Quando me lo potrò permettere.»

«Magari tuo marito incontrerà un'altra donna e vorrà risposarsi. Allora toccherà a lui sganciare per il divorzio. Succede spesso così. O forse speri segretamente in una riconciliazione?»

«No», disse Elizabeth. «Non ritornerò mai più con lui. E dubito che Alan vorrà mai risposarsi. Non è tagliato per il ruolo di marito. La responsabilità è l'ultima cosa che vuole.»

Una settimana circa dopo questo dialogo, Elizabeth lesse sui giornali delle dimissioni di Alan. Nonostante tutto quello che sapeva di lui, ne fu sorpresa. E benché non cambiasse una virgola nella sua situazione, fu incuriosita dalla faccenda al punto di telefonare a George Stanlowski in ufficio. George parve contento di sentirla. Sì, le disse, è vero. Alan aveva presentato le dimissioni, che erano state accettate.

«Ho fatto il diavolo a quattro per dissuaderlo da un simile passo, Elizabeth, ma è stato inutile. Non fa che dire che non vuole più far parte dell'ambiente di Washington. Ultimamente si ubriacava forte. Ho sentito storie spaventose su di lui.»

«Immagino che cederà anche la casa», divagò Elizabeth. «Avevamo un contratto solo per tre anni.»

«Credo che abbia già traslocato. Nessuno sa dove rintracciarlo. Mi dispiace davvero, Elizabeth. Per voi due e per i bambini. Alan è pazzo di loro, tu lo sai. È una maledettissima vergogna», continuò George con ira. «Che stupido spreco di talento! Quello sciocco bastardo avrebbe potuto possedere il mondo intero!»

«L'ho sempre pensato anch'io.»

Il tono di George si ammorbidì. «E che mi racconti di te? State bene, tu e i bambini? Tutti chiedono di te e si domandano perché non ti fai più viva. Abbiamo saputo che stai nella tenuta Parrish-Parker e che hai un posto a *Wife and Mother*. Noi lo riceviamo a casa, ma non ho ancora visto il tuo nome.»

«Sto bene, anche i bambini. Sì, lavoro al giornale e mi piace molto. Ma ci sto solo da tre settimane. Penso che aspettino di vedere come me la cavo, prima di darmi la firma.»

«Be', ma è magnifico», esclamò cordialmente George. «Senti, fatti viva. Magari potresti venire una sera a cena da noi. Ti farò chiamare da Lucille.»

Elizabeth evitò di dargli tutte le spiegazioni che aveva dato a Laurel. Gli rispose semplicemente: «Con molto piacere, George. Salutami tanto Lucille. E...» esitò, «se senti qualche altra notizia di Alan, ti dispiacerebbe chiamarmi in ufficio?»

«Ma certo. Riguardati.»

«Anche tu, grazie.»

Benché sapesse che Alan era uscito per sempre dalla sua vita sin dal giorno in cui se n'era andata da Georgetown, quelle ultime notizie resero questa consapevolezza certa e irrevocabile. Le sarebbe piaciuto cominciare subito le pratiche di divorzio. Ora nessuno scandalo poteva più nuocere ad Alan. Naturalmente non c'era nessun bisogno di essere legalmente libera da lui. Dio sapeva che Elizabeth non aveva conosciuto nessun uomo, non aveva avuto nessun rapporto mondano, in quei tre mesi. Per quanto riguardava la sua attività, non aveva la minima importanza che fosse sposata o meno. Solo che a Elizabeth non piacevano le situazioni in sospeso. Aveva un senso dell'ordine che applicava alla sua vita come alla sua persona e alla sua casa. Le cose «non finite» la mettevano a disagio. Si sarebbe sentita più a posto, se il matrimonio fosse stato sciolto, ma non poteva scialacquare le centinaia di dollari che quel passo le sarebbe venuto a costare. Non aveva denaro per gli avvocati o per un viaggio a Reno, ammesso poi che ne avesse avuto il tempo. Divorziare solo per la sua tranquillità di spirito era un lusso che non poteva permettersi. E accettò il fatto con rammarico.

C'era tuttavia un gesto simbolico che poteva comunque fare. Grace le aveva detto che dall'inizio della settimana seguente avrebbe avuto la firma sul giornale ed Elizabeth decise che professionalmente avrebbe usato il nome da ragazza.

Quando vide la bozza con le parole «di Elizabeth Quigly» in cima al suo articolo, provò una grande eccitazione. Era qualcosa di più che la comprensibile soddisfazione di scrittore che vede pubblicamente riconosciuti i suoi sforzi. Per lei fu come un «divorzio privato». Forse anche l'unico che riuscirò mai ad avere, pensò Elizabeth, ma con il quale ho riacquistato qualcosa di me stessa. Ripensò al padre con tanta intensità che le parve quasi di averlo lì, davanti a sé, in carne e ossa, accanto alla vecchia scrivania scheggiata alla quale lavorava.

«Fiero di me, professore?» gli chiese mentalmente.

Le parve di vederlo sorridere e dire: «Come sempre».

I diciotto mesi successivi passarono con sorprendente rapidità, portando prevedibili problemi. Il peggiore dei quali era l'eterna mancanza di denaro. Dopo un anno al giornale aveva anche avuto un aumento che aveva portato il suo stipendio a settanta dollari la settimana, ancora ben lungi tuttavia dal coprire tutte le spese essenziali. Per quanto cercasse di fare economia, ogni mese i conti da pagare erano maggiori dello stipendio che portava a casa. Vero era che ogni tanto si lasciava ancora tentare da qualche pazzia, che riguardava quasi sempre i bambini. In realtà non le considerava proprio pazzie, benché Laurel, la cui patina mondana nascondeva una natura molto più pratica di quella di Elizabeth, spesso la prendesse bonariamente in giro a questo proposito.

A Natale, per esempio, Elizabeth aveva acquistato doni non soltanto per la sua famiglia e Mary, ma anche per l'intero staff di *Wife and Mother*, perfino per i due scorbutici fotografi che fecero fatica a mantenere la loro espressione accigliata davanti a tale inaudita generosità.

«Sei proprio matta!» le disse Laurel esasperata. «Buon Dio, avrai speso almeno cento sacchi, solo per l'ufficio!»

«Che differenza fa?» le chiese Elizabeth sorridendo. «Cento dollari non mi impedirebbero di morire di fame, se si dovesse arrivare a tanto. E poi, Laurel, erano tutti così contenti! Guarda che bei giocattoli hanno regalato ai bambini.»

L'amica sospirò. «Ci rinuncio. Sei un caso disperato.» Laurel ed Elizabeth erano diventate amiche intime, anche se Elizabeth non si era ancora decisa a uscire con Laurel e i suoi amici la sera. Le baby-sitter erano una pazzia, aveva ripetuto, e poi in fondo era ancora legalmente sposata, aveva aggiunto.

«Ah, ma certo», aveva replicato ironica Laurel. «Le baby-sitter sono una pazzia perché sono per il tuo divertimento. Ma dei sigari costosi per quei due orchi armati di flash no, visto che ci tieni tanto a renderli felici. Ma che vuoi, un'aureola? Per l'amor di Dio, Elizabeth, finirai per impazzire, se te ne resti tutte le sere seduta in questa casa.»

«No, grazie a te.» Il tono di Elizabeth era molto affettuoso. Laurel aveva preso l'abitudine di passare un paio di sere la settimana nel cottage di Bethesda. Insisteva sempre nel portare qualche cosina, quando veniva a cena: un regalino per i bambini o una bottiglia di colonia per Mary o del gin per i Martini che piacevano tanto sia a lei sia a Elizabeth.

Sette mesi dopo l'episodio di Natale, le due donne stavano tranquillamente sedute sulle sedie a sdraio sul prato antistante la casa, sorseggiando un gin tonic e chiacchierando nella luce morente di un fine pomeriggio di luglio. Elizabeth stava parlando dei progetti per la festa di compleanno di Charlene, che cadeva due giorni dopo.

«E pensare che compie già due anni», disse Elizabeth. «Quasi non posso crederci. Sì, forse è troppo piccola per una vera festa di compleanno, ma sarebbe divertente cercare di farla coincidere con la festa del 4 luglio.»

Con finto sarcasmo, Laurel replicò: «Ma perché fare una festa, allora? Potremmo portare Charlene all'Washington Monument e farle guardare lo spettacolo di fuochi d'artificio. Se non le diremo niente, lei penserà che tutti quei botti e lampi siano in suo onore».

Elizabeth fece una risatina. «Oh, Laurel Lane la cinica», la canzonò. «Non me la dai a bere. Sarai tu la prima a farti viva con qualche dono ultracostoso avvolto in carta bianca, rossa e blu. Charlene è la tua cocca.»

«E va bene», borbottò Laurel. «Ho una preferita. Fammi causa.»

«Non posso biasimarti», disse Elizabeth con aria mesta. «Solo speravo che fosse Ann.»

«Guarda, Elizabeth, io amo Ann. Anzi no, non è vero. Le voglio bene. Non è una che si lascia amare.»

«Lei ti ammira pazzamente.»

«Cerca di servirsi di me, Elizabeth, e tu lo sai. Sarà certo molto spiacevole che ti parli a questo modo di un figlio tuo, ma Ann pensa di riuscire a ottenere tutto quello che vuole da una persona adulta con l'adulazione e la falsità. Solo che non funziona.»

«Lo so. Funzionava solo con suo padre.»

«Quigly poi è un bellissimo bambino, ma è assolutamente impenetrabile. Mi fa paura. Mi chiedo sempre a che cosa stia pensando.»

Elizabeth annuì tristemente. Quell'analisi sincera non la offendeva. «Non è strano, Laurel, come sono diversi l'uno dall'altro? È come se li avessi raccolti a tre diversi angoli di strada. Alan diceva sempre che non c'è niente di male se un genitore ha un figlio prediletto, ma io non sono d'accordo. Penso che sia sbagliato. Ma temo che sia inevitabilmente umano.»

Laurel cercò di consolarla. «L'ultima cosa di cui ti si può accusare è di alimentare delle nevrosi in famiglia. Se anche hai una preferenza, lo nascondi benissimo. Hanno tutti da te un'uguale dose d'amore e un uguale trattamento. Se reciti, lo fai maledettamente bene.»

Prima che Elizabeth potesse risponderle, udirono qualcuno chiamare ad alta voce.

«Uuhuu! Ci sei, Elizabeth?» Era Marion Parrish-Parker che stava venendo verso il cottage, lungo il sentiero.

«Sono qui, Marion», rispose Elizabeth. «Vieni a bere qualcosa con noi.»

«Oh, hai un'ospite», disse Marion avvicinandosi. «Tornerò un'altra volta.»

«Non fare la sciocca», ribatté Elizabeth. «Conosci già Laurel.»

Marion sembrava nervosa. «Sì, certo. Felice di rivederti.» Laurel fece un cenno con il capo.

Marion era ancora in piedi, con aria incerta. Era chiaro che aveva in mente qualcosa, qualcosa che voleva dire a Elizabeth in privata sede. Laurel colse al volo la situazione.

«Volete scusarmi un attimo?» disse. «Mi è venuto in mente che devo fare una telefonata. Alla mia vecchia madre a Hong Kong.»

La signora Parrish-Parker si allarmò. «Mia cara, non chiamerà Hong Kong dal tuo apparecchio, vero? Ti costerebbe una fortuna!»

Elizabeth rise. «Stava solo scherzando, Marion. Credo che abbia capito che vuoi dirmi qualcosa.»

Marion era inquieta. Finalmente si appollaiò sulla sedia lasciata vuota da Laurel. «Effettivamente, Elizabeth, è successo qualcosa. Qualcosa di molto bello, ma forse anche di un po' brutto. Oh, insomma, posso anche dirtelo subito: sto per sposarmi.»

«Ma è meraviglioso!» esclamò Elizabeth. «E lui, chi è?»

«Dick Aimsley. Richard Aimsley. È un agente di cambio in pensione. Lo conoscevo da anni, ma non lo vedevo... be', diciamo dal 1929. Comunque, ci siamo incontrati a Palm Beach l'inverno scorso. È stata come una riscoperta. Non siamo più giovani, ma mi sembra una buona idea passare i nostri anni del declino guardando insieme il sole calare lentamente su Worth Avenue.»

Elizabeth era sinceramente contenta. «Sono davvero felice per te, Marion. Non è bello stare sole.»

«Lo so. E poi non mi sposa per il mio denaro. È venti volte più ricco di me, se riesci a immaginare una cosa così disgustosa. Ha una bella casa a Palm Beach e un grosso appartamento a New York. Divideremo il nostro tempo tra queste due residenze, quando non saremo in viaggio. Non è ridicolo? Mi sento come una timida verginella.»

«È meraviglioso, Marion.»

«Sì, certo. Si sarebbe potuta scegliere una venticinquenne. Molti uomini lo fanno, quando rimangono improvvisamente vedovi. Sono proprio una donna fortunata.» Marion prese a un tratto un'aria turbata. «C'è solo una cosa spiacevole in tutto ciò. Non ho intenzione di tenere questa tenuta. La metterò in vendita.»

«Capisco», assentì Elizabeth lentamente.

«Non sai quanto odi doverti fare questo, cara, ma non avrebbe davvero senso tenermi quest'enorme casa, dove non verremo mai a stare.»

«Certo, Marion. Capisco.»

«Naturalmente farò il possibile per convincere i nuovi proprietari, chiunque siano, a lasciarti restare qui. Benché immagino che degli estranei ti farebbero pagare un affitto, ammesso che ti lascino restare, intendo. Oh, accidenti», disse Marion, «mi sento spaventosamente egoista!»

Elizabeth si affrettò a consolarla. «Ma non è affatto vero, Marion. Sei stata meravigliosa per quasi due anni. Mi hai veramente salvato la vita. Non so che cosa avrei fatto, senza la tua generosità. Adesso ho un lavoro e potrò trovare un'altra casa. Va tutto bene. Davvero.»

Marion voleva rassicurare tanto se stessa quanto Elizabeth. «Comunque passerà certo del tempo, prima che si trovi un acquirente. Dick e io ci sposiamo il mese prossimo, ma Dio sa quando troverò qualcuno che mi libererà di questo vecchio enorme mostro. Perciò hai del tempo davanti a te, tesoro. Inoltre può anche darsi che i nuovi proprietari ti lascino restare. C'è ancora una possibilità.»

Elizabeth annuì. Marion si alzò. «È stato bellissimo averti qui. È così confortante l'idea di avere un'amica nei paraggi. Mi dispiace darti anche questo pensiero, ma sono sicura che te la caverai. Sei così meravigliosamente autosufficiente! Bene, buona festa dell'Indipendenza, Elizabeth.»

«Anche a te, Marion. E tutta la fortuna del mondo.»

Qualche minuto dopo, Laurel fece capolino dalla porta. «Via libera?» chiese.

«Liberissima», rispose Elizabeth. Il tono turbato di Elizabeth smentiva l'allegria di quella facezia.

«Sento odore di guai», fece Laurel riconquistando la sua sedia. «Vuoi parlarne, o non sono affari miei?»

Per la prima volta da quando aveva parlato a cuore aperto con suo padre, anni prima, Elizabeth si sentì di parlare liberamente dei suoi problemi. Senza nascondere nulla, raccontò a Laurel tutta la sua storia fin dall'inizio, tutto quello che era accaduto dal giorno in cui aveva conosciuto Alan. Non era nelle sue abitudini tirar fuori anche i più intimi particolari della sua vita. Ma le fece bene. Con nessun'altra donna si era mai sentita tanto libera di confidarsi come con Laurel e davvero non c'è niente che sostituisca la comprensione di un'amica, pensò Elizabeth, che sappia identificarsi coi tuoi problemi. Nessuna delle due donne provava disagio o imbarazzo. Elizabeth raccontò con semplicità, in modo quasi privo d'emozione, senza chiedere pietà o elogi. Laurel dal canto suo ascoltava in attento silenzio, accendendosi una sigaretta dopo l'altra e alzandosi di tanto in tanto a riempire di nuovo i bicchieri, senza interrompere quel fiume di parole. Elizabeth parlò per un'ora circa e concluse con l'inquietante annuncio di Marion.

«Gesù Cristo», esclamò Laurel.

«Già, è proprio il momento di rivolgersi a lui.»

Laurel scosse la testa stupita. «Ma sentitela», proruppe rivolgendosi a chissà chi. «Fa pure i giochetti di parole. Praticamente sulla strada con tre bambini e settanta sacchi la settimana e lei fa giochetti!» S'interruppe, come se un'idea l'avesse colpita improvvisamente. «Ehi, ma qualcosa non quadra. Hai detto che hai cominciato con sessanta dollari la settimana e che adesso hai avuto un aumento di dieci, non è vero?»

«Esatto. Perché?»

«Perché?» disse Laurel. «Perché so che lo stipendio iniziale per il tuo lavoro è di cinquanta.»

«Davvero?» fece Elizabeth stupita.

«Puoi scommetterci. Ma allora perché pagavano una novellina come te più della tariffa base?»

Elizabeth non capiva dove Laurel volesse andare a parare. «Non immagino proprio perché l'abbiano fatto», disse. «Stu Preston mi disse chiaramente che doveva attenersi alle regole, per via degli altri stipendi del settore.» Poi si batté una mano sulla bocca. «Oddio, Laurel, spero che non ti sia arrabbiata. Non sapevo proprio che mi pagassero più delle altre. Davvero, non lo sapevo.»

«Ma non fare la stupida. Certo che non sono arrabbiata. E non lo sarebbero neanche le altre, se sapessero. Noi non abbiamo certo le tue responsabilità, grazie a Dio. Non è per questo che m'interesso al tuo salario. Stavo solo pensando che forse potrebbe darci un modo per uscire da questo pasticcio.» Senza badare all'espressione esterrefatta di Elizabeth, Laurel continuò. «Pensaci un momento. Grace non potrebbe darti più denaro che alle altre, altrimenti risulterebbe dai libri paga e qualche cassiere zelantone spargerebbe la voce. Quindi la tua paga extra deve venire da una fonte ufficiosa. Ma non capisci, stupidona? Evidentemente Preston la scuce di tasca sua. Probabilmente s'era reso conto che non potevi farcela con meno, anche senza pagare l'affitto. Ergo, come diciamo noi della famiglia Lane, Stu s'interessa personalmente al tuo benessere.»

Elizabeth era inorridita. «Ma ti sbagli! Perché mai dovrebbe fare una cosa simile? Siamo amici e basta, lo sai bene. No, non riesco a credere di ricevere la carità da Stu Preston. Non riuscirei più a guardarlo in faccia!»

«La vuoi smettere con questo moralismo stile New England?» scattò Laurel. «Per Preston dieci dollari la settimana sono dieci centesimi per me. Anzi, forse meno. E poi, al diavolo. Ma non capisci che cosa significa? Che gli piaci molto. E che potrebbe essere proprio lui il modo di uscire da questo pasticcio della casa.»

Elizabeth la guardava come se fosse impazzita. «Ma di che cosa stai parlando? Non vorrai forse insinuare che adesso Stu Preston mi darà un favoloso aumento di stipendio, vero? Perché sarebbe ridicolo. Non lo merito e non lo accetterei. Anzi, se vuoi saperlo, sono già molto seccata per questi dieci dollari in più, se la tua teoria è esatta.»

Laurel sospirò. «Per essere una donna intelligente, a volte riesci a essere proprio tonta. Logico che non possa darti un grosso aumento. Ufficialmente non poteva nemmeno assumerti a un salario superiore, ricordi? Ma Stu è ricco sfondato. Potrebbe farti un prestito. Una vera e propria transazione d'affari. Con interessi e tutto il resto. Maledizione, Elizabeth, ma per traslocare e mettere su una nuova casa ti ci vorrà del denaro! E mi hai appena detto che hai quasi finito i soldi dell'eredità. Quel poco che ti resta, devi tenertelo ben stretto. Supponi che uno dei bambini si ammali, bisogna che tu abbia una piccola riserva. Stu è l'unica risposta. Puoi chiedergli un prestito. Giusto qualche migliaio di dollari, per superare il brutto momento.»

«E adesso dimmi chi di noi due è tonta», fece Elizabeth. «Come potrei farmi fare un prestito, sia pure da Preston, senza un minimo di garanzia? E anche se l'ottenessi, mi sai dire come potrei mai restituirlo?»

L'entusiasmo di Laurel si era afflosciato. «Forse potrebbe mantenerti.»

Elizabeth scoppiò a ridere. «Mia cara, Stu ha una bellissima moglie e nessun interesse del genere per me. E poi non è nel mio stile, anche se le condizioni fossero favorevoli. Al mondo non mi resta che una cosa, la mia indipendenza. Non chiedermi di rinunciare anche a quella.»

«Non dicevo sul serio. Non proprio. Mi stavo attaccando alle pagliuzze. Va be', lasciamo perdere il suo candido corpo e il tuo. Immagino che tu non abbia certo intenzione di bussare a quattrini con Alan.»

«Nemmeno se l'idea fosse attuabile», disse Elizabeth con fermezza. «E non lo è. A quanto ne so, è praticamente scomparso. Le ultime notizie dicono che fa il tassista a Baltimora e si suicida lentamente con vino da poco prezzo. Probabilmente è più morto di fame di me.»

«Questa è l'unica bella notizia della serata», commentò Laurel. «Spero proprio che muoia di fame. Ma tu no, vero?»

«Sono arrabbiata con lui. Furiosa, se vuoi una parola più forte. Ma non posso odiarlo, Laurel. È malato e lo è sempre stato, da anni e anni. A sua difesa bisogna dire che ha cercato per ben due volte di mettermi sull'avviso, prima che me ne andassi, ma io ero così sicura di poter essere forte per tutt'e due. Be', ho scoperto il contrario ed eccomi qui. Ma sai che cosa mi spaventa veramente? Credo di avere imparato la lezione, ma sono una tale idiota che, sia pure in modo diverso, potrei ricascarci un'altra volta. Insomma, sono davvero un'oca giuliva.»

«Oh, piantala», disse Laurel. «Ti farò una promessa, anche se non me l'hai chiesto. Nel caso vedessi che ti stai avviando di nuovo per quella china, ti spaccherò la testa fino all'ultimo osso.»

L'umore si rasserenò un pochino. «E va bene», continuò Laurel, «visto che non ho saputo darti nessun consiglio pratico, che farai ora?»

«Per questa sera, la cena. Ho un'idea. Potrei trovare lavoro come cuoca presso una famiglia. Certo guadagnerei quanto a fare la redattrice e in più avremmo anche un tetto.»

«Hai detto proprio 'avremmo'? E chi vuoi che assuma una cuoca con tre figli?»

«Già, è vero», ammise Elizabeth. «Adesso non fanno più quartieri del genere per la servitù, vero? Io avrei bisogno di un intero appartamento solo per la mia tribù. Forse potrei mettermi a dirigere una pensione.»

Laurel balzò in piedi. «Dio mio, ma come ho fatto a essere così stupida? Ma certo, è così!»

Elizabeth la fissava con curiosità. «Ma che cosa?»

«Non una pensione, ma camere in affitto. Ti comperi una casa e affitti le stanze, conservando il posto al giornale. È perfetto. Su misura. Conosco perfino la casa che potresti comprare!»

«Laurel, sii seria.»

«Mai stata più seria in vita mia.» Laurel scoppiava d'eccitazione. «Sta' a sentire: la signora McBain, che noi chiamiamo irriverentemente lady Macbeth perché di notte passeggia per i corridoi, vuole vendere la pensione dove sto io. L'ha messa in vendita già da tre mesi, credo che ormai sia sull'orlo della disperazione. Vuole tornare a vivere in Irlanda. Penso che potresti ottenerla a un buon prezzo e poi sarebbe uno scherzo, per te, dirigerla. Lei tiene solo quattro pensionanti con buone referenze. Ciascuno di noi si tiene in ordine la propria stanza, come fosse un appartamento. Io ci ho perfino portato parecchi mobili miei. La signora McBain si limita a vedere che le stanze siano spazzate e a fornire biancheria pulita. Fa tutto quanto con una sola cameriera. Potresti fare altrettanto con Mary, assumendola a tempo pieno. Ai primi due piani c'è un sacco di posto per te e i bambini. Non c'è bisogno della tua presenza durante il giorno, perché anche noi lavoriamo tutto il giorno. Tu vivresti senza pagare l'affitto e guadagneresti abbastanza da riuscire a riscattare la casa. Non sarebbe una sistemazione fantastica?»

Elizabeth cercò di non farsi contagiare dall'entusiasmo di Laurel. Però sembrava proprio una soluzione attuabile. «Sei completamente matta», disse poco convinta. «Anche ammesso che riuscissi a cavarmela in una simile impresa, dove troverei il denaro per comperare la casa?»

Laurel si limitò a fissarla.

«Un prestito», si rispose Elizabeth piattamente. «Di Stu Preston.»

Laurel annuì.

«Pensi davvero che dovrei correre un tal rischio?» chiese Elizabeth. «E Stu? Acconsentirebbe a correre un rischio calcolato come questo?»

«Perché no?» disse Laurel allegramente. «Se non tieni fede agli impegni, può sempre sequestrarti lo stipendio per i prossimi cento anni!»

PARTE QUARTA

WASHINGTON, D.C. 1937-1944

7

TUTTO quello che Kathleen McBain voleva dalla vita, era poter passare il resto dei suoi giorni nel piccolo villaggio vicino a Dublino, dove aveva conosciuto e sposato il suo Michael, che Dio lo abbia in gloria. Ne avevano fatta di strada, lei e il suo povero Mike, da quando erano sbarcati in quello strano luogo chiamato Ellis Island, nel porto di New York, come due poveri immigrati irlandesi. Mike aveva fatto la sua parte, non c'era dubbio. Aveva cominciato come operaio a giornata e aveva lavorato come un cane finché, cinque anni prima, era morto. In quei trentacinque anni Michael McBain aveva raggranellato e risparmiato tanto da mettere in piedi un'impresa edile tutta sua. Non una gran cosa, beninteso, ma tanto da viverci benino. Almeno da comperarsi una casetta tutta sua proprio nel centro di Washington, a un tiro di schioppo da posti di lusso come il *Mayflower Hotel*. Dieci anni prima l'avevano trasformata in una pensione e Kathleen, che l'aveva sempre mandata avanti, aveva continuato a farlo anche quando era rimasta vedova. Ma ormai era diventata troppo vecchia per restare sola, con la sua artrite e tutto il resto, e sognava solo di tornare nella dolce terra d'Irlanda dove ancora vivevano quanti restavano della sua famiglia.

Questo fu più o meno quello che la signora McBain raccontò a Elizabeth, quando il giorno successivo Laurel gliela presentò. Tutto per spiegarle perché aveva bisogno di contanti e per quale motivo si era rassegnata a vendere a un prezzo così stracciato. «Quindicimila dollari sono tutto quello che chiedo, cara», disse con la tipica cadenza irlandese che non aveva mai perduto. «Stia certa che vale almeno il doppio. Lo so bene. Ma, che vuole, sono tempi duri. La gente non ha molti quattrini sonanti. Il buon Dio sa che il mio Michael, possa riposare in pace, si rivolterebbe nella tomba, se sapesse che voglio disfarmene. Ma sono così ansiosa di tornare a casa, signora Whitman. Qui non è più vita per me, senza di lui.»

Per inesperta che fosse, anche Elizabeth si rese conto che era un buon affare. La posizione non era esattamente la migliore. Anche a quattro isolati da Connecticut Avenue ci si ritrovava in quartieri popolari come quelli. Ma non era proprio una zona da bassifondi ed era comoda per la gente che lavorava. Elizabeth sarebbe andata in ufficio a piedi. E, cosa ancora più importante, sarebbe stata a casa in pochi minuti in caso di bisogno. La casa a tre piani era priva di fantasia, ma solida e spaziosa. Avrebbe avuto una camera da letto per sé e Charlene al primo piano, con un salottino, la sala da pranzo, la cucina e un bagno. Ann e Quigly avrebbero avuto una stanza ciascuno al secondo piano, dove stava anche Laurel Lane. Le tre stanze al terzo piano avrebbero continuato a essere occupate dall'attuale terzetto di inquilini. Purtroppo mancava una stanza per Mary Jackson, ma almeno con quella nuova fonte di guadagno avrebbe potuto cominciare a pagarle uno stipendio decente e, all'occorrenza, farla dormire al secondo piano con Ann. Forse, pensava speranzosa Elizabeth, riuscirei anche a uscire qualche volta, la sera. Non era mai uscita in quei due anni e si sentiva diventare vecchia e poco interessante per mancanza di una compagnia adulta stimolante.

Tutti questi pensieri si susseguirono rapidamente nella testa di Elizabeth, mentre Kathleen McBain aspettava una sua risposta. Laurel le diede una gomitata. «Cerca di trattare», le consigliò sottovoce. Elizabeth tirò un profondo respiro. Non era mai stata molto brava a tirare sul prezzo.

«La casa è molto carina», disse, «ma è un po' più cara di quanto pensassi di spendere. Immagino che i mobili siano inclusi nel prezzo.»

La signora McBain si mostrò offesa: «Ma come, signora Whitman, non penserà davvero che tutti i miei bei mobili siano compresi in una somma così ridicola! Guardi, solo questa stanza da pranzo, vale almeno un migliaio di dollari! Per non parlare del salotto! Eh, no, mia cara: il prezzo comprende solo la casa. Naturalmente, visto che ha intenzione di comperare, potrei farle un prezzo ragionevole per i miei bei mobili.»

Elizabeth dovette sorridere osservando «i suoi bei mobili». Un divano e due poltrone assortite, che parevano usciti dal negozio più a buon mercato della Settima strada. Una sala da pranzo orrenda di quercia massiccia e sei sedie traballanti, che la signora McBain doveva aver preso in qualche emporio dell'Esercito della Salvezza. Non aveva ancora visto il resto delle camere, ma era pronta a scommettere che la signora McBain non sarebbe riuscita a cavare più di un migliaio di dollari da tutto quel ciarpame, se avesse cercato di venderlo a parte. Però se Elizabeth avesse dovuto ricomperare tutto, a partire da letti, sedie e armadi, avrebbe di certo speso almeno sei volte tanto, anche facendo acquisti oculati. Perlomeno avrebbe potuto tentare di ripulire, foderare e ridipingere quella roba, per orrenda che fosse.

«Mi dispiace», concluse. «Se lei volesse includere anche i mobili, potrei arrivare a offrirle tredicimila. In contanti, naturalmente.» Era sicura che Kathleen avrebbe rifiutato e invece con un profondo, patetico sospiro la vecchia le disse: «Lei si sta davvero approfittando di me, ma accetterò la sua offerta. La sua amica è proprio brava a trattare gli affari, sa, Laurel, ragazza mia». Kathleen fece un sorriso furbesco. «Certo che noi povere semplici donne irlandesi non possiamo competere con una signora americana, che ha una saggia testolina posata sulle sue belle spalle.»

Laurel inarcò un sopracciglio con aria ironica. «Se la conosco bene, da semplice irlandese è riuscita a guadagnare seimila dollari, dopo essere vissuta qui gratis per dieci anni.»

L'affittacamere fece un viso addolorato. «Signorina Laurel, sono quattro anni che la conosco e ha sempre avuto una gran brutta linguaccia. Chissà perché mai dovrei credere che è cambiata proprio adesso. E va bene, signora Whitman, d'accordo. Ora manca solo di stendere l'atto di vendita. Appena sarà pronto, farò le valigie.»

«Cercherò di richiamarla più tardi, per dirle quando ci possiamo incontrare per il passaggio di proprietà. Mi piacerebbe prendere possesso della casa appena possibile, ma devo prima parlare con i miei amministratori a proposito del denaro.»

Mentre scendevano dai gradini davanti alla casa, quei gradini di pietra bianca molto simili a quelli che le donne di Baltimora lavavano ogni santo giorno della loro vita, Laurel afferrò il braccio di Elizabeth e disse ridacchiando: «Devo parlare con i miei amministratori a proposito del denaro». Imitò la voce di Elizabeth alla perfezione. «Sei fantastica! Se non ti conoscessi bene, avrei potuto pensare che stavi andando dal tuo legale a chiedergli quali titoli di sicuro affidamento potevi incassare. È stata la cosa più divertente che abbia mai sentito.»

Elizabeth era nervosa e seccata. «Divertente per te, forse. Io invece sono fuori di me per lo spavento. Ma ti rendi conto che ho appena accettato sulla parola di acquistare un'intera maledetta casa di tre piani, mobili compresi, e che non ho la più pallida idea se riuscirò mai a trovare il denaro necessario? Immagina un po' che Stu non voglia farmi un prestito. E anche ammesso che me lo faccia, che cosa ne so io, di come si dirige una pensione? Mi sento gelare da capo a piedi. Forse non mi sarei mai dovuta lasciare convincere da te.»

Laurel si fermò di botto sulla scalinata. «Ah, no! Non farlo! Non cominciare a rovesciarmi addosso tutte le responsabilità. Tutt'a un tratto sarei io l'incosciente della compagnia. Chi diavolo ha speso tutti i soldi in concerti e balletti invece che dal droghiere? Chi se ne è andata di casa senza un soldo con tre bocche fameliche da nutrire? E chi se ne è stata tutta la sera nel suo cottage a fantasticare immagini rosee di quanto sarebbe stata meravigliosa la sua vita, quando fosse entrata in possesso di questa maledetta casa? Io ti ho suggerito l'idea, questo è certo. E guarda caso è il primo gesto sensato che hai fatto da due anni. Ma non ti ho convinto. Tu sei letteralmente balzata sull'idea e te ne se appropriata. Se adesso vuoi ripensarci, padronissima. Ma non cercare di prendermi come capro espiatorio, in modo che ogni volta che qualcosa in futuro ti andrà storto tu possa dire: quando mai Laurel m'ha convinto a farlo! Non funziona, Elizabeth. Io non ci sto.»

Laurel era arrabbiata. E tutto quello che aveva detto era innegabilmente vero. Solo che per un attimo il panico all'idea del grande passo che stava per compiere aveva travolto Elizabeth. Le toccò quindi scusarsi. Laurel non le aveva certo puntato un fucile alla schiena ordinandole di comperare quella pensione. Elizabeth si era entusiasmata all'idea la sera prima sapendo per istinto che, per pazza che fosse, era una mossa giusta, che avrebbe funzionato. Così come un tempo aveva capito che doveva lasciare Alan, pur non avendo un posto dove andare.

«Sono così fortunata ad averti accanto a me», disse infine. «Laurel, ti prego, scusami. Che sciocca sono! Hai ragione, naturalmente, in tutto quello che hai detto. Perdonami.»

«Al diavolo», disse Laurel, «che cosa c'è da perdonare?»

Una volta rappacificate, si avviarono verso Dupont Circle, dove Preston aveva acconsentito a vedere Elizabeth nel suo ufficio. Sul portone, le due donne si divisero.

«Augurami buona fortuna», disse Elizabeth.

«Che cosa vuoi che siano tredicimila dollari per Stu Preston?» disse Laurel allegramente. «Li spende per una *Rolls-Royce* nuova, quando la vecchia è sporca.» Diede a Elizabeth una rassicurante strizzatina d'occhi e si allontanò in fretta: con la gonna a pieghe e il golfino, vista dal dietro, non dimostrava più di sedici anni. Elizabeth sorrise, sentendosi improvvisamente ottimista e fiduciosa. Stu avrebbe pensato che era pazza, ma avrebbe acconsentito.

Mentre aspettava l'arrivo della sua «protetta», Preston passò in rassegna gli ultimi diciotto mesi con grande soddisfazione. La sua impressione, perché solo di questo si trattava, che Elizabeth sarebbe diventata una brava redattrice, s'era dimostrata buona. Grace Edwards gli parlava di lei con entusiasmo, sia come impiegata sia come persona. Stu aveva notato che Elizabeth si firmava con il cognome Quigly. Non sapeva se era solo per evitare che i vecchi amici si rifacessero vivi o se era perché aveva completamente reciso ogni legame che ancora la tenesse unita ad Alan Whitman. Comunque fosse, Preston approvava il gesto.

In quel periodo Stu aveva visto molto raramente Elizabeth. Non voleva darle la sensazione di controllarla. Perlomeno, questa era la spiegazione che cercava di dare a se stesso. Ma nel profondo Stu sapeva fin troppo bene di avere per quella donna tranquilla qualcosa di più che un semplice interesse amichevole. Sarebbe bastato il minimo incoraggiamento e si sarebbe subito trovato intrappolato con lei. Preferiva non offrirsene l'occasione. Così si limitava a osservarla da lontano, a distanza di sicurezza, rallegrandosi della sua amicizia con Laurel Lane e che avesse un posto decente, se non lussuoso, in cui vivere.

Non era un uomo vendicativo, ma non riusciva a provare

rincrescimento alle notizie del rapido declino di Alan Whitman. Anche un incompetente avrebbe capito che Alan aveva un desiderio di morte e Stu avrebbe anche potuto provare pietà per lui, se non avesse cercato di trascinarsi nella tomba anche vittime innocenti, come Elizabeth. A quanto aveva sentito dire, Alan era ormai ridotto a un vagabondo. Era fuori di ogni possibilità che riuscisse mai più a riprendersi. Elizabeth dovrebbe divorziare da lui, pensava Stu. Allontanarlo una volta per tutte dalla propria vita. Sarebbe anche stato contento di prestarle il denaro per farlo, darle anche un permesso, se doveva passare sei settimane a Reno. Non che desiderasse particolarmente che Elizabeth fosse libera. Anzi, per lui sarebbe stato solo rinverdire la tentazione di farle la corte. Ma capiva che era giusto per lei. Forse era proprio per quello, che Elizabeth voleva vederlo. Infatti quando gli aveva chiesto quell'appuntamento non gliene aveva detto il motivo.

Quando Elizabeth entrò nell'ufficio, con quella sua andatura eretta che la faceva sembrare più alta del suo metro e sessantacinque, a Stu parve più bella che mai. Nonostante l'abito vecchio di due anni, aveva un'aria distinta ed elegante e un'espressione radiosa. Depresso, Stu pensò che solo l'amore poteva dare a una donna quello splendore incandescente. Forse aveva conosciuto qualcuno ed era venuta a dirglielo. Ma poi s'irritò con se stesso per quei pensieri. Invece di fare l'invidioso e il guastafeste, sarebbe dovuto essere contento per lei, se le cose stavano così. Elizabeth era ancora giovane e desiderabile. Che cosa di più naturale, per lei, che trovare un altro uomo?

Si salutarono con il calore di due vecchi amici. Poi Preston si adagiò contro lo schienale della poltrona e la guardò interrogativamente.

«Non l'ho mai vista più in forma, Elizabeth. Si vede che l'aria del giornale le giova.»

«Mi piace. È la cosa più eccitante che abbia mai fatto.»

«E lei piace molto al giornale, a quanto mi dice Grace. A sentire lei, sarebbe una giornalista nata. Lo ritengo un grande omaggio alle mie qualità intuitive, oltre che un complimento per lei.»

Elizabeth sorrise. Per un attimo il silenzio invase la stanza. «Stu», incominciò infine Elizabeth, «devo parlarle di qualcosa di molto importante. So che lei è terribilmente occupato, perciò verrò subito al punto.» Rapidamente gli spiegò della decisione di Marion di vendere la proprietà e del suo desiderio di comperare la pensione della signora McBain. «Non interferirebbe con il mio lavoro. Ho una cameriera bravissima, che potrebbe badare a tutto durante il giorno. E poi sarebbe una soluzione a molti problemi, oltre a quello di trovare casa. Le camere sono già tutte affittate, tra l'altro ci vive anche Laurel Lane, e con il guadagno riuscirei a restituire il prestito e ad avere anche qualche soldo in più per me.» Parlando di «soldi in più» Elizabeth fece una pausa e aggrottò la fronte. S'era quasi dimenticata della teoria di Laurel, secondo la quale Preston contribuiva personalmente al suo stipendio. Esitò un attimo, chiedendosi se fosse il momento di parlarne o meno. Decise per il sì.

«Senta, Stu, è buffo, ma, a proposito di soldi in più, ho scoperto che mi pagano dieci dollari la settimana più della tariffa corrente. Non sarà che lei aggiunge qualcosa al mio salario, vero?»

Preston si finse stupito. «Perché dovrei?» ribatté.

«Perché lei è una bravissima persona e sapeva che avrei fatto fatica a cavarmela, anche con quei dieci dollari in più.»

Preston pareva imbarazzato. «Non avrebbe dovuto saperlo. Diavolo, non è poi una gran somma! Poca cosa, in cambio delle cenette deliziose che ho mangiato a casa sua. Spero non voglia farne una questione d'orgoglio. Non c'è nessun recondito significato. Ho sempre pensato che quando lei fosse arrivata a guadagnare abbastanza per vivere avrei smesso. Lo consideri un piccolo prestito, giusto per aiutare a tenerla galla finché non riesce a camminare con le sue gambe. Conoscendola, sapevo che se gliel'avessi detto si sarebbe fatta la folle idea che volevo trattarla da femminuccia indifesa. Dio sa se lei è tutto, meno che questo.»

Era così sinceramente afflitto e così chiaramente in buona fede che Elizabeth sentì svanire il proprio imbarazzo. «La ringrazio», disse con semplicità. «È stato molto bello, da parte sua. E lo considererò come un prestito, che un giorno le restituirò e che, appena possibile, cesserà.»

Stu era evidentemente sollevato. «Bene, ora parliamo dell'altro problema. Sono dispostissimo a prestarle il denaro per l'acquisto della casa. Un onesto accordo d'affari. Cinque per cento d'interessi. Ma badi, Elizabeth, che è un boccone un po' grosso per lei. Ci ha veramente riflettuto? Lei ha un lavoro e tre bambini. Se aggiunge anche la pensione, avrà sulle sue spalle responsabilità sufficienti per tre donne. Non sarebbe meglio pensarci sopra qualche giorno? Magari potremmo trovare una casa dove abitare, qualcosa alla portata della sua borsa. C'è ancora tempo, ne sono sicuro. Marion ha ragione, sa. Disfarsi di quel suo mastodonte bianco non sarà tanto facile. Avrà di certo un buon periodo di respiro prima di dover traslocare e, per quanto ne sappiamo, i nuovi proprietari potrebbero essere felicissimi di lasciarla lì, per un affitto ragionevole.»

Tutto quello che diceva Preston era molto sensato. Ma c'era quella ridicola, irrazionale sensazione di essere sulla strada giusta che Elizabeth non avrebbe saputo né spiegare né smentire. Sorrise.

«Probabilmente è una pazzia, Stu, ma sono sicura che è la cosa giusta da fare. Sono troppo impulsiva, immagino, ma in fondo ho sempre regolato così tutta la mia vita. Come se non la controllassi per niente. Forse credo in un piano superiore, davvero. Il destino, il fato, la dea bendata... lo chiami come vuole. Sembra che le cose mi arrivino esattamente quando ne ho bisogno. Come la casa di Marion. Il posto di lavoro libero, che aspettava proprio me. Ora questa casa trovata attraverso Laurel. Qualcosa mi ha sempre spinto verso queste soluzioni. La stessa cosa che mi sta spingendo ora.»

Preston, preoccupato per lei, disse senza riflettere: «Già, come un tempo la spinse verso Alan Whitman, vero?» Il suo tono era più aspro di quanto non volesse.

Elizabeth capì. «Sì, anche quello. Lei dimentica che senza Alan non avrei mai avuto né Ann, né Quigly, né Charlene.»

Preston allargò le mani, in gesto di resa. «Okay. Ha vinto. Ma prima di fare l'affare insisto su una decisione pratica. Manderò un buon architetto a vedere la casa, oggi pomeriggio. Perlomeno», disse con studiato sarcasmo, «saremo sicuri che le termiti non ci stiano divorando le fondamenta e che il tetto non faccia acqua. La cara signora McBain potrebbe essere una furba servotta irlandese che leva le tende per Dublino e la lascia con i tubi dell'acqua marci e una caldaia del 1890. Sarà d'accordo, vero?»

«Anzi, gliene sarò grata.»

«Okay», fece Preston. «Se la casa supera i controlli, farò

subito stendere il contratto ai miei legali. A che termine vuole sia fatto il prestito? Dieci anni? O venti?»

«Dieci credo che vada bene. Quattro stanze mi frutteranno duecento dollari il mese. Anche calcolando la manutenzione e le tasse, dovrei riuscire a restituirle il denaro entro dieci anni.»

«Mi sembra un tempo un po' strettino», osservò Stu. «Naturalmente si spera che il suo stipendio aumenterà, ma lei fa i calcoli un po' troppo tirati, Elizabeth. Penso che un prestito con scadenza di vent'anni sarebbe più realistico. Accetti il mio consiglio. Ne so un po' più di lei di prestiti e di ipoteche.» La guardò acutamente. «Non sarebbe carino avere qualche soldo in tasca, tanto per cambiare?»

Elizabeth sorrise. «Oh, sì, molto carino. Non posso negarlo. Ma lei mi sta facendo un piacere personale. E io desidero ripagarla il più in fretta possibile.»

«Ma che piacere personale? È una normale transazione d'affari. Prendo un interesse sul mio denaro, come per qualsiasi altro investimento. E non mi occorre che lei estingua il debito in fretta: spero di averla in giro ancora per molti e molti anni.»

Il pensiero di Elizabeth corse al lontano 1924. «Abbiamo un contratto governativo con scadenza decennale», aveva detto Alan. «Ma è una vita!» aveva esclamato la diciannovenne Elizabeth. Quell'incontro risaliva solo a tredici anni prima. In quegli anni s'era addensata tutta una vita di gioia e tristezza, frustrazione e paura. E ora eccola lì, ad accettare l'idea che venti anni fossero solo due granellini di sabbia, nella clessidra della sua vita. Stu si aspettava che lei rimanesse in giro per un lungo, lunghissimo tempo. Lei invece non si aspettava niente. O meglio qualsiasi cosa.

«Lei è molto generoso», disse infine, «io le sono più grata di quanto potrei mai dirle. Vorrei poterla ripagare in qualche modo. Con qualcosa di più, che con il denaro.»

Dette da un'altra donna, queste parole avrebbero significato per Stu Preston un chiaro invito. Ma lui conosceva bene Elizabeth. Benché si fosse dovuta scontrare con mondi di cui nemmeno sognava l'esistenza, era rimasta incredibilmente innocente. La sua offerta non aveva niente di malizioso. Era di una franchezza e di una onestà inequivocabili. Quel suo modo ingenuo di offrirsi agli altri doveva già averla fatta soffrire. E probabilmente l'avrebbe fatta soffrire sempre.

Si alzò con un gesto di cortese congedo. «Bene, vuol dire che mi offrirà una buona cenetta nella sua nuova casa», disse leggermente. «Questo e la sua felicità sono tutto il compenso che desidero.»

«A parte, naturalmente, i pagamenti mensili», scherzò lei.

«Ci può scommettere», ribadì Preston. «A parte quelli.»

Laurel non si mostrò affatto stupita, quando Elizabeth le riferì di quell'incontro. «Lo sapevo che Preston avrebbe acconsentito», commentò con disinvoltura. «Per lui si tratta di spiccioli.» Poi non riuscì più a mostrarsi indifferente. Abbracciò l'amica con entusiasmo. «Sono così eccitata per te! Cambierà tutto, nella tua vita. Non so come tu abbia fatto a resistere, chiusa in quel cottage dimenticato da Dio. Perlomeno adesso potrai fare un po' di vita mondana in questa città.»

Elizabeth sorrise divertita. «Non dimenticare che ho già provato le gioie della vita mondana in questa città», le rammentò. «E non la trovavo poi così divertente.»

«Ah, quella!» fece Laurel con tono di scherno. «Boriosi burocrati e banali industriali dello Iowa! E la chiami vita mondana? Senti, cocchina, sarà forse sufficiente perché il tuo nome compaia nelle cronache mondane e per essere una delle duemila persone invitate alla Casa Bianca, ma non è lì che ci si diverte davvero.»

«No? E dove?»

«Fai uno strappo ed esci con me e i miei amici e te lo faremo vedere noi.»

Elizabeth sorrise con gratitudine. «Ci penserò. Ma che dico? Lo sognerò! Ma ci vorrà ancora un po' di tempo, Laurel. Ora mi devo occupare della casa, ammesso che l'architetto di Stu dia la sua benedizione ufficiale. E voglio anche stare un po' vicino ai bambini, adesso. Stanno per essere di nuovo sradicati, per la seconda volta in due anni. Proprio ora che speravo che si stessero adattando a Bethesda. Adesso ci sarà una casa nuova, una scuola diversa, strani compagni di gioco. Non sarà facile, per loro. Per Ann e Quigly, intendo dire. Forse anche Charlene, per quanto piccola, potrebbe averne un senso d'insicurezza. Non credo che li lascerò soli la sera, almeno per un po'. Nemmeno con Mary. Ma fra qualche mese ne riparleremo. Va bene?»

«È già un progresso. Quando Stu ti farà sapere qualcosa?»

«Nei prossimi giorni, spero.»

«Bene. Sai, fra l'altro, i tuoi nuovi inquilini ti piaceranno. Betty Kaspar è una che si dà un sacco di arie, per essere una signora che vive in una stanza d'affitto, ma sotto sotto è sincera. Amelia Neal è una donna d'affari occupatissima e vivace, ma credo che alla fine vi piacerete. Frank Bayard, poi, è un tesoro. Sta molto per conto suo, ma è simpatico. Tutto considerato, è un gruppetto non male. Non avrai problemi con loro. Niente ricevimenti folli e amici che arrivano nel cuore della notte e, soprattutto, pagano regolarmente la retta.»

Elizabeth scosse la testa. «Ancora non posso crederci. Chi avrebbe mai detto che sarei finita a fare l'affittacamere? È troppo assurdo.»

«Già», fece Laurel. «E dire che non hai nemmeno degli scarponi irlandesi ai piedi!»

La settimana dopo, soddisfatto che la cosa fosse strutturalmente solida, Stu Preston diede a Elizabeth un assegno di tredicimila dollari, insieme con la sua benedizione. In cambio, lei gli diede una ricevuta personale per il prestito e un bacio impulsivo sulla guancia.

«Riavrà tutto fino all'ultimo centesimo con gli interessi», promise. Preston, leggermente imbarazzato, fece un gesto di noncuranza. «Non mi preoccupo del denaro», disse. «È un buon investimento. Da come vanno le cose in questa città, ci sarà un boom edilizio, nei prossimi anni. La sua casa varrà almeno il doppio di quanto l'ha pagata ora. Quel tale, alla Casa Bianca, pare non abbia intenzione di far dormire l'economia del paese. Dio sa se detesto quel suo coraggio, ma è uno che si dà da dare. Ha fatto un buon affare, Elizabeth. È proprio un'abile donna d'affari.»

L'idea stessa la divertì. «Ho avuto un colpo di fortuna», rispose. «Sono riuscita a convincere perfino lei, non è vero?»

«Già», ammise Stu. «Credo che lei sia una strega. Solo una settimana fa pensavo che l'idea di avere un lavoro, allevare una nidiata di bambini e dirigere una pensione fosse la più pazza dopo la moratoria bancaria. Adesso invece devo ammettere che tanto lei che Roosevelt sapete che cosa state facendo.»

«Mi mette in buona compagnia!»

Preston fece una smorfia. «Be', gli obiettivi sono diversi, ma le personalità sono ambedue irresistibili.»

Elizabeth era al settimo cielo. Non vedeva l'ora di mettere le mani sulla casa e di trasferire la sua nidiata in quello che pareva potesse essere finalmente un nido duraturo. Il suo entusiasmo si sgonfiò subito, però, davanti alla resistenza della piccola Ann. La bimba non aveva mai avuto una grande simpatia per il cottage Parrish-Parker, ma ancora meno le piaceva quella residenza in una zona ancora più povera della città. Quando Elizabeth accompagnò i suoi due figli maggiori a vedere la casa, Ann non nascose il suo disprezzo. Si sentiva inoltre imbarazzata all'idea che sua madre dovesse diventare un'affittacamere. Stranamente sensibile al rango sociale, data la sua età, paragonava il lavoro di affittacamere a quello di una domestica a ore. E lo disse senza tanti complimenti. Elizabeth detestava l'arroganza di Ann. Per la centesima volta, dentro di sé, ne diede la colpa ad Alan. L'aveva talmente viziata nei suoi primi nove anni di vita, che probabilmente quell'autoconvinzione di superiorità non le sarebbe mai passata. Ann si opponeva ancora alla sua nuova vita e a meno di non disilluderla a proposito del padre non c'era nient'altro che Elizabeth potesse fare.

Contrariamente al muto disinteresse mostrato al tempo in cui si erano trasferiti a Bethesda, questa volta anche Quigly espresse con dovizia le sue critiche. Certo, ora aveva due anni di più e perciò era più consapevole dell'ambiente che lo circondava. Scimmiottando Ann, osservò la casa e la strada affollata con palese disgusto.

«Ma qui non c'è posto per giocare», commentò. «Non vedo neanche dei ragazzi, a parte quelli laggiù, di colore, in fondo all'isolato.»

Elizabeth avrebbe volentieri sbattuto le loro teste una contro l'altra. Cercò invece di pensare quanto doveva essere difficile per loro. Certo non potevano fare a meno di sentire gli effetti del cambiamento di vita in quei due anni. Non ne avevano colpa e considerava suo dovere e suo desiderio facilitare loro le cose. Come posso farglielo capire? si chiese. Non puoi, le diceva una voce realistica. Puoi solo continuare a vivere giorno per giorno e sperare che il tempo e la maturità risolvano il problema. Allora cercò gentilmente di ribattere alle loro obiezioni.

«Ann, tesoro, pensa ai vantaggi di vivere in città», disse con tono convincente. «Qui potrai andare al cinema da sola, tutti i sabati. Ce n'è uno proprio dietro l'angolo. E puoi anche guardare le vetrine piene di bei vestitini. Questo a Bethesda non lo puoi fare, ti pare?»

Quella forzata allegria parve aprire una piccola breccia. Sentendo nominare i suoi due passatempi preferiti, il viso di Ann si schiarì un pochino. Ma subito tornò a fare il broncio. «E la scuola?»

«Andrai a una scuola superiore vicinissima.»

Ann gettò un'occhiata giù per la strada ai ragazzi che giocavano e di cui prima aveva parlato Quigly. «E ci saranno pure dei negri, nella mia classe?»

Odiandosi, Elizabeth si arrabbiò di nuovo. «Ti ho già avvertita un'altra volta di non usare quella parola, Ann, e non intendo dirtelo più. I bambini di colore hanno le loro scuole, ma migliorerebbe certo il tuo spirito cristiano se non fosse così.» Sentì il sangue affluirle al viso. «Quanto a te, Quigly, giocherai nel cortile della scuola come fanno tutti gli altri ragazzi. Pochissimi bambini hanno potuto scorrazzare nei boschi come hai fatto tu finora. Siete due bambini egoisti e poco collaborativi e in questo momento non mi piacete proprio, né l'uno né l'altra.»

«Lo so», disse freddamente Ann. «A te piace Charlene.»

Per la prima e unica volta nella sua vita, Elizabeth colpì duramente sua figlia sul viso. Ann spalancò gli occhi, ma non pianse. Fu Elizabeth invece che scoppiò in lacrime, piena di rimorso. Quigly strascicò i piedi sul tappeto consunto, senza guardare la madre. Poi, dopo un attimo, raggiunse Ann. Elizabeth guardò fuori della finestra. Erano seduti immobili e rigidi come due statuette sui gradini della scalinata. Le voltavano la schiena. Elizabeth si lasciò cadere su una delle orrende poltrone della signora McBain e affondò la testa tra le mani. Improvvisamente si vide come la vedevano i suoi figli: un'affittacamere della piccola borghesia in un misero quartiere della città. Tutto le parve brutto, inutile, squallido e triste.

Così la trovò Laurel quando un'ora dopo entrò allegramente nel soggiorno.

«Ehi, che ci fanno là fuori quei due fermacarte? Non sono riuscita a cavare nemmeno un ciao da quei bambini, quando sono entrata. E perché queste lacrime? Bel modo di festeggiare il tuo nuovo acquisto, devo dire!»

Elizabeth cercò di sorridere. «Diciamo che Ann e Quigly non sono esattamente entusiasti della casa e dei nuovi vicini. Anzi, sono terribilmente seccati.»

«Be', certo», disse ironica Laurel, «non hanno tutti i torti. Che cosa avrebbero preferito, Bel Air? Bisognerà che comunichi loro che è riservata ai capi di Stato in visita ufficiale. So che sono carne e sangue tuo, Elizabeth, ma sono maledettamente presuntuosi. E sai perché? È colpa tua, bimba mia.»

Le ultime parole la fecero sobbalzare. «Colpa mia? Eh, no! Guarda, Laurel, so di essere responsabile dello sconvolgimento della loro vita in questi ultimi anni, ma Dio sa se ho cercato di fare tutto il possibile per dare loro felicità e sicurezza. Non sono in cerca di elogi, ma il fatto che siano viziati ed egoisti è una cosa di cui non mi sento responsabile. Ho cercato di accontentarli in tutto. Ho fatto quanto potevo per loro. Forse non abbastanza per compensarli di averli sottratti al loro padre. Ma, accidenti, ho fatto di loro lo scopo di tutta la mia vita!»

«Esatto», sottolineò Laurel. «Sono proprio i tuoi complessi di colpa a dare loro le armi per punirti. Ti sei data tanto da fare per cercare di sistemare tutto per loro, che hai finito solo per incoraggiare la loro sensazione di esser stati trattati male. Sei sempre così maledettamente paziente e comprensiva che hai finito per farti usare come uno zerbino, da quei due demonietti. Sta' a sentire, i tuoi figli sono parecchio fortunati ad avere una madre come te. Vuoi forse passare il resto della tua vita a scusarti con loro per aver raccattato i pezzi di cui è prima di tutto responsabile il loro miserabile padre? Che ne diresti di cominciare a pensare un po' a te stessa, tanto per cominciare? Questo continuo mea culpa di merda non ti aiuterà a cavare un ragno dal buco, con quei due bambini. So che non dirai mai loro la verità su Alan, e fai bene. Ma per l'amor di Dio, vuoi smetterla con questa continua autoflagellazione? Potrei ricordarti che a Washington c'è già una santa Elizabeth, ed è un istituto per malattie mentali.»

Per quanto sconvolta, Elizabeth dovette sorridere. Poi si calmò. «Pensi davvero che le cose stiano così?» chiese. «Ho forse incoraggiato la loro caparbietà, con i miei complessi di colpa?»

«Non sono una psichiatra, ma ti assicuro che questo è quanto sembra a un estraneo.» Il tono di Laurel si addolcì. «Senti, non volevo essere così dura con te, ma quando ho visto quelle due facce altere e presuntuose là fuori e la tua devastata, qui dentro, non ho più potuto trattenermi. Spero di non averti fatta arrabbiare. È solo che, accidenti, anche tu hai diritto alla tua vita! Quando saranno cresciuti, avranno la loro. Forse fra vent'anni capiranno quello che hai fatto per loro, ma adesso hanno bisogno soltanto di una buona dose di sculaccioni!»

«Ti accontenteresti di uno schiaffo sulla faccia?» chiese Elizabeth stancamente. «Perché l'ho appena dato ad Ann.»

«Alleluia! Adesso capisco la gelida accoglienza. Forse c'è ancora qualche speranza per te!»

«Mi sento malissimo, per averglielo dato.»

«Non ne dubito. Logico. Ma scommetto che te l'ha tirato fuori dalle mani. Anzi, scommetto che deve essere stato qualcosa di enorme a farti perdere la pazienza.»

«Ma non li avevo mai picchiati prima, capisci? Non credo in questo genere di punizioni. È crudele e orribile. Forse sto proprio cominciando a comportarmi come un'affittacamere.»

«Sarebbe una diretta citazione dalla tua cara figlioletta?»

«Non diretta. Solo una deduzione. Laurel, quella bambina è terribilmente infelice. Non so più che cosa fare.»

L'amica sospirò. «Ecco, ci risiamo», disse. «Sii realistica. Che c'è di tanto terribile nell'avere una madre che riesce a comperare una casa grande abbastanza per tenerci dei pensionanti? Chiamali 'ospiti paganti', se si addice di più alla tua sensibilità. Sei stata bravissima a riuscirci. E se una piccola dispotica adolescente non arriva a capirlo, è solo per sporco egoismo. Accipicchia, sei l'unica donna al mondo che ignora che la prima legge è l'autoconservazione. Quando ti farai un po' furba?»

Elizabeth era più calma, ora. Laurel era buona con lei. Quel suo modo di fare duro e sarcastico era solo una copertura. Sotto, c'erano simpatia e buon senso. Elizabeth si aggrappò con gratitudine alle sue parole rassicuranti. Per essere una che non aveva mai dovuto affrontare problemi del genere, Laurel riusciva perfettamente a identificarsi con il senso di colpa e di ansia che tormentavano Elizabeth. Nelle sue brusche affermazioni c'erano sempre tenerezza e intuito nelle sue analisi intelligenti. Dentro di sé, Elizabeth aggiunse l'amicizia di Laurel alla lista piuttosto esigua delle sue benedizioni.

Come se il buon Dio sapesse che Elizabeth aveva bisogno di un po' di respiro dopo tutto quello scompiglio, i tre anni successivi della sua vita trascorsero tranquilli e privi di avvenimenti rilevanti. Con sollievo, Elizabeth scoprì di poter fare fronte ai suoi vari impegni senza trascurarne nessuno. Il lavoro al giornale diventava più facile, man mano che lei acquistava esperienza. Lo stipendio era aumentato di dieci dollari la settimana ogni anno. Ora guadagnava circa cento dollari la settimana; una cifra rispettabile, nel 1941. Tuttavia Preston non s'era ancora deciso a toglierle il sussidio personale. Elizabeth glielo aveva rammentato un giorno, ma lui aveva fatto un cenno di diniego.

«Le farò sapere quando riterrò che lei abbia raggiunto una cifra sufficiente al suo sostentamento», aveva detto. «E poi guadagno di più a giocare a ramino con un gruppo di imbroglioni, al club, tutte le settimane.»

Un po' vergognandosene, Elizabeth smise d'insistere. Le entrate erano aumentate, è vero, ma altrettanto le spese. Ann ora aveva quindici anni e frequentava il liceo. Aveva bisogno di più soldi, per i vestiti e per qualche piccolo divertimento. Anche Quigly ormai aveva diritto alla paghetta settimanale e il suo guardaroba era una vera rovina perché quel ragazzo cresceva a vista d'occhio: Elizabeth aveva l'impressione che appena comperati pantaloni e scarpe nuove gli andassero già piccoli. Anche Charlene, una bimbetta vispa come un grillo, doveva essere adeguatamente vestita ed equipaggiata per la prima elementare.

Elizabeth riduceva al minimo le sue spese personali. Ma non poteva fare il suo lavoro senza presentarsi vestita decentemente. Ormai si stava facendo un nome nel campo dell'arredamento e, anche se non avesse voluto, avrebbe sempre dovuto presenziare a vari cocktail e colazioni di lavoro offerti da arredatori e personalità in visita venute da New York, Chicago e dalla West Coast.

Inoltre Elizabeth sentiva il dovere di aumentare il salario della fedelissima Mary Jackson e insisteva, nonostante le resistenze dei figli maggiori, nel portare la sua prole a vedere le poche commedie e i concerti che Washington offriva.

Durante questo periodo cominciò anche a uscire con Laurel e i suoi amici, Harry Thornton e Barney Nash, rispettivamente critico teatrale e redattore mondano del *Courier*. Il «terribile trio», come amava definirsi, frequentava i night e i ristoranti della città, oltre all'unico teatro di Washington.

Queste escursioni erano in realtà servizi che Harry o Barney dovevano fare per il giornale, ma vi partecipavano tutti e quattro, riuscendo a godersi qualche bella serata gratis. Divennero così, secondo le parole di Harry, uno «stravagante quartetto» che cenava e danzava in luoghi come la *Troika Russa*, il *Madrillon* dal falso ambiente spagnolo e la romantica terrazza dello *Shoreham Hotel*.

Tra i quattro tuttavia non c'erano legami sentimentali. Erano semplicemente quattro buoni amici. O, per essere più esatti, quattro giornalisti che raccoglievano materiale per i loro articoli sul teatro o sui ritrovi notturni.

Elizabeth però non sempre si univa a loro. Anche se Mary era disposta a fare da baby-sitter, Elizabeth sentiva ancora il bisogno di restare il più a lungo possibile con i suoi bambini. Inoltre per lei era anche eccessivamente costoso dover pagare ogni volta le ore in più a Mary, perciò era riluttante a uscire troppo spesso. Quando si decideva a farlo, tuttavia, si divertiva moltissimo. Andava a vedere tutte le nuove commedie che facevano le loro serate di prova a Washington, mangiava in ristoranti in cui Alan non l'aveva mai portata e soprattutto si sentiva più rilassata e spensierata di quanto non fosse da tanto tempo.

«Vedi?» le disse una sera Laurel, mentre rientravano tardi ridacchiando come scolarette sulle buffonate della serata, «te l'avevo detto che ti avrebbe fatto un mondo di bene uscire ogni tanto. Alla tua età e con il tuo aspetto era ora che la smettessi di fare la madre nobile.»

Elizabeth non poté negarlo. Le serate erano molto piacevoli, specie perché Harry e Barney si divertivano a comportarsi in modo eccentrico Quella sera, per esempio, avevano cenato al ristorante ungherese in Dupont Circle dove c'era un servizio terribile. Dopo aver aspettato circa venti minuti prima che si presentasse qualcuno a prendere le ordinazioni delle bevande, Barney era andato nell'atrio e aveva chiamato il ristorante dal telefono a gettoni. Quando avevano risposto, aveva detto: «I miei amici e io siamo seduti a un tavolo per quattro vicino alla pedana dell'orchestra e le saremmo molto grati se volesse mandarci un cameriere». Al direttore del locale era venuto quasi un colpo, specie quando si era accorto di aver suscitato lo scontento della stampa.

Il cameratismo del quartetto era una delizia per Elizabeth. Era così semplice, così riposante. Non la turbava nemmeno l'idea di uscire con altri uomini, pur non essendo legalmente libera. Non si sentiva più sposata. Non che in quel gruppo questo avesse qualche importanza. Harry e Barney avevano le loro avventure romantiche con donne che non erano né Laurel né Elizabeth. Le «ragazze», come le chiamavano, avevano più probabilità di dover accompagnare un Barney ubriaco fin sulla porta di casa, che di preoccuparsi per qualche sua avance amorosa. Lo stesso valeva per Harry. A volte, nel bel mezzo di un dramma, il critico teatrale spariva semplicemente senza dare spiegazioni, lasciando i tre amici a finire da soli la serata. Bevevano tutti parecchio. Elizabeth leggermente meno degli altri; comunque faceva anche lei la sua parte e si univa senza esitare agli scherzi e alle sciocchezze che facevano gli altri del gruppo.

A volte, quando era sola, pensava ad Alan e si chiedeva come fosse in quel momento la sua vita. Doveva essere molto strana. Anche più strana della sua. Lei almeno aveva degli amici, una certa sicurezza. Soprattutto, aveva i bambini. Alan, temeva, non aveva nient'altro che un mondo fatto di finzioni.

Era strano. Una sera Alan occupò così intensamente i suoi pensieri, che quasi le parve di averlo lì nella stanza con lei. Il mattino dopo trovò sul tavolo dell'ufficio una lettera con il nome di Alan e l'indirizzo per rispondergli a una cassetta postale di Memphis Tennessee. Fu come ricevere un colpo fisico. Le ginocchia cominciarono a tremarle e le mani erano così agitate, che dovette aspettare qualche minuto prima di riuscire ad aprire la busta. Finalmente tirò fuori un foglio che pareva fremere di sua spontanea volontà. Lo distese sul tavolo. Era la familiare calligrafia di Alan, ma come d'un Alan più vecchio. Le parole, benché le lettere fossero leggermente staccate, erano leggibili e il tono, benché stravagante, era coerente, in un suo strano modo. Era una lettera piuttosto lunga.

Elizabeth,

ti scrivo al giornale dato che immagino esista una sola Elizabeth Quigly e non so dove abiti. Spero che tu riceva questa lettera, dato che si tratta per me di una questione di estrema importanza.

Dal giorno in cui hai egoisticamente abbandonato la tua casa e i tuoi doveri di moglie non ho mai sentito il minimo desiderio di ritrovarti. Avrei potuto farlo, se avessi voluto. Ma non avevo e non avrò mai nessuna voglia di rivederti. Ho il diritto, ma non il desiderio di metterti di fronte alle tue terribili e sventate azioni. So che Dio ti punirà. Non è affar mio. Tu mi hai privato della mia legittima paternità, così come mi hai distrutto con il tuo inflessibile carattere imperioso ed esigente. Ne soffrirai, come ne ho sofferto io.

Sono stato molto malato e molto abbattuto. Coloro che hanno cospirato con te per togliermi ogni mezzo di sussistenza hanno fatto sì che non trovassi nessun lavoro adatto alle mie capacità. So benissimo che di tutto questo non t'importa assolutamente nulla. A te importava solo d'intrappolarmi, fin dal giorno in cui ti ho conosciuta. Ci sono voluti sedici lunghi e terribili anni perché io riuscissi in parte a liberarmi da questa trappola. Ora voglio essere completamente libero, dalla trappola e da te.

La Provvidenza mi ha chissà come guidato in questa tranquilla città dove ho avuto la benedizione di incontrare un donna che tiene più a me che al denaro o al potere o a se stessa. Mi ha dato un riparo, mi ha curato durante la malattia e ora desidero ripagarla dandole il mio nome e la mia devozione.

Dato che da due anni risiedo qui, ho la possibilità di chiedere il divorzio per il tuo abbandono del tetto coniugale. E desidero farlo immediatamente. Il mio avvocato ti manda a parte i documenti da firmare. Ti notificherò quando il divorzio sarà effettivo.

Alan

Incredula, Elizabeth lesse e rilesse la lettera altre due volte. Aveva uno strano tono di follia, intrisa com'era di religiosità e di false accuse, come se l'autore credesse davvero di essere la parte innocente offesa. In quelle ambigue parole c'era una sola qualità riconoscibile: la concentrazione di Alan su se stesso. Non aveva nemmeno chiesto notizie sulla salute dei bambini, se stavano bene. L'unico accenno che faceva ai figli, per vago che fosse, era per accusarla di averlo privato del suo legittimo ruolo di padre. Ma grazie a Dio non c'era nessuna richiesta di vederli o, idea impensabile, di averli per un po' di tempo con lui e la sua futura moglie. Povera Ann, pensò a un tratto Elizabeth. Sarebbe stata distrutta, se avesse saputo che il suo ancora tanto adorato padre non l'aveva nemmeno nominata nella prima lettera che scriveva dopo cinque anni.

Con la stessa posta le era arrivata anche una voluminosa busta. Conteneva la lettera formale di un avvocato di Memphis che affermava di avere avuto l'incarico dal signor Whitman di iniziare le pratiche di divorzio, citando il suo abbandono coniugale come motivo per la causa. Acclusi c'erano i documenti che Elizabeth doveva firmare.

Per qualche minuto Elizabeth esitò, lasciandosi sommergere da un'ondata di confuse emozioni. Desiderava il divorzio e certo quel sistema così facile per ottenerlo era un colpo di fortuna. Probabilmente non le sarebbe costato nulla, né in denaro né in tempo. L'unica cosa sgradevole era accettare di figurare come la parte colpevole. Eppure, in teoria, era vero anche questo. Per quanto costretta, era stata lei a lasciare Alan. I motivi dell'abbandono, in questo caso, non erano rilevanti. Non ci sarebbe quindi stata menzogna e, del resto, chi avrebbe mai saputo chi dei due aveva intentato causa? Non c'era assolutamente motivo per non firmare subito quei documenti. Eppure ancora non riusciva a indursi a scrivere Elizabeth Quigly Whitman sulla riga segnata con una crocetta dall'avvocato. C'era qualcosa di triste, di definitivo, in tutto ciò. Anche se ormai da un pezzo non esisteva più nemmeno la parvenza di matrimonio, pure quell'uomo era stato suo marito, il suo primo e unico amante. C'era qualcosa di indecente nel fatto che tutto potesse venire tranquillamente spazzato via con tre rapide firme su delle righe tratteggiate.

Alla fine, naturalmente, firmò. Pensò di scrivere ad Alan, almeno per dirgli qualcosa dei bambini e fargli gli auguri per il suo nuovo matrimonio. Ma poi abbandonò l'idea. Ogni ulteriore contatto con Alan non poteva portarle che male. Sapeva che non si trattava di un uomo ragionevole. Con risolutezza, chiuse e mise i francobolli sulla busta destinata al legale. Finché non avesse ricevuto la sentenza definitiva, pensò, non ne avrebbe parlato con nessuno. Però era curiosa. Che cosa faceva Alan a Memphis? E chi era quella donna, che Alan descriveva in tono quasi riverente? Elizabeth ammise che le sarebbe piaciuto avere la risposta a queste due domande.

Lentamente, si diresse verso l'ufficio di Grace Edwards. «Posso chiederti una cosa?» le disse.

Grace alzò gli occhi dalla macchina per scrivere. «Sputa.»

Elizabeth non sapeva come cominciare. Alla fine, contravvenendo alle sue intenzioni di poco prima, raccontò a Grace della lettera di Alan e dei documenti da firmare. «Mi chiedevo se dovrei farmi rappresentare da un legale, anche se non mi oppongo al divorzio. Ti seccherebbe molto chiederlo a Harvey stasera, prima che io imbuchi la lettera? Forse lui potrebbe anche consigliarmi un avvocato, nel caso.»

«Nessun disturbo. Penso che forse dovresti effettivamente consultare qualcuno qui, anche se non c'è bisogno che nessuno ti rappresenti a Memphis. Probabilmente basterà che Harvey scriva una lettera. Sono certa che lo farà volontieri lui stesso. Ti faccio sapere domani.»

«Ti ringrazio molto, Grace. Tra l'altro, preferirei che nessuno ne parlasse finché non è tutto firmato, sigillato e spedito. Qui in ufficio, intendo dire.»

«Non ti do torto. Ma ne sei contenta, vero?»

«Sì», fece Elizabeth. «Sono contenta. Ma è buffo, allo stesso tempo mi sento un po' triste. Immagino che ci sia sempre una specie di lacerazione in un divorzio, per quanto uno lo desideri. Ti dà come un senso di vuoto. È ridicolo, ma è così. C'è un'altra cosa che trovo anche più sorprendente: darei chissà che cosa per sapere se Alan sta bene.»

«Non è strano, è solo umano», disse Grace. «Scommetto che vorresti anche sapere chi sta per sposare, vero?»

Elizabeth arrossì. «Mi vergogno a dirlo, ma è così. Non è assurdo?»

«No», rispose Grace. «Solo molto femminile.»

Il giorno dopo, Grace le riferì che Harvey avrebbe chiamato Elizabeth per farsi dare qualche particolare e che avrebbe poi scritto una lettera all'avvocato di Memphis. «Tutto qui. Non devi nemmeno farti rappresentare personalmente. Mi sono presa anche la libertà di chiedere al mio caro marito di fare qualcos'altro. Sta cercando di trovare le risposte a quelle due domande che ti tormentano.»

«Non avresti dovuto disturbarlo, Grace. Posso vivere anche senza saperlo.»

«Forse tu sì, ma io no. Non ti preoccupare, il vecchio Harvey farà dei controlli mediante gli uffici della ditta a Memphis o a Nashville, o dove diavolo hanno una filiale. E ci darà l'informazione.»

Nel giro di una settimana Harvey Edwards era riuscito a compilare un dossier di modeste proporzioni, ma sorprendente nel contenuto. Alan Whitman lavorava come barista in un «club privato» di Memphis, noto come un ben avviato bordello. La sua «promessa», una rossa sui sessanta, era la padrona del locale e lo dirigeva. Per dirla in poche parole, era la più famosa tenutaria di Memphis. Era pure una ardente evangelista a tempo perso

8

QUANDO Elizabeth ricevette i documenti del divorzio, qualche settimana dopo, trovò anche una spessa busta, indirizzata a lei con una calligrafia tutta a svolazzi. Era una lettera della nuova moglie di Alan.

Gentile signora Whitman,

è buffo scrivere a una persona che porta il nostro stesso nome, quando io stessa non mi sono ancora abituata a sentirmi chiamare in questo modo. Alan impazzirebbe di rabbia se sapesse che le scrivo. Immagino sappia anche lei che a volte Alan perde rapidamente la pazienza, ma ho deciso di farlo lo stesso, perché secondo il mio punto di vista io e lei abbiamo comunque qualcosa in comune. O forse dovrei dire «qualcuno».

In questi ultimi mesi, da che Alan e io ci siamo conosciuti e ho capito che volevamo sposarci, mi sono spesso chiesta come mi sarei sentita nei suoi panni. Con tre bambini e tutto dovete esservi amati un tempo (ah, ah) e pensavo che fosse giusto farle sapere come sta Alan. Perlomeno, io al suo posto vorrei di certo saperlo, anche se non lo amassi più.

Non vale la pena di stare a farsi troppi scrupoli, tanto prima o poi probabilmente lei verrebbe a sapere tutto quanto. Ho conosciuto Alan circa un anno fa, quando è venuto al mio club in cerca di qualcosa da bere e di una donna. Io dirigo il *Sue-Ann Place*, a Memphis, che è appunto un luogo che offre divertimenti ai gentiluomini. Forse la cosa le farà una certa impressione, come a molte persone da queste parti, ma le dirò che sono convinta che Dio non vuole che gli uomini stiano senza compagnia femminile. Se non ce l'hanno a casa, allora è bene che se la trovino in qualche posticino decente e pulito, piuttosto che andare in giro a raccattare una passeggiatrice che magari gli dà pure qualche malattia. Si stupirebbe di sapere quanta gente è d'accordo con me. Persino i politici.

So che lei viene da una famiglia molto su e che suo padre era un professore, ma forse anche lei potrà capire perché mai una persona come Alan sia finita con una del mio stampo. Vede, lui ha la sensazione di essere superiore a me. E lo è. Non che lui l'abbia mai detto, ma io so che lo pensa e questo è okay. È giusto che un uomo si senta superiore, specie uno come Alan che ha così poca fiducia in se stesso. L'ho capito subito, nello stesso momento in cui l'ho conosciuto alla Casa.

Appena l'ho visto entrare, ho capito che era un tipo di classe. Ma le assicuro che non tutti se ne sarebbero accorti, guardandolo. Aveva l'aria di un vagabondo. Aveva bisogno urgente di una sbarbata, portava abiti tutti stazzonati e si capiva subito che stava male per il troppo bere. Ma, da come parlava e si muoveva, ho capito subito che un tempo doveva essere stato qualcuno. Quando si fa il mio mestiere si impara presto a distinguere un gentiluomo da un villano rifatto, qualunque sia il suo aspetto esteriore. Così attaccai discorso con lui e capii che avevo ragione. Credo che fosse l'uomo più solo che avessi mai conosciuto.

Il resto è successo semplicemente. Sono vedova da parecchi anni (sono più anziana di Alan, tra l'altro) e certo non avevo mai pensato di risposarmi. Ma lui ha voluto così e per me va bene, anche se sarei rimasta con lui in ogni modo. Chi avrebbe mai detto che la piccola Sue-Ann Temple di Memphis, o meglio della parte sbagliata di Memphis, avrebbe mai incontrato un uomo che aveva conosciuto il presidente degli Stati Uniti? Non m'illudo che sia innamorato di me. Almeno non come lo era di lei, penso. Ma credo di essere più adatta ad Alan di quanto non lo fosse lei, senza offesa. Credo che a modo suo mi voglia anche bene. O forse mi è solo grato. È stato molto malato per lungo tempo. Qualcosa al fegato, ha detto il dottore. Adesso però sta benino e gli piace il suo lavoro di barista. Naturalmente non dovrebbe bere affatto e invece so che beve. Penso che ormai questo male sia incurabile. Però è come se bevesse in casa, perciò posso tenerlo d'occhio senza dargli la sensazione di essere sorvegliato, cosa che lui detesta.

C'è ancora una cosa. Alan mi ha mostrato la lettera che le ha scritto e io ho pensato che se fossi stata io a riceverla mi sarei chiesta perché non mi domandava niente dei bambini, specie di Ann che, come lei certo saprà, è la sua prediletta. La verità è che Alan vorrebbe sapere dei bambini, ma è troppo orgoglioso per chiederlo. Non mi aspetto certo che lei lasci venire qui Ann a trovarlo, ma vorrei chiederle di mandare delle foto di tutti e tre. Alan sarebbe furioso se sapesse che le ho chiesto una cosa simile. Ma so che gli piacerebbe molto averle.

Ho appena riletto quello che le ho scritto, signora Whitman, e non ritiro niente, solo penso che non serva tentare d'ingannarla come ho fatto a proposito della salute di Alan. Alan è ancora molto malato, il medico pensa che non ne abbia più per molto, specie dato che non vuole smettere di bere. Forse è anche per questo che ci siamo sposati, per l'idea che possa morire presto, voglio dire. Vede, io sono una che va matta per la religione, per strano che possa sembrare con il lavoro che faccio. Ma ho parlato molto con Alan della mercé divina e della necessità di pentirsi di tutto il male fatto. Penso che volesse mettersi a posto la coscienza con il buon Dio, prima di morire. Lui non capisce che secondo il mio punto di vista agli occhi del Signore non sono una peccatrice. Detto tra noi, penso che nemmeno lei lo sia, ma Alan non è ancora arrivato al punto da poterla perdonare. Non esprimo giudizi, naturalmente, dato che ho sentito solo la campana di Alan, ma conosco gli uomini. Alcuni sono davvero difficili da capire, specie per una signora come lei.

Mi scusi per la lunga lettera. Si direbbe che a tempo perso sono una predicatrice, non le pare? Ah, ah! Spero che lei riceva questa mia nello spirito in cui gliel'ho scritta e soprattutto che manderà le foto ad Alan.

Sue-Ann Temple Whitman

P.S. Buffo che Ann sia in parte anche il mio nome, vero?

Elizabeth provò un senso di compassione e insieme di sollievo, posando sul tavolo le varie pagine della lettera. Compassione alla notizia che Alan stava per morire e sollievo al pensiero che era nelle mani di una donna così sicura di sé e comprensiva. Che strano che l'eterna caccia di Alan alle prostitute l'avesse infine condotto tra le braccia di una donna che era uno strano miscuglio di religiosità, realismo e straordinaria sensibilità. Elizabeth non provò né emozione né gelosia. Certo non era dolore, come quello che aveva provato quando aveva saputo che suo padre stava per morire. Alan l'aveva troppo ferita perché restasse in lei qualche traccia d'amore o di senso di possesso. L'idea della morte di Alan le dava lo stesso rincrescimento della morte di qualsiasi altro essere umano, ma non poteva fingere vera tristezza. Era una morte che aveva cominciato a venire da così tanto tempo, lentamente, inesorabilmente.

Si alzò dalla scrivania e andò al laboratorio fotografico. Chuck Simmons stava lavorando.

«Ehi, Chuck», gli disse, «ti andrebbe di guadagnare qualche sacco extra?»

«Stu Preston ha forse bisogno di un premio Pulitzer? D'accordo, dimmi come.»

«Venendo a casa mia domani sera per fare qualche foto ai miei bambini. Vorrei una foto di gruppo e una posa per ciascuno dei tre.»

«Perché no? Quante copie te ne servono?»

«Solo due», rispose lentamente Elizabeth. Ne avrebbe tenuta una copia per sé. Strano. Non ci aveva mai pensato.

Il mattino del 7 dicembre, quando i giapponesi cambiarono la vita di tutti gli americani, uomini, donne e bambini, Elizabeth rimase quasi vergognosamente estranea alla cosa. Non aveva padre, marito, fratello o figlio che potesse essere minacciato fisicamente da quello che Roosevelt definì «un giorno che resterà nella storia dell'infamia». Elizabeth ringraziò Dio che suo figlio avesse solo tredici anni, anche se la sua corporatura, alta e muscolosa, lo faceva sembrare più vecchio almeno di tre anni. Ascoltò con remota tristezza Barney Nash fare osservazioni vacue e leggere sull'inevitabilità di essere arruolato. Harry Thornton probabilmente non sarebbe stato richiamato. Il critico teatrale era stato riformato per la vista. Lui ci scherzò sopra debolmente, in tono quasi di scusa. «Non è che sia nato mezzo cieco», disse. «Mi ha rovinato un'attrice cui non andavano le critiche pungenti che scrivevo su di lei. Accidenti ai dilettanti! Se mai dovesse tornare a recitare qui, la coprirò di lodi!» Harry non la dava a bere a nessuno, con le sue scemenze. I suoi coetanei al giornale cominciarono a sparire metodicamente e, pur non avendo nessuna voglia di andare in guerra, Harry si vergognava di essere lasciato da parte.

Nel giro di due mesi, dopo la partenza di parecchi uomini, Grace passò al tavolo della cronaca del *Courier* e Laurel venne promossa caporedattrice di *Wife and Mother*. Contenta per lei, Elizabeth diede una festicciola alla quale invitò tutti i suoi pensionanti, più gli altri due componenti del quartetto. Dopo il divorzio Elizabeth si sentiva ormai davvero libera di unirsi alle loro escursioni notturne per Washington. La mente completamente sgombra, poteva godersi di tutto cuore i loro scherzi e la loro palese e reciproca ammirazione. Era divertente stare in compagnia di gente così brillante, divertente e mai a corto di risate. Purtroppo presto la guerra avrebbe cambiato tutto. Washington sarebbe diventata una città superaffollata, ai limiti delle sue capacità. Nightclub, alberghi e ristoranti traboccavano di gente. Eppure non ci sarebbe stata mai più quella sensazione di familiarità, come se i gaudenti della città appartenessero tutti a una piccola esclusiva confraternita. Ora nei ritrovi preferiti si vedevano più facce nuove che note e questo toglieva gran parte del divertimento, ammesso che, pensava Elizabeth, la gente avesse ancora voglia di divertirsi.

Frank Bayard, uno dei suoi pensionanti, scelse proprio il bel mezzo del ricevimento per fare il suo grande annuncio. «Coinquilini e amici», disse alzandosi in piedi, «un attimo d'attenzione, prego! Vorrei proporre un brindisi. A Elizabeth Quigly, la Elsa Maxwell della società degli ospiti paganti!» Scrosciarono gli applausi. «E», continuò Frank, «alla speranza sincera che possa trovare un posticino per me, quando tornerò dalla guerra.»

Seguì uno stupefatto silenzio. Infine, parlò Laurel.

«Sei stato arruolato?» chiese piano.

Frank scosse il capo. «No, io no, mia cara compagna di tetto. Stai parlando con Frank Bayard, corrispondente di guerra. I capi hanno deciso che a coprire Washington può starci un qualsiasi giornalistucolo da quattro soldi. Quello che serve all'*Inquirer* è il Suo Uomo in Azione. Non è fantastico? Oggi sono uscito e mi sono comperato un trench autentico. Magari dal fronte scriverò articoli pessimi, ma avrò l'aria autentica!»

Elizabeth lo guardò affettuosamente. «Ma è magnifico, Frank. È una grande occasione e siamo tutti molto orgogliosi e felici per te.»

Frank sorrise con aria cinica. «Be', il fatto è che le bombe non sanno che non devono cadere sulla testa dei giornalisti», disse, «però la media di sopravvivenza è sempre più alta di quella degli uomini di fanteria. E poi, sai che personaggio irresistibile? Quale femmina resisterebbe al fascino di uno spavaldo corrispondente con il suo linguaggio da duro?»

«Nessuna», rispose Barney.

Bayard fece una risata di scherno.

«Ti pentirai di questa battuta, Nash, quando la mia potente jeep del servizio stampa schizzerà di fango il tuo stanco plotone di fantaccini in marcia. Meglio essere gentile con me, amico, se vuoi che scriva un articolo strappalacrime sulle eroiche gesta di un ex redattore mondano sotto il fuoco nemico.»

Si davano tutti da fare per mostrarsi allegri, ma sul gruppetto era calata un'atmosfera infelice. Succedeva così tutti i giorni, ormai. A poco a poco l'ufficio si svuotava di tutti gli uomini, eccetto i più anziani o i padri di famiglia con molte persone a carico. E quello non era che l'inizio.

«Quando parti?» chiese Elizabeth.

«Tra un paio di settimane. Spiacente di non averti potuto dare un preavviso più lungo, mia cara padrona di casa, ma il dovere mi chiama!»

«Non è questo che mi preoccupa», osservò Elizabeth. «È solo che ci mancherai molto. Ti rendi conto di quello che ci stai facendo, Frank? Questa casa diventerà un convento!»

«Già, sarà bene che dica due paroline a Quigly, in proposito. Alla sua età, dovrebbe essere in grado di dominare questo pollaio, durante la mia assenza!»

Alla fine del party Laurel indugiò ancora un poco. «So che non devi preoccuparti per affittare la stanza di Frank», disse. «C'è una tale scarsezza di alloggi, da essere ormai a un punto critico. Però sarebbe bello avere qui qualcuno di carino, non ti pare? Un altro uomo, comunque.»

Elizabeth la guardò con aria sospettosa. «Per caso non avrai già in mente un altro candidato, vero?»

«Buffo che tu me lo chieda», fece lei con tono innocente. «Guarda caso, proprio ieri un amico mi ha parlato di un colonnello dell'aviazione che deve essere trasferito qui dalla California. Non è dell'esercito regolare. Faceva l'agente immobiliare sulla costa prima di fare domanda di un incarico. Ho sentito dire che è assolutamente divino. Sui quaranta. Un tipo tutto d'un pezzo, con quelle belle rughette interessanti intorno agli occhi. Sposato, naturalmente. Ma lei rimane nella loro bella casa di Beverly Hills. Vuole tenere d'occhio la servitù e non rinunciare al golf tutte le mattine. Tra l'altro è lei che ha i soldi. Ah, sì: si chiama Adam Barnsworth. Domani dovrei fare colazione con lui, proprio allo scopo di consigliargli un posto in cui abitare. Non pensi che sia il caso di guardare se vale la pena? Se mi pare okay, potrei consigliargli la vecchia stanza di Frank.»

«Fa' pure», rispose Elizabeth, «ma non mi pare molto probabile. Da come l'hai descritto, sarà di certo il tipo che vuole un bell'appartamentino. A quanto pare il suo problema non sono i soldi, anche se li ha la moglie. Perché dovrebbe venire a vivere in una pensione?»

Laurel si strinse nelle spalle. «Forse non vorrà. Ma il mio amico sostiene che non vuole avere la seccatura di dover badare a un appartamento. Appena possibile si farà trasferire in California. E naturalmente non ha idea di quanto tempo resterà assegnato qui. Forse non gli dispiacerebbe l'idea di avere una stanza graziosa e nessun problema. Benché in città la gente stia affittando di tutto, dalle camere della servitù agli stanzini delle scope, non ci sono tanti posti come questo, sai... Hai fatto miracoli nel sistemare la casa, Elizabeth. Giuro davanti a Dio che non so proprio come tu abbia fatto.»

Elizabeth era compiaciuta. Aveva lavorato sodo, a ridipingere e lucidare mobili, a riempire la casa di piante e quadri cercando di farne una graziosa casetta, piuttosto che un'anonima e orrenda pensione. La sua opera non si era limitata alle stanze sue e dei bambini. Con il permesso degli inquilini aveva cercato di rendere ogni stanza adatta alla persona che la occupava. Quella di Frank, per esempio, era marcatamente mascolina, tutta in marrone e nero, le poltrone ricoperte di tweed e il divano-letto di stoffa a righe nere, marrone e bianche. Era diventata una bella stanza, con un'aria assai più elegante degli studioli affittati almeno per quattro volte tanto.

«Be', penso che non ci sia niente da perdere a parlarne al tuo colonnello Barnsworth», ammise infine. «Certo non potrà averla finché Frank non parte. Non vorrei che Frank pensasse d'essere buttato fuori, nemmeno per un milione di dollari. Come diciamo noi nel New England, 'non saltiamo subito sulla sua tomba'.» S'interruppe. Decisamente non era una citazione felice.

«Okay, parlerò al colonnello domani», disse Laurel. «Se funziona, risparmierà a tutti un mucchio di fastidi. A te come a lui. Certo, potrebbe anche rivelarsi un tipo orrendo. In questo caso gli consiglierò di rimettere la sua bella borsa di tela all'*Wardman Park*, dove appunto sta ora.»

«Grazie. Non so perché tu sia così buona con me.»

Una volta sulla soglia, Laurel si girò e le diede una strizzatina d'occhio. «Probabilmente perché me lo chiedi tu», rispose.

Quando Laurel gli descrisse la stanza, durante il pranzo, Adam Barnsworth si dimostrò entuasiasta alla sola idea.

«Mi sembra perfetta», disse. «I miei progetti sono così incerti che posso solo affittare qualcosa di mese in mese, il che esclude un buon appartamento, anche se lo volessi. Preferirei questa sistemazione per molte ragioni. Non sono uno di quei tipi che sanno cucinare, se non si considerano le bistecche carbonizzate su un barbecue all'aperto, perciò non mi serve la cucina. C'è una sola cosa: questa stanza ha un bagno personale?»

«Per fortuna sì. Ce ne sono due per ogni piano. Lei ne ha uno e l'altro è diviso fra due donne che stanno anche loro in piccionaia.»

«Magnifico. Quando potrei vederla?»

«Chiederò a Elizabeth. Probabilmente domani durante la giornata, mentre Frank è al lavoro. La chiamerò io in albergo per farle sapere.»

«Apprezzo molto la sua cortesia», disse Adam. «È stata una fortuna che Sam Griffin mi abbia messo in contatto con lei. Mi ha salvato da un sacco di problemi seccanti. Lei è sempre così ben organizzata?»

«È uno dei miei peggiori difetti», rispose Laurel. «Per tutta la vita ho desiderato essere una di quelle inermi, svampite, bellissime bambolone che vengono guidate nella giusta direzione da qualche uomo forte, grande, protettivo. Sono quelle le donne che piacciono davvero agli uomini. Anzi, quelle che gli uomini sposano. Non le creature forti, presumibilmente competenti, autosufficienti come me.»

«Lei si sbaglia. Parlo solo per me, è vero, ma se c'è qualcosa che non posso sopportare sono le oche giulive. Lei può credere d'invidiarle, ma per me sono una noia mortale. Preferisco una donna indipendente e intelligente. Deve essere anche carina, d'accordo, e abbastanza femminile da non avvilire il mio orgoglio di maschio. La mia donna ideale è anche un tipo sereno. Calda e comprensiva. E, naturalmente, sexy. Non c'è bisogno di dirlo.»

La conversazione aveva preso improvvisamente una piega molto personale, per essere tra due persone estranee. Laurel ne approfittò per fargli una domanda sfacciata: «E sua moglie soddisfa tutti questi requisiti?»

Adam parve stupito. Poi sorrise. «Penso che si possa dire che li soddisfi quasi tutti. Probabilmente sono io, che manco di un sacco di qualità per le quali Monica opterebbe, se potesse. Ma sto senz'altro descrivendo un esemplare che non esiste. Una gemma simile dovrebbe avere almeno un piccolo difetto.»

Laurel non rispose. Ho una sorpresa per te, colonnello, pensò. Aspetta di conoscere Elizabeth.

Adam Barnsworth non era particolarmente bello, ma abbastanza perché le donne gli dessero una seconda occhiata d'apprezzamento, attratte dal suo viso energico eternamente abbronzato, dai profondi occhi grigi e dai folti capelli scuri, spruzzati prematuramente di grigio sulle tempie. Un uomo ben fatto, evidentemente poco a suo agio nella rigida uniforme dell'aviazione, abituato a vestirsi nel modo casual tipico della California del Sud. Il taglio aderente di questi nuovi abiti non gli si adattava, non più di quanto gli si adattasse la parte del guerriero. Come molti altri ufficiali, era un civile in uniforme e le aquile che portava sulle spalle erano solo una identificazione del suo indesiderato e temporaneo stato sociale.

Non che Adam non volesse servire il suo paese. Anzi, era stato tra i primi volontari. L'indolente, pacifista Adam aveva una forte vena di patriottismo, ancora più forte del cinico atteggiamento di sua moglie che pensava che quella storia di arruolarsi in aviazione fosse solo uno stupido infantilismo, perlomeno così gli aveva detto quando Adam le aveva comunicato la sua intenzione.

«Dietro ogni uomo si nasconde un ragazzino che si diverte a giocare alla guerra», aveva detto Monica, «ma non avrei mai pensato che tu marciassi a quel ritmo. Per l'amor di Dio, Adam, che ne sai tu dell'aviazione? Sei un agente immobiliare. Che cosa pensi di poter fare per la guerra, sistemare Berlino?»

«Farò quello che mi chiederanno di fare», aveva risposto Adam. «Ho quasi quarant'anni, troppi per fare il pilota, ma potrei essere utile per fare un lavoro di ufficio.»

«Tu sei matto. Probabilmente non arriveranno mai a richiamare gli uomini della tua età, ma tu devi andare a offrirti volontario.»

Le sue parole lo avevano irritato. «Che cosa vorresti che facessi, il sorvegliante a Beverly Hills? Sarebbe molto comodo, certo. In caso d'incendio potrei pompare l'acqua direttamente dalla nostra piscina.»

Lei si era stretta nelle spalle. «Fa' un po' come vuoi, Adam. Del resto l'hai sempre fatto.»

Non sempre, aveva pensato lui. Non ho mai veramente voluto sposarti. Ripensò ai suoi diciassette anni di vita con Monica Collier Barnsworth. Avevano cominciato a uscire insieme quando Adam era ancora all'UCLA e Monica era tornata alla casa di famiglia a Bel Air, dopo due anni senza storia allo Smith. Parevano una coppia ben assortita, tutt'e due originari della California, con la tipica passione sfrenata per l'atletica, le automobili e la vita all'aria aperta. Erano due bei ragazzi. Monica aveva la figura snella e agile d'una giovane ragazza californiana ben allevata, ben nutrita, e ben allenata. L'unica possibile disparità fra di loro era la differenza sociale. I Collier erano molto ricchi mentre i Barnsworth erano solo una famiglia agiata dell'alta borghesia. Tuttavia non parve un problema troppo grosso a nessuna delle due famiglie. E non parve affatto un problema alla giovane coppia che scivolò quasi naturalmente in una relazione sentimentale che li portò al matrimonio quando lui aveva ventitré anni e lei ventuno.

Avevano avuto rapporti sessuali prematrimoniali che si erano rivelati soddisfacenti per ambedue. Adam era tuttavia in proposito molto più ingenuo e romantico della sua compagna. Dopo essere andato a letto con Monica, non gli era mai neppure venuto in mente di non sposarla. Non era certo la sua prima avventura, ma le altre erano state brevi e tutte con ragazze che Adam non «rispettava». Un fidanzamento ufficiale, culminato nel matrimonio, gli era sembrato indispensabile. Non era poi un'idea tanto sgradevole, anche se allora Adam non era proprio sicuro che Monica corrispondesse all'ideale di donna che avrebbe descritto a Laurel tanti anni dopo.

Da parte sua, Monica era abbastanza innamorata di Adam da incoraggiare quel suo atteggiamento un po' antiquato. Aveva avuto anche lei altre avventure, se così si potevano chiamare. S'era trattato più che altro di rapide unioni con dei ragazzi all'Est, compagni d'università di cui a stento ricordava il viso e il corpo. Ma nessuno l'aveva mai toccata con le mani gentili e rispettose di Adam. Monica non era per natura una persona capace di dare molto; ma ad Adam offrì tutta la sua devozione.

Durante la loro vita matrimoniale non avevano mai avuto veri e propri litigi. Adam rimpiangeva di non avere figli, ma Monica non ne voleva, come del resto si era sentita in dovere di rivelare al futuro marito prima di sposarsi. Però non gli aveva rivelato anche di non essere più vergine. Il fatto di crederla tale aveva contribuito a superare gli eventuali dubbi che la confessione di non volere figli poteva aver suscitato in lui. Monica non aveva mai avuto modo di restare incinta, pensava lui, perciò avrebbe anche potuto cambiare idea come molte altre donne nelle sue condizioni. Inoltre era convinto di essere stato lui a privarla della verginità. Questo fu l'argomento più forte alla base del loro matrimonio.

Naturalmente non avevano avuto figli e in un certo senso Adam ne era contento. Se avessero avuto un figlio, ora avrebbe avuto circa diciotto anni, l'età della leva, e guardando i cadetti dell'aeronautica si rallegrava che nessuno di loro fosse suo figlio. Non era codardo per quanto riguardava se stesso, ma dubitava che sarebbe mai riuscito a sopportare l'idea che la vita d'un giovane Adam Barnsworth venisse conclusa da un pazzo giapponese o tedesco non più vecchio di lui.

Era partito volentieri per il suo addestramento militare, fiero della sua missione, contento di poter contribuire in qualche modo a una rapida conclusione di quella terribile guerra. Monica non aveva mostrato alcun desiderio di seguirlo, anche quando era stato destinato a Washington.

«Odio l'Est», aveva detto, «e poi che ci farei in una città estranea e superaffollata, mentre tu te ne starai chiuso al Pentagono? Preferirei rimanere qui, se non ti spiace. Farò la mia particina alla banca del sangue e alla Stage Door Canteen. Inoltre, da quando hanno rinchiuso Saiko, se ce ne andassimo tutt'e due mi sai dire chi baderebbe alla villa?»

Adam non aveva nemmeno tentato di dissuaderla. Monica aveva perfettamente ragione, si era detto. Washington in tempo di guerra doveva essere scomoda e stipata di gente. Forse non sarebbero nemmeno riusciti a trovare un posto in cui abitare. Monica sarebbe certo stata meglio nella grande, sconfinata tenuta di Beverly Hills, dono di nozze dei suoi genitori. Non si aspettava certo che Monica diventasse davvero un'esperta giardiniera, si sarebbe ben presto stancata di sostituire il giardiniere giapponese ora internato e senza dubbio l'avrebbe sostituito quanto prima. Ma Adam sapeva che Monica senza il golf, il tennis, le nuotate, la sua graziosa decappottabile e gli eterni bagni di sole sarebbe stata infelice e avrebbe reso infelice lui. Quello che non aveva ammesso, nemmeno con se stesso, era che dopo diciassette anni di matrimonio non vedeva l'ora di una vacanza da sua moglie. Immaginava che lei lo amasse come lui amava lei, cioè per abitudine. Era sicuro che Monica gli era stata fedele come lo era stato lui. Eppure, dopo tanti anni, aveva la sensazione che un periodo di separazione sarebbe stato un bene per entrambi. Era tutto troppo scontato fra loro. Bisticciavano raramente, ma altrettanto raramente avevano tra loro momenti grandiosi. La loro vita sessuale era, pensava Adam, tipica delle coppie di lunga data: poco frequente, ragionevolmente soddisfacente, totalmente mancante di sorpresa.

Benché la moglie fosse cento volte più ricca di lui, Adam si era sempre sentito in dovere di sostenere le spese di casa. Monica era libera di usare i suoi soldi per i capricci, ma la sua attività di agente immobiliare gli dava una buona rendita ed era un punto d'onore per lui pagare i conti mensili. Anche questo contribuì a non farlo insistere per seguirlo a Washington. Poteva permettersi di mantenere la casa in California, ma non poteva permettersi due costosi ménage. Da solo si sarebbe accontentato di una sistemazione modesta e avrebbe vissuto semplicemente con lo stipendio di ufficiale mentre, grazie agli introiti continui dei suoi affari, avrebbe potuto continuare a mantenere il tenore di vita di Monica a Beverly Hills.

Questa era dunque la situazione di Adam Barnsworth quando entrò nella casa e nella vita di Elizabeth. Senza rendersene conto, era pronto per lei. Come lei lo era per lui.

9

Elizabeth rimase letteralmente scossa dalla propria immediata e involontaria reazione alla vista di Adam Barnsworth. Benché gli sorridesse cordialmente e gli porgesse una mano fresca e ferma, i suoi pensieri galoppavano capricciosamente come quelli d'una ventenne in attesa di un appuntamento con uno sconosciuto. Andrò a letto con quest'uomo, era l'idea dominante. Così, semplicemente. Era il proprio atteggiamento calmo e determinato, che la lasciava di stucco. Era una decisione completamente calcolata, molto insolita per lei eppure spontanea e naturale, come se stesse invece pensando: «Inviterò a cena quest'uomo».

Se si fosse permessa il lusso di riflettere un momento, avrebbe trovato un'ottima scusa a tutto questo nel fatto che ormai erano anni che non faceva l'amore. Non era né vecchia né frigida, ma fino a quel momento aveva riflettuto poco all'anormale repressione dei suoi istinti sessuali. Era inoltre una donna troppo esigente per andare a letto con chiunque. Aveva anche ricevuto delle avance, non tutte esattamente sgradevoli. Ma qualcosa l'aveva sempre indotta a tirarsi gentilmente indietro. Era troppo onesta con se stessa per accontentarsi di un casuale contatto fisico. Invidiava le donne che riuscivano a soddisfare le proprie esigenze sessuali come facevano gli uomini, senza complicazioni sentimentali, ma solo per un puro e semplice sfogo salutare. Elizabeth sapeva che non sarebbe mai riuscita a essere spassionata nella passione. Perciò in tutti quegli anni, da quando aveva lasciato Alan, non aveva voluto correre il rischio.

Non c'era dunque molto da chiedersi perché quell'impulso irresistibile che provava la lasciasse stupita e persino un po' disgustata. Fino a un attimo prima non aveva mai visto quell'uomo. Forse era un tipo volgare e grossolano, sporco, magari perfino perverso. Non lo sapeva e per la verità non le importava. Così come non le importava l'unica cosa che sapesse di lui, cioè che aveva una moglie in California.

Con lo speciale intuito che hanno le donne per queste cose, Elizabeth capì che anche Adam si sentiva attratto da lei. Forse la sua mente non era stata attraversata da un'emozione forte e immediata come la sua, ma era chiaro che pure lui la stava guardando con ammirazione e con qualcosa di più che un semplice interesse. Non era una sua fantasia. Anche Laurel, che aveva fatto le presentazioni, parve accorgersi di quelle vibrazioni.

«Okay, colonnello», lo apostrofò, «è ancora convinto di cercare un esemplare di una specie estinta?»

Adam arrossì a quelle parole allusive. «Non mi metta idee in testa, giovane donna.»

Elizabeth se ne stava in disparte tranquilla, stupita da quella conversazione, ma con la netta sensazione che era meglio non insistere per avere una spiegazione.

«La stanza è molto carina», osservò Adam rivolgendosi a lei. «Gradirei molto affittarla di mese in mese, se per lei va bene, signora... già, come devo chiamarla? So che si chiama Whitman, ma so anche che scrive sotto il nome di Quigly. Quale preferisce?»

«Quigly. Anzi, in realtà preferisco Elizabeth.»

Lui parve così comprensivo, da farle affrettare il respiro. Si precipitò quindi a rispondere al resto della sua domanda. «Un contratto mensile per me andrà benissimo», disse. «La stanza sarà disponibile fra un paio di settimane. Forse anche prima. Pensa che possa andarle bene, colonnello?»

Lui annuì. «Più presto è, meglio è. Fra l'altro, se per caso le interessa sapere qual è la *mia* preferenza, le dirò che è Adam.»

Quando ebbe lasciato una caparra e se ne fu andato, ringraziandole, Laurel alzò ironicamente un sopracciglio.

«Qualcosa mi dice che il colonnello ha fatto breccia», commentò.

«Sì. È vero.»

«Anche tu gli sei piaciuta. Lo strano è che lo sapevo.» Le raccontò la loro conversazione di mezzogiorno. Elizabeth cercò di sembrare solo vagamente interessata.

«Senti, non sono affari miei», continuò Laurel, «ma cerca di non impazzire per lui, capito? Mi sa che quello è il tipo che non divorzia.»

«Non essere ridicola. Ma se l'ho appena conosciuto!»

«Può darsi. Comunque non ti avevo mai vista con quella faccia. Adesso non mi dire che credi ai colpi di fulmine.»

Elizabeth rifletté attentamente prima di rispondere. «Non sono certa di sapere che cosa sia l'amore», disse. «Ma credo all'improvvisa reazione chimica tra due esseri adulti, se è questo che intendi.»

«Oddio», gemette Laurel. «Siamo stati invasi.»

A parte il tono compiaciuto con cui accolse la notizia che Frank Bayard avrebbe lasciato la stanza entro una settimana, Adam non mostrò nessun interesse particolare per Elizabeth nei giorni successivi. E anche l'eccitazione di lei si smorzò un poco, non vedendolo. Si disse che era stata un'aberrazione momentanea e che anche le affermazioni di Laurel a proposito di una attrazione reciproca erano sproporzionate. Comunque si dedicò a rendere la stanza di Adam il più accogliente possibile. Mise delle tende nuove alle finestre, fece una fodera per il divano-letto e, sentendosi un verme davanti alle scherzose proteste di Frank che per lui non era mai stato fatto niente di simile, acquistò anche una poltrona di pelle, che in realtà non si sarebbe potuta permettere.

Ma la cosa più significativa fu la decisione di spostare Charlene nella stanza di Ann. La bimba ne fu felice. Adorava la sorella maggiore, a dispetto dell'assoluta indifferenza che Ann le dimostrava.

«Ora non sono più una bambina, vero, mamma?» cinguettava Charlene. «Adesso sono una ragazza grande, con una stanza tutta mia.»

«Be', non proprio tutta; solo mezza stanza, tesoro», ammise Elizabeth. «E devi tenere la tua parte molto pulita e in ordine. Non vuoi che Ann si arrabbi con te, vero? Ricorda che prima era solo sua.»

Charlene annuì solennemente, con il buffo visetto serio per la responsabilità. «Sarò bravissima», promise.

Elizabeth l'abbracciò. «Certo, angelo mio.» Era contenta che Charlene fosse così felice. Aveva avuto paura che mandandola via dalla propria stanza la piccola si sentisse respinta. Fin dai primi mesi di vita, infatti, aveva dormito con lei.

Ann naturalmente si oppose in modo quasi isterico all'idea. «Non voglio quella marmocchia in camera mia! perché dovrei? È una bambina piccola, metterà tutto in disordine. Non avrò mai un momento di pace. Non è giusto, mamma!»

Elizabeth cercò di calmarla. «Ann, mia cara, non ti starà sempre fra i piedi. È così eccitata all'idea di dividere la stanza con sua sorella! Lei ti adora, lo sai. Te ne prego, non guastarle questa gioia.»

«Guastarle questa gioia!» ripeté Ann. «Già, a te interessa una cosa sola, che Charlene sia contenta. E io? Tutte le mie compagne di classe moriranno dal ridere, quando sapranno che devo dividere la stanza con una mocciosa di sei anni! Sei proprio cattiva. Charlene ha sempre dormito in camera tua. Perché non può continuare a dormire lì?»

Perché voglio portarci il mio amante, disse tra sé Elizabeth. Perché sono stanca di dormire sola desiderando la presenza, l'odore di un uomo accanto a me. Perché la tua ora per queste cose non è ancora venuta, mentre la mia se ne sta ormai scivolando via sempre più in fretta, giorno per giorno. E invece le rispose tranquillamente: «Voglio che stia con te perché è ora che sia meno dipendente da me. È normale che due sorelle si dividano la stanza. Anzi, avrei dovuto farlo già da molto tempo. Mi spiace che tu sia seccata, ma ti proibisco di mostrarti sgarbata con Charlene. Credo che non ci sia più niente da discutere. Sposterò qui le sue cose oggi stesso»

Ann aveva un'aria così infelice, che Elizabeth quasi si pentì del proprio egoismo. Ma doveva far posto per Adam. Non poteva arrampicarsi lei fino alla sua stanza, al terzo piano, con il rischio di farsi sentire o vedere, o che Charlene si svegliasse di notte e la chiamasse. No, la stanza di Elizabeth era l'unica zona della casa che offrisse una certa intimità. Ed era lì che, se lui avesse voluto, avrebbe fatto l'amore con Adam Barnsworth.

La caccia ad Adam non fu affatto una caccia. Se Elizabeth aveva avuto qualche dubbio sul fatto che l'attrazione fosse reciproca, questi dubbi svanirono il giorno stesso in cui Adam si trasferì nella pensione.

«Posso prepararle io la cena, questa sera?» gli chiese Elizabeth quando Adam arrivò quel mattino presto trascinandosi dietro due grosse valigie. «Se non ha niente di meglio da fare», aggiunse debolmente, «pensavo che potesse piacerle mangiare un pasto cucinato in casa.»

«Signora, non c'è nulla che desideri di più. Dopo tutte queste settimane mi sento come se fossi nato in una mensa o in ristorante.»

Quella sera Elizabeth sgattaiolò presto fuori dall'ufficio per acquistare una grossa bistecca, insalata e patate al forno da condire, secondo lo stile californiano, con grossi pezzetti di burro e crema acida. Ci rimise tutti i bollini della tessera di razionamento per l'intera settimana, ma non le importò assolutamente nulla. Alle sei diede da mangiare ai bambini, poi li spedì nelle rispettive camere, assicurando a Charlene che più tardi sarebbe andata a darle il bacio della buona notte e ricordando agli altri di controllare se avevano fatto tutti i compiti. Poi fece un bagno e si vestì con cura, indossando un morbido abito da casa e sperperando incoscientemente le ultime gocce di profumo francese per metterle nei punti strategici, cioè alla base della gola, nell'incavo dei gomiti e nel solco tra i seni. Deliberatamente tenne le luci basse e invitanti nel salottino, sistemando la piccola zona del pranzo in modo che fosse solo illuminata dal chiarore delle candele.

Tutti quegli elaborati piani di seduzione la fecero esitare un attimo. Forse era tutto troppo ovvio. Adam non poteva fare a meno di captare il messaggio. Ma è quello che vuoi, no? si disse Elizabeth. Sì, è proprio quello che voglio.

Mentre stava finendo gli ultimi preparativi, udì bussare leggermente all'uscio del soggiorno. Con il cuore in gola, aprì. Era Laurel, tutta sorridente.

«Ehi», le disse, «c'è un bel film al *Keith*. Che ne diresti se... Oddio, non deve essere esattamente la serata dedicata alle amiche.» Con una sola occhiata aveva colto l'apparato strategico e l'abito di Elizabeth. «Aspetti Cary Grant? No, non me lo dire. Adesso ricordo. Oggi è il giorno X, l'invasione è cominciata. A che ora deve arrivare?»

«Da un minuto all'altro», rispose Elizabeth sulle spine.

«Bene. Non sia mai detto che non so cogliere le allusioni. Arrivederci, Mata Hari. Non dimenticare di trasmettere i segreti militari al quartier generale.»

«Idiota», rise Elizabeth. «Ho semplicemente invitato un uomo a cena.»

«Ma certo. Be', se quella vertiginosa scollatura a V non basterà, di certo ci riuscirà il profumo Joy. Sai quello che stai facendo, vero? Il tipo è sposato, ricordi?»

Gli occhi di Elizabeth danzavano. «Cercherò di dimenticarmene.»

«Direi che hai già cominciato», scherzò Laurel. «Sei certa di saperti destreggiare, Elizabeth? Ammetto che Adam è maledettamente attraente, ma tutta questa messa in scena non mi sembra nel tuo stile.»

Poiché era vera, l'osservazione irritò Elizabeth. «Perché, quale sarebbe il mio stile, Laurel? Badare alla casa, allevare i figli, vivere come una monaca? O forse il fatto di avere trentasette anni mi esclude da ogni ulteriore interesse verso l'altro sesso?»

Laurel si coprì il viso con le braccia, fingendosi impaurita. «Okay, okay, mi arrendo!» disse. «Scusa, non avevo intenzione di toccare un nervo scoperto. Solo non vorrei che tu ne uscissi malconcia. Non sto cercando di governare la tua vita, Cristo!»

Elizabeth si addolcì. «Lo so, scusa se mi sono arrabbiata. Penso di essere un po' nervosa. Hai ragione, naturalmente. Non è da me, ma mi sembra così giusto da farmi paura.»

Laurel sorrise. «Piuttosto logico. Volevo solo essere sicura che i tuoi begli occhioni celesti fossero ben aperti. Buona fortuna. Davvero.» E se ne andò.

Pochi minuti dopo, ecco il lieve colpo alla porta che Elizabeth aspettava.

I due si lanciarono in un'intensa relazione, di una felicità esaltante, che cominciò quella sera stessa facendo l'amore in un modo travolgente, mai provato prima. Abbastanza stranamente, nonostante la loro età, erano entrambi senza passato. Adam da diciassette anni conosceva una sola donna. Elizabeth era stata con un solo uomo in tutta la sua vita, eppure sembrava lei la più esperta, la meno inibita. La sua eccitata reazione suscitava in lui emozioni inattese: Adam si sentiva come se stesse godendo per la prima volta in vita sua una completa soddisfazione sessuale. Pareva non ci fossero limiti alle sue forze né all'offerta generosa che Elizabeth faceva di sé in modi sempre nuovi e provocanti. Alan faceva l'amore in modo esperto e, così le era parso, soddisfacente, ma ora capiva che non aveva mai nemmeno sfiorato la profonda e audace sessualità che era in lei. Non c'era nulla al mondo che Elizabeth non avrebbe fatto per Adam, con lui o a lui. E non c'era il minimo senso d'imbarazzo nel dare o nel prendere. Solo la travolgente sensazione di perdersi in quella nuova esperienza e la grande gioia di vedere il viso di Adam stupito e felice mentre si amavano più e più volte.

Poi, cosa che non era mai loro accaduta, dopo l'amore si trovarono a chiacchierare e a ridere fino a notte fonda. Fumando si raccontarono di sé e della loro vita, interrompendosi ogni tanto per baciarsi o accarezzarsi dolcemente. Alla fine, sollevandosi su un gomito, Adam la guardò con palese meraviglia.

«Sei un miracolo.»

Lei rise allegramente. «Al contrario, mio caro. Sei tu, quello che fa i miracoli. Oh, Adam, se solo sapessi dirtelo.»

«Non ce n'è bisogno. Lo so.»

«Non c'è mai stato niente di simile, per me.»

«Nemmeno per me. Mi credi, vero?»

Lei annuì quietamente. «Sì, ti credo.»

«Non so come finirà tutto questo, Elizabeth. Non sono nemmeno sicuro che sia giusto, per te. C'è la guerra e... altre cose.»

Lei lo zittì con un bacio. «Anche se non ci fosse mai più altro dopo questa notte», sussurrò infine, «sarebbe sufficiente per sempre.»

«Sai che non è vero. Per nessuno di noi due.»

«Sì», ripeté Elizabeth. «È vero.»

Benché cercassero di essere discreti, era impossibile tenere nascosta la loro relazione agli adulti della casa. Betty e Amelia l'accettarono senza badarci e ne parlarono tra loro più con invidia che con senso critico. Laurel non accennò più alla china pericolosa lungo la quale Elizabeth si era buttata, ma temeva che cosa sarebbe successo della sua amica se Adam fosse stato trasferito da Washington o se sua moglie si fosse decisa improvvisamente a raggiungerlo. Mary Jackson, che tutte le mattine trovava un letto sconvolto da rifare mentre prima era quasi intatto come se non ci avesse dormito nessuno, ne dedusse che la signora Whitman aveva trovato qualcuno che la rendeva felice. Se lo meritava, povera signora, pensò Mary, dopo tanti anni con quell'uomo terribile e tanti altri anni senza nessuno.

I bambini erano gli unici della casa a ignorare che cosa succedeva benché Ann, che ormai aveva sedici anni, capisse che c'era qualcosa tra sua madre e quel bell'ufficiale che cenava con loro tutte le sere e sapesse anche che il colonnello Barnsworth portava fuori la mamma un paio di sere la settimana. Tutto faceva sospettare un'avventura galante, cosa che la irritò e la disgustò. Sempre fedele al padre, Ann non aveva ancora perdonato Elizabeth per averla portata via da lui. Caparbiamente rifiutava di dare alla madre la soddisfazione di chiederle notizie del padre ed Elizabeth, non volendo darle una delusione sull'attuale vita di Alan, non le diceva nulla di sua spontanea volontà. Ann sospettava che con quella avventura con il colonnello Elizabeth stesse di nuovo tradendo la famiglia. Era davvero una cosa sudicia, alla sua età. Due vecchi che facevano gli scemi!

Charlene era troppo piccola per capire cose del genere. Ma provò subito simpatia per Adam e lui per lei. Stavano così bene insieme, che rammentavano a Elizabeth la felicità di Alan con Ann nei primi tempi, anche se non c'era quel nevrotico rapporto possessivo e negativamente permissivo dell'altra preoccupante situazione. Charlene lo chiamava zio Adam e tutte le sere aspettava il suo arrivo, sostituendolo inconsciamente al padre che non aveva mai conosciuto. Adam la chiamava Charley e pareva adeguarsi felicemente e naturalmente al ruolo che la bimba aveva scelto per lui. Charlene era una bimba estroversa e affettuosa e per lei Adam era semplicemente una persona in più da amare. Gli dedicò quindi la stessa devozione da cagnolino fedele che dedicava alla sorella e al fratello, a zia Laurel e a Mary Jackson. Per Elizabeth riservava un'adorazione tutta speciale che lei ricambiava da sempre.

Diversamente dall'atteggiamento di velata ostilità di Ann e dallo scoperto affetto di Charlene, l'atteggiamento di Quigly nei confronti del colonnello Adam era, come il solito, di totale indifferenza. Quella era per Elizabeth la maggior delusione. Aveva sperato che Quigly riuscisse a trovare con Adam quel rapporto da uomo a uomo di cui aveva tanto bisogno. Lui invece evitava di proposito le offerte di amicizia di Adam. Di tutti i suoi figli, il maschio era senz'altro il più difficile da capire, il più difficile da amare. A Quigly pareva non importare affatto. Viveva in un suo mondo a parte, con pochi compagni che Elizabeth non aveva mai avuto il bene di conoscere. Quando gli suggeriva di portare a casa qualche amico, Quigly la ignorava.

«Non ti piacerebbero», rispondeva bruscamente.

«Perché ne sei tanto sicuro? Sono ragazzi così terribili?»

«Probabilmente per te sì.»

Elizabeth si spazientì. «Be', se sono davvero cattivi dovrei proibirti di vederli.»

Quigly la guardò inespressivo. «Provaci», disse, «e me ne vado di casa.»

«Andartene di casa! Mai sentita una sciocchezza simile. Hai solo quattordici anni. Dove credi che riusciresti ad andare?»

Quigly taceva con aria di sfida.

«Rispondi, Quigly.»

«Potrei mentire sulla mia età e arruolarmi nell'esercito.»

Elizabeth sospirò. «Non essere ridicolo. Non ti crederebbero mai.»

«Allora andrei nella Marina mercantile. Lì non sono tanto pignoli.»

Elizabeth rinunciò. Da quella volta non gli disse più nulla a proposito dei suoi amici. Si consolò pensando che probabilmente erano solo ragazzi molto comuni. Quigly si compiaceva di dipingerli come dei delinquenti solo per spaventarla, per punirla con un sadismo che nemmeno lei poteva ignorare. L'atteggiamento ribelle di Quigly era fomentato da Ann, Elizabeth lo sapeva. I due fratelli erano abbastanza uniti. Ann era l'unica persona con la quale Quigly parlasse ed era chiaro che l'atteggiamento risentito di quest'ultimo nei confronti di Elizabeth era un riflesso diretto dei sentimenti di Ann. Per questo aveva tanto sperato che Adam potesse riuscire a fare amicizia con Quigly, come non era riuscita lei. Non che volesse addossare ad Adam la responsabilità dei suoi figli, ma era talmente entrato a fare parte della sua vita, che le pareva tanto suo marito quanto suo amante. In quel periodo Elizabeth si sentiva più giovane che mai e anche più sposata di quanto non lo fosse stata in tutti gli anni trascorsi con Alan.

Purtroppo i problemi della vita ogni tanto venivano a ricordarle che non era affatto sposata con Adam Barnsworth. Ci fu per esempio quel terribile week-end in cui Adam andò a Beverly Hills per stare con Monica in occasione del diciottesimo anniversario del loro matrimonio. E poi una settimana, anche più insopportabile, in cui Monica decise di venire a Washington a trovare il marito. Monica sapeva dove Adam viveva, naturalmente, ma lui preferì prendere una suite in un albergo per il periodo in cui lei restò in città, spiegandole che così sarebbe stata molto più comoda.

Dopo l'ultima riunione con Monica Elizabeth, pur odiandosi, non riuscì a trattenersi dal chiedergli: «Sei andato a letto con lei?»

Ma per tutta risposta ebbe un silenzio riprovevole.

«Be'? Allora, ci sei andato?» Sapeva che in quel momento doveva sembrargli una bisbetica e che era stupido comportarsi così. Lo avrebbe allontanato, mostrandosi così possessiva. Ma doveva sapere.

La voce di Adam era pericolosamente bassa. «È mia moglie, Elizabeth.»

«Allora hai fatto l'amore con lei.»

«Sì. Sei soddisfatta, adesso?»

La risposta fu rapida e amara. «E tu, lo sei?»

Si sarebbe volentieri morsicata la lingua. Gli volò tra le braccia piangendo, chiedendogli scusa, passandogli le dita lievi sul viso e sui capelli. «Tesoro, perdonami», disse. «Non ne ho il diritto, lo so. Ti sono così grata per quello che abbiamo. Sono imperdonabile a comportarmi così.»

«Sssst, amore», sussurrò lui. «Lo so, lo so. Non parliamone più, vuoi?»

In silenzio, lei fece cenno di sì e quella notte fu forse la più splendida di tutte. Elizabeth si ripromise solennemente di non fargli mai più scenate del genere, ma aveva comunque capito finalmente con dolore che la sua passione per Adam non era una cosa che riuscisse a dominare, a guidare, come un tempo aveva creduto di poter fare. Il futuro cominciava a spaventarla. L'idea di una vita senza Adam era insopportabile. Una notte, mentre la teneva tra le braccia, Adam fece un profondo sospiro.

«Come vorrei restare qui per sempre», disse.

«E non puoi?»

Lo sentì irrigidirsi. Poi Adam la allontanò da sé. «Non c'è niente che sia per sempre, cara. In qualsiasi momento potrebbero mandarmi altrove. Lo sai, tesoro. Non dobbiamo mai dimenticarlo.»

«Ma poi tornerai da me», affermò Elizabeth. «Dio non permetterà che ti uccidano. Un giorno la guerra finirà.»

Il silenzio di Adam era più eloquente di tutte le parole del mondo. Sentendosi afferrare dal panico, Elizabeth rimase in attesa di una parola che la rassicurasse.

«Perché tornerai, vero, Adam? Dopo la guerra tornerai.»

«Ma come potrei? Sono sposato, Elizabeth. La mia casa e il mio lavoro sono in California.»

Lei sentì un gelo mortale. Tranquillamente, senza espressione, le uscirono di bocca le parole di una sentenza definitiva e dolorosa.

«Tornerai da Monica.»

«Non per mia scelta. Non ho altra alternativa.»

Lentamente, lei si rizzò a sedere sul letto, accese la luce sul comodino e prese una sigaretta. «Nessun'altra alternativa?» ripeté come un'ebete.

«Sono innamorato di te», ammise lui piano. «Più innamorato di quanto non sia mai stato prima e mai sarò ancora. Ti devo più di quanto potrò mai darti. Ma non posso abbandonare una donna con la quale sono stato sposato per diciotto anni. Lei non ha fatto niente, per meritarselo. È stata fedele, paziente, una buona moglie, a modo suo. Sono tutto quello che ha, Elizabeth. Ha bisogno di me. Non posso ignorarlo.»

Lei lo guardò attonita. «E io? Non ho forse anch'io bisogno di te?»

«Tu e io abbiamo bisogno l'uno dell'altra», spiegò Adam, «ma è un'altra cosa. Noi siamo forti, Elizabeth. Sopravviveremo, per infelici che potremo essere. Io posso immergermi, annullarmi nel lavoro. E tu hai il giornale, i bambini, una vita tutta tua. Monica ha solo me. Come potrei allontanarmi da lei a sangue freddo, senza sentirmi colpevole per tutto il resto della vita? E come influirebbe sul nostro rapporto? Non posso essere tanto egoista o ingiusto con nessuna di voi due.»

Elizabeth non poteva accettare quello che stava ascoltando. A dispetto di quello che s'era sempre detta e ripetuta, non credeva che Adam non avrebbe divorziato e non l'avrebbe sposata. Forse non fino alla fine della guerra, ma dopo sì. Non riusciva a capire come un uomo che amava così profondamente potesse rinunciare a quell'amore, per qualcosa che pensava fosse la cosa onesta da fare. Tanto altruismo era disumano, irreale. Adam non aveva nemmeno la scusa dei figli che lo tenessero legato a un matrimonio senza amore. Improvvisamente le venne il terribile sospetto che a tenerlo legato a Monica non fossero tanto i suoi principi di onestà, quanto la sua debolezza. Cercò di restare calma.

«Come fai a essere giusto con tutt'e due se vivi con una donna che non ami e te ne vai da quella che ami? È uno strano modo di ragionare, Adam. Pensi così di renderci felici tutt'e due? Se Monica potesse scegliere, pensi che preferirebbe un marito che resta con lei solo per senso del dovere?»

«Lei non lo saprà mai», rispose lui. «Credo che si ucciderebbe, se lo sapesse.»

Allora di colpo Elizabeth si arrabbiò. «Per l'amor di Dio, Adam, non cercare scuse per la tua mancanza di spina dorsale! Nessuno si uccide per amore. Tanto meno una persona come Monica, stando a quanto mi hai detto tu. Se dipendesse così totalmente da te, sarebbe venuta a Washington anche lei. Semplicemente non hai il coraggio di dirle che la vuoi lasciare, vero? O forse pensi davvero che lei non possa vivere senza di te. In questo caso, sei uno sciocco. Monica è ricca, carina, circondata da amici. Si rifarà una nuova vita. Ma tu? La tua vita? Vuoi sacrificare il resto della tua vita per una stupida idea vittoriana di lealtà? È l'unica vita che hai, Adam. Bada di non sprecarla.»

Adam era in piedi e si stava vestendo senza guardarla. Questo è un terribile incubo, pensava Elizabeth. Non può essere vero. Gli corse vicino.

«Tesoro, tesoro, non buttare via tutto.» Implorava, ora, con le lacrime che le correvano giù per il viso e il corpo nudo premuto contro di lui. Adam la prese tra le braccia.

«Mio Dio», le disse, «ma non capisci che angoscia è per me? Non pensi che sappia a che cosa devo rinunciare? Non avremmo mai dovuto cominciare. Non avrei mai voluto farti del male. Ma tu sembravi così forte, così sicura di quello che volevi. Io non sapevo se sarei riuscito a dominare la faccenda, ma ero sicuro che tu ci saresti riuscita. Ora guarda come siamo ridotti. Valeva la pena di tutto questo dolore, la felicità che abbiamo avuto?»

Elizabeth singhiozzando si strappò dalle sue braccia. Lui finì di vestirsi in silenzio, poi si avvicinò al letto, dove lei stava raggomitolata nella sua infelicità. Le sollevò dolcemente il viso e la baciò.

«E ora, amore mio?» le chiese. «Vuoi che me ne vada dalla tua vita domani stesso? Tocca a te decidere.»

Lei gli si aggrappò freneticamente. «No, no, no!» Lo strinse con tutte le sue forze. «Non un attimo prima che tu sia costretto a farlo. Resta con me finché puoi, Adam. Ci sarà già tanta solitudine, dopo.»

«Grazie, Elizabeth», disse lui. «Grazie, tesoro mio.»

Le folgoranti verità passate tra loro quella notte aumentarono, più che diminuire la loro passione nei giorni successivi. Come una donna condannata da una malattia, Elizabeth si rifiutava di ammettere la possibilità dell'inevitabile. Si attaccava assurdamente alla speranza che Adam avrebbe scoperto di non potere vivere senza di lei. Era l'ultima illusione cui aggrapparsi. Aveva rinunciato ad ogni orgoglio, ad ogni disciplina. Ormai le restavano solo i sogni a occhi aperti.

Da parte sua, Adam si sentiva oppresso dal rimorso, ma restava fedele alle cose che aveva detto a Elizabeth, le cose in cui credeva veramente. Non poteva essere così insensibile da abbandonare Monica, la vittima innocente. Si scopriva a desiderare che fosse lei a scrivergli che si era trovato qualcuno e che voleva divorziare da lui. Avrebbe sposato volentieri Elizabeth, ma solo se un colpo di fortuna avesse allontanato il senso di colpa che ostacolava il suo cammino.

Nel frattempo continuava a fingere che non fosse successo nulla. Il loro modo di fare l'amore era diventato più ossessivo, più violento, ma di tanto in tanto nella loro conversazione s'insinuavano pause d'imbarazzo, momenti d'introspezione personale che prima non esistevano. Nonostante tutti i loro sforzi, c'era fra loro come una tensione e ogni notte si ritrovavano insieme come due persone disperate, minacciate, che cercassero di scacciare l'ombra incombente del pericolo.

Verso la fine dell'autunno del 1942 l'aviazione tolse il destino dalle loro mani. Una sera dopo cena Adam fece sedere Elizabeth accanto a sé sul divano.

«Devo dirti qualcosa. Oggi ho avuto nuovi ordini dal comando. Mi hanno trasferito.»

Lei aveva tante volte cercato di immaginarsi quel momento. Che cosa avrebbe fatto? Avrebbe urlato come un'isterica, avrebbe pianto, si sarebbe spezzata per l'infelicità? Non si era immaginata di fare nessuna di queste cose. O forse tutte insieme. Invece, quando accadde davvero, sentì solo una gelida calma, un tale annientamento da essere paralizzata dal dolore. Balbettò solo una parola:

«Quando?»

«Fra dieci giorni», rispose lui lentamente. «È oltreoceano. Non so dirti esattamente dove, ma deve essere in Europa, più che nel Pacifico.»

Elizabeth fece un grande sforzo per cercare di controllarsi. «Dieci giorni», ripeté. «Bene, caro, faremo in modo che contino tutti. Forse potremmo andare da qualche parte. Prenderò un periodo di ferie al giornale. Troveremo una di quelle deliziose locande della Virginia e...»

Lui interruppe quei suoi folli progetti. «Tesoro, non possiamo.»

«Perché no? Avrai certo una licenza, prima della partenza della tua nave.»

Adam sospirò. «Sì, avrò una licenza. A partire da ora.» Strinse le labbra. «Ma stasera devo chiamare Monica e dirglielo. Certo lei si aspetterà che vada a casa.»

«Capisco. E quando parti?» La sua voce era piatta.

«Dopodomani, credo. O quando riusciranno a fregare un povero civile e darmi il suo posto sull'aereo.» Il tono banale di Adam non nascondeva il suo turbamento. «Tesoro, che cosa posso dirti?» sbottò improvvisamente. «So che cosa stai pensando. Non so essere un uomo forte come tu vorresti. Sai che cosa provo, ma non me lo perdonerei mai se ora non tornassi a casa.»

Elizabeth parlava come una sonnambula. «Ma sì, tesoro, capisco. Avremo un po' di tempo, prima che tu parta per la California.»

«E tornerò un paio di giorni prima, te lo prometto.»

«Sarà meraviglioso», disse lei rigida. «Sì, meraviglioso.»

10

Adam mantenne la promessa di andare a trovarla ancora una volta, prima di partire per l'Europa. Passarono ventiquattro turbolente, insoddisfacenti ore insieme dopo il suo ritorno dalla California. Dato che lo amava tanto, Elizabeth cercò di mettere da parte gli irragionevoli risentimenti che provava per lui, la gelosia alimentata dalla sua vivida immaginazione degli otto giorni trascorsi a casa con la moglie. Non gli fece domande a proposito del ritorno a casa e lui di sua spontanea volontà non disse nulla tranne che aveva rivisto molti vecchi amici e che il tempo era stato ovviamente bellissimo.

Parlarono poco, fecero l'amore violentemente, ma con una sensazione di angoscia incalzante molto lontana dalla felicità dei mesi precedenti, come se si stessero preparando a un addio definitivo. Elizabeth era dilaniata tra il desiderio che Adam non se ne andasse mai e l'ansia di affrontare subito quella separazione. Ogni istante era uno strano, squisito dolore. Lei aveva capito fin dall'inizio che il loro rapporto era provvisorio, eppure s'era adagiata a sperare contro ogni probabilità che lui si accorgesse di non poter vivere senza di lei. Ma non sarebbe successo e questo la rendeva sprezzante più verso se stessa che verso lui. Temeva la sua partenza, ma non poteva continuare a vivere con quella tremenda prospettiva: si sentiva inghiottire in un abisso d'impotenza. Meglio una rapida e decisa amputazione, piuttosto che quella lenta, angosciosa interruzione di una relazione che era al di là di ogni felicità da lei mai conosciuta.

Adam lasciò il suo letto prima dell'alba, quell'ultima mattina. In silenzio, lei lo guardò mentre si vestiva, cercando di tenere a mente il modo in cui si annodava la cravatta o come si spazzolava con mano rapida e impaziente i capelli corti e folti che era solita accarezzare nei momenti di tenerezza. Con gli occhi asciutti, fredda come il marmo, lo vide avvicinarsi al letto per l'estremo addio. Lui la raccolse tra le braccia, appoggiandole la guancia al viso.

«Ti amo», fu tutto quello che le disse. Poi se ne andò. Lei non era nemmeno riuscita a rispondergli.

Nelle terribili settimane che seguirono, Laurel fu la sua unica confidente, la sola fonte di conforto. Con l'amica Elizabeth rivisse le pene e l'estasi di quell'anno di vita quasi perfetto. Non faceva che ripensarci, che ripassare continuamente in esame il proprio comportamento chiedendosi ad alta voce che cos'altro avrebbe potuto fare per vincere l'incapacità di Adam ad accettare il futuro con lei.

Laurel fu dolce e paziente, capiva che Elizabeth doveva sfogare il proprio dolore e consolarsi accusando se stessa di quella situazione. Addolorata per lei, Laurel ebbe il buon gusto di non dirle che aveva saputo fin dall'inizio in che pasticcio si stava cacciando. Elizabeth se ne era del tutto dimenticata. Pensava solo di aver condotto male la cosa, che se fosse stata più furba, più abile, Adam si sarebbe deciso a divorziare da Monica e sarebbe tornato dalla donna che lo amava e che era indubbiamente riamata da lui.

Una sera, seduta davanti al caminetto del soggiorno, Elizabeth espresse per la centesima volta quella sua idea fissa.

«Altre donne riescono a indurre gli uomini a lasciare la moglie», disse. «Perché non io, Laurel? Dio sa che non ho avuto nessun rimorso a fare la 'rovina-famiglie'! Non c'erano dei figli di cui tenere conto o una povera donna inerme che Adam doveva sostenere. Monica è ricca, forte, indipendente, da quello che ho sentito. Eppure non sono riuscita a convincerlo. Non sono riuscita a infrangere quel cieco, stupido senso del dovere. A costo di distruggere la mia vita e la sua.»

Laurel soppesò con cura le proprie parole. Era arrivato il momento di farle un discorso franco. Ormai aveva lasciato che Elizabeth si crogiolasse abbastanza nella sua autorecriminazione, che, quasi fuori di sé, si ponesse domande alle quali non c'era risposta. Chiedendosi se faceva bene, Laurel cambiò atteggiamento e dalla paziente e comprensiva ascoltatrice, divenne la voce concreta della realtà.

«Senti, mia cara», le disse, «non sarebbe ora che la smettessi con queste fantasie e affrontassi le cose per quello che sono in realtà? Sì, certo, ci sono donne senza scrupoli che sarebbero riuscite a trovare il modo di tenersi Adam per sempre. Tu avresti potuto fare un'infinità di cose. Farti mettere incinta. Telefonare a sua moglie. Minacciare di suicidarti. Chissà? Ma tu non sei questo tipo di donna. Tu volevi che venisse da te di sua spontanea volontà. Volevi che fosse più grande dei suoi stessi timori. Be', Adam non lo era. Non lo è. È un uomo fantastico, ma in questo genere di situazioni si attiene solo alla forma.»

Elizabeth era ammutolita per lo stupore.

«Quante probabilità credi che ci siano che un uomo rompa un lungo matrimonio per amore di un'altra donna?» chiese Laurel. «Maledettamente poche. Per uno che lo fa, scommetto che ce ne sono diecimila che si comportano esattamente come Adam, anche se avrebbero voglia di ricominciare tutto daccapo con qualcun'altra. Non dubito che Adam ti ami. E anche più di sua moglie, ne sono certa. Ma gli uomini sono diversi dalle donne. Sono più timorosi, più abitudinari di noi. Vedi, io credo a quel vecchio detto che dice che le donne pensano sempre che le cose andranno meglio, mentre gli uomini temono che forse potrebbero andare peggio. Agli uomini non piacciono i cambiamenti, Elizabeth, mentre le donne ne godono. Vedrai raramente un uomo che risistema l'arredamento e ancora meno che cambia la propria vita dalle radici. È troppo faticoso. Accidenti, ho visto dei tizi restare attaccati alle loro segretarie ormai così vecchie da cascare addormentate sul tavolo, solo perché era troppo difficile istruirne una nuova. Gli uomini flirtano con l'idea del divorzio. Molti, come Adam, lo desidererebbero davvero, a patto che non tocchi a loro dare il via alla faccenda, superare tutti i fastidi e cominciare a quarant'anni ad abituarsi a una casa nuova, amici nuovi e un nuovo stanzino per le mazze da golf. Quando arrivano a questo punto, optano per la strada vecchia.»

Ora Elizabeth era davvero arrabbiata. «Sei ingiusta», replicò. «Adam non aveva paura di nessuna di queste cose. Soltanto, non sono riuscita a convincerlo che non avrebbe fatto del male a una donna che non aveva fatto niente per meritarlo. Era il suo onore, il suo senso di colpa, se vuoi, che gli ostacolava il cammino. Non la paura o la pigrizia, come vorresti farmi credere. Non cercare di dirmi che Adam torna da sua moglie solo perché è più comodo che affrontare una scenata sgradevole. Non ci crederò mai!»

«Okay», ammise docilmente Laurel. «Allora permettimi di farti una domanda. Se la situazione fosse rovesciata, tu che cosa avresti fatto? Immagina di essere senza figli, sposata con un uomo ricco che non ti ha mai fatto niente di tremendo. Incontri un tale che è libero e vi innamorate follemente. Ti saresti sentita costretta a restare con tuo marito? O avresti pensato che anche senza di te sarebbe riuscito a rimettere insieme i cocci della sua vita, avrebbe continuato a giocare a golf, a vivere nella sua bella casa e magari avrebbe potuto incontrare un'altra donna e sposarla?»

Elizabeth non disse nulla.

«Bene, risponderò io per te», continuò Laurel. «Tu avresti avuto il coraggio di dirgli la verità. Niente te lo avrebbe impedito. Non solo perché volevi sposare quell'uomo, ma perché ti saresti sentita disonesta e colpevole a continuare a vivere con tuo marito, pur sapendo di amare un altro. Questa, piccola mia, è la differenza fondamentale tra i processi mentali dei due sessi. E, in questo caso, non dirò *vive la différence*!»

Laurel pensò che non aveva mai visto tanta tristezza sul viso di nessuno. Per un attimo rimpianse il suo sfogo. Forse sarebbe stato meglio lasciare che Elizabeth continuasse a pensare a un Adam nobile, capace di sacrificarsi, piuttosto che al comunissimo uomo che era. Ma non poteva sopportare di vedere la sua amica sprecare tutte le ore del giorno a struggersi per un uomo che non la meritava. Non pensava certo che Elizabeth potesse riprendersi subito, per magia. Ma forse ora, armata di queste nuove idee, avrebbe smesso di rimproverarsi colpe immaginarie. In tutte quelle settimane, da quando Adam se n'era andato, Elizabeth non aveva ancora ricevuto una parola da lui. Aveva promesso di mandarle il suo indirizzo all'ufficio postale dell'esercito, ma Laurel sapeva che non lo aveva fatto. Non sapeva che Elizabeth gli scriveva tutte le notti e che metteva da parte con cura tutte le lettere, per spedirgliele appena avesse saputo dove mandarle. Quelle lettere erano come un flusso di coscienza, piene di chiacchiere allegre, abbondantemente farcite di reiterate affermazioni di devozione e di passione, e scrupolosamente prive di ogni accento di autocompassione. Erano l'unico conforto che aveva, l'ultimo contatto che ancora le restava con Adam Barnsworth.

Quando Laurel quella sera si ritirò in camera sua, Elizabeth aprì il cassetto chiuso a chiave dello scrittoio e rilesse da cima a fondo tutte le lettere. Erano una grossa pila. Quarantadue, per la precisione, una al giorno per sei settimane, da quando se n'era andato.

Si ridussero in un mucchio accartocciato di ceneri, quando con riluttanza le affidò al fuoco morente del camino.

Dopo quella conversazione con Laurel, Elizabeth s'impose di dedicarsi di nuovo a tutte le cose cui si dedicava prima che Adam entrasse nella sua vita. Non credeva a ciò che Laurel aveva detto, ma si vedeva con gli occhi dell'amica: una compagna lagnosa, preoccupata di sé, noiosa. Cercò di convincersi che non avrebbe mai più sentito parlare di Adam. Accettò con tristezza il fatto che non avrebbe mai nemmeno saputo se fosse stato ucciso o ferito. Erano stati insieme per un breve, felice anno. Non c'erano comuni amici nell'aviazione militare che potessero darle notizie del suo amore, farle sapere se era vivo o morto. Tutte le sere pregava per lui, ma raramente faceva il suo nome. Del resto ce n'erano anche scarse occasioni. Laurel e le altre donne della casa evitavano con tatto di fare domande. Ann e Quigly si comportavano come se il colonnello Barnsworth non fosse mai esistito. Solo Charlene chiedeva innocentemente quando sarebbe tornato zio Adam.

«Un giorno, forse», le rispondeva Elizabeth dolcemente. «È andato via per combattere questa grande guerra, tesoro. Ci vuole tanto tempo, per vincere.»

«Vorrei che fosse qui», sospirava Charlene. «Zio Adam era simpatico. Anche a te piaceva, vero, mammina?»

«Sì, mi piaceva davvero molto.»

Affittò la stanza di Adam a un giovanotto di ventitré anni e riformato alla visita di leva che lavorava per l'ufficio del Price Administration, scegliendolo per questi connotati. Basta con gli affascinanti uomini maturi! Non perché si fosse scottata, ma semplicemente perché non voleva più nessuno che le ricordasse, sia pure remotamente, la reazione che aveva avuto appena aveva conosciuto Adam.

Si gettò a capofitto nel lavoro a *Wife and Mother*, aiutando a impratichirsi la nuova redattrice di moda, come Laurel aveva fatto un tempo con lei. Cercò di passare più tempo con i bambini, compito tutt'altro che facile con i due maggiori. A diciassette anni, Ann era diventata una graziosissima studentessa di terza liceo. Quigly, a quindici, mostrava segni sempre maggiori di ribellione. Per ben due volte Elizabeth aveva dovuto pagare a un negoziante furioso le vetrine mandate in frantumi da lui e dalla sua banda di amici che giocavano a baseball per la strada. Un'altra volta le toccò addirittura andare alla stazione di polizia, dove avevano trattenuto suo figlio insieme con un paio di ragazzi, accusati di aver «preso a prestito» un'automobile per fare un giretto. Visto che per Quigly era la prima volta, venne liberato e affidato alla madre sulla parola. Elizabeth lo punì proibendogli di uscire la sera per un mese e di rivedere i suoi turbolenti amici. Non aveva modo di sapere come Quigly passasse il tempo libero tra la fine della scuola e il suo ritorno a casa dal giornale, la sera. La verità era che con nessuno dei due maggiori Elizabeth era riuscita mai a stabilire un qualsiasi tipo di comunicazione. Una sera cercò di affrontare il discorso dell'università con Ann.

«Ci hai già pensato?» le chiese Elizabeth cortesemente. «Ormai manca solo un anno. Dovremmo già fare la domanda d'iscrizione. Dove pensano di andare le tue amiche?»

Ann la guardò freddamente. «Non ho amiche, mamma. Hai mai visto qualche ragazza in giro per la casa?»

«No», ammise Elizabeth. «E la cosa mi preoccupa, Ann. Non è normale. Questi sono gli anni in cui dovresti cominciare ad avere una vita sociale.»

«Con chi? Con quelle orrende ragazze della scuola? Non voglio sprecare il mio tempo. So già che cosa mi chiederai adesso, mamma. No, non ci sono nemmeno ragazzi con i quali desidero uscire. Non che non me lo chiedano in parecchi. Ma sono solo spazzatura, non mi ci pulirei neanche i piedi, con quei ragazzi.»

Elizabeth sospirò. Ann era sempre la principessa esiliata nella sua torre. «Va be', parliamo dell'università. Dove ti piacerebbe andare?»

«Dove ti puoi permettere di mandarmi?» Era una sfida.

«Temo che bisognerà restare nei limiti del ragionevole», disse Elizabeth. «Che ne diresti della George Washington University?»

«E andarci come esterna? No, grazie.»

«Mi piacerebbe mandarti allo Smith o al Wassar, Ann, ma non credo che ce la faremo. Forse una delle università del Midwest, se vuoi andarci come interna. Perché non c'informiamo? Potremmo scrivere a qualche scuola e poi fare un salto a vederle. Magari riusciremo a trovarne una non troppo lontana.»

«Non disturbarti, mamma, ti prego. Preferirei andare a lavorare. Se non posso andare alla scuola giusta, non m'interessa una di second'ordine. Risparmia i soldi per Charlene. Forse quando sarà la sua ora almeno lei potrà avere un'educazione decente.»

«Stranamente generoso da parte tua», disse seccata. «Non sapevo che ti preoccupassi tanto per la tua sorellina.»

Ann non rispose.

«Dimmi», aggiunse Elizabeth, «perché non Quigly, allora? Non ti interessa il suo futuro? Voi due siete sempre stati amici, mi sembra.»

L'espressione di Ann si fece inequivocabilmente cinica. «Ma a chi stai cercando di darla a bere, a me o a te? Quigly non riuscirà mai a fare niente. Non vale la pena di dargli un'educazione. Probabilmente finirà in prigione. O sulla sedia elettrica.»

«Ann!»

«Be', è vero. Non gli importa di niente. Ricordi quando uccise quel gatto? Ci aveva provato gusto, a farlo. Gli piace fare cose tremende. Da che parte della famiglia ha preso, mamma? Non dalla tua, spero! Deve essere dalla parte di nostro padre. Dopotutto, chi arriva a sposare una prostituta, deve essere uno squilibrato. Pensi che Quigly abbia i geni di papà? Immagino li abbiamo tutt'e tre, ma forse quelli di Quigly sono più forti.»

Elizabeth era inorridita. Era stata così attenta a essere evasiva quel paio di volte che Ann le aveva chiesto qualcosa a proposito del padre! Aveva voluto risparmiarle la verità. Invece Ann in qualche modo aveva scoperto tutto. E dall'adorante bambina d'un tempo si era fatta una giovane donna sdegnosa e sprezzante.

«Come l'hai scoperto? Avrei voluto che tu non lo venissi a sapere mai.»

«Ho frugato, ho indagato», ammise Ann senza scusarsi. «Ho trovato le lettere che ti hanno scritto lui e quella donna nel cassetto della tua toeletta. Che stupida sono stata! Sempre convinta che il mio caro paparino fosse così perfetto! E invece è solo un ubriacone buono a nulla. Un uomo malato, spaventato. Non c'è da stupirsi che non sia riuscito a resistere con una donna forte come te. Uno che ha così poca stima di sé deve avere paura anche della propria ombra.»

«Ti prego non dire così», disse piano Elizabeth. «Tuo padre aveva i suoi difetti, ma ti amava moltissimo. Voleva per te tutte le cose migliori. Tanto da creare questa tremenda frattura fra te e me. Non che l'abbia fatto apposta, ne sono sicura, ma è così. Forse ora che è tutto chiaro, noi due potremmo capirci di più. Non devi odiarlo, cara. Non poteva fare a meno di essere com'era. Esattamente come né tu né io possiamo fare a meno di essere come siamo. Ricorda solo le cose belle di lui, Ann. Tu eri l'unica persona che contasse veramente per lui, nella vita.»

«Certo. Tanto è vero che non mi hai mai scritto nemmeno una lettera in tutti questi anni.»

«Ma come poteva, tesoro? Tu avresti voluto vederlo e lui sarebbe morto piuttosto di farti sapere come si era ridotto. Ha taciuto per le stesse ragioni mie: perché tu serbassi intatti i ricordi che avevi di lui. Mi sono chiesta spesso che cosa ti avrei detto, se tu mi avessi chiesto di tuo padre. Ma tu non l'hai mai fatto e io credevo che fosse meglio non dire niente... nemmeno del divorzio. Alla luce di quello che è accaduto, ora capisco che è stato un errore. Trovare quelle lettere è stato un modo crudele di sapere. Sono stata stupida a non prevedere che avresti dovuto sapere tutto quanto, un giorno. Probabilmente pensavo che ti avrebbe fatto meno male quando fossi stata più grande e che avresti avuto più compassione e tolleranza.» Elizabeth parve pensierosa.«Perché non mi hai mai chiesto niente di lui, in questi anni? Me lo sono sempre domandata.»

Ann si strinse nelle spalle. «Aspettavo che fossi tu a parlarne. Non avevo intenzione di strisciare da te e chiederti delle spiegazioni.» La voce le si addolcì. «E forse ho sempre creduto che un giorno o l'altro lui mi avrebbe mandata a prendere. Pensavo che tu ci tenessi separati apposta, per dispetto, perché sapevi che ero la sua prediletta.» Le parole le uscirono con una certa riluttanza. «Immagino di doverti delle scuse. Deve essere stato piuttosto duro, per te.»

Erano anni che Elizabeth aspettava di udire quelle parole. E sapeva quanto doveva essere costato a una ragazza orgogliosa come Ann riuscire a dirle. «Non mi devi proprio niente», disse affettuosamente. «Come avresti potuto capire? Non saprò mai se ho fatto bene a portarvi via da vostro padre. È facile guardarsi indietro e pensare che cosa si sarebbe potuto fare. Io so soltanto che a quel tempo mi sembrava l'unica via da scegliere, il minore dei mali. L'unica cosa che desidero, ora, è che tu non odi tuo padre, Ann. La sua vita era al di là della sua possibilità di controllo.»

Tutta l'ira e il risentimento pareva avessero abbandonato quella strana, remota ragazza. «È ancora vivo?» chiese Ann. «Non hai avuto più sue notizie, da quando gli hai mandato le foto? Ora capisco perché Chuck ce le ha fatte.»

«No, non ho saputo più nulla.»

«Lei ce lo farebbe sapere, se gli succedesse qualcosa, vero, mamma?»

«Sì», rispose Elizabeth. «Sono sicura di sì.»

Un lunedì pomeriggio dell'autunno 1943, pochi mesi dopo questa conversazione con Ann, Elizabeth ricevette il telegramma che si aspettava ormai da tempo. «Alan morto in pace stamani», era scritto. «Funerale Memphis mercoledì. Se vuole venire, è la benvenuta. Sue-Ann Temple Whitman.»

Il primo impulso di Elizabeth fu di spedire un telegramma di condoglianze e di chiudere per sempre quel capitolo della sua vita, cominciato così felicemente nel 1925 e finito in modo così degradante dieci anni dopo. Era assurdo pensare di andare ad assistere al funerale di un uomo di cui aveva smesso di occuparsi da così tanto tempo, un uomo il cui corpo consunto ora apparteneva a un'altra donna che lei non aveva mai visto. L'idea stessa sembrava macabra e, fino al momento in cui parlò con Ann della morte del padre, aveva completamente abbandonato la possibilità di andare di persona a dare l'estremo tributo ad Alan. Ma la reazione di sua figlia le fece inaspettatamente cambiare idea.

Ann lesse attentamente il telegramma. Quando alzò il viso per guardare la madre aveva gli occhi pieni di lacrime. «Sono contenta che se ne sia andato», disse. «Non l'ho mai odiato, mamma, nonostante quello che ho detto. Penso che fosse confuso e infelice. Ma lui non poteva farci niente, vero?»

«No, tesoro, non poteva. Nessuno poteva aiutarlo.»

Ann esitò. «Andrai a Memphis?»

«Penso di no. Lui si era fatto un'altra vita per conto suo, Ann. La presenza della prima moglie riuscirebbe solo imbarazzante e seccante per tutti.»

«Allora lasceresti andare me?»

Elizabeth era stupita. «Lasciarti andare? Oh, no, cara. Non potrei. Sarebbe un'esperienza terribile, per te! Non abbiamo idea di che gente sia quella. Ti sentiresti infelice e fuori luogo. Non mi sognerei mai di mettere una ragazzina di diciassette anni in una situazione del genere. E poi, Ann, a che cosa servirebbe? Tuo padre non c'è più, la sua anima se ne è andata. Riposa in pace, finalmente. Per te sarebbe un'inutile tortura, anche se fosse possibile lasciarti fare il viaggio da sola. Ricordalo come l'hai visto l'ultima volta a Georgetown, quando era un padre devoto che adorava la sua primogenita. Ti assicuro che questo ricordo è senz'altro migliore di quello che riporteresti da quel mondo sconosciuto.»

Pareva che Ann stesse cercando le parole giuste. «Quando nonno Quigly morì tu c'eri, vero, mamma? Intendo dire, tu non saresti potuta mancare come se fosse stato un estraneo, vero?»

Elizabeth parve turbata. «Tesoro, ma non era affatto la stessa cosa. Lo sai.»

«So che cosa intendi dire», ammise Ann. «Ma una cosa era uguale: tu eri sua figlia e vi amavate.»

L'effetto di queste semplici parole colpì duramente Elizabeth. Una volta eliminate tutte le circostanze attenuanti, la verità di quello che Ann diceva era innegabile. Alan aveva amato sua figlia e lei lo aveva adorato. E forse lo adorava ancora, nonostante tutto quello che sapeva, nonostante tutto quello che poteva aver detto in un momento di rabbia e di rifiuto. C'era anche qualcos'altro, qualcosa che Elizabeth ammetteva per esperienza personale. Per barbaro che lei considerasse l'uso del funerale, con i pianti e i lamenti, le gramaglie della vedova e le corone di fiori, serviva a uno scopo che andava oltre il rituale. Per certa gente, l'atto stesso del vedere il morto dava uno strano, confortante carattere definitivo al terribile evento. Come, pensò Elizabeth, per le donne che perdono un uomo in guerra: forse non riuscivano mai ad accettarne la morte, perché non c'era nessuna prova concreta del fatto. Come spesso accadeva, i suoi pensieri tornarono ad Adam. Anche se avesse saputo proprio il giorno dopo che Adam era morto, non sarebbe mai riuscita ad accettare il fatto che quell'uomo vivace ed affettuoso non ci fosse più. Ora capiva perché, quando era possibile, i corpi dei soldati venivano rispediti a casa nelle bare avvolte nella bandiera. Non era importante per i soldati morti dove trovassero il luogo del loro estremo riposo. Serviva solo a rendere vero il fatto, a renderlo sopportabile per coloro che restavano.

Doveva essere questo che Ann provava per Alan. Avrebbe ammesso che suo padre era perduto per sempre solo se avesse visto Alan Whitman giacere in pace. Elizabeth era atterrita all'idea di andare a Memphis, di incontrare Sue-Ann Temple, di essere al centro di sguardi curiosi e di bisbigliate congetture. Ma sapeva che era il meno che potesse fare per una figlia che per la prima volta sentiva vicina, a portata di mano.

«Sei certa di volere veramente andare?» le chiese per l'ultima volta.

Ann annuì.

«Va bene, cara. Partiremo stasera. Insieme.»

Quando disse a Laurel del suo progetto, pregandola di badare a Charlene e a Quigly per quella notte, lei, da quella donna schietta che era, la guardò incredula.

«Ma starai scherzando! Vuoi trascinarti con quella povera ragazza fino a Memphis per andare a un funerale dove la persona più importante è una puttana e per giunta evangelista *free-lance*! Ma ti dà di volta il cervello?»

«Forse. Ma credo di doverlo fare per Ann.» E raccontò a Laurel la conversazione avuta con la figlia, concludendo con queste parole: «È stato un brutto colpo, per lei. Non solo la morte di Alan, ma anche la tremenda delusione patita sul conto del padre. È stato terribile per lei sapere del divorzio e del nuovo matrimonio di Alan a quel modo. Ho fatto uno sbaglio a non cercare una maniera ragionevole e sensata di dirglielo, tanto tempo fa. Grazie a Dio, è una bambina così in gamba. Se non altro, nonostante il mio errore, credo che tutto questo ci abbia avvicinate. Non voglio piantarla in asso proprio ora, Laurel. Quello che vedrà a Memphis non può essere peggio di quello che già immagina».

«Spero che tu abbia ragione», commentò Laurel. «Ma non contarci. Meno male che almeno non ti trascini dietro anche gli altri due.»

«No. Charlene non si ricorda affatto di suo padre e credo che anche Quigly non ricordi gran che. Comunque, non significherebbe niente, per lui. Gli dirò semplicemente che Alan è morto e che Ann e io andiamo al funerale.»

«Hai idea del pasticcio in cui ti stai cacciando, vero? No, aspetta. Non rispondere. Ho la vaga sensazione di averti già detto queste parole. E, scusami per avertelo ricordato, ma non andò molto bene nemmeno l'altra volta.»

Alla vista del viso addolorato di Elizabeth, Laurel si diede della stupida insensibile. «Oh, al diavolo, scusami», disse. «È stato sciocco e involontario. Accidenti a me e alla mia boccaccia.»

«Non scusarti. Allora non ha funzionato come speravo. Ma ora so che l'avrei fatto anche se avessi saputo fin dall'inizio come andava a finire. Adam mi ha dato i più bei giorni della mia vita.»

Laurel sospirò. «Sei la donna più irrimediabilmente romantica che io conosca. Come dicevamo all'oratorio, la domenica. 'Ecco, il sognatore arriva'.»

«Ma sentila, cita la Bibbia! Non ho mai saputo che avessi dimestichezza con queste cose!»

«Bell'affare», rise Laurel. «Non sono mai andata più in là del primo libro. È tratta dalla Genesi.»

Grazie all'interessamento di Stu Preston, Elizabeth riuscì ad avere due cuccette sul treno della notte per Memphis prenotando il ritorno per mercoledì sera. Telegrafò a Sue-Ann, al suo «posto di lavoro» e fece frettolosamente una valigia per Ann e per sé. Toccava alla vedova mettersi in lutto stretto. Elizabeth decise di vestirsi rispettosamente di scuro, ma di evitare con cura qualsiasi abbigliamento vistosamente funebre. Il suo abito nero aveva collo e polsi bianchi e il cappellino con la tesa rialzata scopriva completamente il viso. Dal semplice guardaroba di Ann scelse uno scamiciato blu mare e un golfino bianco. Sperava che nessuno le notasse. Comunque sarebbero rimaste a Memphis troppo poco per provocare pettegolezzi. Il treno le avrebbe portate là per il mercoledì mattina e la sera dello stesso giorno sarebbero ripartite. Non c'era bisogno, in realtà, di una stanza in albergo, ma in ogni caso Elizabeth ne prenotò una per telegrafo. Avrebbero avuto bisogno di un luogo in cui andare a rinfrescarsi dopo il lungo viaggio in treno e a Elizabeth ripugnava la sola idea che Sue-Ann potesse offrire loro ospitalità nella sua «casa». Si sentiva logicamente un po' ansiosa all'idea di conoscere quell'improbabile donna che era stata la seconda moglie di Alan... Per grezza che fosse la lettera che le aveva scritto, Elizabeth l'aveva trovata commovente, benché Sue-Ann fosse, come aveva detto così eloquentemente Laurel, «una puttana e un'evangelista *free-lance*». Elizabeth non sapeva che cosa aspettarsi. Ma quello che la tormentava, più delle proprie confuse emozioni, era il timore della reazione di Ann davanti a quella creatura innegabilmente rozza che aveva fatto parte degli ultimi anni di vita di suo padre.

Sue-Ann era altrettanto inquieta all'idea di conoscere Elizabeth e Ann. Quando aveva mandato il telegramma, era certa che per tutta risposta avrebbe ricevuto solo qualche vaga espressione di simpatia. Poi l'idea che fosse «un gesto da signora» le aveva fatto aggiungere l'ultima frase, in cui diceva che Elizabeth sarebbe stata la benvenuta. Non le era mai passato per la testa che il suo invito potesse venire accettato.

Sue-Ann era «ragionevolmente» addolorata per la morte del marito. La triste realtà della vita e della morte le era fin troppo familiare. La morte di Alan non era stata improvvisa e, supponeva, nemmeno del tutto sgradita a lui stesso. Le si era arreso quasi volentieri. Era contenta di essere riuscita a rendergli gli ultimi anni abbastanza comodi e sicuri, ma, con una saggezza istintiva, sapeva anche di non avere mai avuto Alan per intero. Nonostante la sua amarezza e il suo risentimento, il vero Alan apparteneva a quella donna fredda di Boston e ai figli che lei gli aveva dato. Specie alla figlia che l'avrebbe accompagnata al funerale.

Le «ragazze» che lavoravano per Sue-Ann erano assai meno contenute della loro datrice di lavoro. Alla notizia della morte di Alan si erano abbandonate a scene isteriche e si erano mostrate devastate dal dolore nei due giorni in cui il suo corpo era rimasto, rigido e vestito di scuro, nel salotto di casa. Naturalmente l'edificio era stato chiuso per lutto e le giovani donne disoccupate passavano quasi tutto il loro tempo a oziare nelle camere vuote, piangendo in modo teatrale per l'uomo che era stato tanto gentile e cortese con loro, uno dei pochi che le avesse trattate come vere «signore».

La congregazione di Sue-Ann, perfettamente al corrente del commercio carnale della loro leader spirituale, teneva regolari veglie funebri intorno alla bara, eccitandosi a volte fino alla frenesia emotiva, chiedendo con insistenza a Dio di accogliere l'anima immortale di Alan Whitman. Spesso sorella Sue-Ann si univa a loro, aggiungendo la sua voce stentorea alle implorazioni all'Onnipotente. Nessuno vedeva niente di incoerente in questa esibizione di fervore religioso in un luogo di gioie carnali. Era tutta gente terrena, realistica. La fede era la fede. Non aveva niente a che vedere con il modo di guadagnarsi da vivere a patto che, come era appunto nel caso di Sue-Ann, fosse l'unico mestiere che si poteva fare.

Fu durante uno di questi emotivi incontri evangelici in miniatura che quel mercoledì mattina Elizabeth e Ann misero piede nella casa di Sue-Ann, dopo essersi fermate per pochi minuti in albergo a lasciare la valigia e a rinfrescarsi dopo il lungo viaggio in treno. Si fermarono di colpo sulla soglia del salotto con la tenda di perline, mentre i loro occhi correvano alla ricca cassa posta esattamente al centro della stanza. Da lontano non riuscivano a vederne il contenuto, ma solo il cuscino di rose rosso sangue che copriva la parte inferiore della costosa bara di bronzo. Come una bambina spaventata, Ann afferrò una mano di Elizabeth. Rimasero lì in piedi, strette l'una all'altra, senza che per qualche minuto nessuno si accorgesse di loro, guardando quello spettacolo incredibile.

Una donna corpulenta, completamente vestita di crespo nero, stava in piedi, a un'estremità della bara. Solo i capelli rosso henné interrompevano la monotonia degli abiti neri e del viso bianchissimo. Teneva le braccia alzate, gli occhi chiusi e la testa gettata all'indietro in gesto di supplica. La sua voce squillante emergeva dal mormorio di preghiera di quelle persone, uomini e donne, che stavano intorno inginocchiate, reggendo ciascuno una candela accesa.

«Prendilo, Gesù», gridava imperiosa la voce della donna. «Dolce, dolce Gesù, accogli il tuo servo! Proteggilo dalle fiamme dell'inferno! Dagli i tuoi angeli, Signore! Innalzalo! Ora, Gesù! Ora!»

Elizabeth non capiva se il tremito che la scuoteva fosse suo o di Ann, tali erano i brividi che l'agitavano da capo a piedi. Stringeva con forza la mano della figlia, sentendo l'umidità dei loro palmi fondersi. Si costrinse a staccare gli occhi dalla donna per guardarsi attorno. Non era mai stata prima in una casa d'appuntamenti, ma, per quanto ne aveva sentito dire, quella che vedeva ne era il prototipo, con le pareti coperte di velluto rosso, un lungo bancone rispettosamente sgombro, sormontato da un mediocre dipinto di un nudo voluttuoso. La bara di Alan era stata sistemata esattamente sotto un complicato lampadario di cristallo, spento in onore delle moltissime candele disseminate per la stanza. L'aria era irrespirabile e puzzolente per il sudore dei fedeli e per i residui di profumo delle prostitute.

Il primo impulso di Elizabeth fu di prendersi Ann e di portarla via subito. Quale follia l'aveva condotta a quella scena da incubo? Invece rimase là come ipnotizzata, senza nemmeno riuscire a voltarsi e ad andarsene, come se le avessero inchiodati i piedi alla soglia di quella porta dell'inferno. In quel momento, Sue-Ann aprì gli occhi e guardò esattamente in direzione di Elizabeth. Con un cenno zittì gli altri, che rimasero tuttavia in ginocchio, con la testa china, come una schiera di improbabili angeli in adorazione. Lentamente, con grande dignità, la donna attraversò la sala.

«Sono felice che sia venuta con la piccola», salutò. La voce non aveva più il tono strombazzante di poco prima. Parlava piano, con un forte accento del Sud. Elizabeth cercò di rispondere, ma dalla gola stretta e spaventata non le uscì alcun suono. Sue-Ann parve non accorgersene. «E così tu sei Ann», disse alla ragazzina pallidissima. «Il tuo papà parlava sempre di te. Aveva proprio ragione: sei una bella ragazza. Gli somigli, sai.»

Elizabeth cominciava a riprendersi. «Mi dispiace di non avere telefonato prima di venire. Forse abbiamo interrotto qualche servizio speciale. L'impiegato dell'albergo ci ha detto dove potevamo trovarla e così siamo venute qui subito. Non mi aspettavo...»

La rossa sorrise con intenzione. «Non si aspettava questa riunione infernale e diabolica, è questo che vuol dire? Be', vede, credo che sia naturale. Penso che noi, qui, facciamo le cose in un modo un po' diverso da voi. Non smettiamo mai di pregare per il defunto, dal momento in cui il Signore lo prende sino al momento in cui lo restituiamo alla polvere dalla quale viene. Immagino che voi facciate diversamente.»

Suo malgrado, Elizabeth rabbrividì. Era tutto così pagano, così eccessivo e di cattivo gusto. Anche le parole che Sue-Ann usava erano ripugnanti. Come per esempio riferirsi ad Alan dicendo «il defunto». Con uno sforzo di volontà cercò di non mostrare la sua ripugnanza. «Forse è meglio che torniamo più tardi», disse. «A che ora è il servizio funebre? Quello finale, intendo.»

«Alle due consegniamo i suoi resti mortali alla terra.»

«E la chiesa? Dove si trova?»

«Questa è la chiesa, signora Whitman», rispose Sue-Ann. «La mia setta non va in cerca di banchi di chiesa o di preti dal colletto bianco. Per noi Dio è ovunque.» Deliberatamente, quasi crudelmente, aggiunse: «Sì, anche in un bordello».

Non le darò la soddisfazione di mostrarmi scossa, pensò Elizabeth, ma non posso sottoporre Ann a tutto questo nemmeno per un minuto di più. Se quello che abbiamo visto è solo il lamento funebre continuo, che cosa sarà, in nome di Dio, la scena finale? Gettò un'occhiata alla figlia. Il viso di Ann era privo d'espressione. Pareva non sentisse nemmeno Sue-Ann; non aveva pronunciato una sola sillaba in risposta alle prime parole che la donna le aveva rivolto. Lo sguardo di Ann era fisso sul catafalco, come se stesse cercando di assimilare il fatto che era veramente suo padre quello che giaceva in quella incredibile bara. Per un attimo le due donne la guardarono attentamente. Poi Sue-Ann disse dolcemente:

«Vuoi venire a guardare il tuo papà, tesoro? Vieni, ti accompagnerò io».

«No!» La voce di Elizabeth fu quasi un urlo. Sentì che stava per perdere il controllo. «No», ripeté. «Penso che abbiamo visto abbastanza. Non voglio che Ann ricordi suo padre in questo modo.» Teneva ben stretta la mano di Ann. «Bene, ora ce ne andiamo, cara. E credo che la cosa migliore sia non tornare più. Abbiamo visto quello che eravamo venute a vedere. Non c'è bisogno di restare ancora. Papà riposa. Diremo per lui una preghiera a modo nostro.»

Docilmente, Ann si girò verso la porta d'ingresso. Non aveva pronunciato una sola parola. Soltanto la rigidità del suo corpo ora più che mai accentuata e il palmo umido delle mani tradivano l'orrore che doveva provare. Era come un soldatino di piombo. Anche i suoi gesti erano meccanici. Nemmeno una volta, da quando era entrata, aveva guardato Sue-Ann o sua madre. Sembrava in stato di choc, incapace di pensare e di parlare. Che cosa le ho fatto? pensò Elizabeth. Buon Dio, che trauma avrò provocato in lei per aver assecondato ancora una volta i desideri impulsivi e immaturi di questa bambina?

Con un ridicolo tentativo di attenersi alle regole della buona creanza, Elizabeth si rivolse a Sue-Ann. «Grazie per quanto ha fatto per lui», disse. La sua voce sembrava quella di una ragazzina beneducata. «La prego di scusarci con il suo pastore, se non restiamo per il funerale.»

Sue-Ann rispose alla prima frase. «Ha fatto più lui per me di quanto abbia fatto io per lui e ora capisco perché. Con me poteva essere se stesso e lo sapeva. Vivere con lei deve essere stato come passare la vita in un collegio: tutta buone maniere e le emozioni sempre ben chiuse dentro. Lei mi fa compassione, signora. Le farebbe un gran bene ogni tanto gridare e urlare. Forse dovrebbe insegnarlo a sua figlia.»

Furiosa, Elizabeth le voltò le spalle. Giunta sulla soglia, sentì dietro di sé le parole di sfida di Sue-Ann:

«Ah, senta, dimenticavo», le gridò dietro la donna. «Non c'è bisogno di trasmettere le scuse al pastore. Sono io, il pastore. La gente come lei si mette il velo e se ne sta seduta in una stanzetta in disparte, durante il funerale, in modo che nessuno possa vederla. Io invece me ne starò proprio qui, a dire a Gesù e al mondo che buon uomo era Alan. È una vergogna che lei non l'abbia mai capito.»

Ormai sull'orlo del pianto, Elizabeth si precipitò giù per la scalinata del bordello, quasi trascinandosi dietro la giovane Ann inebetita. Ritirò le sue poche cose all'albergo e passò le otto ore successive nell'anonimato della stazione ferroviaria. Quando arrivò il treno spinse Ann sulla cuccetta inferiore e le diede una pillola per dormire. Poi, stancamente, si arrampicò sulla cuccetta più alta e giacque a occhi spalancati per ore, senza osare dormire per timore che Ann potesse chiamarla.

Mentre il treno filava verso nord, Elizabeth pensava ad Alan, ricordando le speranze che aveva nutrito per lui, i loro primi anni insieme, il suo fulmineo, spettacolare successo e le promesse mai mantenute. L'uomo che era stato elogiato dal presidente degli Stati Uniti ora giaceva morto in un bordello e il suo elogio funebre sarebbe stato pronunciato da un'evangelica non ortodossa che era nientemeno che sua moglie.

Non osava pensare all'effetto che quell'esperienza avrebbe potuto avere su Ann. In quell'età tanto impressionabile, le strane cose che aveva visto avrebbero potuto perseguitare Ann per sempre. Era stato uno sbaglio, un terribile sbaglio ed Elizabeth pregava che non avesse effetti duraturi su sua figlia. Come avrebbe reagito, una volta uscita da quel silenzio che si era imposta? Non aveva detto una sola parola, dal momento in cui erano entrate in quell'orribile casa. Avrebbe provato nausea per quello che era diventato suo padre? Avrebbe odiato Elizabeth, per averlo lasciato? O forse avrebbe per sempre detestato gli uomini e il matrimonio, non fidandosi di nessuno e non credendo in niente?»

Elizabeth cercò di trovare un barlume di conforto nell'unica cosa che sapeva. Ann aveva una forte personalità, fondamentalmente e forse sanamente egoista. Non avrebbe mai dimenticato quanto aveva visto quel giorno, ma forse il suo forte ego le avrebbe impedito di identificare il fallimento dei genitori con il proprio futuro.

Per la prima volta, Elizabeth benedisse Alan per aver reso Ann così sicura della propria superiorità. Forse era quella la cosa che l'avrebbe salvata.

11

QUANDO tornò in ufficio, il giorno dopo, Elizabeth trovò sulla scrivania un breve messaggio scarabocchiato su un blocco giallo. «Vieni da me appena arrivi. Importante. L.». Elizabeth andò subito nell'ufficetto che Laurel occupava da quando Grace Edwards se n'era andata e la trovò intenta a fissare nel vuoto, oltre la finestra.

«Ehi, sono qui», disse Elizabeth. «Qualcosa non va? Guai con il numero di questa settimana?»

Laurel ruotò sulla sedia girevole. La sua espressione era seria, ma la voce era allegra come sempre. «Macché, tutto okay. Il numero va benissimo. È la redattrice che è un po' confusa. Siedi un momento e aiuta la tua amica a prendere una decisione.»

Elizabeth si sedette sulla sedia di legno con i braccioli accanto alla scrivania di Laurel.

«Un'ora fa ho ricevuto una chiamata da New York», cominciò Laurel. «Dalla rivista *Enchantress*. Ogni tanto scrivevo qualche articolo di moda per loro. Adesso vorrebbero che andassi da loro a discutere per un posto di lavoro. Anzi, non *un* posto, ma *il* posto di lavoro. Mi conoscono e sono tanto scemi da pensare che potrei fare la redattrice capo della loro rivista, ammesso, credo, di superare la prova Wassermann.»

Elizabeth trattenne il fiato. «Ma è meraviglioso! *Enchantress* è la rivista di moda più chic del mondo! Laurel, che onore! Non che non te lo meriti.»

«Oh, certo che me lo merito», commentò Laurel ironica. «Tutto sta se lo voglio.»

«E perché mai non dovresti volerlo?»

«È proprio quello che sto cercando di capire. Non mi viene in mente una sola maledetta ragione che m'impedisca di saltare sul primo aereo e di accettare, prima che rinsaviscano. Eppure, non so. C'è qualcosa che mi trattiene. Forse ho paura che sia un boccone troppo grosso per me. Forse sono solo una brava redattrice, ma non abbastanza in gamba per quelle signore-super raffinate delle grandi città, che probabilmente saranno lì pronte a farmi la pelle ventiquattr'ore su ventiquattro. Oppure, accidenti, è solo che non voglio andarmene da Washington. Ci sono nata, capisci. Rara specie nativa. Un giorno mi chiuderanno in una bella teca allo Smithsonian come uccello del District of Columbia, terza generazione.»

Elizabeth ascoltò attentamente questa lista di scuse che non reggevano. Laurel era perfettamente all'altezza del lavoro e lo sapeva. Era un grosso colpo che quell'elegante rivista si fosse accorta del talento di una oscura giornalista e l'avesse richiesta per quel posto chiave. Tutti quei discorsi, a proposito di non volere lasciare Washington, erano pure sciocchezze. Laurel aveva un autentico attacco di paura da palcoscenico. Le sarebbe passato appena avesse messo piede nella redazione dell'*Enchantress*.

«Laurel, faresti l'errore più grosso della tua vita, se rinunciassi. Non c'è niente che ti trattenga qui. Né una famiglia, né un'importante relazione sentimentale. Washington non ha abbastanza da offrire a una come te. New York sì e ti piacerà moltissimo. Dio sa che egoisticamente odio vederti andare via, ma sarei una pessima amica se non ti spingessi verso quell'aereo.»

«Preston mi ucciderà. Sai, quel figlio di puttana è stato davvero buono con me.»

Elizabeth rise. «Be', diciamo che sarà un po' seccato. Non sarà facile trovare da sostituirti. Ma sopravviverà. Anzi, sono sicura che sarà contento per te quanto lo sono io.»

«Magari nominerà te, al mio posto.»

«Ne dubito. Maureen Duffy ha più anzianità e poi sarebbe comunque migliore. Ma non preoccupiamoci di questo, adesso. Prendi subito il telefono e digli che stai arrivando.»

Laurel cercava di mostrarsi triste, ma si stava già lasciando prendere dall'entusiasmo. Con una mano sul telefono guardò maliziosamente Elizabeth.

«Ehi, m'è venuta una buffa idea.»

«Cioè?»

«La donna media comincia come ammaliatrice e finisce moglie e madre. Io sto facendo esattamente il contrario. Credi che sia di buon auspicio?»

«Sicuro come l'oro. Ma non montarti la testa.»

In agosto Laurel assunse l'importante incarico di redattrice capo di *Enchantress* e Maureen passò al suo posto al giornale. Come veterana di *Wife and Mother*, con quasi nove anni di carriera alle spalle, Elizabeth rimpiangeva tutti i cambiamenti avvenuti tra il personale. Le sostitute di Laurel e di Maureen erano poco più che due bambine, appena maggiori di Ann. La piccola Nancy St. John aveva sposato il suo guardiamarina due anni prima e ora un viso nuovo distribuiva la carta per impaginare e i messaggi telefonici per lo staff. Sto diventando vecchia, pensò Elizabeth. Odio l'impersonalità di questo ufficio. Soprattutto mi manca Laurel, qui e a casa. Una sensazione indefinibile di disagio s'impadronì di lei. All'apparenza tutto andava liscio, ma sotto sotto sentiva fervere dei cambiamenti. A modo suo, Elizabeth era piuttosto fatalista. L'esperienza le aveva insegnato che le cose succedono quando devono succedere. Si sforzava di stare semplicemente ad aspettare la prossima mossa in quello strano ma inalterabile disegno generale che modellava la sua vita.

Non dovette aspettare troppo.

Una sera, ai primi di settembre, tornando a casa trovò Charlene che l'aspettava sul portone di casa con un visetto serio e preoccupato. Senza una parola, la piccola le consegnò un pezzo di carta. Era un conciso biglietto, scritto con l'infantile «zampa di gallina» di Quigly.

Mamma,

sono stato accettato dalla Marina mercantile. Ho fatto il giuramento stamane. Credono che io abbia diciotto anni ed è inutile che tu gli dica che non è vero. Mi sbatterebbero fuori, se glielo dicessi, ma sai che troverei qualche altro sistema per andare in guerra, perciò lascia perdere. Ti scriverò appena posso. Di' ad Ann che le sto facendo un gran piacere. Ora puoi dare a Charlene la mia stanza.

Quigly

Charlené la guardava ansiosamente, mentre leggeva quel messaggio di sfida. «Quigly mi ha detto di dartelo appena tornavi a casa, mammina. Ha detto di dirti che lui faceva sul serio, a proposito di volersene andare via. Se ne è andato per sempre, mamma? Non lo rivedremo più?» Charlene era sull'orlo delle lacrime. Per qualche misteriosa ragione, adorava il fratello, lo idolatrava, così come adorava Ann attraverso l'abisso dei pochi, ma significativi anni che li separavano.

Cercando di controllarsi, Elizabeth prese la bambina tra le braccia, parlandole con calma nel tentativo di tranquillizzarla. «Buona, tesoro, va tutto bene. Quigly tornerà presto. Ti vuole molto bene, bimba mia. Vedi come si è fidato di te consegnandoti questa lettera importante? Lui sa che sei una bambina grande, responsabile. Non c'è niente di cui preoccuparsi, topolino. Ora vorresti fare un piacere alla mamma e preparare la tavola per la cena? Devo fare una telefonata. Okay?»

Charlene annuì con aria infelice. «Ci sarà Quigly a cena?»

«No, amore. Stasera no. Metti solo tre posti.»

Quando Charlene fu uscita dalla stanza, Elizabeth chiamò Stu Preston. Detestava doverlo seccare, ma non sapeva proprio a chi altri rivolgersi. Rapidamente, cercando di non commuoversi, gli lesse la lettera al telefono. «Non so che cosa sia meglio», gli disse Elizabeth. «Non ha raggiunto i limiti d'età e potrei farlo tornare, ma poi?»

Stu non le diede subito una risposta diretta. «Accidenti ai ragazzi», esclamò. «Accidenti alla guerra.»

Elizabeth aspettava. «Pensa che dovrei mettermi in contatto con gli uffici di reclutamento della Marina mercantile?»

«Non posso essere io a decidere per lei, Elizabeth. È qualcosa che deve calcolare da sola. Però direi che mi pare che Quigly faccia sul serio. Non è la prima volta che minaccia di scappare, vero?»

«No», rispose lei lentamente. «Credo che meditasse di andarsene fin dal giorno che l'ho portato a Bethesda. Quigly è sempre stato un ragazzo strano, inquieto. Sapevo già che era solo questione di tempo, ma che lo avrei perso comunque.» La sua voce era molto triste. «Forse ha sempre saputo di essere l'escluso. Ann era la prediletta di Alan e Charlene è la mia. Povero Quigly. Sembrava sempre a disagio.»

«Penso», disse piano Preston, «che lei abbia già preso la sua decisione.»

«Credo di sì. Come posso lottare contro l'inevitabile?»

«Ora che l'ha detto lei per prima, le dirò che anche a me sembra l'unica cosa da farc. E, per quello che vale, può esserle di consolazione pensare che poteva andare peggio. La Marina mercantile è certamente meno pericolosa della fanteria, tutto considerato. Forse dovrebbe rallegrarsi che Quigly non abbia aspettato di essere richiamato. Non che pensi che questa guerra possa durare ancora così tanto. Forse qualche mese, al massimo. Cristo, certo non è piacevole, ma poteva essere peggio. Magari l'esperienza farà di lui un uomo migliore.»

«Ha sedici anni, Stu. Non è un uomo. È solo un ragazzo. Lei sa che tipi duri si arruolano nella Marina mercantile. Dio solo sa con che razza di uomini dovrà stare.»

A dispetto della serietà della conversazione, Stu Preston dovette ridere. «Non vorrei discutere con lei su questo punto, carissima, ma vorrei ricordarle che nemmeno l'esercito, in tempo di guerra, è esattamente composto dal coro maschile di West Point.»

Anche Elizabeth fu costretta ad ammettere il proprio affetto materno iperprotettivo, comico in quella situazione e comunque ridicolo trattandosi di Quigly. Avrebbe dovuto accettare la cosa, così come aveva imparato a vivere con altri eventi incontrollabili. «La ringrazio, Stu. Mi dispiace affliggerla sempre con i miei problemi. Ma dovevo pur parlarne con qualcuno.»

«Non si scusi per avermi chiamato. È stato un onore. E, senta, Elizabeth, so che può sembrare sciocco, ma cerchi di non preoccuparsi troppo. Domattina vedrò che cosa si può fare per sapere dove si trova Quigly. Magari sarà lui a mettersi in contatto con lei prima.»

«Ne dubito», rispose lei mesta. «Buonanotte, Stu.»

Quando posò il ricevitore, Elizabeth pensò per un attimo a tutti gli uomini della sua vita. Devo essere una specie di menagramo, si disse. Tutti gli uomini che amo, li perdo. Mio padre, mio marito, il mio amante e ora mio figlio. Due morti. Due lontani.

Elizabeth aveva ragione. Da Quigly, nemmeno una parola. Però Preston, con le sue vaste conoscenze, riuscì a farle sapere che suo figlio si era imbarcato come marinaio semplice e le diede anche il nome della nave, che avrebbe seguito la pericolosa rotta del nord Atlantico. Elizabeth scrisse a Quigly parecchie lettere, mandandole all'indirizzo che le aveva dato Stu, ma non ebbe mai risposta. Nemmeno un segno che aveva ricevuto la sua «benedizione», nemmeno una risposta nella quale avrebbe potuto metter la parola che aveva dimenticato nel suo biglietto d'addio: la parola amore.

Ann, che aveva finito il liceo e aveva trovato lavoro in una libreria, sembrava piuttosto soddisfatta della propria vita. Dal giorno di quello spaventoso viaggio a Memphis, fra lei e la madre si era creata una tacita e migliore intesa. O forse, semplicemente, con l'età Ann aveva acquistato un po' di comprensione. I suoi modi, anche sempre molto chiusi, si erano fatti meno imperiosi e risentiti. Si offrì perfino di pagare vitto e alloggio, offerta che Elizabeth declinò, pur apprezzandola.

«Usa i tuoi soldi per te, cara. È già un grosso aiuto che pensi da sola ai tuoi abiti e alle tue cosette. La tua stanza è qui comunque e Dio sa che mangi come un uccellino!»

C'erano frequenti telefonate da parte di Laurel, nonché lettere vivaci e allegre. Il lavo o le piacev e an a a n es asi per New York. Aveva trovato anche un appartamentino a Manhattan, per la ridicola somma di centodieci dollari al mese.

Elizabeth sentiva molto la mancanza dell'amica, anche più del previsto. Con la partenza di Laurel, le belle serate divertenti erano finite quasi del tutto. La vita era una noiosa routine. L'unica cosa che la salvava era il lavoro. Perlomeno le forniva qualche stimolo mentale. Nomi famosi nel campo dell'arredamento e dei mobili continuavano ad andare a Washington e venivano regolarmente intervistati da Elizabeth. In cambio, le offrivano pranzi divertenti e pettegolezzi sofisticati sul mondo di New York che sembrava interamente popolato da gente che non faceva che andare allo *Stork* per il cocktail e al *21* per la cena.

Tra questi visitatori, il più assiduo era un famoso arredatore, un certo Robert Gale, che ogni tre o quattro settimane si recava a Washington per dare un'occhiata al suo negozietto. Era una piccola filiale che aveva creato prima della guerra e che continuava a prosperare grazie ai proprietari di case delle classi più agiate. Elizabeth aveva scritto un pezzo su di lui all'inizio della propria carriera giornalistica e tra loro era sbocciata una cordiale amicizia. Gale la chiamava quasi tutte le volte che veniva in città e lei pregustava il piacere delle colazioni con quell'uomo sui cinquant'anni cortese e spiritoso.

Sulle prime, ingenua com'era, Elizabeth non si era resa conto che Gale era un omosessuale, discreto, ma attivo. Era un tipo molto attraente, con i capelli precocemente bianchi e sempre vestito con impeccabili abiti di taglio londinese che dopo la guerra erano stati sostituiti da modelli altrettanto eleganti di fonte esclusivamente newyorkese. Robert Gale sapeva conquistare le donne. Il suo mestiere era di vendere fascino e mobili carissimi. Quando si conobbero meglio, Gale cominciò a fare ampi accenni alla sua vita privata, così ampi che perfino un'ingenua come Elizabeth non poté fare a meno di capirne i sottintesi. Forse Gale si preoccupava che Elizabeth potesse fraintendere la loro amicizia per qualcosa di più. O forse, per una volta tanto in vita sua, Robert Gale aveva trovato una donna di cui poteva fidarsi. Comunque Elizabeth accolse la scoperta senza sgomento o disapprovazione. Non riusciva a capire del tutto una tale «deviazione dalla norma», ma non si sognava certo di giudicare o anche solo di mettere in discussione una decisione così squisitamente personale. Il suo affetto per Gale non diminuì, fatto che lei tenne a chiarire e che lui accolse con sollievo quasi patetico. Incoraggiato dall'atteggiamento di Elizabeth, si buttò perfino a parlarle con entusiasmo del giovanotto che viveva con lui.

«Bisogna che lei conosca Tony», le disse un giorno. «Antony Alexander, il mio amico. Sono sicuro che vi piacereste. Certo, Tony è molto più giovane di noi, Elizabeth. Ha soli ventisette anni. Dio mio, che cosa darei per avere ancora ventisette anni!»

Elizabeth osservò divertita che Gale l'aveva messa nel suo stesso mazzo, per quanto riguardava l'età. In realtà lei stava esattamente nel mezzo: aveva undici anni meno di Gale e dodici più di quel giovanotto che lui, evidentemente, adorava. Ma era comprensibile. A Gale lei doveva sembrare vecchia di cent'anni, con una figlia che lavorava e un figlio nella Marina mercantile. In confronto alle donne di trentanove anni che conosceva lui, doveva apparirgli davvero una centenaria. Lei non aveva né tempo né denaro per massaggi al viso, al corpo, fonti termali e tinture ai capelli che certo le sue clienti si permettevano a profusione. Ma per la verità Elizabeth non sembrava affatto più vecchia della sua età. I suoi capelli, un tempo neri, erano abbondantemente spruzzati di bianco, ma non le stavano affatto male e le piccole sottili rughe intorno ai luminosi occhi azzurri riflettevano tutta la fatica di quasi vent'anni di vita dura.

«Sì, mi piacerebbe molto conoscere Tony», convenne Elizabeth. A essere sinceri non ne aveva proprio nessuna voglia. Che razza d'uomo poteva essere questo Tony, che si era messo con un protettore che aveva quasi il doppio della sua età? Robert le aveva detto che Tony lavorava con lui e che anzi si erano conosciuti quando era stato invitato a tenere una conferenza in una scuola d'arredamento, alla quale Tony s'era iscritto, una volta congedato dall'esercito.

«È stato nell'esercito?» Il tono di Elizabeth tradiva lo stupore.

«Ma certo. Si è arruolato prima di Pearl Harbor. Era medico. Nessuno potrebbe convincere Tony a imbracciare un fucile. Ma è riuscito a farsi ferire curando gli altri soldati in Italia. Ha preso perfino una medaglia al valore, per il coraggio mostrato sotto il fuoco.» Gale pareve un padre orgoglioso. «È proprio un ragazzo. Mistico, in un certo senso. Se ne intende molto di tutte quelle religioni del lontano Oriente. Non voglio dire che è uno di quei matti che vanno in giro vestiti con abiti indiani. Ma Tony ha qualcosa, non so, forse la si potrebbe definire purezza.»

Elizabeth era incuriosita. Si era immaginata Tony Alexander come un tipo effeminato, affettato, dal viso angelico e dalla mente calcolatrice. Invece ne stava venendo fuori un ritratto completamente diverso che suscitava il suo interesse.

«Perché non lo porta con lei, la prossima volta che viene a Washington?»

«Ho un'idea migliore», disse Robert. «Perché non viene lei a New York, a passare un week-end con noi? Ci farebbe molto piacere. Ho una stanza per gli ospiti molto graziosa. Inoltre potrebbe approfittarne per vedere la sua amica Laurel che, fra l'altro, vorrei tanto conoscere. In quattro potremmo divertirci. Vedere qualche spettacolo, andare in un paio di buoni ristoranti. Che ne direbbe del prossimo week-end? Ottobre è quasi finito e, come lei sa, questa è la stagione migliore a New York.»

Con sua grande sorpresa, Elizabeth si sentì rispondere di sì. Nonostante la sua evidente sincerità, era un invito alla buona solo perché Gale l'aveva fatto con lo stesso tono con cui un'amica l'avrebbe invitata ad andare a trovare lei e il marito. Elizabeth suppose che l'atteggiamento spontaneo di Gale fosse una specie di tributo alla sua «larghezza di vedute». Sarebbe stato sciocco starci a pensare su. Inoltre Laurel l'aveva pregata spesso di andarla a trovare, ma Elizabeth non l'aveva ancora fatto perché non voleva invadere il suo appartamentino. Aveva giusto voglia di rompere un po' la monotonia e questo sarebbe stato certo un sistema molto elegante per farlo.

«È sicuro di desiderare che venga?»

«Mia cara, non ho fatto più niente che non volessi da quando ho deglutito l'ultima disgustosa forchettata di spinaci all'età di cinque anni. Se avessi pensato solo per un istante che lei può essere un'ospite sgradita, non mi sarei mai sognato d'invitarla. Anzi, penso addirittura che dovrebbe fermarsi anche qualche giorno della settimana successiva. Sono sicuro che a Laurel piacerebbe molto portarla in giro per i negozi, che purtroppo di sabato sono assolutamente insopportabili.»

Quando le telefonò per comunicarle il suo progetto, Laurel ne fu contentissima. «Avrei preferito che stessi qui da me», disse, «così avremmo potuto chiacchierare tutta la notte. Ma devo dire che sono molto impressionata. La casa di città di Robert Gale pare sia addirittura favolosa. Muoio dalla voglia di vederla. Il nostro giornale ci ha fatto anche un servizio, ma è stato tempo fa, prima che arrivassi io.»

«Conosci quel tale che vive con lui, un certo Tony Alexander?»

«Mai sentito nominare. Perché?»

«Per nessuna ragione particolare: solo che sarà il quarto del gruppo, se non hai obiezioni.»

«Se porta i pantaloni e cammina con le sue gambe lo accoglierò a braccia aperte. Non che possano interessargli, credo.»

«Credo proprio di no», fece Elizabeth. «È l'amichetto di Robert. Vivono insieme.»

«Figurarsi. Be', e che me ne importa? Ci divertiremo pazzamente. E poi ti fermerai almeno fino a mercoledì, vero?

Dobbiamo rifarci di un sacco di tempo perduto. Notizie da Quigly?»

«Non direttamente. Però Stu dice che la sua nave è okay.»

«Meno male. E le bambine?»

«Bene. Ann farà da baby-sitter a Charlene nelle sere in cui sarò via da casa e di giorno ci sarà Mary, naturalmente.»

«Che Dio la benedica! È proprio la fedelissima, vero? Quando arrivi?»

«Prenderò il Congressional venerdì sera. Non preoccuparti di venire a prendermi. Robert mi manda la sua macchina. Ti chiamerò appena arrivo.»

Laurel emise un fischio. «Ti manda la macchina! Beata te! Anzi, beato lui, con il razionamento della benzina e tutto! Ma è davvero così pazzamente ricco?»

«Be', povero non è. Come diventerò invece io, se non riattacco. Questa telefonata mi costerà un patrimonio.»

«Idiota! Non mi dire che mi hai chiamata dall'ufficio senza far addebitare la telefonata! Ciao! Ci si vede venerdì.»

Mentre si sistemava al suo posto sul famoso treno Washington-New York, Elizabeth già pregustava la sua breve vacanza. A parte il disgraziato viaggio a Memphis, non ricordava quando si era allontanata da Washington. Forse l'ultimo viaggio era stato per correre al capezzale del padre morente. In questo caso, pareva proprio che tutti i suoi viaggi fossero all'insegna del dolore. Ma quello sarebbe stato diverso, si ripromise Elizabeth. Niente pensieri tristi, questa volta. Avrebbe cercato di non pensare nemmeno a Quigly, come faceva ogni notte da due mesi a quella parte.

L'autista di Gale nella sua smagliante uniforme l'aspettava sulla banchina, con gli occhi incollati ai passeggeri che scendevano dalla prima classe, carrozza di lusso. Elizabeth lo raggiunse da dietro, portandosi la sua valigetta.

«Sono la signora Quigly», disse. «Forse lei cerca me?»

Con un rapido gesto, l'uomo si tolse il cappello e allungò la mano verso la valigia. «Sì, signora. Spiacente di non averla notata. Il treno era così affollato, che temo di non averla vista scendere.»

«No», rispose Elizabeth sorridendo. «È solo che stava guardando dalla parte sbagliata.»

Sentendosi una gran dama, seduta sul sedile posteriore della *Bentley* grigio chiaro di Gale, Elizabeth non staccava gli occhi dal finestrino, mentre l'autista si dirigeva verso i quartieri alti. New York era grande, sporca, spaventosa, insidiosa e seducente, con le vetrine scintillanti, gli alberghi imponenti, la folla frettolosa e incalzante che pareva non badare a nulla intorno a sé. Che bellezza non dover lottare per un taxi alla Pennsylvania Station! Ce n'erano così pochi, che aveva visto due donne contendersene uno a strilli e urla. Erano entrate dalle due opposte portiere ed entrambe pretendevano di avere la precedenza. L'autista, con la tipica imperturbabilità dei conducenti newyorkesi, si era tranquillamente appoggiato allo schienale lasciando che le due donne se la sbrigassero da sole. Una corsa era sempre una corsa, qualsiasi delle due vincesse. Per lui, era lo stesso.

Poco dopo, la *Bentley* si fermò dolcemente in una tranquilla strada fiancheggiata da alberi, tra la Madison e la Park Avenue. La casa nera e grigia di Robert Gale era una specie di oasi nella città affollata, con le grandi portefinestre velate delicatamente contro l'intrusione del mondo esterno. Sulla porta di ebano nero lucente spiccava la targhetta di una famosa agenzia di sorveglianza notturna.

Non c'era da stupirsi che ci fosse un sistema di allarme, pensò Elizabeth entrando. Perfino l'ingresso era ricco di oggetti preziosi, scelti con il gusto impeccabile di Robert Gale. Il proprietario scendeva le scale per venirle incontro.

«Benvenuta! Fatto buon viaggio? Vedo che Arthur è riuscito a trovarla, in quell'inferno della Pennsylvania Station.»

«Non è difficile riconoscerlo», disse allegramente Elizabeth. «Oso dire che lei è uno dei pochi gentlemen che hanno ancora un autista.»

«Resterà sorpresa, Elizabeth. Qui circola molto più denaro di quanto lei non immagini, benché io mi compiaccia di credere di essere uno dei pochi legittimi approfittatori della guerra. In genere gli altri fanno quattrini con la borsa nera dello scotch o con la vendita illegale di sigarette. Venga a vedere la casa e a conoscere Tony. O prima vuole disfare la valigia?»

«Il mio ricco guardaroba può aspettare», rispose lei. «Muoio dalla voglia di vedere la casa.»

«Bene. Una donna che la pensa come me!»

La condusse in salotto, a destra dell'ingresso. Era un enorme salone, con ampie portefinestre che davano su un giardino perfettamente curato e pieno di fiori autunnali disposti meticolosamente. La stanza era squisita. Pareva fosse stata trasportata lì direttamente dal Diciassettesimo secolo, con tutti i mobili intatti, dove ognuno era un esemplare da collezionista. Ma, pur ammirandola, la prima impressione di Elizabeth fu che quella non era una stanza per viverci. Era una specie di esposizione che sacrificava la comodità allo chic, il calore a un'opprimente eleganza. Non c'era da stupirsi che *Enchantress* ci avesse fatto delle foto. Era uno sfondo perfetto per sterili esseri intoccabili del Ventesimo secolo come Robert Gale. Un bellissimo fuoco ardeva senza fare il minimo rumore, quasi sapesse che il più leggero scricchiolio o scoppiettio sarebbe stato accolto con un inarcare di sopracciglia. Morbide lampade velate diffondevano una luce lusinghiera, ma nessuno sarebbe stato tanto temerario da tentare di leggere con quel chiarore. I divani di seta e le delicate poltrone francesi parevano fatte perché la gente ci si posasse sopra cautamente, non ci sprofondasse. Elizabeth pensò che era la stanza più bella che avesse mai visto. Ma anche la più artefatta.

La grande sala da pranzo era molto simile. Perfetta in ogni particolare. Il tipo di stanza nella quale ci si aspettava voci ben modulate e pranzi da *gourmet*, con cibi stranieri importati o fuori stagione.

Elizabeth era sincera nei suoi complimenti e Robert gongolava per le lodi.

«Tony pensa che sia un monumento al materialismo», rise Robert.

Ma non tanto da non viverci, pensò Elizabeth.

Improvvisamente il viso di Gale si corrucciò. «Ma dove diavolo è quel ragazzo? Sarebbe dovuto scendere a darle il benvenuto. È molto ansioso di conoscerla, Elizabeth. Gli ho raccontato che donna deliziosa lei sia. Ah, questo Tony!» Robert scosse il capo con indulgenza. «Probabilmente sarà immerso in qualche trattato di filosofia e, come il solito, avrà perso la nozione del tempo. Venga, andremo di sopra. Vorrà certo vedere la sua stanza. Noi stiamo al secondo piano, Arthur e Howard, il cuoco, stanno all'ultimo. La donna delle pulizie viene a giornata. Arthur fa da cameriere, valletto e autista. Funziona bene, anche se è una casa un po' grande per un personale così esiguo. La guerra, che vuole... È maledettamente difficile trovare la servitù, ma ci arrangiamo.»

Pensando alla propria situazione domestica, Elizabeth represse un sorriso. Meno male che aveva sempre evitato di invitare Robert Gale a casa sua, a Washington. Sarebbe svenuto di certo.

Cicalando disinvoltamente, Robert le fece strada. «Tra l'altro, mi sono preso la libertà di invitare la sua amica Laurel Lane a cena stasera. Ho pensato che sarebbe stata stanca e avrebbe preferito una tranquilla cena in casa. Spero che le vada bene. Così avremo modo di conoscerci. Domani sera invece ci daremo alla vita notturna in città, se le va.»

«Perfetto. È stato molto premuroso, Robert.»

«E qui c'è la sua tana», disse aprendo la prima porta a sinistra. «Spero che troverà tutto quanto le serve.»

Le sue parole erano un eufemismo. La stanza era un sogno, tutta in stoffa rosa e velluto ciliegia. La sua valigia era già lì, appoggiata a una panchetta laccata di bianco. Dalla porta della camera da letto s'intravedeva un salottino rosa pallido con mobili di legno antico. Non si vedeva il bagno, ma era pronta a scommettere che era perfettamente equipaggiato di tutto, dagli spazzolini da denti alle cuffie da bagno coordinate. Elizabeth tratteneva il respiro.

«Robert, ma è favoloso!»

«Contento che le piaccia. Credo che sia carino, per una donna. Non che abbiamo spesso la fortuna di avere ospiti femminili. La mia vecchia madre viene un paio di volte l'anno dalla Pennsylvania. E poi abbiamo un paio di care amiche che vengono a New York di tanto in tanto. Lei forse le conosce.» E nominò una famosa ballerina e un'attrice di Hollywood, nota per essere la prediletta degli omosessuali. Ma di nuovo il viso di Robert si rabbuiò. «Accidenti, ma dov'è finito Tony? Mentre lei si sistema vado a vedere che fine ha fatto quel ragazzo. Ci si vede di sotto tra una mezz'ora? Dunque, ora sono le nove. La sua amica Laurel potrebbe arrivare da un momento all'altro. È un po' tardi per i cocktail, ma so che il suo treno è partito alle quattro. Spero che non stia morendo di fame. Berremo qualcosa rapidamente e ceneremo alle dieci.»

«La ringrazio. Se non le dispiace, vorrei chiamare Ann per dirle che sono arrivata sana e salva e per sentire come se la cavano lei e Charlene.»

Dopo aver parlato con le figlie, appeso nell'armadio i suoi pochi abiti ed essersi fatto un rapido e leggerissimo trucco, scese in salotto. Di Robert e Tony nemmeno l'ombra, ma l'efficiente Arthur comparve subito a chiederle che cosa volesse bere. Elizabeth decise di aspettare gli altri. Dopo un attimo si sentì il campanello della porta d'ingresso e Laurel venne introdotta. Le due donne si abbracciarono, scambiandosi occhiate d'apprezzamento.

«Dio, che gioia rivederti!» esclamò Laurel. «Hai un aspetto magnifico.»

«Che dire di te, allora?» fece Elizabeth. «Hai proprio l'aria della newyorkese di successo. Mi piacciono i tuoi capelli. E che abito! Laurel, ma è bellissimo!»

«Il tuo amico Gale mi ha detto che sarebbe stata una semplice cenetta in casa, perciò non sono impazzita con il mio ultrachic guardaroba nuovo. Confesso che mi piace da morire comperare abiti. La tentazione è irresistibile, quando hai accesso all'intero mercato. Che te ne pare di questo abitino?»

Elizabeth sorrise senza ombra d'invidia. «È uno schianto. Non sei mai stata così carina.»

Ed era vero. Importanza e successo si addicevano a Laurel. Era sempre stata ben vestita, ma ora era una donna da fare girare la testa. Quella sera indossava un semplice abitino di lana nera, dal taglio perfetto, che metteva in risalto la sua figuretta. Anche i gioielli che portava sembravano veri. Con i capelli scuri tagliati corti e ricci nella pettinatura di moda, era esattamente la redattrice che ogni donna comune sogna. Per un attimo, Elizabeth temette che fosse cambiata anche dentro. Forse quel suo aspetto superchic nascondeva una nuova Laurel, leggera e superficiale, come ben si adattava ai suoi eleganti ornamenti. Ma subito le parole di Laurel scacciarono questo dubbio.

«Accidenti, che casa! Adesso capisco perché tutte le riviste di moda lottano a coltello per ambientarci dei servizi fotografici. Ma ci vive veramente qualcuno, qui dentro, o è solo un posto dove Robert passa ogni tanto per appoggiare un braccio alla mensola del caminetto e sfoggiare il suo fascino?»

Elizabeth rise. «No, no, ci vivono davvero. Perlomeno Robert. Finora non ho ancora visto il misterioso Anthony Alexander.»

Neanche a farlo apposta, proprio in quel momento i due

comparvero sulla soglia. Gale era impeccabilmente vestito con una giacca da smoking di velluto blu scuro e un foulard annodato con disinvoltura al collo. Dietro di lui veniva un giovanotto molto alto, dall'aria delicata, vestito di tweed scuro. In un turbine di scuse per il ritardo, vennero fatte tutte le presentazioni. Arthur prese le ordinazioni per gli aperitivi.

Mentre Robert chiacchierava, brillante e disinvolto, Elizabeth osservava Tony Alexander. Se qualcuno gli rivolgeva la parola, Tony rispondeva con voce gentile e pacata, ma non prendeva mai l'iniziativa di un discorso. Elizabeth cercò di decifrare la sua espressione. Non era certo né accigliata né infelice. Pareva indifferente, né annoiato né particolarmente interessato. Ma non era un viso vacuo. Pareva piuttosto assorto in un mondo tutto suo, assai lontano dalle chiacchiere frivole ed educate degli altri. Forse aveva qualcosa a che vedere con quella sua peculiare caratteristica che Gale aveva definito «purezza». Era un viso puro. Assurdo, pensò Elizabeth, se si considera il rapporto probabilmente parassitario di Tony con Robert.

Durante la cena, Tony parve animarsi sotto il sincero interesse di Elizabeth. Mentre Laurel e Robert si scambiavano pettegolezzi locali e facevano il giochetto del «lei conosce?» con i nomi delle maggiori celebrità di New York, Elizabeth chiacchierava tranquillamente con Tony che sedeva alla sua destra. Seppe così che era nato in California e che aveva avuto una madre molto autoritaria che sin dai primi anni lo aveva trattato come una delle sue amiche facendolo partecipare, a soli dieci anni, alle partite di bridge o ai giri di compere nei negozi. Tony parlava di lei in modo naturale, senz'ombra di rancore, ma anche con l'intelligenza di chi capisce quanto avesse influito sulla propria vita quell'atteggiamento possessivo. Il padre era un uomo insignificante, che aveva abdicato ad ogni responsabilità paterna, schiacciato dalla prepotente personalità della moglie.

Elizabeth lesse molto fra le righe di questo raccontino dei primi anni di vita di Tony. Lui parlava dei genitori con molto affetto. Sì, vivevano ancora in California. Andava a trovarli un paio di volte l'anno. No, non erano mai venuti a New York, ma avevano conosciuto Robert e lo avevano trovato molto simpatico. Anzi, erano felici che Tony avesse trovato un «così buon amico e datore di lavoro». Pronunciò queste ultime frasi con un sorrisetto ironico.

«Robert mi ha detto che lei è stato ferito in guerra. Come mai si è arruolato nel corpo sanitario?»

«Volevo aiutare», rispose lui semplicemente. «Non sono un combattente, ma un guaritore. Nel senso letterale della parola.»

Elizabeth sollevò le sopracciglia.

«Un giorno le spiegherò che cosa intendo dire», disse Tony, «quando avrà tempo per una lunga e intima chiacchierata. Non so come, ma penso che lei capirà. In genere la gente non capisce.»

Dopo di che distolse la sua attenzione da Elizabeth e per tutto il resto della serata si dedicò a Laurel che pareva completamente affascinata da lui.

12

NEI tre anni di intima associazione con Robert Gale Tony Alexander non aveva mai chiesto nulla, anche se aveva dato e preso parecchio. Congedato dall'esercito dopo essere stato passato da parte a parte da una pallottola che aveva mancato il cuore per pochi millimetri, era tornato negli Stati Uniti senza sapere bene che cosa voleva fare. Il fatto di essere sfuggito quasi miracolosamente alla morte non lo stupiva. Evidentemente, pensava, non era ancora giunta la sua ora. Era convinto di avere un posto speciale nel disegno universale delle cose. Non pensava di essere un nuovo Redentore o un essere superiore, destinato alla santità, ma aveva la ferma convinzione di essere stato mandato sulla terra per uno scopo ben preciso. E questo scopo, misterioso anche per lui, pareva fosse una sua abilità quasi magica di guarire.

Per questo era andato a lavorare con i medici sul campo di battaglia. Non aveva avuto nessuna difficoltà a farsi accettare dal corpo sanitario. Nella sua mente non c'era un preciso prefisso alla parola sessuale: né etero, né omo e nemmeno bi, perciò non presentava nessuno di quei sintomi che l'avrebbero fatto scartare dagli psichiatri militari. Anche ai professionisti Tony sembrava un giovane tranquillo, serio, fisicamente sano. Arruolandosi prima di una guerra, di cui aveva previsto con certezza lo scoppio, aveva potuto scegliere il campo in cui sfruttare meglio i suoi insoliti talenti.

Durante i due anni di guerra aveva avuto modo di mettere alla prova questo suo dono particolare e i risultati erano stati esattamente quelli che si aspettava. Aveva uno strano fluido nelle mani capace di guarire. Se le teneva a pochi centimetri da una brutta ustione o da una ferita nel giro di qualche ora la bruciatura guariva e la ferita cicatrizzava senza infezione. Tony lo fece più e più volte, senza che i suoi pazienti se ne accorgessero. Sentivano solo una sensazione di caldo, come se un intenso calore irradiasse dal corpo di Tony per passare nel loro. Alcuni pazienti particolarmente sensibili si erano accorti che accadeva qualcosa di strano, ma quando gli avevano fatto delle domande Tony aveva allontanato con una risata la loro curiosità. «Ma che cosa vi state immaginando?» diceva, sapendo che tanto non avrebbero mai capito. Ma non immaginavano affatto. Aveva lo strano potere di vedere intorno agli altri qualcosa che lui chiamava «aura d'energia». Era convinto che ogni persona irradiasse una specie di scarica elettrica che lui riusciva a identificare e gli altri, evidentemente, no. Era inoltre convinto che questa radiazione fosse più forte in certe persone che in altre. Spesso vedeva un vago alone intorno a tutto il corpo di un altro essere umano e a volte era così forte da abbagliarlo. Nel suo caso personale, pensava, era la fonte dei suoi poteri curativi.

Aveva cercato una spiegazione a questi strani fenomeni negli insegnamenti orientali e aveva trovato delle credenze religiose che confermavano le sue. Non parlava mai a nessuno di questi suoi poteri, accontentandosi di lasciare il proprio destino nelle mani della forza che governava la sua vita. Era quasi indifferente allo schema delle sue attività giornaliere. Sapeva solo che aveva dell'amore da donare, sia spirituale sia fisico ed era capace di darne ad ambedue i sessi, nel limite in cui dava piacere. Perciò quando Robert Gale entrò nella sua vita Tony rispose alle sue esigenze con gentilezza, con innocenza quasi infantile. Strano a dirsi, era la sua prima esperienza con il suo stesso sesso. La cosa non lo stupì e non lo turbò più di quanto non l'avessero stupito e turbato un paio di rapporti sessuali avuti con alcune ragazze in California. Questa era la sua missione, si diceva Tony, dare amore dove era necessario. Se la sua presenza, il suo corpo potevano dare felicità a un'altra persona, lì era anche la sua felicità. Amava ambedue i sessi ciecamente, senza esitazione e senza darsi pensiero delle convenzioni che, dopotutto, erano state create dall'uomo.

Nonostante tutte queste idee misticheggianti non aveva l'aria d'un pazzo fanatico. Per lui queste scoperte erano quasi d'interesse scientifico. Non aveva nessuna voglia di diffondere il suo credo in modo stravagante o evangelico. Se non altro, il suo aspetto e i suoi modi esteriori erano esattamente l'opposto: era in ogni occasione, infallibilmente, lo stesso giovanotto composto e tranquillo che Elizabeth aveva conosciuto quella prima sera a New York.

Tony non riteneva certo i lussi della vita un male da respingere. Non chiedeva le ricchezze materiali che Robert riversava su di lui, ma non le rifiutava nemmeno. Aveva gusto e stile, apprezzava la casa elegante, i begli abiti, i buoni cibi e le bevande di marca che il suo amico gli forniva. Gli piaceva far parte della fortunata ditta di arredamento di Robert, adorava lavorare con il legno antico o le ricche stoffe tessute a mano e proprio questo amore per il bello lo aveva spinto verso il campo dell'arredamento. Quando era tornato dalla guerra sembrava che non riuscisse ad adattarsi a nessun lavoro. Sarebbe potuto tornare in California dove lo aspettava un posto nel salone di automobili del padre, ma l'idea lo attirava poco. Non riusciva a vedersi nelle vesti di venditore di auto usate per uomini di mezza età in maniche di camicia e per le loro querule mogli. Inoltre non aveva nessuna voglia di tornare nella mediocre casa dei suoi a San Fernando Valley e alla soffocante personalità della madre.

Invece, per impulso, aveva seguito un annuncio pubblicitario della scuola di arredamento d'interni di New York accorgendosi che si poteva prendere il diploma in base alla legge del dopoguerra che garantiva l'istruzione ai veterani. A quel tempo non sapeva esattamente perché quell'annuncio avesse attirato la sua attenzione. Non aveva mai pensato di fare l'arredatore e nessuno di sua conoscenza aveva mai scelto quella professione. Più tardi aveva capito che faceva tutto parte del famoso piano. Perché fu lì che conobbe Robert Gale, venuto per una conferenza. Tony era rimasto in aula anche dopo che Robert aveva finito di parlare per chiedergli dei consigli per ottenere un posto d'apprendista. Gale gli aveva invece offerto addirittura un lavoro nella sua stessa ditta e, poche settimane dopo, un posto nella sua vita. Tony aveva accettato tutt'e due e non aveva mai avuto motivo di rimpiangere la decisione.

Gli unici momenti sgradevoli di quel rapporto, per il resto assolutamente soddisfacente, erano dovuti alla possessività di

Robert. Gale infatti era gelosissimo di tutti gli uomini verso i quali Tony mostrasse qualcosa di più che un banale interesse. Era questo un atteggiamento assai difficile da capire per lui. L'idea stessa che qualcuno potesse possedere un altro essere umano era per lui inconcepibile e le furie occasionali di Gale per qualche sua immaginaria infedeltà lo lasciavano sgomento e molto vicino alla rabbia.

«Io non ti appartengo, Robert», aveva detto la prima volta che Robert lo aveva accusato d'interessarsi a un giovanotto che aveva più o meno la sua stessa età. «Non hai il diritto di dirmi con chi devo parlare o dove posso andare. Mi riservo il diritto di scegliermi gli amici. Non ha niente a che vedere con te.»

«Ah, no, eh?» aveva urlato Gale. «Ma non ti accorgi che mi fai fare una figura da cretino, mentre te ne stai lì a diffondere a piene mani il tuo innocente fascino da ragazzino? Accidenti a te, Tony, tu mi appartieni, che ti piaccia o no. Ti do il letto in cui dormi, il cibo che mangi, gli abiti che indossi. Senza di me non saresti niente. Semplicemente uno dei tanti bei ragazzi tornati freschi freschi dalla guerra. Sarebbe tanto se riuscissi a vendere cravatte da Bloomingdale!»

«Potrei sempre farlo», aveva risposto Tony tranquillamente. «Non me ne importerebbe assolutamente niente. Anzi, potrei anche preferire vendere cravatte piuttosto che subire le tue collere infantili.»

Subito l'ira di Gale era sbollita ed erano piovute scuse timorose e promesse di non essere mai più così meschino. Queste scene che si ripetevano molte e molte volte, con qualche piccola variazione, turbavano ambedue per diversi motivi. Tony diceva la verità, sostenendo di non essere proprietà di Robert. Avrebbe abbandonato quella vita di agi e di lussi senza nessun rimpianto, se si fosse trattato solo di rinunciare a qualche costosa comodità. Ma sapeva che Robert aveva bisogno di lui. Non poteva abbandonarlo.

Da parte sua, Gale provava disgusto per se stesso, per essere così ferocemente attaccato a quella gentile creatura che avrebbe potuto veramente abbandonarlo se avesse tirato troppo le redini. Robert sapeva che Tony non lo amava come lo amava lui. Dei due era Gale il vero schiavo, schiavo di una persona che non voleva né possedere né essere posseduta. Cercava di tenersi dentro tutti i timori e tutte le gelosie. Solo di tanto in tanto la sua ansia si sfogava in questi bisticci dai quali usciva sempre perdente.

Dopo il ritorno di Elizabeth a Washington per fortuna non ci furono esplosioni del genere. Tony era rimasto palesemente incantato da quella donna semplice e sensibile e aveva passato insolitamente molto tempo a parlare con lei. Ma questa sua attenzione non aveva suscitato inquietudini e timori in Gale. Non gli passava nemmeno per la testa che Tony potesse interessarsi anche all'altro sesso. Riservava le sue furie alle occasioni in cui Tony mostrava interesse per un altro uomo.

La sera dopo la partenza di Elizabeth, Robert e Tony cenarono tranquillamente in casa. Invece di mangiare nell'elegante salone da pranzo, Arthur portò loro i vassoi della cena nell'enorme camera che dividevano. Mangiarono comodamente in vestaglia, sullo scrittoio stile Impero accanto alla finestra. Sullo sfondo si udiva in sordina della musica registrata che veniva diffusa in tutte le stanze. Gale era felice ed espansivo. La visita era andata bene. Elizabeth gli piaceva sinceramente e si era davvero comportata da perfetta ospite, senza pretese, ed era apparsa lusinghieramente impressionata da quel mondo magico che Robert le aveva mostrato. Anche l'amica, Laurel, era una donna abbastanza simpatica, non una di quelle impossibili puttane, come sono perlopiù le donne che lavorano nelle riviste di moda. Tony, a quanto pareva, si era divertito e aveva anche accondisceso di buon grado a entrare nei night e nei ristoranti pseudoeleganti che normalmente affermava di detestare.

Soddisfatto, Gale si accese una sigaretta dopo cena gustando anche quel piccolo banale piacere con compiaciuta consapevolezza. Era stato abile a fare quella specie di accordo con la tabaccheria di Madison Avenue: in cambio di una generosa mancia settimanale il proprietario teneva sempre pronta una scatola della sua marca preferita che Arthur passava a ritirare. Robert non era certo il tipo da fare la coda, come toccava fare agli altri, per comperare le sigarette razionate un pacchetto alla volta e del resto non si sarebbe nemmeno adattato a fumare una di quelle sconosciute marche di cui i fumatori meno furbi, o meno ricchi, dovevano accontentarsi. Con il denaro tutto è possibile, pensò con scarsa originalità. Grazie a Dio si era buttato negli affari prima della Depressione, al tempo in cui si potevano fare montagne di quattrini, altrimenti sarebbe stato ancora a Philadelphia, a sbarcare il lunario con qualche stupido lavoro in quella città morta di sonno. Tirò un profondo sospiro, spinse da parte la tazzina del caffè e guardò affettuosamente Tony.

«Che bello essere finalmente soli, eh?» commentò. «Però è stato piacevole avere qui Elizabeth. Mi è parso che v'intendeste molto bene.»

Un campanello d'allarme cominciò a squillare nella testa di Tony. Discussione in vista? Forse Robert pensava che avesse dedicato troppa attenzione a Elizabeth? Rispose con voce indifferente.

«È una donna simpatica.»

«Molto di più», disse Gale. «È in gamba. Sai, Tony, stavo quasi pensando che potrebbe servirci, nel nostro lavoro. Potrebbe essere un'idea brillante. Secondo me Elizabeth se la caverebbe benissimo con i mariti di quelle oche con cui dobbiamo trattare. E le donne non la considererebbero un pericolo, visto che non è più tanto giovane.»

Tony sorrise. «A sentire te, si direbbe che è Matusalemme. Quanti anni avrà Elizabeth? Trentotto? Quaranta?»

«Ah, sì, almeno. Non che a quarant'anni si sia vecchi.» Robert era scivolato su un terreno pericoloso. «Volevo dire che è una donna affascinante e colta, non il tipo che flirta con i mariti delle clienti. Sto pensando per esempio a due o tre lavoretti nei quali sto dalla parte delle mogli, ma in cui i mariti che pagano il conto mi guardano con occhio di triglia. Se avessi Elizabeth con me le cose potrebbero andare meglio.»

«È un'idea. Inoltre deve intendersene un po', dopo tutti quegli anni al giornale.»

«Appunto. Per di più ha la dote più importante: un istintivo buon gusto. Lo si è capito subito, da come a colpo sicuro ha ammirato gli oggetti più belli della casa. E non si è lasciata ingannare nemmeno da certe mie ottime imitazioni.»

«Pensi che sarebbe disposta a lasciare Washington?» chiese Tony. «Dopotutto possiede una casa, in quella città, non è vero? E poi ci sono anche un paio di bambini di cui bisogna tenere conto.»

«Ho l'impressione che a Washington ormai si senta sola e annoiata. Quanto alla casa, non dovrebbe essere difficile venderla in quella superaffollata cittadina di provincia. E non credo che i bambini siano un problema. Il figlio è nella Marina mercantile, mentre la figlia maggiore lavora in una libreria. Potrebbe trovare lo stesso lavoro anche qui a New York, ne sono sicuro. Resta solo Charlene, la piccola. Dovremmo aiutare Elizabeth a trovare una casa con una scuola decente nelle vicinanze.»

Tony si strinse nelle spalle. «Sì, mi sembra ragionevole. Lo avevi già in mente da un pezzo? Voglio dire, quando le hai chiesto di venire per l'week-end volevi avere una specie di colloquio di lavoro prolungato?»

«Be', sì, ci avevo pensato. Mi sembrava l'unico modo per conoscerla da vicino. Ma non volevo dirle niente, finché non fossi stato sicuro che era il genere di persona che fa per noi.»

«E adesso sei contento che lo sia?»

«Certo. Perché non dovrei esserlo?»

In contrasto con le giornate allegre ed eccitanti passate a New York, la vita a Washington al ritorno parve a Elizabeth più monotona che mai. Fece un racconto, opportunamente riveduto e corretto, a Charlene e ad Ann del suo soggiorno descrivendo i bei negozi, i teatri e i ristoranti, la magnifica casa di Robert, ma evitò accuratamente di nominare Tony. Parlò con entusiasmo del lavoro di Laurel e di quanto si era fatta carina. Poi tirò fuori i regalini che aveva portato: due golfini acquistati da Bonwit Teller per Ann e un grazioso scamiciato scozzese per Charlene del famoso reparto per bambini da Best & Co. Le ragazze furono felici.

«E adesso», chiese Elizabeth, «raccontatemi che cosa è successo qui. Come ve la siete cavata?» Avrebbe voluto chiedere se c'erano notizie di Quigly, ma le parve del tutto inutile. Nel caso, le figlie glielo avrebbero detto subito.

«È stato tutto tranquillo, come il solito», disse Ann.

«Sabato ho fatto una torta», aggiunse Charlene. «Te ne abbiamo tenuta una fetta.»

«Ma davvero, tesoro? Che carina!»

«Sì, e ha fatto uno spaventoso disordine in cucina», ribadì Ann. «Davvero, Charlene, sei proprio una gran pasticciona. Sono contenta che te ne sia andata dalla mia stanza.» L'espressione del viso della madre e della sorella fecero capire ad Ann che cosa implicavano le sue parole. Ann non era contenta che Quigly se ne fosse andato, però sperava che se ne stesse lontano abbastanza perché lei riuscisse ad avere un appartamentino tutto suo. Non aveva idea di come ci sarebbe riuscita. Ma non si sarebbe mai adattata all'idea di essere la figlia di una affittacamere. Mai.

Tre settimane dopo Robert Gale andò a Washington. Chiamò per tempo Elizabeth e la invitò a colazione. Lei accettò di buon grado, sentendosi un po' colpevole di non invitarlo a cena in casa in cambio della sua generosa ospitalità a New York. Sarebbe stato naturale e logico, ma qualcosa le diceva che era meglio non fare sapere a Robert che aveva una casa adibita a pensione. Fu quello uno dei rari, piccoli inganni di Elizabeth. Già s'immaginava Robert alzare le sopracciglia inorridito alla sola idea.

Voleva comprargli un regalino per la casa, ma la scelta era molto imbarazzante. Ci sarebbe voluto come minimo un tesoro e lei non poteva certo permetterselo. Ripiegò allora su una delle sue antiche specialità e gli ricamò un piccolo arazzo facendo lei stessa il disegno. Era un dono molto grazioso e personale che rappresentava i momenti salienti del suo viaggio a New York: una casa in miniatura, una piccola *Bentley*, un fantino per ricordare le famose statuette davanti al *21* e una cicogna che simboleggiava lo *Stork*, il celebre ristorante della Cinquantatreesima strada. Intrecciò questi simboli con fiori e ne fece una ghirlanda intorno alle iniziali R.G. Tutte le sere lavorava alacremente, decisa a finirlo per quando Robert l'avrebbe invitata a colazione. Diede gli ultimi punti proprio la sera prima chc arrivasse. Quando lui aprì il pacchetto ne rimase incantato, quasi commosso.

«Ma che splendida idea», disse. «È un vero gioiello. Mi piace moltissimo! Ma come diavolo ha fatto a finirlo così in fretta?»

Elizabeth era compiaciuta. «Oh, è stato un divertimento, per me. E poi la sera ho sempre un sacco di tempo.»

«Washington è noiosa?»

«Be', il fatto è che sono troppo vecchia per fare la debuttante e troppo povera per fare la patronessa alle feste. Non c'è gran che, tra questi due estremi, per una donna sola in questa città.»

«Mai pensato di andarsene?»

Elizabeth lo guardò incuriosita. Ebbe la netta impressione che non fosse una domanda casuale.

Prima che potesse rispondergli, Robert continuò: «Vede, ho pensato molto a lei, cara. Nella mia organizzazione c'è spazio per una persona con il suo fascino e il suo talento. Lei è semplicemente sprecata in quel settimanale provincialotto. Vorrei che lavorasse per me».

Per un attimo pensò che le stesse offrendo un posto nel suo negozio di Washington. Poi, ricordando l'allusione ad andarsene, spalancò gli occhi.

«Intende dire venire a lavorare con lei a New York?»

«Ho sempre creduto di sapermi esprimere chiaramente. Sì, l'idea è proprio questa.»

La sorpresa di Elizabeth era sincera. «Non so», disse. «Non ci avevo mai pensato. A lasciare Washington, intendo. Da quando è morto mio padre mi sentivo radicata qui. A Boston non ho più nessuno. Una volta pensavo a quella città come a casa mia. Inoltre i miei bambini hanno subìto tanti spostamenti, non so se un altro cambiamento...» S'interruppe bruscamente. Era come se stesse esprimendo ad alta voce il segreto flusso dei suoi pensieri. Robert penserà che sono matta a divagare in questo modo, si disse. Comunque, se anche lo pensava, non lo dava a vedere. Stava tranquillamente seduto all'altro lato del tavolo in attesa di una sua risposta. Lei cercò di concentrarsi sul problema.

«Che cosa dovrei fare?» chiese.

«Be', tante cose, direi. Tanto per cominciare, imparare tutto sulla ditta di arredamento d'interni di maggior successo d'America, se mi permette l'immodestia. Dovrebbe diventare qualcosa come Tony. Lui è la mia mano destra. Lei dovrebbe diventare la sinistra. Dovrebbe lavorare con i clienti, dall'ordinazione fino alla consegna. Tenere dietro a otto milioni di particolari. Trattare con falegnami impossibili, imbianchini carissimi, artigiani nevrastenici e tappezzieri eternamente in ritardo. E fare altre cento cose. E poi... ah, sì, sono disposto a pagarla bene, se la cosa le interessa. La ditta si assume anche l'onere del trasloco a New York suo e della sua famiglia.»

Elizabeth era esterrefatta. L'offerta era arrivata così in fretta e inattesa che non sapeva che cosa pensarne. Sarebbe stato un lavoro eccitante in una città stimolante. In molti sensi sarebbe stato un taglio netto con tutti i vecchi, tristi ricordi di Washington: l'infelicità con Alan, la delusione con Adam. Sarebbe stato come cominciare una vita nuova. Eppure, l'altro lato della medaglia era il rischio. Chissà se poteva fidarsi di quell'uomo relativamente sconosciuto e chiaramente irrequieto? Non era certo uno Stu Preston. Gale era un tipo stravagante. Magari dopo qualche mese avrebbe cambiato idea su di lei. E allora si sarebbe trovata a New York, senza lavoro e piena di paura.

Inoltre bisognava pensare anche ai figli. Ann pareva contenta del suo lavoro. Forse non avrebbe voluto lasciarlo. Charlene dava meno preoccupazione. Era ancora abbastanza piccola da potersi adattare a qualsiasi ambiente e poi era una bambina che faceva amicizia in fretta. Quigly era un problema ancora diverso. Era giusto eliminare l'unica casa in cui quel ragazzo poteva tornare? Ma a Quigly non importava della sua casa. Anzi, aveva sempre mostrato una gran voglia di andarsene via.

La casa. Doveva ancora del denaro a Preston. Comunque non era un problema. Era sicura di poterla vendere almeno allo stesso prezzo per il quale l'aveva acquistata e forse anche maggiore. Avrebbe finito di pagare il prestito e probabilmente le sarebbe anche rimasto qualche dollaro in tasca. La cosa che più la preoccupava era lasciare la rivista di Preston. Stu era stato così buono con lei: le aveva dato un lavoro quando era ridotta alla disperazione. Era giusto piantarlo in asso proprio ora, poco tempo dopo che anche Laurel se n'era andata?

Il pensiero di Laurel la ricondusse agli aspetti positivi della faccenda. Che gioia sarebbe stata poter vivere ancora nella stessa città della sua migliore amica, dell'unica amica, anzi, che avesse mai avuto! Elizabeth sentiva terribilmente la sua mancanza. Rivedendola a New York aveva capito quanto era sola a Washington, senza la vivace, allegra compagnia di Laurel, il suo buon senso e la sua simpatia.

Tutti questi pensieri le presero sì e no un paio di minuti, ma Elizabeth ebbe l'impressione d'esservi rimasta immersa per ore.

«Mi scusi tanto, Robert», disse. «La mia mente stava saltando da un pensiero all'altro.»

«Comprensibile. In fondo è un problema un po' più serio che comperarsi un cappellino nuovo.»

«Senta, mi piacerebbe moltissimo, ma c'è un problema di cui odio parlare.»

«Lo so. Il denaro. Strano come tutti lo amiamo, ma detestiamo parlarne, vero? Non ho idea di quanto la paghi Preston, ma sono certo di poterle dare molto di più. Tanto per cominciare, la vita a New York è più cara. Secondo, non credo che valga la pena di cambiare lavoro, se non si aumentano le proprie entrate. Lei sa, immagino, che il congelamento degli stipendi è una vera idiozia. Posso darle il suo attuale stipendio, come una stupida legge mi obbliga a fare, e darle la differenza in conto spese. Lei dovrà semplicemente presentare tutte le settimane un bel conto spese finto. Sarà forse illegale, ma è anche comodo perché è denaro non soggetto a tasse.»

Elizabeth fissava in silenzio il suo piatto.

«Qualcosa non va?» chiese Gale. «Non mi dica che i suoi scrupoli le impediscono di usufruire di questo sistema un po' illecito. Parola mia, Elizabeth, lo fanno tutti al giorno d'oggi.»

«No, non si tratta di questo», rispose lei. «Non penso certo che si tratti di un grosso crimine. C'è un'altra cosa, che non le ho mai detto. Ho un piccolo introito, oltre al mio stipendio.» E gli spiegò della pensione e del denaro in più che ne ricavava. «Quindi, vede», aggiunse, «avrei bisogno di una grossa somma per compensare questo reddito che mi verrebbe a mancare e il fatto che d'ora in avanti dovrei anche pagare un affitto. Non so che cifra lei abbia in mente. Forse non quella di cui avrei bisogno.»

Robert scoppiò in una allegra risata. «Ma è troppo divertente! Di tutte le persone al mondo che avrei potuto immaginare come una stereotipata affittacamere, lei è proprio l'ultima! Mi sono chiesto spesso perché non m'invitasse mai a casa sua. Mia cara, è talmente volgare da essere assolutamente chic.»

Elizabeth non sapeva se sentirsi sollevata o offesa. «Lei andrebbe d'accordissimo con mia figlia Ann», disse. «Solo che a lei non sembra affatto chic, ma solo volgare.»

«Via, via, non si metta sulla difensiva. Non avevo intenzione di offenderla. Al contrario, l'ammiro molto. Non deve essere facile avere un lavoro e nello stesso tempo la responsabilità dei pensionanti. Credo comunque che non le dispiaccia liberarsene, ragione di più per accettare la mia offerta. Quanto al denaro, non ho idea di quale sia la cifra totale che lei riesce a mettere insieme, ma immagino che si aggiri sui cento dollari la settimana, non è vero?»

Lei annuì.

«Bene. Allora questo sarà il suo stipendio base alla Robert Gale Interiors. Ma ogni settimana dovrà lavorare di fantasia e fare un bel conto spese per altri centocinquanta dollari. Naturalmente lei avrà anche un vero conto spese, ma sarà a parte del totale di duecentocinquanta dollari la settimana. Che ne dice?»

Elizabeth era sbalordita. «È un'offerta più che generosa.»

«Allora, verrà?»

«Sì. Se lei è proprio sicuro.»

«Sono proprio sicuro», confermò Gale seriamente. «Anzi, sono felice. E anche Tony lo sarà.»

«Tony?»

«Naturalmente ne ho parlato con lui. Dopotutto, la mano destra deve pur sapere che cosa fa la sinistra.» Le sorrise in modo disarmante. «Sarà meraviglioso per lei, Elizabeth. E anche per noi. L'avverto che a lavorare con noi si perde il grasso superfluo, ma forse non le dispiacerà. Per quando l'aspettiamo? Ora siamo a metà novembre. Crede di riuscire a sistemare tutto qui e a raggiungerci diciamo verso la metà di gennaio? Vorrei riuscire a lavorare con lei per un paio di settimane prima di andare a Palm Beach in febbraio.»

«Non so», rispose lei. «Devo dare il preavviso a Stu Preston e sistemare la vendita della casa. Nel frattempo ci sono anche le vacanze di Natale che, come lei sa, rallentano tutto quanto. Dovrò anche trovare un appartamento a New York. Due mesi fanno presto, a passare.»

«Be', ci proveremo. Da parte nostra potremmo aiutarla a trovare casa a New York. Le faremo una lista di appartamenti e lei potrebbe venire a vederli durante un week-end. Dunque, vediamo, lei avrebbe bisogno almeno di due camere da letto e di una zona pranzo. Bisogna anche che sia in un quartiere decente. Penso che si potrebbe permettere di pagare un affitto di circa centocinquanta dollari il mese, vero? Be', non è una gran somma, ma faremo il possibile.» Tese la mano attraverso il tavolo e strinse quella di Elizabeth. «Allora, affare fatto?»

Le girava la testa, ma si sentiva molto eccitata. Doveva essersi sentita proprio così, Laurel, quando le era arrivata l'offerta di *Enchantress* come un fulmine a ciel sereno. Spaventata, ma felice.

«Sì», disse nervosamente, «affare fatto.»

Elizabeth si stupì della relativa facilità con cui riuscì a compiere il grande passo. Stu Preston fu sinceramente dispiaciuto di vederla andare via, ma non tentò in nessun modo di farle cambiare idea.

«Mi dispiace moltissimo», disse. «Il suo contributo a *Wife and Mother* è stato notevole. Non sarà facile sostituirla, né al giornale né come amica. Ma credo che sia una grossa occasione per lei. Avrà a che fare con gente del tutto diversa.»

«E con problemi diversi», aggiunse lei.

«Può darsi. Finora comunque lei se l'è sempre cavata benissimo.»

Accettò un preavviso di due settimane e promise di farle sapere se avesse avuto notizie di Quigly. Elizabeth avrebbe scritto a quello che sembrava un mitico indirizzo per dare al figlio il nuovo recapito, pur non sapendo se Quigly avesse mai ricevuto tutte le lettere che gli aveva spedito, visto che non le aveva mai risposto. A volte pensava perfino che fosse morto, ma Stu le assicurò che non poteva essere.

«Glielo avrebbero comunicato», le spiegò. «E poi sono convinto che sia ancora sulla nave cisterna sulla quale si era imbarcato e che è tuttora in servizio attivo.»

Per vender la casa impiegò solo tre settimane. La signora McBain era stata meno fortunata di Elizabeth. Alla fine del 1944 era difficile trovare un alloggio decente, perciò la proprietà era più ambita e di maggior valore che nel 1937. Un'agenzia che possedeva altre pensioni nella stessa zona rilevò la casa per ventimila dollari. Detratte le spese, le tasse e il saldo del debito con Preston le rimase comunque un cospicuo gruzzoletto. Dalla morte del padre era la prima volta che si trovava qualcosa da parte. Decise di non toccare quella cifra. Se le cose con Gale fossero andate per il peggio quei soldi l'avrebbero aiutata a superare le difficoltà. O forse potevano servire per qualche emergenza. Sarebbe stato bello, per una volta tanto nella vita, avere qualcosa di più che pochi dollari sul conto in banca. Le grosse somme di denaro non erano importanti per lei, ma aveva conosciuto la paura che può dare essere veramente senza un soldo. Guardandosi alle spalle capiva di essere stata davvero molto fortunata a riuscire a sopravvivere decentemente. Pareva quasi che le cose fossero arrivate quando ne aveva avuto bisogno: denaro, alloggio, amici e perfino un'avventura sentimentale che, per quanto sfortunata, era stata comunque un balsamo per il suo orgoglio ferito.

La fortuna sembrava continuare, man mano che passavano le settimane. Robert le telefonò per dirle che avevano trovato un appartamentino che forse sarebbe stato di suo gradimento. Perciò Elizabeth un venerdì sera prese di nuovo il treno per New York. Il sabato andarono tutt'e tre insieme a veder l'appartamento ed Elizabeth lo trovò perfetto. Era in una casa d'arenaria completamente riadattata in Gramercy Park. Dalle finestre del piccolo soggiorno ci si affacciava su una bella piazzetta chiusa, alla quale avevano accesso solo gli inquilini delle case che davano sui quattro lati del giardino. Nella piazza c'erano altalene e scivoli per i bambini e proprio lì accanto una buona scuola per Charlene. A pochi passi, sulla Settantunesima strada, si trovavano negozi di alimentari e lavanderie. Era forse un po' lontano dagli uffici di Gale, nella Cinquantasettesima Est, ma un autobus percorreva la Madison e la portava proprio a due passi dal portone.

L'appartamento non era molto spazioso, ma incantevole. Aveva un soggiorno ben proporzionato con un grazioso caminetto funzionante, una cucina piccola, ma completa di tutto e due camere da letto, una grande e l'altra minuscola. Elizabeth avrebbe preso la piccola per sé, mentre le figlie avrebbero diviso quella più grande. Pareva fatta su misura per lei. Anche il prezzo era giusto.

«La prendo», disse all'impiegato dell'agenzia che li aveva accompagnati. «Le va bene un contratto a partire dal mese di febbraio?»

«Be', suppongo di sì, signora Withman. Speravamo di potere partire da gennaio, ma capisco che è impensabile, per una persona che deve trasferirsi da un'altra città. Le chiederemo un mese di caparra, naturalmente.»

Robert intervenne. «Elizabeth, guardi che abbiamo ancora un paio di appartamenti da farle vedere. Forse è meglio rimandare la decisione a quando avrà visto anche quelli.»

Elizabeth ripensò ai giorni lontani in cui era andata a cercare casa a Washington e allo stupore della cara Geneviève Chapman quando Elizabeth aveva subito deciso per la casetta di Georgetown. La gente non capisce che ci sono luoghi che ci trasmettono subito delle vibrazioni speciali. Era appunto il caso di quell'appartamento. Sarebbe stato uno spreco di tempo cercare ancora.

«Sinceramente, credo che non potrei trovare di meglio», rispose. «È un po' come vivere in campagna, con tutti i vantaggi della città.»

Gale si strinse nelle spalle. Elizabeth si rivolse a Tony. «Lei che ne pensa, Tony? Sono troppo precipitosa?»

«Io penso che questa casa stesse proprio aspettando lei», ammise lui con un sorriso. «Non perda tempo e firmi il contratto.»

Detto e fatto. L'appartamento sarebbe stato ridipinto (bianco dappertutto, raccomandò Elizabeth) e un rubinetto che sgocciolava sarebbe stato riparato prima del trasloco. L'agente accettò un assegno per due mesi di affitto anticipato e promise di mandarle il contratto per posta a Washington.

«Naturalmente dovremo fare un normale controllo delle sue referenze, signora Whitman», disse ancora, «ma sono certo che non ci sarà alcun problema.»

«Lo credo bene», intervenne Robert con tono altezzoso. «Io sono Robert Gale e la signora è una mia dipendente.»

L'altro lo guardò con espressione vacua. «Ma certo, signor Gale; come ho già detto sono certo che non ci sarà nessun problema.» Evidentemente il nome di Robert Gale non gli diceva proprio niente. Elizabeth e Tony nascosero un sorriso divertito mentre Robert, rosso d'indignazione, lasciò cadere il discorso.

«C'è un'altra cosa», disse Elizabeth lentamente. «Vorrei che il contratto venisse stipulato con il mio nome professionale: Elizabeth Quigly.» Era un'idea che aveva maturato sin dalla morte di Alan. Da allora in poi, a parte i casi in cui si fosse trattato dei bambini, avrebbe sempre usato il suo nome da ragazza. «Whitman» faceva parte di un'altra vita, ormai era un nome che apparteneva a una vedova di Memphis. Era un piccolo passo, ma di enorme significato. Un altro legame con il passato veniva irrevocabilmente reciso.

Ma c'era anche un'altra cosa, che le venne in mente solo quando erano già tutt'e tre in macchina diretti al *Colony* per festeggiare con una colazione la conclusione dell'affare. Con una stretta al cuore Elizabeth pensò che l'appartamento che le era appena apparso così perfetto in realtà non sarebbe stato sufficiente per accogliere anche suo figlio, nel caso che fosse tornato. Per la prima volta affrontò consapevolmente la realtà che Quigly non sarebbe mai più tornato a casa.

Era filato tutto così liscio dal momento in cui Robert le aveva fatto l'offerta di lavoro che Elizabeth cominciava a pensare che dovesse pur esserci un piccolo neo da qualche parte. Come era prevedibile, l'intoppo, per quanto trascurabile, le venne da Ann. All'inizio infatti le due ragazze avevano accettato l'idea di trasferirsi a New York con apparente serenità. Charlene pensava che fosse molto eccitante e ad Ann non dispiaceva affatto l'idea in generale di lasciare Washington e in particolare la pensione, ma quando Elizabeth fece un quadro luminoso della vita eccitante che avrebbero avuto a New York, Ann non poté trattenersi da infliggerle una piccola umiliazione.

«Mamma, ma ti rendi conto che è la terza volta nella mia vita che cerchi di convincermi di quanto sia meraviglioso un luogo? Prima è stata la volta di Bethesda. Ricordo ancora le tue liriche descrizioni della vita di campagna dove io e Quigly ci saremmo potuti costruire una casetta per i giochi tutta nostra. Poi è toccato a questo orrore in cui viviamo, dove avrei potuto trovare negozi e cinema a portata di mano. Adesso stai addirittura cercando di vendermi il Carnegie Hall e il Metropolitan Museum. Che cosa sarà la prossima volta? Forse le Blue Ridge Mountains, in Virginia?»

Queste parole erano dette con il solito tono risentito di Ann, ma Elizabeth rifiutò di arrabbiarsi o di provare rimorsi. Le rispose anzi in tono quasi scherzoso.

«No. Veramente stavo pensando ai vantaggi culturali che può offrire il Giappone, una volta finita la guerra. Ho sentito dire che c'è una splendida casetta con una magnifica vista sul Fujiama.»

Sorprendentemente Ann scoppiò a ridere ed Elizabeth provò per un attimo un senso di complicità con quella figlia ormai grande. Ma quando tornò dal secondo viaggio a New

York e raccontò alle figlie dell'appartamento che aveva fissato in Gramercy Park, il viso di Ann si rabbuiò.

«Solo due camere da letto? Vorresti dire che avrò ancora Charlene in camera mia?»

«Be', veramente avevo pensato che voi due avreste potuto dividere la stanza più grande e io avrei preso la piccola.»

«In altre parole vuoi di nuovo la tua intimità. Che cosa è successo? È forse tornato il colonnello Barnsworth?»

Elizabeth rimase allibita a tanta impudenza. Diede una rapida occhiata a Charlene, ma la bambina pareva non avesse capito l'allusione.

Con uno sforzo di volontà si trattenne dallo schiaffeggiare Ann. L'aveva già fatto una volta e non l'avrebbe fatto mai più. Cercò invece di capire il perché di quella mania di avere una stanza propria, che pareva un punto sul quale Ann era irremovibile. Il fatto di avere una stanza tutta sua doveva avere un grande significato per lei. Occupava una parte eccessiva dei suoi pensieri.

«Benissimo», disse allora pacatamente Elizabeth. «Se avere una stanza tua è così importante per te cambieremo sistemazione. Tu terrai la stanza piccola e io prenderò la più grande, con Charlene. Non ho nessuna intenzione di lottare con te per questo, Ann. Non mi pare che ne valga la pena. Non lo capisco, ma se davvero per te è tanto importante non ho niente in contrario.»

«Grazie.»

«C'è una cosa però sulla quale ho qualcosa in contrario.» Indicò senza sapere Charlene. «Qualunque cosa tu sappia o creda di sapere, non voglio mai più sentire un'altra osservazione come quella di poco fa; era crudele e volgare.»

Ann non rispose. Rimase semplicemente a fissarla senza batter ciglio, come per dirle: «Non mi hai mai presa in giro. Hai preso in giro solo te stessa».

Elizabeth fu la prima a distogliere lo sguardo.

Verso i primi di gennaio tutto era pronto per il trasloco. Elizabeth andò a fare un'ultima visita al giornale per salutare Grace Edwards e Maureen Duffy. La separazione da Harry Thornton fu più penosa del previsto. Il critico teatrale, nonostante tutte le sue arie da cinico, aveva letteralmente le lacrime agli occhi.

«Accidenti», disse, «sembra proprio il sipario alla fine del terzo atto. Prima esce di scena Laurel e adesso tu. E il peggio è che Barney se ne è andato.»

Elizabeth annuì. Barney Nash era stato ucciso in Francia. Come pure Frank Bayard, che aveva puntualmente previsto che le bombe non sanno quando cadono sulla testa di un corrispondente di guerra.

«Ci siamo divertiti molto insieme, vero, Elizabeth? Ricordi quei pazzi giorni quando noi quattro giravamo per la città? E quella sera che Barney si è offerto di aiutare quel penoso mago al *Shoreham*? Hai mai visto nessuno riuscire meglio nell'impresa di rovinare uno spettacolo?» Aveva di nuovo le lacrime agli occhi, stavolta per le risate, e si tolse le spesse lenti per asciugarseli.

«Sì, ci siamo divertiti, Harry. E ci divertiremo ancora. Dopotutto tu ogni tanto vai a New York a vedere qualche prima teatrale. Laurel e io torneremo alle nostre vecchie parti con grande piacere.»

«Già», commentò lui. «Ma chi farà la parte di Barney?»

Ma la cosa più dura fu dover lasciare Mary Jackson. Quella donna di colore era stata assai più di una cameriera, di una governante. Era stata amica, confidente e fonte inesauribile di energia per ben dodici anni. Mary era davvero l'unica persona per la quale Elizabeth rimpiangesse di doversene andare da Washington. Cercò di evitare quella separazione proponendole di andare con lei a New York, anche se sapeva che era un'idea assurda e disperata. Il rifiuto non la sorprese.

«Mi mancherete almeno quanto io mancherò a voi tutti, signora», disse Mary, «ma non posso venire. La mia famiglia, o meglio quello che ne resta, è qui. A New York sarei così sola che finirei per morirne. Vivere in questa città non è esattamente l'ideale per la gente di colore, ma da quello che sento dire ad Harlem è ancora peggio. La ringrazio della sua cortesia, ma questa volta temo proprio che non potrò seguirla.»

Elizabeth l'abbracciò. «Non potrò mai compensarti di quello che hai fatto per noi, ma forse con questi potrai fare qualcosa che desideri veramente. Comprati qualcosa di bello, Mary, e pensa a noi.» E le mise in mano una busta: dentro c'era lo stipendio di dodici settimane e una lettera di raccomandazione in termini elogiativi.

«La ringrazio», disse Mary. «Sa che cosa sarà la prima cosa che mi voglio comprare? Una di quelle belle cornici in similoro per metterci una foto sua e dei bambini.»

Elizabeth sorrise. «È molto carino da parte tua. Però pensavo che volessi risparmiare per farti un bel viaggio dopo la guerra. Immaginavo che avresti fatto una lunga crociera ai Caraibi, per esempio.»

Mary si finse indignata. «Ma che dice, signora, io stare gomito a gomito con quella spazzatura delle Indie occidentali?»

E scoppiarono tutt'e due in un'allegra risata.

In un tetro pomeriggio di gennaio, all'inizio del 1945, Elizabeth guardava con apprensione il camion dei traslochi partire con tutto quello che possedeva. Tutto quello che aveva accumulato in quasi quarant'anni di vita non riusciva nemmeno a riempire l'interno del grosso camion. Le uniche prove concrete che aveva fatto anche lei qualcosa di buono nella vita, stavano accanto a lei, sul marciapiede. Una salutava con la mano il simpatico autista del camion. L'altra, immersa nei suoi impenetrabili pensieri, osservava la partenza senza la minima emozione.

PARTE QUINTA

NEW YORK 1945-1948

13

Sɪ inserirono rapidamente nella nuova routine. New York pareva più grande e più indifferente di quanto Elizabeth l'avesse trovata durante le due visite precedenti, ma per fortuna non si sentiva così spaesata come aveva temuto. La scelta di Gamercy Park si rivelò felice. In confronto all'anonimato delle zone più eleganti, con enormi edifici divisi in appartamenti, Gramercy Park sembrava un'oasi, un piccolo villaggio in mezzo a una grande città insensibile. Nel giro di una settimana avevano già trovato un droghiere ben fornito, un tintore simpatico c un macellaio cordiale. All'angolo opposto c'era inoltre un ristorantino economico, che in realtà era un bar, ma che aveva dei graziosi tavolini ai quali le famigliole dei dintorni erano le benvenute. Nelle prime due settimane lo frequentarono spesso. Esausta per la fatica di sballare gli oggetti e di sistemarli, Elizabeth a volte non se la sentiva di mettersi a cucinare la sera. Era un lusso per lei e per le figlie farsi servire dalla cameriera, che le aveva prese in simpatia e che dava di soppiatto doppie porzioni di gelato a Charlenc e consigliava a Elizabeth i piatti migliori e più freschi del menù.

Tony e Laurel si fecero vivi spesso in quei primi tempi e dopo l'ufficio andavano a dare una mano in quei lavori noiosi e a volte tanto pesanti da spezzare la schiena. Robert compariva di tanto in tanto a dare il suo appoggio morale, non era certo il tipo da mettersi a sballare casse di libri o a lavare gli scaffali della cucina. Il suo contributo consisteva in genere in parole d'incoraggiamento, in una buona bottiglia di scotch e in una preziosa stecca di sigarette. Elizabeth temeva che Robert potesse seccarsi del fatto che Tony passava tante sere lontano da lui, ma pareva invece rassegnato all'idea. Desiderava solo che Elizabeth si sistemasse quanto prima e cominciasse presto a lavorare. Se Tony poteva affrettare le cose, tanto meglio. I monotoni meccanismi per organizzare questo genere di vita domestica lo annoiavano a morte, ma d'altronde sapeva benissimo che Elizabeth non sarebbe stata attenta al lavoro, finché non avesse sistemato la sua vita personale. In genere si teneva a debita distanza mandandole affettuosi saluti attraverso Tony e ricordandole continuamente che aspettava di vederla presto in ufficio.

Tony era diventato il prediletto di tutti. Quando Elizabeth lo aveva presentato come «l'assistente del signor Gale» Charlene si era letteralmente innamorata di lui a prima vista; perfino l'inaccessibile Ann sembrava conquistata dal suo calore e dalla sua bellezza. Laurel, poi, lo aveva trovato adorabile fin dal primo istante. Anche Elizabeth si sentiva sempre più attratta verso di lui, non fisicamente, ma con un interesse sempre crescente per la sua mente e il suo animo. Non riusciva a dimenticare le curiose parole che le aveva detto la sera di quella famosa cena in casa di Robert. Aveva detto qualcosa a proposito di essere «un guaritore». Non aveva ancora avuto la possibilità di andare a fondo della cosa. Non erano mai più rimasti soli, ma, chissà, forse un giorno sarebbe accaduto e allora avrebbe cercato di saperne di più su quel giovane affascinante il cui aspetto tranquillo doveva celare pensieri profondi. Tony era un enigma. Elizabeth sospettava che quel suo modo di vita stravagante nascondesse il vero, quasi monastico Anthony Alexander.

Comunque aveva poco tempo per pensare a questo problema. Iscrisse Charlene a un'ottima scuola pubblica a tre isolati di distanza in cui la bambina pareva molto felice e in cui fece amicizia con le compagne di tutte le razze. Ciò piacque molto a Elizabeth e incoraggiò la figlia a invitarle a casa per la merenda. Diversamente da Washington, dove vigeva ancora l'abitudine sudista di scuole separate per bianchi e neri, nella scuola di New York non c'era nessuna discriminazione razziale. Elizabeth approvava questo atteggiamento tanto quanto Ann lo deplorava.

«Ma come puoi lasciare che faccia amicizia con quella gente?» le chiese Ann in tono accusatorio. «Non capisci quanto sia imbarazzante?»

«Al contrario», rispose Elizabeth. «A me invece pare molto bello. Sono bambine simpaticissime, senza la minima preoccupazione di essere diverse. Mi fa molto piacere vedere che Charlene non trova affatto strano che una compagna di giochi abbia la pelle e gli occhi diversi dai suoi. Secondo me il classismo è il massimo della volgarità. Anche in mia figlia.»

Ann spalancò gli occhi. «Mi stai accusando di classismo?»

«Be'», ammise Elizabeth, «come intendi difenderti?»

«Io non mi difendo affatto, mamma. Ma non capirai proprio mai? Credi sempre che il mondo sia un luogo meraviglioso e altruistico in cui tutti devono essere ben disposti, dolci e sempre pronti a perdonare. Ma come puoi essere ancora così ingenua dopo tutto quello che ti è capitato? Ma quando riuscirai a ficcarti in testa che il mondo è fatto di gente ben diversa, che non si lascia imbrogliare? Penso che non ti importerebbe se Charlene da grande sposasse un ebreo o un giapponese! Se ti sembrasse una 'brava persona' probabilmente per te andrebbe benissimo!»

«Penso di sì. Se fosse, appunto, una 'brava persona'.»

Ann le voltò le spalle disgustata. «Facile dirlo finché il problema è solo un'ipotesi. Dio sa che cosa faresti se ti si presentasse davvero. E se continui a lasciare che faccia amicizia con la gente sbagliata un giorno o l'altro ti toccherà davvero affrontare un problema del genere. Sarà interessante vedere come te la caverai allora.»

Elizabeth rinunciò perfino ad arrabbiarsi. «Oh là là», commentò. «Ma come hai fatto in soli diciotto anni ad accumulare tanta saggezza? Deve essere magnifico riuscire a vedere tutto o bianco o nero, senza zone grigie. Tutto è ben definito e nettamente separato. Come deve rendere semplice la vita!»

«Può darsi che tu riesca a renderla divertente, invece», ribatté Ann. «Però ti avviso che non ho nessuna intenzione di rovinarmi l'esistenza come tu hai rovinato la tua.»

«Giusto. Ciascuno deve essere felice a modo suo, Annie. Io spero che tu abbia tutto quello che desideri al mondo. Non mi aspetto certo che tu abbracci la mia filosofia solo per il fatto che sei mia figlia. Ma non fare l'errore di credere che tutto ciò che tu consideri i miei 'sbagli' non mi abbiano reso molto felice. Forse, grazie a Dio, sono perfino diventata migliore in virtù dei miei errori. Un po' più saggia. Un po' più tollerante. E», concluse con tono allusivo, «un po' meno egoista.»

Dato che era arrabbiata, Ann era anche crudele, da quella donna-bambina che in fondo era. Si scagliò contro Elizabeth con queste parole:

«Tu davvero credi di essere appena un filo al disotto della perfezione, vero? Hai recitato la parte dell'eroina così a lungo che hai finito per crederci anche tu. Onestamente penso che tu abbia la sensazione di cambiare la gente secondo il tuo volere. Sei ancora convinta che un giorno Quigly tornerà a casa e ti amerà. Che io sarò la figlia rispettosa e sottomessa che vorresti. Così come eri convinta che Adam avrebbe lasciato la sua ricca moglie solo perché tu lo desideravi. Che cosa aspetti a svegliarti, mamma, e a smetterla di cercare di adattare la gente all'immagine che te ne fai? Succederà di nuovo, lo sento. Ne vedo già i segni premonitori. Basta vedere come guardi Tony. Tu credi che riuscirai a redimerlo, vero? Mio Dio, possibile che non ti sia nemmeno accorta che è un frocio?»

Elizabeth era ammutolita. Tanto cinismo in una ragazza di soli diciotto anni le dava una desolante sensazione di fallimento. Non si stupiva che Ann sapesse dei suoi sogni di una vita in comune con Adam. Doveva essere stato facilissimo origliare le sue conversazioni con Laurel o anche semplicemente trarre delle ovvie conclusioni dal periodo di depressione che aveva attraversato dopo la partenza del suo amante. Ma questa inaspettata e ingiustificata supposizione dei suoi sentimenti nei confronti di Tony era pura invenzione. E poi, che ne sapeva Ann degli omosessuali? E come poteva accusare Elizabeth di qualcosa che non le era nemmeno passato per la testa?

Non cercò nemmeno di rispondere a quelle domande brucianti. Rimase semplicemente a fissare la figlia che, senza battere ciglio, le restituì lo sguardo. Era come una di quelle terribili discussioni con Alan che sorgevano all'improvviso per motivi banali e finivano con accuse irresponsabili e irrazionali contro di lei. Si sentì a un tratto sola e confusa, incapace di tenere testa a quella ragazza freddamente accusatrice.

«Per favore, sparisci dalla mia vista, Ann», sussurrò con voce quasi impercettibile. «Non so di che cosa tu stia parlando, ma non posso più ascoltare una sola parola.»

Ann era tentata di spingere a fondo, di approfittare di quel momento di vantaggio, ma non ne fu capace. Si vergognava. Mentre accusava Elizabeth in realtà incolpava se stessa, si serviva delle proprie personali frustrazioni a proposito di Tony come di un'arma contro Elizabeth. Era lei che amava Tony, lei che avrebbe voluto «redimerlo». Si odiava per la propria stupidità, provava disgusto per se stessa, per avere avuto idee tanto sciocche. Era stupido, debole e per la debolezza lei provava solo disprezzo. Amare Tony era un gioco assurdo nel quale avrebbe potuto soltanto perdere. E, come suo padre, Ann detestava i perdenti.

Miracolosamente, a metà gennaio Elizabeth fu pronta per iniziare il suo nuovo lavoro. L'appartamento, pieno di cari oggetti familiari, cominciava a sembrare una vera casa. Trovò una donna delle pulizie per fare i lavori pesanti due volte la settimana. Negli intervalli lei e le figlie badavano alla casa organizzandosi con un sistema di rotazione al quale partecipava anche Charlene. Se non altro, la piccola era assai più d'aiuto della sorella maggiore. Spesso stupiva Elizabeth, facendole trovare la cena quasi pronta quando la sera tornava a casa dall'ufficio esausta, ma piena d'allegria.

Ann aveva ben presto trovato un lavoro che le piaceva ancora di più di quello che aveva a Washington, sempre in una libreria, in Madison Avenue. Era una libreria specializzata in libri rari e costosi e Ann trovava la ricca clientela assolutamente di suo gusto. Tra lei ed Elizabeth non erano corse più parole grosse, ma Ann evitava con cura i piccoli «tè interrazziali» che Charlene offriva alle amiche il sabato pomeriggio incoraggiata da Elizabeth. Ann si comportava con estrema freddezza con Tony quando veniva a casa loro per qualcuna delle deliziose cenette di Elizabeth. Stava seduta educatamente, ma in silenzio, per la durata del pasto, poi si allontanava con qualche scusa, adducendo magari la necessità di studiare certi libri che non conosceva e che doveva vendere.

Tony, sensibile com'era a tutte le vibrazioni intorno a sé, non mancò di cogliere quel silenzio altezzoso. Una sera ne parlò casualmente a Elizabeth.

«A quanto pare ho perso un'amica», commentò con rammarico. «Ann non sembra molto contenta di vedermi, in questi giorni. Ho forse fatto qualcosa che l'ha offesa?»

«Ma no, figurati. È solo una bambina imbronciata.»

«Imbronciata d'accordo, ma bambina non direi. In un certo senso penso che sia anche più adulta di te, Elizabeth. Perlomeno, c'è una forte competitività. Forse ti sembrerà un po' egoista, ma si comporta come se fosse gelosa della nostra amicizia.»

L'intuito lo aveva portato a cogliere nel segno con inquietante precisione. Tony sentiva che Ann era irritata dal rapporto affettuoso che esisteva tra lui ed Elizabeth. E non si sbagliava. Pensava che Ann, essendogli più vicina come età, avesse preso una cotta per lui e si seccasse del posto che sua madre aveva nella vita di Tony. Elizabeth non gli disse quello che supponeva, cioè che quella sospettosa bambina si preoccupava solo che sua madre potesse rendersi ridicola innamorandosi di Tony. O Tony aveva captato qualcosa di cui lei non si era accorta? Forse l'istinto di Tony era giusto, forse Ann nutriva una segreta passione per lui. E questo avrebbe anche spiegato lo sfogo di qualche tempo prima. Probabilmente aveva trasferito inconsciamente i propri sentimenti sulla madre e l'aveva accusata per una specie di autodifesa contro l'assurda attrazione che provava per Tony. Ma no, era impossibile. Quando finalmente rispose, Elizabeth cercò di non sembrare in ansia.

«Credo che non sia niente di preoccupante. Ann è sempre stata una bambina un po' difficile. Essendo la maggiore, era l'unica che capisse più degli altri due la situazione infelice in cui ci trovavamo. Bisogna dargliene atto, Tony. Non ha avuto una vita facile. Per quasi tutta la sua esistenza si è sentita arrabbiata e privata di qualcosa. Penso che riuscirà a uscirne. Non ce l'ha personalmente con te, credimi.»

«Temo che non sia così», ribatté Tony. «All'inizio pensavo di piacerle. Ora ho la sensazione che anche la mia vista le dia fastidio.»

«Non essere ridicolo. Non c'è donna che non si senta più felice dopo averti conosciuto.»

«Lo spero proprio», rispose lui. «E spero che valga anche per gli uomini.»

Non sta scherzando, pensò Elizabeth. Ha veramente dentro di sé amore per ogni essere umano. E lo distribuisce senza scrupoli, ovunque gli sembri necessario e senza secondi fini. Chissà quanta gente approfitterà di lui. Forse ne erano davvero tutti innamorati: non solo Ann in un modo e Robert in un altro, ma anche lei, anche Elizabeth. E forse perfino Laurel sentiva la stessa attrazione per lui. Ripensandoci, Elizabeth notò cose a cui prima non aveva badato. L'atteggiamento stranamente calmo, quasi devoto di Laurel in presenza di Tony, la voce leggermente roca quando parlava di lui. Strano che non si fosse accorta prima di quanto tutti si dessero da fare, in presenza di Tony, per attirarne l'attenzione. E che idioti erano. Tony non sarebbe mai appartenuto a nessuno. Nemmeno a Robert Gale, che su di lui vantava maggiori diritti. Tony era padrone di se stesso, sicuro delle proprie convinzioni.

Per un attimo pensò che fosse il momento opportuno per cercare una risposta a tutti questi interrogativi. Ma, quasi prevenendola, Tony cambiò rapidamente argomento.

«Robert parte per Palm Beach dopodomani», disse. «A noi toccherà il compito di conservare intatto il suo impero per un mese, mentre il nostro capo sovrintenderà all'installazione di piscine d'oro massiccio e di candide verande.»

«Non vai mai con lui?»

«Non è mai stato possibile. Qualcuno doveva pure restare qui a badare al negozio. Certo, da come sei avviata, l'anno venturo sarà diverso. Ammesso che ci sia un prossimo inverno», rispose Tony.

Elizabeth lo guardò interdetta. «Che cosa vorresti dire? Pensi che io non duri nemmeno un anno?»

«Neanche per sogno. Penso che tu durerai finché vorrai. Saresti già praticamente in grado di mandare avanti l'azienda, dopo solo due settimane. No, intendo dire che non mi permetto mai di ipotecare un futuro così lontano. Per nessuna cosa.»

«Perché no, Tony? Sei così giovane. Hai ancora tutta la vita davanti a te.»

«Forse sì e forse no. Il tempo non mi riguarda, né passato, né presente, né futuro. Non ci credo, nel tempo. Così come non riesco a pensare alla gente in termini di età. Gli anni sono semplicemente un numero su una pagina. Lo spazio di una vita si fonde in quella successiva. Come fai a dire dove finisce una e comincia l'altra? Forse dal numero di candeline che metti sulla torta di compleanno?»

«Non capisco. In genere la gente giovane è piena di speranza, quella di mezza età è matura e quella vecchia è ricca di esperienza. Come fai a negare una simile verità?»

«E tu come fai ad accettarla? Hai mai incontrato un giovane maturo o un uomo di mezza età inesperto? Non hai mai conosciuto qualcuno che sicuramente aveva già vissuto una decina di vite? Chi stabilisce le regole del comportamento ad ogni stadio della vita? Forse le stesse persone che fanno i calendari?»

«Perché, tu pensi di avere già vissuto un'altra vita?»

«Ma certo. Non una sola. E anche tu.»

«Allora credi nella reincarnazione.»

«Se devo proprio esprimerlo con una parola, reincarnazione potrebbe andare bene come un'altra. Ma non credo nelle etichette che si appiccicano alle fedi o alle convinzioni, o come vuoi chiamarle.»

«E nemmeno a quelle che si appiccicano alla gente, certamente.»

«Esatto.»

Si sorrisero attraverso il tavolo, su cui c'erano ancora i resti della cena, con reciproca ammirazione nella luce sempre più bassa delle candele gocciolanti cera.

«Penso che tu sia un essere umano davvero notevole», sussurrò Elizabeth.

«Io so di amarti molto», ribatté Tony.

Elizabeth tacque. Non aveva idea di come interpretare quella semplice affermazione.

Robert tornò da Palm Beach abbronzato e trionfante. Durante quel mese aveva mandato a chiamare Tony per due lunghi week-end, ufficialmente per farsi ragguagliare sull'andamento degli affari a New York, ma in realtà perché sentiva disperatamente la mancanza di quel ragazzo. Tony ci andò docilmente e in apparenza anche di buon grado. Ne tornò riportando ottime notizie sul lavoro di Robert in quella spiaggia alla moda.

«La casa dei Mandergrove sta venendo veramente bene», raccontò a Elizabeth. «Non immaginavo che ci fosse tanta malachite a questo mondo, ma pare che Robert si sia accaparrato tutta quella esistente sul mercato. Figurati che cosa riuscirebbe a fare se viaggiasse ancora come faceva un tempo!

La signora Mandergrove avrebbe più tesori nella sua villa che sua maestà britannica a Buckingham Palace. E dire che tutto questo sfarzo è possibile solo perché il signor Mandergrove fabbrica tanti begli aerei da guerra per uccidere mezzo mondo in lotta.»

«Già, mentre lei se ne sta alla larga da tutto quanto, a Palm Beach, e dice 'Oddio, guarda un po!' quando legge sui giornali che Londra sta andando in fiamme. Disgustoso.»

Tony diede un'occhiata ai progetti sparsi sul tavolo di Elizabeth. «Infatti, non è esattamente quello che si direbbe eroismo. A che cosa stai lavorando?»

«Questa? È la residenza Grimbsy, tra la Cinquantottesima e la Park. Rifacimento completo, dalla cantina agli abbaini della servitù. Lo sai. Perché me lo chiedi?»

«Mi stavo solo chiedendo se è questo che trovi disgustoso. A quanto ricordo, i Grimsby sono fra i più noti arricchiti di guerra. Vediamo un po'.» Tony finse di riflettere. «Ah, sì. Ora ricordo. Farley Grimsby faceva il sarto nella Settima Avenue finché un bel giorno sua figlia sposò un tale con un mucchio di stellette sulla manica. Allora, improvvisamente, Grimsby passò dagli abiti per signorina agli eskimo per l'esercito, poi alle uniformi mimetizzate e infine alle tute da paracadutista. Ma questo è solo sano patriottismo americano, vero? Niente di così degradante come fare gli aerei da guerra inglesi. Grazie a Dio la signora Grimsby non ha dovuto lasciare il paese, altrimenti adesso le staremmo arredando una hacienda a Cuernavaca.»

Elizabeth afferrò una stecca di sigarette, di quelle che Robert acquistava alla borsa nera, c gliela tirò addosso. «Sporco traditore! E va bene, toccata! 'Chi è senza peccato' con quel che segue, vero? Hai vinto. Un arricchito di guerra non è meglio o peggio di un altro. Noi compresi, suppongo. Non ti senti mai un po' colpevole, Tony? Ad arricchirti con i soldi guadagnati a prezzo dell'infelicità altrui?»

Tony le diede un rapido, lieve bacio sulla testa. «Le sole cose di cui mi senta colpevole sono quelle che posso controllare», disse. «So che pensi che io sia uno strano tipo, Elizabeth. Ed è vero. Ma cose del genere non mi toccano. Darei la vita, se servisse a mettere fine a questa guerra. E lo dico sul serio. Nel senso letterale della parola. Ma non posso. Così come non posso impedire ai Mandergrove o ai Grimsby di continuare a fabbricare i prodotti che una guerra richiede, facendo per giunta un mucchio di soldi. Se pensassi che potrebbero usare il loro profitto per aiutare dei poveri profughi giapponesi o per creare dei centri di riabilitazione per i soldati feriti, allora non mi farei mai loro complice nello spendere i loro soldi in bidet di marmo rosa! Ma è stupido e poco realistico. Questi pescecani che vanno a gonfie vele nell'economia di guerra getterebbero via comunque centinaia di migliaia di dollari in follie, per quanto noi possiamo desiderare che spendano i loro guadagni illeciti per qualche buona causa. E allora, che importa se siamo noi o un altro a soddisfare la loro voglia di scialacquare? Perlomeno noi creiamo qualcosa di bello, a parte qualche orrore. E, se può essere di conforto, la Robert Gale Associates fa solo delle cose che non perdono di valore. Fine della lezione. Si apre il dibattito. O forse ci rinunceresti per un pranzo?»

«Pranzo», scelse Elizabeth. «Pago io. In onore del mio falso conto spese di guerra.»

In agosto finalmente la guerra giunse alla sua orribile conclusione. Il giorno in cui venne annunciata la resa dei giapponesi il mondo occidentale impazzì di gioia e New York, la città più grande e più impudente, accese milioni di luci al neon e dimenticò per un po' di essere la rocca della mistificazione.

Quella sera, Robert, Tony e Laurel si precipitarono a casa di Elizabeth, con il fido Arthur che guidava la *Bentley* come se fosse un potente carro in una parata per la pace. Tony corse su per le scale, con il fiato corto, prima di tutti. Non era mai stato così giovane e bello.

«Vieni», gridò. «Prendi le figlie. Si va in Times Square.»

Solo quando furono tutti pigiati sull'auto, balbettando di eccitazione, Elizabeth pensò all'incongruenza di andare in Times Square in una *Bentley* con autista.

«Non ci avrei mai potuto credere», esclamò rivolta a Robert. «Proprio tu che vai a gettarti in mezzo alla folla! Anche in una notte come questa non riesco a immaginarti a gomito a gomito con la plebaglia.»

Gale sorrise. «Mia cara, non c'è mai stata una notte come questa.»

«Dio non voglia che ce ne siano altre», rispose Laurel.

Sicuramente non ce ne sarebbero state più, di notti così. Dovettero lasciare l'auto a vari isolati dalla Quarantaduesima strada brulicante, con la polizia a cavallo che cercava inutilmente di impedire alla folla di ammazzarsi in quella soffocante fiumana di umanità. Gente che non si era mai vista prima si abbracciava e si baciava, ridendo e piangendo, suonando trombette e lanciando in aria stelle filanti e confetti: era una festa incredibile. C'erano centinaia di migliaia di persone, a Elizabeth parevano addirittura milioni, giovani e vecchie, ricche e povere. Ragazzi vestiti da marinai e ragazze con gli abiti corti stile austerity, soldati, marines, commercianti, prostitute e politici. Quella notte non esistevano classi, caste. Solo una massa di gente urlante e fluttuante che esprimeva un sollievo così grande da diventare un'unica vociferante entità.

Elizabeth e i suoi amici si tenevano per mano, per non perdersi tra quella folla festante e stordita. Soprattutto, Elizabeth teneva ben stretta la mano di Charlene. Dopo un'ora non ne potevano più. In fila indiana, con Tony in testa che faceva strada, tornarono alla *Bentley* e poi alla casa di Elizabeth. Robert aveva portato dello champagne, che volle assolutamente versare a tutti, anche a Charlene e ad Arthur.

Per un attimo, mentre sollevavano i bicchieri, nel piccolo appartamento calò il silenzio.

«Ai reduci», disse piano Tony.

Laurel mise un braccio intorno alle spalle di Elizabeth. Laurel sapeva che in quella sera indimenticabile c'erano due nomi, nella mente dell'amica: Quigly e Adam. Chissà se sarebbero mai tornati a casa? E, soprattutto, chissà se sarebbero potuti tornare?

Mentre sua madre e le sue sorelle stavano festeggiando a New York il giorno della Vittoria, Quigly Whitman aveva appena finito di commemorare l'evento a modo suo, mandando in pezzi un intero bar a San Diego, in California. A soli diciassette anni aveva già l'aspetto di un robusto marinaio, segnato dalle intemperie, duro e arrogante. Con i suoi documenti falsi poteva dimostrare il diritto di ordinare bevande alcoliche, le rare volte in cui qualche barista sospettoso gli chiedeva l'età. Era diventato un forte bevitore, attaccabrighe e donnaiolo. Pur essendo fisicamente maturo ed esperto di rapporti sessuali, emotivamente era ancora un ragazzo, una pericolosa combinazione che aveva finito per trascinarlo da un guaio all'altro. Tutta la sua paga della Marina mercantile se n'era andata per rifondere baristi vari dei danni provocati ai locali durante le risse in cui era ubriaco. Parecchie centinaia di dollari erano purtroppo finite nelle tasche di varie ragazze, nei porti di tutto il mondo, in compenso delle loro prestazioni. Anche i medici che lo avevano curato due volte per malattie veneree avevano contribuito a intaccare il gruzzolo di Quigly. Ora era al verde, senza lavoro e nel guaio più serio di tutta la sua vita.

Tre mesi prima, il giorno della resa tedesca, Quigly aveva deciso che ne aveva abbastanza del mare. E quando la sua nave aveva attraccato nel porto di San Diego aveva mostrato all'ufficiale in comando esterrefatto il suo vero certificato di nascita, si era gettato la sacca sulle spalle e si era congedato dai compagni senza nemmeno una parola. Non sapendo dove andare aveva deciso di restare per un po' in California. Non c'era mai stato prima e la comoda vita che vi si conduceva lo attirava.

Faceva qualche lavoretto nei cantieri navali e guadagnava tanto da pagarsi una misera stanza in una pensioncina al porto. Ben presto aveva conosciuto una cameriera del bar all'angolo, una ragazza di ventitré anni; l'aveva aspettata all'uscita dal lavoro e l'aveva accompagnata a casa, dove se l'era scopata mettendo a frutto tutta la sua esperienza sessuale di quegli anni. Billie ne era rimasta entusiasta al punto di offrirgli la chiave del suo appartamentino e un quotidiano accesso al proprio corpo. Quigly aveva preso ambedue come gli fossero dovuti. Purtroppo Billie era sbadata quanto appassionata e due mesi dopo gli aveva comunicato di essere incinta.

Sulle prime Quigly aveva semplicemente alzato le spalle. «Che scalogna», aveva detto. «Dovevi stare più attenta.»

Billie lo aveva guardato spaventata. «Che cosa farai?»

La sorpresa di Quigly era sincera. «Che cosa diavolo intendi dire, chiedendomi cosa farò io? Non sono io che ci sono rimasto.»

«Ma è tuo figlio.»

«Forse sì e forse no. Che ne so, magari eri già incinta quando ti ho conosciuta. E poi, non posso farci niente. Non sei una pivellina. Quando ti ho conosciuta avevi la fama di una che ci stava. Anzi, a dire la verità ne ho conosciute di meglio. E, Cristo, erano anche un po' più furbe di te.»

Per un attimo, Billie non aveva detto nulla. Poi aveva mormorato: «Credevo che ci saremmo sposati».

Quigly l'aveva guardata come se le stesse dando di volta il cervello. «Sposarci! Ma devi essere proprio fuori di te! Credevi davvero che avrei sposato te? Stammi a sentire, puttanella dei miei stivali, tu non sei nemmeno degna di pulire il cesso di mia madre. Sposarti? Dovrei ucciderti tanto sei cretina. Altro che sposarti.»

Grossi lacrimoni silenziosi avevano cominciato a rotolarle giù per il visetto truccato. Era vero che Billie era una ragazza facile, ma non era una puttana. Non aveva mai accettato denaro per andare a letto con un uomo. L'aveva fatto parecchie volte, era vero, ma solo perché si sentiva sola o perché si sentivano soli gli uomini che incontrava. O perché credeva di essere innamorata. E di Quigly era innamorata davvero. Era così bello, doveva essere anche un ragazzo di buona famiglia, nonostante i modi rudi. E quando voleva sapeva essere così caro! In quegli ultimi due mesi era stata felice, per la prima volta nella sua vita. Quigly era venuto a stare con lei, era dolce, gentile e faceva l'amore in un modo fantastico. Le era perfino stato fedele. Quella relazione in apparenza durevole e unica l'aveva resa quasi contenta di sé. Credeva di avere trovato il suo uomo e per la prima volta nella sua patetica esistenza si era permessa di sognare un rapporto duraturo. Per questo era stata così sbadata. In un certo senso, pensava, forse aveva desiderato fin dal principio di restare incinta, in modo che Quigly fosse costretto a sposarla. Perché altrimenti avrebbe badato così poco alle solite precauzioni?

«Non so che cosa fare», aveva mormorato infine.

Quigly allora era diventato sarcastico. «E dire che non deve essere tanto difficile immaginarlo, neppure per una come te. Abortisci.»

«Non so a chi rivolgermi.»

«Oh, accidenti», aveva ribattuto lui spazientito, «conoscerai almeno una decina di madame pronte a darti un indirizzo, Cristo!»

Lei aveva scosso la testa. «Conosco solo una ragazza che ha abortito. Ed è morta.»

Quigly aveva sospirato con aria seccata. «E va bene, ti troverò io il posto dove andare a farlo. E non morirai. Ho sentito dire che è facile come togliersi le tonsille.»

Billie era abituata a prendere ordini. Tristemente e docilmente aveva accettato la distruzione dei suoi sogni. Si era detta che probabilmente non avrebbe funzionato comunque. Lei era una perdente nata. Sapeva che non sarebbe mai riuscita a tenersi Quigly anche se, per miracolo, fosse riuscita a farsi sposare. Quigly alla fine se ne sarebbe andato lasciandola sola con un figlio da mantenere. Aveva paura di abortire, ma non aveva altra scelta.

«Credo che gli aborti siano costosi», aveva detto esitante. «Io non ho denaro da parte, Quigly.»

«Be', io meno che meno. Accidenti, non ti aspetterai di scaricare sempre tutto sulle mie spalle, vero? Non dovrei nemmeno occuparmi di trovarti il dottore e adesso dovrei addirittura pagarti la faccenda? Non sperarci. Tu ti sei cacciata nei guai, tu devi uscirne.»

Per un attimo Billie lo aveva affrontato con aria di sfida. «Non mi ci sono messa certo da sola!»

«Togliti dalle scatole, Billie!» Quigly aveva una brutta faccia. «Non ti devo proprio niente. Te l'ho già detto prima, non sono nemmeno sicuro che il marmocchio sia mio. Allora, vuoi che ti scovi questo indirizzo o no?»

Per la prima e unica volta nella sua vita, Billie aveva raccolto tutta la propria dignità e aveva detto: «No, voglio solo che mi lasci in pace».

«Con piacere!»

In pochi minuti Quigly aveva raccolto le sue cose e aveva sbattuto la porta di casa. Un mese dopo, il giorno della resa del Giappone, era ubriaco fradicio in un bar e stava mandando tutto in pezzi. Aveva afferrato le sedie di legno e le aveva scagliate contro lo specchio, dove si rifletteva una lunga fila di bottiglie ormai in parte già rotte. Quando era cominciata la mischia un cliente era corso fuori a chiamare la polizia che, arrivata dopo pochi minuti, trascinò un Quigly infuriato sull'auto.

Un poliziotto chiese al barista: «Chi diavolo ha fatto la terza guerra mondiale, qui dentro? Pare che si sia scatenato un pazzo furioso. Chi è stato ad attaccare briga?»

Il barista, ancora tutto spaventato, scosse la testa. «Nessuna rissa. È la più maledetta scena che abbia mai visto in vita mia. Quel tale che avete portato via, quell'Whitman, è un cliente abituale. Già da qualche mese viene tutte le sere, è un tipo rissoso, ma niente di particolare. Poi, stasera, mentre stavamo festeggiando tutti la vittoria, arriva un suo amico molto pallido e nervoso che gli mormora qualcosa all'orecchio e di colpo quell'Whitman diventa come matto. Comincia a urlare e a spaccare tutto il locale. Gesù! Sono vent'anni che faccio il barista in questa città e non ho mai visto niente di simile! »

« Ha sentito che cosa gli ha detto l'amico? »

« Certo. Erano tutt'e due in piedi, accanto al banco. Sembrava che stessero parlando di un tale che conoscevano. L'altro tizio gli ha detto: 'Hanno appena tirato Billy fuori dall'acqua. Suicidio. Devi andare all'obitorio a identificare il cadavere'. Già, ha detto proprio così. Me lo ricordo bene, perché allora pensai: 'Chissà chi è questo Billy e perché mai si è messo a camminare in mare, finché è rimasto a galla solo il cappello'. Certo non mi aspettavo che quell'Whitman desse fuori di matto a quel modo! Cristo, pareva che volesse ammazzare tutti quanti! Ma lei, tenente, chi crede che fosse questo Billy? Suo fratello, forse? »

« Mah! Lo scopriremo poi. Adesso lo portiamo dentro e lo schediamo. Dovrà venire anche lei, per la denuncia. Ha un sacco di danni, qui dentro. »

« Già. Poveraccio. Mi chiedo perché l'abbia fatto. Anch'io probabilmente sarei andato in pezzi, se mio fratello si fosse annegato, ma, diavolo, non sarei certo diventato una furia. Pensa che sia malato di mente? »

« Sono un poliziotto, non uno psichiatra. »

« Non voglio che finisca dentro. Diavolo, se può pagare i danni che mi ha fatto per me va bene, intendo dire che non è come quando un maledetto ubriaco attacca briga. Quel ragazzo era fuori di sé. Per il dolore o chissà che cosa. Dio solo lo sa. » Il barista continuava a scuotere la testa incredulo. « Le dico che non ho mai visto niente del genere. E che sguardo aveva! Roba da far gelare il sangue! »

Il poliziotto finì di prendere appunti e chiuse il libriccino nero. « Sa che cosa dicono? Che ci sono più matti fuori che dentro. Comunque in mattinata venga al commissariato. Dobbiamo registrarlo per ubriachezza molesta. Forse sarà più semplice, per quel ragazzo, se lei non intraprende un'azione penale contro di lui.»

Non era la prima volta che Quigly passava la notte in guardina. Era stato messo dentro altre volte, in altri porti. Allora aveva avuto i soldi per pagare i danni fatti nei bar, ma non erano niente in confronto a questa volta. Quella notte aveva quasi completamente distrutto il locale. E tutti i suoi averi consistevano in quattordici dollari e qualche spicciolo.

Quando l'avevano portato lì era in stato confusionale, non era nemmeno in grado di dare il suo nome o di aggiungere qualche particolare alla storia raccontata dal barista. Più che ubriaco sembrava inebetito. «Billie», continuava a dire. «Billie, perché l'hai fatto?»

Cercarono di scoprire chi fosse questo 'Billy' che giaceva all'obitorio, ma alle loro domande, Quigly non faceva che fissarli con gli occhi sbarrati e ripetere le stesse frasi. Non aveva documenti. Solo un portafoglio con qualche soldo e l'istantanea di una donna con tre bambini.

«Lasciamo perdere, per stasera», aveva detto alla fine il sergente. «Per ora chiudiamolo dentro. Domani ricostruiremo tutta la storia. Non ha senso andare a romperci il culo all'obitorio prima di domattina. Chiunque lo stia aspettando, laggiù, non se ne andrà di certo.»

Quigly dormì saporitamente sulla dura brandina e si svegliò più calmo, ma spaventosamente depresso. Ricordava vagamente gli avvenimenti della sera prima. Billie era morta. Billie si era uccisa, o perché non era riuscita a trovare chi la facesse abortire, o perché non aveva trovato i soldi per farlo. In ogni caso era colpa sua, così come la gravidanza. La rabbia esplosa quando l'aveva saputo era diretta contro se stesso e si era scagliato con furia cieca contro il bisogno di distruzione che dominava la sua vita. Aveva ucciso Billie proprio come tanto tempo prima aveva tenuto sott'acqua il gatto di Marion Parrish- Parker. Quel gatto era diventato una cosa molle, bagnata e senza vita. Proprio come doveva essere adesso Billie. Quigly cominciò a singhiozzare amaramente. Dopotutto, aveva solo diciassette anni.

Quando al mattino lo tirarono fuori dalla cella per interrogarlo, era in grado di rispondere educatamente e apparentemente in modo aperto e sincero. Sì, si chiamava Quigly Whitman e aveva lasciato la Marina mercantile tre mesi prima.

No, non aveva apparenti mezzi di sostentamento. Sì, conosceva Billie Carter, che aveva lasciato un biglietto accanto ai suoi abiti, sul bordo dell'acqua, in cui diceva di avvertire Quigly Whitman. Sì, avevano vissuto insieme. Sapeva che la ragazza era incinta? Sì, e le aveva anche offerto di sposarla, mentì Quigly, ma lei non aveva voluto e non si era più fatta vedere da un mese.

E il motivo per cui aveva dato i numeri nel bar? Lui sorrise con aria accattivante e disarmata. Certo, i signori poliziotti dovevano sapere come si sente un uomo quando viene a sapere che la propria donna è incinta. Billie doveva essere proprio una squilibrata. Altrimenti, come si spiegava che si fosse uccisa invece di sposarlo e avere il loro bambino? Aveva sbagliato a buttare tutto all'aria a quel modo, nel bar. Non aveva scuse, se non che era accecato dal dolore. Avrebbe pagato tutti i danni, naturalmente. E come avrebbe fatto, dato che non aveva né denaro né un lavoro? Quigly esitò. La sua famiglia che stava all'Est gli avrebbe mandato i soldi disse. Aveva solo bisogno del permesso di fare una telefonata interurbana.

Era tutto molto semplice, molto convincente. Il barista fu d'accordo che lo rilasciassero sulla parola, purché garantisse di rifondergli i millecinquecento dollari del costo delle riparazioni. Quigly non aveva idea dove avrebbe preso quella somma, ma annuì tutto serio e disse che in poche ore gliela avrebbero mandata per vaglia telegrafico.

Il sergente lo guardò con aria inquisitrice. «Quanti anni hai, Whitman?»

«Diciannove, signore.»

«Cristo, dovresti stare nei pannolini, invece di andare in giro a mettere incinte le ragazze e a rompere i bar.»

«Sì, signore.» Tronfio, presuntuoso bastardo, pensò fra sé Quigly. Probabilmente ha una moglie con la quale non gli tira più e una nidiata di ragazzini che lo detestano. «Sono entrato nella Marina mercantile perché volevo servire il mio paese. Ma credo di avere conosciuto della gente che ha avuto una cattiva influenza su di me.» Cominciava a trovare divertente quel mea culpa che sembrava funzionare benissimo con quei due tonti di poliziotti.

«E va bene, fa' la tua telefonata. Se arriva il denaro te ne puoi andare oggi stesso.»

«Grazie tante, signore. Devo anche compiere dei tristi doveri. Billie non aveva famiglia. Ero io tutto quello che aveva.»

«Puoi chiamare da qui, se vuoi», disse il sergente. «Se è un'interurbana, falla a carico del destinatario.»

Mentre si dirigeva al telefono, la sicurezza di Quigly cominciò a vacillare. Poteva chiamare una sola persona: sua madre. Nell'ultima lettera lei diceva che stava per trasferirsi a New York e che andava a lavorare per un ricco arredatore. Come diavolò si chiamava? Hale? No, forse Gale. Sì, ecco, era proprio Gale, Robert Gale. Forse poteva chiamarla là. Se lei non aveva i millecinquecento dollari, poteva sempre farseli dare dal suo amato capo. E se invece lo scaricava? Quigly scacciò l'idea. Dopotutto, era sempre suo figlio.

Si fece dare il numero dal servizio informazioni e pochi minuti dopo sentì la telefonista chiedere a Elizabeth se accettava una telefonata a suo carico da Quigly Whitman, a San Diego. Immaginava la faccia di sua madre. Senz'altro aveva avuto un colpo, quando la voce nasale della telefonista aveva rotto un anno e più di silenzio. La voce di Elizabeth tremava mentre diceva che sì, certo, si sarebbe accollata la spesa della telefonata.

«In linea», comunicò la telefonista. «Parli.»

«Mamma?»

«Quigly! Ma sei proprio tu, caro! Stai bene? Che ci fai, in California? Perché non mi hai mai scritto?» Le domande si accavallavano per l'ansia.

«Sto bene. Ti spiegherò tutto poi. Sto benissimo. Nemmeno un graffio. Però ho un piccolo guaio.»

«Grazie al cielo stai bene», disse Elizabeth, che quasi non aveva udito l'ultima frase.

«Mamma, ti ho detto che mi trovo in un piccolo guaio. Ho bisogno di un po' di soldi subito. Un bel po'. Millecinquecento dollari. Me li puoi mandare per vaglia telegrafico oggi?»

«Millecinquecento dollari! Quigly, ma non ho tutti questi soldi a portata di mano. Che cosa ti è successo? Perché ti servono? Dove sei?»

«Ti ho detto che ti spiegherò tutto dopo. È stata solo una rissa, ma mi trovo alla polizia. Ho bisogno di soldi, perché mi lascino andare via. Me li puoi mandare oggi stesso, attraverso la Western Union, San Diego?»

Evidentemente non le avrebbe mai raccontato la storia per

telefono, ma doveva essere disperato per ricorrere a lei dopo tanto tempo.
«Va bene», disse più calma. «Ti manderò i soldi, ma a una condizione: che torni a casa. Ti aggiungerò anche i soldi per il biglietto del treno fino a New York. Lo farai, Quigly?»
«Certamente.»
«Hai una matita?»
«Sì, dimmi pure.»
«Scrivi il mio indirizzo e telegrafa che treno prendi. Verrò a prenderti alla stazione. Ti manderò subito il denaro.»
«Grazie, mamma. Lo apprezzo molto. E ti ripagherò.»
«Abbiamo un sacco di cose da dirci, quando sarai qui», aggiunse Elizabeth. «Non mancherai, vero, Quigly? Parola d'onore?»
«Parola d'onore. Ci vedremo fra pochi giorni. Adesso devo andare.»
«Ti voglio bene, Quigly. E mi fido di te. Non mi deluderai, vero?»
Quigly cercò di nascondere la sua esasperazione. «Te l'ho promesso, mamma. Ci sarò, non preoccuparti.»
«Ti aspettiamo tutti, le tue sorelle e io. Sarà meraviglioso rivederti, caro.»
«Certo. Bene, arrivederci a presto. Ciao.»
«Arrivederci, tesoro.»
Quigly riappese esultante. Era andato al telefono tutto titubante, ma tornò dal sergente con l'antica spavalderia. «Il denaro sarà qui tra poche ore», riferì.
«Bene, appena arriva te ne puoi andare.»
Quigly era al settimo cielo, per la fortuna che gli era derivata da quel brutto pasticcio. Non solo Elizabeth gli avrebbe pagato la cauzione per tirarlo fuori, ma gli avrebbe mandato anche un po' di soldi in più. Il prezzo del biglietto gli sarebbe bastato per tirare avanti qualche settimana. Magari sarebbe andato a Los Angeles. Gli era sempre piaciuto il nome di quella città. Una cosa comunque era sicura: non sarebbe andato a New York. Però non doveva gettare via l'indirizzo di sua madre che prima non si era mai dato la pena di annotare.

Mentre si affrettava verso la banca per ritirare duemila dollari dai suoi preziosi risparmi, Elizabeth si sentiva grata e felice. Era stata una fortuna avere venduto la casa di Washington e avere messo in banca il piccolo guadagno che ne aveva ricavato. Altrimenti non avrebbe proprio saputo dove trovare il denaro che serviva a Quigly, soprattutto così in fretta. E meno male che aveva continuato a scrivergli. Se non gli avesse dato l'indirizzo del suo nuovo lavoro Quigly non sarebbe mai riuscito a trovarla, nel momento del bisogno. Aveva avuto anche momenti di rabbia e di rifiuto, durante l'anno precedente, quando aveva quasi deciso di non spedirgli più nessuna lettera visto che lui non le rispondeva mai. Grazie a Dio, non l'aveva fatto.

Era un po' turbata all'idea che suo figlio fosse nei guai con la polizia. Ma qualsiasi cosa fosse non doveva essere molto grave, dato che la si poteva risolvere semplicemente pagando una multa. Pensò che probabilmente era stato coinvolto in una rissa e doveva pagare i danni. La cosa non la stupiva. Quigly era sempre stato un tipo dalla collera facile. Certamente il suo caratteraccio doveva averlo spinto a fare qualche ragazzata.

Era comunque ansiosa di conoscere tutta la storia. Dove era stato, che cosa aveva fatto in tutto quel tempo. Immaginò che avesse lasciato la Marina mercantile. Chissà che ragazzone si era fatto! Non ne poteva più di vederlo. Comunque, pensò con ottimismo, non dovrò aspettare molto. Più tardi, oggi stesso, arriverà un telegramma in cui mi comunicherà che treno ha preso. Doveva solo pazientare per altri tre giorni e tre notti, mentre Quigly attraversava il paese da un capo all'altro.

Non si lasciò nemmeno sfiorare dall'idea che Quigly non avrebbe mantenuto la promessa. Era sempre stato un bambino difficile, inafferrabile. Ma in fondo il suo peccato peggiore era stato la reticenza, mai la disonestà. Era impensabile che non mantenesse la parola.

Ma man mano che passavano i giorni senza che nessun telegramma arrivasse, Elizabeth diventava sempre più pessimista. Per una settimana si aggrappò all'idea che forse voleva farle un'improvvisata, che una sera all'improvviso avrebbe sentito suonare il campanello e lo avrebbe trovato sulla porta di casa. Ma dopo due settimane di silenzio Elizabeth capì. Senza molta speranza telegrafò al posto di polizia di San Diego chiedendo dove si trovasse Quigly Whitman. La risposta fu immediata e concisa: «Whitman partito 8 agosto. Non ha lasciato indirizzo». L'otto agosto era il giorno dopo che aveva parlato con lei.

Non aveva rivelato a nessuno di avere avuto notizie da Quigly. In principio perché voleva fare una sorpresa, ma poi, man mano che i giorni passavano e le sue speranze si affievolivano, Elizabeth continuò a tacere, non volendo fare sapere agli altri quanto menefreghista fosse suo figlio. Probabilmente gli altri si sarebbero arrabbiati e l'avrebbero anche derisa per la sua credulità. Aveva buttato via per un sogno duemila dollari guadagnati duramente. Forse aveva ragione Ann, cercava veramente di credere che la gente fosse come se la immaginava. E, in questo caso, con Quigly aveva fallito ancora una volta. Comunque non avrebbe potuto fare diversamente.

Si accusò di sentimentalismo, di irrazionalità e anche di un certo vittimismo, che il ritorno di Quigly avrebbe alimentato. Con estrema lucidità si condannò per avere cercato ancora una volta di essere Dio. Ai propri occhi era una pazza ingenua che credeva disperatamente in quello che voleva sentirsi dire, anche se in realtà aveva fatto soltanto quello che tutte le madri del mondo avrebbero fatto: rispondere a una richiesta di aiuto da parte del figlio.

Ancora una volta aveva offerto perdono e amore. E ancora una volta erano stati respinti.

14

ANN Treadwell Whitman era uno strano miscuglio di tratti ereditari e acquisiti. Come il fratello, sapeva essere distante, fredda e perfino crudele nel trattare la gente. Era egoista e ostinata, difficile da capire. Queste caratteristiche le erano state trasmesse da Alan. Però da Alan aveva ereditato anche una intelligenza al di sopra della media, un aspetto gradevole e la capacità di essere, quando voleva, assolutamente incantevole. Come del resto suo fratello Quigly.

Da Elizabeth aveva avuto la buona salute, un senso innato della disciplina e il desiderio di circondarsi di cose belle, anche se per Ann le «cose belle» erano molto più convenzionali e stereotipate che per la madre. Diversamente da Elizabeth non era estroversa e tollerante. Non si permetteva, come le aveva fatto notare Elizabeth, di indugiare in zone grigie di incertezza o di indecisione.

A queste qualità ereditate Ann ne aveva aggiunte di sue personali. Era più materialista e più ambiziosa di entrambi i genitori. Ma Ann non aveva come meta la carriera. Già da tempo aveva deciso che il modo più rapido, più facile e infallibile per ottenere agi e sicurezza era sposare un uomo in grado di offrirle la casa e la condizione sociale cui lei aspirava.

Non che avesse mire eccessivamente elevate. Non si faceva illusioni di poter sposare qualcuno dell'alta società o di poter diventare un giorno molto ricca. Ann era soprattutto pratica. Non veniva da una famiglia in vista, non aveva fatto il debutto in società e con tutta probabilità non sarebbe mai stata accolta nel mondo degli Whitney, degli Astor o dei Rockefeller. Lei si sarebbe perfettamente accontentata di un giovane protestante di bell'aspetto, possibilmente con un buon lavoro. Avrebbe dovuto preferibilmente avere genitori benestanti, che con il tempo sarebbero morti lasciandogli una discreta anche se non favolosa eredità. Sarebbero vissuti alla periferia della città, nella zona residenziale dove lei avrebbe avuto incarichi di rilievo nelle attività locali come il Garden Club o il Book Club e nella Associazione genitori e insegnanti. Magari avrebbero anche fatto parte del Country Club. Avrebbe avuto due o forse tre bambini, una casa nuova arredata da Sloan e una seconda macchina, ovviamente una giardinetta. Per amici avrebbero avuto coppie come loro, giovani sposati da poco con i quali avrebbero giocato a bridge e con i quali si sarebbero recati ogni tanto a cena o a teatro in città. I bambini avrebbero giocato con i loro figli e tutti quanti avrebbero fatto parte di una solida, normale comunità in cui alcolismo, adulterio e ristrettezze non avrebbero mai minacciato la loro vita.

Ann sognava questa vita da signora della media borghesia, così lontana da quella che aveva conosciuto. Le pareva di avere passato diciannove anni su un'altalena. Aveva ancora vividi ricordi del suo «periodo da principessa», quando suo padre era un personaggio importante a Washington e la loro casetta di Georgetown era frequentata dai più bei nomi dell'amministrazione Roosevelt. Roosevelt non c'era più ormai, come pure tutto quello che Ann identificava con quel periodo: il padre, il denaro, la scuola privata e il senso di importanza che aveva provato a nove anni. Quello era il punto più alto raggiunto dall'altalena. Poi era cominciata la discesa, passando attraverso il periodo Bethesda, la povera casa nella ricca tenuta, le prime scuole pubbliche, la consapevolezza che a volte quasi non ci fosse abbastanza da mangiare, la paura malcelata negli occhi di sua madre.

Ma quel periodo non era stato così tetro come quando la sua altalena aveva toccato veramente terra. La pensione nel quartiere mediocre, le bambine maleducate che erano sue compagne di scuola e che ignorava ostinatamente, l'indignazione di dover dividere la propria stanza con la sorellina e l'estremo disgusto di sapere che sua madre aveva una tresca con un uomo sposato. Allora aveva veramente toccato il fondo.

New York rappresentava invece un lieve miglioramento, ma certo era ancora assai lontano dalla sicurezza a cui aspirava.

Innamorarsi Tony, anche se ricambiata, non rientrava nei suoi piani. Anche se non fosse appartenuto a Robert, Tony non avrebbe mai potuto darle le solide cose di cui lei aveva bisogno. Era stanca di quel mondo falso di cui anche Elizabeth e Laurel facevano parte.

Solo in libreria pareva ritrovare quell'atmosfera solida e tranquillizzante nella quale amava identificarsi.

Il lavoro le piaceva. Nel negozio regnava un senso di ordine e di pace e per di più i clienti erano seri e colti, amanti dei libri. C'erano signore bene che comperavano i libri solo per le belle rilegature in pelle che si accordavano con l'arredamento della loro casa e qualche topo di biblioteca a caccia di strani libri a prezzi di occasione. A volte tra la clientela del negozio c'era anche qualche celebrità letteraria, cosa che la eccitava molto. In genere però a curiosare tra i libri erano uomini o donne dall'aria seria e leale, gente che apprezzava la buona letteratura e non apparteneva alla schiera di quelli che leggono solo libri gialli e romanzi pornografici.

Purtroppo questi clienti in genere erano tanto vecchi da poter essere i genitori se non addirittura i nonni di Ann. Dopo sei mesi aveva cominciato a pensare con riluttanza alla possibilità di cambiare lavoro, visto che evidentemente nessuno di quei clienti era in grado di realizzare i piani che aveva fatto per la propria vita. Le dispiaceva molto l'idea di lasciare il negozio, ma era più importante stare nel posto giusto per conoscere l'uomo per lei. Il suo giovanotto ricco, bello e protestante avrebbe anche potuto non trovarla mai, se fosse rimasta sepolta in quel mondo remoto e silenzioso. Doveva decidersi a seguirlo nel suo stesso ambiente, magari in Wall Street o in una di quelle grosse banche della Quinta Avenue. Come estrema risorsa avrebbe anche potuto cercarlo nell'atmosfera leggermente meno solida di Madison Avenue, in una agenzia di pubblicità. Poteva seguire un rapido corso di dattilografia e trovare lavoro in uno di quegli uffici in cui il giovanotto che lei intendeva sposare avesse già un buon posto a livello dirigenziale.

Aveva appunto deciso di dare il preavviso di licenziamento alla libreria quando entrò Peter Richards. Esteriormente era proprio l'uomo che Ann aveva sognato. Sui venticinque anni, bello, ma non come un divo del cinema. I capelli folti avevano un taglio recente, l'abito di Brooks Brothers era ben stirato, ma non era impeccabile, di chi bada al proprio abbigliamento senza farsene un'ossessione. Non portava pretenziosi anelloni d'oro, né cosa più importante, alcuna fede nuziale. Teneva in mano una semplice borsa e una copia dell'*Wall Street Journal* sotto il braccio. Quando Ann gli si avvicinò il giovane stava guardando distrattamente lo scaffale dei libri di fiori con splendide illustrazioni con espressione un po' annoiata.

«Posso aiutarla?» gli chiese.

«Oh, sì, grazie. Avete qualcosa sull'ikebana? Qualcosa che sia appena uscito, se possibile. A quanto pare abbiamo già tutte le edizioni fino al 1945.»

«Abbiamo.» Lui e chi? si chiese Ann. Lui e sua moglie? Il fatto che non portasse la fede non significava necessariamente che non fosse sposato. O forse quel noi si riferiva a lui e a un compagno di stanza. Per carità, forse era un altro Tony Alexander!

«Ne abbiamo uno appena arrivato», rispose Ann. «È molto ben fatto. L'autore ha passato vent'anni in Giappone prima della guerra, perciò è sicuramente attendibile.»

Gli tese un sottile volume che lui sfogliò attentamente per poi dare un'occhiata al risvolto di copertina.

«Accidenti», commentò con una smorfia. «Venticinque dollari! A questo prezzo dovrebbe esserci almeno l'autografo di Hirohito!»

Ann gli rispose con un sorriso: «Temo che ultimamente sia stato un po' occupato a firmare trattati di resa. Vuole vedere qualcosa di meno costoso?»

«No, no», disse Peter. «Questo andrà benissimo. Perlomeno sono sicuro che lei non ce l'ha.»

Ann lo guardò incuriosita.

«È per il compleanno di mia madre», le confidò. «Va matta per l'ikebana. Personalmente non ci vedo proprio niente di speciale, ma lei è un'appassionata.»

«Può essere molto gradevole», osservò Ann con tono riservato. «Anche mia madre adora cose del genere. Devo confessarle, però, che la penso anch'io come lei. Nemmeno io capisco il sottile significato di tutto questo. A me piacciono i bei mazzi allegri di fiori. Specie se uno se li può coltivare da sé.»

«Lei coltiva fiori?» chiese gentilmente Ann guardandolo.

«Non più. L'appartamento di New York non è esattamente l'ideale per cose del genere. Ma quando abitavo vicino a Washington era un vero paese delle meraviglie. Mi mancano terribilmente quegli enormi vecchi alberi e quei ciuffi di piante!» Sospirò con aria romantica. «A volte darei chissà che cosa per sentire la terra sotto le dita. Credo proprio di essere una ragazza di campagna, in fondo.» S'interruppe bruscamente. «Oh, le sto facendo perdere tempo con tutte queste sciocchezze. Mi scusi, lei avrà certamente fretta. Devo farle fare una confezione regalo? Paga in contanti o con la carta di credito?»

Peter era interessato. «Non ho poi tutta questa fretta. È l'intervallo del pranzo, ma non ho una scadenza precisa. Stavo per andare a mangiare un panino e a leggere il giornale. Anzi, forse sono io che trattengo lei. A che ora mangia di solito?»

Ann diede un'occhiata all'orologio. «Tra cinque minuti circa», rispose con tono naturale. «Mi scusi, ha detto in contanti o in conto?»

«Me lo faccia mettere in conto. È a nome di mio padre, ma si chiama come me, a parte che io sono 'junior', naturalmente. Le spiace addebitarglielo e farmelo mandare a casa?»

«Ma certo.» Ann era pronta a compilare il modulo di vendita. «A chi lo devo addebitare dunque?»

«Al signor Peter Richards, 902 Van Cortland Drive, Scarsdale, New York. E lo mandi alla signora Richards, stesso indirizzo.»

«Vuole mettere un bigliettino?»

Peter annuì. «Sì, lo scriverò mentre lei finisce di compilare il modulo. Poi vorrei chiederle un altro piacere.»

«Se posso», disse Ann cortesemente.

«Non farebbe colazione con me? Probabilmente lei conosce la zona. E poi è terribilmente carina. Signorina...»

«Whitman. Ann Whitman. Come la ditta di dolci. Ma senza nessuna parentela, purtroppo.»

Peter rise. «Okay, allora accetta il mio invito? Non ho intenzione di prenderla in giro, onestamente. Penso solo che lei sia una simpatica ragazza che mi ha appena salvato la vita aiutandomi a risolvere un terribile problema. Allora, verrà?»

Ann si costrinse a fingere un attimo d'incertezza. «D'accordo, signor Richards. Accetto con vero piacere.»

Se avesse risposto a un annuncio matrimoniale, Peter non sarebbe potuto essere un candidato più perfetto. Era abbastanza brillante da avere un buon lavoro in una agenzia di cambio con una filiale in Park Avenue, ma non abbastanza furbo da capire la commedia che Ann stava recitando a suo beneficio. Durante la colazione Ann fu timida, senza essere modesta, riservata, ma sottilmente invitante, interessata a lui senza mostrarsi aggressiva o smaniosa. Lo incoraggiò a parlarle di sé. Peter aveva venticinque anni, come lei aveva immaginato. Aveva fatto un periodo di ferma di due anni nell'esercito come sottotenente. Si era laureato ad Harvard. Era da poco tornato alla vita civile e al suo lavoro da Fennerman, Whitehouse e Stokes dove gli avevano conservato il posto durante il servizio militare. Non viveva con i genitori, ma divideva con un amico un appartamento in una grande casa nella Cinquantasettesima Est.

«I miei avrebbero voluto che vivessi con loro», disse, «ma Scarsdale non è adatta per uno che sta solo. Troppo faticoso cercare di tornare con i mezzi pubblici a tarda notte dopo un appuntamento. E poi mi piace stare in città per altri motivi. Posso andare in ufficio a piedi. Joe Albertine è fantastico, come convivente, specialmente perché non ci vediamo quasi mai. Lui è direttore di una grossa tipografia. È quasi sempre in viaggio, così ho la casa tutta per me praticamente per tre settimane al mese. Funziona bene», concluse ridendo, «anche perché Joe paga metà dell'affitto.»

«Ha fratelli o sorelle?» gli chiese Ann.

«Macché. Niente. È proprio per questo che mamma e papà morivano dalla voglia di avermi con loro, penso. In quella grande casa sentono l'eco dei loro passi. Io ci vado per l'week-end ogni tanto, soprattutto in estate. Qualcuno deve pur sfruttare la piscina e il campo da tennis.» Fece una pausa. «Ehi, ma guarda un po', ho passato tutto il tempo a parlarle di me. E lei, Ann, che mi dice di lei?»

Lei gli raccontò in una versione addomesticata i fatti salienti della propria vita. «Mio padre è morto. Era un pioniere nel campo dell'aviazione civile. Mia madre lavora in una grossa azienda di arredamento, la Robert Gale. Io sono la maggiore di tre figli. Ho un fratello, Quigly, che non vive in casa e una sorellina, Charlene. Abitiamo in Gramercy Park. Questo è tutto. Noioso, vero?»

«Affatto. Ma perché non è andata all'università?»

«Mia madre voleva che andassi allo Smith o all'Wassar, ma io non volevo lasciare sole lei e Charlene, specialmente con Quigly sempre lontano. E poi, mi piace il lavoro che faccio. A volte penso che si impari di più qui che frequentando una scuola. Inoltre», aggiunse ingenuamente, «in libreria si conosce molta gente interessante.»

Peter sorrise. Era incredibilmente bella, quella ragazza. Bella e fresca. Pensò alle ragazze con le quali era uscito qualche volta. Andavano benissimo per farsi quattro risate, sapevano tenergli testa nel bere e quasi nessuna si rifiutava di salire in casa sua almeno per una parte della notte quando Joe non c'era. Ma lui non le prendeva mai sul serio. Avrebbe invece potuto interessargli molto quella dolce e modesta Ann Whitman. Avrebbe perfino scommesso che era ancora vergine. Aveva il sospetto che fosse più intelligente e furba di quanto non desse a vedere, ma anche questo non guastava. Le ragazze stupide lo annoiavano a morte, ma non riusciva nemmeno a vedersi vicino una cervellona o uno di quei tipi superambiziosi e carrieristi di cui New York pullulava. Il matrimonio con una donna del genere sarebbe stato un'eterna competizione. Non stava certo già pensando di sposare Ann Whitman solo sulla base di una piacevole colazione. Anzi, per la precisione, non aveva intenzione di sposare proprio nessuno, almeno per altri quattro o cinque anni. Fare lo scapolo a New York era troppo divertente. Però poteva essere interessante chiederle un appuntamento. Non riusciva a capire bene che tipo di donna fosse. Magari non era affatto pulita e onesta come sembrava.

Ann riusciva quasi a leggergli nel pensiero. Sta per chiedermi di rivederlo, pensò. Non devo sembrargli troppo ansiosa. Diede un'occhiata all'orologio.

«Buon Dio, sono quasi le due!» esclamò. «Se non torno subito in negozio mi licenziano! Grazie per la colazione, Peter. Spero che a sua madre piaccia il libro. Altrimenti saremo felici di cambiarglielo.»

Peter fece un cenno al cameriere perché gli portasse il conto. «La riaccompagno», disse. «È stata gentile a offrirmi di cambiare il libro. Lo dirò a mia madre, anche se penso che le piacerà moltissimo.»

Ann sentì un tuffo al cuore. Forse non aveva nessuna intenzione di chiederle un appuntamento. Perché dovrebbe? Uno attraente come Peter doveva avere un mucchio di elegantissime ragazze che gli ronzavano attorno, soprattutto se sapevano che veniva da una buona famiglia, come pareva fosse appunto quella dei Richards. Che cosa se ne faceva lui, di una incolta commessa di libreria che viveva con la madre e la sorella?

Tornarono indietro passeggiando al sole tiepido di settembre e chiacchierando del più e del meno. Sulla soglia del negozio Peter le tese la mano.

«Da un pezzo non facevo una colazione così piacevole», disse. «Non potremmo rifarlo, qualche volta?»

«Sarebbe carino», rispose Ann lasciando che un'ombra di delusione le incrinasse la voce. Peter non aspettava altro.

«Senta», esclamò come se gli fosse venuto in mente solo in quel momento, «mi è venuta un'idea migliore. Non preferirebbe invece uscire con me a cena? Così non saremmo incalzati dal tempo. Che ne direbbe di venerdì sera? È libera?»

Per un attimo Ann esitò. Doveva forse fingersi impegnatissima per tutta la settimana? Fare un po' la difficile? In fondo mancavano solo due giorni a venerdì. Accettando si sarebbe dimostrata troppo disponibile. Al diavolo tutte quelle sciocchezze, pensò. Meglio battere il ferro finché è caldo. Magari dopo una settimana Peter avrebbe cambiato idea.

«Venerdì andrà benissimo», rispose.

«Magnifico. Mi dia il suo indirizzo, passerò a prenderla alle sette e mezzo, d'accordo?»

Ann avrebbe preferito incontrarlo altrove. L'appartamento era certamente presentabile e poteva contare sulla capacità di sua madre di emanare un discreto fascino signorile, ma c'era sempre la possibilità che Robert Gale, Tony o anche Laurel fossero nei paraggi, a smentire con la loro ultrasofisticazione il quadretto domestico che aveva cercato di dipingere. Però incontrarlo fuori casa sarebbe stato anche meno opportuno. La ragazza che Ann voleva apparire non avrebbe mai accettato un appuntamento con un ragazzo che non fosse stato prima debitamente presentato a sua madre. Scarabocchiò il proprio indirizzo e numero di telefono su un pezzetto di carta.

«Il numero di telefono è nel caso che lei cambi idea», spiegò. «Naturalmente, se lo perde, può sempre rintracciarmi qui in negozio.»

Peter le lanciò una lunga occhiata. «Non si preoccupi, non cambierò idea. Piuttosto, cerchi di non cambiarla lei.»

«Non è molto probabile», ribatté Ann sinceramente.

Quella sera a cena Ann cominciò a preparare il terreno per l'arrivo di Peter.

«Ah, mamma, dimenticavo di dirti che venerdì sera ho un appuntamento.»

Elizabeth la guardò stupita e compiaciuta. «Davvero? Che bellezza, Ann. E con chi?»

«Si chiama Peter Richards. L'ho conosciuto oggi, quando è venuto in negozio a comperare un libro.»

Elizabeth inarcò leggermente un sopracciglio. L'angustiava l'idea che Ann non avesse mai conosciuto nessuno, non fosse mai uscita in quei nove mesi da quando erano a New York. Ma accettare un appuntamento da un estraneo in libreria! Non era davvero nello stile di sua figlia. Stupidamente si dimostrò sconcertata.

«Sono molto contenta che tu esca, ma con un estraneo... Non ti pare un po' azzardato? Intendo dire, passare la serata con una persona di cui non sai assolutamente niente.»

Ann la guardò esasperata. «Ma non ti va proprio mai bene niente, mamma! Prima ti preoccupi perché non esco, adesso invece ti lamenti perché ho accettato un appuntamento.»

«Non si tratta di questo, Ann. Sono contentissima che tu esca. Solo mi stupisce che sia proprio con il primo venuto.»

«E dove altro vuoi che conosca qualcuno? Magari attraverso Robert, Tony o Laurel? Non mi sono mai accorta che si siano offerti di presentarmi qualche ragazzo interessante. Del resto, come potrebbero? Mi stupirebbe se conoscessero qualcuno al di fuori della loro cerchia di spostati.»

Elizabeth ammiccò indicando Charlene che era attentissima. Non era una conversazione per le orecchie di una bambina di dieci anni, ma Ann ignorò il suo gesto.

«Perciò sono costretta a rivolgermi altrove, mamma. Peter

sarà qui a prendermi venerdì alle sette e mezzo. Ti sarei infinitamente grata se per quella sera il clan degli arredatori e delle giornaliste di moda stesse alla larga. E non guasterebbe se anche Charlene fosse già a letto.»

«Io non vado mai a letto alle sette e mezzo!» protestò indignata Charlene. «E poi il venerdì sera posso restare alzata più del solito perché il giorno dopo non c'è scuola. Mammina, non mi farai andare a letto solo perché Ann deve fare venire qualcuno, vero?»

«Certo che no», rispose Elizabeth cercando di calmarla. «Avrai il permesso di stare alzata come tutti gli altri venerdì sera. Anzi, sono sicura che il nuovo amico di tua sorella sarà felicissimo di conoscerti.»

Rassicurata, Charlene riprese a mangiare. «Per quanto riguarda l'altra tua richiesta, Ann, sarà meglio parlarne dopo, in privato.» Il suo tono non nascondeva il disappunto.

Ann si strinse nelle spalle. «Come vuoi.»

Più tardi, quando Charlene era ormai a letto, Elizabeth affrontò l'argomento con la figlia maggiore.

«Bene, allora, dimmi tutto. Chi è questo Peter Richards e che cosa sai di lui?»

«È giovane, di bell'aspetto e lavora per un'agenzia di cambio. Proviene da un'ottima, normalissima famiglia di Scarsdale. È venuto in libreria a comperare un libro per sua madre e mi ha invitata a colazione poi mi ha dato appuntamento per venerdì sera.» Ann aveva un tono irritante e sgarbato. «Ah, sì, dimenticavo, ha frequentato Harvard ed è stato nell'esercito per due anni. Legge *Wall Street Journal* e i suoi modi a tavola sono impeccabili. Ti senti meglio, ora?»

«È inutile che tu faccia tanto la saccente, Ann. Non credo di morire dalla voglia di sapere tutto su una persona con la quale devi uscire. Tanto più che mi pare un semplice ripiego.»

Appena ebbe pronunciato l'ultima parola, Elizabeth se ne pentì immediatamente. Stava comportandosi male, né più né meno come faceva Ann. Accidenti a quella ragazza, pensò. Riesce sempre a rendermi meschina come lei.

«Mi dispiace», si scusò Elizabeth, «non è stato carino dirti una cosa del genere. Hai ragione quando dici che non hai molte occasioni di conoscere dei ragazzi. Sono contenta che questo tuo Peter Richards sia così attraente. Niente mi farebbe più piacere che vederti incominciare a uscire un po' e divertirti, Ann. Alla tua età avevo già conosciuto tuo padre e avevo già deciso di sposarlo.»

«Penso proprio che finirò per sposare Peter Richards.»

Elizabeth non sapeva se ridere o meno. Cercò di nascondere un sorriso.

«Sulla semplice base di una colazione insieme? Non ti pare di correre un po' troppo, Ann? Sei una ragazza molto carina, d'accordo, ma come fai a essere così sicura che lui voglia sposarti?»

«Vorrà», rispose Ann cocciuta. «È un tipo manovrabile. Naturalmente, prima controllerò se fra noi esiste un'intesa fisica. In caso positivo, Peter rappresenta tutto quello che voglio. Bello, abbastanza brillante e viene proprio da quel tipo di ambiente di cui mi piacerebbe fare parte... solido e benestante.»

Era come se si fossero scambiate le parti. Elizabeth si sentiva giovane e ingenua, mentre Ann parlava con tono freddo, quasi cinico, del suo progetto per accalappiare Peter. Di amore non se ne parlava nemmeno e neanche delle sognanti, romantiche speranze che Elizabeth aveva nutrito quando vent'anni prima aveva conosciuto Alan Whitman. Sembrava che per Ann si trattasse di una campagna di guerra condotta con competenza, compresa la strategia di andare a letto con Peter prima di decidere se sposarlo o meno.

Elizabeth non sapeva che dire. «Non parlerai sul serio, Ann», mormorò infine. «A proposito di scoprire se siete fisicamente compatibili. Cioè, non intenderai in senso letterale?»

«Ma certo che parlo sul serio. Due persone che si sposano senza sapere se vanno d'accordo a letto sono pazze. Se non funziona può mandare tutto all'aria.» Pareva sorpresa della reazione di Elizabeth. «Per l'amor di Dio, mamma, e pensare che ti credevo una libera, avanzata pensatrice. Non credevi che sapessi già tutto sugli uccelli e le api? No, non fare quella faccia preoccupata, non mi farò mettere incinta. Sono sicura che Peter starà attento anche se io non sono preparata.»

Elizabeth era allibita. Naturalmente sapeva che Ann conosceva le cose del sesso. Ma quel modo di trattare il problema così casualmente era per lei un'assoluta sorpresa. Quasi senza volere, si trovò a farle la solita domanda.

«Ann, scusa, ma tu sei ancora... voglio dire, non hai mai...?»

«Se sono mai andata a letto con un uomo? No. Un paio di volte sono stata quasi sul punto di farlo a Washington, ma quei ragazzi non mi attraevano abbastanza. E poi avevo già deciso di usare la mia verginità come una buona merce di scambio. Sapevo che mi sarebbe tornata utile, quando avessi incontrato l'uomo che volevo sposare. E, come vedi, così è stato.»

«Sei molto sicura di te stessa», ammise Elizabeth.

«Già, infatti. Tutto sta andando esattamente come desidero. Per questo vorrei che Gale e compagnia stessero fuori delle scatole, venerdì sera. Peter deve pensare che sta portando fuori una ragazza molto riservata, poco mondana. Non una con una madre che passa il suo tempo con degli arredatori gay o con smaliziate redattrici di moda. Vorrei che tutto restasse stile luce di candela e ricamo a piccolo punto, okay? Peter scoprirà fin troppo presto che strani tipi si aggirano per casa nostra, ma allora sarà ormai troppo tardi, visto che avrà abboccato all'amo.»

Elizabeth riuscì finalmente a esprimere la sua rabbia. «Ma come ti permetti! Quelle persone sono i migliori amici che abbiamo al mondo! Ci hanno letteralmente impedito di morire di fame e quando dico 'ci', intendo dire Quigly, Charlene, tu e io. Ora vorresti che li buttassi fuori di casa solo per fare buona impressione a un piccolo snob della media borghesia, che probabilmente ti ha invitata solo perché spera di portarti a letto! E non credere che sia per la vita, Ann. Molto più probabilmente sarà per un paio di sere. Non solo sei una ragazza tremendamente ingrata, ma anche stupida. Potrei perfino proibirti di uscire con questo Peter Richards, dopo quanto mi hai detto. Non che lo biasimi. Ormai ti resta solo da toglierti i vestiti di dosso. E hai il coraggio di mettere il tuo senso morale al di sopra di quella gente che non vuoi fargli conoscere!»

Le labbra di Ann erano strette in una linea ferma e decisa, «Non puoi impedirmi di vederlo, mamma. Lo sai. E se proprio ti preme tanto presentarlo al piccolo gruppo dei nostri depravati amici, allora farò in modo di incontrarlo fuori di qui. Sarà meno formale, ma troverò qualche spiegazione. Voglio dargli l'impressione giusta. È così difficile da capire? Peter è cresciuto in modo molto convenzionale. Ne sono sicura, da quello che mi ha raccontato. Non intendo gettare via subito le mie probabilità, facendogli pensare che siamo dei bohémien. Se ti chiedo troppo, tante scuse. Non ti avevo mai chiesto niente finora. Non intendo dire che devi rinunciare ai tuoi amici. Ti chiedo semplicemente che per una sera questa casa sembri un tranquillo, raffinato, sobrio sfondo per me.»

Tutte le argomentazioni di Elizabeth crollarono. Ma si sentiva come se avesse tradito tre brave persone che Ann non riteneva «degne» di conoscere Peter. E poi, immaginare la sua candida figlia a letto con un uomo senza volto le dava la nausea. Ma non poteva farci assolutamente niente. Non poteva certo chiudere Ann a chiave, impedirle di uscire di casa o metterle una cintura di castità. E anche per quanto riguardava l'atteggiamento di Ann nei confronti dei suoi amici più cari non c'era niente da fare. Sentendosi impotente, si rifugiò nel silenzio. E Ann lo prese per un consenso.

«Grazie, mamma», disse piano. «Non ti chiederò spesso questo piacere, te lo prometto. Peter Richards si troverà ben presto fidanzato. Allora non m'importerà più chi incontra in casa nostra... o se scoprirà tutto su di noi.»

«E per quanto riguarda l'altra cosa?» chiese Elizabeth.

«Intendi dire se venerdì andrò a letto con Peter? No, non ti devi preoccupare di questo. Non al primo appuntamento. Sarebbe da sciocca. Ci vorranno almeno un paio di sere di riluttante ritrosia, prima di farmi sedurre. Peter deve stare buono ed essere cucinato a dovere, in modo che, poi, sia pieno di rimorsi.»

Ann le scoccò un angelico sorriso e uscì dalla stanza. Elizabeth rimase seduta per ore a riflettere. Come poteva avere generato due figli tanto insensibili? Non si era ancora ripresa dalla delusione di Quigly. Anche Stu Preston, che aveva subito chiamato per fargli qualche velata domanda sulla sorte del figlio, non aveva saputo darle aiuto. Quigly non era più in Marina, perciò non era più rintracciabile. E adesso Ann, sempre così riservata e taciturna, aveva rivelato un aspetto sconosciuto della sua personalità contorta e calcolatrice. Ma il peggio era che Elizabeth aveva la netta sensazione che la strategia di Ann avrebbe finito per funzionare. Le donne del suo stampo ottenevano sempre quello che volevano.

Per quanto riluttante, Elizabeth dovette ammettere che Ann aveva scelto bene quando vide arrivare Peter Richards, venerdì sera. Era un bel ragazzo, sapeva parlare, era gentile e abbastanza interessato, a quanto le sembrava, per cadere nelle grinfie di Ann. Era una «preda» pronta.

In casa tutto era come Ann aveva voluto. Elizabeth era sola, eccetto Charlene, che però era deliziosa nella sua vestaglia trapuntata e pantofoline rosa. La serata era abbastanza fresca da giustificare il camino acceso e c'erano candele e fiori freschi, piccole piacevolezze che del resto Elizabeth si permetteva sempre, anche quando non doveva 'fare scena' come quella sera.

I pochi istanti che precedettero l'uscita della giovane coppia furono tranquilli e gradevoli. Ann recitava la sua parte a meraviglia. Tony l'avrebbe definita la «perfetta ingenua». Fece sfoggio di grande affetto per la madre e la sorellina, rimase tranquillamente seduta mentre Peter ed Elizabeth scambiavano quattro chiacchiere e infine se ne andò dopo aver mandato un bacio sulla punta delle dita a una Elizabeth disgustata e a una sconcertata Charlene.

Senza raccontarle tutti i particolari, Elizabeth aveva accennato a Laurel che Ann usciva con un ragazzo. Appena i due se ne furono andati e Charlene si fu ritirata in camera da letto a giocare con la sua schiera di bamboline di carta, Elizabeth fece subito il numero dell'amica.

«Com'è andata?» le chiese Laurel.

«Mi sento un incrocio tra la Madonna e una ruffiana. È andata bene, credo. È un bel ragazzo educato e mi ha trattata come se avessi almeno centodue anni.»

«E Ann che vestito aveva?» Era la tipica domanda della frivola Laurel.

«L'abitino nuovo di velluto nero con i bordi di seta bianca. Mi è parso adattissimo. Aveva un'aria adulta e da santarellina al tempo stesso.»

«Ottima scelta. Sono contenta che abbia finalmente conosciuto una persona simpatica. Speriamo che duri. Quella bambina è in ritardo, quanto a vita mondana.»

«Sì, è vero», ammise Elizabeth. «Ma credo che abbia intenzione di rifarsi del tempo perduto.»

Elizabeth si fece un punto d'onore di non restare in piedi ad aspettare Ann, ma ancora non dormiva quando sentì girare la chiave nella toppa verso le due di notte. Le sarebbe piaciuto alzarsi e andare a chiederle come era andata la serata, ma esitava a intromettersi. Forse, pensò, ho paura di saperlo.

Dopo aver dato di sua spontanea volontà una quantità straordinaria di informazioni, per il suo carattere, Ann non disse più nulla del suo flirt con Peter. A quanto sembrava, però, tutto filava liscio come l'olio e secondo i piani.

Peter portò fuori Ann anche il sabato e la settimana successiva si videro tre volte. Ann non chiese più a Elizabeth di tenere lontani i «suoi strani amici» perché s'incontrava con Peter direttamente uscendo dal lavoro e tornava a casa molto dopo che Elizabeth era andata a dormire. Dopo il quinto appuntamento Elizabeth si svegliò come il solito sentendo la porta d'ingresso che si apriva e si chiudeva cautamente. Era ancora buio, ma l'orologio luminoso diceva che erano le cinque e mezzo. Allora capì che la strategia di Ann era in piena azione. Si girò piano dall'altra parte badando a non svegliare Charlene che dormiva beatamente nel letto accanto al suo. Pensò che avrebbe dovuto sentirsi ferita e preoccupata, al pensiero che Ann avesse barattato la propria verginità con il matrimonio. Ma si sentiva solo vecchia e stanca. Spero solo che ottenga quello che desidera, pensò. E poi, quasi distrattamente, aggiunse fra sé: «Povero Peter».

Il mattino seguente era sabato, giornata libera tanto per Ann che per Elizabeth. Era passato da un pezzo mezzogiorno quando Elizabeth si decise a svegliare la figlia. Per qualche istante rimase a guardare il suo visetto perfetto tranquillo nel sonno, con i serici capelli biondi che le s'inanellavano su una spalla come se se li fosse sistemati così prima di addormentarsi. Non era più una ragazzina. Anche in quel momento aveva un'aria seducente, soddisfatta e femminile. Elizabeth la scosse dolcemente.

«Ann, Ann, svegliati. C'è Peter al telefono.»

«Che ora è?»

«Quasi l'una. Peter è al telefono», insistette.

«Va bene. Arrivo subito.»

Elizabeth si disse che non stava affatto cercando di origliare, ma naturalmente era una bugia. Non poteva fare a meno di sentire le parole che Ann pronunciava a voce bassa, con tono inequivocabilmente intimo e punteggiato di morbide risatine. Finalmente Ann riappese e si avviò in cucina. Le domande inespresse di Elizabeth erano sospese nell'aria, mentre versava alla figlia una tazza di caffè.

Ann bevve con calma. Poi spalancò la bocca in uno sbadiglio, si appoggiò allo schienale della sedia e disse: «Be', penso di essermi fidanzata».

Elizabeth non riuscì a nascondere il proprio stupore. «Così in fretta? Ma, Ann, lo conosci solo da una settimana.»

«Dieci giorni, per l'esattezza.»

«Tesoro, sei certa che sia quello che desideri? Come puoi conoscere un uomo in così poco tempo? Stai parlando di qualcuno con cui speri di passare la vita.»

Ann la guardò freddamente. «Quanto ti ci è voluto per decidere di andare a letto con Adam?»

«Ma era diverso. Eravamo due persone mature.»

«Solo per l'età, mamma. Penso che fossi più romantica tu a trentanove anni che io a diciannove. E poi ti avevo già detto ancora prima di uscire con lui che era Peter che volevo, ammesso che tutto fosse soddisfacente.»

La risposta di Elizabeth parve giungere da un punto vicino al fondo del suo stomaco. «E devo supporre, allora, che tutto è stato 'soddisfacente'.»

«Sì. Completamente. Avessi visto in che stato era Peter, quando ha scoperto che era la mia prima esperienza. Ma, una volta superato lo choc, non è stato un problema.»

Semplicemente non ci credo, pensò Elizabeth. Non è vero. Ann sembra non trovarci assolutamente niente di insolito. È più tranquilla che mai. Anzi, è addirittura soddisfatta, piena di sé, sicura.

«Comunque, dopo ho pianto un po', anche se in realtà mi sentivo meravigliosamente bene. È stato allora che Peter mi ha chiesto di sposarlo.»

«E hai accettato.»

«Non esattamente. Gli ho detto che non doveva sentirsi obbligato a sposarmi solo perché era stato il mio primo amante. Sono stata molto convincente, gli ho detto che lo desideravo anch'io quanto lui, che la responsabilità era mia quanto sua e che non doveva sentire nessun obbligo. Così, come vedi, gli ho dato la possibilità di tirarsene fuori, se voleva.»

«Ma tu avresti scommesso che non l'avrebbe fatto.»

«Non è stata esattamente una scommessa. Lui è innamorato di me. Comunque, gli ho detto che non avrei accettato la proposta finché non me l'avesse ripetuta alla fredda luce del mattino. Così sarei stata sicura che desiderava davvero sposarmi, che non era solo qualcosa che si sentiva costretto a fare. E lui mi ha chiesto di nuovo di sposarlo poco fa al telefono. Questa volta ho accettato, naturalmente. Oggi pomeriggio andremo a cercare un anello di fidanzamento.»

«Ann, ma tu lo ami? O sei anche tu come Quigly e cerchi solo un modo per andartene da qui?»

«Quigly è uno stupido», disse lei freddamente. «Se avessi proprio voluto andarmene come una sciocca mi sarei presa una stanza al *Barbizon Hotel* per donne. Non mi paragonare a Quigly.»

«E va bene, però non hai ancora risposto alla mia domanda. Lo ami?»

«Ma certo che lo amo», esclamò Ann spazientita. «E amo la vita che potrà offrirmi.»

«Soprattutto quella», osservò Elizabeth.

«Sì, mamma. Soprattutto quella.»

Il rapido flirt venne seguito da un breve fidanzamento. Peter portò Ann a conoscere suo padre e sua madre a Scarsdale e Ann tornò trionfante con la benedizione dei futuri suoceri.

«Vogliono conoscerti, mamma. E vorrebbero fare il matrimonio a Scarsdale, se non ti offendi. Io ho detto che a me sembrava una buona idea. C'è una graziosa chiesetta laggiù e la loro casa è abbastanza grande per il ricevimento. Secondo me è un dono del cielo. Altrimenti, chissà che spese avremmo dovuto affrontare, per affittare un salone di un albergo qui in città.»

«Sono sicura che Robert sarebbe stato felice di offrire la sua casa per il ricevimento.»

«Ma vuoi scherzare! Il signor Richards sverrebbe, se vedesse quella casa da frocio! Vorrei non dovere nemmeno invitare quella gente al matrimonio, ma immagino che insisterai.»

«Sì, insisterò. Anzi, ancora non sono del tutto sicura di

non voler dare io il ricevimento in un salone d'albergo. Dopotutto, tocca ai parenti della sposa.»

«Oh, mamma, per una volta tanto in vita tua sii un po' pratica! E poi, se mi sposassi a New York, chi inviteremmo? A Scarsdale i Richards hanno moltissimi amici che non potrebbero venire in città per il matrimonio. Te l'ho detto che avremmo fissato per poco prima di Natale? Il ventitré dicembre, per la precisione.»

«No. Mi hai detto pochissimo. Mi sento più una spettatrice che la madre della sposa.»

«Mi dispiace.» Ann pareva sinceramente contrita. «So che tutto sembra molto affrettato, ma se ci sposiamo in quel periodo Peter potrà prendersi qualche giorno di vacanza in più oltre la licenza matrimoniale. Pensavamo di andare alle Bermuda, in viaggio di nozze.»

«Molto originale», commentò seccamente Elizabeth.

Il leggero sarcasmo di quelle parole non toccò minimamente Ann. «Stai a sentire i nostri progetti. Sarà un matrimonio semplice, con un ricevimento per poche persone. Affrontiamo la realtà. Non abbiamo molta gente da invitare e voglio evitare di fare la figura della sciocca davanti alla lista di duecento persone di Peter, con i miei dodici nomi tirati. Però voglio vestirmi di bianco. A meno che», aggiunse con aria maliziosa, «tu non pensi che sia un bianco grigio.»

Il viso turbato di Elizabeth era più eloquente delle parole. Perfino Ann si rese conto del proprio tono calcolatore.

«Pensi che sia spaventosa, vero? Te ne prego, mamma, cerca di vedere le cose a modo mio. Non sono cieca, capisco tutto quello che tu hai fatto per noi. Puoi non crederci, ma ti ammiro molto. Penso che tu sia l'essere più coraggioso che abbia mai conosciuto. E credo di essere in qualche modo gelosa di te. Forse è per questo che cerco sempre di urtare i tuoi sentimenti, di ferirti. Probabilmente sono gelosa che tutti ti adorino perché sei così buona e onesta. Sono sicura che uno psichiatra direbbe che sto cercando di competere con te su un altro piano. Non sarò mai la donna che sei tu, perciò devo batterti in un altro modo, dimostrandoti che sono capace di organizzare la mia vita mentre tu non sei mai riuscita a controllare la tua. Mamma, credo di non avertelo mai detto in vita mia, ma ti voglio bene.»

A questa inattesa confessione Elizabeth si intenerì. Era

quasi commossa mentre ascoltava quelle cose che doveva essere così difficile dire per la giovane donna orgogliosa e riservata che era sua figlia. Sentì un irrefrenabile slancio d'amore per Ann. Com'era acuta, analitica, per la sua età! E che consolazione sapere che almeno riconosceva anche le sue ragioni. Quella capacità di autocritica di sua figlia era una rivelazione per lei e cercò le parole giuste per dirle che cosa significasse per lei quella loro nuova e tanto desiderata intesa che spiegava molte cose rimaste fino a quel momento in sospeso.

«Tesoro», disse infine, «grazie. Grazie infinite. Che persona dolce e tenera sei, sotto la tua corazza di protezione. È meraviglioso che tu riesca a capire cose che gente che ha il doppio dei tuoi anni non riuscirebbe mai a intuire. Sono davvero fiera di te, Ann. E ti amo molto. Ma, ti scongiuro, non sposarti solo per dimostrare qualcosa a me. Ora che tutto è chiarito non capisci quanto sia inutile? Non devi crearti una vita modello solo per mostrarmi che sai fare qualcosa in cui io ho fallito. Non ne vale la pena. Prenditi un po' di tempo, cara. Non precipitarti, solo per dimostrarmi che puoi farlo. Forse fra un anno vorrai ancora sposare Peter. E avrai la mia benedizione. Ma nel frattempo potresti anche incontrare qualcun altro, qualcuno che potresti anche amare più di Peter. E che potrebbe darti lo stesso senso di sicurezza e di protezione insieme con tante altre cose.»

Quando le rispose, la figlia era tornata la vecchia Ann fredda e distaccata. «Senti, ho voluto dirti la verità nuda e cruda per una volta tanto. Ma non cambia niente. Non cambia né i miei sentimenti né le cose che devo provare. Non solo a te, ma anche a me stessa. Non voglio dovermi preoccupare del denaro, di avere dei bambini senza padre e di tutte quelle terribili cose. Non voglio, ecco tutto. Semplicemente non voglio.»

«Ma, tesoro mio, i Richards non sono certo miliardari, sai? E Peter ha un buon lavoro, ma non guadagna certo una fortuna, ne sono certa. Perché pensi che tutto questo possa darti tanta sicurezza?»

«Perché non mi aspetto di diventare molto ricca, famosa o potente. Quello che voglio è esattamente quello che tu definiresti una banale vita borghese. Una casa, dei bambini e tutto il resto. Peter sarà in grado di provvedere a tutto questo. Farà il pendolare tra Scarsdale e l'ufficio e io andrò a prenderlo alla stazione ogni sera alle sei e diciannove. Berrò un caffè con le altre mogli del quartiere, ci scambieremo ricette, resterò incinta e andrò a fare la spesa al supermercato. E amerò ogni semplice, tranquillo e sereno minuto di quella vita. So che il quadro non ti garba, mamma, ma è esattamente quello che io desidero. Voglio delle radici. Sane, durature, banali radici. Ho sempre avuto la sensazione di non averne.»

Elizabeth fece un'ultima protesta. «Ma è un quadro così monotono, sciatto, Ann. Non finirai per annoiarti?»

«No. È l'unico vero potere concesso a una donna. Tu fiorisci vivendo sempre sull'orlo del rischio. Io no. Voglio essere la regina tranquilla del mio piccolo, grazioso, limitato mondo. Voglio vivere in un piccolo quartiere, dove i miei figli vadano a scuola con ragazzini simili a loro. Voglio che crescano in una casa, con genitori così normali che potrebbero essere usciti dalle pagine di una rivista. Ne ho abbastanza di caos, fedeltà contrastanti e paura. Basta. Te l'ho detto. Non sono come te. E non diventerò come mio padre.»

«E Peter? Pensi che sia pronto per questo genere di vita fatta con lo stampino?»

Ann sorrise. «Forse lui non lo sa, ma è prontissimo. È il genere di vita dal quale proviene. Fondamentalmente Peter è un uomo convenzionale e responsabile, piuttosto ingenuo. Altrimenti, non si sarebbe lasciato così facilmente accalappiare dalla prima vergine in lacrime che ha sedotto, ti pare?»

Elizabeth si limitò a sospirare.

«Non preoccuparti», continuò Ann. «Sarò per lui una buona moglie. Peter sarà felice. Non ha i problemi emotivi che aveva mio padre. Grazie a Dio. Non renderà la mia vita un inferno e non trasmetterà ai suoi figli le proprie nevrosi.»

Non c'era possibilità di discutere con Ann. Non c'era mai stata. Elizabeth poteva solo ringraziare il cielo che per una volta tanto sua figlia avesse abbassato la guardia abbastanza da ammettere la propria debolezza e soprattutto per esprimerle quell'amore di cui non era mai stata sicura. La vita che Ann voleva avrebbe fatto impazzire Elizabeth. Ma ciascuno ha una propria idea personale della felicità. Non posso fare miei i suoi ideali, così come Ann non può assumersi i miei, pensò.

«Si tratta della tua vita, cara», disse infine. «Non riesco a capirla, ma non mi permetterò mai di criticarla.» Poi aggiunse in tono pratico: «Bene, allora sarà il caso di fare qualche progetto. Prima di tutto dovrò invitare i Richards a cena. Prenderò una ragazza per cucinare e servire in tavola. Ti va?»

Ann annuì.

«Poi dovremo andare a comperare un abito e il corredo e dovremo fare una lista delle persone che vorrai avere al tuo matrimonio. Sarcbbc simpatico invitarc qualchc vecchio amico di Washington, se sei d'accordo. Per esempio i Preston. E Betty Kaspar e Amelia Neal. Hanno sempre avuto un debole per te. E magari qualcun altro. Come hai detto tu, dovremo pur avere un po' di gente in chiesa nei banchi riservati agli invitati della sposa!»

«Pensi che Stu Preston sarebbe disposto a accompagnarmi all'altare?»

Elizabeth parve sorpresa. Non aveva nemmeno pensato a quel problema. Effettivamente era una buona idea. Ann non avrebbe mai preso in considerazione né Robert né Tony, gli unici uomini che conoscevano bene. Comunque il famoso editore Preston si sarebbe perfettamente intonato all'immagine che Ann aveva in mente della persona adatta ad accompagnare all'altare una ragazza per bene.

«Vorrà certamente», disse Elizabeth. «A meno che non debba partire. E i testimoni? Chi saranno?»

«Joe Albertine, il suo compagno di stanza, sarà quello di Peter.»

«E chi ti farà da damigella?»

«Non so. Penso che toccherà a Stacey Farmer.» Era l'altra commessa che lavorava con lei in libreria. «Non è ridicolo? Non ho nemmeno una vera amica.»

Elizabeth sentì un moto di simpatia per Ann. Nemmeno lei aveva mai avuto una vera amica, finché non aveva conosciuto Laurel. Povera Ann. Era come se per tutti quegli anni fosse vissuta nel vuoto, senza nessuno con cui parlare.

«Magnifico», esclamò allegramente. «Che ne diresti di avere come damigella la piccola Charlene?»

«Per carità», rispose Ann. «Sarebbe stomachevole.»

15

Il matrimonio andò secondo le previsioni senza il minimo intoppo. Ann acconsentì a farsi portare a Scarsdale con la *Bentley* di Robert, l'eleganza dell'auto con autista facendole superare il disgusto per il legittimo proprietario. Fu una cerimonia semplice e breve; Ann era radiosa in un semplice abito di seta color avorio che ne metteva in risalto la figuretta e la splendida carnagione chiara. La sua damigella era una brunetta, Stacey Farmer, vestita di velluto rosso, esattamente lo stesso colore delle rose di Natale che ornavano la chiesetta.

Accompagnando Ann lungo la navata della chiesa, Stu Preston, bello e imponente nel suo tight, fece una strizzatina d'occhi a Elizabeth mentre passava davanti al primo banco dove sedevano anche Charlene, Laurel, Robert, Tony, Betty e Amelia. Barney Nash era stato invitato, ma aveva declinato, come pure gli Aimsley, che avevano mandato alla sposa un ricco servizio da caffè d'argento, un dono che divertì Elizabeth. Ann non aveva mai pulito un pezzo d'argenteria in vita sua. Ora, grazie a Marion e ad altri improvvidi donatori, anche Ann avrebbe scoperto che peso erano in realtà gli ornamenti materiali. Grazie a Dio, pensò Elizabeth, sa cucinare qualcosa. Forse sarebbe passato un bel po' prima che la casa e la cameriera fissa, che la figlia prevedeva, avessero sostituito l'appartamentino che Ann e Peter avrebbero occupato appena tornati dalle Bermuda.

Anche al ricevimento tutto filò liscio, senza nessun momento di particolare imbarazzo. Tony conquistò letteralmente tutte le matrone di Scarsdale e Robert Gale venne tenuto in considerazione come una vera celebrità. Accettò perfino l'invito a tenere una conferenza al Club femminile l'aprile seguente durante una delle «Colazioni per Vip». I Preston poi furono assolutamente perfetti e fecero la delizia di Ann con raccontini di quando lei era una bimbetta viziata e coccolata a Georgetown. Sembrava la scena ben riuscita di una commedia da salotto. Anche Laurel fece un'ottima impressione, quando le signore presenti scoprirono che era la redattrice capo di *Enchantress.* Le preoccupazioni di Ann si rivelarono quindi infondate. Gli ospiti della sposa risultarono assai più chic e interessanti degli agenti di cambio, dei banchieri e dei proprietari terrieri che costituivano la massa degli amici dei Richards.

Al momento di avviarsi all'aeroporto con Peter, Ann abbracciando la madre le sussurrò all'orecchio: «Ritiro tutto. I tuoi folli amici sono stati il clou della festa. Grazie, mamma. Di tutto».

Elizabeth la baciò. «Sii felice», le disse. Per un attimo si pentì di non aver dato ad Ann il pendente di diamanti e zaffiri che era appartenuto a sua nonna, l'unico gioiello che avesse indossato sul proprio abito da sposa. In effetti ci aveva pensato, ma aveva deciso che Ann, pur ammirandolo come gioiello, non ne avrebbe mai capito il significato e non lo avrebbe tenuto caro quanto Elizabeth. Era in una cassetta di sicurezza in banca, in attesa del giorno in cui sarebbe stato allacciato intorno al collo di una sposa più sentimentale, che in quel momento aveva solo dieci anni e mezzo. Dopo quell'attimo di rimpianto, Elizabeth pensò che era stata una saggia decisione. Per la verità quel gioiello sarebbe dovuto andare alla figlia maggiore, ma Ann era molto più eccitata per il suo modernissimo anello di diamanti e rubini montati in platino che i suoceri le avevano regalato.

Elizabeth e «il suo gruppo» lasciarono il ricevimento subito dopo la partenza degli sposi. Stu Preston propose di andare tutti a bere qualcosa al *St. Regis*, visto che lui e Martha si sarebbero fermati a New York per la notte. Betty e Amelia avrebbero dormito in casa di Elizabeth. Lei tuttavia declinò l'invito.

«Charlene non si regge più in piedi», disse, «e anch'io sono un po' stanca. Naturalmente sarete i benvenuti, se verrete tutti a casa mia. Potremo toglierci le scarpe e fare quattro chiacchiere in pace.»

Ma gli altri decisero altrimenti. Era stata una giornata lunga e stancante per chi al mattino si era alzato presto per venire da Washington e contava di tornarci l'indomani con il primo treno. Prima di risalire in macchina, Stu prese un attimo Elizabeth da parte.

«Va tutto bene, Elizabeth?» le chiese. «Il lavoro è okay? E di Quigly ha notizie?»

«Sto bene», rispose lei. «Robert è una persona magnifica con cui lavorare. Quasi simpatico come lei, Stu. Quanto a Quigly... niente. Non ho idea di dove sia o di che cosa faccia. Cerco solo di non pensarci troppo.»

La voce di Stu era piena di calore e simpatia. «Lo so. Ma vedrà che un giorno all'improvviso tornerà. Ne sono sicuro.»

Elizabeth annuì in silenzio. «Stu, non potrò mai ringraziarla abbastanza per avere accompagnato Ann all'altare. È stata la personificazione del perfetto padre della sposa.»

Lui sorrise. «È stato un onore. Ho un solo rimpianto. Mi sarebbe piaciuto essere davvero il padre di quella sposa.»

Elizabeth fece finta di non capire l'allusione. «Perché lei non sa che caratterino è Ann», commentò in tono lamentoso. «Altrimenti non lo direbbe.»

Ma non ingannò certo Preston, fingendo di non capire. Che maleducato sciocco sono stato a lasciarmi sfuggire questa donna, pensò Stu. Quando era vulnerabile sono stato troppo cauto. E ora è troppo tardi per qualcos'altro che non sia amicizia. Comunque si sarebbe accontentato. Le diede un casto bacio sulla fronte. «Mi chiamerà, se avrà bisogno di me?»

«L'ho sempre fatto», disse Elizabeth con semplicità, «e penso che lo farò sempre.»

Dopo il matrimonio di Ann l'appartamentino di Gramercy Park sembrò stranamente vuoto. Dato che le nozze erano state celebrate solo due giorni prima di Natale, a Elizabeth rimase ben poco tempo per prepararsi alle feste. Il giorno della vigilia lei e Charlene si precipitarono fuori a comprare un albero e lo decorarono con i soliti vecchi ninnoli. Durante la giornata Elizabeth acquistò rapidamente cibo e doni per Charlene, Laurel, Tony e Robert e invitò il suo gruppo di «orfanelli» newyorkesi al cenone di Natale, invito che tutti si affrettarono ad accettare. A dispetto dell'improvvisazione fu una delle feste natalizie più felici che Elizabeth ricordasse da anni. Non c'era la solita tensione che Ann creava involontariamente. La stanza sembrava traboccante di amore mentre tutti aprivano i doni e facevano brindisi con lo champagne offerto da Robert ai novelli sposi per il loro felice avvenire.

Alle dieci Charlene baciò tutti quanti e serbò l'ultimo bacio della buona notte per Elizabeth.

«Posso parlarti un attimo da sola, mammina?»

«Ma certo, tesoro.»

Andarono nella ex stanza di Ann, che Elizabeth aveva subito trasformato nel regno personale di Charlene.

«Questo è il più bel regalo di Natale che abbia avuto», disse la bimba indicando la stanza. Aveva un visetto molto serio. «Sai che è la prima volta che ho una stanza tutta mia? Non che non mi piacesse dormire con te, mammina, o con Ann, quando stavamo nell'altra casa, ma mi fa sentire molto grande avere una stanza tutta mia.»

«Ne sono contenta, amore. E poi, *sei* molto grande, Charlene.»

«Vedrai, vedrai come ti aiuterò.»

Elizabeth la strinse forte a sé. «Lo so, lo so, tesoro. Sei una bimba molto autosufficiente per avere dieci anni.»

«Dieci e mezzo», la corresse Charlene. «Adesso posso fare un mucchio di cose in più per te, mamma. Posso perfino fare la spesa e prepararti la cena per quando torni dal lavoro la sera.» Poi, con una vocina ansiosa, aggiunse: «So che ti mancherà molto Ann. Così come ti manca Quigly. Ma io cercherò di compensarti».

Elizabeth era commossa. Era la figlia che aveva sempre desiderato: gentile, generosa, saggia più della sua età. Charlene era la sua speranza, la sua soddisfazione, era esattamente come aveva intuito fin dalla nascita. Eppure, la tenera vulnerabilità di Charlene la spaventò. C'era qualcosa di etereo in quella sua straordinaria sensibilità e in quel suo capire le proprie responsabilità oltre le capacità di un bambino normale. Era una ragazzina dolce e delicata, ma aveva la forza e la tenacia tipiche dei Quigly.

«Ce la caveremo magnificamente», la rassicurò. «Avrò certo molto bisogno di te e so che ne sarai all'altezza.»

Mentre Elizabeth stava per spegnere la luce, con un sorrisetto birichino Charlene le disse: «Stavo pensando a una cosa buffa».

«Che cosa?»

«Ann diceva sempre che non le piaceva dividere la stanza con qualcuno. E invece le toccherà dividerla per sempre!»

Elizabeth non poté fare a meno di ridere. «Pettegolina che non sei altro! Adesso dormi. Buonanotte, ex compagna di stanza!»

Nessuna risposta. Charlene dormiva già con un sorriso felice sulle labbra.

Quando tornò in soggiorno, gli altri erano immersi in un'animata discussione a proposito dei progetti per Capodanno. Robert aveva deciso di dare una grande festa in casa sua.

«Festeggeremo due cose in una volta sola», disse. «Cioè, non solo la nascita del 1946, ma anche, imbrogliando di un paio di settimane, il primo anno di Elizabeth Quigly come membro della Robert Gale Associates.»

«Sei molto caro, Robert», rispose Elizabeth, «ma per la verità detesto le feste di Capodanno, tutta quell'allegria forzata solo perché si gira un altro foglio del calendario.»

Robert la guardò con aria severa. «Mia cara ragazza, se pensi che un party di Robert Gale possa anche lontanamente essere paragonato alle solite feste barbose in cui gli ospiti si ubriacano e si mettono in testa dei paralumi, ti sbagli di grosso. Noi non siamo gente da trombette, stelle filanti e baggianate simili. Ogni mio ricevimento, cara Elizabeth, è un esempio di pura eleganza. Francamente mi offende molto che tu possa paragonare una mia festa a quella che deve essere la tua idea di un'orgia al Country Club di Scarsdale.»

Elizabeth fece un profondo, scherzoso inchino. «Perdono, padrone. Infinite umili scuse da queste indegne labbra. Se riuscirò a procurarmi una baby-sitter accetterò con il massimo piacere.»

«Bene, così va meglio», la assecondò Robert. «Anzi, fungerai ufficialmente da padrona di casa. E vedremo se riusciremo a raccattare in giro altre trenta o quaranta anime per decorare le stanze. Dunque, vediamo. Conosciamo un sacco di begli uomini, ma poche graziose ragazze. Che ne diresti di alcune di quelle cosine giovani e chic che lavorano con te, Laurel?»

«Quelle snobbine? Per la maggior parte saranno a rompersi le gambe sulle nevi di St. Moritz, suppongo. E le altre avranno già dei progetti per il veglione. E poi, Robert, che ci vuoi fare con il mio mazzo di debuttanti dell'industria?»

Robert scosse la testa. «Mia cara Laurel, tu di affari non capisci proprio niente. Quelle debuttanti diventeranno infallibilmente ricche signore della buona società con grandi appartamenti che aspettano solo di essere arredati da Robert Gale. Inoltre i loro nomi sulla mia lista degli invitati darebbe un certo tono alla festa, che farebbe la sua bella figura sulla cronaca mondana.»

Laurel non pareva convinta. «Non saprei. Sono sicura che le ragazze rimaste in città avranno già degli inviti. E non mi è mai piaciuto frequentarle, se non al giornale. Non sembrerà un po' strano che tutt'a un tratto le inviti a una festa?»

«No», rispose altezzosamente Robert, «se la festa è *chez moi*. Di' loro di portarsi degli uomini, cioè quei ricconi che sicuramente un giorno sposeranno. Fidati di me, verranno di corsa. La curiosità sulla vita privata di Robert Gale sarà più forte della reticenza a fare comunella con la loro caporedattrice. Naturalmente non ci baseremo solo sul corpo di ballo di *Enchantress* per la lista degli invitati. Forse non ci crederai, ma conosco anch'io qualche signora bene, in città. Voglio solo un bel miscuglio della miglior gente ricca di New York.»

Nel frattempo Tony non aveva aperto bocca. Comunque Elizabeth capiva che a lui l'idea sorrideva poco. Come lei, probabilmente anche Tony avrebbe preferito una tranquilla serata con gli amici più cari e non quella sfarzosa messinscena che Robert voleva organizzare. Sospettò anzi che Tony, come lei, considerasse la notte di Capodanno come un momento adatto all'introspezione, un momento per ripensare a tutte le cose tristi e felici accadute durante l'anno e di tenue curiosità per quello che riservava il futuro. Anche Tony detestava stare in mezzo a estranei, curiosi e perdigiorno, soprattutto quella notte. Ma non poteva farci assolutamente niente. In queste cose dipendeva da Robert. Solo così poteva «ripagare il suo debito». Dopo un anno che lavoravano insieme, Elizabeth aveva la sensazione di conoscere Tony molto bene e nello stesso tempo di non conoscerlo affatto. Raramente era rimasta sola con lui, se non in ufficio o per qualche rapida colazione. Di sera c'era sempre Laurel nei paraggi, o Robert, o entrambi. E tutt'e due avevano un forte senso di possesso nei confronti di Tony. Naturalmente Elizabeth capiva perfettamente il perché di questo atteggiamento in Robert, ma in Laurel, francamente, la sconcertava. Pareva quasi che anche lei vantasse qualche diritto particolare su Tony Alexander. Doveva essere magnifico attirare così la simpatia di tutti quelli che si conoscono. Ma doveva anche essere una responsabilità spaventosa, per un tipo dolce e gentile come Tony. Anche lei del resto si sentiva completamente irretita dalla bellezza intima ed esteriore di quell'uomo. Fin dall'inizio. Tony pareva esercitare su tutti loro un'attrazione irresistibile, tanto più strana dal momento che non faceva niente per cercarne l'effetto; lo ispirava senza fare assolutamente niente, per il solo fatto di essere vivo e nella loro orbita. Perfino Charlene lo seguiva come un cagnolino adorante. Solo Ann sembrava immune. Ma ancora una volta l'antico dubbio tormentò Elizabeth. Forse Ann ne era rimasta più affascinata di tutti loro e, rendendosene conto, aveva finto quella ostilità nei suoi confronti. Era tipico di Ann capire quando un candidato era senza speranza e voltargli la schiena. Tony era povero, per le mire di Ann, e, soprattutto, di dubbia virilità. Due cose che evidentemente non incontravano il favore della sua concreta e pratica figlia. Anche se avesse nutrito qualche folle speranza di attrarre Tony, si sarebbe costretta a rinunciarvi come a un'irrealizzabile debolezza emotiva. Anzi, sarebbe andata esattamente in direzione opposta, mostrando indifferenza se non addirittura fastidio alla sua presenza.

Forse niente di tutto questo era vero, pensò Elizabeth. Eppure, osservando l'adorazione che loro tutti provavano per Tony, si chiese se non avesse per caso scoperto una fessura nell'armatura di Ann. Non sarebbe stato assurdo per sua figlia anteporre la realtà all'emozione. Sarebbe stata perfino una plausibile spiegazione del motivo per cui si era così rapidamente precipitata su Peter Richards, che rappresentava appunto protezione e sicurezza contro le folli tentazioni.

Quante sciocchezze, si disse Elizabeth. Ann era innamorata di Peter, marito adattissimo a lei. Era più che probabile che non le fosse mai nemmeno passato per la testa di provare attrazione per Tony. Comunque, nel caso, il pericolo era passato. La neo signora Richards era sposata, e per sempre. Elizabeth ci avrebbe scommesso la testa.

Nelle due settimane successive giunsero dalle Bermuda parecchie cartoline, banali ma felici. Il tempo era bello. Avevano girato in bicicletta per tutta l'isola e Peter stava insegnando a sua moglie a giocare a golf, in previsione del momento in cui sarebbe diventata una «signora di Westchester».

Il ricevimento di Capodanno fu grandioso e, almeno per Elizabeth, terribilmente noioso. Robert aveva avuto ragione. Almeno una decina delle ragazze che lavorava con Laurel vi partecipò con i rispettivi ricchi accompagnatori. Tutti fingevano di essere terribilmente blasé, ma erano evidentemente molto colpiti dallo sfarzo della casa di Robert. Con grande sollievo di Elizabeth i «ragazzi» erano rimasti in secondo piano. Non sapeva se Robert avesse setacciato con cura la lista degli invitati per eliminare i froci troppo noti o se fosse sua abitudine tenere i suoi due mondi ben separati. Comunque si notavano solo alcuni famosi omosessuali. Un ammiratissimo ballerino classico, un famoso fotografo e un ricercato designer parevano gli unici rappresentanti dell'«altra vita» di Robert. Per il resto, tra gli ospiti c'erano per lo più giovani e ricche donne d'affari, le redattrici di Laurel, alcuni direttori vendite ad alto livello dei più esclusivi negozi di moda, un gruppetto di giornalisti e articolisti di cronaca mondana e, per completare, una manciata di ex debuttanti, accompagnate da cavalieri elegantissimi nei loro smoking impeccabili e con vacui, educati sorrisi sul viso.

Elizabeth si annoiò perché non conosceva quasi nessuno e perché doveva fare la parte che Robert le aveva affidato di graziosa e ospitale padrona di casa. Non era stato trascurato niente. Ci furono danze e champagne e, alle undici, una perfetta cena per cinquanta persone, distribuite in cinque tavoli da dieci nella sala da pranzo preparata per l'occasione. Le tovaglie erano tutte in lino giallo chiaro, esattamente lo stesso colore delle rose tea e delle orchidee che formavano i centrotavola. Fedele alla parola, Robert aveva evitato con cura stupidi cappellini di carta, trombette roche e festoni. A mezzanotte in punto batté un colpo su un gong da tempio cinese del Sesto secolo. Quel suono, sorprendente e drammatico, zittì tutti quanti nel grande salone. Allora, sollevando il bicchiere, Robert sorrise con grazia, quasi con benevolenza.

«Signore e signori», incominciò, «che i miei occhi non scorgano mai nulla di meno bello di ciò che vedo ora nei primi istanti del 1946, voi che mi onorate della vostra presenza all'inizio di questo primo anno di pace. Salute, ricchezza e serenità a voi tutti!» Bevve fino in fondo dalla coppa di sottile cristallo, poi la gettò a frantumarsi nel caminetto. In un attimo altre quarantanove coppe fecero la stessa fine.

Mentre gli ospiti bevevano, spezzavano i bicchieri, si baciavano più o meno appassionatamente, Robert si chinò su Laurel. «Felice anno nuovo, cocchina. Che ne dici di questo spettacolo?»

Laurel guardò cinquecento dollari di cristallo in pezzi che traboccavano dal caminetto.

«Come mai hai usato bicchieri di seconda qualità?» gli chiese seccamente. «Quelli buoni li tieni da parte per sua maestà britannica?»

La solita maschera di dolcezza cadde dal viso di Robert. La guardò con odio palese.

«No, mia cara, li tengo in serbo per il giorno in cui ti sposerai o morirai e te ne andrai via da questa città. Per essere esatti, per il giorno in cui ti deciderai a lasciare in pace Tony.»

Robert sa, si disse Laurel. Sa di Tony e di me. Cercò di rimediare con un bluff.

«Sei ubriaco, Robert? Di che cosa diavolo stai parlando?»

«Non fare la furba con me, Laurel. Ci sono già passato altre volte. Ma non farti illusioni. Che Tony sia stato a letto con te, non significa assolutamente nulla. Tu non puoi capirlo, ma ti assicuro che è così.»

Furiosa, Laurel gli gridò: «Ah, davvero? E allora perché sei così in pena? Sei pazzamente geloso».

Robert sorrise. «Credimi, né una cosa né l'altra. A volte trovo la generosità di Tony un po' seccante, è vero. Quando Tony prende quell'aria da Dio in terra diventa tutto così fastidioso, anche se ormai ho imparato che è solo un periodo passeggero. Devi avergli dato in qualche modo la sensazione di avere bisogno di lui. È una cosa alla quale non sa resistere, per quanto possa risultargli sgradevole. Ma tu non capisci che cosa ti sto dicendo, vero? So che non capirai. Ricorda solo che ti ho avvisata.»

E le voltò la schiena. All'altro lato del salone Laurel vide Tony che dedicava uno dei suoi angelici sorrisi a una graziosa fanciulla in chiffon rosa. Era lo stesso sorriso che riservava a lei. D'un tratto non poté sopportarlo. Corse nella stanza degli ospiti a prendere il suo mantello e, senza dire una parola a nessuno, se ne andò. Dimentica del fatto che fosse notte fonda e che facesse un freddo terribile, percorse a piedi i venti isolati che la separavano da casa sua. Qualche passante si voltò a guardare quella bella donna elegante che trascinava incurante il lungo mantello di velluto nero in Park Avenue. Per un paio di volte attraversò con il rosso senza badarci e fu quasi travolta da un'auto. Ma Laurel pareva non accorgersi né delle auto né dei guidatori che le lanciavano imprecazioni.

«Che le succede, signora? È sbronza, cieca o cretina?» le urlavano dietro.

Lei non sentiva nulla. Nelle orecchie non aveva altro che le parole tremende e malvagie di Robert, la sua voce cattiva e minacciosa, il suo distacco nel prendere atto di una situazione che già conosceva per averla sperimentata altre volte.

E in qualche modo Laurel sapeva che Robert non mentiva. Per Tony, la loro relazione non aveva un significato reale.

16

Elizabeth non aveva assistito all'amaro scambio di battute tra Laurel e Robert la sera di Capodanno, ma le conseguenze di quel colloquio toccarono anche la sua vita e la misero a disagio. Se invitava Laurel a casa, l'amica per prima cosa le chiedeva se per caso non andavano da lei anche Robert e Tony. In caso affermativo, Laurel trovava subito qualche scusa evidente. I due uomini non mostravano la stessa reticenza, eppure Elizabeth capiva che anche per loro era un sollievo non trovare mai Laurel presente quando andavano a trovarla. Nessuno parlava mai apertamente di quella rottura. E, nonostante la sua confidenza con lei, Elizabeth non se la sentiva di chiederle spiegazioni. Laurel aveva qualcosa che la turbava profondamente riguardo a se stessa, Tony e Robert. Tanto profondamente, a quanto pareva, da non riuscire a parlarne neppure con Elizabeth, che sapeva solo che tutti i guai erano cominciati al ricevimento di Robert.

Quella sera, quando Laurel se n'era andata all'improvviso senza salutare nessuno, Elizabeth aveva fatto qualche domanda a Robert. Ma lui si era finto innocentemente stupito. Anche Tony pareva essere rimasto di stucco, nel sapere che Laurel se n'era andata senza una parola. Preoccupata, Elizabeth quella notte aveva continuato a telefonare a casa dell'amica finché Laurel non aveva risposto.

«Laurel, cara, qualcosa non va? Perché te ne sei andata? Stai male?»

La voce di Laurel era un po' soffocata, come di una persona che stesse piangendo, ma aveva detto: «Non ho niente, sto benissimo. Solo che a un certo punto ne avevo abbastanza di tutta quella stupida messinscena».

«Ma avresti potuto almeno farti accompagnare a casa! Tony l'avrebbe fatto di certo volentieri.»

Il sarcasmo di Laurel era palese: «Sì, ne sono sicura. Tony è un ragazzo così compito».

Elizabeth non volle insistere. «Be', se stai davvero bene», concluse con riluttanza, «ti chiamerò domani».

«Bene. Divertiti.»

Da quel momento era cominciato il distacco di Laurel. Era come una silenziosa, ostile cospirazione che lasciava Elizabeth stupefatta, anche se non si decideva mai a chiedere a qualcuno dei tre che cosa fosse successo. Continuò invece a essere amica di tutti, ma ormai era finito il tempo dell'allegro quartetto. Vedeva ciascuno separatamente, o al massimo Robert e Tony insieme. Era la preoccupazione, più che la curiosità, a farle sperare che un giorno o l'altro Laurel si sarebbe offerta di dirle la verità. Ma Laurel non ne aveva la minima intenzione. E neppure gli altri due parevano disposti a illuminarla in proposito. Come per un tacito, mutuo accordo continuavano quell'amicizia come se stessero camminando in punta di piedi intorno a una bomba innescata. Qualunque cosa fosse accaduta, evidentemente per Laurel era troppo penoso parlarne. Ed Elizabeth non sapeva se il silenzio di Tony e Robert fosse dettato dal dolore o dalla rabbia.

Un sabato pomeriggio, verso metà gennaio, i novelli sposi tornarono a casa, abbronzati e felici. Il viaggio di nozze, a sentire Ann, era stato un sogno.

Peter sorrideva da un orecchio all'altro. «Abbiamo avuto una fortuna sfacciata con il tempo», esclamò. «Era l'unica cosa che mi preoccupava. Le Bermude possono essere terribili d'inverno. A volte le isole sembrano una nave in balia del mare. Assolutamente imprevedibili. Noi invece abbiamo trovato due settimane fantastiche.»

La loro presenza parve a Elizabeth una ventata d'aria pura. Ann non era mai stata tanto bella e felice. Persino i suoi modi duri e sbrigativi si erano addolciti, accanto a Peter innamorato e indulgente. Ann aveva ottenuto quello che voleva e le giovava.

«Come stanno tutti?» chiese Ann. «Scommetto che Charlene è felicissima di avere finalmente una camera tutta sua.»

«Sì, infatti», rispose Elizabeth. «Anzi, si sente perfino un po' dispiaciuta per te.» E le raccontò il commento della sorellina a proposito del fatto che Ann non avrebbe più potuto dormire per conto suo.

Ann aveva un'aria soddisfatta. «Un giorno scoprirà che non è affatto sgradevole.»

Peter si finse molto serio. «Non so. Charlene non ha poi tutti i torti. È un po' deludente dividere la stanza con una donna che di notte si mette i bigodini e uno strato di crema sulla faccia. E poi, la signora Richards russa parecchio.»

Ann era indignata. «Peter Richards, io non faccio niente del genere!»

«Be', forse no. Però insisti a volerti mettere la camicia da notte. Qualsiasi medico illuminato potrebbe confermarti che è molto più salutare dormire senza niente addosso. Bisogna lasciare libero il corpo dalle costrizioni degli abiti.»

Mentre sua madre e suo marito ridevano, Ann arrossì. Ma poi si unì anche lei a quello scherzo un po' malizioso.

«Però tutti, medici compresi, sanno che un po' di mistero non fa mai male», spiegò. «Non pare anche a te che una donna sia più seducente in camicia da notte?»

«Assolutamente», convenne Peter. «Specialmente se la tiene solo trenta secondi.»

Quella felicità disinibita era contagiosa. Era bello vedere finalmente Ann così frivola e leggera. Elizabeth avrebbe voluto che restassero qualche giorno. Forse proprio perché i loro modi spensierati erano così in contrasto con la sensazione di segretezza e di velato risentimento che regnava tra i suoi amici in quel periodo.

«Restate per cena?» domandò. «Muoio dalla voglia di sentire raccontare qualcosa del vostro viaggio.»

«Oh, mamma, ci piacerebbe, ma abbiamo promesso ai genitori di Peter di andare da loro dopo essere venuti a trovarti. Anzi, resteremo qualche giorno a casa loro.»

Elizabeth era delusa. «So che sono ansiosi di vedervi, ma come mai vi fermate addirittura qualche giorno? Il vostro appartamento è pronto, non è vero? Pensavo che sareste rimasti un po' in città.»

«Ah, senz'altro», disse Ann. «Ma mentre eravamo via la

madre di Peter ha fatto una lista di tre o quattro case vicine a loro da vedere. Non vorrei restare in quel buco ammobiliato al Village più del necessario. Se troviamo subito casa potrò cominciare a comperare i mobili. Non preoccuparti. Vedrai che saremo da queste parti per un pezzo. Avrai un sacco di occasioni per nutrirci! E quando vedrai quanto mangia mio marito probabilmente ritirerai l'offerta.»

Evidentemente Ann non aspettava altro che cominciare la sua vita nei sobborghi della città.

«D'accordo, allora considerate questa la vostra seconda casa. Charlene e io sentiamo molto la tua mancanza. E, a meno che la tua cucina non sia nel frattempo mostruosamente migliorata, Peter sarà ben felice di frequentare la pensione di Gramercy Park.»

Ann rise. «A proposito, la signora Richards mi ha detto che a Scarsdale c'è un'ottima scuola di cucina. Ho l'impressione che abbia in me tanta fiducia quanto te, mamma.»

«Salutali tanto da parte mia», disse Elizabeth. «Naturalmente anche Laurel, Tony e Robert vi mandano i loro saluti.»

«Altrettanto», rispose Peter. «Spero di rivederli presto.»

Ann non disse nulla. Evidentemente, per lei quella parte della vita era completamente chiusa. E ne era felice.

Benché i due Richards junior si fossero trasferiti quasi subito in città, Elizabeth li vide ben poco. Tanto per cominciare, avevano trovato casa a Scarsdale e Ann si era data a frenetici acquisti di mobili. E poi avevano i loro amici giovani, in genere quelli di Peter. A parte qualche telefonata di cortesia si facevano vedere raramente in Gramercy Park. E sembrava che quando venivano facessero apposta a scegliere serate in cui sapevano che Elizabeth e Charlene erano in casa sole. L'antipatia di Ann per gli amici della madre non era diminuita. A stento chiedeva notizie di Laurel e di Robert. Se poi si faceva il nome di Tony, lei cambiava subito argomento.

Probabilmente fu un bene che Elizabeth non avesse troppo tempo per starci a riflettere. Come sempre in quel periodo dell'anno lei e Tony erano pieni di lavoro per preparare tutto quanto per il solito pellegrinaggio di Robert a Palm Beach. Molte nuove ordinazioni li avevano gettati in uno stato di frenetici preparativi. Più di una volta Elizabeth dovette a malincuore telefonare a Charlene alle sei perché la piccola mangiasse da sola, dato che lei sarebbe dovuta restare in ufficio almeno fino alle otto.

«Mi arrangerò benissimo, mamma», la rassicurava Charlene. «Ti tengo la cena in caldo per quando torni.»

Elizabeth però si preoccupava. «Ti raccomando, non aprire la porta a nessuno! È un ordine.»

«Stai tranquilla, mammina», diceva la vocetta fiduciosa. «Posso ascoltare un pochino la radio?»

«Certamente. Ma non dimenticare i compiti, tesoro.»

Quando finalmente Elizabeth tornava a casa alle undici, dopo ore di estenuante lavoro, Charlene la accoglieva sempre con un piatto pronto e un caldo sorriso di benvenuto. Elizabeth non faceva che ripetersi che quella bimba allegra, paziente, era per lei una vera benedizione. Era così diversa dalla difficile Ann o dall'indifferente Quigly, di cui non sapeva più niente. Eppure avrebbe voluto che Charlene fosse più infantile. Era innaturale che una bambina di appena undici anni si assumesse volentieri certe responsabilità da adulta e sapesse per giunta cavarsela così bene a fare la donnina. Charlene sapeva cucinare e cucire, pulire e fare la spesa con una competenza che forse Ann non avrebbe mai raggiunto. Elizabeth le era molto grata per tutto l'aiuto che le dava, ma al tempo stesso sentiva un senso di colpa, come se la privasse in qualche modo della sua infanzia. I compiti che Charlene si assumeva con tanta buona volontà, spesso senza che nessuno glielo chiedesse, la privavano delle ore di gioco ed Elizabeth si preoccupava che forse non stesse abbastanza al sole e all'aria aperta. Era un po' troppo magretta, troppo pallida. Eppure il controllo medico annuale non le riscontrava mai niente oltre a una leggera tendenza a essere sottopeso, che però il dottore minimizzava dicendo semplicemente che si sarebbe irrobustita con gli anni.

Durante l'week-end Elizabeth passava tutto il suo tempo con lei, godendo della sua compagnia come se fosse una persona adulta. Andavano a esplorare il Metropolitan Museum, il Museo di storia naturale o il Museo d'arte moderna. Restavano a bocca aperta davanti agli splendori rococò della Frick Collection, con le sue stanze piene di stupendi Fragonard e di delicati mobili francesi. Facevano colazione al *Fulton Fish*

Market, poi andavano a nutrire le foche al Central Park, salivano in cima all'Empire State Building oppure si avventuravano nei bui meandri delle varie linee della metropolitana newyorkese. Dopo la partenza di Robert per la Florida Tony prese l'abitudine di accompagnarle in questi loro vagabondaggi, così la gioia di Charlene, e anche quella di Elizabeth, fu completa. Tony amava New York quanto loro e preferiva mangiare un *hot-dog* allo zoo che una *chateaubriand* al *21*.

Un sabato sera, mentre tornavano esausti da una spedizione alla statua della Libertà, Tony disse tranquillamente a Elizabeth: «Posso restare per cena?»

Lei lo guardò incuriosita. «Ma certo, Tony. Ma che strana domanda. Non resti sempre a mangiare con noi dopo queste uscite? Perché questa richiesta speciale?»

Lui prese un'aria imbarazzata. «Volevo solo essere sicuro che sapessi che sarei rimasto e che non avessi invitato qualcun altro. Ho bisogno di parlarti da solo.»

L'allusione era fin troppo ovvia. Tony sapeva benissimo che Elizabeth non aveva altre amiche a New York. Robert era a Palm Beach, perciò l'unica persona cui Tony poteva alludere era Laurel. Elizabeth cercò di avere un tono naturale.

«Mi avrai tutta per te, appena il presidente del nostro club andrà a letto.»

Appena Charlene si fu addormentata, si misero comodi con un buon bicchiere di brandy in mano. Aveva cominciato a nevicare leggermente, il che dava a New York un'illusione momentanea di candore e di silenzio che sarebbe scomparsa con il primo traffico del mattino. Ma, a dispetto di quell'atmosfera tranquilla, Tony sembrava in preda a una grande agitazione. Per un po' nessuno dei due parlò. Poi, facendo leggermente ruotare il brandy nel bicchiere, Tony si gettò a capofitto nel problema che lo angustiava.

«Immagino che tu sappia che cosa non va tra Laurel, Robert e me, vero?»

«No. Non solo non so quello che non va tra voi tre, ma nemmeno tra noi tutti. Che cosa c'è, Tony? Che cosa è successo?»

«Laurel è convinta di essere innamorata di me.»

Elizabeth fece una risatina. «Be', temo che non sia l'unica, non credi? Pare che tu abbia il dono di ispirare amore e devozione. O è qualcosa di più serio della normale cotta che tutti hanno per te?»

«È qualcosa di più serio. Ed è proprio stupidamente colpa mia. Capisci, Elizabeth, sono andato a letto con Laurel. Due volte. E lei l'ha scambiato per amore. Almeno finché Robert non l'ha disillusa, la notte di Capodanno.»

Elizabeth era del tutto disorientata. «Temo di non capire. Non sapevo che tu tenessi in questo senso a Laurel. Credevo che tu e Robert...»

«Fossimo amanti? Lo siamo. Ma, vedi, io ho un'idea dell'amore un po' diversa da quella degli altri. Se il mio corpo può rendere felice Robert, allora sono contento di concederglielo. Ma se può soddisfare un bisogno di Laurel, anche lei è la benvenuta. Gli altri non hanno un rapporto sessuale con me, ma sentimentale. Se a loro piace un rapporto emotivo, fisico o spirituale, non ci vedo niente d'immorale. Anzi, piace anche a me. Purtroppo, a quanto pare, non riesco a fare capire loro questo mio atteggiamento. Diventano possessivi, esigenti, gelosi. Come del resto è sempre stato Robert. E come ora è diventata anche Laurel. Mi lacerano, con il loro desiderio di possesso. E io non mi lascio possedere da nessuno. Robert lo sa. E sopravvive, anche se non riesce ad accettarlo. Per questo si è scagliato contro Laurel con la sua gelosia e con la sua rabbia. E adesso Laurel odia tutt'e due. Mio Dio, ma possibile che quei due non capiscano che in me c'è amore abbastanza per tutti? Per loro e per chiunque altro ne abbia bisogno?»

Elizabeth cercava disperatamente di capire quello che Tony le stava dicendo. Evidentemente era assolutamente irreale da parte di Tony pensare che la gente comune potesse accettare quel genere di «amore» senza rivendicare su di lui nessuna pretesa. Come poteva essere tanto ingenuo? Davvero non sapeva che le emozioni umane non potevano essere così nobili ed elevate, come lui voleva che fossero? Doveva saperlo, altrimenti non sarebbe stato così turbato. E non avrebbe detto che l'amore di Laurel era una sua «stupida colpa». Povera Laurel. Chissà che cosa le aveva detto Robert quella notte! Lentamente, Elizabeth cercò di chiarire i fatti.

«Come ha fatto Robert a scoprire di te e Laurel?»

«Gliel'ho detto io. Gli dico sempre quando vado con qualcun altro. Donna o uomo che sia. Deve imparare ad accettare questa parte di me. Lui lo sa. Sa che lo lascerei da un momento all'altro, se non capisse che non appartengo a nessuno.»

«Ma questo è infantile, Tony! Nessuno può accettare una cosa simile!»

«Io posso. Perché loro no? Robert sa che io per lui farei qualsiasi cosa al mondo. Potrei curarlo se fosse malato. Andrei con lui dovunque. Perché non può riuscire a capire che qualsiasi rapporto io abbia con gli altri non diminuisce per nulla quello che sento per lui?»

Elizabeth sospirò. «Perché le sue passioni sono più terrene delle tue, Tony. Come quelle di Laurel. In genere la gente crede che l'atto fisico dell'amore, specialmente se è compiuto con tenerezza e rispetto, sia un impegno, un voto di fedeltà.»

«Ricordi la Bibbia, Elizabeth, quando dice: 'Dio amava tanto il mondo da offrirgli il suo unico figlio'?»

Elizabeth perse per un attimo la pazienza. «Ma tu non sei mica Dio, Tony! E nemmeno suo figlio.»

Tony sorrise. «No, naturalmente. Però amo il mondo. Ogni uomo, ogni donna, ogni bambino che lo abitano. Questo è il mio unico contributo. Voglio dare. Amare. Aiutare. E non ferire mai nessuno.»

«E allora perché hai deliberatamente ferito due persone che ti amano? Nel nome dell'onestà? Nel tentativo di convertirle al tuo particolare modo di vedere una relazione intima? Ma come hai potuto, Tony? Come ti permetti di erigerti a giudice di quello che gli altri devono accettare? Sei tu il vero egoista presuntuoso, non loro!»

Le parole di Elizabeth non lo fecero arrabbiare. «Io so una cosa soltanto», disse. «Se mi vogliono, mi devono accettare alle mie condizioni, perché è così che io vedo l'amore. È davvero tanto brutto, Elizabeth? Se tu avessi bisogno del conforto delle mie braccia, del calore del mio corpo, ora, in questo momento, ti aspetteresti per questo che io diventassi per sempre una tua proprietà esclusiva? È così impensabile che la gioia possa essere qualcosa che non pretende, che si accetta quando è il momento giusto e si lascia con delicatezza quando l'esigenza è soddisfatta? Perché mai la gente deve sfoggiare le proprie conquiste, dimostrare al mondo che qualcuno è completamente suo? Per quale strana vanità deve continuamente sbandierare in pubblico i momenti privati di felicità?»

Pensando alle speranze che lei stessa un tempo aveva nutrito di sposare Adam Barnsworth, Elizabeth scosse il capo. «Io non so che cosa provino uomini come Robert, ma mi dispiace molto per Laurel. Una donna vuole sempre fare sapere al mondo di essere amata in modo esclusivo, egoistico. Vuole parlarne, liberamente, con orgoglio. Fa parte della sua sicurezza emotiva. D'accordo, a volte è solo stupido sentimentalismo. Per addolorata che sia per Laurel, non posso fare a meno di stupirmi che abbia potuto pensare che basti andare a letto un paio di volte con un uomo per considerarlo proprio. Penso che l'unica scusante per lei sia nel fatto che tu sei un uomo molto diverso dagli altri. Sono certa che sapendo di te quello che sa deve avere pensato che tu avessi trovato in lei l'unica donna che potesse strapparti da Robert e da quel genere di vita. Deve avere avuto la sensazione di essere l'unica a poterti 'redimere', se vuoi. Vedi, mio caro, io per esempio non ho mai pensato che una donna potesse interessarti fisicamente. Probabilmente anche Laurel aveva questa sensazione. Immagino che quando avete fatto l'amore lei ci abbia visto più di quello che c'era in realtà. L'ha considerato una specie di inizio di una nuova vita per voi due. Molte donne sognano di riuscire in questa impresa. Purtroppo, accade raramente. E deve fare male.» Elizabeth si interruppe. «Sono contenta che tu me ne abbia parlato, Tony, anche se francamente non capisco perché tu l'abbia fatto.»

«Perché sei la sua migliore amica e devi farglielo capire.»

«Scusa, ma non sarebbe compito tuo?»

«Ci ho provato. Ma non mi ascolta. Insiste nel dire che non potevo mostrarmi così appassionato con lei se non avessi provato qualche profondo sentimento. Lei dà la colpa di tutto a Robert. Pare convinta che abbia un diabolico potere su di me di tenermi lontano da lei. Te lo giuro, Elizabeth, le ho detto esattamente quello che ho detto a te, ma lei non mi vuole credere.»

«E come potrebbe, Tony? Lei ti ama. Tu le hai dato la sensazione che lei avesse qualcosa di speciale e adesso vuoi che accetti l'idea che l'hai fatto solo per farle un favore.»

Per la prima volta, Tony si risentì. «Sai che non è vero. Io amo Laurel. Così come amo Charlene, Ann o Robert. Deve capire il mio modo di pensare.»

«Evidentemente per te è facilissimo, visto che non ti sei mai innamorato di nessuno. Dio mio, come è potuto succedere tutto questo enorme pasticcio?»

«Come sempre succede», rispose lui. «La prima sera è stato quando tu hai avuto a cena i genitori di Peter. Laurel era sola e depressa. Sono andato a trovarla e lei mi ha detto che si sentiva a terra. Abbiamo parlato per un po'. E alla fine lei mi ha chiesto di fare l'amore.»

«E tu naturalmente l'hai fatto. Pietà su richiesta.» La voce di Elizabeth era sprezzante.

«E va bene, sì. Se vuoi metterla su questo piano, d'accordo. Ma dopo lei sembrava così felice, così allegra. E io ho pensato che avesse preso la cosa per quello che valeva, che avesse capito: due cari amici che condividono un momento di abbandono. Sono andata a casa con una grande sensazione di benessere. Non solo fisico. Mi pareva di essere riuscito ad aiutare Laurel in un momento difficile, di averle dato la consolazione di cui aveva bisogno. Poi, due sere dopo, Laurel mi ha telefonato. Sono andato da lei e dopo avere chiacchierato parecchio siamo di nuovo finiti a letto insieme. Però quella volta ho tentato di dirle che, per quanto lei mi fosse molto cara, non ero innamorato di lei. Lei allora minacciò di dire tutto a Robert. Le risposi che non sarebbe stato necessario, visto che glielo avrei detto io. So che lei non credeva che dicessi sul serio. E invece l'ho fatto. Dovevo. E lei l'ha scoperto la notte di Capodanno. E, come sai, da allora si rifiuta di vedere sia me sia Robert. Mi ha voltato le spalle in modo ancora più rapido di Ann.»

Le ultime parole fecero scattare i tormentosi pensieri che per tanto tempo avevano angustiato Elizabeth e che ora tornavano a turbarla.

«Senti, Tony, devo farti una domanda difficile. E tu mi devi rispondere sinceramente, per quanto possa costarti.» Fece una pausa. «Sei mai andato a letto con Ann?»

Tony tacque per una frazione di secondo, prima di risponderle. «Sulla mia parola d'onore, Elizabeth, no. Non l'ho mai fatto.»

«Ma lei ha cercato di indurti a farlo, vero?»

Tony sembrava sulle spine. «Mia cara, dove ci sta portando tutta questa storia? Non ha niente a che vedere con il problema di Laurel.»

«E allora perché hai nominato Ann? Forse l'hai fatto inconsciamente, ma potrebbe anche avere qualcosa a che vedere con il comportamento di mia figlia. Non sei obbligato a rispondermi. Ora so che era innamorata di te. Credo di averlo sempre saputo. Niente altro potrebbe spiegare l'improvvisa e irrazionale antipatia per te e per Robert da parte sua. Ho sempre pensato che si sia sposata troppo in fretta. E penso anche di avere sempre saputo perché.»

«Elizabeth, ti giuro di non avere mai dato il minimo incoraggiamento ad Ann.»

«Ti credo, davvero. Ann era una confusa ragazzina di diciotto anni e Laurel una navigata donna di trentatré. Eppure nessuna delle due ha saputo resistere alla tua sfida. Prego solo Dio che Laurel possa tornare a guardarti obiettivamente, come ha fatto Ann. Ann si farà una vita con Peter. Ora ne sono sicura. Avrà bambini e cani e tutte le cose che in genere le ragazze desiderano. Ma Laurel? Che cosa ne sarà di Laurel?»

Tony non fingeva, era profondamente turbato. «Non so. Speravo che tu potessi essere di aiuto.»

«Come? Dicendole che so che ha fatto una figura da stupida illudendosi in quel modo? Non voglio umiliarla facendole capire che so, anzi, adesso mi rendo conto perché non me ne abbia mai voluto parlare. Che cosa vorresti che le dicessi? Che sei un tipo così elevato che ti credi superiore a tutte le normali passioni umane? Che deve imparare a dividerti con chiunque a te pare abbia bisogno del tuo amore? O forse dovrei ricordarle che nonostante tutto il tuo fascino e la tua dolcezza sei solo un ragazzo di ventotto anni, che si illude di essere Dio? Non va, Tony. Se lei decide di parlarmene farò il possibile per aiutarvi. Ma se non viene da me e a te non dà retta, mi sai dire come possiamo aiutarla?»

«Parli come se provassi disgusto per me.»

«No», disse stancamente Elizabeth. «Non provo disgusto, ma solo paura per te e per tutta la gente che tu senza volere ferisci. Non ho mai conosciuto nessuno come te, Tony. Non sei una cattiva persona. A modo tuo cerchi anzi di essere buono. Buffo. In un certo senso mi ricordi me stessa a vent'anni. Ero così sicura, allora, di potere aiutare il mondo intero, di possedere la formula magica per rendere tutti felici, pur non avendo mai avuto il tuo atteggiamento 'mistico'. Il mio approccio era più personale, anzi, in un certo senso più egoistico, specialmente per quanto riguardava mio marito. Avevo la ridicola convinzione di essere l'influenza di cui lui aveva bisogno, lo spirito guida che poteva raddrizzarlo. E lui ha finito per odiarmi, per questo. È brutto che Laurel ora odi te e Robert, ma è anche comprensibile. In tutti questi discorsi di 'dare amore' chi ci guadagna è sempre e solo Robert. Che cosa hai guadagnato tu, Tony? E Laurel?»

Inaspettatamente, Tony si mise a piangere. Apertamente, senza vergognarsene, come un bambino infelice. Per un paio di minuti Elizabeth rimase a guardarlo senza sapere come comportarsi. Era proprio un ragazzino, un piccolo, confuso idealista pieno di buone intenzioni. Non era certo il composto, generoso dispensatore di amore che voleva essere. Come se tutti i discorsi su Laurel non fossero mai stati fatti, Elizabeth gli si avvicinò e lo prese tra le braccia cercando di calmarlo, di consolarlo, cullandogli la testa contro il seno. Alla fine Tony si calmò e alzò su di lei due occhi colmi di disperazione.

«Aiutami», implorò. «Non so più chi sono o dove vado. Non sono stato sincero con te, Elizabeth. Non posso essere sincero nemmeno con me stesso. Odio Robert. Mi dà la nausea, quando mi tocca. Eppure accetto i suoi favori e fingo di farlo per lui. E invece cerco solo di trovare una giustificazione al fatto che non sono altro che un uomo da marciapiede che Robert potrebbe raccattare a qualsiasi angolo di strada. Magari un po' più presentabile. Un po' più utile al suo lavoro. Ma bugiardo con lui e con me stesso.»

Lei non disse nulla. Non era che l'inizio, Elizabeth lo capiva. Domani Tony avrebbe potuto rimpiangere la prima autocritica sincera che avesse mai fatto. Ma quella sera per lui era importante dire la verità. E continuava ad attaccarsi a lei, disperatamente, come mai nemmeno i suoi bambini avevano fatto.

«Fingo di essere omosessuale con Robert», disse, «ma per la verità anche le donne mi eccitano allo stesso modo. Non sono andato a letto con Laurel perché sentivo che aveva bisogno di me. L'ho fatto solo perché in quel momento avevo voglia di una donna e lei era lì, disponibile. Non avrei dovuto prenderla una seconda volta. L'ho voluto io, anche allora. E aveva ragione di pensare che fossi innamorato di lei. Non ho fatto che dirglielo, in quelle due notti. Così come l'ho detto a Robert.» Fece una pausa. «E come una volta fui sul punto di dirlo ad Ann. Ma non l'ho potuto fare. Mi devi credere, Elizabeth! Non ho neanche sfiorato Ann.»

«Sì, ti credo.» Era Ann la bugiarda, pensò Elizabeth. Ann, che con tanta disinvoltura diceva di usare la propria verginità come merce di scambio, per farsi sposare. L'aveva fatto, d'accordo. Ma come avrebbe fatto, se Tony fosse stato il suo amante? O forse Ann avrebbe pensato di poter patteggiare con Tony, come aveva fatto poi con Peter?

«Che cosa c'è di sbagliato in me, Elizabeth?» La voce di Tony era patetica. «Sono forse uno psicopatico? Sono un degenerato? E tutto quello che ho creduto a proposito di 'dare me stesso', era solo una copertura per una sfrenata lussuria? Nell'esercito ho scoperto di avere una speciale facoltà, una strana capacità di rendere gli altri felici, a volte perfino di farli star bene. E so che è vero, anche adesso. Ma perché faccio un così cattivo uso di questo mio dono? Perché non posso essere generoso come vorrei? Perché devo essere tormentato da questi sentimenti egoistici che voglio respingere? Sono così confuso, Elizabeth. Sono così spaventosamente lacerato dai complessi di colpa. Mi vergogno di avere causato tanta infelicità. Eppure, anche se me ne vergogno, so di non potere appartenere a nessuno. Posso solo provare disprezzo per chi mi vuole possedere. Che razza di maledizione è questa, che mi induce a tormentare tutti quelli che mi amano?»

Elizabeth lo capiva solo a metà. Non sapeva nulla dei poteri semimistici che Tony aveva di guarire, non sapeva nulla delle sue esperienze religiose. Poteva solo credere alla sua sincerità. Forse lui stesso non sapeva qual era il vero Tony. Era il Tony il cui amore per la gente trascendeva le convenzioni umane, oppure un ragazzo fin troppo debole che non sapeva resistere davanti ad ogni normale autogratificazione? Forse era solo un po' matto. Un estraneo sentendo quella conversazione avrebbe di certo pensato così. Pensò di suggerirgli di rivolgersi a un medico, come un tempo aveva fatto con Alan, ma temeva che questo consiglio potesse distruggere quel sottile filo di comunicazione che era nato fra loro. Era certa che lui non avesse mai parlato così con nessuno. Le era stato concesso di guardare nell'intimo di una mente turbata. A questo punto non poteva mettere in pericolo anche l'ultimo sottile legame che quel ragazzo aveva con la realtà. Tony la guardava e aspettava da lei una risposta, e lei invece non sapeva che dirgli. Passò invece, come era sua abitudine, alle questioni pratiche, per banali che fossero.

«Caro Tony», disse gentilmente, «penso che adesso l'unica cosa di cui tu abbia bisogno sia il riposo. Va' a casa e cerca di dormire. Ne riparleremo domani, se vuoi.»

Lui scosse la testa. «Non posso. Non posso stare solo. Non ne ho il coraggio. Ti prego, lasciami restare qui, per questa notte.»

Con il cuore pesante, Elizabeth capì che cosa voleva dirle Tony. Che in quello stato d'animo avrebbe potuto fare di tutto, anche tentare di distruggere se stesso. Per un attimo pensò che le avrebbe chiesto di fare l'amore con lui. E, peggio ancora, in quella breve frazione di secondo capì anche che lei non si sarebbe rifiutata. Non perché lo desiderasse. Dopo tutto quello che le aveva detto l'idea di un rapporto sessuale con lui pareva indecente. Ma provava un tale senso di pietà, una tale angoscia che se lo sarebbe portato a letto come avrebbe confortato un amico ferito.

Quasi le leggesse nel pensiero, Tony sorrise con aria mesta. «No, Elizabeth», disse. «Non riuscirei a chiedertelo.»

Stupita dal suo intuito, Elizabeth arrossì.

«Ma ti sarei grato se mi lasciassi restare qui, a casa tua», aggiunse. «Posso dormire sul divano. Ho bisogno di stare vicino a qualcuno. No, non è del tutto vero nemmeno questo. Ho bisogno di stare vicino a te. Non nel tuo letto. Ho bisogno soltanto di sapere che tu ci sei.» Sorrise mestamente. «Magari puoi chiudere la porta a chiave, se vuoi. Non ti biasimerei. Ma, ti supplico non mi mandare via.»

«Ma certo, che puoi restare. Ti preparerò il divano. E non chiuderò a chiave la porta. So che non ce ne sarà bisogno.»

Il mattino dopo Charlene ebbe la piacevole sorpresa di trovare il suo adorato Tony addormentato sul divano. Fece capolino nella stanza della madre e vide che dormiva profondamente. Piano piano, da brava bambina, si mise a preparare la prima colazione domenicale. Si chiese come mai Tony non fosse tornato a casa sua. Forse per via della nevicata. Come le sarebbe piaciuto svegliarsi tutte le mattine e trovare Tony con loro. Lo amava molto. Era il tipo di uomo che avrebbe sposato, decise. Le piaceva anche più del suo nuovo cognato.

17

PER tutto il tempo che Robert rimase a Palm Beach, Elizabeth continuò a vedere Laurel e Tony separatamente. Adesso anche Tony prima di venire da lei le chiedeva se era «sola». Non accennarono più alla strana conversazione di quella nevosa notte di febbraio, ma si sentivano ancora più uniti da affetto e comprensione. Elizabeth era riuscita a penetrare negli intimi, inquieti pensieri di Tony e lui sembrava più calmo, come se la confessione, le confessioni di quella notte l'avessero in parte alleviato di quel peso.

Laurel taceva ostinatamente a proposito della sua relazione con Tony e del fatto che Robert ne fosse al corrente. A volte Elizabeth sospettava perfino che Laurel sapesse che Tony gliene aveva parlato, ma per la prima volta nella loro lunga amicizia c'era fra loro un argomento tabù: Anthony Alexander. Elizabeth cercava di comportarsi in modo naturale, accennando casualmente a Tony o parlando del successo di Robert a Palm Beach, un successo più grande che mai in quel periodo dcl dopoguerra. Ma quando la conversazione prendeva quella piega Laurel sembrava distaccata, lontana e indifferente. In quei giorni aleggiava intorno a lei una sensazione di amarezza, di implicita autocondanna. Tony le aveva mentito, si era servito di lei e lei aveva scelto il silenzio, anche in presenza della sua più intima amica. Non serviva a niente che Tony fosse pentito. Laurel pensava di odiarlo per averle fatto fare la parte della stupida, ma odiava ancora di più se stessa per avergli creduto durante quei due brevi, appassionati interludi.

Ma nei momenti di sincera introspezione capiva di non odiarlo. Anzi, lo amava. Aveva fame di lui e nel suo intimo desiderava che Tony fosse stato sincero quando le aveva detto che l'amava. La parte di sé con i piedi ben appoggiati per terra sapeva che non era così. E la Laurel di buonsenso sapeva che l'unico modo per evitare che il disastro si ripetesse, era stargli lontano.

Verso i primi di marzo Robert mandò a chiamare Tony, perché lo raggiungesse a Palm Beach.

«Quest'anno non c'è da preoccuparsi a lasciarti in mano l'azienda», disse Tony a Elizabeth. «Questa volta sono sicurissimo che puoi dirigere gli affari meglio di noi. Questo però mi fa venire in mente una cosa: ti rendi conto che non hai ancora avuto un giorno di vacanza, da quando sei qui? Al nostro ritorno dovresti prenderti qualche giorno di riposo. Le vacanze sono molto importanti. Ti farebbe bene cambiare ambiente.»

«E tu e Robert?» ribatté lei. «Non mi sembra di avere mai visto andare in vacanza neanche voi.»

«Vero. Ma non lasciarti imbrogliare da Robert. Nonostante tutti i discorsi sul duro lavoro che svolgiamo a Palm Beach, in realtà è più il tempo che passiamo a prendere il sole che a faticare. L'unico sudore che riusciamo veramente a stillare è ai bordi di qualche piscina. Inoltre ha parlato di andare in Europa in primavera. È il primo anno che riesce ad andarci, dopo la guerra, e per lui è molto importante riuscire a fare man bassa negli antiquari del continente. Passa per un viaggio di affari, ma solo per il fisco. In realtà ho l'impressione che si tratti piuttosto di una vacanza deducibile dalle tasse.»

«Vai anche tu con lui?»

«Penso di sì. Sarà strano vedere Londra senza le bombe che fischiano. E non ho mai visto Parigi. Mi rimandarono a casa prima che ci arrivassimo. Comunque, Robert pensa di restarci almeno sei settimane e tu sai meglio di chiunque altro che non si fiderebbe a lasciarmi solo per tanto tempo.»

Era la prima allusione, sia pure vaga, che Tony faceva alla loro famosa conversazione. «A proposito», aggiunse lentamente, «come sta Laurel?»

«Bene, credo. Non intendo dire che abbia un bell'aspetto, ma è molto occupata. Ha molto successo, al giornale. Le hanno rinnovato il contratto e le hanno dato un congruo aumento di stipendio.» Fece una pausa. «L'altro giorno accennava al fatto che forse quest'estate andrà in Europa. Pare che a Parigi riprendano le sfilate d'alta moda e probabilmente Laurel dovrà andarci in luglio, per l'inaugurazione.»

«Mi sembra una fortuna, per lei.» Tacque, poi riprese: «Ti ha mai detto niente?»

«Mai.»

«Mi dispiace», disse Tony con franchezza. «Speravo che potesse trarre da te lo stesso conforto che ho avuto io.»

Elizabeth si mostrò stupita. «Grazie, Tony, ma onestamente non ricordo di averti dato nessun conforto.»

«Invece sì», ribatté lui. «Un giorno ti spiegherò perché.»

Elizabeth non si prese il periodo di vacanza che Tony le aveva consigliato. Con Quigly lontano e Ann sposata, si sarebbe potuta permettere di portare Charlene da qualche parte, anche perché Robert le aveva dato due cospicui aumenti di stipendio durante quell'anno e mezzo in cui aveva lavorato per lui. Ma le sembrava che non ci fosse nessun luogo in cui andare. Nessun luogo, nei limiti del ragionevole. Le sarebbe piaciuto andare in qualche posto esotico ed eccitante, per esempio in Oriente, ma era fuori questione. Era ancora troppo presto per andare in Giappone, anche se se lo sarebbe potuto permettere. Poi, un giorno, Laurel, in uno slancio dell'antico calore, le propose di andare con lei in Europa. Ne discussero in aprile, quando Tony e Robert erano già salpati verso il Vecchio Continente.

«Ci potremmo divertire moltissimo», disse Laurel durante la colazione. «La rivista mi manda in prima classe e tu potresti dividere la mia cabina e la stanza d'albergo a Parigi. Dai, Elizabeth, pensaci. Non costerà molto e immagino già quanto ti piacerebbe. Varrebbe quasi la pena di pagarti il viaggio solo per vedere la tua faccia davanti agli *Champs Elysées.*»

L'idea la tentava. Laurel pareva uscire dalla sua depressione. Era quasi tornata la vecchia, allegra Laurel dei giorni di Washington, solo un po' più levigata e sofisticata, forse, ma sempre la meravigliosa compagna e amica che era stata accanto a Elizabeth durante i giorni neri, anni prima. Apparentemente sembrava che si fosse ripresa dal brutto colpo sentimentale. Ostentava sempre disinteresse nei confronti di Tony e di Robert e stava attentissima a evitare ogni possibile contatto con loro. Ma Elizabeth era contenta di vedere che il buonsenso era prevalso sull'autocommiserazione e sul risentimento generato dal suo confuso rapporto con Tony. Come Ann, pensò Elizabeth, solo con un motivo più concreto per sentirsi respinta.

«Non so», rispose dunque Elizabeth, «che cosa darei per poterci venire. Per tutta la vita ho sognato di vedere il mondo, ma sai che non sono mai andata più in là di qualche cittadina sulla East Coast? Che orizzonte limitato per una signora di mezza età! Ora che ci penso, non riesco nemmeno a ricordare quando ho avuto l'ultima vacanza. Mio Dio, devono essere passati più di vent'anni! Tra bambini e disgrazie varie, penso proprio che l'unico viaggio di piacere che io abbia mai fatto sia stato quello a Saratoga, durante la luna di miele.»

«Ragione di più, allora», sottolineò Laurel. «Vieni?»

«E Charlene?»

«Non potrebbe stare con Ann e Peter? Adesso che hanno quell'orripilante casa borghese nella zona residenziale potrebbero anche tenerla per tre settimane, dopo la fine della scuola. O forse Ann ha paura che le calpesti la moquette del soggiorno?»

Elizabeth rise. Dentro di sé condivideva segretamente l'opinione di Laurel per quella casa, rigida e stereotipata, che Ann si era fatta. Non c'era niente di veramente brutto, ma niente di caldo o di personale. Tutto s'intonava troppo minuziosamente come i mobili decorati e quelli che Ann si ostinava a chiamare «i drappeggi». Lampade e vasi erano accoppiati simmetricamente e i posacenere erano troppo piccoli per servire a qualcosa, dato che Ann non fumava e aveva insistito perché Peter smettesse. Pareva una pretenziosa casa modello di qualche nuova zona residenziale, perfettamente rifinita e assolutamente anonima. Non si vedeva in giro nemmeno un libro e l'unica fotografia in vista era quella di Ann in abito da sposa. Perfino lo studio dove la giovane coppia passava le serate non aveva nulla del simpatico disordine che di solito regna in una casa tranquilla e felice. Elizabeth tuttavia ammetteva che Ann l'aveva lasciata di stucco diventando in breve tempo una perfetta padrona di casa. Come tutte le bravi mogli del luogo, era andata a scuola di cucina ed era diventata una cuoca esperta, benché si dedicasse molto alle miscele per torte e a certe orrende insalatine di pere in scatola e formaggio magro. Nel complesso tuttavia Ann era diventata un'efficiente massaia, anche se poco fantasiosa. Aveva una cameriera a ore, invece che fissa come aveva progettato, ma aveva due macchine, la casa, la tessera del Country Club e l'atteggiamento presuntuoso e pieno di sé, tipico della moglie di un dirigente destinato a rapida carriera. Si era allontanata il più possibile dallo stile di vita di Elizabeth.

La signora Richards senior sarebbe davvero potuta essere sua madre. Un estraneo, mettendo a confronto Elizabeth e Joanne, avrebbe di certo indicato la seconda come la donna che aveva messo al mondo quella giovane signora presuntuosa e piena di pregiudizi. Elizabeth era contenta che Ann fosse così soddisfatta della sua esistenza limitata, ma anche felice che vivesse a una certa distanza da lei. La verità era che Elizabeth trovava sua figlia mortalmente noiosa. Raramente andava a trovarla a Scarsdale e quando lei e Peter si recavano in città non vedeva l'ora che la serata finisse. Non nutriva il minimo interesse per i pettegolezzi locali di Ann, le sue attività civiche, le nuove ricette, così come Ann non mostrava interesse per il lavoro di Elizabeth o per gli argomenti come la musica o la politica che sua madre ogni tanto cercava di introdurre nella conversazione. Anche Peter sembrava diventare ogni giorno più simile al padre. Stava diventando un uomo serio, sicuro e compiaciuto di sé. A ciascuno il suo, si diceva Elizabeth, e bisognava ringraziare Dio, in un certo senso, per l'alto istinto di conservazione di Ann. Era proprio grazie a questo, infatti, che Ann si era sottratta alle grinfie di Tony.

Elizabeth rifletteva ora sulla proposta di Laurel. Certo, sarebbe stato un brutto tiro da fare a Charlene, esiliarla per tre settimane in quel mondo vacuo e sterile, ma sapeva che la bambina non si sarebbe lasciata influenzare da quell'atmosfera soffocante. Avrebbe potuto addirittura trovare divertente passare tre settimane «in campagna», come dicevano gli abitanti del luogo.

«E va bene», disse quindi Elizabeth. «Hai vinto. Domani telefonerò ad Ann per sentire se può badare a Charlene mentre starò via. Laurel, non riesco a crederci. Vado in Europa! Non so come farò a vivere in questi tre mesi di attesa.»

Quella sera a cena intavolò il discorso con Charlene. Come aveva previsto, la bimba era eccitata all'idea che la madre andasse in Europa quasi quanto Elizabeth stessa. L'unico dubbio che aveva istintivamente sollevato era sulla sua permanenza a casa di Ann.

«Sei certa che ad Ann non dispiacerà, mammina? È così pignola, a proposito della sua casa. Magari pensa che io le faccia disordine.»

«Tesoro, che sciocchezza! Non penserà niente del genere! Sa che brava bambina ordinata sei, molto più di quanto non fosse lei alla tua età. E penso che ti potresti divertire. Non hai mai occasione di giocare un po' all'aria aperta. Ann e Peter sono soci del Country Club, sai. Sicuramente potrai andare a nuotare tutti i giorni e conoscerai bambini della tua età.»

Charlene si entusiasmò all'idea. Nonostante Ann fosse sempre stata dura con lei, Charlene adorava la sorella maggiore e idolatrava Peter. Eppure, con la sua misteriosa sensibilità, nutriva dei dubbi sull'accoglienza che le avrebbero riservata.

«Forse sarebbe meglio se restassi con Tony e il signor Gale, mamma.»

«No, cara. Avrei davvero piacere che tu stessi in campagna per qualche settimana. Così ti si colorirebbero un po' queste guancine pallide. E non preoccuparti di seccare Ann, sarà felice di averti con sé.»

Mentre si avviava al telefono, Elizabeth pensava che non era poi così sicura, come fingeva di essere con Charlene. Le rispose Peter.

«Buona sera, signora Whitman», disse. «Che coincidenza! Stavamo giusto per chiamarla.»

«Davvero? Come mai?»

«Ora glielo dirà Ann. Aspetti un attimo. Eccola.»

«Mamma? Sono contenta che tu abbia chiamato. Ho appena finito di parlare con la mamma di Peter e stavo per telefonarti. Non indovini? Avrò un bambino. In ottobre. Non è fantastico? Che te ne pare, di diventare nonna?»

La reazione immediata di Elizabeth fu di felicità. Poi sentì un'irragionevole stretta di gelosia all'idea che lo avesse detto prima alla signora Richards. Quindi arrivò la delusione nel rendersi conto che Ann incinta di sei mesi non avrebbe certo potuto badare a Charlene. Sarebbe stata troppo preoccupata del proprio benessere per prendersi una responsabilità in più, sia pure minima come quella. Meglio non parlarne nemmeno. Si sforzò di sembrare felice di tutto cuore.

«Tesoro, sono eccitata per voi due. Come ti senti?»

«Magnificamente. Un po' di nausea al mattino, ma niente di grave. È di Peter che mi preoccupo, in realtà. Credo che non sopravviverà alla futura paternità. Già mi porta la prima colazione a letto, anche se mi resta dentro ben poco.»

«Ma sei certa di stare bene?» Le gravidanze di Elizabeth erano state tutte molto facili, ma il ricordo di sua madre non smetteva di ossessionarla.

«Sì, tutti mi coccolano», la rassicurò Ann. «Ogni cosa procede secondo i piani, compreso il bambino. Vorremmo averne tre, sai? A due anni di distanza.»

«Capisco», commentò Elizabeth ironica. «E naturalmente il primo sarà un maschio.»

«Certo. È meglio per le ragazze avere dei fratelli maggiori che possono presentarle ai loro amici. Ho sempre pensato che fosse una seccatura essere nata prima di Quigly. Non mi è stato di nessun aiuto al momento dei primi appuntamenti.»

Ann chiacchierava frivolamente, ma Elizabeth sapeva che sotto quelle sciocchezze era serissima, convinta di poter stabilire il sesso dei suoi figli con la stessa metodicità con cui programmava la sua vita ordinata e inquadrata.

«Ah, sai, Peter insiste perché ora prendiamo una cameriera fissa. Non sarà troppo? Be', adesso devo scappare, mamma. Ci sentiamo.»

«Riguardati. E congratulazioni a Peter da parte mia e di Charlene.»

«D'accordo.» Poi, dopo un attimo, come se le fosse venuto in mente solo allora: «Come sta Charlene?»

«Bene», disse Elizabeth. «Sto pensando di mandarla a un campeggio, quest'estate. Tanto per farla andare un po' via da questa città calda e afosa.» Per un istante Elizabeth sperò scioccamente che Ann le proponesse di mandare Charlene a passare un po' di tempo con loro. Come era prevedibile, Ann non lo fece. Forse Charlene ha avuto più intuito di me, pensò. Forse Ann non l'avrebbe presa con sé per tre settimane nemmeno se non fosse stata incinta.

Quando disse a Charlene che Ann avrebbe avuto un bambino, il suo visetto s'illuminò. Ma poi, quasi subito, si rabbuiò. «Allora non mi vorrà, quest'estate, vero, mamma?»

«Non è che non ti voglia, cara, ma credo che sarebbe troppo faticoso per lei avere degli ospiti. Ma non ti preoccupare.

Avevo già un'altra idea. Che ne diresti di andare a un campeggio diurno? Ce ne sono di graziosi. Passano tutte le mattine a prenderti con un autobus, insieme ad altri bambini, stai tutto il giorno in campagna e alla sera torni a casa a dormire. Non ti sembra divertente?»

Charlene non sembrava entusiasta. «Credo di sì. Ma perché non potrei restare a casa, mamma? Posso giocare in giardino.» Di colpo si rese conto che Elizabeth avrebbe dovuto modificare i suoi progetti. «E il viaggio che dovevi fare con Laurel? Non ci potrai più andare?» Charlene era sul punto di piangere.

«Sssst», la rassicurò Elizabeth. «Non è poi così importante, tesoro. Ci saranno altri anni, per andare in Europa. Forse quando ci andrò potrai venire anche tu. Sarebbe bello, eh? Pensa a Londra. 'C'è il cambio della guardia a Buckingham Palace! Christopher Robin scese con Alice'. Ti ricordi questa poesia, Charlene? Era una delle tue preferite.»

La bimba fece un ultimo tentativo. «Non potrei proprio stare con Tony?»

«No, cara. Tony e il signor Gale avranno di certo i loro programmi per quest'estate. Spesso vanno da amici negli week-end, lo sai, e non voglio assolutamente interferire nei loro progetti. Ma stai allegra! Il quattro luglio sta per arrivare! Vedrai, quest'anno faremo una festa speciale per il tuo compleanno.»

Quando Elizabeth riferì tutto questo a Laurel, lei esplose irragionevolmente. «Accidenti ad Ann! Chi l'avrebbe detto che sarebbe riuscita a combinare una cosa simile per privarti dell'unico divertimento che potevi avere dopo anni e anni!»

Elizabeth non poté fare a meno di ridere. «Per l'amor del cielo, Laurel! A sentire te, sembra che sia rimasta incinta solo per farmi dispetto!»

«Non lo escluderei», borbottò Laurel.

«Non essere sciocca.»

«Lo so. Ma, accidenti, sembra proprio una congiura. Non avrebbe potuto scegliere un momento peggiore nemmeno se avesse fatto apposta.»

«Be' non l'ha fatto certo di proposito. Comunque, addio Europa, per quanto mi riguarda. Almeno per quest'anno.»

«Ah, certo. E l'anno venturo Ann non potrà tenerti Charlene perché avrà il bambino piccolo. E l'anno dopo sarà di nuovo incinta secondo la sua tabella di marcia.»

«Laurel, credimi, sono più delusa di te, ma davvero non serve battere la testa contro il muro. Il viaggio è da escludere, per me. Mi dovrò accontentare di godermelo per interposta persona attraverso le tue cartoline.»

«E Charlene? Eri così ansiosa di farle respirare un po' d'aria pura.»

«Avrei pensato di mandarla a un campeggio diurno, per questa estate. Almeno starà fuori città mentre lavoro», rispose Elizabeth.

«Aspetta un momento», disse Laurel. «Perché non la mandiamo in un campeggio per tutta l'estate? Questo risolverebbe tutto quanto. Se è dei soldi che ti preoccupi, posso darteli io.»

Elizabeth la guardò con affetto. «Cara Laurel, sei davvero molto generosa. Ma non si tratta di denaro. Non mi va di mandarla via con degli estranei. So che molti bambini anche più piccoli di Charlene vanno in campeggio, ma non credo che lei sia pronta per una così lunga separazione da me. Se fosse rimasta con Ann mi sarebbe sembrato tutto okay. Ma abbandonarla per il mio divertimento è proprio una cosa che non posso fare. Lo so. Pensi che sia ridicola. Adesso mi dirai anche che Charlene, per la sua età, è la bambina più giudiziosa che tu abbia mai visto. Per molti versi lo è. Ma, emotivamente, è tutt'altro che sicura. Ha voluto dimostrare che per lei andava bene tutto, ma credo che abbia la sensazione di essere sbattuta di qua e di là. Ha perso tanto, Laurel. Il padre, il fratello e, in un certo senso, anche la sorella. È stata gettata in una strana casa sin dal giorno in cui è nata. Apparentemente ha reagito meglio degli altri due, ma è una bambina molto sensibile, per quanto possa sembrare matura. No, non posso proprio partire per un altro paese e lasciarla in mani estranee. Non in questo momento.»

«E va bene, al diavolo. Allora portiamola con noi.»

Elizabeth scosse il capo. «Sai che non funzionerebbe.»

«Be', effettivamente, no... credo di no. Ma, accidenti, Elizabeth, mi sembra così ingiusto.»

«Infatti non è giusto. Ma è inevitabile.»

Laurel sospirò. «Ma devi sempre essere così maledettamente rinunciataria, quando si tratta dei tuoi figli?»

«Non lasciarti ingannare», rispose Elizabeth. «Sotto questa calma apparente batte il cuore di una femminista.»

«Avrebbe dovuto cominciare a palpitare una ventina di anni fa, ora saresti una libera e affascinante quarantunenne.»

«Touché», ammise Elizabeth. «Ma nel frattempo mi sarei persa un mucchio di cose interessanti.»

In luglio Elizabeth e Charlene andarono a salutare Laurel che partiva a bordo della *Queen Mary*, rimessa completamente a nuovo e trasformata da nave militare nel più lussuoso transatlantico di linea. Elizabeth avrebbe pianto di delusione, quando partecipò al piccolo party nella cabina di Laurel traboccante di fiori. L'odore stesso della nave, l'andirivieni degli steward con le coppe di champagne e i mazzi di fiori arrivati all'ultimo minuto, perfino i vassoietti con le tartine al formaggio e alle acciughe, il classico buffet dei ricevimenti sulle navi in partenza, tutto sembrava fare parte di un mondo lontano ed elegante che sarebbe potuto essere anche suo. Nei corridoi c'era una tale fretta e una tale eccitazione, una tale sensazione di attesa nei passeggeri, i primi a recarsi in Europa dopo la guerra in viaggio di piacere o di affari, che Elizabeth provò una gran voglia di gettare Charlene tra le braccia di una Ann palesemente incinta e di annunciare semplicemente che non si sarebbe mossa di lì, che sarebbe rimasta anche lei su quel palazzo galleggiante.

Naturalmente non fece nulla di simile. Si limitò a girare con un sorriso radioso ed entusiasta tra gli amici di Laurel, quasi tutti del personale di *Enchantress*. Era davvero strano che anche Laurel non avesse fatto più amicizie a New York di quante ne avesse fatte lei. C'erano alcune facce note anche a Elizabeth, donne e uomini che erano evidentemente tra le conoscenze più intime di Laurel. Ma per la maggior parte erano colleghi di lavoro della rivista o del mondo della moda. Insomma, più estranei che amici, fatta eccezione per Elizabeth e Charlene. Erano venuti anche Ann e Peter con i suoi consuoceri, più per curiosità, c'era da credere, che per affetto. Tony e Robert brillavano per la loro assenza; del resto nessuno li aveva invitati. Ma Elizabeth notò con stupore una bellissima rosa rossa adagiata in una scatola di cellophane. Diede un'occhiata al bigliettino nella scatola trasparente; c'era scritto semplicemente «Tony». Laurel non aveva nemmeno fatto mettere il fiore nell'acqua: probabilmente godeva segretamente nel vedere appassire la rosa. Era un gesto inatteso, ma non improbabile, ambivalente quanto il donatore, ostinato quanto la persona a cui era indirizzato.

Rimasero a guardare la *Queen Mary* che salpava allontanandosi maestosamente dalla banchina e agitarono a lungo la mano in direzione della sagoma di Laurel, in piedi accanto al parapetto del ponte di passeggiata. Poi bruscamente voltarono la schiena. Ann e la suocera salirono in macchina per tornare direttamente a Scarsdale mentre Peter e il padre si diressero verso i ripettivi uffici. Elizabeth e Charlene fecero cenno a un taxi, perché le riportasse in Gramercy Park.

Da parecchio tempo Elizabeth non si sentiva così giù. Era un cocente venerdì mezzogiorno e le strade di New York cominciavano già a svuotarsi, mentre i frenetici abitanti di Manhattan, adoratori del sole, si precipitavano verso Hampton, Fire Island o Jersey Shore a godersi l'week-end. Anche Charlene era stata invitata da un'amica. La famiglia di una compagna di scuola aveva una casa a Westhampton e la madre della ragazzina aveva chiesto a Elizabeth che Charlene passasse due giorni con loro.

«Mio marito parte verso le tre del pomeriggio di venerdì», le aveva detto la signora al telefono, «e sarà felice di passare a prendere Charlene, per riportarla poi lunedì mattina. Ci farebbe tanto piacere averla con noi, signora Whitman. Charlene e Joyce sono buone amiche e penso che la bimba si divertirebbe.»

Charlene voleva andare ed Elizabeth acconsentì di buon grado. Aveva conosciuto gli Spencer, che abitavano proprio in fondo alla sua strada, a un paio di riunioni dei genitori a scuola e le erano sembrati due ottime persone. Quando furono a casa, mise in una valigetta un costume da bagno, qualche abitino da gioco e un po' di biancheria e quando il signor Spencer arrivò, poco prima delle tre, Charlene era pronta.

«Fai la brava», le raccomandò Elizabeth baciandola. «E, soprattutto, fai esattamente quello che ti dirà la signora Spencer, cara.»

«Sicuro», promise solennemente Charlene. «E tu come farai senza di me?»

Elizabeth sorrise. «Be', certo non sarà molto divertente, ma me la caverò, vedrai: in fondo si tratta solo di due giorni.»

Lei e il signor Spencer si scambiarono un'occhiata divertita.

«Ci prenderemo cura della bimba, signora Whitman», disse l'uomo. «Lunedì mattina sarò di ritorno verso le dieci, se per lei va bene.»

«Benissimo. Ho già detto in ufficio che lunedì mattina tarderò un po'. Ci sarò quando lei arriverà, signor Spencer, non dubiti. Ancora tante grazie. E, la prego, ringrazi anche sua moglie da parte mia. È una gran festa per Charlene.»

Quando se ne furono andati Elizabeth pensò che era una cosa nuova per lei essere così fisicamente sola. Ann era lontana milioni di anni luce, a Scarsdale, Laurel era in alto mare, Charlene stava facendo il suo primo week-end «da grande» in un'altra casa. E Quigly? Dio solo sapeva dov'era Quigly. Era circa un anno che non aveva sue notizie. Tony e Robert erano stati invitati a Fire Island per l'week-end, gliel'aveva annunciato Tony il giorno prima quando lei aveva accennato all'invito di Charlene. Anzi, Tony le era parso turbato.

«Odio pensare che dovrai stare sola per tutto l'week-end», le aveva detto.

Elizabeth aveva minimizzato con una risata. «Non è proprio una disgrazia nazionale. Anzi, se vuoi saperlo, non aspetto altro. Non so da quanto non ho quarantotto ore tutte per me. Ho cento cose da fare in casa e probabilmente non ne farò neanche una. Penso che farò la lazzarona e dormirò per tutt'e due i giorni. Vivrò di sandwich al burro di arachidi e non cucinerò un pasto per la prima volta da cent'anni a questa parte. Vi amo tutti, ma ci sono momenti in cui una ragazza ha bisogno di starsene un po' sola.»

Mentre lo diceva ne era convinta. Erano anni che aveva sempre vicino qualcuno della famiglia o qualche amico che pretendeva da lei tempo, interesse, energie. Le era sembrata una benedizione potere essere lasciata finalmente in pace, tutta sola. Avrebbe letto, ascoltato della musica e, se avesse avuto voglia di uscire, sarebbe andata anche al cinema. Avrebbe potuto ricaricare le batterie, lasciare vagare un po' la mente e prepararsi tutta fresca per tornare con nuova lena alle sue responsabilità di madre, massaia e impiegata.

Adesso però tutto le appariva in una tetra prospettiva.

L'appartamento sembrava terribilmente silenzioso e deserto. Si tolse distrattamente gli abiti e si mise un comodo vestito da casa, si preparò un bicchiere di tè gelato, accese il ventilatore in soggiorno e prese uno dei tre libri che da tempo desiderava leggere. Ma non riusciva ad abbandonarsi alla lettura dell'ultimo best-seller. La sua mente continuava ad andare alle persone che amava. Pensò ad Adam, chiedendosi se fosse tornato sano e salvo dalla guerra, se avesse ripreso la sua solita vita in California e se pensasse mai a lei. Se chiudeva gli occhi rivedeva il loro amore in tutti i minimi particolari. Quanto tempo era passato! Circa quattro anni, da quando si era sentita desiderata e aveva corrisposto a quel desiderio. Da allora era sempre stata molto occupata. Certo non era stato difficile, con tutto quello che era successo, evitare di pensare alle proprie esigenze personali. Eppure ogni tanto, quando era a letto, aveva come la consapevolezza del proprio corpo e sentiva la sua solitudine di donna ancora piena di passione che da anni nessuno toccava più. Ma soprattutto era stata troppo stanca, troppo preoccupata per i problemi di Ann o di Quigly, di Laurel o di Tony per abbandonarsi all'inquietudine che covava dentro di lei.

In quel momento squillò il telefono. Guardò l'orologio. Le quattro. Doveva essere Tony, pensò, che voleva salutarla prima di partire con Robert per Fire Island. Ma quando prese il ricevitore sentì che non era Tony. Era una voce indimenticabile, inconfondibile.

«Elizabeth? Sono Adam.»

Cominciò letteralmente a tremare. È solo immaginazione, pensò. Non è possibile. Rimase in piedi reggendo la cornetta del telefono, incapace di pronunciare una sola sillaba.

«Elizabeth, ci sei?»

Cercò di controllare il tremito che la scuoteva. «Dove sei?» riuscì finalmente a spiccicare.

«A New York. Come stai, tesoro?»

«Bene», balbettò. «Benissimo. E tu?»

«Anch'io», rispose lui. «Questa settimana sono stato a Washington in viaggio d'affari e ti ho cercata. Betty Kaspar mi ha dato il tuo indirizzo e il tuo numero di telefono. Elizabeth, vorrei vederti. Posso?»

No, pensò. Non me lo chiedere. Non tornare nella mia vita come un fantasma che resta solo un istante, per poi scivolare via di nuovo dopo avere ridestato tutti i desideri repressi. Sei vivo e stai bene. Almeno ora lo so. Ma non ce la faccio a rivederti.

E invece disse soltanto: «Naturalmente».

Si sentì un palese sollievo nella voce di Adam. «Posso venire subito da te? Sono al *Plaza*. Potrei essere lì fra un quarto d'ora.»

«Va bene», rispose lei rigida.

«Ti amo, cara», disse lui. «Ho tante cose da dirti.»

Come inebetita si fece una rapida doccia e sprecò tre preziosi minuti per decidere che cosa mettersi. Ricordò che la sera del loro primo incontro si era vestita in modo molto seducente e aveva preparato lo scenario adatto all'amore. Ma quella era un'altra Elizabeth, ancora emotivamente non coinvolta, decisa in modo quasi calcolato a cominciare una relazione senza sapere che sarebbe diventata il punto focale della sua vita. O forse quell'Elizabeth non era per nulla diversa da questa che ancora rabbrividiva tutta al solo pensiero del tocco di quelle mani dolci e gentili? Si costrinse a smettere di sognare a occhi aperti. Adam aveva detto: «Ti amo». Ma che voleva dire? L'aveva amata prima, o almeno così diceva allora. Eppure l'aveva esclusa dalla sua vita con la scusa del «dovere» e dell'«onore». Perché era tornato? In un breve, irrazionale moto di speranza si abbandonò all'illusione che le cose fossero cambiate per lui. Forse Monica aveva conosciuto qualcun altro, come Adam aveva sempre sperato. Forse era libero.

Con uno sforzo di volontà scacciò queste improbabili idee dalla mente. Se fosse stato così l'avrebbe cercata prima, le avrebbe scritto o le avrebbe telefonato dalla California. No, lei sapeva bene come dovevano essere andate le cose. Un viaggio d'affari nell'Est gli aveva dato una comoda occasione di vederla. Forse, a modo suo, Adam l'amava ancora. Ma nel suo cuore Elizabeth sapeva che nulla era mutato nella vita di Adam. E non sarebbe cambiato mai. Era una sciocca a rivederlo, anche solo a rischiare di ridiventare l'insignificante pedina che era stata. Questa volta sarebbe stata forte.

Indossò appositamente un semplice abitino di lino un po' rigido e formale. Niente di provocante o seducente. Si spazzolò i capelli e si fece un rapido trucco. Grazie a Dio era pieno giorno. Non poteva perciò avere la tentazione di accendere candele o un romantico bagliore nel caminetto. L'avrebbe visto e avrebbero parlato da vecchi amici. Forse i vecchi sogni sarebbero svaniti, alla vista reale di quel lontano ricordo. Per un attimo sperò che fosse diventato grasso, calvo o noioso e che non avrebbe provato più niente per lui.

Tirò fuori dal frigo i cubetti di ghiaccio e i bicchieri. Poi si sedette tranquillamente ad aspettare l'arrivo di Adam.

Arrivò dopo venti minuti. Li avevano contati tutt'e due.

18

Naturalmente Elizabeth si era illusa. Fu come se non si vedessero da qualche giorno, invece che da parecchi anni. Ci fu un primo momento di imbarazzo appena lei aprì la porta. Rimasero uno di fronte all'altro, con un mezzo sorriso sul suo viso e uno sguardo pieno di ansia su quello di lui. Poi Adam entrò in casa e la prese tra le braccia stringendola forte.

«Oh, Dio, Elizabeth», disse. «Oh, Dio.»

In quell'attimo lei si sentì stranamente distaccata. Toccava ad Adam tremare e dire frasi incoerenti. Dolcemente lei gli passò una mano tra i capelli corti e folti e gli sfiorò la guancia forte, leggermente ruvida. Poi, piano piano, si divincolò dalle sue braccia e fece un passo indietro, per guardarlo. Ma come poteva essere cambiato così poco? A parte gli abiti borghesi, che allora non portava mai, sarebbe potuto essere lo stesso uomo che nel 1942 era andato in guerra; bello, dal portamento eretto e fisicamente attraente come lo era il giorno in cui per la prima volta era venuto in casa sua a Washington. Con una tipica reazione femminile Elizabeth si chiese come lui la vedesse. Era rimasta anche lei la stessa? Oppure Adam la trovava invecchiata, meno attraente di un tempo?

Come se le leggesse nel pensiero Adam la guardò profondamente negli occhi. «Credevo di non avere dimenticato niente di te», disse, «ma mi sbagliavo. Mi ero dimenticato quanto sei bella. Forse lo sei diventata anche di più.» Si guardò attorno. «Si ritrova sempre tutta te stessa nelle tue case, vero? Quante cose ricordo, e unicamente, meravigliosamente tue.»

Durante quei primi minuti Elizabeth non aveva aperto bocca. Lo condusse verso una poltrona, ma quando Adam fu seduto lei si sentì a disagio. Era ancora in piedi, turbata e insicura. Alla fine chiese: «Vuoi bere qualcosa?» Poi sorrise imbarazzata. «Che sciocchezze da dire a un ex amante che non vedi da quasi quattro anni! Quando te ne andrai, Adam, sarò furiosa con me stessa per non essere riuscita a dirti qualche battuta tremendamente brillante. Qualcosa preso di peso da Noel Coward sarebbe molto più appropriato di un banale 'Vuoi bere qualcosa?' Sto perdendo il mio spirito. Evidentemente New York non mi ha resa affatto più sofisticata, vero?»

«Non farlo, tesoro», sussurrò lui. «Ti prego, non farlo.»

«Non fare che cosa? Prepararti qualcosa da bere?»

«Non fingere con me. Non riconosco questa Elizabeth fragile e pungente. E non credo di volerla riconoscere.»

«Ma che cosa vuoi, Adam?»

«Dammi questo drink e cercherò di dirtelo.»

«Gin tonic? O hai cambiato gusti?»

«Gin tonic. No, i miei gusti non sono affatto cambiati.»

Elizabeth preparò i drink, poi si sedette di fronte a lui.

«E adesso», cominciò lui, «mettimi al corrente di tutto.»

«Preferirei che fossi tu a parlarmi di te.»

«No, ti prego. Prima tu. Abbiamo molti più punti di riferimento nella tua vita che nella mia.»

Elizabeth si rimangiò l'ovvia, stizzosa battuta che le veniva alle labbra. «E va bene, allora, cercherò di essere breve.» E rapidamente gli raccontò di Quigly, della sua partenza e delle ultime notizie che aveva avuto da lui. Poi del matrimonio di Ann e della sua gravidanza. Del lavoro di Laurel e naturalmente della piccola «Charley», come lui l'aveva sempre chiamata. Gli raccontò anche del proprio nuovo lavoro, accennando solo di sfuggita a Robert e Tony.

Adam ascoltava con molta attenzione. Immaginava che ci fosse anche dell'altro, che Elizabeth taceva.

«Hai saputo più niente di Alan Whitman?» chiese infine.

«È morto», rispose lei senza aggiungere altro.

«Forse non ho diritto di chiedertelo», disse Adam lentamente. «Ma devo saperlo. C'è qualcuno nella tua vita, ora?»

Lei esitò. Una voce dentro di lei le suggeriva: «Menti. Digli che sei innamorata. Finiscila subito, prima che ricominci tutto quanto di nuovo. È il modo più semplice per salvare la faccia. Non fargli sapere che non sei riuscita più nemmeno a guardare un altro uomo da quando lui se n'è andato. Non lasciargli pensare che può andare e venire dalla tua vita come gli pare e piace. Non hai un briciolo d'orgoglio?» Sentì tutti quegli avvertimenti, ma li ignorò.

«No, Adam», rispose infine. «Non c'è nessuno nella mia vita, ora.» Fece una pausa. «E di te, che cosa mi racconti?»

Adam si mise a camminare nervosamente avanti e indietro per la stanza. «Io sono tornato con Monica. Ma immagino lo supponessi già. Sono stato congedato dopo la resa della Germania e rimandato dritto dritto in California. Ho ripreso il mio lavoro e quella che definisco umoristicamente la mia vita matrimoniale. Me la cavo discretamente. Le società immobiliari vanno a gonfie vele laggiù. Ho fatto anche una diecina di viaggi all'Est, ma non ho mai avuto il coraggio di telefonarti. Pensavo che mi avresti sbattuto il telefono in faccia. Ne avevi tutti i diritti, dopo il modo in cui mi ero comportato.»

Elizabeth lo ascoltava con calma. Era triste sapere che le era stato vicino altre volte senza che lei lo sapesse. Ed era stato crudele da parte sua non farle nemmeno sapere che era vivo. Aspettò che continuasse.

«So che ti stai chiedendo perché non mi sia mai fatto vivo con te. Cristo, chissà che cosa avrai pensato di me! E avevi ragione. Nonostante tutti i miei eroismi in guerra sono un rammollito senza un briciolo di coraggio. Non sono riuscito a costringermi a un'odiosa rottura con Monica, ma non potevo essere anche tanto vigliacco da continuare a invadere la tua vita. Mi sono convinto che la cosa migliore che potessi fare per te era di starmene alla larga dalla tua vita per sempre. Mi dicevo che ogni altra cosa sarebbe stata ingiusta nei tuoi confronti. Anche tu avevi diritto alla felicità. Immagino che possa sembrarti molto egoista, ma ero sicuro che non ti saresti mai risposata finché non fossi riuscita a toglierti completamente dalla testa il mio ricordo. Mille volte ho avuto la tentazione di scriverti o di chiamarti. Vedi, non è vero che ho appena scoperto dove stavi e non è stata Betty Kaspar a dirmelo. L'ho saputo da Stu Preston appena sono tornato a Washington. Ma non volevo farti soffrire ancora. È la mia unica scusa. Mi sembrava la cosa migliore che potessi fare per l'unica donna che abbia mai amato.»

«E hai pensato che fosse tuo diritto prender questa decisione da solo, Adam? Dato che si trattava anche di me, della mia vita, non avrei dovuto entrarci anch'io?»

Lui la guardò fisso. «Se al mio ritorno dalla guerra ti avessi detto che non potevo divorziare da Monica e ti avessi chiesto di essere la mia amante a metà tempo avresti accettato?»

La risposta di Elizabeth arrivò subito, senza la minima esitazione. «Sì, avrei accettato.»

Lui scosse la testa. «Ma per quanto tempo, Elizabeth? Per quanto tempo, prima di provare disprezzo per me? E risentimento nel vedermi arrivare per un paio di giorni il mese e poi sparire di nuovo? Dove sarei stato tutte le volte che tu avessi avuto bisogno di me? E non dirmi che ti saresti trasferita in California per starmi vicina. Sarebbe stato anche peggio. Non sei il tipo da rintanarti negli angoli bui o da vedermi di nascosto ogni volta che posso sgattaiolare via da casa. Non è nel tuo stile. E forse nemmeno nel mio.» Fece una pausa. «C'è una cosa che voglio che tu sappia. Mentre ero in Europa ho pensato di chiedere a Monica il divorzio. Quando sono tornato le ho detto che ero innamorato di un'altra donna. Ma lei si è messa a ridere. Ha risposto che era né più né meno quello che si aspettava, il solito romanzetto sentimentale di guerra. Ci passavano tutte le mogli dei militari, mi ha spiegato, dall'ultimo soldato scmplicc ai plurigallonati. Ha aggiunto chc non aveva niente a che vedere con me e con lei. Che la sua vita le piaceva ancora così com'era e che non avrebbe mai divorziato. Così non gliene ho parlato mai più.»

«Però avresti potuto lo stesso divorziare.»

«Su che base, tesoro mio? Anche se avessi trovato i motivi legali, i principi morali e il solito stupido senso di colpa non se ne sarebbero andati. Ho quasi perso la vita un paio di volte, ma non sono mai riuscito a perdere questa mia ridicola coscienza. È un matrimonio finito, il nostro, ma credo che durerà finché morte non ci separi.»

Lei lo guardò con aria interrogativa.

«So che cosa stai pensando», disse Adam. «'Ma allora perché è venuto?'» Scosse la testa. «Non lo so esattamente neanch'io. So solo che questa volta dovevo vederti. Non ho potuto più resistere. Mentre me ne stavo seduto nella mia camera d'albergo, un'ora fa, avevo quasi l'impressione che tu mi stessi chiamando. Mi pareva di leggerti nel pensiero. Ho avuto tanto bisogno di te. Ti ho desiderata fino allo spasimo. Ma avevo vergogna di presentarmi davanti a te. Questo pomeriggio, però, ho fatto il tuo numero e ho pregato. E tu hai risposto. Ora so che ho fatto bene. Al diavolo tutte le conseguenze. Senza di te sono vivo solo a metà.»

«Lo stesso vale per me.»

Adam le si avvicinò e la fece alzare con dolcezza. «Significa quello che spero? Puoi vivere nell'unica situazione che sono in grado di offrirti: stare insieme qualche giorno ogni quattro, cinque settimane? Potrai sopportarlo senza arrivare a odiarmi? Non è vita per nessuna donna, tesoro. Specialmente per una donna come te. Tu non dovresti mai stare al secondo posto.»

Lei avvicinò il viso a quello di Adam. «Sono davvero al secondo posto per te, Adam?»

«No, certo. Te l'ho appena detto.»

«Allora non sono affatto al secondo posto, ti pare?»

Il bacio di Adam fu dapprima dolce, poi più ardente e infine esigente. Lei si sentì sommergere dall'antica, meravigliosa sensazione di debolezza, sentì tornare lo splendido abbandono di un tempo. Allora non ci furono più parole. Solo ore di insaziabili, indescrivibili atti d'amore.

Molto più tardi si vestirono e andarono a cena nel giardino del *Ritz*. Mentre mangiavano nel ristorante semideserto si tenevano le mani e si baciavano, incuranti del mondo esterno, come due giovani innamorati. Era il momento delle chiacchiere; ora brillanti e allegre, come la descrizione che Elizabeth fece della pretenziosa casa di Ann e della sua vita così compiaciuta di sé; ora tragiche e terribili, come il racconto del funerale di Memphis; ora tristi, come le continue preoccupazioni per Quigly.

«Appena torno in California mi metterò subito a fare delle ricerche», le promise Adam. «Non può esser scomparso dalla faccia della terra. Vedrai, lo ritroveremo, tesoro.»

Un'ombra passò sul viso di Elizabeth. «Ho quasi paura di ritrovarlo. Ma devo sapere. Per brutta che sia la verità, devo sapere, Adam. Così come non ho potuto darmi pace finché non ho saputo di te.»

Lui le premette le labbra sul palmo della mano. «Spero di avere fatto bene a tornare. È stato terribilmente egoista da parte mia.»

Elizabeth sorrise maliziosamente. «Andiamo a casa, così mi mostrerai ancora quanto sei egoista.»

Passarono quasi tutto l'week-end a fare l'amore, uscirono solo per cenare e tornavano subito a casa per gettarsi di nuovo l'uno tra le braccia dell'altra. Adam le raccontò delle sue esperienze di guerra e lei lo abbracciò più stretto, terrorizzata all'idea che avrebbe potuto essere ferito o ucciso. Non parlarono di Monica o della vita in California. E per tacito accordo non fecero la minima allusione alla partenza di Adam, stabilita per la domenica sera dopo che lui le ebbe detto quando doveva andarsene.

«Senti, ne parliamo questa volta e poi basta, non ci torneremo più sopra», le aveva detto lui. «Ti prometto di stare con te almeno una volta il mese, a New York o in qualsiasi altro luogo, e anche più spesso, se mi sarà possibile e ogni volta che potrò ti telefonerò. Tu mi devi chiamare in ufficio se succede qualcosa che io debba sapere. La mia segretaria è la signorina Watick. La informerò che il tuo è un nome importante e mi raggiungerà dovunque, se hai bisogno di parlarmi. Saprai sempre dove mi troverò e tu devi farmi sempre sapere dove sarai. E devi promettermi che almeno dieci volte il giorno dirai a te stessa: 'Adam mi ama'. Okay?»

Con la bocca sulla sua Elizabeth mormorò dieci volte: «Adam mi ama. Basta, per oggi?»

«No, amore mio. Questo lo devi fare solo quando non ci sono io a dirtelo. Quando ti sono vicino devi dire invece: 'Ti amo, Adam'.»

«Oh, sì, ti amo, caro! Ti amo, ti amo!»

Lui la strinse così forte da farle male. Un dolore delizioso. «Sei molto più di quello che merito. E io sono molto meno di quello che dovresti avere. Mi hai dato una seconda possibilità, tesoro. Ti prometto che non ti lascerò andare via mai più, a meno che non sia tu a volerlo.»

Quella volta la separazione fu diversa. Elizabeth insistette per accompagnarlo in taxi a Idlewild e per quanto detestasse vederlo andare via in lei non c'era disperazione. Aveva un futuro al quale guardare. Un futuro forse avaro in termini di tempo, ma ricco in promesse d'amore e di tenerezza. Nella sua vita era tornato quel senso d'aspettativa che da tanto, tanto tempo non provava più. Con quel sostegno poteva sopportare la loro separazione e perfino il ruolo anonimo che avrebbe sempre avuto nella vita di Adam Barnsworth. Nell'auto continuarono a baciarsi e a toccarsi, incuranti delle occhiate curiose che l'autista gettava loro nello specchietto retrovisore.

Elizabeth ridacchiò. «Ci stiamo abbracciando come due ragazzini. L'autista penserà che siamo una coppia di vecchi matti.»

«Che lo pensi pure», replicò Adam. «Probabilmente lui ha una moglie brutta, grassa e sciatta che si lascia accostare da lui solo per venti minuti un sabato sì e uno no. Poveraccio, lo compiango.»

Al terminal Adam si rivolse all'autista: «Senta, con una buona mancia non farebbe anche la corsa di ritorno?»

«Certo. Perché no?»

«Bene. Allora se aspetta qui qualche minuto, poi riporta a casa mia moglie. Le darà il triplo del tassametro.»

Il tassista lo guardò un po' sospettoso. «Senta, signore; ma come faccio a sapere che sua moglie non prende l'aereo con lei e che io non vedrò più né lei né il prezzo della corsa fino qui?»

Adam riprese subito i suoi panni da colonnello e la voce di chi è abituato al comando.

«Perché glielo dico io. Ecco come fa a saperlo. Non la faccia troppo lunga, amico. Se l'affare le va, bene. Altrimenti la pago subito e vada pure a portare altrove le sue chiappe.»

«Okay! Okay! L'aspetto qui, signora. Quanto ci metterà?»

«Una decina di minuti», rispose Adam per lei.

Mentre camminava verso l'uscita per l'imbarco Elizabeth era stranamente silenziosa. Adam le strinse una mano.

«Ti prego, non essere triste. Tornerò prestissimo.»

Una lacrima le rotolò lungo la guancia. «Non è questo.»

«Ma allora perché piangi, tesoro?»

Elizabeth tentò di sorridere. «Perché sono una sciocca. Hai detto al tassista che sono tua moglie. E quelle sono state le parole più belle che abbia mai sentito.»

Adam si fermò bruscamente. Posò la borsa per terra e prese Elizabeth per le spalle, guardandola intensamente nel viso felice.

«So bene che cosa ho detto. E non è stato per caso.»

Intorno gli altri passeggeri spingevano e si affrettavano verso l'aereo in attesa, ma loro due restavano immobili, soli, chiusi in un mondo personale, scambiandosi silenziosamente voti e promesse. In quel momento non vedevano e non sentivano niente. Né il mormorio della folla né la voce nasale dello speaker della pubblicità che ripeteva in continuazione i suoi incomprensibili annunci. Ignari di tutto, fuorché di se stessi, si baciarono a lungo, in modo quieto e profondo. Poi Elizabeth si girò e uscì lentamente dall'aeroporto. Nessuno dei due si voltò indietro a guardare.

Charlene tornò il mattino successivo; chiacchierando ininterrottamente del suo week-end. Era andata a fare un picnic e il signor Spencer le aveva insegnato a nuotare! Volevano che tornasse da loro un'altra volta prima che finisse l'estate, se Elizabeth lo permetteva.

«Posso tornarci, mammina? Magari il mese prossimo?»

«Ma certo, bimba mia, finché gli Spencer saranno tanto gentili da invitarti.» Con un senso di colpa sperò che l'invito successivo coincidesse con un'altra venuta di Adam, in modo che potessero avere ancora l'appartamento tutto per loro. Che bestia sono! pensò Elizabeth. Desidero che mia figlia sia fuori dei piedi per essere libera. Avrebbero sempre potuto trovare qualche altra soluzione. Pensava che Adam si sarebbe comunque potuto infilare piano piano nel suo letto anche se Charlene fosse rimasta a casa. Ma non sarebbe stato lo stesso. Adam non sarebbe potuto restare tutta la notte e non avrebbero potuto fare l'amore nelle ore del giorno, cosa forse ancora più eccitante. Elizabeth non riusciva a vedersi sgattaiolare nella stanza d'albergo di Adam nel bel mezzo del pomeriggio. Eppure lo avrebbe fatto. I loro minuti erano troppo preziosi per sprecarli in sciocchi pudori.

«Ti sono mancata?» le chiese Charlene con ansia. «Ti sei sentita sola?»

«Mi sei mancata molto, tesoro, però sapevo che ti stavi divertendo, quindi era tutto okay. E poi ho avuto una piacevolissima sorpresa. Indovina chi è venuto a New York? Zio Adam! Te lo ricordi? Quell'uomo tanto simpatico che aveva una stanza nella nostra pensione a Washington?»

«Zio Adam? Quello che poi è andato in guerra e tu sei diventata tanto triste?»

Elizabeth rimase di stucco. Sapeva che Ann si era resa conto del suo stato di depressione quando Adam era partito, ma Ann aveva nove anni più di Charlene. Come poteva una bimba di sette anni essersi resa conto dell'infelicità di sua madre? A meno che non glielo avesse detto la sorella maggiore.

«Ero sempre triste quando uno dei nostri amici partiva per la guerra», le spiegò quietamente Elizabeth. «Ricordi come mi dispiacque quando partì Barney Nash? E Frank Bayard, che aveva la stanza di fronte a quella di zio Adam? La guerra è una brutta cosa, Charlene. Tutti i grandi sono tristi quando vedono gli uomini che rischiano la vita per il loro paese.»

Charlene non si lasciò sviare. «Ma zio Adam era speciale, vero?»

Elizabeth aveva sempre cercato di non mentire deliberatamente ai suoi figli. Era stata protettiva, evasiva, quando aveva capito che ne valeva la pena. Ma non aveva mai mentito e non avrebbe certo cominciato in quel momento.

«Sei una donnina molto saggia», rispose. «Sì, zio Adam era davvero speciale. Mi era molto caro. E lo è ancora.»

«Allora sono contenta che sia tornato», esclamò con enfasi Charlene. «Lo rivedremo spesso, come una volta?»

«No. Non tanto spesso. Ora vive in California. Ma verrà a trovarci ogni volta che passerà da New York. Magari anche il mese venturo.»

«Spero di non essere via quando verrà la prossima volta.»

Elizabeth non voleva mentire e tacque. «Accipicchia, guarda che ora è!» disse invece. Bisognerà che mi sbrighi ad andare in ufficio altrimenti il signor Gale mi licenzierà!»

Charlene fece un visetto molto serio. «Non lo farà, vero, mammina? Tony non glielo permetterebbe.»

Elizabeth rise. «Ma no, certo, ochetta! Ma ora devo andare, tesoro. Puoi disfare la tua valigia? Nel frigorifero troverai qualcosa per la colazione. Pensavo che stasera potremmo cenare fuori, per festeggiare il tuo ritorno. Che te ne pare?»

«Bello! Ma non c'è bisogno di festeggiare. In fondo sono stata via solo due giorni.»

«Lo so», ribatté Elizabeth, «ma è stato un week-end molto importante.»

Arrivò in ufficio con un'aria fresca e splendente, benché nelle ultime quarantotto ore avesse dormito ben poco. Le redattrici delle rubriche di bellezza non capiscono proprio niente quando sostengono che il sonno è una cura di bellezza, pensò divertita Elizabeth. Il sesso può sicuramente sostituirlo con vantaggio.

«Bene, hai un'aria davvero vispa, stamattina», le disse Robert. «Hai passato un buon fine settimana?»

«Meraviglioso. E voi due?»

«Assolutamente orrendo. Tony era come l'uomo invisibile. Se non dormiva se ne stava sdraiato sulla sabbia a immagazzinare tanta energia solare da scaldare un appartamento di otto stanze. Te lo giuro, Elizabeth, finirà per prendersi il cancro della pelle a furia di arrostirsi al sole. Ma non vuole darmi retta. Una volta l'ho perfino sorpreso a prendere il sole con le dita bene allargate in modo da abbronzarsi anche lì dentro!»

Tony ascoltava divertito. «Non cercare mai di intrometterti tra un californiano e il suo amore per la vita all'aria aperta», osservò tranquillamente. «Voi smunti abitanti dell'Est preferite andarvene in giro pallidi e slavati, come se passaste la vita nel buio dei locali, cosa che infatti fate.»

«E a voi torna maledettamente comodo che lo facciamo», sbottò Robert. «In genere le ordinazioni più vantaggiose vengono proprio dalla mia opera di intrattenimento in quei 'locali bui'.»

Evidentemente Robert era di cattivo umore. Tony doveva averlo ignorato completamente per tutto l'week-end. Elizabeth finse di non accorgersi dell'atmosfera tesa che regnava fra i due.

«Bene, invece la vostra amica Charlene si è divertita moltissimo», disse. «Il primo week-end lontano dalla mamma è stato un vero successo. Anzi, le ho detto che stasera l'avrei portata fuori a cena per festeggiare l'avvenimento. Che ne dite di venire con noi?»

«No, grazie», rispose Robert. «L'ultima cosa che desidero stasera è una bella descrizione di scene di vita bucolica. Non aspetto altro che tornarmene nella mia bella, buia e decadente casa di città.»

«E tu, Tony?»

«Con piacere. Sempre disposto a parlare con un po' di entusiasmo di cose semplici. E poi», aggiunse, «voglio che tu mi racconti come hai passato questi giorni. Sono contento che non ti sia annoiata troppo senza nessuno in città.»

«Anzi, è stato magnifico. Per caso è passato da New York un mio vecchio amico, il colonnello Barnsworth. Aveva una stanza in affitto a casa mia, a Washington.»

Chissà perché aveva pronunciato il nome di Adam, come se volesse farlo sentire agli altri. Devo essere discreta, si ammonì. Ma, accidenti, non ne ho nessuna voglia.

Tony non parve accorgersi di niente. Disse solo: «Verrò direttamente a casa con te, uscendo dal lavoro. Così ceniamo presto».

«Allora fammi una cortesia», intervenne gelido Robert. «Chiama Arthur e digli che non ci sarai per cena.»

«Sissignore», replicò Tony scherzoso. «Riferirò.»

«Molto bene, signora», disse Tony a Charlene appena si furono accomodati nel ristorantino del quartiere. «Il microfono è suo. E ora ci racconti tutto quello che è successo da venerdì pomeriggio a lunedì mattina.»

Charlene si lanciò nel racconto del suo week-end dagli Spencer nei minimi particolari. Era addirittura entusiasta della sua esperienza di nuoto. «Come mi piacerebbe farlo tutti i giorni. Mi piacerebbe tanto diventare una brava nuotatrice. Il campeggio diurno è bello, ma non ci insegnano niente del genere. Mammina, che ne diresti se l'anno venturo andassi in un vero campeggio? In un posto dove ci sia un lago? Ormai avrò dodici anni!»

«Non vedo perché no», rispose Elizabeth. Si stupì che Charlene si adattasse così facilmente all'idea di stare via da casa e da lei. Forse sono stata eccessivamente iperprotettiva pensò. O forse sto solo pensando a un appartamento vuoto e ad Adam.

«Stammi a sentire, Charlene», propose Tony. «Se la mamma è d'accordo posso insegnarti io a nuotare molto prima dell'estate prossima. Quest'inverno possiamo andare nelle piscine coperte il sabato e la domenica. A me piace moltissimo, ma non ho mai nessuno con cui andare.»

Charlene era al settimo cielo. «Sei d'accordo, mammina? Posso farlo con Tony?»

«Visto che è stato tanto gentile da offrirsi, penso che sia magnifico. Ora finisci la cena e andiamo a casa. Sarai stanchissima. Devi esserti alzata molto presto, questa mattina, per venire da Westhampton!»

«Sono così eccitata che non andrei mai a dormire. Resterei in piedi ancora ore e ore.»

«Vuoi scommettere?» disse Elizabeth.

Mezz'ora dopo essere arrivati a casa Charlene dormiva già saporitamente. Anzi, aveva già cominciato a sonnecchiare sulla doppia porzione di gelato che le aveva portato la cameriera. Elizabeth le rimboccò le coperte e uscì in punta di piedi dalla sua stanza, chiudendosi piano piano la porta alle spalle. Tony stava in piedi, davanti alla finestra aperta del soggiorno, e fissava in silenzio il buio di Gramercy Park.

«Ti preparo un drink?» Elizabeth sorrise senza volere, ricordando che tre giorni prima aveva detto pressappoco le stesse parole a un'altra persona.

«No, grazie. Farei volentieri due chiacchiere.»

«Ma certo. Siediti, Tony. Qualcosa non va? È stato un brutto fine settimana?»

«Brutto fine settimana, brutte settimane», rispose lui. «Elizabeth, non so più che cosa fare.»

«A proposito di Robert?»

«Anche. Ma non so più che cosa fare di me. Ho cercato di capire qual è il mio posto. Ho cercato di operare una scelta. Di decidere dove stare e dove andare. Come diavolo pensa di passare il resto della sua vita Anthony Alexander? E con chi?»

Già dalla famosa notte in cui le aveva parlato di Laurel Elizabeth aveva capito che Tony era un ragazzo molto inquieto. Non si stupì quindi di sentire che si stava tormentando, che stava cercando una sua vera identità, che stava sforzandosi di scegliere a chi essere fedele, di accettarsi e di venire a patti con se stesso. Ma era una cosa che andava avanti da mesi. Anni, forse. Che cosa poteva avere scatenato quel disperato sondaggio nel suo animo? Forse gli incidenti con Laurel? O delle esigenze più pressanti da parte di Robert? O forse era stata in qualche modo lei stessa la scintilla che aveva fatto scaturire quella nuova introspezione? Ricordò gli accenni un po' oscuri di Tony al fatto che lei gli aveva dato conforto durante quella conversazione, franca fino all'imbarazzo, di alcuni mesi prima. In quel caso doveva avergli creato più caos che sollievo. La confusione sessuale di Tony era molto reale, resa più grave dalle sue ossessioni pseudoreligiose. Tony Alexander aveva ventinove anni. Per certi aspetti avrebbe potuto averne cento. Per altri aveva la stessa età di Charlene. Era chiaro come il sole che voleva parlare e che non sapeva da che parte cominciare. Cercò a tentoni un modo per aiutarlo. Nella sua ritrovata felicità sentiva più che mai il desiderio di aiutare le persone che amava. Pur non essendo abbastanza vecchia per potere essere sua madre, in un certo senso provava per Tony gli stessi sentimenti che per un figlio infelice.

«Comincia da dove vuoi», gli disse infine. «Mettiti semplicemente a parlare, Tony. Liberatene, qualunque sia la cosa che ti tormenta. Forse solo pronunciando le parole riuscirai a capirti.»

«E va bene, Elizabeth. Sono innamorato di te.»

Era veramente l'ultima cosa al mondo che si aspettava di sentirsi dire. Per un attimo pensò che stesse facendole uno scherzo, prima di mettersi a parlare di quello che gli stava veramente a cuore. Ma non era uno scherzo. Tony diceva sul serio, sinceramente. O almeno, pensò Elizabeth, così credeva lui. Non poteva ferirlo, prendendo quella confessione alla leggera. Eppure prenderla sul serio era pura follia. Come doveva rispondere a quell'inattesa dichiarazione d'amore? Tony poteva con ragione pensare che anche lei fosse innamorata di lui. C'erano una tale intimità, un tale affetto tra loro due. Forse era quello che Tony intendeva quando parlava di «conforto». E forse, se non fosse stato per il ritorno di Adam, lei avrebbe anche potuto accettare il suo amore. Era molto più giovane di lei, ma, come si era appena detta, per molti versi più vecchio e più saggio. Le loro menti stavano bene insieme e probabilmente anche i loro corpi. Ma per Elizabeth quello era ieri. Da quando sapeva che Adam era vivo e la voleva non poteva esserci nessun altro per lei.

«Be'», le domandò Tony. «Non mi rispondi nemmeno?»

Cercò di sorridere. Sperava di riuscire a mantenere ferma la propria voce. «Sto cercando di assimilare quello che ho appena sentito», rispose debolmente.

«Ho detto che sono innamorato di te. Non che ti amo. Non trascurare la distinzione. Sei stata tu a farmela capire, la prima volta. Ho amato un sacco di gente, ma non sono mai stato innamorato prima d'ora. È questo che mi tormenta. È questo che mi fa impazzire.»

Elizabeth si sentì impotente. Se non fosse stata tragica, la situazione poteva essere comica. Per anni aveva desiderato essere amata e non era mai successo niente. Poi, nello spazio di tre giorni, due uomini le avevano dichiarato il loro amore. Uno le aveva fatto molto male. E all'altro avrebbe potuto fare lei del male, irreparabilmente. Nutriva forti dubbi sul fatto che Tony si conoscesse a fondo. Si stava aggrappando alle pagliuzze, forse perché vedeva in lei quella forza, quella solidità che a lui mancavano. Ma Elizabeth non poteva giocare con i sentimenti. Tony era estremamente turbato e inerme.

«Tony, ma sei certo di quello che provi? O forse è solo un comprensibile tentativo di fare quello che dicevi prima: scoprire dove stai in questo pazzo e confuso mondo?»

«Ne sono sicuro», rispose lui. «So che tu sei la risposta giusta per me. Ci penso da settimane. Con te posso essere onesto. Posso diventare qualcosa. Voglio passare il resto della mia vita con te. So di non potere rispondere alle infinite esigenze degli altri. Non m'importa se il nostro amore offende Robert o ferisce Laurel. Voglio mettere fine a questa terribile sensazione di non essere niente, di non appartenere a nessuno. Credo di avere cominciato a capirlo quella notte in cui parlammo di Laurel. La notte in cui mi hai lasciato dormire qui. Non mi fidavo dei miei impulsi, allora. Ti volevo, ma non ero sicuro se volevo proprio te o semplicemente un'altra donna. Come avevo voluto Laurel. È da allora che ci penso, Elizabeth. So che voglio te, che non vorrò mai nessun'altra. Voglio sposarti. Avere cura di te e di Charlene. Ce ne andremo via, andremo in California, lontano da Robert e dall'influenza che ha su di noi. Lontano dalle mute accuse di Laurel. Ti amo con tutto me stesso. Ti prego, dimmi che sei innamorata di me. Dillo, ti prego.»

Elizabeth scosse lentamente il capo. «Non posso, Tony. E non posso nemmeno darti quello di cui una volta ho accusato te: compassione su richiesta. Tu non vuoi me, mio caro. Tu vuoi un'ancora, un modo concreto per smettere di andare alla deriva. Ti amo, Tony. Ma non sono innamorata di te.» Fece una pausa. «Buffo», riprese poi con tristezza, «solo una settimana fa avrei detto: 'Proviamo'. Allora eravamo due povere anime solitarie. Avremmo potuto offrirci reciprocamente una vita forse poco ortodossa, ma non priva di soddisfazione. Nessuno dei due aveva molto da perdere. E forse insieme avremmo potuto trovare una certa serenità. Ma ora per me è diverso. Penso che tu stia cercando di convincere te stesso di essere innamorato di me, perché pensi che sia la tua alternativa migliore. Una volta ne sarei stata felice. Sarebbe stato un modo per conquistare un po' di felicità per te e per me. Ma adesso non posso nemmeno fingere di essere innamorata di te, caro, perché sono ancora molto innamorata di un'altra persona.»

L'espressione attonita di Tony le strinse il cuore. «Non ti credo», disse lui. «So che sei innamorata di me.»

«No», ribatté Elizabeth. «Tony, mio caro, sapevo che un giorno o l'altro ti avrei parlato del mio vero amore, anche se allora pensavo che ti avrei parlato di una cosa che apparteneva al passato. Ma quello che è successo durante questo week-end e quello che tu mi dici stasera ti danno il diritto di sapere tutto quanto.»

Gli raccontò di Adam: dai giorni di Washington fino a queł'week-end appena trascorso. Tony stava seduto e la guardava fisso, con aria arrabbiata sulle prime, poi incredulo e infine convinto che quello che lei gli diceva era vero. Elizabeth teneva alla felicità di Tony e il fatto di dovergli distruggere un sogno la colmava di rimorsi. Senza pensare a quello che stava facendo gli si avvicinò e gli circondò le spalle con un braccio. Ma quel tocco parve infrangere anche l'ultimo barlume di controllo in Tony, che cominciò a baciarla freneticamente strappandole il vestito e passandole con furia le mani sul seno. Lei non oppose resistenza, mentre lui cercava di eccitarla senza riuscirvi. Elizabeth aveva una sola paura, che Tony cercasse di imporsi a lei con la forza. Dio, ti prego, non lasciarglielo fare, pensava, altrimenti non se lo potrà perdonare mai.

Ma, così improvvisamente com'era cominciato, l'assalto finì. Di colpo lui la lasciò e rimase a guardare il suo corpo seminudo. Lei non fece il minimo gesto per ricoprirsi. Non voleva essere provocante. Voleva solo dirgli senza parole: «Non sono né spaventata, né arrabbiata, né disgustata. Se mi vuoi a queste condizioni prendimi pure. Ecco che cosa significa 'dare amore' semplicemente per rendere felice qualcun altro».

Tony distolse lo sguardo. «È stupido dirti che mi dispiace. Vorrei che tu mi desiderassi come io desidero te.»

«Lo vorrei anch'io», disse lei dolcemente. «Davvero. Ma credo che comunque abbiamo imparato qualcosa tutt'e due.»

«Che cosa? Che sono quasi capace di violentare una donna, forse?»

«No. Che sei un uomo che vuole qualcosa di più che sesso. Altrimenti mi avresti presa. Tu vuoi amore nel vero senso della parola. E puoi essere sanamente egoista. È un inizio. È un passo verso la realtà.»

Ma lui non le credette. «No, secondo me questo è solo la fine di tutto tra te e me.»

«No. Non faremo l'amore, ma siamo più intimi di molti amanti. Io credo che stanotte tu mi sia diventato più caro che mai. Ti amo, Tony. E non finirò mai di esserti grata per avermi desiderata tanto. Non permettere che questa sera crei una differenza nel nostro rapporto.»

«Non dire scemenze, Elizabeth. Certo che creerà una differenza. Mio Dio, ti offro amore e matrimonio e tu non puoi accettare.»

«Questo non significa che non possa o non voglia accettarli qualcun altro. Ora sai che cosa puoi provare. La tua situazione può cambiare. Lo hai appena dimostrato a entrambi. Forse la tua vita prenderà un'altra direzione, non quella che speravi stasera, ma comunque diversa.»

«Ma certo», disse lui acido. «In base alle statistiche dovrei sopravvivere a Robert, che mi lascerà un sacco di soldi. Così potrò comperarmi anch'io un altro Tony.»

Elizabeth si arrabbiò. «Smettila di essere così maledettamente in pena per te stesso. Che cosa stati cercando di farmi credere, che sono l'unica donna al mondo che ti possa interessare? Hai tutto quello che vuoi da offrire, ma, per carità, finiscila di comportarti da agnello sacrificale! Va' e trovati una donna che sappia ricambiarti. O se decidi che non è una donna che vuoi, allora va' e cercati un uomo da amare. Non sarà certo una disgrazia. La vera disgrazia sarebbe il tuo rifiuto di combattere per la realtà dell'amore, qualunque sia per te questa realtà.»

Lo sfogo di Elizabeth lo lasciò allibito, ma lei non si scusò. Tony doveva fare la sua scelta e smettere di sentirsi colpevole. Doveva in qualche modo scoprire la verità su se stesso e accettarla. Per un attimo si era illusa di avere avuto una rapida visione del vero Tony umanamente egoista. In quel momento era di nuovo incerta.

Sulla soglia Tony si girò e chiese: «Posso dire ancora una cosa?»

«Ma certo.»

«Allora, che Dio maledica Adam Barnsworth. Vorrei che i nazi lo avessero sbattuto dritto all'inferno.»

In termini meno violenti la reazione di Laurel fu molto simile a quella di Tony quando, al ritorno dall'Europa, Elizabeth le raccontò che Adam era tornato a farsi vivo. La sua reazione, anche se meno crudele, fu altrettanto sgomenta.

«Oh, no! Non mi dire che quel bastardo si è rifatto vivo! Mio Dio, che faccia tosta! Immagino che sia semplicemente entrato dicendo: 'Ehi, dolcezza, eccomi di ritorno. Ricominciamo da dove abbiamo smesso quattro anni fa'.»

Elizabeth non si arrabbiò. Sapeva che Laurel era solo preoccupata all'idea che Adam potesse farle ancora del male. Quella era una possibilità che Elizabeth non avrebbe mai ammesso. Capiva comunque come doveva apparire agli altri la cosa. Adam l'aveva abbandonata. Non che fosse partito di sua spontanea volontà, ma era comunque colpevole del suo lungo silenzio. Laurel ne era irritata per Elizabeth. Così come era irritata da quel ritorno di Adam quando ancora non poteva offrire a Elizabeth che un legame segreto e a metà tempo.

«So che impressione ti fa, Laurel», disse Elizabeth, «ma io lo amo e lui mi ama. Non può fare niente per sua moglie. E pensava, standomi lontano, di farmi un grande favore.»

«E aveva proprio ragione!» scattò Laurel. «Ma allora perché non ha continuato a tenere fede al suo giuramento da boy-scout?»

«Perché non era il più grande favore che potesse farmi. Non mi sono resa conto di quanto fossi infelice finché non ho provato di nuovo la gioia di stare con lui. Guarda, so che non è ragionevole né sensato, eppure è l'unica cosa che voglio al mondo. Preferisco un paio di giorni il mese con Adam piuttosto che ventiquattr'ore su ventiquattro con un uomo tranquillo e sicuro che non amo. Di' pure che sono pazza. Forse è vero. Agli occhi del mondo sono evidentemente un modello di stupidità, ma è così. O meglio, io sono così.»

«Già. La vera sciocca. Mai stanca di farsi punire. Sei l'eterna ingenua, Elizabeth. Nessuno può prendersela con te per i tuoi sogni poco realistici, ma Adam ci marcia. Lui vuole te e vuole anche rimanere sposato. Bisognerebbe inventare un proverbio per gente come lui, non so, qualcosa come: 'avere la botte piena e la moglie ubriaca'.»

«Eppure speravo proprio che almeno tu, fra tutti, avresti capito.»

«Ah, sì, capisco, capisco benissimo. Solo speravo che questa volta capissi anche tu! Per l'amor di Dio, smetti di sognare, Elizabeth. Adam Barnsworth si è comportato onestamente con te, lo ammetto. Ma come farai a impedire che abbia un altro attacco di 'coscienza' per quello che ora ti sta facendo? O pensi di riuscire a farcela la prossima volta che deciderà di sparire dall'orizzonte?»

«Come faccio a risponderti? Come fa uno a sapere come si comporterà in determinate circostanze? E poi non credo che succederà più. Ma non posso esserne sicura, dato che a questo mondo non si può essere sicuri di niente. Tutto quello che so è che sarei pazza a voltare le spalle a questa felicità, qualunque sia il tempo della sua durata. Se perdo di nuovo Adam immagino che sopravviverei, come ho già fatto una volta. Ma non posso pensarci adesso. Posso solo vivere alla giornata.»

Laurel si addolcì. «D'accordo. Solo non vorrei che ti facesse ancora tanto male. Sarei così felice se ci fosse un po' di sicurezza nella tua vita, una volta tanto! Qualche bravo ragazzo che si prendesse cura di te.»

«Lo so», replicò Elizabeth. «E dici cose perfettamente sensate. Probabilmente anch'io ti darei gli stessi consigli, se pensassi che ti stai cacciando in qualche guaio. Ma cerca di vedere le cose dal mio punto di vista. Ormai metà della mia vita se n'è andata. Mi sono sposata, ho fatto tre figli e sto per diventare nonna. Credi che dovrei aspettare che qualche attempato gentiluomo mi faccia l'onore di chiedere la mia mano negli anni del tramonto? O non pensi invece che abbia anch'io il diritto di afferrare quel poco d'amore che mi fa sentire ventenne e irresistibilmente bella, nonostante i miei capelli che ingrigiscono a vista d'occhio? Che cosa vorresti che facessi, Laurel? Che passassi il resto della mia vita inaridendomi lentamente perché l'unico uomo che voglio mi desidera in modo egoista? E per quanto riguarda Adam, non sta cercando di ingannarmi. E questa volta neanch'io voglio più ingannare me stessa.»

Laurel sospirò. «Donne, donne! Quanto siamo stupide! Il nostro sport preferito resta sempre illuderci sugli uomini! O sulla nostra capacità di cavarcela qualsiasi medicina ci propinino. Ho un bel coraggio a pretendere di farti lezione sulle situazioni disperate. Come se non ci fossi cascata anch'io un po' di tempo fa. Immagino che tu avessi più o meno idea di che cosa mi stesse accadendo, ma non sei certo montata in cattedra per farmi una bella predica sul fatto che mi ero innamorata di un uomo senza futuro.»

Elizabeth non aveva voglia di affrontare quell'argomento. Non aveva nessuna voglia di sentire Laurel raccontarle di essersi illusa a proposito di Tony, o meglio che Tony l'aveva presa in giro.

«Andiamo», disse Laurel, «sai benissimo che mi ero presa una cotta per Tony. Tu capisci sempre al volo la gente, Elizabeth. Sono sicura che lui ti ha raccontato la sua versione dei fatti. Se l'ha detto a Robert di certo l'ha detto anche a te. Anzi, a dire la verità, sono piuttosto curiosa di sapere come lui vedesse tutta la faccenda. Che cosa ti ha detto... che l'ho sedotto?»

«No. Mi ha raccontato che ti trovava molto desiderabile. Che gli era venuta voglia di fare l'amore con te e l'aveva fatto.» Fece una pausa. «Ma che tu ci avevi visto più di quello che ci fosse in realtà. Comprensibilmente, pensavi che Tony fosse innamorato di te e fosti amareggiata e irritata nello scoprire che invece non lo era.»

«Be', la versione dei fatti è più o meno esatta», ammise Laurel. «Forse con qualche sfumatura a suo favore, ma non proprio falsa. Ho sempre provato una forte attrazione per lui. Lo sai. Ma non ci avevo mai pensato seriamente perché sapevo che lui apparteneva a Robert. Ed ecco che all'improvviso, a ciel sereno, arrivano quelle dichiarazioni d'amore accompagnate da notevoli manifestazioni fisiche. Il mio io era abbastanza grande perché mi dicessi: 'Ma brava, Laurel, vecchia mia! Sei l'unica donna al mondo che possa riuscirci! Puoi mutare la sua struttura genetica, o la sua psiche, o insomma quello che diavolo occorre per trasformare un frocio in un vero uomo'. Dio sa se mi sbagliavo! Robert si affrettò a informarmi che non era la prima volta che Tony faceva un'esperienza in campo femminile. È stata la grande scenata della festa di Capodanno. Sissignori. 'Buon anno, idiota d'una Laurel! Per un momento il nostro Tony è uscito dall'ovile, ma il suo cuore appartiene a paparino. Non sarai stata tanto stupida da credere che Tony potesse davvero amare una donna?' Cristo, che imbroglione! Così, solo per spasso, immagino! Chissà che risate si è fatto poi con Robert! »

« Non devi crederlo. Tony non ti avrebbe mai ferita intenzionalmente. Forse si è lasciato trasportare, ma al momento faceva sul serio. Ne sono sicura. Non ne hai mai più parlato con lui, Laurel? »

« Naturalmente no. Il messaggio di Robert mi è arrivato forte e chiaro. »

« Ma non hai sentito il bisogno di un franco discorso con Tony? »

La risata di Laurel era amara. « E lui ne ha forse sentito il bisogno? Non si è mai più accostato a me, dopo quella seconda volta. E stento a credere che sia il genere di cosa che puoi risolvere cortesemente, invitando il tuo amante al tè e chiedendogli educatamente se è proprio così irriducibilmente omosessuale. Il suo silenzio era abbastanza eloquente. Tony può avere qualche dubbio momentaneo, a proposito di quale sia il suo sesso preferito, ma al momento della verità punta sul più forte. E questo non vale solo nel mio caso. Anthony Alexander non è capace di attaccamento duraturo a nessuna donna. Rita Hayworth in persona non riuscirebbe a trattenerlo, figuriamoci Laurel Lane! »

Fino a quel momento Elizabeth non si era resa conto di quanto fossero profonde l'infelicità e l'amarezza di Laurel. Da persona sicura di sé qual era doveva essere stato uno choc per lei scoprirsi improvvisamente così vulnerabile e il tradimento di quella sua debolezza doveva essere stata una pillola troppo amara da inghiottire. La sua unica consolazione era la ferma convinzione che Tony non potesse amare nessun'altra donna. Se avesse scoperto il contrario, ne sarebbe stata distrutta. O se avesse scoperto che quest'altra donna era la sua migliore amica se ne sarebbe allontanata senza la minima speranza di riconciliazione.

Ma da lei Laurel non lo avrebbe mai saputo. E non era certo pensabile che Tony andasse a raccontare a Robert quello che era successo tra lui ed Elizabeth, così come gli aveva raccontato la sua esperienza con Laurel. La differenza d'intensità tra i due episodi era troppo profonda.

Non c'era proprio giustizia, pensò Elizabeth. Come sarebbe stato tutto semplice e meraviglioso se Tony avesse provato per Laurel quello che sosteneva di provare per lei. Forse visto che sapeva che Elizabeth amava un altro, avrebbe potuto riattaccare con Laurel e magari sul serio. Ma per quanto lo desiderasse Elizabeth sapeva che non sarebbe mai successo. Tony aveva cercato, attraverso lei, di sfuggire a una vita che pensava di non volere veramente. Ma aveva fallito ed era il tipo da interpretare fatalisticamente la sua sconfitta come un segno che doveva restare con Robert. E infatti ci sarebbe rimasto. Tony, come tutti loro, non sopportava di sentirsi respinto. Si sarebbe perciò rifugiato nella salvezza di un mondo che lo desiderava sicuramente.

«Ehi», le disse Laurel, «torna sulla terra. Sembri lontana mille miglia. Guarda, ormai è tutto finito. So che ti dispiace sapermi ferita e addolorata, ma ormai mi sono quasi del tutto ripresa dai miei sogni da ragazzina. Forse un giorno potrò perfino ridiventare amica di Tony. Non fare quella faccia, come se mi avessi appena sentito esprimere le mie ultime volontà. Sono stata una sciocca, ma gli uomini mi piacciono ancora. La prossima volta, però, puoi stare sicura che prima di cascarci mi assicurerò che sia Barbablù e non il Celeste bambino di Field.»

«Che brutta scelta», rise Elizabeth.

«Al diavolo», rispose Laurel. «È un brutto mondo.»

19

Tra le visite di Adam, il lavoro, le preoccupazioni per le condizioni di Ann e la salute di Charlene nell'autunno del 1946 Elizabeth ebbe ben poco tempo per riflettere sull'infelice situazione che si era creata tra lei, Laurel e Tony. Laurel era molto occupata con la sua rivista. Era quello il momento culminante per la moda. E Tony passava tutto il suo tempo con Robert e con gli amici di Robert. Non vedeva mai Elizabeth fuori delle ore d'ufficio, ma portava Charlene a nuotare ogni fine settimana. Diversamente da Ann, che a undici anni era già blasé, Charlene aveva infinite riserve di entusiasmo per tutto, dalle uscite con Tony alle deliziose riunioni con «zio Adam».

Quest'ultimo aveva più che mantenuto la parola. Telefonava varie volte la settimana per dire a Elizabeth quanto l'amava e quanto gli mancava. Spinta dal bisogno di dividere con qualcuno la sua felicità, Elizabeth raccontava di quelle telefonate a Laurel, che le rispondeva con battute leggermente acide.

«Perlomeno ha il vantaggio del fuso orario», diceva. «In California sono in anticipo di tre ore, così il grand'uomo può chiamarti a casa mentre lui è ancora in ufficio.»

Ma Elizabeth non permetteva che il pessimismo di Laurel le guastasse il piacere. Quelle telefonate erano la linfa della sua vita, come pure le lettere che arrivavano negli intervalli. Erano le prime lettere che avesse mai ricevuto da Adam. Benché fossero brevi e di una goffaggine quasi infantile non nascondevano nulla. Le teneva care come se fossero la cosa più preziosa al mondo; leggeva e rileggeva quelle stravaganti lodi della sua bellezza, quelle affermazioni appassionate di quanto fosse desiderabile e necessaria a lui.

Ma le cose che la rendevano più felice erano senz'altro le visite di Adam. Ogni mese infatti si recava a New York per un paio di giorni. Purtroppo però, visto che doveva fingere di andarci per lavoro, arrivava quasi sempre verso metà settimana. Perciò tra gli appuntamenti che Adam aveva realmente e il lavoro di Elizabeth durante il giorno avevano ben poche occasioni di vedersi. Ogni volta però riuscivano a rubare un pomeriggio, che passavano tutto nella suite di Adam al *Plaza*. Si facevano servire il pranzo in camera, lo mangiavano rapidamente e poi facevano sgombrare subito il tavolo. Dopo di che Adam appendeva il cartello «Non disturbare» fuori della porta.

Si prendevano affettuosamente in giro per la loro inestinguibile passione, quasi divertiti del loro continuo reciproco desiderio, quando, sdraiati sul letto, fumavano una sigaretta.

«Sei una donna sfrenata e dissoluta», diceva lui con finta severità.

«E tu un uomo superdotato», ribatteva lei.

«Elizabeth, potresti almeno alzarti a dare un'occhiata dalla finestra. La vista sul Central Park mi costa cinquanta dollari il giorno. Non hai un po' di orgoglio civico? Non hai voglia di vedere come è splendida la tua città, con tutti quegli alberi che cambiano colore?»

Lei si girava su un fianco. «Tocca a te alzarti a guardare dalla finestra», rispondeva. «Sei tu l'ospite di passaggio. Io posso vedere Central Park tutti i giorni. Francamente preferisco guardare te.»

Di sera stavano sempre insieme e anche gran parte della notte, nel letto di Elizabeth. Di solito cenavano in casa con Charlene, che adorava Adam e ne era pienamente ricambiata.

«Sei meraviglioso con lei», gli diceva Elizabeth.

«È così facile. Sono pazzo di lei, quasi quanto di sua madre.» Poi, facendosi serio, aggiunse: «Come vorrei che fosse figlia mia! Ho sempre desiderato una bambina. E se avessi potuto averne una Charley sarebbe l'incarnazione della figlia perfetta. Hai fatto proprio un bel lavoro con lei.»

«Si è fatta da sola.»

«Sbagliato. Un bambino è sempre il prodotto dell'ambiente in cui vive e delle prime influenze che agiscono su di lui. Lo credo fermamente.»

«E allora mi dica, dottor Freud, come spiega gli altri due? Sono cresciuti tutti nelle stesse identiche condizioni eppure Ann è diventata una persona con la quale non riesco a comunicare e Quigly mi ha completamente rinnegata.»

«Ottima obiezione, lo ammetto. Non so che cosa rispondere. A meno che non abbia qualcosa a che vedere con la differenza d'età tra i primi due e Charlene. Ann e Quigly sono stati più soggetti all'influenza del tuo defunto marito. Forse hanno assimilato troppo l'orrore di quei primi tempi. Parlando di Quigly, purtroppo devo ammettere di non essere ancora riuscito a ottenere niente. Pare che dopo San Diego sia letteralmente scomparso. Ho fatto spargere la voce lungo tutta la costa occidentale, ma il risultato è ancora zero. Posso solo dedurre che ha lasciato questa parte del mondo, oppure che ci vive sotto falso nome.»

«Ma come può un ragazzo di soli diciotto anni riuscire a cavarsela completamente da solo?»

«Mia cara, questo lo faceva già ben prima dei diciotto anni. Ma non perdere la speranza. Lo troveremo, vedrai.»

Elizabeth annuì. «Sì, lo credo. E continuerò a crederlo fino al giorno in cui morirò. Comunque, grazie a Dio, gli altri due stanno bene. Vorrei che tu vedessi il bambino di Ann, è davvero adorabile.»

In ottobre Ann aveva partorito un bambino di oltre tre chili, che era stato battezzato con buona pace di tutti Peter Richards III. Appoggiata ai guanciali nel letto della clinica («Completamente sommersa fra trine e pizzi», aveva detto ridendo Elizabeth a Laurel) Ann sembrava una fotografia di rivista della perfetta neomadre, con i bei capelli biondi raccolti da un nastrino rosa e l'espressione di trionfo, quando Elizabeth era andata a complimentarsi con lei per il bambino.

«Te l'avevo detto che sarebbe stato un maschio», aveva esclamato Ann.

«È proprio vero», aveva ammesso Elizabeth. «E che bel bambino! Anche tu hai un ottimo aspetto, Ann. Non hai sofferto?»

Ann aveva cercato di assumere un'espressione sofferente, a uso e consumo del marito che gironzolava nei dintorni. «Solo noi conosciamo questi dolori, vero mamma?» Aveva sospirato in modo drammatico. «Ma ne valeva la pena, per dare un figlio a Peter.»

Nauseante, aveva pensato Elizabeth, però devo ammettere che è furba. Peter sarà suo schiavo per settimane, probabilmente chiedendosi che altro può fare per compensarla delle pene di cui lui stesso è stato la causa.

Come se non aspettasse altro che l'imbeccata, Peter con aria estatica si era avvicinato al letto, reggendo un astuccio di velluto blu.

«Questo mi sembra il momento adatto», aveva detto. «Ecco una piccola ricompensa per una ragazza coraggiosa.»

Ann aveva aperto la scatola. Dentro c'era un braccialetto d'oro al quale era appeso un ciondolo d'oro e diamanti a forma di numero uno.

«Giralo», aveva aggiunto Peter tutto ansioso.

Ann aveva letto la dedica a voce alta. «Alla mia prima donna e al nostro primo figlio. Con tanto amore, Peter.»

«Che pensiero gentile, Peter!» aveva esclamato Elizabeth.

Ann gli aveva sorriso teneramente. «Sì, tesoro, è adorabile. E che furbo sei stato a lasciare spazio per altri numeri.»

Peter era tutto gongolante. «È pronto da settimane. Per quando dovrò fare preparare il prossimo?»

«Ah, gli uomini!» aveva detto Ann rivolta alla madre. «Sono proprio dei bambinoni!»

Verso la fine dell'autunno del 1947 Charlene cominciò a prendere un raffreddore dopo l'altro. Guariva abbastanza in fretta ed Elizabeth, abituata ai piccoli malanni dei bambini, sulle prime non vi badò più di tanto. La teneva a casa da scuola per un paio di giorni ogni volta e la imbottiva di Aspirina e di succhi di frutta. Ma quando i raffreddori si fecero ancora più frequenti e cominciarono a lasciare lo strascico di una tossetta secca Elizabeth cominciò a preoccuparsi. Prese a osservare molto attentamente Charlene e quello che vedeva non la lasciava per nulla soddisfatta. La bimba appariva inquieta e stanca, ma riusciva ancora a fare appello alle sue riserve di vivacità nei momenti di svago e rimase perciò molto delusa quando Elizabeth le disse che forse era meglio sospendere per un po' le nuotate in piscina con Tony.

«Anzi, amore, penso che sarebbe meglio che il dottor Martin ti desse un'occhiata. È passato un anno da quando hai fatto l'ultima visita completa. Probabilmente hai bisogno di vitamine e ricostituenti. Potremmo anche riuscire a rinforzarti un po' in modo da evitare questi seccanti raffreddori.»

Elizabeth prese appuntamento per la prima settimana di dicembre e disse a Tony che sarebbe dovuta restare a casa una mattina per portare Charlene dal pediatra.

«Qualcosa non va? Posso esserti utile?»

«Grazie, ma sono certa che non sarà nulla di grave. Solo che continua a prendere un raffreddore dopo l'altro e ultimamente anche con qualche linea di febbre. Credo che sia un po' giù e non voglio correre rischi, con il maltempo. E poi comunque era il momento di farle un controllo generale. Non preoccuparti. Sono sicura che Charlene è okay. Tornerò in ufficio nel pomeriggio.»

Il dottor Martin ascoltò il torace di Charlene e aggrottò la fronte. Poi chiamò l'infermiera e le disse di accompagnare la bambina al laboratorio del piano inferiore e di farle fare una radiografia al torace. Mentre aspettava Elizabeth si sentì prendere da un timore irrazionale, ma l'atteggiamento del medico, dopo quel suo iniziale aggrottare di sopracciglia, era tranquillo e rassicurante.

«Dica ai ragazzi giù di darmi subito le radiografie», disse il dottore all'infermiera. «La signora Whitman è molto occupata e deve tornare al lavoro. E anche questa graziosa fanciulla», aggiunse indicando Charlene, «sarà di certo ansiosa di tornare a scuola. Che classe fai, tesoro?»

«La settima», rispose Charlene con orgoglio. «Ho saltato un anno.»

«Pensa un po'! Allora sei abbastanza grande per andare da sola a farti fare una radiografia alla schiena, vero? La signorina Laval ti condurrà. Ma non hai bisogno che venga anchc la mamma, vero?»

«Farà male?»

«Per niente. Dovrai solo trattenere il fiato per un paio di secondi.»

Quando Charlene e l'infermiera si furono allontanate il dottor Martin fece entrare Elizabeth nel suo studio.

«Non voglio assolutamente allarmarla prima di esserne certo», disse, «ma non mi piace molto quello che ho sentito. I sintomi che lei mi ha descritto e quello che posso capire, anche senza le radiografie, lo sputo e le colture, farebbero pensare a una tubercolosi.»

Elizabeth divenne mortalmente pallida. «Oh, no! Non può essere.»

«Via, non lasciamoci prendere dal panico prima di esserne sicuri. Potrebbe benissimo trattarsi di una semplice infezione bronchiale, niente di più. Speriamo che le radiografie lo confermino. Continueremo con gli altri esami appena Charlene torna di sopra, ma penso che sarebbe comunque una buona idea che lei restasse finché le radiografie non saranno pronte. Se risultasse proprio ciò che temo dovremo fare subito dei progetti. So che lei non è il tipo della madre isterica e solo per questo mi permetto di avanzare questa ipotesi prima di esserne certo. Come le ho detto potrei sbagliarmi in pieno. Mi creda, non sarebbe la prima volta.»

Elizabeth cercò di attaccarsi al sottile filo di speranza che il medico le offriva, ma sapeva già, come di certo già sapeva anche il dottor Martin, che Charlene era gravemente ammalata. Il dottor Martin non era un allarmista e di certo non avrebbe mai nemmeno parlato di TBC se non fosse stato già praticamente sicuro che la diagnosi era esatta.

Imponendosi la calma, Elizabeth cercò di restituirgli il sorriso rassicurante.

«Spero proprio che lei si sbagli!» disse. «Ma in caso contrario che cosa accadrà? Come si cura la tubercolosi?»

Lui scosse la testa. «Purtroppo non esistono medicine specifiche per curarla. Si fanno moltissime ricerche in questo campo, ma senza nessun risultato concreto. Nel frattempo tutto quello che possiamo fare è curarla con il riposo a letto in un ambiente di aria pura e sana. Se la bimba ha una forma leggera possiamo sperare in una guarigione nel giro di pochi mesi.»

«E se non è una forma leggera?»

«Penso che non sia ancora il caso di preoccuparsene.»

«La prego. Vorrei sapere.»

«Be', in casi molto gravi può essere necessario un pneumotorace o anche la rimozione di un polmone. Ma», si affrettò ad aggiungere, «sono sicuro che non ci troviamo davanti a un caso del genere. Gliel'ho detto prima, potrebbe anche non trattarsi affatto di questa malattia. Ha mai sputato sangue tossendo?»

«No. Assolutamente no. Altrimenti gliel'avrei portata qui immediatamente! Solo continui raffreddori, una tossetta insistente e a volte un atteggiamento di spossatezza. Dottore, quando sapremo?»

«Tra pochissimo. Per questo ho detto all'infermiera di fare stampare subito le lastre.» La guardò con simpatia. «Adesso dovrei visitare degli altri pazienti, ma lei potrebbe restare qui buona buona. Nel frattempo a Charlene faranno l'esame delle urine, del sangue, dello sputo e quando avranno finito saranno pronte anche le radiografie.»

«Potrei stare con la bimba, mentre le fanno gli altri esami? È così piccola...»

L'espressione del medico fu gentile, ma ferma. «Starà benissimo, non si preoccupi. Le infermiere sono bravissime, con i bambini. E poi», aggiunse dolcemente, «se i risultati fossero cattivi Charlene dovrà restare per settimane e settimane senza vederla.»

«Di che cosa sta parlando?»

«Come le dicevo prima, la bimba dovrà essere ricoverata lontano da New York. Immagino che lei dovrà continuare a lavorare qui, mentre sua figlia verrà curata in un posto come Denver, per esempio.»

Elizabeth lo guardò allibita. «E lei crede che io potrei restarmene qui e lasciarla andare in qualche ospedale sconosciuto? Ma che razza di madre pensa che io sia?»

«Via, via, si sieda e veda di calmarsi», disse il medico seccamente. «So benissimo che razza di madre è lei. Un'ottima madre. Con la testa sulle spalle. Per questo pensavo che avrebbe preso la cosa in modo realistico. Anche se lei seguisse Charlene nel luogo in cui verrà ricoverata non potrebbe vederla molto spesso e di che cosa vivrebbe? Non sarebbe davvero sensato che lei lasciasse un impiego buono come il suo qui a New York. Non le sembra più logico continuare invece a guadagnare denaro, in modo da poter pensare alla salute di Charlene? E poi, mia cara signora, stiamo tutt'e due mettendo il carro davanti ai buoi, come si dice. Rimandiamo questa discussione a quando avremo avuto il referto medico. Magari non ce ne sarà nemmeno bisogno.»

Elizabeth tuttavia capì che il dottor Martin stava solo assumendo la dovuta cautela del medico che prima di pronunciarsi vuole avere le prove in mano. Ma Elizabeth non si faceva illusioni: sapeva che Charlene era malata. Sarebbe dovuta andare via da New York e sarebbe stato impensabile che la lasciasse andare via da sola. Poteva guadagnarsi da vivere anche altrove. L'aveva già fatto in precedenza. Non aveva forse abbandonato Alan con tre bambini e pochi dollari in tasca? Eppure allora era riuscita a provvedere a tutti. Così come ora avrebbe provveduto a Charlene.

Le parve che fossero passate ore, anche se in realtà non erano neanche sessanta minuti, prima che Stan Martin arrivasse con i risultati degli esami e le radiografie in mano. Non c'era bisogno che aprisse bocca. Il suo viso preoccupato parlava da solo.

«Aveva ragione lei», commentò Elizabeth con voce piatta.

«Sì. Grazie a Dio sembra in fase ancora poco avanzata, ma la bambina ha effettivamente la tubercolosi. Ora penso che dovremmo parlare un po' del futuro.»

Elizabeth annuì. Era intontita dal dolore.

«Se lei è d'accordo farei una chiamata a un mio vecchio amico, Dan Abrams. È uno dei medici che lavorano all'Ospedale nazionale ebraico di Denver. Sono specializzati in questa malattia e sono veramente il meglio per quanto riguarda il trattamento ai bambini. È un ottimo ospedale, Elizabeth. E lì Charlene avrebbe le migliori cure del mondo. E c'è anche un'altra cosa che potrebbe sollevarla di un grosso peso: le cure non verrebbero a costarle niente.»

Elizabeth lo guardò stupita. «Non mi costerebbe niente? Non capisco. Non intendo mettere Charlene in un ospedale dei poveri. Posso lavorare e guadagnare abbastanza per pagare le cure.»

«L'Ospedale nazionale ebraico non è, come lei pensa, un ospedale dei poveri. Viene sostenuto dai contributi di fonti generose per la maggior parte ebraiche anche se non vi è applicata nessuna discriminazione. È un'opera filantropica finanziata da migliaia di persone. Io l'ho visitato tutto, assieme al dottor Abrams. È un posto magnifico. Se ne accorgerà lei stessa, appena ci sarà arrivata. Sul prato davanti all'edificio c'è un cartello che dice: 'È vietato entrare a chi paga. È vietato pagare a chi entra'.»

Elizabeth pareva sgomenta.

«Le consiglio di portarci Charlene il più in fretta possibile», continuò il dottor Martin. «Come le ho detto, è il migliore. E, visto che lei è decisa a stare vicina a sua figlia, almeno dovrà pensare solo a mantenere se stessa per tutto il tempo necessario alla guarigione.»

Elizabeth, ripensando a suo padre, si afferrò avidamente alle ultime parole. «Allora guarirà? Tornerà a star bene?»

«Non vedo ragione al mondo del contrario. Non so quanto tempo ci vorrà. Speriamo che una volta lì Charlene migliori rapidamente. Ma non posso stabilirle un tempo limite per la guarigione. Credo che non possano farlo nemmeno i medici dell'ospedale. Dovrà vivere le cose giorno per giorno. Probabilmente mese per mese.» Esitò un attimo, poi aggiunse: «Meglio che lei sia preparata, Elizabeth. Potrebbe anche essere anno per anno. Ma con le cure giuste Charlene guarirà».

«Tubercolosi», ripeté Elizabeth lentamente. «Mio padre è morto di questa malattia. È ereditaria?»

«No. È un germe. Può prenderlo chiunque. Anche un bambino che vive in un ambiente sano, mangia cibo adatto ed è pulito e ben curato. Ma a certi stadi la malattia è contagiosa. Perciò finché Charlene non sarà a Denver bisognerà prendere alcune precauzioni.» Le spiegò che avrebbe dovuto tenere Charlene lontana dal contatto diretto con gli altri, specialmente i bambini. Che bisognava tenere a parte piatti, bicchieri e posate della bimba e sterilizzarli ogni volta. «Soprattutto, usi il buonsenso. Lei si trova davanti a una malattia che può essere facilmente trasmessa, anche a lei. Anzi, a lei in particolare perché sarà quella più esposta al contagio. Per quanto lei possa desiderare abbracciare e baciare la bambina ora più che mai, per amor di Dio, non lo faccia. Ricordi che non può permettersi di ammalarsi anche lei. Deve badare a Charlene.»

«Capisco. E quando potremo andare a Denver?»

«Anche domani, se lei decide.»

Elizabeth annuì trascurando tutto il resto: lavoro, casa, oggetti materiali che possedeva. Tony e Laurel si sarebbero occupati del suo mobilio; quanto all'affitto, che il padrone di casa la sfrattasse pure, per quello che gliene importava. Avrebbe trovato un lavoro a Denver e avrebbe vissuto vicino all'ospedale. Un lavoro qualsiasi, purché le desse da vivere.

«Chiamerò subito Dan per vedere quando potrà essere ricoverata. Sono sicuro che non ci farà aspettare molto, quando gli avrò spiegato le particolari circostanze.»

«La ringrazio», disse Elizabeth. «Aspetto notizie da lei.»

Trovò Charlene già vestita che l'aspettava. Elizabeth la prese per mano e fece un sorriso all'infermiera.

«Ah, senta, mi scusi, non c'è forse una ricetta? Il dottor Martin non mi ha parlato di nessuna medicina.»

«No, signora Whitman», rispose l'infermiera con uno sguardo di compassione. «Non c'è nessuna medicina.»

In taxi Charlene sembrava tornata la vivace bambina di un tempo. Evidentemente era contenta di avere finito quella lunghissima visita.

«Se non devo prendere nessuna medicina, allora vuol dire che sto bene», esclamò tutta contenta. «Detesto le medicine. Puah!»

«Anch'io», osservò Elizabeth distrattamente. Stava già pensando come dire a Charlene ciò che l'aspettava senza spaventarla. Come avrebbe potuto capire la natura del suo male o sopportare una guarigione a lungo termine che l'avrebbe tagliata fuori dalla vita normale? Anche Elizabeth trovava duro accettare l'idea che solo il riposo potesse guarire quella malattia. Pareva un'arma così inefficace, per combattere un potenziale assassino.

Appena furono a casa Elizabeth capì che doveva affrontare il problema e parlarne subito a Charlene. Oltre alle altre precauzioni, il medico le aveva anche ordinato di tenere la bimba a letto fino al momento di partire per Denver. Bisognava pur spiegarle perché. Anzi, bisognava spiegarle il perché di tante cose. Perché doveva restare a letto? Perché Elizabeth sarebbe rimasta a casa con lei? E perché infine doveva andare in un ospedale di una città tanto lontana?

«Tesoro mio», cominciò Elizabeth, «tu e io dobbiamo fare un discorsetto. Prima però ti metti il pigiamino e salti a letto. Poi ti dirò che cosa ha detto il dottor Martin. Va tutto bene. Te lo prometto. Voglio solo spiegarti di un microbo che hai preso da qualche parte.»

Charlene parve stupita. «Ma perché devo andare a letto a metà della giornata? Mi sento benissimo. Non devo nemmeno prendere nessuna medicina.»

«È proprio quello che ora ti spiegherò, signorina ficcanaso, appena sarai a letto. Via, fila, prima che ti dia un bello sculaccione!»

«Ma non vai a lavorare?»

«Niente affatto. Ho preso un giorno di vacanza. E adesso noi due faremo colazione in camera tua.»

La disinvoltura di Elizabeth non ingannò Charlene, che tuttavia andò buona buona in camera sua senza fare altre domande e incominciò a prepararsi per andare a letto. Allora, dopotutto, era proprio malata. Che buffo! Lei si sentiva benissimo. Un po' stanca, tanto che, pur non essendo abituata a coricarsi durante il giorno, le lenzuola fresche e pulite le diedero una sensazione di benessere quando vi s'infilò sotto. Si chiese che cosa le avrebbe detto la mamma. Era tutto molto misterioso.

Elizabeth fece due rapide, tranquille telefonate. La prima a Tony. In breve, ma con calma, gli diede la brutta notizia. «Di' a Robert che più tardi gli parlerò. Mi dispiace molto dovervi lasciare, ma naturalmente non potrò tornare in ufficio. Non posso lasciare Charlene.»

«Ma certo», confermò Tony. «Dio, come mi dispiace, Elizabeth. So che ora non puoi parlare, ma stasera passerò a trovarti, okay?»

«Grazie, d'accordo. Te ne sono grata.»

Poi parlò con Laurel e di nuovo spiegò la malattia di Charlene e quello che intendeva fare. Laurel si mise a piangere.

«Ti prego, non farlo», supplicò Elizabeth. «Se cedi tu, Laurel, finirò per cedere anch'io. E non me lo posso permettere.»

«Scusami», disse Laurel cercando di controllarsi. «Vengo subito da te.»

«Grazie, cara, ma sarebbe meglio di no. Capisci, non ho ancora spiegato niente a Charlene. Penso che avremo bisogno di tutto il pomeriggio per fare un discorso calmo e sereno.»

«D'accordo. Allora verrò stasera.»

Elizabeth non rispose.

«Che c'è?» chiese Laurel. «Vuoi che non venga affatto?»

«Ma no, Laurel, figurati! Dio, non ho ancora cominciato a pensare a tutte le cose che ti devo chiedere per darmi una mano. È solo che... be', Laurel, potresti immaginare che stasera ci sarà anche Tony.»

«E con questo? Cosa vuoi che contino le nostre stupide

scaramucce in confronto a questo? Tony e io siamo i tuoi migliori amici, Elizabeth. Saremmo davvero amici da poco se lasciassimo che i nostri problemi interferissero con qualcosa che possiamo fare per te e Charlene. Non posso parlare per lui, ma quanto a me ti assicuro che lavorerei anche con Jack lo Squartatore, se potesse servire a sollevarti un po'. E sono certa che Tony la pensa come me. Ci vediamo più tardi. Ti serve qualcosa, nel frattempo?»

«No. Niente.»

Si mise un comodo abito da casa e preparò due vassoi con la colazione, decidendo meccanicamente quale porcellana, argenteria e bicchieri avrebbe tenuto da parte per Charlene. La sola idea la fece sentire male fisicamente, ma sapeva che il dottor Martin aveva ragione. Doveva mantenersi in buona salute.

Con calma, portò un vassoio in camera di Charlene. La trovò appoggiata ai cuscini, con un visetto tutto serio. Dopo un attimo tornò col proprio vassoio che posò sul tavolo davanti al letto. Poi si sedette sulla sedia davanti al tavolo e afferrò la forchetta.

«E adesso», disse dolcemente, «chiacchieriamo un po' mentre mangiamo. Abbiamo da dirci tante cose, da donna a donna.»

Quando Laurel e Tony arrivarono, quella sera, trovarono Elizabeth un po' tesa, ma momentaneamente sollevata e decisamente contenta di vederli arrivare insieme. Se non altro, pensò Elizabeth incidentalmente, questa tragedia servirà a farli tornare amici.

Quasi le leggesse nel pensiero, Laurel parlò per prima: «Ho chiamato Tony, dopo avere parlato con te nel pomeriggio. È passato a prendermi. Puoi rilassarti, cara. Vogliamo pensare solo a te e alla piccola».

Tony annuì. «Come sta?»

«È straordinaria. Abbiamo parlato per più di un'ora, oggi pomeriggio, e quando ha capito pareva quasi che volesse rassicurarmi. So che è spaventata, ma non lo dà a vedere a nessuno. Le ho riferito tutto quello che il dottor Martin ha detto a me a proposito della malattia, del ricovero in ospedale e del fatto che forse ci vorrà molto tempo, prima che stia di nuovo bene. Non le ho mentito e non ho cercato di farle sembrare la cosa poco più di un brutto raffreddore. Sa che è grave, ma sa anche, come me, che alla fine guarirà. Sono contenta che lo creda, anche se dubito che si renda conto di quanta strada ha davanti a sé. Riesco a malapena a capirlo io.»

Per un lungo istante i tre rimasero in silenzio, ciascuno immerso nel proprio incredulo dolore, nella propria pietà. Alla fine, Tony diede un'occhiata all'orologio.

«Sono appena le otto», disse. «Non sarà ancora addormentata, vero? Potrei andare da lei un pochino?»

«Certo», rispose Elizabeth. «Ma non starle troppo vicino, Tony.» Pronunciare quelle parole fu quasi morire, per lei.

«Vuoi venire con me, Laurel?»

«Ci andrò appena esci tu. Forse sarebbe troppo emozionante entrare tutt'e due insieme.»

Appena Tony si fu allontanato, Laurel disse a Elizabeth: «Immagino che tu abbia già chiamato Adam».

Elizabeth si limitò a fissarla. Pareva impossibile, ma era proprio così: in quelle ore da incubo, non aveva nemmeno lontanamente pensato ad Adam. Come poteva essere? Non era passato giorno, da oltre cinque anni, in cui non avesse pensato a lui. Eppure quel giorno era come se tutto il mondo di Elizabeth ruotasse intorno alla piccola figuretta, che ora stava nell'altra stanza, e alle persone alle quali si era rivolta per avere aiuto. Era questo, forse, quello che Adam intendeva quando si chiedeva se Elizabeth avrebbe potuto sopportare quella «sistemazione». Per quanto l'amasse, non era libero di stare con lei nei momenti di maggior bisogno.

«No», mormorò Elizabeth lentamente. «Non ho chiamato Adam. Non è strano? Credo che sia stato perché sapevo che era troppo lontano per potermi aiutare.»

«Perché non ci provi ora? In California sono solo le cinque», le suggerì gentilmente Laurel.

Meccanicamente, Elizabeth andò in camera sua. Benché non l'avesse mai usato, sapeva a memoria il numero dell'ufficio di Adam. Le rispose una voce squillante.

«Ufficio del signor Barnsworth.»

«Potrei parlargli, per favore? Sono Elizabeth Quigly.»

«Sì, certo.»

«Sono la signorina Varick. Il signor Barnsworth non è in

ufficio, ma credo che sia nei paraggi. Vuole restare in linea, mentre cerco di rintracciarlo?»

«D'accordo.»

Un minuto dopo riconobbe la sua voce affettuosa.

«Elizabeth? Cara, qualcosa non va?»

Lei gli disse di Charlene e per la prima volta durante tutta quella giornata non riuscì a trattenere le lacrime. Quasi incoerentemente, gli diede singhiozzando la terribile notizia.

«Tesoro, ti prego, cerca di controllarti», la pregò Adam. «Sei sola? C'è qualcuno con te?»

«C'è Laurel. E Tony Alexander.»

«Vuoi che venga? Mi ci vorrebbe qualche giorno per sistemare le cose qui, ma poi potrei scappare via per un po'. Dio mio, chissà che cosa stai passando!»

Naturalmente voleva che Adam la raggiungesse. Voleva la sua forza e il suo conforto. Lo voleva vicino mentre, sconcertata, doveva accettare ciò che era accaduto alla sua bambina e affrontare la terribile incertezza di ciò che sarebbe stato di lei. Ma non lo voleva solo per poche ore, non voleva vederlo arrivare per un viaggio d'affari organizzato in tutta fretta per giustificarsi agli occhi della moglie. Per la prima volta da quando si erano ritrovati Elizabeth capì di essere ancora sola. Amava Adam e lui la amava. Ma era un amore per i momenti felici, non per quelli di tensione. Aveva avuto la possibilità di scelta e lei l'aveva fatta. Anche in quel momento non aveva rimpianti. Quando rispose, la sua voce era ferma e non c'era traccia di risentimento.

«No, caro, ora non puoi fare nulla. Forse più tardi, quando saprò quali saranno i miei progetti. Volevo solo che tu sapessi di Charlene.»

Le parve di sentire un certo sollievo nella voce di Adam, ma forse era solo perché aveva i nervi così tesi da essere ultrasensibile.

«Ne sei certa?» chiese lui. «Sai che verrei subito.»

«Lo so. Ma non c'è ragione perché tu venga ora.» Non c'è ragione, pensò Elizabeth, se non che ti amo e ho tanto bisogno di te.

«Ti chiamerò domani. Se nel frattempo dovesse succedere qualcosa chiama la signorina Varick a casa. Hai una matita? Eccoti il suo numero. Lei può rintracciarmi sempre.»

«Benissimo», rispose Elizabeth senza nemmeno darsi la pena di scrivere il numero. «Ma non accadrà nulla, così subito.»

«Comunque chiamala se ti dovesse servire qualcosa urgentemente. Denaro. Qualsiasi cosa. Sii coraggiosa e forte, cara, come sempre. Ricordati che sono solo a poche ore di distanza. Ti amo, tesoro. Bacia Charlene per me.»

Elizabeth fece una risatina senza allegria. «Non posso fare nemmeno questo. Adam?»

«Sì, cara?»

Avrebbe voluto dirgli: «Vieni da me. Ho tanta paura». E invece disse, come mille altre volte: «Ti amo».

«E io ti adoro», rispose lui. «Cerca di riposarti un po', amore. Ci sentiamo domani.»

Stancamente, Elizabeth tornò in soggiorno.

«L'hai trovato?» chiese Laurel. «Viene?»

«L'ho trovato, ma non viene. Oh, lui si è offerto di venire», sottolineò Elizabeth sulle difensive. «Ma gli ho detto che avrei avuto più bisogno di lui in seguito.»

Laurel non rispose. L'espressione dei suoi occhi era più eloquente di ogni parola.

PARTE SESTA

DENVER, COLORADO
1948-1949

20

NONOSTANTE l'impazienza di Elizabeth di andare a Denver, ci volle circa un mese per sistemare tutto quanto. Tutti parevano la personificazione della gentilezza, in quel periodo che sembrava interminabile. Laurel e Tony riuscirono a farle sistemare il mobilio in un magazzino. Il primo impulso di Elizabeth sarebbe stato di vendere tutto e di servirsi del denaro ricavato per finanziare il suo incerto futuro, ma i suoi amici la convinsero a non farlo. Era più sensato, dicevano, tenere tutte le sue cose finché non avesse saputo con precisione dove si sarebbe sistemata. C'era sempre tempo, nel caso, per vendere i mobili dato che tenerli in magazzino non era molto costoso. Robert poi insistette per farle un prestito di cinquemila dollari, che gli avrebbe restituito quando avesse potuto.

Pareva che per un tacito accordo tutti sapessero che Elizabeth non sarebbe mai più tornata a vivere a New York. Immaginavano che una volta guarita Charlene, Elizabeth non l'avrebbe certo riportata nel clima incerto e poco salubre di quella città. Non che Elizabeth avesse dei piani precisi. Viveva alla giornata e chi le stava più vicino capiva che la sua mente era completamente concentrata sull'urgenza che Charlene cominciasse la sua terapia di guarigione.

Anche Ann scese dal suo piedistallo per offrire, se non altro, simpatia e incoraggiamento. Ma non venne a New York, con la scusa che non osava esporsi al pericolo del contagio per amore del piccolo Peter Richards III. Il pretesto era un po' stiracchiato, ma Elizabeth capì. Ann chiamava tutti i giorni, premurosamente, offrendosi di comunicare la notizia a tutti quelli cui la madre voleva farla sapere. Elizabeth, sapendo che Ann si sentiva in colpa per non essersi ancora fatta vedere, le diede l'incarico di avvertire Stu Preston e gli altri amici di Washington. Doveva semplicemente scrivere raccontando della malattia di Charlene e dicendo che Elizabeth la portava all'Ospedale nazionale ebraico. Più tardi avrebbe fatto sapere a tutti l'indirizzo di Denver. Quando Ann seppe il nome dell'ospedale ebbe una reazione molto sgradevole e stupida.

«All'ospedale ebraico?» chiese.

Elizabeth non aveva davvero tempo per le sciocchezze. «Sì», rispose, «è il migliore del mondo. E puoi anche dire ai tuoi liberali amici di Scarsdale che è aperto a tutti e antisettario.»

«Mamma, sai bene che non intendevo in questo senso.»

«E invece sì. Comunque, la cosa è poco importante.»

Una settimana dopo la telefonata di Elizabeth, Adam prese un aereo per New York. Aveva telefonato tutte le sere da quando aveva avuto la brutta notizia e la sua preoccupazione per lei e per Charlene era sincera. Elizabeth lo accolse a braccia aperte, ma senza il solito estatico slancio. Lo amava e sapeva di esserne riamata. Ma la più grossa crisi della sua vita aveva in qualche modo intaccato i suoi sentimenti. Non riusciva più ad avere verso di lui quella reazione appassionata che era sempre stata immediata e travolgente. Era come se Adam fosse una luce laterale della sua vita, piuttosto che il centro dell'universo come lei aveva sempre creduto. Fecero l'amore la sera stessa del suo arrivo, ma l'ardente, completo abbandono di un tempo era finito. Adam se ne accorse e fu più gentile del solito. Sapeva che Elizabeth aveva finalmente dovuto affrontare ciò che non aveva mai voluto ammettere nemmeno con se stessa. Aveva dovuto rendersi conto che Adam non era suo marito. Che non poteva essere al suo fianco in quel momento di grande paura e che il disperato bisogno che aveva di lui non sarebbe mai stato soddisfatto nel modo illimitato che meritava. Poco importava che tutto questo fosse vero fin dall'inizio della loro relazione. Ora era diventato realtà. E, pur amandolo sempre molto, era assolutamente umano che Elizabeth covasse un irrazionale risentimento per la parte che si era scelta.

Adam cercò con dolcezza di dirle che capiva i suoi sentimenti, ma Elizabeth li negò violentemente. Più per se stessa, pensò Adam, che per lui. Non voleva ammettere nemmeno con se stessa, che la sua relazione con Adam avesse dei limiti. La sua estasi era un po' forzata e le sue reazioni leggermente più inibite. Per quanto cercasse di vincersi, in lei c'erano amarezza e delusione. Cercò allora di allontanare con spiegazioni e scuse l'evidenza della sua intiepidita passione.

«Scusami», disse, sentendo che Adam non riusciva a eccitarla come al solito. «Non ha niente a che vedere con noi due, caro. È solo che questa ultima settimana mi ha lasciato esausta. Come prosciugata. Non mi riesce di abbandonarmi a niente. Nemmeno al tuo meraviglioso modo di fare l'amore.»

Lui le baciò il corpo abbandonato e fiacco. «Come potresti sentirti diversa, dopo tutto quello che hai passato?» le sussurrò. «Credi che non capisca, amore mio? Non pensi che mi renda conto anch'io di quanto sia stato inadeguato alla situazione? Sarei dovuto venire subito da te e starti vicino finché non fosse sistemato tutto. Avrei dovuto mandare al diavolo tutto il resto. Volevo farlo, ma non ho potuto.»

«Sssst», mormorò lei. «Abbiamo fatto un patto, tanto tempo fa. Non mi hai ingannato, Adam. Avevi cercato di prepararmi a una simile eventualità. Sei l'uomo più onesto che conosca.»

Lui la strinse a sé. «Sono stato un insensibile», disse. «Non era certo il momento di fare l'amore e lo sapevo. Solo che non sono riuscito a starti lontano, come sempre.»

Lei gli prese la testa tra le mani. «Non dire mai più queste cose. Non ci sarà mai un momento in cui non avrò voglia di fare l'amore con te. Solo che non voglio ingannarti.»

Giacquero a lungo l'uno accanto all'altra senza parlare. Elizabeth chiuse gli occhi e cercò di non pensare ad altro che a quel corpo steso accanto a lei. Ma non servì a nulla. La bambina che dormiva nella stanza accanto sarebbe potuta essere nel loro stesso letto, tanto dominava con forza tutti i suoi pensieri.

Alla fine baciò Adam e scivolò fuori dal letto. Per la prima volta, prima di accendersi una sigaretta s'infilò una vestaglia. Di solito girava nuda per la stanza, fiera delle occhiate di palese ammirazione di Adam. Lui capì quel gesto involontario di ritrosia. Si tirò addosso le coperte e accese anche lui una sigaretta, guardandola andare avanti e indietro nervosamente per la camera.

«Quando partirai per Denver?» le chiese piano.

«Appena il dottor Martin mi avverte. Accidenti alle vacanze natalizie, rallentano tutto quanto. Stan Martin dice che probabilmente non riusciremo a partire fin dopo il primo dell'anno nuovo.»

«Hai idea di dove ti sistemerai?»

«Più o meno. Ne ho parlato con l'amministratore dell'ospedale, Lance Milford, un tipo molto gentile. Lui dice che probabilmente potrei trovare un appartamentino in un posto che si chiama Yates Court, a dieci minuti di strada dall'ospedale. Ma appena mi sarò sistemata te lo farò sapere.»

«Probabilmente non potrò tornare prima che tu parta», osservò Adam con tono infelice e rassegnato. «Come hai detto anche tu, queste vacanze natalizie rallentano tutto.»

Elizabeth non si stupì. «Sì», affermò, «capisco.»

«Ma ti chiamerò tutti i giorni. Inutile dirlo. Sei certa di non avere bisogno di denaro?»

«No, assolutamente, Adam. Altrimenti te lo direi.»

Adam picchiò il pugno sul tavolino da notte. «Accidenti, ma come posso lasciarti affrontare tutto questo da sola? Che farò, Elizabeth? Non posso sopportare di dovermi comportare così! Vuoi che racconti tutto a Monica e la preghi di concedermi il divorzio? Lo farò. Te lo giuro, lo farò. Almeno questo te lo devo!»

Elizabeth tornò a letto e lo prese tra le braccia cullandolo come un bambino. «Amore mio, ti prego, non odiarti a questo modo. Va tutto bene. Niente è cambiato tra noi due, Adam. Smettila di punirti. Ho accettato le condizioni del nostro amore tanto tempo fa e non è accaduto niente che possa cambiarle. Nemmeno questo. Avrei sempre voluto sposarti, lo sai. Ma non perché tu me lo debba, amore mio. Tu non mi devi proprio niente. Né ora né mai. Mi hai dato la vita, alle sole condizioni che potevi. Non badare alle mie reazioni in questo particolare momento. Non è l'ora di prendere decisioni basate sul senso di colpa, sulla pietà o sulla disperazione. Stammi vicino quanto puoi. Parlami spesso. Vieni a Denver, quando sarò più calma e quando potrai. È tutto quello che voglio, ora. È tutto quello che posso accettare da te.»

E a un tratto furono sopraffatti da un travolgente desiderio. Fu un'unione violenta, quasi brutale, che li lasciò madidi di sudore ed esausti. Pareva quasi che sentissero che i loro corpi non si sarebbero più toccati per lungo tempo.

La prima cosa che Elizabeth vide arrivando all'ospedale fu il cartello di cui le aveva parlato il dottor Martin. Le parve qualcosa di confortante, come un punto tangibile di riferimento in quella situazione altrimenti così assurda e irreale. Ma ancora più consolante fu il fatto che quando si avvicinò al banco dell'accettazione e diede il suo nome la *receptionist* le rispose subito con un bel sorriso di benvenuto.

«La signora Whitman? Ma certo. Il signor Milford ha detto di avvertirlo appena lei arriva. Si accomodi un attimo laggiù, mentre lo chiamo.»

In pochi secondi Lance Milford comparve. Era un giovanotto poco più che trentenne, pensò Elizabeth, ed emanava simpatia e gentilezza.

«Sono contento che sia qui», disse semplicemente. «Anche il dottor Abrams l'aspetta con ansia. Il dottor Martin ci ha detto tutto di voi.» Si accucciò sui talloni, in modo da avere il viso all'altezza di quello di Charlene. «E così questa è la nostra nuova amichetta», commentò. «Ciao, Charlene.»

«Questo è il signor Milford, tesoro», aggiunse Elizabeth. «Lavora qui.»

«Lei è un dottore?» gli chiese Charlene.

«No, io aiuto soltanto quei tipi molto importanti. Sai, Charlene, anch'io, come te, sono venuto qui per curarmi. Dieci anni fa. Abitavo anch'io a New York.»

«Dieci anni fa!» ripeté spaventata Charlene.

Lui si affrettò a rassicurarla. «Ah, mi guarirono in pochissimo tempo, non temere. Solo che mi piaceva talmente stare qui che ho fatto domanda per lavorare in ospedale. È un posto fantastico. Conoscerai della gente molto simpatica. Ci sono tanti ragazzini e ragazzine della tua età. Che ne diresti se andassimo a conoscerne qualcuno?»

Elizabeth ebbe la sensazione che dedicassero a Charlene delle attenzioni particolari e se ne sentì riconoscente.

«Veniamo direttamente dalla stazione», disse. «Posso lasciare qui anche i miei bagagli per un po'? Appena sistemata

Charlene andrò a vedere per un appartamentino. Come mi ha suggerito lei, a Yates Court.»

«Perfetto. Bene, Charlene, allora andiamo. Ora ti metteremo in un edificio con un nome molto buffo: si chiama Pisko.»

La zona in cui avrebbe vissuto Charlene era al secondo piano. C'era una stanza circolare con sei letti, suddivisi a due a due con delle tende. L'ambiente era lindo, luminoso e, per il posto che era, abbastanza allegro. Un'infermiera in perfetta uniforme si fece loro incontro per salutarle e Lance la presentò a Elizabeth e Charlene.

«Questo è uno dei nostri angeli custodi», disse. «Si chiama signorina Riddle, Riddle come sciarada.»

Gli occhi dell'infermiera brillarono. «E non ho le risposte», aggiunse scherzando. «Perciò non lasciarti ingannare dal mio nome, Charlene.»

Per la prima volta da quando erano partite, Charlene sorrise. «Le sciarade non servono a niente se non si sanno le risposte.»

«Ah», osservò ammirata l'infermiera, «senti un po' che furbetta. Sapessi quanta gente non capisce il mio scherzo! È diventata una specie di prova personale per misurare il senso dell'umorismo delle persone. Tu hai superato la prova a pieni voti!»

Elizabeth l'avrebbe baciata di gratitudine. La disinvoltura con cui la signorina Riddle e Lance Milford si comportavano in quei primi terribili momenti la rassicurò. Non sarebbe stato certo facile. Meno male che c'era l'aiuto di quelle persone tranquille e piene di compassione.

«E adesso», propose vivacemente la signorina Riddle, «che ne diresti di andare a conoscere la tua compagna di stanza? Ha dodici anni. E tu quanti ne hai?»

«Dodici il quattro luglio.»

«Senza scherzi?» la signorina Riddle pareva molto colpita. «Adesso capisco perché fanno tutte quelle parate e quei fuochi d'artificio il quattro luglio! Mi ero sempre chiesta il perché di tutto quel chiasso.»

L'infermiera sospinse Charlene e la madre verso una delle zone a due letti. La vicina di letto era una ragazzina dal radioso sorriso, con i capelli trattenuti da due fiocchi azzurri e la pelle colore ebano lucido. Per un attimo Elizabeth trattenne il fiato. Chissà perché, non s'era aspettata che la compagna di stanza di Charlene fosse proprio una negretta. Non che le seccasse. E sapeva anche che sarebbe sembrato del tutto mormale a Charlene. Meno male che vivevamo a New York, pensò Elizabeth ricordando che alcune delle compagne di scuola più care di Charlene erano di colore, come quella povera cosina costretta a letto. Le bimbe si presentarono timidamente. Poi la piccola Clara Jenkins alzò su Elizabeth due occhioni in cui si leggevano duecento anni di diffidenza.

Elizabeth le prese la mano. «Sono molto contenta che Charlene abbia una nuova amica, Clara», le disse. «E così carina, poi!»

«Anche Charlene è carina», mormorò la bimba.

«Molto bene», intervenne la signorina Riddle. «La società per la mutua ammirazione è aggiornata. E ora, signorina Quattroluglio, a letto!»

«Giusto», ribadì Lance Milford. «Ora il dottor Abrams sarà certamente nel suo studio, signora Whitman. Penso che voglia dirle due parole, dopo di che la sommergeremo con la burocrazia ospedaliera.»

Charlene era tutta indaffarata a infilarsi la camicia dell'ospedale. «Non dovrai portarlo per molto, questo camicione così poco elegante», le promise la signorina Riddle. «È solo l'uniforme in uso per certe normali procedure di controllo. Poi potrai metterti quei bei pigiamini e camicine che la mamma ti ha messo in valigia.»

«Ma tu come fai a saperlo?» chiese Charlene. «Se non l'ho ancora disfatta, la mia valigia...»

«Scommettiamo un quarto di dollaro?»

Charlene la guardò con ammirazione. Poi ridacchiò. «No. Hai proprio ragione. Ho un sacco di belle cosine nuove. Mammina ne ha comperate alcune, ma per la maggior parte sono regali degli amici.»

Elizabeth sentì un nodo alla gola. Charlene era davvero una bimba coraggiosa e cercava di semplificare le cose a tutti. Non è solo il mio sguardo di madre, si disse. È davvero una bambina dotata di uno straordinario intuito.

«Torno fra poco, tesoro. Quando avrò parlato con il dottor Abrams. Deve essere molto bravo, se è tanto amico del dottor Martin.» Sperò che la sua voce sembrasse tranquilla come voleva.

«Glielo posso garantire», la rassicurò la signorina Riddle. «Tutte le infermiere dell'ospedale sono segretamente innamorate di lui.»

Milford la accompagnò nello studio di Daniel Abrams. Il medico la salutò cordialmente ed Elizabeth capì subito perché le infermiere gli erano così affezionate. Era un uomo sulla cinquantina con i capelli neri come il carbone e due profondi occhi scuri che parevano individuare tutte le sofferenze fisiche e psicologiche.

Le chiese educatamente notizie di Stan Martin, poi entrò subito in argomento. «Sono certo, signora, che lei capisce la natura particolare di questa malattia. Il dottor Martin dice di averle già ampiamente spiegato quanto possiamo fare per Charlene. Ho esaminato le radiografie fatte a New York e sembra proprio che sua figlia abbia una forma molto leggera e, quel che più conta, presa in tempo. Possiamo ritenerci fortunati, per questo. Naturalmente qui la sottoporremo ad altri esami e faremo altre radiografie, ma non credo che troveremo gran che di diverso. L'unica cura è il riposo. Dapprima riposo assoluto a letto. Man mano che migliorerà la faremo alzare per brevi periodi. Questo è lo stadio semiambulatoriale. Quando starà ancora meglio, cioè allo stadio ambulatoriale, potrà anche uscire con lei durante le visite.»

«Forse è una domanda sciocca, dottore, ma lei ha idea di quanto tempo ci vorrà perché guarisca?»

«No, signora Whitman. Non posso proprio risponderle. Dipende da come reagirà la bambina. A volte succede anche che i germi cambino composizione e questo naturalmente influisce sul corso della cura. È una disgraziatissima malattia, ma ormai siamo sul punto di sconfiggerla. Un giorno ci saranno medicine che renderanno inutile questa lunga degenza a letto. Purtroppo, per ora non le abbiamo. Perciò dobbiamo basarci interamente sul potere di guarire della natura stessa e questo è davvero un po' frustrante da ammettere, per dei cosiddetti uomini di scienza. Però sappiamo che funziona. E nel caso di Charlene escluderei che ci siano da temere interventi chirurgici al torace o di altra drastica natura. Ci vorrà solo del tempo e tanta, tanta pazienza. Tenere alto il morale di Charlene fa parte integrante della cura e questo dipende da noi, ma lei può fare di più di tutti.»

«Quando sapremo se migliora?» chiese Elizabeth.

«Come le ho detto, la terremo costantemente sotto controllo. Ma non possiamo dichiararla guarita prima che sei sputi e sei colture di fila non siano stati esaminati sempre con esito negativo. Devo avvertirla, signora, di non aspettarsi guarigioni miracolose, dalla sera alla mattina. Ma può già considerarsi fortunata. Perlomeno lei ha la certezza che per quanto lunga sarà la cura, a meno di complicazioni impreviste, sua figlia alla fine potrà condurre una vita pienamente normale e sana.»

Elizabeth gli fu grata di tanta franchezza. Era stato premuroso, ma non aveva cercato di suscitare in lei false speranze sulla rapidità della guarigione di Charlene. Però non l'aveva nemmeno allarmata, come avrebbero fatto molti medici, con la minaccia di improvvisi aggravamenti del male.

«Molte grazie, dottor Abrams. So che Charlene è in ottime mani. È una bambina molto forte, spiritualmente ed emotivamente. E so che devo essere molto grata. Siete così gentili.»

«Facciamo quello che possiamo, signora Whitman. Aspettiamo solo di potere fare di più.»

Lance Milford l'aspettava fuori dello studio del dottor Abrams.

«Che tipo straordinario, vero?»

«Una persona meravigliosa», confermò Elizabeth. «Come tutti voi.»

«Ora devo dirle una cosa importante. In questo momento, con Charlene allo stadio del riposo assoluto a letto, lei potrà venire a trovarla solo due volte la settimana, il martedì e il venerdì, dopo le cinque del pomeriggio e la domenica dalle tre alle cinque. Non è molto, lo so. Ma sono le regole.»

Elizabeth era un po' delusa, ma accettò senza protestare.

«Be', se sono le regole, sono le regole. Nient'altro?»

«Solo un milione di moduli da compilare. Informazioni particolareggiate sull'ambiente di provenienza e cose del genere. Come lei sa, qui non ci sono spese, ma quello che regaliamo in retta ospedaliera ce lo riprendiamo in termini di tempo. Dobbiamo sapere tutto su Charlene, su di lei e sull'intera famiglia. Sarà come scrivere la storia della sua vita. Vuole cominciare?»

«D'accordo. Potrò rivedere Charlene prima di andarmene, signor Milford?»

«Certamente. E, la prego, mi chiami Lance.»

«Grazie. Io sono Elizabeth.»

«Benone. E ora, Elizabeth, si prepari a farsi venire il crampo dello scrittore.»

Milford non aveva esagerato. Pareva che ci fosse una quantità spaventosa di informazioni da dare. Elizabeth non ebbe nessuna difficoltà a rispondere alle domande che riguardavano la sua famiglia, fino alla dolorosa ammissione che suo padre era morto di tubercolosi. Ma quando arrivò alle domande su Alan, si trovò nei guai. Scoprì che sapeva pochissimo della sua famiglia e addirittura nulla della storia dei suoi genitori dal punto di vista medico. Alla domanda sulla causa della morte di Alan rispose impietosamente: «alcolismo acuto» e aggiunse: «possibili complicazioni paranoiche».

Le ci volle quasi un'ora per compilare tutti i moduli, c'erano anche domande sulla condizione finanziaria e il suo attuale indirizzo, che lei indicò come Yates Court benché non fosse ancora certissima di prendere l'appartamento proprio lì. Dovendo indicare il più vicino parente di Charlene dopo di lei, scrisse: «Signora Ann Richards, Scarsdale, New York». Era teoricamente vero, anche se Laurel, Tony e Adam Barnsworth erano molto di più «la famiglia» di Charlene di quanto non lo fosse Ann.

Quando ebbe finito tornò al padiglione Pisko. Il cuore le si strinse quando vide la figuretta di Charlene in quell'anonimo letto d'ospedale, ma la bimba sembrava calma e tranquilla.

«Tutto bene, tesoro?» le chiese Elizabeth.

«Certo, mammina. Sto bene. Sono tutti così simpatici, qui! Clara e io diventeremo amiche. Sai che lei è qui solo da tre mesi e la lasciano già alzare un pochino ogni giorno?»

Clara le fece un sorriso radioso. «Si sta bene, qui, signora Whitman. Il cibo è molto buono. Non si preoccupi, baderò io a Charley.»

Elizabeth sussultò sentendo il soprannome che di solito usava Adam.

«Ho detto a Clara che zio Adam mi chiama così», spiegò Charlene. «A lei piace di più. La signorina Riddle poi mi chiama in molti modi, per esempio anche George M. Cohan. Che cosa vuol dire, fra l'altro?»

Elizabeth sorrise. «Era un famoso attore che cantava una canzoncina sul fatto di essere nato il quattro luglio. La signorina Riddle è molto brava, vero?»

«È proprio buffa, mammina. E anche il dottor Abrams è simpatico. È venuto a visitarmi, quando sei andata via.» Charlene prese un'aria preoccupata. «Ha detto che dovrò restare qui un bel po' di tempo.»

«Ma questo lo sapevamo, tesoro», osservò Elizabeth con tono rassicurante. «Sarà duro per te, lo so, ma quello che conta è che tu guarisca. Gli ospedali sono noiosi, amore. Credo che sia per questo che le persone che ci stanno vengono chiamate 'pazienti'.»

Anche Clara rise dal letto vicino.

Yates Court non era certo grazioso come il loro appartamento di New York, ma aveva abbastanza vantaggi perché Elizabeth decidesse subito di affittare uno degli appartamentini più a buon mercato al pianterreno con il giardino.

Ancora prima di disfare le valigie chiamò Laurel da una cabina telefonica scusandosi di addebitarle la spesa e promettendole di compensarla, appena avesse avuto un telefono suo.

«Ma chi se ne frega della spesa», esclamò Laurel. «Come va? E Charlene, come sta? E tu?»

Elizabeth raccontò all'amica tutto quello che era accaduto dal loro arrivo in poi. Non si capacitava di essere arrivata a Denver quel mattino stesso. Le pareva fossero già passati giorni e giorni, tante erano le cose successe. Diede a Laurel il suo nuovo indirizzo e le chiese di riferire tutto quanto a Tony.

«Ti richiamo appena mi mettono il telefono», concluse. «Penso che sarà fra un paio di giorni. So che la compagnia dei telefoni dà la precedenza, quando sanno che bisogna stare in contatto con l'ospedale.»

«Sicura che non ti serve nulla?»

«Sicurissima. Solo, tieni le dita incrociate.»

La signorina Varick accettò la chiamata a carico del destinatario per Adam. Lui venne subito all'apparecchio ed Elizabeth gli ripeté tutto quanto aveva già raccontato a Laurel, cercando di scherzare sul suo brutto e piccolo appartamento e sperando che lui le dicesse quando sarebbe venuto a trovarla.

«Grazie a Dio finora tutto è andato bene», commentò invece lui. «Cara, sei sicura che non ti serva del denaro?»

Il denaro sembrava in cima ai suoi pensieri. Elizabeth si sforzò di ignorare che Adam si preoccupava più dei problemi materiali della sua vita che di quelli sentimentali. Probabilmente per lui andavano di pari passo. Un uomo pratico e concreto come Adam stava solo cercando di mostrare il suo interessamento per lei cercando di assicurarsi che non fosse nell'indigenza. Era anche quello un modo per esprimerle il suo amore. Ma ciò di cui avrebbe avuto veramente bisogno era qualcosa che non poteva darle: se stesso.

«Per ora sono a posto», lo rassicurò ancora. «Lunedì andrò a cercare lavoro, ma se le cose dovessero mettersi male non esiterò a chiedere. Davvero, caro.»

«So bene che non esiterai», ribatté lui. «Conosco il tuo maledetto orgoglio da nativa del New England. Chiamami in questo modo tutti i giorni, amore, finché non avrai il tuo telefono. Poi ti chiamerò io. E porta il mio affetto a Charlene.»

«D'accordo, Adam.»

«E ricordati quello che devi dire tutti i giorni quando sono lontano da te.»

«Non mancherò», assentì Elizabeth piano.

Riappese in preda a una grande depressione. La voce di Adam era stata calda e tenera e la sua preoccupazione per lei era innegabile; il fatto poi di ricordarle che tutti i giorni doveva dirsi «Adam mi ama» era un modo per farle sentire il suo appoggio. Ma non aveva fatto parola di venire a Denver. Nemmeno la più lontana allusione.

Quando alle cinque tornò in ospedale si era già scossa di dosso quella sensazione di disagio. Diede a Charlene la notizia della casa, le disse del giardino, della conversazione con Laurel e le disse che tutti, zio Adam compreso, le mandavano il loro affetto. Sentendo il nome di Adam, il visetto di Charlene si illuminò.

«Quando viene a trovarci, mammina?»

«Non lo so, tesoro. Sai, è molto occupato. Ma verrà presto, ne sono sicura.»

Charlene sorrise soddisfatta. Era come se le avesse detto che suo padre sarebbe venuto presto a trovarla. Anzi, Charlene era certa che si sarebbe subito precipitato a Denver.

Elizabeth avrebbe voluto condividere questa sua certezza.

21

La vita di Elizabeth a Denver si svolgeva secondo una banale routine. Andava a lavorare. Andava in ospedale. Tornava a casa. C'era il continuo tormentoso assillo della salute di Charlene, benché il dottor Abrams le assicurasse che faceva progressi e che la prognosi era ottima. Eppure, durante quei freddi mesi invernali in cui poteva andare a far visita alla bambina costretta a letto solo tre volte la settimana, ogni volta che la vedeva così confinata provava una stretta al cuore.

In un certo senso era forse peggio per Elizabeth che per Charlene. La bambina infatti pareva avere preso la malattia con una certa filosofia, non si lamentava mai di quel forzato riposo e accoglieva sempre la madre con un gaio sorriso.

Elizabeth sapeva che stavano mentendo tutt'e due, erano talmente unite che cercavano di proteggersi reciprocamente. Le sue visite erano sempre forzatamente allegre. Charlene le parlava delle nuove amiche, della bizzarra signorina Riddle e della sua simpaticissima compagna di stanza. Soprattutto Clara era fonte d'inesauribile interesse per Charlene, al punto che la famiglia Jenkins quando andava a trovare Clara finiva per occuparsi sempre anche di Charlene.

Elizabeth vedeva i Jenkins ogni volta che si recava all'ospedale. Era gente solida e simpatica e da tempo abitava a Denver. La signora Jenkins faceva la cameriera per una tipica antica famiglia mentre il marito era meccanico in un garage. Avevano altri due figli: una bambina di cinque anni, Lucy, troppo piccola per andare a trovare la sorella, e James, un ragazzino di sedici anni bello ed educato, dal quale traspariva una gentile sicurezza, esente peraltro da servilismo. Jim, ambizioso e intelligente, confidò ben presto a Elizabeth che sperava di diventare ingegnere aeronautico.

«Che combinazione», esclamò Elizabeth. «Era esattamente il lavoro di mio marito.»

«Ma davvero? E quando?»

«Un milione di anni fa», rispose Elizabeth. «Quando ci sposammo nel 1925 lavorava alla Moreford Aircraft ed era in quel campo già da parecchio tempo. Insomma, è stato una specie di pioniere.»

«Sì, signora. Sono stati quegli uomini a segnare la strada.»

«A che scuola pensi di andare?»

«Non ho ancora deciso. Ma penso al Cal Tech, forse.»

Sua madre, che ascoltava poco distante, era raggiante. «Ah, sì, abbiamo un salvadanaio speciale per l'educazione di Jim, signora Whitman. Quando avrà l'età per l'università saremo in grado di iscriverlo alla scuola migliore. Sa», aggiunse guardando affettuosamente Clara, «non c'è niente come la salute e la felicità dei nostri figli. Mi fa pena la gente così chiusa in se stessa da non avere tempo per i propri figli. Dio sa che non è un sacrificio. È la migliore ricompensa che ci sia. Lei di certo lo capisce, visto che ha abbandonato tutto per venire a Denver. Non so che cosa avremmo fatto noi, se non avessimo avuto la fortuna di abitare qui.»

Elizabeth sorrise. «Non è un mistero, signora Jenkins. Lei avrebbe fatto esattamente quello che ho fatto io. Senza stare a pensarci due volte.»

«Sì, certo, l'avremmo fatto. Ma voleva dire trovare un modo per guadagnarsi da vivere in un'altra città. E poi non deve essere facile sradicarsi e abbandonare casa e amici.»

«La nostra casa può essere dovunque. E i veri amici non si perdono mai.»

Addie Jenkins annuì. «Charlene dice che lei ha trovato lavoro in un negozio di antiquariato vicino al *Brown Palace Hotel.* Le piace?»

«Moltissimo. Il signor Lederer è una bravissima persona. È tanto gentile che il martedì e il venerdì mi lascia andare via prima, perché possa essere qui puntuale alle cinque.»

«Eh, sì, è certo il primo a capire. È venuto qui trent'anni fa malato di TBC. È guarito e non è più partito.»

Elizabeth era stupita. «Davvero? È la seconda persona che sento. Anche il signor Milford qui all'ospedale mi ha detto di avere fatto la stessa cosa.»

«Oh, Denver è pieno di persone così», osservò la signora Jenkins. «Anzi, è proprio in questo modo che è nata la città. Molta gente ricca è venuta qui per farsi curare e poi c'è rimasta e ha dato inizio ad ogni genere di affari. Alcune delle nostre migliori famiglie hanno cominciato così.»

Parlava in modo semplice, ma con orgoglio. Benché priva di educazione formale, Addie Jenkins non era certo una tipica servile donna delle pulizie. Aveva una voce morbida e gradevole e un portamento fiero ed eretto. Elizabeth pensava che avesse più o meno trentanove anni; era una bella donna completamente dedita al marito, uomo gentile e lavoratore instancabile, ai tre figli e a quella città in cui non si sentiva esiliata.

«Mi piacerebbe che ci vedessimo qualche volta, signora Jenkins», propose Elizabeth d'impulso. «Forse potrebbe venire con i suoi a cena da me una sera. L'appartamento non è gran che, ma sono ancora una discreta cuoca.»

Addie la guardò con nuova considerazione. Da Clara aveva saputo abbastanza per capire che gli Whitman dovevano essere stati «qualcuno», un tempo. Ai suoi occhi Elizabeth era una vera signora. In quel momento non c'era alcuna differenza tra la donna bianca, figlia di un professore, e la donna di colore, nata da un facchino della Union Station.

«Ne saremo felici, signora Whitman», rispose. «Ci farebbe molto piacere se anche lei venisse a trovarci.»

Charlene e Clara erano felici. Erano diventate amiche intime e a loro sembrava più che naturale, quindi, che anche le loro famiglie facessero amicizia.

Man mano che l'inverno passava Elizabeth non ebbe mai ragione di dubitare della propria affermazione, che i veri amici non si perdono mai. Laurel e Tony chiamavano almeno due volte la settimana. Ora si frequentavano più spesso; a quanto pareva la loro breve avventura sentimentale si era trasformata in qualcosa che somigliava a un antico cameratismo. Almeno una volta la settimana uno dei due mandava un regalino a Charlene: un gioco, un libro, o qualche frivola sciocchezzuola come un paio di babbucce con il muso di un cagnolino. Charlene migliorava costantemente. In due mesi era arrivata allo stadio semiambulatoriale e ogni giorno poteva alzarsi un pochino dal letto, anche se non le permettevano ancora di uscire dall'ospedale. Verso la fine di marzo Elizabeth si concesse di credere che quello che le aveva detto il dottor Abrams si sarebbe avverato.

Ann le scriveva di tanto in tanto, lettere sempre piene dei racconti delle sue attività quotidiane e dei progressi del piccolo Peter. Verso l'inizio di aprile le scrisse di essere ancora incinta e che il bambino sarebbe nato in ottobre.

Ma la fonte di maggior disagio in quel periodo era Adam. Non chiamava tutti i giorni, ma telefonava almeno tre volte la settimana, sempre con grandi affermazioni di amore e scuse per non essere ancora riuscito a raggiungerla a Denver. Eppure l'istinto diceva a Elizabeth che qualcosa non andava.

«Tesoro, sai che cosa provo», le spiegò lui una volta. «Mio Dio, questa separazione mi uccide. Non è assurdo? Ora sei geograficamente più vicina di prima eppure ci vediamo meno di quando stavi a New York. Tu capisci, vero? Era facile trovare qualche scusa di lavoro per andare a New York, ma come farei a spiegare di punto in bianco un viaggio nel Colorado?»

Addolorata, Elizabeth rispose con tono gelido: «Devi proprio spiegarlo? Eppure ci sono certamente più proprietà da esaminare qui nel Colorado che non a Manhattan, se è proprio di una scusa che hai bisogno».

«Cara, non è da te. Sai che devo sempre lasciare un recapito quando parto. I miei soci sanno perfettamente che non abbiamo nessun affare in corso a Denver.»

Elizabeth sentì l'impulso di ribattere. «I tuoi soci d'affari?» ripeté. «Credevo che fosse di tua moglie che ti preoccupavi.»

Vi fu un lungo silenzio all'altro capo del filo.

«Forse sarà meglio che ti richiami fra un paio di giorni, quando ti sentirai meglio», concluse pacatamente Adam. «Da' un bacio a Charlene.»

Allora Elizabeth atterrita gridò: «Oh, Adam, scusami! Te ne prego, perdonami. Mi manchi tanto. E anche a Charlene. Non fa che chiedermi quando verrai a trovarla. So che mi sto comportando male. Ma è solo perché ti amo e mi sento sola.

A volte ho l'impressione che non ci rivedremo mai più. Allora mi spavento e mi arrabbio. Ti prego, trova il modo di venire. Per favore, Adam».

«D'accordo. Troverò il modo. Entro le prossime due settimane.»

«Promesso?»

«Da quando in qua devi farmi promettere? Verrò. Ti farò sapere esattamente quando.»

Era l'inizio di aprile. In realtà Adam riuscì ad andare a Denver solo in maggio. Razionalmente Elizabeth capiva le sue difficoltà, ma emotivamente era molto turbata. Nei momenti bui, di notte, cercava di non pensare che quella relazione era diventata troppo difficile per Adam, che la sua passione stava cedendo davanti agli infiniti, insormontabili ostacoli. Si attaccava all'attesa della sua visita convincendosi che si sbagliava, ma quando finalmente Adam chiamò per dirle che sarebbe arrivato entro due giorni Elizabeth cadde in uno stato di apprensione e di estasi insieme.

Contava i minuti che mancavano al suo arrivo, previsto per lunedì pomeriggio. Era contenta che a Denver ci fosse un bel tempo primaverile. Così Adam avrebbe visto il luogo in tutta la sua bellezza, le montagne chiare chiazzate di sole e gli alberi che mettevano coraggiosamente le gemme. La domenica però la neve cominciò a cadere a larghe, pesanti falde e i rami spogli si chinarono e si spezzarono perfino sotto il peso. La città rimase sepolta per ore sotto quella pesante coltre bianca. Elizabeth temeva che l'aeroporto venisse chiuso, ma il lunedì mattina, quando uscì a prendere l'autobus per recarsi al lavoro, le strade erano percorribili anche se fangose e l'aria era chiara e luminosa.

Il comprensivo signor Lederer le aveva dato due giorni di permesso quando Elizabeth gli aveva detto che sarebbe arrivato un carissimo amico per trovare Charlene. A mezzogiorno, lasciando il negozio, lo ringraziò di cuore.

«Non mi ringrazi», disse lui. «So che cosa vuol dire vedere qualcuno da casa. Farà un mondo di bene, a lei e a Charlene. Avete diritto a un po' di felicità anche voi due.»

Ma quella visita di Adam, tanto sospirata, non portò nessuna felicità a Elizabeth. Furono quarantotto sconcertanti ore di mistero e di passione che culminarono in una grande angoscia. Dal momento in cui Adam mise piede nell'aeroporto di

Denver, Elizabeth intuì che qualcosa non andava. C'era in lui una forzata allegria, come se avesse qualcosa da nascondere. Il suo bacio pareva finto, recitato. E, in contrasto con la loro riunione a New York dopo la guerra, l'atmosfera tra loro era tesa e innaturale.

Sulle prime Elizabeth si disse che si stava immaginando tutto. Era venuto, no? Se non l'avesse amata più non sarebbe nemmeno venuto. Eppure Adam pareva stranamente riservato, inquieto. Elizabeth si chiese perfino se magari non fosse lei, a essere cambiata. Forse la tensione e la fatica di quegli ultimi mesi si erano portate via la gioia spontanea che aveva sempre provato rivedendolo. Ma sapeva che non era vero. La vista di Adam la eccitava come sempre. Questa volta però era Adam che esitava, era ritroso.

Comunque, qualunque fosse il motivo, Adam non gliene parlò quel lunedì sera.

«Ho prenotato al *Brown Palace Hotel*», le comunicò, «ma se non hai obiezioni preferirei non dormire lì.»

Lei alzò un sopracciglio. «Obiezioni? Ti ricordi chi sono?»

Adam sorrise. «Però devi assolutamente venire a vedere la mia suite. Non ci crederai. Sembra fatta apposta per un ricco e libertino allevatore di bestiame. Il salotto è in stile aggressivamente western, tutto in nodoso legno di pino, molto virile, e le tende sono in tela di sacco, decorate con marchi di bestiame. La camera da letto invece è un invito alla seduzione! Lenzuola di seta azzurra su un lettone alla francese. Il luogo più orrendo che abbia mai visto. Immagino che qualche ricco allevatore potrebbe discutere di affari con i suoi ragazzi per un paio di giorni in quel salotto da cow-boy e poi prendersi l'amata in un'atmosfera completamente diversa. I casi sono due. O si tratta di questo, oppure è stata arredata da qualche designer schizofrenico.»

«Un bel contrasto con il mio sciatto appartamento.»

Adam la baciò, questa volta più disteso. «Non saresti capace di vivere in un appartamento sciatto. Te l'ho già detto altre volte, cara, tu per la casa hai un tocco magico. Ammetto che a volte sento la mancanza delle tue cose, quelle che avevi a Washington e a New York, ma il tocco elisabettiano è anche qui. Anche nella brutta Yates Court.»

Cenarono in casa, facendosi reciproci brindisi con il vino e chiacchierando fino a tardi. Non era mai accaduto prima che aspettassero tanto per fare l'amore. Alla fine, Adam si alzò.

«Non ti pare ora di abbandonare questo soggiorno?»

«Credevo che non me lo avresti chiesto mai», ammise Elizabeth, cercando di avere un tono disinvolto.

Ritrovarono l'antico, appassionato trasporto e per un po' Elizabeth si rimproverò i suoi timori. Adam era pieno di desiderio e la eccitava toccandola e sussurrandole parole d'amore. Dormirono fino a tardi, il mattino dopo, e si svegliarono abbracciati, pronti a ritrovare quell'unione che tutt'e due sentivano eterna e straordinaria.

Adam la portò nel suo albergo e risero insieme dell'arredamento di cattivo gusto, con il bar stile saloon nel soggiorno e il soffitto a specchi in camera da letto, poi d'impulso fecero l'amore nel letto gigante scherzando come due ragazzini.

Anche quando Adam si appartò scusandosi per telefonare in ufficio e chiedere se c'erano messaggi per lui Elizabeth non si sentì esclusa dalla sua vita. Si era ormai convinta di essersi semplicemente immaginata l'iniziale esitazione mostrata da Adam appena arrivato. E quando andarono a trovare Charlene Elizabeth fu più che mai sicura che qualunque cambiamento avesse notato in lui era solo il prodotto della propria fantasia. Adam infatti era, se possibile, più tenero e affettuoso di quanto non fosse mai stato con la piccola. Charlene era felice di vederlo, lo presentò tutta fiera a Clara e alla sua famiglia e chiese perfino alla signorina Riddle di venire a conoscere il famoso «zio Adam». E Adam, dal canto suo, si comportò più che mai come un padre. Per un attimo Elizabeth gli scorse perfino delle lacrime negli occhi, che naturalmente lui si affrettò a nascondere. Elizabeth non l'aveva mai visto tanto commosso. E non l'aveva mai amato di più.

Quando tornarono nell'appartamento di Elizabeth Adam si versò un robusto bicchiere di scotch. Aveva un'aria terribilmente infelice. Lei cercò di confortarlo.

«Caro, so che vedere Charlene ti ha molto impressionato, ma è sulla via della guarigione. La tua venuta è stata la migliore medicina, per tutt'e due. Charlene ti ama: tale la madre, tale la figlia.»

Lui si ritrasse, come se Elizabeth l'avesse schiaffeggiato.

«Adam, che c'è?»

Allora glielo disse, tutto d'un fiato. «Monica deve avere un bambino.»

Elizabeth lo fissò come istupidita. «Non ci credo», sillabò infine. «Monica incinta? Allora voi due avrete un bambino?»

Lui annuì con aria tetra. «Perché pensi che non sia stato capace di affrontarti, in tutti questi mesi? Cristo, Elizabeth, lo so che ti sei sempre resa conto che dovevo pur compiere i miei doveri coniugali, ma come potevo dirti questo?»

Lei mormorò la prima cosa banale che le venne in mente. «Ma Monica non voleva avere dei figli. E averne uno adesso che ha già... quanti anni ha? Quarantacinque? Perché, Adam?»

«È chiaro che non era previsto. È un figlio che cambia la nostra vita.» L'espressione del suo viso era impenetrabile. «Monica credeva di non potere più correre rischi, perciò non prendeva più tante precauzioni. Il dottore dice che succede spesso. Non si è nemmeno accorta di essere incinta finché non è arrivata al quarto mese.»

Elizabeth si aggrappò al bordo della sedia. La stanza le ruotava attorno. Era sempre stata grata del fatto che Adam non avesse figli. Le dava meno la sensazione di essere una ladra. Meno simile, forse, a quelle donne che non pensavano che Alan Whitman avesse moglie e figli. Adam sarebbe diventato padre. Magari controvoglia, ma sempre un padre. O forse l'idea lo disgustava?

«Che cosa provi riguardo al bambino?»

Adam le rispose onestamente. «Non so. Pensavo che non avrei mai avuto un figlio. Charley era la mia bimba, lo sai. Quando Monica e io avremmo dovuto averne lei non ne volle sapere. Anzi, diavolo, non vuole saperne neanche ora. Quanto a me, be', è strano. La parte vera di me, quella che ti ama, non vorrebbe figli se non da te. Ma non posso negare che il mio io ne è, come dire, esaltato. Non voglio mentirti a questo proposito, Elizabeth. Non nego che provo una certa eccitazione all'idea di acquistare un pezzetto d'immortalità, non importa quanto accidentalmente. Mi sento pazzamente responsabile verso questo bambino. Non amo sua madre, ma lei porta una parte di me nel proprio corpo.»

«E perciò ti senti maggiormente in obbligo nei confronti di Monica.» Non era una domanda, ma un'affermazione.

«Non so», disse ancora Adam. «Dio mi è testimone, Elizabeth, che non so che cosa provo. So che ti amo. Ma ora su di me pesa una responsabilità più forte di quella del solo matrimonio. Non riesco a separare le mie emozioni. Non faccio che ripetermi che questo non fa nessuna differenza tra noi due. Certo non mi fa amare di nuovo Monica. Non ho la sensazione di privarla di qualcosa, se desidero stare con te, più di quanto non l'avessi prima. Eppure provo un grande senso di colpa, un terribile, irrazionale conflitto tra volere appartenere a te e sentire per la prima volta che è sbagliato, perché potremmo ferire un innocente che non è ancora nato. So che tutto questo non ha senso, eppure ha in qualche modo influito su di me.»

«Sì», ripeté Elizabeth lentamente. «Lo so. L'ho saputo dal primo momento che sei arrivato che era cambiato qualcosa.» Si sentiva come morta. «Penso che sia meglio che non ci vediamo mai più, Adam.»

«No», protestò lui, «non prendere questa decisione ora. Non posso perderti un'altra volta. Dammi tempo. Questa cosa mi ha sconvolto, ma non ho mai avuto un solo momento di dubbio su quello che provo per te. Niente può cambiare i miei sentimenti. Una volta che il bambino sarà nato tornerò sulla buona strada. Non riesco a vederci molto chiaro, per ora, ma so che sarà così.»

Elizabeth scosse il capo. «Ti sei sempre sentito colpevole nei confronti di Monica. E avrai ancora più rimorsi, quando sarà nato il bambino. Non funzionerà, Adam. Non puoi essere così dilaniato. E nemmeno io.»

Ma Adam rifiutò di accettarlo. «Non mi sono mai sentito colpevole verso Monica. Obbligato, sì. Al punto che non sono mai riuscito a lasciarla. Ma non colpevole. Lei non mi ha mai dato quello che mi sai dare tu.»

«Ora però può darti molto di più», osservò Elizabeth. «Ora ti darà un figlio. Che cosa proverai, Adam, a sgattaiolare via da casa per venire da me quando ci sarà un figlio? E che cosa proverò io, sapendo che sto prendendo una parte di te che appartiene a qualcun altro?»

«Che sciocchezza!»

«Dici? Eppure già il modo in cui ti comporti ora che il bambino non è ancora nato è un segno di quello che proverai quando esisterà realmente e avrà bisogno di te.»

«Non voglio rinunciare a te.»

«Devi», concluse Elizabeth. A un tratto si sentì amaramente delusa da Adam. Non perché avesse la prova concreta che Adam e Monica andavano a letto insieme. Non era così ingenua da pensare che non accadesse. Era solo che ancora una volta Adam aveva trovato una scusa per allontanarsi da lei. E, come la prima volta, era ancora una scusa, benché lui ci credesse. Tanto tempo prima le aveva detto che sentiva di non essere onesto nei suoi confronti, che la cosa migliore che potesse fare per lei era non comparirle più davanti dopo la guerra. Allora lei aveva bevuto quella scusa, si sentiva indotta a crederci. Si era attaccata all'idea che la sollecitudine di Adam fosse più grande del suo desiderio. E ora lui stava mettendo in dubbio che la sua futura paternità avesse la precedenza sull'amore, la fedeltà e le esigenze di Elizabeth. Finalmente Elizabeth reagiva per proteggersi. Quando c'era un problema chi diventava trascurabile era sempre lei, non Monica. Non il matrimonio. Non il bambino non ancora nato. Loro restavano punti fermi. Elizabeth che doveva aspettare a suo piacimento, capire e non lagnarsi mai. Si sentiva irritata con lui, ma ancora di più con se stessa. Adam aveva detto la verità: sì, con il tempo sarebbe tornato a gironzolarle attorno. Ma questa volta Elizabeth non sarebbe stata ad aspettarlo. Era rimasta abbastanza ai suoi comandi. Adam era buono. Ma era anche fondamentalmente egoista, benché non se ne rendesse conto.

«Penso che stasera dovresti andare a dormire in albergo», osservò stancamente.

Adam era sinceramente stupito. E fu proprio quell'espressione di stupore che la indusse a sfogare finalmente la propria rabbia.

«Ma davvero la cosa ti sorprende?» gli chiese. «Ti aspettavi davvero un'altra notte d'amore, prima di tornare dalla tua mogliettina incinta? Non ti è bastata la farsa della notte scorsa? Mio Dio, Adam, ma credi proprio che io non abbia sentimenti? Non ti è mai venuto in mente che anch'io provo delle emozioni? Ti amo. Dio mi aiuti, ti amo. Ma non posso continuare a cercare di capire le tue priorità. Sei stato onesto. Hai ammesso che non sai che cosa provi in questa situazione. Bene, neanche io lo so. Però io so che ora fra noi due così non va. E forse non andrà mai più. Se una volta hai detto che la cosa migliore che potessi farmi era di lasciarmi perdere, questa volta devo essere d'accordo con te. Mi sento strappare il cuore, ma voglio che tu ora te ne vada e che non torni mai più. Lasciami vivere, Adam. Aiutami a smettere di illudermi in questo modo. Non sono una superdonna. Sono una donna qualsiasi. Tu pretendi troppo da me. E non posso dartelo più.»

«E va bene, Elizabeth», assentì Adam dopo un lungo silenzio. «Ora ti lascio. Ma non posso prometterti che sarà per sempre. Tu sei la parte preponderante di me, amore mio. La mia parte migliore. Anche se ora sento una grande confusione, questo non cambia la parte di me che ti appartiene e ti apparterrà sempre. Non posso obiettare ai tuoi sentimenti. So che hai tutto il diritto di chiedermi di andarmene e di lasciarti in pace. Ci proverò, cara. Ma, non so quando, tornerò strisciando, chiedendoti solo di poterti stare vicino. So quanto è egoista tutto questo. Ma so anche quello che provo. Già una volta ho tentato di escluderti dalla mia vita e non ci sono riuscito. Sei davvero così sicura che possiamo vivere l'uno senza l'altra?»

L'ira di Elizabeth si era ormai spenta. Era immobile, senza lacrime. «Non posso più essere sicura di niente, Adam», disse, «se non del fatto che ti amo. Ma non basta. Non questa volta. Cercherò di dimenticare. E voglio che tu faccia altrettanto. Ora non ci resta altro che una barriera a tutte le speranze che possiamo avere avuto. Siamo stati felici, ma abbiamo sperato contro ogni speranza in un miracolo. E il miracolo non accadrà. Affrontiamo questa verità da persone adulte. Non siamo Romeo e Giulietta. Siamo due persone mature, con delle responsabilità. Io ho Charlene. Tu hai Monica e tuo figlio. Forse è ora che smettiamo di pensare solo a noi stessi.»

L'angoscia di Adam era pari a quella di Elizabeth. Lui voleva allontanare quel gusto amaro della verità. Il pensiero di non vederla, di non sentirla più era insopportabile.

«Non posso andarmene via così», mormorò. «Devo sapere dove sei, come state tu e Charlene. Che farai, quando sarà guarita? Dove andrai a vivere? Mi devi promettere che me lo farai sapere. Te ne prego, Elizabeth. Per favore.»

Riconobbe nella sofferenza di Adam la propria, ma non cedette. «Te lo farò sapere», disse infine. «Ma non mi chiamare. Non tormentare né me né te.»

Fece un passo verso di lei. «Baciami, cara, ancora una volta. Lascia che ricordi il sapore della tua bocca sulla mia.»

Elizabeth si ritrasse bruscamente senza guardarlo. «No, non posso. Se c'è qualcosa da ricordare, che sia ieri.»

Elizabeth non disse a nessuno, nemmeno a Laurel, come era finita la visita di Adam e lui rispettò il suo desiderio di essere lasciata in pace. A parte due righe, scarabocchiate sul blocco del suo ufficio, Adam non cercò mai di raggiungerla. Il bigliettino, nella ben nota calligrafia, datato 12 luglio 1948 diceva: «Catherine Barnsworth è nata oggi. Ti amo, Adam». Elizabeth non rispose, ma nonostante il suo dolore fu contenta di sapere che Adam aveva una figlia. Ricordando il suo affetto per Charlene poteva immaginare come avrebbe resa felice la sua Catherine. Alan e Adam, pensò, i due uomini della mia vita. Così diversi, eppure avevano una cosa in comune, la dolcezza verso le bambine. Si chiese come fosse la bimba. Chissà se somigliava ad Adam? Chissà se, come Alan aveva detto un tempo di Ann, era anche lei «nata per essere fortunata»? Perlomeno nel caso di Ann la predizione sembrava essersi avverata. Aveva avuto fortuna, sia pure da adulta. Catherine sarebbe stata più fortunata. Aveva un padre che non l'avrebbe mai lasciata.

In ottobre, con irritante puntualità, Ann mise al mondo la bambina che desiderava. Peter telefonò a Elizabeth per darle la buona notizia.

«Tutto bene», le comunicò. «Due chili e novecento grammi. E Ann è stata in travaglio solo quattro ore. Sai come l'abbiamo chiamata? Elizabeth Joanne. Che ne dici?»

«Ne sono felice e lusingata! Vorrei tanto vederla. Dai un bacio ad Ann per me. E anche alla mia nuova nipotina.»

«Come sta Charlene?»

«Si sta riprendendo magnificamente, grazie a Dio. Anzi, i medici pensano che per la fine dell'anno sarà completamente guarita. Non stabiliscono la data con certezza, si capisce, ma il dottor Abrams mi incoraggia a sperare che potremo andarcene per gennaio prossimo.»

«Andarvene? Tornerete a casa, vero?»

«Non ne sono sicura, Peter. Come ho già detto ad Ann, dovrei cercare un clima migliore di New York.»

Da quando il dottor Abrams le aveva dato motivo di pensare che Charlene potesse guarire entro pochi mesi, Elizabeth aveva cominciato a riflettere sul proprio futuro. Capiva benissimo che per il bene di Charlene New York non era il luogo più adatto per vivere. E nemmeno Washington o Boston. Denver, per gradevole che fosse, non era il luogo ideale in cui stabilirsi. A parte i Jenkins e Lance Milford non aveva fatto vere amicizie e non sentiva nessun legame con quella cittadina graziosa, ma impersonale. Ma soprattutto voleva allontanarsi da tutto quello che le ricordava la malattia di Charlene e dall'appartamento in cui aveva detto definitivamente addio ad Adam.

Comperò un libro sull'Arizona e si gingillò con l'idea di stabilirsi a Phoenix o a Tucson, ma le foto del deserto, per maestose che fossero, non esercitavano nessuna attrazione su un'originaria del New England con un grande amore per gli alberi e un senso d'identità con la vicinanza di una grande massa d'acqua. Sapeva benissimo dove avrebbe voluto andare, naturalmente. In California. Sognava il Pacifico, immaginava che fosse ancora più maestoso dell'oceano della costa orientale che lei conosceva. Amava l'idea di sole e fiori per tutto l'anno, di voluttuosi e tropicali boccioli e di tanto verde. Ma la California significava vicinanza con Adam. Non che la California del Sud non fosse abbastanza grande per perdercisi. Poteva anche non incontrare mai Adam, specialmente se si stabiliva in una zona lontana da Beverly Hills. Ma aveva paura, non sapeva se avrebbe avuto la forza di resistere a non fargli una telefonata in ufficio, non era sicura che in qualche momento di solitudine non gli avrebbe detto che era lì vicina, sapendo con certezza che nel giro di pochi minuti Adam sarebbe potuto esserle accanto.

In dicembre, suo malgrado, dovette ammettere che il fato aveva deciso per lei. Tony telefonò per dire che stava andando sulla Coast e che durante il viaggio si sarebbe fermato a Denver un giorno per vedere lei e Charlene. Elizabeth fu felicissima di vederlo. Era passato quasi un anno e benché Tony fosse in apparenza sempre lo stesso Elizabeth sentì che era diventato più maturo e affettuoso. Il tempo aveva cancellato tra loro l'imbarazzo di quella lontana sera in cui lui le aveva dichiarato il suo amore. Si abbracciarono con calore, felici di ritrovarsi.

«Perché vai in California?» gli chiese. «Vai a trovare i tuoi?»

«Anche. Robert ha intenzione di aprire una filiale a Beverly Hills. Io vado a sorvegliare la ristrutturazione dei locali che ha affittato in Rodeo Drive. Inutile dirti che sono già in perfette condizioni, ma il signor Gale vuole che siano sventrati e rifatti da cima a fondo.»

Risero. Era tipico di Robert. Per bello che fosse un luogo, Robert non lo considerava adatto a sé se non l'aveva personalmente risistemato centimetro per centimetro.

«E come lo condurrete? Assumerete del personale e tu e Robert farete i pendolari?»

«Senza dubbio. Sai bene che il grand'uomo vuole prendere personalmente tutti i contatti per arredare le case di quei ricconi di Bel Air e per fare le ville delle stelle del cinema a Palm Springs. Al buon vecchio Tony toccherà continuare a correre in giro a raccogliere i pezzi. Naturalmente, avremo bisogno di qualcuno che sia continuamente presente. Anzi, Elizabeth, questa è in parte la ragione per cui mi sono fermato qui a Denver. Il motivo vero era vedere te e Charlene, ma si tratta anche di affari. Ann ha detto a Laurel che tu non avevi più intenzione di tornare a vivere a New York. Quando Robert l'ha saputo ha detto che avresti potuto trasferirti in California e dirigere la filiale di Los Angeles della Robert Gale Associates. Che te ne pare dell'idea?»

Elizabeth esitò. Tony fraintese la sua esitazione.

«Prima di parlare», le disse, «lascia che ti spieghi tutto. Non si tratta solo di un lavoretto di conduzione di un negozio sulla West Coast. Robert vuole associarti nell'affare. Vorrebbe che tu fossi socio in accomandita, come me. Naturalmente non avresti una grossa fetta dell'azienda, ma avresti delle azioni nella società e parteciperesti agli utili, a parte il tuo stipendio. Credo che sia una grossa occasione per il futuro e che ti risolverebbe anche un mucchio di problemi immediati.»

«Una grande occasione! Ma è un sogno! Lavorare di nuovo con voi due sarebbe già abbastanza. Possedere perfino un pezzetto della Robert Gale Associates è qualcosa che non avrei mai nemmeno pensato. Sono sopraffatta, Tony, ma davvero non capisco perché Robert mi faccia questa offerta.»

Tony assunse un'aria seria. «Robert ti dirà che lo fa solo perché sa di potere cavare da te il doppio di lavoro, se hai una partecipazione agli utili. Ma queste sono palle. Non lavoreresti certo di meno se avessi solo lo stipendio e lo sappiamo. La verità è che Robert sta riordinando la sua vita. Ci sono pochissime persone a cui Robert tenga e tu sei una di quelle. Dopo di me, credo che tu sia la persona che ama più di chiunque altro. Vuole essere sicuro che se mai dovesse capitargli qualcosa tu sarai al sicuro. È come un suo lascito a te e nello stesso tempo la garanzia che questa azienda che ama tanto continui anche dopo di lui.»

«Non capisco», ribadì lei. «Mi stai forse dicendo che Robert sta per morire?»

«No. Cioè, non è che ci sia un limite di tempo. Però qualche mese fa ha avuto un attacco di cuore. Niente di molto grave, ma il medico gli ha detto che è un avvertimento. Ha solo cinquantacinque anni, ma si comporta come se ne avesse venti. Il dottore gli ha ordinato di rallentare il ritmo. Se gli venisse un altro attacco potrebbe essere grave. Robert è spaventato, Elizabeth, anche se non lo direbbe mai. Non vuole che nessuno, nemmeno tu, sappia che ha il cuore malato, ma sa che potrebbe andarsene da un momento all'altro. Dà del ciarlatano al medico e sbraita che dovrebbe essere cacciato dall'ordine, ma si rende conto benissimo che potrebbe vivere per altri vent'anni o per venti minuti. Ecco perché, in questo modo sentimentale che vorrebbe tenere segreto, vuole che tu torni con noi e che ci resti quando lui non ci sarà.»

Elizabeth era tremendamente in pena. «Ma se la prende un po' più calma? Non puoi convincerlo a farsi curare?»

Tony scosse la testa. «Lo sai anche tu com'è fatto. Non c'è modo. Guarda ad esempio questa nuova idea: aprire un ufficio a tremila miglia di distanza da New York! Ti pare che sia uno che ha intenzione di cambiare stile di vita?»

«No», ammise Elizabeth. «Credo anzi che sapere di essere malato di cuore non faccia che spingerlo a correre ancora di più. Robert è il tipo da morire con una coppa di champagne in una mano e un cucchiaio di caviale nell'altra. E non me la sento di biasimarlo. Forse non vorrei vederlo cambiare.»

«Nemmeno io. Eppure un po' è cambiato, senza accorgersene. Non come dicevamo ora. Ma in privato è diventato più dolce, più grato per ogni minuto di vita che passo con lui. Non ne parla mai, ma secondo me ha passato molto tempo a ripensare a tutta la sua vita. Per questo vuole fare qualcosa di speciale per te e per me.» Tony rise con aria indulgente. «Figurati che adesso non se la prende nemmeno più se vedo altra gente. Perciò naturalmente io non lo faccio. Da quella perversa creatura che sono, quando so che nessuno pretende che gli appartenga, allora lo desidero io. È lo stesso che provo con te, Elizabeth. Tu non cercheresti mai di possedermi ed è proprio per questo che ho sempre desiderato essere posseduto. Che tu lo voglia o no, noi due siamo legati a filo doppio, anche se hai rifiutato la mia offerta. Probabilmente è stata una mossa abile, da parte tua.»

Pensando ad Adam Elizabeth fece un sorriso amaro. Tutta la sua vita sarebbe stata diversa, se non fosse ricomparso poco prima che Tony le dichiarasse il suo amore. Ma anche la vita di Robert sarebbe cambiata. Avrebbe perso Tony, quell'uomo gentile che ora restava l'unica persona, insieme con lei, a offrirgli lealtà e devozione. Deve esserci un disegno superiore, pensò Elizabeth. Era destino che Tony restasse con Robert. E che lei perdesse Adam. E che cominciasse quella nuova vita.

«Chissà chi o che cosa è abile», replicò. «Allora sembrava l'unica cosa saggia da fare. Per noi tutti. E ora sappiamo che non solo era saggia, ma anche buona.»

La stanza era molto tranquilla. Fuori l'inverno premeva alle finestre; come quella notte in cui avevano parlato nell'appartamentino di Gramercy Park. Elizabeth ricordò le parole dure di Tony. «Robert morirà e mi lascerà un mucchio di soldi.» Sperò che lui non ricordasse quella frase. Adesso c'erano buone probabilità che succedesse davvero. E, in questo caso, Tony si sarebbe davvero «comperato un altro Tony», come aveva cinicamente promesso quella famosa notte? Elizabeth pensava di no.

«Bene, che te ne pare?» le chiese Tony. «Io penso che la California ti piacerebbe. Potresti avere una casa, un giardino e un solido futuro, come socia in affari di Robert. In più faresti felici Robert e me. E avremmo anche occasione di vederci spesso.»

«Laurel lo sa?»

«Non sa niente della salute di Robert. Non lo sa nessuno, a parte noi e il medico. Ma le ho parlato dell'offerta di lavoro che ti ha fatto Robert. Lei pensa che sia un'occasione fantastica. Dice che così magari potresti anche riuscire a scoprire qualcosa a proposito di Quigly, ammesso che sia ancora in California. Non ne sai ancora niente, immagino, vero?»

«No. Niente. Sembra letteralmente sparito. Posso solo pensare che così voglia lui, Tony. In questo caso, devo accettarlo. Se è vivo e mi vuole vedere sa dove trovarmi.» Elizabeth rifletté ancora qualche istante. L'idea di essere così vicina ad Adam era l'unico ostacolo, ma era stupido rifiutare un futuro fatto su misura per lei solo per timore di poterlo incontrare o di cedere all'impulso di fare una telefonata.

«Accetto la proposta con gioia e gratitudine», rispose. «Scriverò a Robert domani e appena Charlene verrà dimessa mi recherò in California. Le cose mi succedono sempre nel momento in cui ne ho bisogno. Anche se tu e Robert sembrate le uniche persone che le fanno sempre succedere!» A un tratto, si sentì molto eccitata. Stava per andare proprio dove voleva. A occhi chiusi sapeva già che la California le sarebbe piaciuta. E andarci con la prospettiva di un magnifico, sicuro avvenire, era più di quanto avesse mai sperato. Dio era buono. Avrebbe trovato una casetta dove Charlene sarebbe potuta crescere come una ragazza sana e normale. Ann era tranquilla e al sicuro. Se solo fosse ricomparso anche il figlio perduto, il suo mondo sarebbe stato completo. A parte Adam. Ma per quella felicità, non c'era più speranza. Non avrebbe nemmeno mantenuto l'ultima promessa che gli aveva fatto. La promessa di fargli sempre sapere dove si trovava. Adam non doveva sapere che lei era in California. Anzi, non avrebbe mai più dovuto sapere dove trovarla.

PARTE SETTIMA

CALIFORNIA 1949-1972

22

FORSE perché se ne sentiva così stranamente attratta, la California sembrò a Elizabeth tutto quello che aveva sperato e anche di più. Non guardò le vistose case dipinte in fluorescenti colori «spagnoli», né i miseri negozietti con le vetrine piene di ceramiche e di gusci di noce di cocco lavorati, né tutta quella gente vestita in modo eccentrico, gente di ogni età venuta in massa in quella terra promessa per passare giorni assolati o anni al tramonto. Elizabeth vide solo graziose casette con giardini perfettamente curati, la zona elegante di Wilshire Boulevard con i negozi che rivaleggiavano in splendore con quelli della Quinta Avenue. Vide gente abbronzata e sorridente, dall'aria distesa e senza fretta.

Lasciare Denver era stata un'inattesa lacerazione. I Jenkins avevano dato una festa d'addio per Charlene e avevano invitato anche Lance Milford e la sua famiglia. Fu un'occasione felice e commovente, con grandi scambi di promesse di tenersi in contatto. Il giorno in cui Elizabeth portò via sua figlia dall'ospedale, la signorina Riddle e il dottor Abrams erano presenti. La signorina Riddle abbracciò forte Charlene e sostenne di non avere mai avuto una paziente tanto adorabile. E il medico si dichiarò più che soddisfatto della guarigione di Charlene.

«Ora potrà vivere una vita perfettamente normale», disse a Elizabeth. Poi aggrottò la fronte. «Solo cerchi di non lasciarle prendere quel suo brutto vizio di fumare. Non sarebbe male se anche lei smettesse, signora Whitman.»

Elizabeth arrossì con aria colpevole. «Ci proverò», promise, ben sapendo che non l'avrebbe mai fatto.

Tony aveva prenotato per loro un appartamentino in una casa albergo poco lontano dal Sunset Strip, che doveva servire a Elizabeth come base per dedicarsi alla ricerca di una casetta. Anzi, Tony venne apposta da New York per accompagnarle a Los Angeles e assieme a lui c'era anche Laurel, con grande sorpresa di Elizabeth. Le due amiche riabbracciandosi si commossero. Era esattamente un anno che non si vedevano e, anche se nessuna delle due lo disse, si trovarono leggermente cambiate. Sempre all'ultima moda, Laurel era il massimo dell'eleganza con i suoi abiti di Balenciaga e i cappelli di John Fredericks. Aveva labbra e unghie di un rosso cupo, secondo i dettami dell'ultima moda, ed era una delle poche donne, fuori della cerchia di New York, che si truccasse palesemente gli occhi. In confronto Elizabeth si sentì sciatta e vecchia. In quel periodo non aveva quasi speso un soldo in abiti e comunque ancora meno di quanto spendesse a New York, che era già poco. I capelli neri, che ormai da qualche anno avevano cominciato a ingrigire, erano quasi candidi. Elizabeth non si era effettivamente mai resa conto del proprio aspetto finché non si vide accanto a Laurel. Rispetto all'amica di trentasette anni si sentì cent'anni più vecchia dei suoi quarantaquattro.

Naturalmente non era vero. I capelli bianchi non facevano che mettere in risalto la bellezza del suo viso ancora giovane e miracolosamente privo di rughe. E anche se gli abiti che indossava non erano perfettamente alla moda, non nascondevano comunque la sua figura giovanile e dotata di morbide curve. Era diventata veramente bella, non come una matrona, ma come una donna cui l'età aveva aggiunto saggezza, intelligenza e una sensualità molto terrena. C'era in lei una pienezza che la filiforme, ultraelegante Laurel non avrebbe mai potuto avere.

Ma i cambiamenti delle due donne erano solo esteriori. Nutrivano infatti come sempre una reciproca ammirazione per quelle qualità che le rendevano così diverse e nello stesso tempo così vicine. Elizabeth non aveva certo lo spirito pronto di Laurel, il suo humour a volte perfino un po' spinto o quella patina di ricercatezza che facevano comunque la sua delizia. Mentre Laurel, a sua volta, non avrebbe mai potuto raggiungere quel modo dolce e semplice che aveva Elizabeth di accettare la vita. Queste differenze naturali tuttavia non facevano che aumentare il loro affetto reciproco e ciascuna delle due cercava in ogni modo di emulare, per quanto poteva, i pregi dell'altra.

«Mio Dio», esclamò Laurel guardandosi intorno nell'appartamentino di Yates Court, «non mi avevi detto che vivevi in un buco da talpa!»

«Via», scherzò Elizabeth. «Non è poi tanto male. Un po' buio, magari, ma ultimamente è il modo migliore per mettermi in luce.»

«Puoi ben dirlo», intervenne Tony. «Non sei mai stata così bella. E anche Charlene, è diventata addirittura un'altra. Mi ha detto che è aumentata di quasi cinque chili. Tra un paio d'anni quella ragazzina sarà uno schianto, Elizabeth. Avrai il tuo daffare, mia cara, con tutti quei lupi mannari di Hollywood!»

L'idea di Charlene, che lei pensava ancora come una bambina, corteggiata da giovanotti con «cattive intenzioni» fece ridere Elizabeth. Ma poteva anche essere vero. Quell'estate Charlene avrebbe compiuto quattordici anni. La sua piccolina era quasi una signorinetta. Ora che Tony glielo aveva ricordato, Elizabeth si chiese come mai lei non ci avesse pensato proprio mai. La figuretta esile della figlia cominciava ad arrotondarsi, con il morbido gonfiore dei seni e un accenno di curve femminili sui fianchi. Un osservatore più obiettivo di lei poteva già scorgere in Charlene il delinearsi di una futura bellezza, non solo fisica, ma anche spirituale.

Passarono tutti e quattro un faticosissimo week-end a cercare casa nella zona di Los Angeles. Abituata alle grandi città, Elizabeth era affascinata e insieme spaventata dalle distanze che la gente ogni giorno percorreva in macchina per recarsi da casa al lavoro e viceversa. Aveva creduto di dover vivere a Beverly Hills, vicino all'ufficio. Ma adesso si rendeva conto che avrebbe potuto scegliere tra le varie zone circostanti, se fosse stata disposta a guidare l'auto per venti o trenta chilometri, come altre centinaia di migliaia di persone facevano, per recarsi in ufficio. L'idea non l'attirava molto. Non le era mai piaciuto guidare la macchina, ma in quella parte del mondo faceva parte di un certo stile di vita. Anche se avesse scelto di abitare vicino a Rodeo Drive avrebbe sempre avuto bisogno di una macchina per andare ai vari appuntamenti. Ci si sarebbe dovuta abituare. Era strano, ma pareva proprio che in quel paese nessuno andasse a piedi. Ne parlò con Tony.

«Che vuoi, da queste parti andare a piedi è considerato non solo immorale, ma perfino illegale», le rispose lui. «Che non ti venga in mente di uscire di sera dopo cena a fare una bella passeggiata a Beverly Hills. Prima ancora che tu ti renda conto di che cosa sta succedendo comparirebbero due poliziotti che ti preleverebbero come individuo sospetto. Davvero.»

Elizabeth non amava l'idea di doversi immergere in quel traffico caotico due volte il giorno, ma in un certo senso fu anche un sollievo per lei sapere che non era costretta a vivere e lavorare proprio nella stessa zona in cui abitavano Adam e Monica. Sapeva che l'ufficio di Adam era nel centro di Los Angeles, «lontano mille miglia», e che perciò avrebbe avuto scarsissime possibilità di incontrarlo durante il giorno. Le ore di riposo e gli week-end li avrebbe trascorsi certo in altre zone, dove non c'era la minima possibilità di imbattersi nei Barnsworth.

Era stupido che la possibilità o meno d'incontrare Adam dovesse influire sulla scelta della sua casa, eppure in una certa misura fu proprio così. Naturalmente la scelta di Elizabeth fu anche guidata dal criterio di trovare un quartiere adatto a Charlene in cui ci fossero buone scuole e un certo senso di stabilità e di concretezza. Forse voglio ritrovare la sicurezza della mia infanzia, pensò Elizabeth. Ricordando la cittadina di provincia di Cambridge, in cui era cresciuta in un'atmosfera di normalità, voleva che anche Charlene avesse un gruppo di amici con i quali uscire regolarmente, che avesse una casa in cui riceverli e che partecipasse ai sani divertimenti mondani di una tranquilla comunità.

Con tutte queste considerazioni per la testa, Elizabeth respinse l'idea di una casa sulla spiaggia. Se fosse stata sola avrebbe scelto di vivere a Redondo o in un'altra di quelle località di mare che punteggiavano la costa del Pacifico. Ma riteneva che in quei posti ci fosse un'atmosfera troppo permissiva, troppo bohémien, per una ragazzina suggestionabile come Charlene. C'erano parecchie case dall'aria solida, è vero, ma c'erano anche cottage e bar sulla spiaggia, punti d'incontro per giovani amanti del surf e adoratori del sole. L'oceano esercitava sempre una grande attrattiva su Elizabeth, ma quei quartieri da villeggiatura spensierata non andavano per lei.

Né tantomeno le zone residenziali di Westwood (lì poi incombeva l'ombra dei Barnsworth!) o l'anonimato delle case sulle vie laterali più lontane, verso il centro, oltre l'Wilshire Boulevard. La zona di Hollywood con le sue colline, poi, aveva un'aria troppo artefatta. Bel Air era per miliardari e di Beverly Hills non se ne parlava neppure. Dopo una settimana di ricerche infruttuose Laurel e Tony incominciavano a perdere la pazienza.

«Santo cielo», esclamò Laurel, «abbiamo visto almeno una decina di case alla portata della tua borsa. E tutte fantastiche, solo che tu ogni volta sei riuscita a trovare qualcosa che non andava nell'ubicazione! Che ci resta, ora?»

Tony approvò. «Laurel ha ragione, Elizabeth. Ma che cosa ti sei messa in mente, una graziosa casetta a Pasadena?»

«Perché no?» osservò Elizabeth. «Lì non abbiamo ancora cercato.»

«In quella cittadina in miniatura deve pur esserci una casa in cui Elizabeth non troverà qualche difetto. Non conosco Pasadena più di quanto non conosca il resto di questa zona, so solo che è in parte molto mondana e in parte per vecchiette in scarpe da tennis.»

«È piuttosto lontana dall'ufficio», commentò Tony esitando. «E so quanto detesti guidare. C'è un bel traffico da affrontare due volte il giorno.»

«Detesto guidare, che si tratti di venti isolati o di venti miglia», concluse Elizabeth. «La cosa più importante è che riesca a trovare la casa giusta nel posto giusto della zona giusta.»

«Mio Dio», sospirò Laurel. «Questa donna è pazza. Dubito che riesca a riconoscere questa casa ideale, ammesso che la veda mai.»

«La riconoscerò, stai tranquilla», sorrise Elizabeth. «Dall'odore.»

Come Tony aveva previsto il tragitto fu molto lungo, con un traffico spaventoso anche a quell'ora in cui non c'erano tanti pendolari folli sulla Freeway. A metà strada Elizabeth cominciò a sentirsi scoraggiata. Non ce la farò mai a guidare per questo tragitto mattina e sera, pensava. Mi verrà un esaurimento nervoso. Ma una volta vicini a Pasadena dimenticò tutto quanto. Era esattamente il luogo che aveva tanto cercato: viali alberati, favolosi vecchi palazzi in stile vittoriano che dominavano con aria benevola casette ben tenute con piccoli giardini perfettamente curati, bambini che giravano in bicicletta, donne che spingevano i carrelli della spesa. Passarono davanti a una scuola superiore, dalla quale stavano uscendo frotte di studenti vestiti semplicemente e con un'aria sana e robusta che si ammucchiavano su vecchie auto sgangherate o si allontanavano a piedi dal bell'edificio scolastico. In auto fecero qualche giro d'ispezione osservando i centri commerciali, la piccola zona del centro con i suoi negozietti e i lindi ristorantini. Con sua grande delizia, Elizabeth individuò anche il teatro di Pasadena e il museo d'arte. E allora capì di essere arrivata a casa.

Nel giro di due ore aveva già deciso per una casetta arretrata dalla strada e circondata da alberi e cespugli. Davanti c'era un bel prato di erba fitta e robusta e dietro un giardinetto per ora inesistente, ma che Elizabeth avrebbe trasformato in una profusione di colori e di profumi. La casa era piccola, ma adeguata, con due stanze da letto e un soggiorno abbastanza ampio dotato dell'unica cosa di cui Elizabeth non poteva fare a meno: un caminetto funzionante. Era una casa di circa quarant'anni, senza particolari attrattive, ma con un innegabile fascino. Aveva bisogno di essere ridipinta e riadattata. La vecchia coppia che l'aveva posseduta per anni non aveva mai fatto nessun miglioramento, notò Elizabeth, e non si lasciò certo incantare dalle assicurazioni dell'agente immobiliare che sarebbe bastato pochissimo per renderla perfetta. Ci sarebbe voluto tempo, lavoro e denaro, ma Elizabeth aveva in abbondanza di tutt'e tre. Lì sarebbe stata felice. Anche Charlene. I vicini erano a portata di voce, tanto da poterli chiamare in caso di bisogno, o almeno così lei sperava. La sua unica preoccupazione era lasciare Charlene sola tutto il giorno ed Elizabeth fece gli scongiuri, augurandosi che chi abitava nei paraggi fosse abbastanza cordiale per poterci contare. Dio non voglia che succeda qualcosa a Charlene mentre sono al lavoro, pensò. Era contenta che le case dei vicini si scorgessero attraverso gli alberi del suo giardinetto. Voleva un po' d'intimità, ma non l'isolamento, per amore della figlia.

«La prendo», disse all'agente stupefatto. Sorrise ricordando i giorni lontani in cui aveva cercato casa a Washington. «Non c'è bisogno che me ne mostri altre. Compro le case come i vestiti. Capisco se mi vanno bene solo a guardarli, senza provarli.»

«Eh, sì, la signora Whitman ha uno straordinario fiuto», spiegò Laurel allo sbalordito agente immobiliare. «Immagino che se ne sia accorto anche lei, no?»

Il pover'uomo pensava evidentemente che fossero tutti matti. «Accorto di che cosa?» chiese.

«Dell'odore», aggiunse Tony. «È inconfondibile.»

L'agente annusò. «Sì, forse sa un po' di muffa, ma è roba che sparisce subito, basta che la casa resti aperta un paio di giorni.»

Laurel rise. «Mi scusi», disse, «non era nostra intenzione prenderla in giro. Si tratta di uno scherzo tra noi.»

Quando l'uomo se ne andò Elizabeth guardò con affetto i due amici. «C'è davvero un odore, sapete, almeno nella mia testa. È l'odore di quando si dissoda un terreno nuovo per mettere delle radici.»

Nel giro di quarantotto ore, con l'aiuto di Tony, Elizabeth riuscì a ottenere un prestito bancario, comperò una vecchia e solida *Ford* e prese accordi per fare ridipingere la casa in modo che lei e Charlene potessero trasferircisi entro due settimane. Quando Laurel e Tony se ne furono andati si gettò in un'orgia di acquisti per la casa, dai letti all'arredamento per il terrazzo. A parte gli oggetti antichi di sua madre, i libri, i quadri e alcune supellettili essenziali come le lenzuola e la batteria da cucina, disse a Laurel di vendere tutto quanto restava dei suoi mobili nel magazzino a New York. «Che vuoi, i mobili che sembrano funzionare a New York qui non vanno assolutamente», spiegò. «Voglio che questa casa sia luminosa, ariosa e il più possibile moderna. Non mi va di chiudermi dentro pesanti tendaggi e chilometri di stoffa. Voglio respirare l'aria fresca a pieni polmoni e crogiolarmi al sole.»

Si sentiva ebbra di entusiasmo e di eccitazione. Con suo grande stupore superò al primo tentativo l'esame di guida in California e le parve di buon augurio dato che praticamente non guidava dai tempi di Georgetown. Charlene venne iscritta alla scuola superiore davanti alla quale erano passati il primo giorno e che le era tanto piaciuta, a soli tre isolati da casa. I vicini sembravano gentili senza essere soffocanti. Le signore che vivevano nelle due case accanto a quella di Elizabeth passarono a trovarla il primo week-end e le chiesero se aveva bisogno d'aiuto, dopo di che scomparvero educatamente. Le due signore non lavoravano e avevano dei bambini piccoli, altra scoperta che aumentò la tranquillità di Elizabeth.

Elizabeth non si abituò mai veramente a mettersi al volante del «bolide rosso», come scherzosamente Charlene aveva soprannominato la sua auto. Era una guidatrice spaventosa, ma percorreva nervosamente il lungo tragitto da casa al negozio di Beverly Hills sorbendosi senza battere ciglio gli improperi che gli automobilisti un po' meno imbranati di lei le lanciavano mentre avanzava con estrema cautela sulla corsia del traffico lento.

Arrivare al negozio in orario richiedeva tutta la sua concentrazione e la sua energia. In una città estranea era difficile sapere dove trovare dei bravi operai, come procurarsi i due assistenti di cui aveva bisogno e perfino dove andare a fare uno spuntino o a mangiare rapidamente un boccone all'ora di colazione. Ma in qualche modo Elizabeth riuscì a cavarsela. E quando verso marzo arrivò Robert la gente già cominciava a parlare del nuovo centro di arredamento tanto chic e del suo ormai famoso proprietario.

Era la prima volta che Elizabeth lo rivedeva da un anno. Gli cercò sul viso i segni della malattia, ma non ne trovò. Robert non sembrava affatto cambiato. Con un gesto allontanò i tentativi di Elizabeth di ringraziarlo per la sua generosità.

«Non essere mortalmente noiosa», le disse. «E poi non t'illudere, mia cara, si tratta solo di egoismo puro. Se hai un interesse negli affari lavorerai di più. Anche quel lazzarone di Tony si è messo a rigare diritto, da quando è diventato uno dei proprietari. Mi sta facendo impazzire. È sempre così a terra ultimamente!»

Elizabeth gli fu grata per quella piccola commedia che stava inscenando. Sapeva che in quel periodo Tony non lo rendeva felice e sapeva anche perché. Robert per molti versi sembrava una donna che vuole dare a intendere che il suo innamorato non può assolutamente fare a meno di lei ed è felice di farlo sapere al mondo intero.

Lavorarono come schiavi per essere pronti per il cocktail party che avrebbe dovuto ufficialmente inaugurare l'apertura della filiale di Beverly Hills della Robert Gale Associates. Tony arrivò una settimana prima per dare una mano negli ultimi preparativi, mentre Robert continuava il suo eterno fiume di contatti tra potenziali clienti e la stampa che contava. Osservando la lista delle persone alle quali avrebbe dovuto essere spedito l'invito, Elizabeth con un tuffo al cuore lesse anche «Il signore e la signora Barnsworth». Non c'era da stupirsi. Tutti i ricchi proprietari di case erano stati invitati in base a una lista fornita a Robert da una locale agenzia di stampa. Ma l'idea che Adam potesse accettare l'invito la gettava nel panico. Probabilmente non sarebbe successo. Non era il genere di cose che lo interessavano. Monica invece vi avrebbe partecipato di certo, anche senza di lui. Per un attimo Elizabeth esitò, divisa tra la curiosità di conoscere la moglie di Adam e la certezza dell'angoscia in cui la prospettiva l'avrebbe gettata, al punto da renderla inefficiente prima e durante il party. E poi c'era sempre la remota possibilità che Monica insistesse per farsi accompagnare da Adam. Per la prima volta nella sua vita lavorativa Elizabeth compì una piccola infrazione. Cancellò con un tratto di penna i due nomi, mettendo accanto questa annotazione: «Fuori città. Spiacenti». Robert non li conosceva. Nessuno avrebbe chiesto niente. E se Monica si fosse domandata perché proprio lei fra tutte le sue amiche fosse stata esclusa probabilmente non avrebbe parlato di questo smacco davanti ad Adam o a qualcun altro. Se Elizabeth la giudicava esattamente, avrebbe detto agli amici che «quella sera non se la sentivano proprio».

Elizabeth si preoccupava che tutta quella pubblicità avrebbe finito per mettere Adam al corrente che Robert Gale stava aprendo una succursale nella zona. Ma in fondo Adam non aveva nessun motivo per mettere Elizabeth in relazione con il fatto. Per quanto ne sapeva lui, lei stava ancora a Denver. Comunque Elizabeth in questa occasione si rese conto che l'idea di poterlo rivedere era per lei una vera e propria ossessione. A volte ci pensava mentre si recava in auto al lavoro. Se per esempio la macchina di Adam si fosse fermata accanto alla sua a un semaforo rosso? O se lo avesse incontrato in un *drugstore*? O se, semplicemente, riconoscendo il nome della ditta un giorno fosse entrato nel negozio per curiosità?

Be', e allora? si chiese con tono di sfida. Forse che questo significava che Adam si aspettasse o desiderasse di rivederla? Ma non le restava proprio nemmeno un briciolo di forza di volontà? Non sarebbe stata forse capace di mandarlo via un'altra volta, dalla moglie e dalla figlia? Francamente non sapeva come rispondere. Sperava solo di non doversi trovare mai nella necessità di farlo.

L'inaugurazione andò magnificamente. Il negozio era affollato perlopiù di signore in abiti costosi e di pochi riluttanti mariti o amanti. Robert e Tony furono affascinanti ed Elizabeth, sicura di sé nel nuovo abito da cocktail che Robert aveva insistito per regalarle, si lasciò prendere dall'eccitazione della festa, dallo scintillio dei candelabri e dei diamanti, dal profumo dei bouquet di fiori e dagli effluvi di profumo francese. Gli unici momenti brutti furono quelli passati a evitare fotografi e giornalisti. Robert continuava a nominare generosamente i suoi due assistenti ed Elizabeth aveva il suo daffare a evitare le macchine fotografiche, continuando a ripetere ai giornalisti che l'unico nome che dovevano citare era quello di Robert Gale. Il giorno dopo con sollievo notò che almeno apparentemente era riuscita nel suo intento. Le foto e le citazioni di Robert erano le uniche utilizzate negli articoli sui giornali. A quanto pareva i giornalisti avevano accettato il fatto che solo un nome facesse notizia. Grazie a Dio erano presenti molti bei nomi della mondanità sui quali i reporter potevano concentrarsi senza dover ricorrere ai due assistenti di Gale per rimpolpare i loro articoli.

Durante la festa Elizabeth prese da parte per qualche istante Tony. «Ti pare che Robert stia bene?» gli chiese. «È tutto veramente estenuante. Lo tirano da ogni parte.»

«Sta bene. Oggi pomeriggio sono riuscito a farlo riposare un paio d'ore. E poi, lo sai, è questo che vuole soprattutto.»

Robert pareva divertirsi veramente. S'immaginava di esser un incrocio tra Noel Coward e Clifton Webb, pieno di fascino cittadino e di spirito pungente. Le signore lo adoravano maggiormente quando le insultava che quando faceva loro elaborati complimenti. O forse le ricche dame non distinguevano tra le due cose. Elizabeth gli passò accanto mentre stava intrattenendo tre famose signore, una stella del cinema, la moglie di un famoso regista e l'amante di un magnate del petrolio, e scosse la testa stupita sentendo la conversazione.

«Carissime», diceva Robert, «sembra proprio che sia arrivato giusto in tempo! Come il secondo avvento di voi sapete chi! Sono qui per salvarvi dai peccati di un abissale cattivo gusto! Ho visto le vostre case: sono assolutamente un disastro, mie care, un disastro! Ma adesso ci penseremo noi, vero? Creature belle ed eleganti come voi devono vivere in ambienti degni di loro. Poveri angeli, finora non avete avuto nessuno che vi aiutasse, vero? Niente paura. Robert Gale e soci trasformeranno le vostre banali dimore in palazzi adatti alle regine che siete!»

Man mano che passavano le ore, la felicità di Robert cresceva. Era nel suo elemento, circondato da nomi famosi e da patrimoni inestimabili. Aveva già preso sei appuntamenti per il giorno dopo ed Elizabeth si preoccupava. Robert voleva strafare. Cercò di dirglielo con le dovute cautele quella sera stessa dopo che l'ultimo ospite se ne fu andato, mentre loro tre erano al *Beverly Hills Hotel* dove si erano recati per una cenetta di mezzanotte.

«Ma che cosa stai cercando di fare?» lo rimproverò leggermente. «Hai forse in mente di arredare a nuovo tutta la California del Sud nei prossimi tre anni? Per l'amor di Dio, lascia qualche pezzetto di territorio inesplorato per me, quando torni a New York!»

«Questo non è che l'inizio», disse Robert. «Questa filiale sarà fantastica. Ancora meglio di quella di New York o di Palm Beach. Sono tutti così meravigliosamente *nouveaux riches* e pieni di entusiasmo. Come i texani. Magari il prossimo negozio potremmo aprirlo a Dallas. Che ne dici, Tony? Non fanno che guazzare nei pozzi di petrolio, laggiù, anche se non so proprio dove si può passare il tempo a Dallas. Credo che laggiù non ci sia l'equivalente del *Beverly Hills Hotel.*» Si guardò attorno con soddisfazione. «Sei fortunata, Elizabeth, a vivere in questo splendido posto mentre noi ci dibattiamo nello squallore di New York.»

Lei sorrise. «E non sei ancora stato a Pasadena. Non è esattamente la stessa cosa, ma amo molto la California. Davvero. La amo ogni giorno di più.»

«Bene. Ma forse dovresti trasferirti a Beverly Hills. Tony dice che è infernale andare e venire da casa tua. Da come si mettono le cose probabilmente dovresti essere a portata di mano giorno e notte. E poi sarebbe meglio che abitassi più vicino ai clienti, non ti pare?»

«Mi dispiace. No. E forse è meglio chiarire subito la cosa, Robert. Io non posso essere sulla breccia ventiquattro ore al giorno, come fai tu. Ho Charlene, ricordi? E poi sinceramente non ce la farei a sopportare quelle leziose signore in continuazione sette giorni la settimana. Sono felice quando posso ritirarmi nella mia graziosa casetta nella vecchia, noiosa Pasadena. A proposito, quando vieni a vederla? La troverai orrenda, da quel grande snob che sei, ma voglio che tu venga lo stesso.»

«Magari la prossima volta. E Charlene, dove l'hai messa stasera?»

«È andata a dormire da una compagna di scuola. Immaginavo che avremmo fatto tardi e non mi fidavo a guidare fino a casa. Perciò ho preso una stanza qui, a spese tue naturalmente.»

Gli occhi di Robert scintillarono. «Dio mio, è vergognoso come voi due vi approfittiate di me!» Poi di colpo si fece serio. «E ve lo potete permettere. Tutt'e due. Io ne godo. Siete le uniche due persone al mondo che amo veramente. Vi sono grato per la vostra devozione, anche se non ve lo dimostro spesso.»

Né Tony né Elizabeth sapevano che cosa dire. Quella pubblica dimostrazione di sentimento e di tenerezza era così poco nel suo stile che li prese alla sprovvista. Fu lui a risolvere la situazione. In un attimo, era tornato il vecchio Robert.

«Sentite, se avete intenzione di piangere come fontane, andate al cesso e fate pure. Quanto a me, sto letteralmente morendo di fame. Voglio un po' di quell'aragosta dell'Alaska vergognosamente costosa, un'insalata alla Cesare e la migliore bottiglia di champagne di questo miserando alberghetto di provincia.

Ristabilito il solito clima, cenarono e chiacchierarono fino a notte alta. Verso le due di notte Tony accompagnò Elizabeth in camera sua, mentre Robert si avviava allegramente verso l'enorme cottage dell'albergo che divideva con lui.

«Ci si vede domattina subito dopo colazione», le gridò mentre proseguiva per il sentiero debolmente illuminato. «Io non farò vedere la mia brutta faccia fin dopo il caffè, ma tu farai bene a essere in circolazione alle nove, Elizabeth. Ricorda che potrebbe sempre esserci un altro grande crac in borsa. Bisogna approfittare delle donne finché hanno più soldi che cervello. E per fortuna ce ne sono in giro ancora parecchie con queste adorabili doti.»

Mentre percorrevano il corridoio Elizabeth e Tony si scoprirono a sorridere con indulgenza.

«È proprio un ragazzo», commentò Tony. «Nonostante quella sua facciata pungente è più sentimentale di un biglietto per San Valentino. Ci vuole veramente bene, sai. E sa che noi lo ricambiamo.»

«È stata una serata magnifica per lui. Per noi tutti. Dio ti benedica, Tony, per essere così buono con me e con Robert.» Lo baciò lievemente. «Sei meraviglioso, con lui.»

«Non fingo, sai. E non si tràtta nemmeno più di pietà. È affetto vero. Starò con lui finché avrà bisogno di me.»

«Lo so», rispose Elizabeth. «Ci vediamo domattina. Come ha detto il capo, in piedi e sulla breccia alle nove!»

Ma Elizabeth non avrebbe mai cominciato la sua giornata con Robert, come avevano stabilito. Alle otto, mentre stava facendo colazione in camera, sentì squillare il telefono. Era Tony, che le diceva che era appena andato in camera di Robert per svegliarlo, ma che aveva scoperto che non c'era più nessun Robert da svegliare. Dopo la serata trionfale Robert Gale era andato a letto felice. E in silenzio, durante la notte, era morto tranquillamente nel sonno.

23

Il giorno dopo il successo mondano dell'inaugurazione della nuova filiale della Robert Gale, i giornali di Los Angeles del mattino riportavano varie istantanee del famoso arredatore sorridente e nell'atto di salutare celebri stelle del cinema. Sui giornali della sera, invece, c'era una foto da studio di Robert con la sbalorditiva notizia della sua morte per attacco cardiaco in un cottage del *Beverly Hills Hotel.*

Due uomini quel giorno lessero la notizia con vivo interesse benché non avessero mai conosciuto Robert Gale in vita loro. Uno era Adam Barnsworth. E l'altro era Quigly Whitman.

Stranamente, i due avevano parecchie cose in comune. Vivevano tutt'e due con una bella donna a Beverly Hills. Tutt'e due erano circondati dal lusso. Tutt'e due amavano Elizabeth e nessuno dei due aveva idea, prima di aver letto l'edizione della sera del giornale di Los Angeles, che Elizabeth stesse a pochi chilometri da loro. E avevano anche un altro legame: tutt'e due si chiedevano se mettersi in contatto con lei o meno.

Incurante di doversi esporre in prima persona, come aveva fino allora temuto, quel mattino Elizabeth si era presa l'incarico di parlare ai giornalisti, quando avevano fatto l'annuncio della morte di Robert. Del resto non aveva scelta. Tony era paurosamente prostrato dal dolore e impegnato nelle pratiche per organizzare il trasporto della salma di Robert nella tomba di famiglia, a Philadelphia. Toccò quindi a lei rispondere alle domande dei reporter e fare le necessarie dichiarazioni sul fatto che la ditta avrebbe continuato sotto la direzione sua e di Tony, i due soci sopravvissuti.

Durante l'incubo di quella terribile giornata, mentre cercava di parlare con calma ai giornalisti, le passò rapidamente per la mente che così Adam avrebbe saputo dove lei si trovava, ma davanti a quella straziante tragedia la cosa le parve di scarso rilievo.

Adam tuttavia pensò che non fosse quello il momento adatto per farsi vivo con lei. Era rimasto molto sorpreso nell'apprendere che Elizabeth viveva a Los Angeles senza nemmeno farglielo sapere. Ammise con se stesso che il suo io se ne sentiva profondamente offeso. Non riusciva a spiegarsi come Elizabeth potesse essergli così vicina e non avergli nemmeno telefonato. Razionalmente capiva la situazione, ma emotivamente la trovava difficile da accettare. In un certo senso era colpa sua, pensò. Dopotutto, era stato proprio lui una volta a dirle che non avrebbero mai potuto vivere nella stessa città. Che nessuno di loro due era fatto per appuntamenti furtivi e segreti. Ora rimpiangeva quelle affermazioni troppo sicure e presuntuose. Aveva una gran voglia di rivederla. Ma avrebbe aspettato. Ora doveva essere certamente sconvolta. Non era il momento adatto a una riconciliazione.

Per Quigly Whitman la faccenda era diversa. Anche lui voleva rivedere Elizabeth, ma l'idea di affrontarla lo angustiava. Tanto per cominciare c'era il modo poco pulito in cui si era comportato a San Diego. E poi Quigly sapeva che cosa avrebbe pensato Elizabeth di lui, se avesse saputo come aveva passato quell'ultimo anno della sua vita. Non gli avrebbe di certo voluto meno bene, ma sarebbe rimasta delusa e turbata per il fatto che ora lui viveva con una donna che aveva più del doppio dei suoi anni. Non era il genere di sistemazione che Elizabeth avrebbe capito.

Era strano il modo in cui era finito in quella situazione. Se l'era filata in tutta fretta da San Diego, cercando di dimenticare tutta la storia di Billie e giustificando ai propri occhi la parte che vi aveva avuto con il semplice ragionamento che solo una ragazza squilibrata si sarebbe uccisa per una cosa tanto banale come la fine di un romanzetto sentimentale e una gravidanza che si poteva facilmente interrompere. Per mesi aveva semplicemente vagabondato per le coste della California senza scopo e senza meta.

Era vissuto facendo strani lavoretti. Aveva lavorato in un distributore di benzina, poi era entrato in una ditta di costruzioni e infine si era messo a fare il cameriere in un ristorante *drive-in* sul Sunset Boulevard. E lì aveva conosciuto Theresa Isherwood. Un giorno era arrivata al ristorante con la sua *Rolls-Royce* e Quigly aveva preso la sua ordinazione d'insalata di formaggio magro e caffè nero. Ciascuno dei due aveva fatto subito una rapida e sfrontata stima dell'altro. Quigly aveva visto una bella donna in abiti sportivi. Doveva essere sui trentacinque anni, aveva pensato, e decisamente in soldi. Terry in lui aveva visto invece un bel ragazzo sexy che mentre le serviva la tazza fumante del caffè le aveva toccato la mano, di certo non per caso. Un tipo pronto a tutto, aveva pensato di lui. Probabilmente sta qui per cercare di fare qualche film, come altre centinaia di migliaia. Gli aveva dato circa ventidue anni. Ma si sbagliavano tutt'e due. Quigly non ne aveva ancora venti. E Theresa stava per compiere i quarantadue.

Lo osservava muoversi agilmente tra le altre macchine e sapeva che benché non si voltasse mai a guardarla, lui era perfettamente consapevole del suo sguardo incollato ai suoi pantaloni un filo troppo stretti e alla camicia mezzo sbottonata con noncuranza. Quando era tornato da lei per prendere il vassoio, Terry gli aveva detto semplicemente: «A che ora smetti di lavorare?»

Come se fosse stato esattamente quello che si aspettava, Quigly aveva risposto: «Alle cinque».

Lei aveva avviato il motore. «Passerò a prenderti.»

Alle cinque in punto Terry era arrivata e lo aveva portato a casa sua, a Bel Air Estates. Durante il tragitto di una ventina di minuti nessuno dei due aveva aperto bocca. Anche quando aveva visto l'enorme casa con piscina e campo da tennis Quigly non aveva fatto commenti. Una volta dentro, Terry aveva finalmente rotto il silenzio.

«Vuoi bere qualcosa?»

«Sì. Scotch doppio.»

«Ottima scelta.» La sua voce era naturale. «Andiamo a bere in camera mia.»

Theresa Isherwood pensava all'avventura di una notte. Quando vedeva un uomo che le interessava non sprecava tempo in sciocchezze da ragazzina. Nota agente cinematografica di grande successo, era due volte divorziata. Viveva sola, a parte una cameriera molto discreta, in una bella casa di dodici stanze in una delle zone più costose della California del Sud. Era anche ninfomane. I suoi due mariti l'avevano scoperto un po' in ritardo. Il primo si era tranquillamente allontanato da una moglie irrimediabilmente infedele. Il secondo l'aveva sorpresa con il giardiniere giapponese, proprio nello stesso letto in cui ora stava con Quigly. L'uomo si era liberato subito di lei e poi anche del giardiniere. Terry aveva pensato che con un giapponese potesse essere diverso. Non lo era.

Da allora rimorchiava tutti quelli che attiravano la sua attenzione. Sapeva che poteva essere pericoloso portarsi a casa quei fusti sconosciuti. Una volta o l'altra qualcuno l'avrebbe derubata o magari anche uccisa. Ma non pensava che sarebbe mai veramente successo e non ci badava più di tanto.

Fino a quel momento era stata fortunata. Si comportava sempre come se stesse trattando un affare. Le dava una certa perversa soddisfazione pagare quegli uomini e perlopiù si era trattato di bravi stalloni che se n'erano andati docilmente, felici per quegli imprevisti cinquanta dollari che si erano trovati in tasca. Solo un paio aveva cercato di prolungare la relazione. Con questi Terry di solito usava la scusa che era sposata e che il marito, benché impotente, era pazzamente geloso. Questo mitico marito era sempre in viaggio d'affari quella notte, ma era sottinteso che sarebbe tornato l'indomani impugnando una pistola.

Tutto ciò non turbava minimamente la sua coscienza e non interferiva con il suo lavoro. Era una tra le agenti più ricercate e la sua clientela assomigliava a una specie di elenco degli Oscar. La sua vita personale, per quanto notissima in tutta Hollywood e oggetto di feroci pettegolezzi, era affare suo. Finché non influiva negativamente sulla sua produttività, nessuno doveva impicciarsene. Non si sarebbe risposata mai più. E non voleva nemmeno niente di duraturo. C'erano molti uomini presentabili per portarla in pubblico, alle anteprime e alle cene d'affari. Con questi però non andava a letto. Non mescolava mai gli affari con il piacere.

Era contenta che Quigly avesse l'aria di avere capito perfettamente perché si trovava lì e non cercasse di fare conversazione o porle noiose domande. Però, chissà perché, non aveva parlato di «tariffa». Con i bicchieri in mano, si erano spogliati rapidamente e si erano messi a fare l'amore senza aver scambiato più di una decina di parole. Con suo stupore, Terry si era sentita particolarmente eccitata. Quigly sapeva fare l'amore con sorprendente esperienza ed era rude quel tanto che le piaceva. E per di più era spontaneamente appassionato. «Artigianale» era la parola che continuava a venirle in mente quella notte. Quel ragazzo pareva instancabile. Tra un impeto sessuale e l'altro Quigly si alzava, andava a riempire i bicchieri e li riportava in silenzio in camera da letto. Con grande soddisfazione di Terry, Quigly non aveva mostrato nessun calo di virilità, nonostante l'enorme quantità di alcool.

Quella notte non avevano dormito affatto e verso le otto del mattino Quigly si era alzato, aveva usato la doccia di Terry senza chiederle il permesso e aveva cominciato a rivestirsi. Terry lo osservava.

«Dove diavolo pensi di andare?»

«Al lavoro, madama. Mi aspettano al *drive-in* per le dieci. Qualche obiezione?»

Lei lo aveva guardato incuriosita. «Non sai nemmeno come mi chiamo.»

«Siamo pari. Nemmeno tu sai il mio nome. E con questo? Ciascuno di noi ha avuto quello che voleva, no?» Aveva fatto un sorriso sgradevole. «O forse la signora non è rimasta soddisfatta?»

Per la prima volta in vita sua, Terry non voleva che finisse tutto così. «Sei magnifico», aveva detto. «Ma proprio non t'interessa sapere qualcosa di me?»

«Dovrebbe interessarmi? Tu volevi farti scopare. E io l'ho fatto. Non è stato niente male. Un'altra volta che ti viene la fregola, vieni a prenderti un hamburger. Chissà, può darsi che sia ancora da quelle parti.»

Quigly l'aveva in pugno e lo sapeva. Lei aveva cercato di continuare a fingere indifferenza, ma non aveva recitato molto bene.

«Senti, Ercole», gli aveva detto, «forse abbiamo qualcosa da farti fare qui. Come ti chiami?»

«Jack lo Squartatore.»

«Molto divertente.»

«Okay. Allora sono il Piccolo Lord... E tu, come ti chiami, Rebecca o Biancaneve?»

«Theresa Isherwood.» Ed era rimasta in attesa.

«Questo nome dovrebbe dirmi qualcosa?»

«Se stai cercando un'occasione per infilarti nel cinema, forse. Sono un'agente, anche maledettamente brava.»

«Sono molto impressionato», aveva detto Quigly, «ma non m'interessa. Non sto cercando un'occasione nel cinema. Cary Grant si è già preso tutte le parti che potevano andarmi bene.»

«Ma chi sei?» gli aveva chiesto Terry. «E se non sei un aspirante attore, chi diavolo sei?»

«Un poeta, un sognatore, un nomade e in pratica un cameriere di *drive-in* che non rifiuta di sbattere belle signore un po' stagionate.»

«Sei anche un figlio di puttana.»

«Ah sì, certo. Be', ci si vede tra un piatto di fritto e l'altro.»

Per Terry era stata un'esperienza del tutto nuova: qualcuno che non voleva niente da lei. Nemmeno l'occasione di restare nella sua casa e nella sua vita. Né un impiego e probabilmente nemmeno del denaro in cambio delle sue prestazioni. Incredibile. Nemmeno quella sgradevole osservazione sulle «signore un po' stagionate» l'aveva fatta arrabbiare poi tanto. Non aveva mai visto un giovanotto così incurante e così indifferente a quello che gli succedeva.

«Mi piaci», gli aveva detto. «Probabilmente perché hai ancora meno cuore di me. Mi piacerebbe tenerti qui per un po'. Credimi, non lo chiedo mai a nessuno. Vuoi restare? Puoi? O hai una mogliettina fedele che ti aspetta a casa?»

«Non ho nessuna moglie», aveva risposto Quigly. «Anzi, neanche una famiglia. E non ho progetti. Ma che cosa significa per un po' nella tua lingua? Un giorno? Una settimana? Un mese? E io che ci guadagno, oltre a tre pasti completi e a un illimitato accesso al tuo candido corpo?»

«Non sottovalutare questi due vantaggi», aveva detto lei. «Quanto alla durata, chissà? Puoi restare finché non mi stanco di te. O tu di me. O finché ne abbiamo piene le scatole l'uno dell'altra. Una cosa è certa. Sarà sempre meglio che affannarsi dietro le ordinazioni in un postaccio.»

Per la prima volta, Quigly aveva riso. «Ehi, non hai peli

sulla lingua, vero? E se resto quali sono i miei doveri? Intendo oltre quelli che ho compiuto stanotte?»

«Solo startene quieto e buono. Cosa che non deve riuscirti difficile. Ah, sì... dovresti anche fornire un nome. Sarebbe noioso doverti sempre chiamare 'ehi, tu'.»

Quigly aveva riflettuto un istante. Che cosa aveva da perdere, in fondo? Aveva giusto intenzione di dire a quelli del *drive-in* di prendersi il loro lavoro di cameriere e cacciarselo nel culo. Theresa sarebbe potuta essere sua madre, ma a letto non era niente male. E c'era quella supercasa con piscina. Probabilmente la donna gli avrebbe comperato dei vestiti. Magari anche un'automobile. E gli avrebbe dato anche dei soldi. Chissà perché sapeva di piacerle. Chi se ne fregava, per quanto tempo durava? Sempre meglio che fare il poveraccio, sbattersi per pochi dollari e dormire in pensioni puzzolenti. Aveva ricominciato a mostrare il suo fascino, ma non troppo. A Theresa piaceva essere trattata come una mignotta. Non doveva dimenticarselo mai. Questo, e le sue prodezze fisiche, avevano fatto il miracolo.

«Be', Cristo, perché no?» aveva detto infine. «Se diventa una zuppa, faccio presto a filarmela. Mi chiamo Alan. Alan Whitman.»

Non era male, la trovata di usare il nome del padre. Aveva ereditato i geni del vecchio e anche la sua corruzione. Poteva quindi appropriarsi anche del suo nome. In fondo era in carattere, che fosse finito con una puttana. Dio sa quante ne aveva avute suo padre di puttane. Ann gli aveva raccontato tutto quanto.

Theresa aveva sorriso con un'aria soddisfatta, da gatta. «E va bene, amante. Adesso basta con le chiacchiere. Hai fatto un patto. Torna a letto. Non ho nessun appuntamento fino all'ora di pranzo.»

Questo era successo un anno prima. Con grande sorpresa di ambedue, Quigly era ancora nella villa di Bel Air. Era mantenuto bene e solo leggermente annoiato. Terry non si faceva mai vedere in pubblico con lui. Non uscivano mai insieme la sera e se lei aveva qualche «occasione sociale» ci andava sola, oppure raccomandava a Quigly di tenersi fuori dalla visuale quando il suo accompagnatore si recava a prenderla. Di giorno Quigly poteva praticamente disporre di tutto il tempo che voleva. A volta andava in giro per commissioni o comperava degli abiti, per generosa concessione di Terry. Ogni tanto gironzolava qua e là con la nuova decappottabile che Terry aveva portato a casa come sorpresa dopo sei mesi che stavano insieme.

«Felice anniversario», gli aveva detto ironicamente. «Siamo arrivati a sei mesi. Accidenti, è un record. Nessuno dei miei matrimoni è mai durato tanto.»

Se andava a letto anche con altri uomini, Quigly non lo sapeva. Ma dubitava che lo facesse. Il loro forsennato fare l'amore sarebbe dovuto bastare anche per una come Terry. Aveva avuto più sesso in quei mesi che in tutta la sua vita! Terry era insaziabile. Non c'era da meravigliarsi che i mariti avessero tagliato la corda così in fretta. Per robusto e virile che fosse Quigly, le esigenze di Terry lo lasciavano così esausto che praticamente passava la giornata semplicemente sdraiato sul bordo della piscina, a rimettersi in forze per la notte. Non gli restava certo energia sufficiente per andare in giro durante il giorno a cercarsi qualche ragazzina. E anche se l'avesse trovata probabilmente non ce l'avrebbe nemmeno fatta, tanto era stanco.

Dal suo punto di vista di quasi ventunenne, Terry gli pareva una matusa. Sbirciando tra i suoi oggetti personali aveva scoperto dal passaporto che aveva esattamente il doppio dei suoi anni. Quasi l'età di sua madre, aveva pensato Quigly, però marciava ancora forte. Non aveva mai pensato che le donne oltre i quaranta fossero ancora così bramose di sesso. Per la prima volta riuscì a capire l'attaccamento di Elizabeth per il colonnello Barnsworth, ripensando ai tempi di Washington. Sembrava ridicolo pensare a quei due che si sbattevano in un letto, ma quando era successo sua madre aveva più o meno l'età di Terry ora. Perlomeno, pensava Quigly, lei aveva avuto la discrezione di scegliersi uno della sua età, un tipo in gamba, anche se era sposato, quel bastardo. Terry invece godeva con dei corpi giovani. Poco importava che avessero anche un cervello. A lei non interessava la conversazione. Fino a quel momento pareva non si fosse ancora stancata di Quigly. Strano. In principio lui aveva pensato che sarebbero passati al massimo un paio di mesi prima che lei lo rimpiazzasse. Ma Terry ancora non lo aveva fatto e intanto lui si era messo insieme un discreto guardaroba e un bel gruzzolo per quando l'avrebbe lasciata.

Quella sera di primavera, mentre aspettava che la sua benefattrice tornasse a casa, aveva preso il giornale e aveva letto di Robert Gale. Nell'articolo era citata anche sua madre, come una dei soci della ditta di arredamento. Che sia dannato, aveva pensato Quigly. Per tutto questo tempo aveva lavorato a non più di dieci chilometri di distanza da dove viveva lui. Si domandò che cosa ne fosse stato di Ann e di Charlene e se Elizabeth si fosse risposata. Impossibile saperlo dal giornale, dato che la citavano sempre con il suo nome da ragazza.

Come Adam, anche Quigly si chiese se fosse il caso di mettersi in contatto con lei. Già immaginava il suo sguardo di disapprovazione quando avesse saputo di Terry. E chi aveva detto che doveva saperlo? Poteva benissimo fingere di avere un buon lavoro. Poteva dire di essere il segretario della signorina Isherwood. No, Elizabeth non l'avrebbe mai creduto. Come poteva un buffone ignorante come lui diventare segretario di qualcuno? Allora avrebbe detto che era il suo autista. Sì, così andava meglio. Questo avrebbe spiegato la costosa decappottabile, le ore libere durante il giorno e i suoi impegni di notte.

Tutt'a un tratto sentì una grande eccitazione all'idea di rivedere la madre e le sorelle. Doveva inventare qualche storia per spiegare la faccenda di San Diego. Poteva sempre dire che si era trovato coinvolto con una banda di giovinastri e che era stato preso in una rissa e accusato. Lui naturalmente era innocente, ma si vergognava troppo per affrontarla. Elizabeth se la sarebbe bevuta di certo. Lui le avrebbe ricordato la predica che lei gli aveva fatto tanto tempo prima, a Bethesda, perché non picchiasse più esseri innocenti. Nemmeno i gatti.

Forse era troppo tardi per chiamarla in ufficio, quella sera. L'avrebbe fatto l'indomani, dopo che Terry fosse uscita per andare al lavoro.

Il mattino dopo verso le undici e mezzo una delle ragazze del negozio comunicò a Elizabeth che la desideravano al telefono.

«Non sarà un altro giornalista», implorò Elizabeth. «Non ne posso più.»

«No, signora, dice di essere suo figlio.»

Il cuore si mise a batterle all'impazzata appena sentì la voce di Quigly. Era passato tanto tempo! Elizabeth aveva quasi perso ogni speranza.

«Mamma? Come stai? Ho letto di te sui giornali. Peccato per il signor Gale.»

«Quigly! Dove sei?»

«A un isolato circa di distanza, in una cabina telefonica. Avevo paura a venire senza telefonarti prima per sapere se vuoi ancora parlarmi.»

«Parlarti! Caro, ma ho fatto l'impossibile per riuscire a rintracciarti!»

«Ne sono contento. Cioè, volevo dire, mi dispiace di averti causato tanto disturbo. Come stanno le ragazze?»

«Stanno bene, ora. Charlene è stata molto malata, ma adesso si è rimessa. Ann vive ancora all'Est e... Quigly, ma perché parliamo di tutto questo per telefono? Voglio vederti e saper tutto quello che ti è successo. Non potresti venire subito qui al negozio?»

«Senz'altro. Che ne diresti di pranzare con me, mamma?»

«Ma certo. Ti aspetto.»

Elizabeth non riusciva a credere che quel bel giovanottone grande e grosso così ben vestito fosse proprio lo stesso ribelle ragazzotto che era scappato di casa per andare in Marina. Somigliava moltissimo ad Alan. Per un attimo, la somiglianza la fece trasalire. Lo stesso sorriso trionfante, lo stesso aspetto attraente, la stessa estroversa sicurezza che riusciva a fare sentire goffa e incerta perfino lei. La salutò con un piccolo, rapido bacio come si fossero visti il giorno prima.

«Hai un aspetto magnifico», le disse. «Mi piacciono i tuoi capelli. Buffo. Ti fanno sembrare più giovane.»

Elizabeth aveva un milione di domande da fargli, ma avrebbe aspettato che fossero fuori del negozio. Si limitò a dirgli: «Come sono felice di vederti, Quigly!»

Per il pranzo Elizabeth suggerì un baretto nei paraggi dove andava spesso a mangiare un boccone, ma Quigly non volle neanche sentirne parlare.

«Nemmeno per sogno», le disse. «Ho prenotato da *Perrino's*. Dobbiamo festeggiare. Solo il meglio, ora che ci siamo ritrovati.»

«Quigly, ma è uno dei ristoranti più cari della città! Tesoro, non andiamoci. Costerà una fortuna.»

«Adesso non cominciare a dare ordini», scherzò lui. «Tra

un paio di mesi sarò un uomo fatto. E poi è un bel posto. Ci vado spesso.»

Era una bugia. Non c'era mai stato in vita sua, ma ne aveva sentito parlare spesso da Terry ed era un posto molto chic per la colazione. E poi sapeva anche che Terry quel giorno non ci sarebbe stata.

La accompagnò galantemente alla sua bella macchina costosa. Elizabeth si mostrò molto sorpresa.

«Ti piace?» le chiese lui. «Purtroppo non è mia. È del mio capo. Lavoro per una grossa agente di cinema. Sono il suo autista, ma di giorno le piace guidare da sola la *Rolls*. Questa è la macchina per andare al supermercato.» Rise. «Buffo, eh? Le altre signore userebbero questa di giorno e terrebbero la *Rolls* per la sera, appunto quando l'accompagno io. Ma non la signorina Isherwood. Lei pensa che sia molto più chic, per usare una delle sue parole preferite, scarrozzare con il macchinone di giorno. Così la gente se ne ricorda, dice lei.»

Elizabeth non capiva gran che di quel discorso, ma non aveva motivo di sospettare. La gente di Hollywood era notoriamente eccentrica. Pensò che probabilmente questa signorina Isherwood avesse bisogno di essere ancora più bizzarra dei suoi clienti.

«Da quanto lavori per lei?»

«Circa un anno. Ho una stanza sopra il garage, nella sua villa di Bel Air. È una vecchia un po' matta, ma paga bene. Non è un brutto lavoro.»

«Ma non penserai di fare per sempre l'autista, vero?»

«No, naturalmente.»

«Che progetti hai, Quigly?»

Lui si concentrò sulla guida in mezzo al traffico intenso. «Non so bene», rispose infine. «Forse mi metterò a lavorare a mezza giornata e tornerò a scuola.» Frenò davanti al ristorante, dove un inserviente del parcheggio prese l'auto. Elizabeth era già stata da *Perrino's* un paio di volte con Robert Gale. Conosceva bene la strada dall'atrio fino alla sala da pranzo e si rese subito conto che Quigly invece non la conosceva affatto. Non le aveva detto la verità, dunque, quando aveva sostenuto che ci veniva spesso. Ne fu commossa. Evidentemente Quigly voleva tanto farle credere che stava benissimo e che cenava spesso nei migliori ristoranti della città. Probabilmente invece per quella colazione avrebbe speso lo stipendio di un'intera settimana. Cercava in ogni modo di darsi un tono da uomo fatto e lei non gli avrebbe certo guastato l'illusione. Si tenne indietro con aria timida, mentre Quigly diceva al capocameriere:

«La prenotazione per Whitman. Il mio solito tavolo andrà bene».

Il maître pareva stupefatto, ma l'esperienza e un biglietto da cinque dollari che Quigly gli schiacciò nel palmo della mano produssero un'immediata reazione deferente.

«Ma certo, signor Whitman. Felice di rivederla. Da questa parte, prego.»

Ordinarono dei cocktail. Un Martini per Elizabeth e un doppio scotch per quel figlio improvvisamente adulto.

«Okay», disse Quigly, «e adesso raccontami tutto.»

Elizabeth avrebbe voluto sapere di lui, dove era stato, che cosa aveva fatto, perché non si era mai fatto vivo con lei. Ma forse Quigly aveva bisogno di un po' di tempo per rilassarsi, buttar giù il suo scotch e ordinarne un altro prima di cercare di spiegare. Docilmente quindi Elizabeth gli raccontò del matrimonio di Ann e dei suoi due bambini, della lunga degenza di Charlene a Denver, del grande successo di Laurel come giornalista di moda e di quanto le fosse rimasta amica. Lo informò di come fosse andata a New York grazie a Robert Gale e nominò solo rapidamente Tony.

«E ora, eccomi qui», concluse infine. «La casa di Pasadena è un incanto. Ho una gran voglia di fartela vedere. E naturalmente Charlene impazzirà di gioia quando saprà che sei tornato! Quando vieni a trovarci? Stasera? Potremmo cenare insieme.»

Ma Terry quella sera sarebbe stata a casa. «Mi dispiace, mamma. Stasera no. Devo accompagnare fuori la signorina Isherwood. Ma una di queste sere vengo di sicuro. Non so mai quando sono libero.»

Vi fu una pausa, mentre ordinavano la colazione. E ancora una volta Elizabeth si accorse che Quigly non era avvezzo ai menù complicati. Oculatamente, scelse un *poulet florentine* dalla sbalorditiva lista di piatti francesi. «Non capisco perché devono esprimersi in modo così complicato per indicare semplicemente un pollo», commentò ridendo. «Forse per giustificarne il prezzo.»

Quigly sorrise di sollievo. «Lo stesso anche per me», ordinò al cameriere.

«Bene, caro», disse Elizabeth a quel punto, «ora raccontami di te.»

«Non c'è gran che da raccontare. La Marina mercantile era okay, ma sono stato ben contento di uscirne. Mi spiace per quel pasticcio a San Diego, mamma.» Le mentì raccontandole di essersi mescolato con una banda di giovinastri. «Avevo troppa vergogna per vederti», aggiunse. «Credo di essermi sempre vergognato, fin dal giorno che sono scappato di casa. Ho avuto le tue lettere, almeno alcune, ma ero così confuso. Pensavo di non volerne più sapere di problemi familiari, dopo papà e tutto il resto. So che è stato brutto da parte mia, ma, giovane com'ero, pensavo di potere ricominciare tutto daccapo, lontano da tutti e da tutto. Mi sono sempre sentito indesiderato, in famiglia. Papà non vedeva altro che Ann e pensavo che a te importasse solo di Charlene. Sono sciocchezze, si capisce, ma allora erano le mie sensazioni. E per dirti tutta la verità, Ann non era certo di aiuto. Si comportava sempre come se noi due fossimo alleati o roba simile. Ma al tempo stesso non faceva che ripetermi che era stata una maledetta scalogna che papà ti avesse piantata e che se tu avessi avuto un po' più di sopportazione con lui non saremmo stati sbattuti qua e là. Poi mi raccontava anche un sacco di cose su quel tale, quel Barnsworth. Diceva che a te importava molto più di lui che di tutti noi.»

Mentre parlava, continuava a mangiare. Le sue maniere a tavola erano rozze, altra prova che quella messinscena mondana non era altro che fumo. Ma Elizabeth quasi non lo notò, tanto era assorta in quello che Quigly le raccontava. Era in fondo la riprova di quello che aveva capito da tempo: la ribellione di Quigly era data dalla sua sensazione di essere il meno amato e di conseguenza dalla sua ansia frustrata di approvazione. Ascoltandolo attentamente, si rese conto di essergli venuta miseramente meno. Ma forse lo aveva sempre saputo. L'analisi di Quigly era purtroppo esatta. Probabilmente era quella la vera ragione per cui non aveva realmente impedito che scappasse di casa. Era più colpevole lei nei confronti del figlio che viceversa.

«Non sto cercando di scaricare le mie colpe», le stava dicendo. «Voglio dire che, diavolo, Ann credeva davvero tutte quelle cose che mi diceva. Non avrei dovuto né ascoltarla né crederle. Ma sembrava che tutto quello che succedeva le desse ragione. Come il fatto che hai portato lei e non me o Charlene al funerale di papà. E che hai messo Charlene in camera di Ann quando è arrivato Barnsworth. Non so. Forse era solo una combinazione di tutto quanto, penso. Ero troppo giovane per arruolarmi nell'esercito, ma volevo andarmene, perciò ho mentito per entrare nella Marina mercantile. Sai, mamma, pensavo sempre che tu me lo avresti impedito. Continuavo ad aspettare che tu arrivassi e mi riportassi a casa.»

C'era dolore negli occhi di Elizabeth. «Vorresti che l'avessi fatto, Quigly?»

Lui giocherellò con il pollo nel piatto. «Non so. A volte vorrei che tu l'avessi fatto. Ma forse è stato un bene che sia andata così. Almeno sono cresciuto in fretta. Forse, se fossi rimasto con te e le ragazze, mi sarei cacciato in guai ancora più grandi.»

«Mi dispiace, caro, di averti abbandonato. La verità è che non sapevo che cosa fosse meglio per te. Ti ho sempre amato. Non ho mai avuto intenzione di trascurarti.»

«Questo vale anche per me.»

Elizabeth sbatté gli occhi per ricacciare indietro le lacrime. «Be', adesso è tutto finito, grazie a Dio. Quigly, come sono felice che tu sia tornato! Forse riusciremo a riformare di nuovo una famiglia.»

«Mi hai chiesto dei miei progetti», chiese Quigly. «E i tuoi? Ora che Gale è morto manderete avanti l'azienda tu e questo Tony Alexander? Resterai in California?»

«Non abbiamo ancora avuto modo di parlare d'affari.» Raccontò a Quigly che Tony era andato ad accompagnare la salma di Robert a Philadelphia. «Quando le cose saranno sistemate saprò dove starò. Immagino che ci sia un testamento. E credo anche che Robert abbia lasciato tutto a Tony.»

«Ah, è così allora che andavano le cose fra quei due, eh?»

«Si volevano bene», spiegò Elizabeth semplicemente. «Non era una cosa sordida o brutta. Robert Gale era una persona meravigliosa. Con me era più gentile di quanto tu possa immaginare. E Tony è un tipo speciale. Vedrai, quando lo conoscerai.»

Quigly inarcò un sopracciglio. «Può darsi. Ma ne ho incontrati parecchi di questi finocchi, negli ultimi anni. Alcuni mi hanno anche fatto la corte, ma non è roba per me.»

Per un attimo, Elizabeth si arrabbiò. «Non mettere Tony nel mazzo della strana gente che puoi avere conosciuto durante i tuoi viaggi, Quigly. Tony è uno dei miei amici più cari.»

«Scusa. Ho detto una cattiveria. Se piace a te, deve essere di certo un gran tipo.»

Elizabeth si addolcì. «So come può sembrare dall'esterno, ma Tony è una persona straordinaria. Comunque adesso sarebbe una storia troppo lunga da raccontare. Vedrai che ti piacerà. Charlene lo adora.»

Quigly non rispose. Charlene adorava tutti, anche un fratello e una sorella che non avevano mai fatto il minimo sforzo per ricambiare il suo amore. Charlene adorava anche Adam Barnsworth, a quanto ricordava.

«Fra l'altro», continuò Quigly, «che ne è stato del colonnello? È uscito okay dalla guerra? L'hai mai più rivisto?»

«Sì, tutto bene. L'ultima volta che l'ho sentito stava a Beverly Hills, ma ormai non siamo più in contatto. È sempre sposato. Anzi», aggiunse mentre le parole le uscivano con grande difficoltà, «lui e la moglie hanno avuto da poco una bambina. La prima.»

«Alla loro età?»

«Tesoro, le donne a quarant'anni possono essere ancora attraenti. Adesso potrà sembrarti incredibile, ma un giorno capirai.»

«Già», osservò Quigly. «Può darsi. Ma in genere non cominciano ad avere dei bambini a quell'età.»

«No, infatti. Questo però non significa che non possano.»

Le parole della madre gli diedero i brividi. Gesù, e se gli fosse successo di mettere nei guai Terry una di quelle notti? Rise tra sé. Terry era troppo in gamba. E anche se fosse successo qualche stupido incidente, lei ci avrebbe pensato subito. Non era certo una scema come Billie.

Quigly pagò il conto e riaccompagnò Elizabeth in ufficio con l'auto. Lei gli diede indirizzo e numero di telefono e gli chiese il suo.

«Te lo darei, mamma, ma non mi troveresti mai in casa. Sono sempre dentro e fuori, ad ogni ora del giorno e della notte. Non so mai esattamente quando la signorina Isherwood ha bisogno di me e a lei non va molto che io riceva delle chiamate personali. Dove io dormo non c'è telefono. Devo andare in casa, per telefonare, e a volte lei si secca moltissimo.»

La spiegazione di Quigly aveva un che di falso. «Ma devo pur sapere dove stai», protestò Elizabeth. «Prometto di non disturbarti, se ti può danneggiare, ma non posso sopportare l'idea che tu te ne vada di nuovo senza lasciarmi un recapito, qualcosa.»

Quigly non riuscì a trovare una scappatoia. Scarabocchiò l'indirizzo e il numero di telefono su di un pezzetto di carta. «Okay, ma non chiamarmi qui, per favore. Te l'ho detto, la vecchia si scoccia. Guarda, fra un paio di giorni ti chiamo io e vengo a cena da te. Voglio vedere la casa e Charlene. Probabilmente non la riconoscerei nemmeno, quel topolino. Quanti anni ha, ora, dodici?»

«Che tu ci creda o no, la tua sorellina compirà i quattordici anni il prossimo quattro luglio. Va al liceo ed è terribilmente cresciuta.»

«Accipicchia, bisogna proprio che la veda!»

«Dovresti proprio. E spicciati. Grazie, tesoro, per la splendida colazione. E grazie ancora per essere tornato a casa.»

Scese dall'auto e sparì nel negozio. Quigly la seguì con lo sguardo meditabondo, chiedendosi se fosse stato abbastanza convincente. Soprattutto sperava di essere stato persuasivo a proposito del fatto che non doveva chiamarlo «sul lavoro». Per carità, di certo avrebbe chiesto di Quigly Whitman e avrebbe detto che era sua madre. E questo lo avrebbe costretto a delle spiegazioni, visto che Terry lo credeva un orfano di nome Alan. Lo divertiva l'idea di avere descritto Terry alla madre come una povera vecchia tonta. Una cosa era certa: quelle due donne non dovevano incontrarsi mai. Era importante che tutt'e due fossero convinte che era onesto e, in un modo o nell'altro, ammirevole. Quigly non sapeva fino a che punto la sua mente funzionasse esattamente come quella del padre.

24

Tre sere dopo, poiché Theresa aveva annunciato che sarebbe uscita, Quigly riuscì ad andare a cena a Pasadena da Elizabeth e Charlene. Fu una serata piacevolissima per tutt'e tre. Quigly non fece che lodare la casa e apprezzare quello che secondo lui era il primo pasto decente che faceva dai tempi di Washington in poi. I complimenti che fece a Charlene, poi, furono tali da farle addirittura girare la testa.

«Ma sei diventata una splendida ragazza!» le disse. «Dove è finita quella buffa bimbetta che conoscevo? Chi ti vorrà sposare dovrà prima vedersela con me. E ti assicuro che, come l'uomo di casa, non darò il mio okay se non sarà più che perfetto!»

Charlene arrossì di gioia. Traboccava di ammirazione per quel bel ragazzone che era suo fratello. Anche Elizabeth provava gli stessi sentimenti. Questo Quigly era del tutto diverso. Più maturo della sua età e assai più cordiale del ragazzo che l'aveva lasciata. Tutta la pubblicità sui giornali, che lei aveva tanto temuto, alla fine si era rivelata più positiva del previsto. Non aveva nemmeno ricevuto una parola da Adam e aveva invece avuto il regalo della presenza disinvolta e sorridente di Quigly che sembrava aggiungere al loro trasferimento in California una dimensione e un significato in più.

Quando Quigly se ne andò, con la promessa di telefonare entro un paio di giorni, Elizabeth e Charlene si abbracciarono.

«Non è meraviglioso?» gorgheggiò Charlene. «Speriamo

che possa venire qualche volta durante la settimana, così potrò presentargli le mie compagne di scuola. Impazziranno tutte per lui.»

Elizabeth sorrise. «Sì, cara. È un ragazzo fantastico. Ma bada che ha ventun anni e non credo che apprezzerà le altre ragazzine quanto sua sorella.»

«Oh, ma non è questo. Voglio solo che loro vedano che bel fratello ho.» Poi, improvvisamente corrucciata, aggiunse: «L'unica cosa che non riesco proprio a capire, mamma, è perché sia stato lontano per tanto tempo. Non doveva darti tante preoccupazioni».

«Aveva le sue ragioni, cara. Era un ragazzo confuso e infelice. Non intendeva darmi delle preocupazioni. E poi, ormai è storia vecchia, ti pare? Ora Quigly è qui. Solo questo conta, non è vero?»

Charlene annuì. «Vorrei che fosse davvero tornato a casa. Intendo dire proprio a vivere con noi. Non potrebbe dormire qui, invece che sopra un garage? Potremmo fargli spazio. Io potrei dividere la camera con te, come tanto tempo fa.»

«Non credo che ora sia possibile. Quigly deve trovarsi sempre presente, quando la signorina Isherwood vuole farsi accompagnare da qualche parte. E Pasadena è troppo lontana. Ma forse un giorno le cose cambieranno. Quigly non intende fare questo lavoro per sempre. Nel frattempo è bello sapere che ogni tanto possiamo stare insieme.»

«Non sarebbe assolutamente perfetto se anche Ann e Peter con Ditto ed Elizabeth venissero qui in California?» Il viso di Charlene s'illuminò all'idea. «Allora saremmo davvero una famiglia.»

«Non ci conterei troppo», rispose Elizabeth. «Ma forse un giorno verranno a trovarci. O forse andremo noi a New York per vederli.»

«Resteremo a vivere in California, vero, mammina? Mi piace molto.»

«Sì, resteremo qui. Piace molto anche a me.»

Elizabeth aveva già preso una decisione in proposito, indipendentemente da quello che sarebbe stato della Robert Gale Associates. Era come se avesse finalmente trovato il posto a cui sentiva di appartenere.

Due giorni dopo Tony telefonò da New York per dire che Robert era stato sepolto a Philadelphia e che secondo il testamento tutto il suo patrimonio era stato lasciato a lui. «C'è una cosa però che non sapevo», aggiunse, «e che mi ha lasciato un po' perplesso. Cioè, ne sono felice per te, ma non so bene se esserlo anche per me. Il testamento stabilisce che la Robert Gale Associates non possa essere venduta per vent'anni e che la proprietà debba essere divisa a metà tra te e me. Che te ne pare? Siamo soci alla pari di un'azienda che non possiamo vendere.»

La notizia lasciò Elizabeth senza fiato. Logicamente si sentì sopraffatta da tanta fortuna. Sapeva che attualmente l'azienda aveva un utile netto di centomila dollari l'anno. Forse senza Robert le cose non sarebbero più andate così bene. D'altronde però con una oculata amministrazione gli utili sarebbero potuti anche aumentare. L'idea di avere un reddito annuo di cinquantamila dollari le dava le vertigini. Però, come temeva, Tony non sembrava troppo contento di continuare quel lavoro. Tony detestava tutte le mondanità e i contatti sociali che costituivano in gran parte il successo di quel genere di affari. Di certo lui avrebbe preferito vendere il nome e dare a lei l'equivalente della sua quota, vale a dire quel famoso dieci per cento che era stato stabilito quando Elizabeth si era trasferita in California. Le dispiacque per Tony, che doveva sentirsi come se anche dalla tomba la mano di Robert regolasse la sua vita.

«Ma è legale?» gli chiese. «Si può mettere una restrizione del genere su un'azienda? Se volessimo vendere tutt'e due non si potrebbe tralasciare quella parte del testamento?»

«Non lo so», rispose Tony. «Ma, a meno che tu non voglia vendere, non ho nessuna intenzione di vedere se la clausola sia davvero vincolante. Lo considero un dovere verso Robert. Se lui voleva che la Robert Gale Associates restasse in vita per altri vent'anni, allora io voto a favore. Sai, la clausola è stata aggiunta subito dopo la tua assunzione in California, tra l'altro. Contava molto su di te per mantenere sana l'azienda. Per questo ti ha fatto socia alla pari, per garantirsi l'immortalità, almeno per un po'.» Tony rise con affetto. «Che furbo d'un bastardo!» esclamò. «Sapeva benissimo che a me di tutto questo non importava un accidenti. Che probabilmente avrei venduto la ditta per un pugno di noccioline e avrei fatto fessi te e me.»

«Possiamo farcela, io e te, Tony. Robert lo sapeva. Comunque ne parleremo a lungo quando verrai qui. O forse preferisci che venga io a New York?»

«Sarebbe magnifico se potessi venire tu per un paio di settimane. Ho una tale quantità di cose da fare! Venderò la casa, naturalmente. Vorrei trasferirmi definitivamente in California, ma non so proprio se mi sarà possibile. Tu potresti occuparti della faccenda, mentre io penserei alle filiali di New York, Washington e Palm Beach.» Pareva quasi spaventato. «Mio Dio, Elizabeth, ma come farò a cavarmela? Sai che non sono mai stato bravo con i clienti! Forse potremmo fare il contrario. Tu torni a New York e fai andare avanti gli affari qui all'Est e io vengo in California.»

«Senti, Tony, non possiamo definire tutte queste cose così, per telefono. Ora smettila di preoccuparti. Arriverò tra una decina di giorni. Le ragazze che abbiamo assunto qui potranno cavarsela mentre io sono via.»

«E Charlene?»

«La porterò con me. Potrà stare con Ann e conoscere i suoi nipoti. La scuola è giusto chiusa per le vacanze di Pasqua e Charlene proprio in questi giorni diceva quanto le piacerebbe vedere Ann e i suoi.»

Tony, sollevato, si permise anche una piccola malignità. «Magnifico. Ma chissà quanto piacerà ad Ann vedere lei!»

«Senti, sono stufa di dovermi preoccupare di quello che va bene o non va bene per Ann. Questa volta si occuperà di sua sorella e la ospiterà in casa sua, e non accetterò scuse.»

«Ma a te non converrà stare a Scarsdale.»

«No, infatti. Dovresti prenotarmi una stanza in albergo.»

«Perché non vieni qui a casa? C'è un mucchio di spazio e le stanze sembrano così deserte, in questi giorni.»

Elizabeth esitò un momento. Poi pensò che era una sciocca. «Perfetto», rispose. «Ti chiamerò appena ho le prenotazioni del treno.»

«Potresti venire in areo.»

«Lo so. Ma mi piacerebbe una volta tanto fare un viaggio in treno che non sia connesso con qualche disgrazia.»

Tony comprese. Ricordava ancora il treno che si allontanava quando lei e Charlene erano partite per Denver. E non sapeva neppure dell'orrore del famoso viaggio a Memphis.

«Chiamami appena sai l'orario. Sono felice che tu venga, Elizabeth. Ho tanto bisogno di te.»

Le successive quarantotto ore furono frenetiche. Elizabeth chiamò Ann che acconsentì con tiepido entusiasmo ad accogliere Charlene in casa sua. Non sapeva come avvisare Quigly che sarebbero state via per una quindicina di giorni. Era stato così tassativo nel chiederle di non telefonargli. Forse sarebbe stato meglio scrivergli un biglietto. Lo scrisse rapidamente indirizzandolo presso Theresa Isherwood, a Bel Air, ma prima che potesse spedirlo, Quigly telefonò. Effettivamente da quando si erano ritrovati aveva telefonato quasi tutti i giorni. Elizabeth si odiava per il sospetto che fosse più per impedire che lo chiamasse lei che per devozione filiale. C'era qualcosa che non andava in quella faccenda. Tutta quell'insistenza da parte di Quigly sembrava eccessiva. Era difficile credere che anche un datore di lavoro molto intransigente si seccasse tanto per la telefonata della madre del proprio autista. Per il momento, accantonò il problema. Ne avrebbe parlato con Quigly al suo ritorno. Ora era impegnata a lasciare le consegne alle due impiegate cercando di prevedere tutti i problemi che potevano sorgere durante la sua assenza. Avevano due grossi lavoro in ballo, i cui contratti erano stati conclusi dopo la morte di Robert benché i contatti iniziali li avesse tenuti proprio lui. A quel punto le cose sarebbero dovute andare lisce. Elizabeth aveva già parlato con i clienti e aveva ottenuto l'approvazione sull'indirizzo generale dell'arredamento. Le ragazze del negozio avrebbero continuato le trattative preliminari sui colori e sulle stoffe.

Durante una di queste affannose giornate arrivò la telefonata che Elizabeth quasi aspettava. Per fortuna non ebbe lo stesso choc di New York. Fu anzi contenta di vedere che riusciva a mantenersi ragionevolmente calma quando, sollevato il telefono, sentì all'altro capo la voce di Adam.

«Non hai mantenuto la promessa», le chiese. «Ho dovuto leggere sul giornale dove stavi.»

«Lo so. Mi dispiace, Adam, ma mi era sembrato meglio così.»

«Come sta Charlene?»

«Bene. Anzi, perfettamente, grazie a Dio. E Catherine?» Che stupida conversazione, pensò. Stiamo qui come due estranei a chiederci notizie dei rispettivi figli. Anche Adam se ne accorse.

«Sta meglio dei suoi genitori», disse rispondendo all'educata domanda di Elizabeth. «Per fortuna abbiamo trovato una bravissima bambinaia. Monica e io sembriamo più dei nonni impacciati che dei genitori.» Fece una pausa. «Senti, non ti ho chiamata per parlare di bambini. Voglio sapere quando posso vederti.»

«Non so. Forse mai, Adam. Dicevo sul serio, a Denver. Non può funzionare, per noi due. Non ce la faccio. A che serve ricominciare tutto daccapo?»

«Le cose sono cambiate», insistette Adam. «Quel giorno a Denver non ero me stesso. Non ragionavo. Ora che Cathy è nata le voglio bene, ma capisco che non è cambiato niente tra me e Monica. E non cambierà mai. È arrivata troppo tardi. Elizabeth, voglio stare con te dovunque e comunque posso. Non credo che tu non mi voglia più. Troveremo una via d'uscita, tesoro. Dio mio, non sprechiamo il tempo che ci resta.»

Nonostante tutto, Elizabeth si sentì fortemente attratta verso di lui, ipnotizzata dall'ardore che fremeva nella sua voce, eccitata all'idea di rivederlo. Le faceva ancora quell'effetto. Forse lo amo ancora, pensò. Si sentiva tanto sola. Sarebbe stato facile dire di sì. Era veramente impossibile dire di no. Eppure trovò dentro di sé la forza per non dire né l'uno né l'altro. Rimase elusiva.

«Domani parto per New York per un paio di settimane», concluse. «Lascia che ci pensi. Ti chiamerò al ritorno.»

Perlomeno aveva lasciato la porta aperta. Adam si consolò pensando che lei non aveva del tutto respinto la possibilità di rivederlo. Se lei esitava c'era sempre speranza.

«Ma dici sul serio, stavolta? Prometti di chiamarmi appena torni? Altrimenti, bada, verrò io a cercarti.»

«Ti chiamerò.»

«Ti aspetto. Buon viaggio, Elizabeth. E rifletti per il meglio, cara.»

Lei riappese senza rispondere. Poi si rese conto che non gli aveva nemmeno detto di avere ritrovato Quigly. Glielo doveva. Adam si era dato tanto da fare, per aiutarla. Non importava. Glielo avrebbe detto quando l'avrebbe chiamato per dirgli che cosa aveva deciso a proposito di loro due. Si chiese se forse il suo subconscio le avesse impedito di parlargli di Quigly per avere un valido motivo per telefonargli al suo ritorno. Forse aveva bisogno di una giustificazione per un gesto che sapeva sbagliato e folle.

Tony le aspettava alla Grand Central Station nelle prime ore di sabato mattina e Laurel era con lui. In piedi, in mezzo alla folla della stazione, si abbracciarono e baciarono tutti quanti, incuranti dei passeggeri seccati che dovevano girare attorno al loro gruppo e dei facchini con le loro pile di bauli che rischiavano di travolgerli. Ann non era venuta, ma li aspettava per colazione. Prima sarebbero passati a lasciare i bagagli di Elizabeth a casa di Robert, ora di Tony, per poi andare direttamente a Scarsdale. Il fedele Arthur era ancora al volante della *Bentley* e si dimostrò confuso ma contento quando Elizabeth abbracciò pure lui.

Il tragitto fino a Scarsdale fu molto gradevole. Elizabeth osservava eccitata il cambiamento di stagione. Era effettivamente l'unica cosa che rimpiangesse dell'Est. Il sole della California, intervallato da qualche breve pioggia, poteva anche diventare monotono. Anche se da Pasadena si poteva arrivare in macchina in un tempo relativamente breve a una stazione di sci, non era la stessa cosa che vedere l'ambiente cambiare aspetto quattro volte l'anno. In quel periodo si era nella stagione più bella, la primavera, con la sua aria lieve e tenera, i primi boccioli di un verde tenue, i fiori delicati in contrasto con la violenta esplosione di ibisco e di poinsettia che crescevano lungo la maggiori arterie di traffico di Los Angeles. In quella parte del mondo tutto era più contenuto. Manhattan conservava il suo paesaggio strettamente controllato entro i limiti di Central Park. Le strade del centro erano tutte aride ed efficienti. Ragionevolmente, infatti, New York permetteva solo alle zone periferiche di abbandonarsi alla profusione di profumi primaverili, con le strade serpeggianti che andavano al Nord bordate di fiori colorati.

Ann aveva fatto del suo meglio per dare un'aria di festa alla colazione. Anche Peter e i suoi genitori erano presenti quando il gruppo arrivò da New York. Ann uscì a salutarli, tenendo in braccio una solenne Elizabeth Joanne di sei mesi. Ditto, ormai di due anni e mezzo, avanzò trotterellando per baciare la nonna e salutarla con un «Benvenuta, nonnina» che doveva essere stato provato e riprovato. Elizabeth era deliziata. I bambini erano belli e, benché la casa della figlia fosse ancora di là dalle sue possibilità di comprensione, fece del suo meglio per sembrare entusiasta quando Ann le chiese il suo parere. Ann era evidentemente fiera della sua casa e ci stava bene. Parve sinceramente contenta di vedere Charlene e le promise che durante la settimana seguente si sarebbero divertite moltissimo insieme. Anche Tony e Laurel ricevettero un'accoglienza cordiale. Ann infatti era molto cambiata da quando si era sposata. Per certi versi era diventata ancora più rigida e conservatrice. Dov'era la ragazza che aveva deciso freddamente di sposare il primo uomo con cui era andata a letto? Era diventata presuntuosa, quasi pedante. Eppure si era anche addolcita. La sicurezza materiale le aveva dato un senso di superiorità che le permetteva di essere cordiale anche con Laurel e Tony, che un tempo diceva di disprezzare.

Nel complesso andò tutto benissimo. La signora Richards fece un sacco di complimenti a Charlene e il marito si mostrò quasi allegro accennando solo di sfuggita che non gli importava sacrificare la sua solita partita a golf del sabato per una così bella riunione di famiglia. Con grande sollievo di Elizabeth non si parlò di pregiudizi razziali o di minoranze etniche. Temeva infatti che, nel caso, Charlene si lanciasse in qualche entusiastica descrizione dei suoi amici Jenkins. Una cosa comunque era certa, Ann non ne aveva mai parlato ai suoceri. E c'erano buone probabilità che non avesse mai parlato nemmeno a Peter di quella famiglia di colore che era stata tanto gentile con Elizabeth e Charlene.

Dopo un pranzo a base di insalata di pollo guarnita con maionese e torta al cioccolato preparata da Ann, connubio che aveva fatto inorridire Laurel attenta come sempre al calcolo delle calorie, Elizabeth si appartò un poco con la figlia per fare quattro chiacchiere tranquillamente. La informò della situazione dell'azienda, per quanto ne sapeva, e poi, con palese gioia nella voce, le disse: «Ma ho riservato per ultima la sorpresa più bella. Pensa, Quigly è tornato!» E raccontò ad Ann di come Quigly era ricomparso, com'era cresciuto e bello e come pareva maturato. Non fece parola di quanto Quigly le aveva detto a proposito dell'influenza di Ann su di lui, accennando al suo comportamento passato solo per dire, come già aveva fatto con Charlene, che allora Quigly era un povero ragazzo, confuso e infelice.

«Ma adesso sembra tutto finito», concluse Elizabeth. «Sembra uno di quei racconti a lieto fine. Non so che progetti abbia per il futuro, ma per ora ha un buon posto come autista presso una famosa agente cinematografica. Sembra che gli piaccia. Perlomeno, lo pagano bene e lui ha un grande senso di responsabilità nei confronti del proprio lavoro. E credo che questa sia la cosa più importante. Insomma, ormai si comporta proprio da uomo.»

Ann rimase molto scossa a queste notizie. «Ma come, l'autista! Insomma, non è molto di più di un cameriere. È come Arthur, che oggi abbiamo mandato in paese a mangiare.» Batté con impazienza il piede per terra. «Ma è naturale, non so proprio perché mi stupisca tanto! Ho sempre saputo che Quigly non sarebbe mai riuscito a niente. Sono stata l'unica a non meravigliarmi affatto, quando ha lasciato la Marina mercantile.»

«No», la contraddisse Elizabeth con calma. «Credo proprio che tu non sia stata la sola. Ma mi sembra che tu stia reagendo in modo eccessivo al lavoro di Quigly. Non c'è niente di male a guidare una macchina per guadagnarsi da vivere. Ricorda, Ann, che Quigly ha pochissima istruzione. Spero che torni a scuola e che poi intraprenda una carriera con un futuro migliore. Per ora, comunque, sono molto fiera di lui. E anche se non dovesse riuscire a fare altro lavoro che questo, continuerei a esserne fiera. Non è stato facile crescere, per lui. Me ne rendo conto ora più che mai. E ringrazio il cielo che sia diventato un ragazzo equilibrato, simpatico e coscienzioso.»

«Sciocchezze! Quigly non ha fatto più fatica di tutti noi. È sempre stato un bambino cattivo e sgarbato. Non ha mai dato niente a nessuno. L'unica cosa che sapeva fare, era cacciarsi nei guai. Non ha mai avuto un briciolo di ambizione. Non ha mai pensato a organizzare la sua vita.»

«Come invece hai fatto tu», sottolineò Elizabeth.

«Sì, mamma, proprio come ho fatto io. Dopo che hai lasciato papà, non ricordo nessuno che mi abbia coperta di amore e di affetto. Ho dovuto farmi la mia strada da sola e l'ho fatto. So che tu hai cercato, a modo tuo, di essere una buona madre per tutti noi. Capisco anche che tra il lavoro e la gestione di quell'orrenda pensione, ti restasse poco tempo per preoccuparti di come ce la passavamo noi bambini. Però io non sono finita a fare la cameriera o la barista.»

Elizabeth taceva. In teoria era tutto quanto vero, pensava. Tutto, eccetto che lei non si fosse mai preoccupata di loro. Aveva sempre pensato alla loro felicità. Solo che non era mai riuscita a comunicare davvero con i suoi figli, tranne che con Charlene.

La rabbia di Ann era diventata angoscia. La sua voce si era fatta quasi implorante. «Mamma, promettimi che non dirai una sola parola di tutto questo a Peter e ai suoi. E di' anche a Charlene di non parlarne. Penso che morirebbero, se sapessero la verità su Quigly. Sono convinti che viva in Europa.»

«È tanto importante per te, Ann?»

Lei la guardò con aria di sfida. «Sì, lo è. So che tu pensi che sia snob e orrendo, ma non posso farci niente. I Richards sono molto impressionati, ora che sanno che sei diventata socia della Robert Gale Associates. E questo rende anche me importante ai loro occhi. Ma avere un fratello che fa il domestico, non è esattamente una cosa di cui potrei andare fiera. E poi, così verrebbero a sapere che ho mentito sul perché Quigly non è venuto al mio matrimonio.»

«E va bene», acconsentì Elizabeth stancamente. «Non ne parlerò, ma non posso garantire per Charlene. L'unica cosa che proprio non vorrei è che si vergognasse di suo fratello. È una ragazza molto sveglia, sai. E non so proprio come potrei chiederle di non accennare mai a Quigly in casa tua senza spiegarle il perché.»

«Allora ci penserò io.»

Questa era l'idea più allucinante. «No, non voglio che lo faccia tu. Va bene, troverò il modo di dirglielo prima di andarmene. Ma non osare dirle nessuna delle cose che hai detto oggi a me. Non voglio che quella bambina venga sottoposta a una falsa scala di valori, né da te né da nessun altro. Ho la tua parola, Ann?»

«Direi di sì. Sempre se tu mi prometti che lei non accennerà a Quigly. Voglio esserne assolutamente sicura, oggi stesso prima che tu te ne vada, mamma.»

Prima di andarsene con Tony e Laurel, Elizabeth chiese a Charlene di accompagnarla a fare un giretto in giardino.

«Pensi che starai bene qui, tesoro? Ogni tanto tornerò durante la settimana, ma non so esattamente quando. Tony e io abbiamo un numero spaventoso di cose da sistemare, prima di tornare in California.»

«Starò benone», rispose Charlene. «È bello rivedere Ann e Peter e poi mi divertirò moltissimo a giocare con i bambini. Sono così carini! L'idea di essere zia mi fa sentire grande.»

Elizabeth colse la palla al balzo. «C'è qualcos'altro. Qualcosa che credo che tu ora sia grande abbastanza per capire. Vedi, cara, molta gente ha delle idee con le quali tu e io non siamo d'accordo. Ma ognuno ha delle ragioni valide per credere in quello che vuole e noi dobbiamo accettare il loro diritto a pensarla come meglio credono, pur senza condividere le loro opinioni. Ann, per esempio, vede le cose in modo assai diverso da noi due. Per questo vive in un mondo con regole molto più rigide e in cui le differenze tra la gente contano molto di più che per noi. Quando sarai cresciuta capirai che la gente spesso la pensa diversamente su uno stesso argomento. E anche se trovi disprezzabile il loro punto di vista, devi imparare a tollerarlo.»

Lo sguardo perplesso di Charlene fece capire a Elizabeth che forse aveva scelto un modo troppo involuto per arrivare al punto. «Insomma, con tutti questi giri di parole voglio dirti semplicemente che tua sorella pensa che Quigly dovrebbe avere una professione diversa da quella che ha. Anche se crede che non ci sia niente di male a fare l'autista, teme che la gente, qui, possa non capire come mai un ragazzo di buona famiglia fa un lavoro che a loro pare tanto insignificante. Io non sono d'accordo, naturalmente. Ma capisco il modo di pensare di Ann e soprattutto il tipo di società in cui vive e che la induce a pensare così. Perciò Ann ci ha chiesto di non accennare mai a Quigly in questo periodo. Dice che preferirà parlare di lui quando sarà tornato a scuola o farà comunque un altro lavoro. Capisci, tesoro? È una di quelle sciocche idee che hanno le persone che vivono in piccole comunità dalla mentalità ristretta. Ma se il fatto che nessuno di noi parli di Quigly può rendere felice Ann, penso che potremmo farle questo favore, non ti pare?»

Charlene non era sicura di avere capito esattamente, ma aveva afferrato l'idea generale del discorso. Ann si vergognava di avere un fratello che faceva l'autista. Non era molto bello, pensò Charlene. Ann avrebbe dovuto amarlo, qualsiasi lavoro facesse. Ma immaginò che fosse proprio quello, che intendeva sua madre quando aveva parlato di essere adulti e tolleranti. Forse Ann aveva dei motivi che loro non potevano capire, ma aveva chiesto quel piacere e Charlene glielo avrebbe fatto.

«Benissimo», concluse tranquillamente. «Se Ann non vuole che io parli di Quigly, non ne parlerò. Però penso che Ann sbagli, mammina.»

«Detto fra noi, lo penso anch'io, tesoro. Ma ha comunque il diritto di pensarla come vuole. Non possiamo chiederle di essere per forza d'accordo con noi, ma non per questo l'amiamo di meno.» Elizabeth tirò un sospiro di sollievo. Speriamo che vada altrettanto bene anche per il resto, pensò. «Lo stesso vale per i Jenkins, cara. Ann non ha mai avuto gente di colore per amici. Non capisce che possano essere persone meravigliose.»

Charlene era un tipo sveglio. «Ho capito: non dovrei parlare nemmeno dei Jenkins finché starò qui. È questo che vuoi dire?»

«Sì, tesoro. Inutile causare dei dispiaceri. Un giorno o l'altro tua sorella finirà per capire un po' di più del mondo di quanto non capisca ora. Ma per il momento teniamoci alla larga da questi due argomenti. Non è che Ann sia cattiva, vedi. Solo che deve adattarsi al modo di pensare della gente con cui vive. Sono brava gente. Non farebbero male a una mosca. Ma attribuiscono un valore particolare a cose come il lavoro che fa una persona o il colore della sua pelle. Non capirebbero né Quigly né i Jenkins. E noi non vogliamo fare arrabbiare Ann, vero?»

«No. Io le voglio bene. È molto bella.»

Elizabeth la baciò teneramente. «E anche tu lo sei, tesoro.»

Mentre saliva sulla *Bentley*, Elizabeth riuscì a bisbigliare ad Ann: «Tutto a posto. Ho parlato con Charlene. Ti ama. Credo che sia meglio che tu lasci tutto come sta».

I tre amici quella sera cenarono tranquillamente a casa. Elizabeth raccontò loro di Quigly; Laurel commentò che era un miracolo e Tony affermò di essere ansioso di farne la conoscenza.

«Chissà», aggiunse, «magari potrebbe mettersi a lavorare con noi.»

Elizabeth scosse il capo. «Ne dubito. Quigly non mi sembra tagliato per il mondo dell'arredamento. È troppo maschio ed energico.» S'interruppe, costernata dal suo modo sventato di sottovalutare gli uomini in quella professione. Accidenti, che idiozia fare discorsi del genere davanti a Tony.

Ma sembrava che Tony non se la fosse presa affatto. Anzi, aveva un sorrisetto divertito che sottintendeva: «E dire che proprio tu dovresti saperlo!» Laurel a disagio s'intromise nella conversazione.

«A proposito di affari, che progetti avete, ora? Tony mi ha detto dei termini del testamento di Robert. Avete intenzione di continuare?»

Elizabeth e Tony si guardarono. «Non abbiamo ancora avuto occasione di parlarne», rispose lui, «ma credo che tutt'e due rispetteremo le volontà di Robert. Non ho idea di come andrà a finire. Il nome della ditta è solido, ma era Robert che in realtà faceva funzionare tutto. Elizabeth con il suo talento riuscirà ad addossarsi buona parte del peso e io ho imparato a essere bravo nel curare i particolari. Non so come la pensi la mia socia, ma la cosa che più mi preoccupa è la parte dei contatti con la gente, le relazioni pubbliche. Io sono una frana in queste cose. Ed Elizabeth, pur con tutto il suo fascino, ha già il suo daffare. Bisogna conoscere la gente giusta e passare con loro la maggior parte della propria esistenza, ecco il trucco. E tutto il talento e l'efficienza del mondo non ci salveranno, se non riusciremo ad attirare nuovi clienti.»

Elizabeth era d'accordo. «Quello che ci manca è proprio la persona che conosca un mucchio di gente ricca. Qualcuno che sia tremendamente chic. Magari qualcuno che possa fare pubblicità alla ditta. Una persona supersofisticata, creativa, già nota e ben accetta in quel mondo di gente bene che non ha mai sentito parlare né di Tony né di me. Sarà un grosso problema riuscire a trovare una persona del genere.»

«Dici?» aggiunse Tony. «Magari l'abbiamo davanti proprio in questo momento.»

Quell'osservazione quasi casuale fu elettrizzante. Il viso di Elizabeth si illuminò di compiaciuto stupore.

«Mio Dio, ma certo! Tony, hai perfettamente ragione. Ho appena descritto esattamente Laurel. È un'idea davvero brillante. Laurel, te ne prego, accetta! Entra in affari con noi e occupati delle pubbliche relazioni. Tu conosci tutti e tutti conoscono te. Sarebbe il colpo del secolo per la Robert Gale Associates. Formeremmo una magnifica squadra e avremmo tutti un grande futuro.» Guardò Tony. «Se Tony è d'accordo, ti offrirei una partecipazione agli utili. Come Robert aveva fatto originariamente con me.»

Tony annuì. «Già, potremmo anche fare di meglio. In ogni caso, Laurel, faresti parte di qualcosa in cui avresti un concreto interesse. Elizabeth ha ragione. Senza accorgersene, ha descritto esattamente te. E c'è qualcos'altro, che lei ha tralasciato. La persona che vogliamo deve essere qualcuno che ammiriamo e di cui ci fidiamo. E tu hai anche questi requisiti.»

L'impassibile Laurel era rimasta senza parole. «Ehi, calmatevi un momento, voi due», esclamò quando finalmente si riprese. «State correndo troppo. La moda è il mio mestiere, ve ne ricordate? Non l'arredamento. E se posso peccare d'immodestia, a *Enchantress* sono sistemata niente male. Per quanto possa piacermi l'idea di diventare parziale proprietaria di un'azienda, devo riflettere prima di correre questo rischio calcolato. Ammettiamo che non riesca a procurare clienti. Che succederà se noi tre insieme non riusciremo a tenere a galla la Robert Gale Associates? Odio sembrare tanto egoista e venale, ma devo pensare anche alla mia sicurezza. Ho trentasette anni, cari miei. Tra un paio d'anni potrebbe essere troppo tardi per ricominciare daccapo, se la cosa non funzionasse. Invidio la cieca fiducia che voi due avete sempre avuto, ma io non ce l'ho. Continuo a vedermi come una povera vecchietta abbandonata che chiede la carità per le strade. Diciamo pure che ho paura. I grossi rischi mi spaventano. Tu lo sai, Elizabeth. Ricordi com'ero terrorizzata quando *Enchantress* mi offrì un posto? Se non mi avessi dato una spinta tu, forse adesso sarei ancora redattrice di moda a *Wife and Mother*.»

«Ma non capisci che è proprio del tuo senso pratico che Tony e io abbiamo bisogno? Nel suo strano modo, Robert aveva proprio queste stesse qualità. Riusciva a superare il timore del fallimento, credo, proprio perché teneva terribilmente, come te, alla sicurezza finanziaria. Tony e io non abbiamo questa concretezza. Ed è proprio quello che ci manca.»

«Elizabeth ha ragione», intervenne Tony. «Robert era un ottimo arredatore d'interni, ma non aveva il talento di Elizabeth. Il suo forte era affascinare la gente, scuoterla, incuriosirla con la sua sfacciataggine. Aveva una meravigliosa arroganza, che ispirava fiducia alla gente. E anche tu hai queste doti, Laurel. Non dovrai occuparti dei particolari. A fare il lavoro penseremo Elizabeth e io, una volta che tu ce lo avrai procurato.»

«Davvero non so», rispose Laurel. «È tutto così improvviso. Lasciatemi riflettere per un paio di giorni. E anche voi, farete bene a considerare più seriamente la faccenda. È importante per voi, quanto per me, non fare errori in questo momento. Vi state lasciando trascinare tutt'e due da quello che credete sia un colpo di genio, ma sarà meglio riparlarne alla fredda luce del giorno. A volte ottimi amici diventano pessimi soci d'affari, sapete.»

Elizabeth l'accompagnò alla porta quando Laurel decise di andarsene.

«Credo di sapere che cos'hai realmente in testa», le disse. «Temi la continua vicinanza di Tony, vero? Sei ancora innamorata di lui, non è così?»

«Non ne sono sicura. Forse. In quest'ultimo anno abbiamo raggiunto un simpatico e impersonale equilibrio fra noi, da quando tu e Charlene ve ne siete andate. Ci siamo visti fuori dell'ufficio ogni tanto, ma non si è mai più ripetuta quella situazione che mi aveva gettato nello scompiglio. E ho paura di ricadere nella stessa trappola. Ma anche tutte le altre cose che ho detto non erano bugie. È un rischio che non so se sono pronta a correre. Ora ho una vita molto comoda, Elizabeth. Di solito non faccio le cose per istinto, come te. Mi piacerebbe riuscirci. Ma io sono fatta in un altro modo. Comunque, vedremo. Tu e Tony parlatene seriamente fra voi. E anch'io da parte mia ci penserò. Tra un paio di giorni prenderemo una decisione.»

Elizabeth tornò in soggiorno, dove trovò Tony sprofondato su una poltrona. Tony alzò gli occhi su di lei.

«Allora?»

«Credo che accetterà, ma ha bisogno di tempo per pensarci. C'è anche dell'altro, e tu lo sai.»

«Lo supponevo. Si tratta di me, vero?»

«Già. Laurel è ancora incerta sui suoi sentimenti per te. Ha una gran paura di tornare a illudersi.»

«Lo temevo.» Tony si alzò. «Preparo qualcosa da bere?»

Lei annuì. Mentre Tony le versava un brandy, Elizabeth si perse nei suoi pensieri. Capiva benissimo le paure di Laurel. In fondo erano le stesse che lei nutriva a proposito di Adam: si sentiva terribilmente attratta da lui, ma nello stesso tempo sapeva che cedere al desiderio le avrebbe portato solo dolore e frustrazioni. Adam. Doveva prendere una decisione anche a proposito di Adam. La loro relazione poteva ricominciare, ma a che scopo? Con quella sua strana capacità di leggerle nel pensiero, Tony si sedette di fronte a lei e disse: «Non per cambiare argomento, ma che cosa ne è stato di Adam Barnsworth?» Elizabeth sussultò.

«Perché ne parli proprio ora?»

«Perché ti vedo lì seduta tutta pensierosa e così bella. Perché ricordo che mi hai detto che era l'unico uomo al mondo che amavi. E perché per la millesima volta capisco che esiste una sola donna che io possa amare.»

Elizabeth ignorò quelle inquietanti affermazioni. Gli raccontò invece di Adam e del loro ultimo incontro a Denver. «Mi ha telefonato poco prima che partissi per New York. Vuole che ci rivediamo, quando torno a Los Angeles.»

Il viso di Tony era inespressivo. «Tornerai con lui?»

In quella breve frazione di secondo, Elizabeth prese una decisione. «No», disse lentamente. «Non tornerò con lui.»

Ci fu una lunga pausa. «Che farai della tua vita, Elizabeth?»

Lei tentò di sorridere. «Mi terrò occupatissima», rispose. «Mi darò pazzamente da fare perché il successo ci arrida. Cercherò di aiutare Quigly a ritrovare se stesso. Cercherò un modo di comunicare con Ann. Mi godrò i miei nipotini. Guarderò Charlene crescere, sperando che abbia il futuro che merita.»

«E per te?»

«Queste cose sono proprio per me. Ma se intendi dire realmente e solo per me ti dirò che ho un'ambizione segreta. Poco prima di partire sono stata da uno dei nostri clienti nella penisola di Monterey. Mi sono innamorata di quella parte del mondo. Mi piacerebbe un giorno potermi comperare un po' di terra laggiù e costruirmi la casa che ho sempre desiderato: una casa sul mare, spaziosa, bella e serena. Quando i miei figli saranno al sicuro e ben sistemati e noi avremo mantenuto la nostra promessa a Robert mi ritirerò in quella casa a leggere tutti i libri che ho sempre voluto leggere, a curare i fiori, come avrei sempre desiderato. Nel 1969 avrò sessantacinque anni, Tony. L'età giusta per sparire con grazia.»

«Vent'anni sono tanti, mia cara.»

«Lo so. Voglio comperarmi un terreno e cominciare presto

a costruire. E quando avrò una casa ci andrò per gli week-end e per le vacanze. Se tutto va bene, sarà abbastanza presto. Ora non posso farlo per molte ragioni. Denaro. Responsabilità. Anzi, ora non ne ho nemmeno bisogno. Ma un giorno sì.» S'interruppe. «E tu? Che progetti hai per la tua vita?»

«Niente di così preciso come te, temo. Ci ho pensato parecchio negli ultimi due anni, ma adesso non so. Avevo pensato che se fosse successo qualcosa a Robert avrei abbandonato tutto quanto. Non me ne importa proprio niente del possesso, lo sai. Pensavo di andare in India per vedere se riuscivo a capire a fondo quel tipo di conoscenza che sembra di là dalla mia portata. Pensavo anche di tornare in California a cercare la pace in qualche monastero. La mia strana sensazione di avere ricevuto un dono speciale persiste, ma non ho mai saputo che cosa farne. Ora però le cose sono diverse, sono costretto a cercare di fare funzionare l'azienda di Robert. È un debito che devo pagare. Ma non voglio più la vita che ho vissuto con lui. Ho chiarito a tutti i suoi vecchi amici che quell'episodio è finito.» Fece una pausa. «Penso di avere capito che tutte le cose che dicevo a proposito di amare tutti quanti al mondo erano irreali, come tu una volta mi hai detto. Una cosa sola non è cambiata per me, Elizabeth. E devi sentirtelo dire ancora, anche se preferisci ignorarlo. Ti amo. Se potessi scegliere la mia vita, sceglierei di trascorrerla con te.»

Un nodo in gola impediva a Elizabeth di parlare.

«Non dire nulla», la pregò lui. «Abbiamo bisogno di tempo. Troppe cose sono accadute troppo in fretta. Sappi solo che per me sei il massimo della realizzazione. Va' a letto ora, cara. La tua vecchia stanza ti aspetta. Dormi bene.»

Elizabeth andò silenziosamente in camera sua, disfece la valigia e scivolò stancamente nel letto. Ma dormì male, con il sonno disturbato da sogni così vividi da continuare a svegliarla. Le pareva di essere in un'enorme foresta, dove doveva sposare qualcuno. Gli invitati indossavano strani abiti. C'era una donna pesantemente velata, come una suora, nella quale riconobbe Laurel. C'era un'infermiera, che sembrava Charlene, e un uomo vestito da diavolo che continuava a gridare che bisognava interrompere la cerimonia. Non riusciva a vederne il viso, ma ne riconosceva la voce. Quella voce la svegliò. Giaceva immersa in un sudore gelido, tremava. Le ci volle molto tempo prima di riuscire a ricadere in un sonno agitato e inquieto.

25

Una settimana dopo, mentre Elizabeth e Charlene stavano tornando a Pasadena costeggiando la zona delle case cinematografiche di Hollywood, molte cose erano state risolte. Tanto per cominciare, Laurel aveva accettato di unirsi a loro con un ottimo stipendio e una partecipazione agli utili del quindici per cento. Avrebbe stabilito il suo quartier generale a New York, ma lei e Tony avrebbero fatto spesso viaggi in California intervallati da occasionali visite di Elizabeth a New York. Una volta deciso di compiere il grande passo, Laurel si gettò con entusiasmo nell'impresa. Ancora prima che Elizabeth lasciasse New York su tutti i quotidiani era stato annunciato il suo ingresso come nuovo socio nella Robert Gale Associates ed era stata invitata a varie interviste radiofoniche. Tony ed Elizabeth erano molto soddisfatti. Già tutta la gente che Laurel aveva conosciuto attraverso la rivista *Enchantress* cominciava a fare discrete domande sui servizi che la sua nuova ditta offriva. Laurel in quell'ambiente che cambiava arredamento come il guardaroba avrebbe finito per diventare famosa come Robert.

In quel momento sul treno che la riportava a casa Elizabeth pensava con affetto a Tony. Non era innamorata di lui. Aveva rifiutato di dargli una risposta quando le aveva chiesto di nuovo di sposarlo. Ne avevano parlato una volta sola durante quella settimana e Tony non aveva insistito. «Aspetterò», aveva detto. «Per tutto il tempo che ti occorrerà per decidere. Perlomeno non mi hai risposto 'mai'. E per ora mi basta.»

Elizabeth pensò anche a Laurel. Avevano parlato a lungo da sole con franchezza prima che l'amica prendesse la decisione di entrare in affari con loro. Il ragionamento di Laurel era stato di una onestà quasi brutale.

«Dico di sì per varie ragioni, Elizabeth, e tu puoi saperle tutte. L'unica cosa che non ho mai fatto è mentirti. Tu e Tony mi avete fatto una proposta maledettamente buona e mi avete offerto la possibilità di diventare più ricca di quanto non sarei mai diventata restando a *Enchantress*. Credo di essere all'altezza della situazione. Posso fare tutti i giochetti di diplomazia e anche la leccapiedi, come faceva Robert. La cosa non mi preoccupa. Anzi, adoro la mondanità e la pubblicità. Ma la cosa più importante è che ho deciso che voglio assolutamente Tony. Ormai ho superato tutta quella vecchia storia di orgoglio ferito di qualche anno fa. Tony è l'unico uomo che voglio sposare e la vicinanza non nuocerà certo alle mie probabilità. Ora che Robert è morto, Tony ha chiuso con l'ambiente delle checche. Secondo me Tony stava al gioco solo per lealtà e per uno stupido senso di 'dovere divino'. Ora è libero. Bello, bianco e maggiorenne. Sì, è vero, ha cinque anni meno di me, ma che differenza fa? Sono la donna giusta per lui, Elizabeth. E, perdio, prima ancora che capisca che cosa sta succedendo se ne renderà conto anche lui, dovessi sedurlo in tutte le stanze d'albergo da qui a Palm Beach.»

Laurel prese l'imbarazzato silenzio di Elizabeth per disapprovazione. «Pensi che sia orribile? Mi odi perché sono una puttana vorace e intrigante? Lo amo. E posso farlo felice.»

«Naturalmente non ti odio, Laurel», ribadì Elizabeth. «Perché non dovresti perseguire quello che vuoi, specie se credi che sia la cosa migliore per tutt'e due? Ma non puntare il tuo cuore su qualcosa che potrebbe non accadere. Non voglio vederti ancora ferita. E Tony è un tipo molto ostinato, lo sai. Le idee che ha su tutto quanto sono sempre state piuttosto precise. Non è il tipo a cui si possa fare cambiare facilmente parere. Nonostante la sua apparenza dolce e sensibile è abituato a fare a modo suo.»

«Anch'io», aveva concluso Laurel.

Pochi giorni dopo il suo ritorno in California Elizabeth chiamò Adam per dirgli che non poteva più rivederlo. «Non possiamo ricominciare dal punto in cui abbiamo smesso», spiegò. «Lascia perdere, Adam. È stato un periodo meraviglioso della nostra vita, ma è finito.»

Si aspettava vibrate proteste e invece lo trovò inspiegabilmente docile. «Mia cara, se questa è la tua decisione non posso fare altro che accettarla. Ti chiedo solo un favore. Voglio sentirmelo ripetere dalle tue labbra. Voglio vedere il tuo viso, mentre mi dici addio.»

«No. È inutile. Non cambierò idea.»

«Non è inutile per me. Mi aiuterà a cancellare il ricordo dell'ultima volta, quando mi hai cacciato via. Non potrò mai dimenticare il tuo viso di quel giorno a Denver. Lascia almeno che ti riveda ancora una volta, anche se sarà veramente l'ultima.»

Elizabeth non gli credeva. Peggio, non si fidava di se stessa a restare sola con lui, specialmente in un posto in cui lui potesse toccarla. Ma se la sua decisione era autentica poteva anche superare quella prova. Non poteva nascondersi per sempre. In fondo Adam sarebbe potuto entrare nel negozio in qualsiasi momento.

«E va bene», acconsentì. «Farò colazione con te domani.»

Adam passò a prenderla al negozio e con l'auto si diresse a nord attraverso Beverly Hills. Avevano scambiato solo poche parole di saluto, ma nemmeno un bacio sulla guancia.

«Dove andiamo?» chiese Elizabeth.

«Che ne diresti del *Bel Air Hotel*? Ci sei mai stata?»

Elizabeth scosse il capo.

«È molto carino», osservò lui. «E molto tranquillo. Non so perché tengano il ristorante aperto anche per colazione. Pare che non ci sia mai nessuno. Almeno potremo parlare senza essere disturbati.»

«E senza essere riconosciuti», aggiunse lei.

Adam aveva ragione, era un bel posticino tranquillo. Attraversarono un ponticello su un laghetto artificiale in cui dei candidi cigni scivolavano sull'acqua e si diressero al ristorante lungo un sentiero serpeggiante bordato di fiori. La sala era quasi vuota, c'era solo una coppia di innamorati all'altro capo del salone.

«Sicuramente sposini in luna di miele», commentò Adam indicando la coppia. «Sono gli unici che si lasciano attirare da questo albergo. A parte i ricchi eremiti e, immagino, le coppie occasionali. In genere è troppo fuori mano. E di sera qui non succede assolutamente niente. In pubblico, intendo dire.»

Ordinò da bere, senza chiederle che cosa voleva. «E adesso», le disse, «raccontami che cosa sta succedendo.»

Era come la colazione che aveva fatto con Quigly. Solo che allora si trattava dell'inizio di qualcosa. In quel momento invece era la fine. Il ricordo del figlio le diede un argomento di conversazione.

«Penso che la cosa più importante, a parte la guarigione di Charlene, sia il ritorno di Quigly.» E di nuovo raccontò tutta la storia. Sulle prime Adam parve compiaciuto, poi divertito all'idea che lo stesso articolo di giornale avesse informato tanto lui che Quigly della presenza di Elizabeth a Los Angeles. Ma quando lei gli disse che Quigly lavorava come autista di Theresa Isherwood il suo viso si oscurò.

«C'è qualcosa che non va?» chiese Elizabeth. «Pensi anche tu come Ann che fare l'autista sia degradante?»

«No, naturalmente. Ma conosco Theresa Isherwood. Almeno, so che cosa si dice di lei. Ha bisogno di un autista come io di un terreno nella Valle della Morte. Che ci fa veramente Quigly in quella casa?»

«Non so dove tu voglia arrivare. Te l'ho detto, Quigly fa l'autista per lei da più di un anno.»

«Ci puoi scommettere. Elizabeth, ma non sai proprio niente di Theresa Isherwood? È la peggiore ninfomane della città. Specializzata in ragazzini. Se li tiene per un po' e poi li sostituisce con carne fresca. È inoltre una che beve parecchio e si parla perfino di droga, anche se io ne dubito. Per quanto ne so io, i due non si fanno mai vedere in giro insieme. Scommetto che Quigly vive nella sua villa, vero? E scommetto cinque contro dieci che la sera non è quasi mai libero.»

Elizabeth si sentì prendere dalla nausea.

«Non credo una sola parola», replicò.

«Tesoro, faresti bene a credermi invece. E faresti bene anche a tirare fuori di lì tuo figlio il più presto possibile.»

Vedendo il viso impressionato di Elizabeth, Adam si maledisse. Non per averglielo detto, meglio che Elizabeth lo sapesse e facesse qualcosa prima che fosse troppo tardi, ma si sarebbe volentieri preso a calci per avere scelto proprio quel momento per dirglielo. Avrebbe almeno potuto aspettare la fine del pranzo per parlarle della Isherwood. Adesso Elizabeth aveva in mente solo Quigly. E a lui restava una probabilità maledettamente piccola di riuscire a farla di nuovo concentrare sul loro problema. A meno, pensò, che non sfrutti questa storia per convincerla che ha bisogno di un uomo che l'aiuti, che le stia vicino. Le prese dolcemente la mano.

«Non prendere quell'aria spaventata, cara», sussurrò. «Mi dispiace essere stato proprio io a dirtelo, ma era meglio che tu lo sapessi. Mio Dio, Elizabeth, sei talmente ingenua!» Sentì la sua mano tremare. «Lascia che ti aiuti. Parlerò io a Quigly. Non gli sono mai piaciuto molto, lo so, ma forse darà retta a un altro uomo.»

Elizabeth lo fissò con occhi spalancati e atterriti.

«Cara, hai bisogno di me», le disse. «Eccomi qui. E ci sarò sempre, Elizabeth.

Per un attimo Elizabeth non desiderò altro che gettarglisi tra le braccia. Si era quasi dimenticata perché fosse lì. Voleva solo stringersi a lui come nel passato, illudersi e credere al suo amore e alla sua fedeltà. Ma poi ricordò su quale esile realtà era costruito il loro amore. Era sempre stata sola, pensò. Aveva sempre affrontato i problemi da sola. Forse non li aveva sempre risolti nel modo migliore, ma comunque li aveva superati. Non si sarebbe servita della brutta situazione di Quigly come scusa per tornare con Adam. Il massimo che avesse avuto era stata una spalla cui appoggiarsi di tanto in tanto. Basta, ora non ne voleva più sapere.

«Mi dispiace, Adam. Quello che ti ho detto al telefono vale ancora. È stato meraviglioso, ma è finito. Volevi guardarmi mentre te lo dicevo. Ecco, ora mi hai vista. Ti voglio bene e te ne vorrò sempre. Ma non ricomincerò tutto daccapo. Non mi va di vivere solo di ricordi sentimentali del pássato e di pezzetti di felicità rubati nel futuro. Non mi basta. Forse, in un certo senso, non ho mai veramente pensato di meritare qualcosa di più di una parte dell'amore di qualcuno. Ma ora la penso diversamente. Voglio dare, ma voglio anche essere dalla parte di chi riceve. L'hai detto anche tu, una volta, non sono fatta per vivere in secondo piano.»

Adam non capiva che Elizabeth, in passato così disposta a dare, così generosa e senza pretese, era diventata una nuova donna. Tutt'a un tratto parlava anche lei come le altre donne che conosceva, Monica compresa. Non si rendeva conto invece che Elizabeth stava lottando per la vita con tutte le forze che aveva.

«C'è qualcun altro, vero?»

Adam doveva pensare in questi termini. Era l'unica spiegazione che il suo io potesse accettare.

«Sì», mentì Elizabeth. «C'è qualcun altro. Lo sposerò.»

Aspettò la sua reazione. L'avrebbe forse implorata di cambiare idea? Le avrebbe offerto di divorziare da Monica e di sposarlo? Ma Adam non fece né l'uno né l'altro. Non le chiese nemmeno chi fosse l'altro uomo. E non finse nemmeno di augurarle felicità. Disse solo: «Vuoi ordinare il pranzo?»

«Veramente non ho fame; e tu?»

«No. Ti riaccompagno.»

Tacquero per tutto il tragitto fino a Rodeo Drive. Adam accostò al marciapiede e si chinò per aprirle la portiera. La sensazione del suo corpo che la sfiorava le diede un brivido di desiderio. Elizabeth scese rapidamente dall'auto e richiuse la portiera.

«Addio, Adam», mormorò attraverso il finestrino aperto.

Lui non rispose. Rimise in moto la macchina e si allontanò.

Anche se sentiva di doverlo fare, Elizabeth con suo figlio esitava ad affrontare l'argomento delicato delle sue scelte di vita. Tanto per cominciare, non sapeva quale sarebbe stata la sua reazione. Forse si sarebbe irritato violentemente per la sua intrusione. Elizabeth si rendeva conto che aveva ancora paura di lui. Quel suo atteggiamento disteso e cordiale poteva essere solo una copertura per il vecchio furioso Quigly dell'adolescenza. Visto poi che era così riservato a proposito della sua vita, era chiaro che se ne vergognava. E anche se non si fosse arrabbiato sarebbe rimasto molto turbato nell'apprendere che la madre sapeva.

Elizabeth più che indignata per il suo modo poco ortodosso di vivere era preoccupata. Anche se provava repulsione per un uomo, soprattutto se era figlio suo, che si faceva mantenere da una donna, si preoccupava maggiormente per le allusioni di Adam al bere eccessivo e alla droga. Non aveva mai visto Quigly bere più di un paio di bicchieri e li aveva sempre tollerati molto bene. Ma in principio faceva così pure Alan. Aspettò quindi il momento opportuno per parlargliene, che capitò una sera di giugno subito dopo aver festeggiato il suo ventunesimo compleanno. Quella sera Quigly era libero e si era recato a Pasadena per cenare con la madre e con la sorella. Avevano fatto una piccola festicciola con la torta e le candeline. Charlene gli aveva comperato una camicia sportiva che gli era piaciuta molto. Il dono di Elizabeth era invece un modesto orologio d'argento di semplice linea moderna. Quando aprì il pacchetto Quigly parve leggermente disorientato. E solo allora Elizabeth notò un lieve luccichio d'oro sotto la manica sinistra. Istintivamente lei allungò una mano e gli sollevò la manica della camicia. Al polso di Quigly splendeva un grosso orologio chiaramente molto costoso e indubbiamente nuovo. Sulle prime Elizabeth non colse il vero significato di quell'oggetto.

Disse solo: «Oh, Quigly, che peccato! Non mi ero mai accorta che avessi già un orologio! Non ricordavo di avertelo già visto».

«Per la verità l'ho appena ricevuto. È un regalo di compleanno della mia padrona. Gentile da parte sua, non è vero? Ma è un po' troppo vistoso per i miei gusti. Questo mi piace molto di più. Ti ringrazio molto. È davvero magnifico.»

Il momento passò. Solo quando Charlene si fu decisa a malincuore ad andare a letto Elizabeth riprese l'argomento.

«Ti ha fatto un dono piuttosto costoso la tua padrona», incominciò con tono casuale. «Deve tenerti in grande considerazione.»

«Già, penso di sì. Cerco di assecondarla.»

«L'ho sentito dire. Tu e parecchi altri prima di te.»

Gli occhi di Quigly si strinsero. «Che cosa vorresti dire?»

«Perché mi hai mentito, Quigly? Non sei l'autista della signorina Isherwood. Lei ti mantiene, come ha mantenuto molti altri ragazzi.»

Quigly si rifugiò dietro l'espressione risentita e scontrosa che lei ben conosceva.

«Caro, so che tu non volevi che io lo sapessi e io non lo sospettavo nemmeno lontanamente. L'informazione mi è arrivata per caso, in modo assolutamente gratuito. Ma questo non conta. Quello che importa è che questo non è il genere di vita per te. Non puoi vivere con una donna simile. Ho sentito cose odiose su di lei. E ho paura di quello che può farti. Non ho intenzione di giudicarti, di farti la predica, Quigly, sono solo spaventata. Dove ti porterà tutto questo? Hai solo ventun anni. Di certo non penserai di passare tutta la vita a farti mantenere da Theresa Isherwood o da donne del genere.»

«Hai un'idea migliore?»

«Certo che ce l'ho. Finire la scuola e andare all'università. Puoi vivere qui con me e con Charlene. Oppure possiamo trovare un posto più grande. Sarei anche contentissima di metterti su casa.»

«Ho già vissuto con te una volta e non ne potevo più di andarmene fuori dalle palle.»

«Ma allora eri un bambino. Un bambino ribelle. Adesso sei un uomo. Devi pensare al tuo futuro. Non c'è futuro in quello che fai ora.»

La voce di Quigly era dura. «Scordatelo, mamma. Mi dispiace che tu l'abbia scoperto, ma non per questo mi trasferirò a Pasadena e tenterò di prendere il diploma della scuola superiore come un qualsiasi zuccone o immigrato! Niente da fare. Hai ragione, non so come sarà il futuro. Perché, tu forse conosci il tuo? Forse che c'è qualcuno che lo sa? Può anche darsi che Terry mi sbatta fuori domani stesso. O forse può darsi che sia io a scocciarmi e ad andarmene. Che cosa diavolo vuoi che ne sappia? Però io non ho gli strumenti per fare niente. Quindi è una fortuna che quelle vecchie maniache mi trovino così eccitante. Perlomeno riesco a mettere via qualche sacco, tra queste pollastre fameliche. Forse potrei anche farmi una carriera a passare dall'una all'altra, così come si passano i maggiordomi.»

Man mano che parlava, il tono della sua voce cresceva. Quello che diceva era del tutto insensato. Anche se aveva lo stomaco per una vita del genere, doveva pur sapere che entro pochi anni sarebbe stato rimpiazzato da un amante più giovane e nuovo. Elizabeth ci riprovò di nuovo.

«Hai delle idee completamente sbagliate, Quigly. Hai solo ventun anni. Non sei ancora troppo vecchio per tornare a scuola, per ricominciare a fare progetti per una carriera. Devi dare un indirizzo alla tua vita. Hai ancora tanti anni davanti a te. Non vuoi sposarti un giorno? Mantenere una moglie e dei figli? Non t'importa di fare qualcosa di te stesso?»

«A me così va benone», rispose con tono asciutto. «Non ho nessuna intenzione di rompermi il culo per uno straccio di diploma. Quanto a moglie, figli, carriera e roba simile non me ne importa proprio un accidenti. Lascia pure che Ann abbia il suo cottage coperto di rampicanti, i bambini con il nasino in su e tutto l'apparato della rispettabilità. E che quel suo marito si occupi di assicurazioni sulla vita e di ipoteche. Non è roba per me. Non c'è sicurezza da nessuna parte. E tu lo sai. Guarda per esempio l'uomo che hai sposato. Ottimo posto di lavoro. Grande carriera. Magnifica casa a Georgetown. E dove siete finiti, tanto tu che lui? Dove siamo finiti tutti quanti?»

Era come discutere con un ubriaco, con la differenza che Quigly era perfettamente sobrio. Elizabeth si acquietò. Stava sprecando fiato. «Mi dispiace per te», mormorò infine.

«Be', sbagli. Hai lavorato come un cane per quindici anni e scommetto che in banca ho più soldi io di te.»

«Sai che non stavo parlando di denaro, Quigly.»

«Ma se è l'unica cosa che conta, mamma! Non l'hai ancora capito?»

Era inutile continuare quella conversazione.

«Ti prego, pensa a quello che ti ho detto», concluse Elizabeth. «Ne riparleremo la prossima volta che verrai.»

«Intendi dire che sono ancora il benvenuto? Nonostante la mia 'vergognosa esistenza'?»

«Sei mio figlio e ti voglio bene. Non ci sarà mai una casa mia in cui tu non sia il benvenuto.»

Con un sorriso amaro Quigly rispose: «Un giorno rimpiangerai queste parole. Comunque, adesso sono contento che tu le abbia dette».

26

Il successo della Robert Gale Associates giunse come ricompensa di un duro lavoro. All'inizio non fu facile convincere le signore bene che l'estroso e rinomato arredatore fosse sostituibile. Era diventato un'istituzione; senza la sua presenza i clienti della East Coast si sentivano a disagio e la nuova filiale di Beverly Hills era naturalmente oggetto di critiche da parte degli arredatori di Los Angeles. Fu una fortuna che Robert avesse già concluso dei contratti nella settimana prima di morire. Elizabeth e il suo piccolo staff fecero un ottimo lavoro nel realizzare questi progetti e si sparse perciò rapidamente la voce che nonostante la morte del fondatore la Robert Gale Associates era ancora la ditta cui rivolgersi se si voleva fare o rifare una casa.

Elizabeth si diede parecchio da fare per ottenere e conservare la clientela. Partecipava a noiosissime colazioni con ricche signore, passava ore ad ascoltare i loro sproloqui sull'arredamento e alla fine ebbe la gradita sorpresa di scoprire che non solo la rispettavano, ma la trovavano anche di loro gusto. Elizabeth assunse un agente pubblicitario il cui compito consisteva nel fare pubblicare sui supplementi domenicali dei giornali le foto delle case arredate dalla Gale e nel fare inserire i nomi dei clienti nelle colonne dei pettegolezzi locali. In poco tempo i risultati cominciarono a farsi sentire: alla Gale arrivava tanto lavoro da non riuscire ad accettarlo tutto. Per fortuna la comunità di un certo rango era disposta ad aspettare. Divenne quasi un segno di snobismo essere «sulla lista d'attesa» per farsi arredare la casa dalla Gale Associates.

All'Est le cose andavano altrettanto bene e verso l'inizio del 1950 Tony, Laurel ed Elizabeth si resero conto di avere avviato un commercio che avrebbe offerto a ognuno di loro una vita confortevole. I tre soci si scambiavano spesso visite, ma erano raramente tutti insieme. Tony e Laurel si recavano separatamente in California ed Elizabeth andava molto di rado a New York. Non aveva nessuna voglia di andare all'Est, nemmeno per vedere Ann. E comunque gli altri due erano più liberi di viaggiare, mentre lei aveva ancora una figlia giovane cui pensare. A quindici anni Charlene non poteva certo restare sola in casa per lunghi periodi e in questo il fratello non era naturalmente di nessun aiuto.

Quigly continuava ad andare regolarmente a Pasadena. La sua relazione con Theresa Isherwood non accennava a cambiare. Lui invece era cambiato parecchio. Era aumentato di peso. Il suo corpo, un tempo forte e muscoloso, cominciava a mostrare segni di gonfiore per il troppo bere e per mancanza di una vita sana all'aria aperta. Lui ed Elizabeth non parlarono più della sua situazione dopo quella sera. Lei cercò ancora di affrontare l'argomento del suo futuro, ma Quigly le fece capire chiaramente che se voleva continuare a vederlo doveva lasciare perdere quel discorso, così come ogni tentativo di mettersi in contatto con lui alla villa di Bel Air.

Di Adam non aveva avuto più notizie. Cercò di convincersi che ne era contenta. Pensava spesso a lui, ma gradatamente con meno dolore. Era come se facesse parte di un'altra sequenza, di cui aveva appena una vaga memoria.

Nel febbraio del 1950 Ann mise al mondo il terzo figlio al quale diede il nome di Alan. Elizabeth si stupì di questa scelta. Evidentemente Ann era riuscita a rimuovere l'ultimo periodo della sua vita passata e l'infelicità che l'aveva accompagnata. Forse gli unici ricordi che aveva del padre erano dell'uomo bello e ridente che l'aveva vergognosamente viziata. Se era così tanto meglio. Ann avrebbe cercato di dipingere ai suoi figli un'immagine lusinghiera del nonno che non avevano mai conosciuto. Così come lei stessa aveva cercato di tenere nascosta ai propri la verità sul padre. Solo Laurel sapeva tutto quanto. Persino Tony conosceva solo in parte la sordida storia della vita matrimoniale di Elizabeth. Ma ormai era storia vecchia. Anche lei che l'aveva vissuta aveva cercato solo di dimenticarla.

Dalle visite separate che Laurel e Tony le facevano era facile intuire che la loro relazione non era andata avanti come Laurel aveva sperato. Era un buon rapporto di lavoro, anche vantaggioso, ma niente di più. Durante l'ultimo viaggio che aveva fatto in California Laurel era sembrata particolarmente depressa.

«Accidenti a quel Tony», esclamò. «Non concludo niente con lui. Ti giuro, ormai è quasi un prete. Credo che abbia fatto qualche segreto voto di castità. Lavora molto, questo sì. Ma quando non lavora se ne sta tutto il tempo con una specie di banda di pazzi religiosi orientali. Non so che cosa faccia la sera. Lui dice che legge e ascolta musica. Ma secondo me se ne sta tutto il tempo a guardarsi l'ombelico o a pregare Budda. Non mi stupirei di vederlo comparire un giorno in tonaca e cappuccio. È ben lontano dalla vecchia vita che conduceva con Robert, in molti sensi.»

«Non fargli fretta», rispose Elizabeth. «Lascia che la cosa maturi da sé. In qualche modo finirà, vedrai.»

«Spaventoso! Mentre tu fai la fatalista sul mio futuro io passo metà della mia esistenza dal parrucchiere a farmi tingere le radici dei capelli. Su di te, i capelli bianchi sono sexy. Su di me invece non sembrano certo biondo platino!»

Durante la prima visita di Tony, senza rivelargli il colloquio avuto con Laurel, Elizabeth portò casualmente il discorso sui suoi «interessi».

«Ricordo che una volta mi avevi detto che avresti voluto andare in India o in qualche posto del genere», incominciò lei. «Ti attira ancora la vita mistica? Confesso che mi piacerebbe saperne di più. Ho letto qualche libro sull'argomento, così, giusto per curiosità. Non ci capisco molto, ma abbastanza per sentirmene affascinata.»

«Vuoi dire che non mi credi del tutto pazzo?» sorrise Tony. «Laurel invece lo pensa, sai. Mi guarda con l'occhio di triglia ogni volta che le dico che preferisco tuffarmi nei miei vecchi libroni ammuffiti piuttosto che portarla fuori a cena.»

«Be', devi ammettere che non è molto lusinghiero per lei.»

«Immagino di no, ma tu sai che per Laurel ho solo sentimenti di amicizia. Non voglio farle del male. Non voglio avere niente a che fare con lei, a parte il lavoro. Quanto alla religione, mi dà una grande serenità. So che la mia non è una vera 'vocazione' ma ci sono tante cose che vorrei sapere. Il poco che ho imparato è un grande antidoto al senso di futilità.»

«E le tue facoltà di guaritore? Non hai più fatto nessun esperimento?»

«Sono anni che non ci provo. Credo che il potere ci sia ancora, ma l'età mi ha reso prudente. Un tempo l'idea mi eccitava. Ora mi fa paura. Speriamo che sia un segno di maturità. Ho chiuso con le illusioni di essere un dio. Mi accontento di venire a patti con la vita. E questo è molto importante per me perché, vedi, non credo che avrò una vita molto lunga. Vorrei sapere chi sono veramente, prima di diventare quella scintilla di energia che sparirà nell'eternità con il mio vero io. Ho trentatré anni. Non credo di vivere ancora più di circa sette anni.»

Elizabeth fece un gesto d'impazienza. «Questa è la più grossa scemenza che abbia mai sentito dire. Come ti sei messo in testa un'idea così sciocca?»

«Non è qualcosa di fisico. Godo di ottima salute. Ma ho sempre avuto la convinzione di non arrivare oltre i quarant'anni. Non che mi secchi. Ma mi piacerebbe sapere come sarà questa mia vita, prima di affrontare quell'altra.»

«Tony, stai dicendo una serie di sciocchezze. Dio mio, ma non puoi predire il futuro. Mi pareva che avessi detto qualcosa a proposito di 'segni di maturità'. Stai parlando come un melodrammatico quindicenne!»

Lui la prese in giro. «Ecco, ci sei ricascata. Reazione sbagliata. Avresti dovuto essere travolta dalla pietà invece che metterti a sgridarmi come uno scolaretto. Perché non fai mai quello che mi aspetto? Quando ti dico che non vivrò per più di altri sette anni dovresti precipitarti a sposarmi, in modo che possiamo passare insieme i miei utili preziosi giorni.»

Elizabeth non capiva se Tony stesse proprio solo scherzando, ma per la prima volta la riaffermazione del suo amore per lei non la angustiò. Si sentiva come scaldata da quell'amore insistente. Quel discorso di morire a quarant'anni era una stupidaggine, naturalmente. L'idea di vivere con Tony non apparteneva ancora al regno del possibile, ma era bello sapere che lui le voleva bene.

«Ne riparleremo quando avrai quarantacinque anni e sarai fuori pericolo», disse con tono superficiale.

«No, ne riparleremo molto prima. Non oggi e nemmeno domani. Ma presto.» Poi di colpo Tony cambiò argomento. «Ora che gli affari vanno così bene non hai ancora pensato a comperarti un terreno sulla costa?»

«Ci penso spesso, ma non ho ancora fatto niente. Mi conosci. Odio talmente guidare che non sono neanche andata a dare un'occhiata.»

«Perché non ci andiamo domenica? Charlene può venire con noi. Per me non è nessuna fatica fare un duecento chilometri. Sarebbe divertente.»

Fu così che Elizabeth trovò il terreno che desiderava tanto. Era circa sessanta chilometri a nord di Los Angeles. Una proprietà di tre acri lungo la fascia costiera dove sembrava che nessun essere umano avesse mai posato il piede. Dall'alto la vista era bella da togliere il fiato. Sul terreno crescevano molti antichi alberi ad alto fusto oltre i quali si vedeva la striscia scura della scogliera e infine il Pacifico, che si infrangeva su una sottile striscia di spiaggia. C'era solo un paio di case nel raggio di chilometri. La «sua proprietà», come subito la definì Elizabeth dentro di sé, aveva esclusivamente la natura per compagnia. Eppure, nonostante questo suo splendido isolamento, era appena a un'ora di macchina da Los Angeles. Charlene sospirò d'ammirazione quando la vide.

«Mamma, com'è bello!»

Elizabeth non riusciva a parlare. Era esattamente il luogo che aveva sognato. Guardò Tony, che annuì.

«Andiamo a cercare l'agente immobiliare», disse.

Prima che Tony tornasse a New York la proprietà era già di Elizabeth. Comunque sarebbe passato un bel po' di tempo prima che ci potesse costruire sopra. Anche solo comperare la terra in quel momento era perlomeno pazzesco, ma a Elizabeth non importava. Un giorno avrebbe avuto una casa in quel luogo, proprio come desiderava. Nel frattempo, poteva sempre andare a sedersi sotto un albero e sentirsi tutt'uno con la terra. Poteva sognare e fare progetti. E ora le sue fantasie avevano un fondamento reale.

Il tempo volava. Elizabeth lavorava molto ed era ragionevolmente soddisfatta. Sarebbe dovuta andare a New York sia per affari, sia per conoscere il suo terzo nipote. Eppure continuava a rimandare il viaggio. Si vergognava del fatto che in realtà non aveva nessuna voglia di stare con Ann. Avrebbe voluto vedere i bambini, specie l'ultimo nato, ma l'idea dei Richards e di tutti i loro stupidi pregiudizi la riempiva di fastidio e di disgusto. Non aveva mai veramente perdonato ad Ann le bugie dette a proposito di Quigly. Sua figlia, pensava affrontando finalmente la realtà in modo obiettivo, era egoista e meschina. Una persona con la quale non avrebbe sprecato nemmeno un istante se non ci fossero stati i legami di sangue. Secondo i normali criteri di giudizio questo era una cosa davvero immorale. Di solito si suppone che si debbano amare genitori e figli ciecamente, anche se sono tutt'altro che amabili. La verità era che non riusciva ad amare Ann perché Ann non le piaceva. Anche se il ragionamento era logico, tuttavia non le impediva di provare un senso di colpa. Così inventava delle scuse per non andare a New York. L'ultima, fu una festa danzante che aveva intenzione di dare per il sedicesimo compleanno di Charlene, il 4 luglio del 1951.

Era la prima festa «da grandi» di Charlene e davvero si sarebbe potuta lanciare in alto una moneta per sapere se fosse più eccitata la figlia o la madre. Elizabeth organizzò la festa nell'unico grande albergo di Pasadena. Gli invitati erano venti, tra ragazzi e ragazze, tutti compagni di scuola di Charlene. Era una festa in lungo e per l'occasione Charlene ebbe il suo primo abito da sera, in mussola di seta azzurro pallido con maniche corte a sbuffo e la gonna molto ricca e vaporosa. Era un po' troppo costoso per la borsa di Elizabeth, ma Charlene le era sembrata un incanto, quando l'aveva provato al negozio. Al diavolo il prezzo, aveva pensato Elizabeth. Tre anni fa non sapevo nemmeno se sarebbe mai arrivata a compiere i sedici anni. E ora lei è qui meravigliosamente sana, tanto da sembrare fin troppo bello per essere vero. Perché dovrei preoccuparmi di un abito o di una festa che verrà a costarmi un paio di centinaia di dollari? I ragazzi si sarebbero divertiti moltissimo cenando e danzando all'hotel. Anche Tony sarebbe arrivato per il compleanno. Avrebbe fatto da cavaliere a Elizabeth, ma avrebbero solo salutato gli ospiti per sparire prima di cena. Era la serata di Charlene ed Elizabeth l'aveva spiegato anche a Quigly.

«So che Charlene sarebbe felice di averti alla festa», gli spiegò, «ma non è per adulti. Nemmeno Tony e io ci fermeremo. Spero perciò che non ti offenderai se non sei invitato. Però verrai a trovarci durante il giorno, vero? Charlene vorrà di certo vederti. Forse ci sarà anche Tony, quando verrai, così vi potrete finalmente conoscere.»

Dapprima Quigly affermò che capiva benissimo e che avrebbe cercato di fare un salto a Pasadena durante il giorno. Poi fu più evasivo. Disse che non poteva essere proprio sicuro perché era un giorno di festa e forse sarebbe dovuto restare con Terry.

«Ma non puoi dirle che è il compleanno di tua sorella?»

Di colpo Quigly si arrabbiò. Lui non era nemmeno stato invitato al party, mentre quella «checca» di Tony arrivava apposta da New York e faceva da cavaliere a Elizabeth. Sarebbe toccato a me, pensava Quigly. Sarei dovuto essere io il cavaliere di mia madre alla festa. Non quello stupido frocio.

«Terry non sa nemmeno che ho una sorella. O una madre. Non sa nemmeno veramente il mio nome. Le ho detto che mi chiamo Alan.»

Il dolore negli occhi di Elizabeth lo rese felice. Eccoti servita a dovere, pensò Quigly, così impari a non chiedermi di accompagnarti. L'idea che non si potesse mai contare su di lui non lo sfiorò nemmeno. Capiva solo il proprio risentimento nei confronti di quel misterioso Tony Alexander. Il quattro luglio sarebbe comunque andato a Pasadena anche se Terry aveva voglia di restare a letto tutto il giorno. Doveva assolutamente vedere quel tipo che pareva tanto importante per Elizabeth. Un maledetto imbroglione, pensò. Farsela con una donna che poteva essere sua madre. Quigly sperava proprio che sua madre non si mettesse con uno stupido del genere. Non aveva mai avuto buonsenso, nello scegliersi gli uomini.

Il quattro luglio prometteva di essere una giornata di fuoco. Elizabeth si svegliò molto presto come faceva sempre anche se era festa e andò in giardino. Il vicinato dormiva ancora, come del resto Charlene. Si portò fuori una tazza di caffè e si sedette sulla sua poltrona preferita di vimini pregustando la giornata e la serata. Tony era giunto al *Beverly Hills Hotel* la sera prima e aveva promesso di essere lì per l'ora di pranzo. Anche Quigly aveva telefonato il giorno prima per annunciare che sarebbe arrivato nel pomeriggio sul tardi. Aveva parlato con un tono del tutto diverso dall'ultima volta. Era tutto dolce e allegro. Aveva una gran voglia di conoscere Tony, diceva, e li avrebbe raggiunti sul tardi in modo da vedere Charlene con l'abito da sera. Cambiamento meteorologico, pensò Elizabeth. Quigly era, secondo una frase che aveva imparato da bambina, «mutevole come il tempo». Sperava che sarebbe stato cordiale con Tony, non solo perché desiderava che i due uomini si piacessero, ma anche perché proprio quel giorno non doveva succedere niente che potesse guastare la felicità della figlia.

Charlene la raggiunse in giardino con un visetto tutto eccitato e il corpo vibrante di gioia. Era sempre sveglissima fin dal primo momento in cui apriva gli occhi, come se ogni giorno fosse un'avventura che l'aspettava. Accettò gli auguri di Elizabeth con un bacio e il dono di compleanno, un sottile filo di perle coltivate, con lo stesso entusiasmo che se fosse stato un collier di inestimabili rubini. Si mise subito le perle e cominciò a rigirarsi al sole ammirando i riflessi della luce nelle piccole sfere luminose.

«Ma sono favolose, mamma! Non dovevi. Hai già fatto tanto per me: la festa, l'abito nuovo, tutto quanto! Mi piacciono moltissimo.»

«Ne sono felice, bimba mia. Vedrai che staranno molto meglio con l'abito da sera che su questo buffo pigiamino!»

Charlene rise, ma prima che potesse rispondere squillò il telefono. «Vado io», disse Charlene. «Sarà Tony, o Quigly.»

Dalla finestra aperta Elizabeth sentiva la sua voce sulle prime stupita, poi più alta di una ottava per la gioia. Non riusciva a distinguere le parole, ma chiunque fosse all'altro capo del filo era di certo una sorpresa, e una sorpresa gradita.

Charlene tornò in giardino. «Non indovineresti mai chi era!» Pareva che le avessero appena fatto un altro regalo di compleanno. «Jim Jenkins! Ci crederesti? Vive qui in California e frequenta il Cal Tech. Ha chiamato per augurarmi buon compleanno, così l'ho invitato alla festa di stasera. Ho fatto bene? Potremo sempre stringerci un pochino a tavola per fare posto anche a lui, vero? Sono così eccitata all'idea di rivederlo! Dice che Clara sta bene e tutta la sua famiglia ci manda i suoi saluti.»

«Uhau!» esclamò Elizabeth. «Calmati. Finirai per star male, se ti ecciti in questo modo.» Cercava di prendere tempo.

Sarebbe stata felice di rivedere Jim. Non si era più tenuta in contatto con la sua famiglia da quando aveva lasciato Denver, ma serbava un buon ricordo di loro e della loro cortesia. Jim le era sempre piaciuto in modo particolare, ma si chiese come avrebbero reagito gli amici di Charlene. Elizabeth aveva cercato di non lasciarsi troppo coinvolgere dalla comunità di Pasadena, ma sospettava che a modo suo fosse un'altra Scarsdale, conservatrice, chiusa e tutt'altro che liberale. Che reazione avrebbero avuto quando Charlene avrebbe presentato il suo amico negro ai compagni di scuola «normali»? E come si sarebbero comportati quelli dell'hotel? Elizabeth non ricordava di avere mai visto nessuna persona di colore in sala da pranzo, a parte quelli che servivano con silenziosa discrezione a tavola. Non era per sé o per Charlene che si preoccupava, ma per Jim. Se qualcuno fosse stato sgarbato con lui durante la cena o se, Dio non volesse, in albergo si fossero rifiutati di servirlo, la serata si sarebbe trasformata in un angoscioso imbarazzo per il povero Jim.

«Immagino che Jim non abbia avuto nessuna riserva nell'accettare l'invito, vero?» chiese.

«No, certo! Perché avrebbe dovuto? Credo che qui non conosca nessuno, ma sono sicura che l'invito gli ha fatto molto piacere.»

«Gli hai detto dove si terrà la festa?»

«No, pensavo che fosse meglio farlo venire qui per poi andare all'albergo tutti insieme.» Charlene cominciò a mostrarsi preoccupata. «C'è qualcosa che non va? Non volevi che lo invitassi? Pensavo che ti piacessero i Jenkins.»

«Certo che mi piacciono, cara. Molto. Ma che cosa penseranno i tuoi amici di Jim? Ci sono altri ragazzi negri nel tuo gruppo? So che è odioso dirlo, ma spero che non si sia creata una situazione in cui Jim possa sentirsi a disagio. Non so nemmeno come si comporteranno all'albergo. Può darsi che non usino servire gente di colore.»

Charlene era atterrita. Tutti quei problemi non l'avevano nemmeno lontanamente sfiorata. Per lei Jim era un carissimo amico e averlo alla sua festa di compleanno avrebbe resa perfetta la serata. Era come quell'orrenda faccenda con Ann, quando era andata a trovarla. Non poteva credere che la gente di Pasadena la pensasse come gli amici di Ann. Per un attimo si chiese se anche Elizabeth non la pensasse allo stesso modo. Le spuntarono le lacrime agli occhi e involontariamente si irrigidì. In quel momento somigliava molto alla madre.

«Se ai miei amici non piace Jim, allora non voglio piacere neanch'io», concluse con fermezza. «Quanto all'albergo, mamma, se tu pensi che Jim non ci possa andare, allora non ci andrò nemmeno io. Preferirei annullare la festa.»

Elizabeth si sentì molto fiera di lei. «Anch'io la penso come te. Ma speriamo che non si debba giungere a tanto. Ora provo a chiamare l'albergo e vediamo che cosa dicono.»

Le rispose il vicedirettore in modo educatamente evasivo, ma inequivocabilmente chiaro. Quando Elizabeth gli disse che avrebbe voluto aumentare di uno il numero degli invitati per la serata pareva che non ci fosse nessun problema. Quando però lei aggiunse deliberatamente che il nuovo ospite era un ragazzo di colore, la sua voce assunse subito un tono diverso, esitante.

«Le dispiace restare un attimo all'apparecchio, signora Whitman? Dovrei controllare le prenotazioni che abbiamo per questa sera. Sa, sono giorni di festa e siamo molto presi.» Fece una pausa di qualche secondo, durante la quale avrebbe dovuto presumibilmente fare dei controlli, dopo di che tornò all'apparecchio con una profusione di scuse. «Non so che cosa dirle», mentì, «ma risulta proprio quello che temevo. Non possiamo assolutamente aggiungere un altro posto a quel tavolo. Non ci sarebbe abbastanza spazio per fare passare i camerieri. Siamo già stati fortunati a riuscire a fare posto per venti persone. Ma proprio non possiamo arrivare a ventuno. Sono molto spiacente. Certo, se l'avessimo saputo prima...»

Elizabeth sapeva che sarebbe andata così. «Capisco. Bene, in questo caso le renderò la vita più facile. Annulli tutta la prenotazione, per favore. Così adesso avrà posto per altri venti brave persone bianche.»

Il vicedirettore balbettò: «Non si faccia idee sbagliate, signora Whitman. Non vorrei che lei pensasse...»

Elizabeth lo interruppe. «Non penso affatto. So.» E senza aggiungere parola, riattaccò. Charlene aveva ascoltato in silenzio accanto a lei. Non c'era bisogno che Elizabeth le spiegasse niente. Erano tutt'e due amaramente deluse, ma Charlene fu la prima a riprendersi. Annuì con aria di approvazione alla madre.

«Ora chiamo tutti quanti e dico che la festa non si fa più.»

«Aspetta un attimo», intervenne Elizabeth. «Perché dovremmo rinunciare alla festa? Potremmo semplicemente trasferirla qui.»

«Ma non c'è tempo, mamma! È vacanza e tutti i negozi sono chiusi. Non potremmo nemmeno comperare qualcosa da mangiare.»

Elizabeth sorrise. «Che ne diresti se ci facessimo preparare la cena dal *Beverly Hills Hotel*? Guarda, tesoro, ora chiamo Tony e gli spiego quello che è successo. Sono sicura che il direttore dell'albergo riuscirà a mettere insieme una cena e Tony la porterà. La Robert Gale Associates è una buona cliente. Scommetto che daremo la più bella festa dell'anno qui in casa, abiti lunghi e tutto quanto. Puoi mettere i dischi sul grammofono, invece della vera orchestra, ma ci resta tutto il giorno per organizzare la festa che meriti.»

«Lo pensi davvero, mamma? È perfino meglio che in albergo. Chiamerò tutti e dirò di venire qui.» Fece una pausa. «Che cosa dovrei dire per spiegare il cambiamento di programma?»

«Che ne diresti della verità?» rispose Elizabeth. «Così sapranno tutti di Jim.»

Charlene si diresse docilmente a telefonare ai suoi amici. Elizabeth si chiese quanti di loro sarebbero venuti sapendo del nuovo ospite. Forse ci sarebbe stata qualche brutta sorpresa in serbo per Charlene, ma ormai era abbastanza matura per cavarsela. A un tratto le venne in mente che Charlene era davvero cresciuta, bastava vedere come si era eretta in difesa di Jim e come era disposta a sacrificare la sua festa per qualcosa che sentiva istintivamente giusto. Elizabeth pensò che c'era anche un altro segno che l'infanzia di Charlene era finita: per la prima volta l'aveva chiamata mamma e non mammina.

Quando Charlene tornò dopo avere fatto le sue telefonate, Elizabeth aveva già tirato fuori i piatti di porcellana e l'argenteria e stava sistemando un lungo tavolo sotto la finestra del soggiorno per farne il buffet. L'espressione sul viso della sua bambina era più che eloquente.

«Bene, immagino che adesso sappia quali sono i miei veri amici», annunciò. «Vengono solo in otto.» Pareva più triste che arrabbiata. «Gli altri dodici avevano detto che era tutto okay finché non ho parlato loro di Jim. Poi hanno tirato fuori delle stupide scuse per dire che non potevano venire.»

Charlene cercò di sorridere. «Accidenti, deve esserci un'epidemia di raffreddore improvviso a Pasadena!»

A Elizabeth faceva male il cuore per lei. «Nessuno ti ha detto chiaramente che non voleva mescolarsi con i negri?»

«No. Credo che li avrei rispettati di più se l'avessero fatto.» Il visetto di Charlene si rannuvolò. «Ma come può la gente pensare in questo modo, mamma? Non conoscono nemmeno Jim! Sanno solo che non è bianco.»

Elizabeth abbracciò la sua bambina. Si strinsero l'una all'altra senza parlare. Dio, ti ringrazio per questa figlia, pregò in silenzio Elizabeth. Sbatterà regolarmente la testa nel muro, ma sarà una vera donna.

«Okay, gattina, non c'è tempo per rattristarci. Abbiamo del lavoro da fare. Dunque, vediamo: otto ospiti più Jim e te. E penso che sia meglio che anche Tony e io restiamo nei paraggi, visto che la festa è in casa. Così avrete anche gli chaperon. Siamo dodici. Se poi si ferma anche Quigly, tredici. Meno male che non siamo superstiziosi. Largo, signorina, devo andare al telefono. Tony ancora non sa che deve fare il fattorino e portare tredice cene a Pasadena. Sarà bene che gli dia la buona novella.»

Nessuno allora poteva immaginare che quella festa organizzata a tempo di record sarebbe stata il primo anello di una catena di avvenimenti che avrebbero cambiato la vita di molte persone presenti. All'apparenza il party fu un enorme successo. Ma al di là delle risate e dell'allegria pensieri ancora informi divennero realtà, opinioni preconcette si addensarono in solide convinzioni, impensabili possibilità finirono per diventare avvenimenti accettabili. Alcune di queste cose accaddero la sera stessa della festa. Altre ci misero anni prima di concretarsi. Ma tutte vennero provocate dalle passioni che illuminarono quella notte di luglio con la stessa intensità dei fuochi artificiali che vennero lanciati dopo cena sul prato della piccola casa di Pasadena.

Le opinioni preconcette erano quelle di Quigly che era pronto a odiare Tony a prima vista e così fece. Nella sua distorta visione quel bell'uomo di trentaquattro anni, la cui tranquilla devozione a Elizabeth era più che palese, era uno sgradito intruso. Quigly trovava odiosi il suo fascino naturale e la sua evidente familiarità con la casa (Tony infatti sapeva dove prendere altri bicchieri o dove trovare uno scialle leggero per Elizabeth quando lei rabbrividì nel fresco della notte), ma soprattutto Quigly era geloso dell'adorazione di Charlene e dell'affettuosa fiducia di Elizabeth per quell'estraneo. Pur sapendo che Terry avrebbe fatto l'inferno se fosse arrivato a casa tardi, Quigly rimase ugualmente quasi fino alla fine del party, pur non avendone l'intenzione. Era arrivato verso le cinque e mezzo, un'ora prima dell'arrivo degli altri ospiti, per vedere Charlene con l'abito nuovo. Ma Tony era già arrivato e la smania di vedere come si comportava Elizabeth in sua presenza lo spinse a restare. Non chiamò neppure Terry per raccontarle qualche scusa per giustificare il ritardo. Continuava a gironzolare senza dire una parola innervosendo Elizabeth con la sua cupa presenza.

«Quigly, caro», gli disse Elizabeth a un certo punto, «sono molto contenta che tu abbia deciso di fermarti, ma mi pare che non ti diverta affatto. Qualcosa non va? So che questi ragazzini a te sembreranno dei lattanti, ma non hai quasi detto una parola in tutta la sera.»

«Sono uno spettatore interessato. E così quello sarebbe il tuo meraviglioso Tony Alexander, vero? È fasullo. Che cosa ci trovi in lui?»

Elizabeth fece un sospiro di esasperazione. Non era certo quello il momento per un discorso intimo su Tony. E poi, che cosa c'era da dire? Quigly sapeva quanto Tony era stato buono con lei e con Charlene. Se gli dava fastidio il posto che Tony occupava nella sua vita, per innocente che fosse, non c'era modo, anzi non c'era bisogno, di spiegare il suo affetto per un socio d'affari. Le dispiaceva che Quigly non avesse simpatizzato con Tony, ma non se lo era nemmeno aspettato. Sperava proprio che Quigly se ne andasse. Per quel suo modo imbronciato di fissare Tony le guastava la festa. Per fortuna pareva che non se ne fosse accorto nessun altro, a parte Tony che all'inizio fece qualche tentativo per attaccare discorso con lui, ma venne villanamente respinto e in seguito guardò Elizabeth con le sopracciglia alzate evitando di avvicinarsi ancora al ragazzo.

James Jenkins, che era stato inconsapevolmente la causa di quel frenetico cambiamento di programma all'ultimo minuto, era l'attrazione della serata. A diciannove anni era serio e posato come se ne avesse avuti ventinove. Era affascinante, pieno di calore umano e assolutamente privo di complessi riguardo la sua bella pelle color cioccolato chiaro. Raccontava anzi in modo assai divertente le reazioni dei suoi compagni di scuola del Cal Tech. «Credo che sia stato un colpo per loro scoprire di avere un negro nella stessa classe», disse ridendo al gruppo di ragazzi che gli si affollavano attorno. «Si aspettano sempre che tiri fuori il banjo e mi metta a strascicare i piedi nella *Samba del piccolo negro*. E di certo si aspettano anche che per colazione mi porti a scuola una fetta d'anguria.» Jim ci scherzava sopra, ma Elizabeth si sentì addolorata per lui. Non doveva essere facile. Anche se molte persone, come quei ragazzi che quella sera erano alla festa, non avevano pregiudizi, dovevano essere molti di più quelli che nella sua scuola si irritavano per la presenza di un «negro ignorante» che aveva la presunzione di poter diventare anche lui un ingegnere aeronautico.

Quigly se ne andò alle dieci senza salutare nessuno eccetto Elizabeth e Charlene che lo ringraziò di nuovo per la bella borsa bianca che lui le aveva portato.

«Sono contento che ti piaccia» disse Quigly. «L'ho scelta io stesso. Approvi, mamma?»

«Certo. È di ottimo gusto. Adattissima per Charlene. È proprio un regalo stupendo, caro.»

Quigly sorrise con aria di trionfo. «A volte ti sorprendo, vero?»

Elizabeth finse di non capire il sottinteso di quell'osservazione. Gli restituì semplicemente il sorriso e lo baciò su una guancia.

Quando Tony e gli altri se ne andarono, verso mezzanotte, Charlene trascinò sua madre in cucina. «Ci beviamo un bicchiere di latte e parliamo un po' della festa?» propose tutta eccitata. «Non è stata assolutamente il massimo? La cena che ha portato Tony era sublime! E tutti sembravano divertirsi tanto, non ti è sembrato? Non è buffo come tutto ha funzionato? Stamattina ero così agitata perché non si poteva più andare all'albergo e adesso sono contentissima che non ci siamo andati.»

Elizabeth era d'accordo. «Comunque adesso accoglierei a braccia aperte un esercito di camerieri a riordinare tutto quanto!» esclamò.

«Oh, ma possiamo farcela noi due in mezz'ora!»

«Lo so. Stavo solo scherzando.» Guardò attentamente Charlene. «L'unica cosa che rimpiango, cara, è che qualche tuo amico non sia venuto per via di Jim.»

«Già. Mi dispiace. Ma forse è stato un bene sapere come la pensano. Intendo dire, ora che Jim è qui spero che si faccia vedere spesso. Almeno sapremo chi sarà felice di incontrarlo. I ragazzi erano pazzi di lui. Mamma, è il ragazzo più simpatico che abbia mai conosciuto. Ha detto che ti avrebbe chiesto se poteva portarmi al cinema, il prossimo week-end. Mi lascerai andare, vero?»

Elizabeth era allarmata. Non era ancora abituata all'idea che Charlene fosse abbastanza grande da avere degli appuntamenti. E invece era proprio così. Specialmente con una persona responsabile come Jim Jenkins. Eppure, pur odiandosi mentre lo pensava, Elizabeth sapeva che la gente avrebbe osservato sua figlia e avrebbe mormorato alle sue spalle se l'avesse lasciata uscire con un ragazzo negro. Una festa era una cosa. Un appuntamento a due un'altra. Sciocchezze, si disse energicamente. Che la gente parli pure. Jim Jenkins era loro amico. Non erano a Scarsdale e lei non era certo come Ann.

«Se Jim ti vuole portare al cinema per me va bene» rispose infine. «È un ragazzo molto caro, di cui ci si può fidare.»

E questo, anche se lei non lo sapeva, era l'inizio di uno dei pensieri ancora informi che sarebbero poi diventati realtà.

27

Nei due anni che seguirono Elizabeth dovette assistere impotente al lento fiorire del romanzo d'amore tra Charlene e Jim Jenkins. Nel giugno del 1952 Charlene finì la scuola superiore e Jim si laureò in ingegneria al Cal Tech. Jim riuscì a classificarsi tra i primi dieci studenti e ottenne subito un'offerta di lavoro agli stabilimenti di Santa Monica della Douglas Aircraft. Il giorno del diciottesimo compleanno di Charlene i due ragazzi si presentarono a Elizabeth e le dissero che volevano sposarsi.

Elizabeth si sentì prendere dal panico. Sapeva che un giorno o l'altro sarebbe accaduto, ma aveva continuato fino a quel momento a respingere l'idea. Era stata felice e piena di speranza quando per sei mesi Jim non si era fatto più vedere e Charlene era uscita spesso con altri ragazzi. Ma anche uno stupido si sarebbe accorto che a Charlene non interessava che Jim. A volte Elizabeth pensava che Charlene accettasse gli altri inviti solo dietro le insistenze di Jim. Ed era proprio così. Jim sapeva di amare Charlene e di esserne riamato, ma era anche dolorosamente consapevole del problema razziale e ne era turbato, tanto quanto Charlene non ne era toccata.

«Devi vedere anche altra gente», le aveva detto quando già uscivano insieme da un anno. «Charlene, noi sappiamo quello che proviamo l'uno per l'altra, ma tu non ti rendi conto di quanto sia impossibile. Una ragazza bianca che sposa un uomo di colore! Ti ferirebbero cento volte al giorno. E che cosa penserebbe la tua famiglia? Dio, perderanno la testa.»

«Ti sbagli», rispose Charlene con fermezza. «Mia madre ti ama. E per lei la cosa più importante è che io sia felice.» Non parlò della reazione di Ann. Sarebbe stata prevedibile e violenta, ma purtroppo inevitabile. Quanto a Quigly, ultimamente lo vedevano sempre meno. «Lavorava» sempre per Theresa Isherwood. Elizabeth si era decisa a raccontare tutto quanto a Charlene, pensando che fosse meglio che lo sapesse da lei piuttosto che da un estraneo. Charlene sulle prime era rimasta molto turbata, ma poi si era mostrata comprensiva e perfino dispiaciuta per Quigly. Condivideva le preoccupazioni di Elizabeth per quanto riguardava il futuro del fratello, ma era anche molto riluttante ad accettare l'idea che non ci si potesse fare proprio nulla. Quigly aveva ventiquattro anni e ne dimostrava trentacinque. Non si dava più nemmeno la pena di nascondere il suo alcolismo. Quando andava a trovarle si portava infatti sempre la bottiglia e se la scolava quasi tutta. Lo sguardo di Elizabeth mentre vedeva suo figlio diventare sempre più incoerente addolorava molto Charlene. Ma lei non sapeva che Elizabeth vedeva in Quigly una ripetizione del destino di Alan e stava solo aspettando l'estrema, terribile conclusione.

Comunque la «separazione di prova» tra Charlene e Jim non era servita a nulla e in quel momento i due ragazzi sedevano di fronte a Elizabeth tenendosi per mano.

Elizabeth brancolava in cerca di parole. «Ragazzi, desidero la vostra felicità più di ogni altra cosa al mondo», disse. «Ma quello che mi state dicendo metterebbe alla prova qualsiasi coppia. Non conosco nessuno migliore di te, Jim. Sono molto fiera di te, di tutto quello che sei riuscito a fare. So che hai già un buon lavoro e che sei in grado di prenderti cura di Charlene. E so anche quanto bene vi volete. Ma bisogna riflettere su molte cose. Non solo su voi due. Avete pensato ai vostri figli, per esempio? Siete preparati al modo in cui la gente li tratterà? Non vi si spezzerà il cuore ogni volta che vostro figlio tornerà da scuola facendovi delle domande o piangendo per qualche odioso insulto? Che cosa direte ai vostri figli? E che cosa posso dirvi io?»

«Niente che non mi sia già ripetuto mille volte, signora Whitman. E che non abbia ripetuto a Charlene. Avevo anche pensato di andarmene. Charlene è molto giovane. Penso che con il tempo supererebbe la cosa. So che è questo che dovrei fare, ma, che Dio mi aiuti, non ce la faccio proprio.»

Improvvisamente Elizabeth rivide come in un lampo una scena di tanto tempo prima. «Pensavo che se non fossi rimasto lontano, tu non avresti mai sposato nessun altro», le aveva detto Adam un giorno. E invece il fatto che lui non fosse rimasto con lei non aveva avuto nessuna importanza. Era servito solo a farle desiderare la sua presenza ancora più ardentemente, così come Charlene avrebbe solo desiderato Jim. Con tutta probabilità la ragazza si sarebbe ripresa. Ma non avrebbe amato mai più nessuno come ora amava quel ragazzo. Elizabeth ne era sicura. Il mondo e le sue convenzioni avevano forse il diritto di privare Charlene della felicità? si chiedeva Elizabeth. E io, ne ho il diritto? Non posso proteggerla dai brutti momenti. Posso solo starle vicina e aiutarla a sopportarli. Tese le mani ai due ragazzi. Era la decisione più difficile della sua vita, ma alla fine l'aveva presa. «Se è quello che volete allora, miei cari, che cosa posso dirvi se non che Dio vi benedica?»

Charlene si precipitò verso di lei. «Oh, mamma, grazie! Come sono felice! Sapevo che tu non ci avresti traditi. Andrà tutto bene. Vedrai.»

Jim era rimasto in disparte senza parlare. Sapeva quanto fosse costato a Elizabeth dare loro la sua benedizione. Capiva il valore che Elizabeth attribuiva all'amore. Era una promessa che faceva molto solennemente. Jim e la sua futura suocera si scambiarono uno sguardo di profonda intesa. Farò tutto quello che posso per difenderla, dicevano gli occhi di Jim. E quelli di Elizabeth risposero tranquillamente, con un'ombra di tristezza: lo so.

Nelle settimane che seguirono Elizabeth non solo continuò a tormentarsi per il riluttante consenso che aveva dato alle nozze di Jim e Charlene, ma i suoi dubbi vennero anche rafforzati dalle persone che le stavano intorno.

Non fu una sorpresa che Ann restasse inorridita in modo indescrivibile. La repulsione di Ann alla notizia tuttavia non turbò tanto Elizabeth quanto la disapprovazione di altre persone che pensava avrebbero reagito diversamente. Laurel, per esempio, rimase sconvolta quanto Ann, sia pure per motivi diversi. Laurel si preoccupava per Charlene, mentre Ann pensava solo a «che cosa avrebbe detto la gente» se avesse saputo che sua sorella era sposata con un negro. Al telefono Laurel ebbe quasi una reazione isterica.

«Ma sei pazza? Non puoi lasciare fare questo a Charlene! Elizabeth, per l'amor di Dio, usa la testa! Sono sicura che è un ragazzo in gamba simpaticissimo e forse saranno anche innamorati, ma nemmeno tu puoi credere davvero che un matrimonio del genere possa funzionare! Quella povera bambina soffrirà, e soffrirà molto. Non solo durante il matrimonio, ma ancora di più quando il matrimonio andrà in pezzi. Potrebbe anche avere un bambino, prima che si dividano. È inconcepibile che tu permetta che accada una cosa simile, con il bene che vuoi a Charlene. È ancora una bambina. Non sa nemmeno quello che fa.»

«Sa che è innamorata», replicò debolmente Elizabeth. «Hanno avuto due anni per esserne sicuri.»

«Ah, magnifico! Due anni fra i sedici e i diciotto e Charlene crede che sia un impegno per la vita. Elizabeth, proprio non ti capisco.»

«Nemmeno io capisco te. Di tutti quelli che conosco, Laurel, pensavo che tu fossi la più tollerante. E dire che hai un sacco di amici che non sono bianchi, mi pareva che non ci facessi caso.»

«La parola giusta è 'amico', non 'marito'», sbottò Laurel. «Vado pazza per Duke Ellington, ma non mi sognerei mai di sposarlo. E non ho diciotto anni!»

Quando Elizabeth diede la notizia a Quigly, lui sulle prime si comportò come se non avesse afferrato. Per un attimo Elizabeth pensò che avesse la mente così ottenebrata dall'alcool da non essere in grado di capire quello che gli diceva. Allora glielo ripeté.

«Quigly, caro, mi hai sentito? Ho detto che Charlene sposerà Jim Jenkins.»

Erano soli nel soggiorno di Elizabeth. Quigly la guardò oltre il bordo del bicchiere.

«Ti ho sentito, mamma.»

«Ebbene?»

L'espressione di Quigly non cambiò. «Ucciderò quel figlio di puttana di un negro.»

Elizabeth si sentì gelare. «Quigly, non dire neanche una simile mostruosità! Non è affatto divertente.»

«E chi ha detto che è divertente? Qualcuno deve pure fare qualcosa. Visto che a quanto pare tu non hai nessuna intenzione di impedire a Charlene di sposare quello sporco negro, immagino che tocchi a me. E suppongo anche che l'unico modo per farlo sia uccidere quel bastardo. Può darsi che mi prendano e mi mettano sulla sedia elettrica. Ma non me ne importa. Mia sorella non deve sposare quel negro. Piuttosto che permetterlo mi faccio arrostire.»

Parlava senza nemmeno alzare la voce. Come se parlasse di schiacciare uno scarafaggio. Sembrava una cosa altrettanto trascurabile e poco emozionante.

Con lo stomaco contratto Elizabeth cercò di parlargli con calma. «Caro, se vuoi bene a tua sorella devi cercare di capire ed essere felice per lei. Sappiamo tutti che è pericoloso, forse sconsiderato quello che Charlene vuole fare. Non sei il primo a criticarmi per avergli elo permesso. Ma devo lasciarle vivere la sua vita, Quigly. Così come devo lasciare che tu viva la tua e Ann la sua. Capisco che cosa provate, tutti quanti. Dio sa se vorrei che non si fosse mai innamorata di Jim. Ma è successo e niente potrà cambiarlo. Nemmeno uccidere Jim. Servirebbe solo a spezzare il cuore a Charlene e a me. E io credo che questa sia l'ultima cosa che vuoi, vero, caro?»

In qualche modo le parole della madre lo toccarono. Per la prima volta Quigly lasciò trapelare la sua angoscia.

«Devi fermarla», esclamò. «Tu sei l'unica che possa farlo.» La sua voce era più forte, ora. «Cristo, mamma, promettimi che la fermerai.»

«D'accordo, caro», acconsentì Elizabeth per placarlo. «Ti prometto che ci proverò di nuovo. Le dirò quanto sei preoccupato per lei e addolorato. Ma non fare più discorsi di violenza, Quigly. Non risolverebbero niente. Me lo devi promettere. Se tu facessi qualcosa di terribile a Jim finirei per perdervi tutti quanti. Tienilo bene a mente, figlio mio. Se mi vuoi bene risparmiami questa angoscia. Sarebbe insopportabile per me.»

Era l'unico modo per toccarlo. Per fortuna il desiderio di essere amato dalla madre era più forte dell'istinto di protezione verso la sorella. Era una labile probabilità, sulla quale si poteva contare solo in parte, ma era anche l'unica che Elizabeth avesse. Per un attimo, almeno, parve funzionare.

«Mi prometti che la fermerai?» La voce di Quigly era sospettosa.

«Ti prometto che ci proverò. E la promessa che devi fare tu a me?»

Gli occhi di Quigly si focalizzarono vagamente sul viso turbato della madre. «Non avevo pensato a quello che avrebbe causato a te uccidere quel bastardo. Non m'importa di lui o di me. E Charlene riuscirebbe di certo a superare la cosa. Ma a te importerebbe se uccidessero me per averlo fatto, vero? Te ne importerebbe davvero.»

«Certo, caro. Moltissimo. Non potrei sopravvivere, se ti accadesse una cosa simile.»

L'umore di Quigly cambiò completamente. Pareva quasi che avesse dimenticato di avere appena minacciato di assassinare qualcuno. Sembrava improvvisamente felice.

«Tu mi vuoi bene, vero?»

«Con tutto il cuore.»

Lui annuì e sorrise, apparentemente soddisfatto. «Credo che farei bene a sdraiarmi un momento prima di tornare a casa in auto», mormorò. «Forse ho bevuto qualche bicchiere di troppo.»

Si buttò sul letto in camera di Elizabeth che lo coprì con una leggera trapunta. In pochi secondi si addormentò. Elizabeth rimase a lungo in piedi a guardarlo, chiedendo aiuto a Dio. Era convinta che suo figlio fosse ormai sull'orlo della follia. Aveva la stessa smania autodistruttiva del padre e lo stesso bisogno di approvazione. Non credeva che avrebbe ucciso davvero Jim Jenkins. Era molto più probabile, e altrettanto orrendo, che Quigly finisse per uccidere se stesso.

La notizia del fidanzamento di Charlene non venne accolta molto bene nemmeno da Addie e Fred Jenkins. Qualche giorno dopo la telefonata che Jim aveva fatto loro a Denver Elizabeth ricevette una lettera di Addie. Anche questa, come la lettera che aveva ricevuto tanto tempo prima da Sue-Ann Temple, era zeppa di errori di grammatica, di ortografia e di punteggiatura, ma il contenuto era commovente e sincero Elizabeth la lesse con tristezza.

Cara Elizabeth,

James ci ha telefonato per dirci che vuole sposare sua figlia Charlene e che lei ha dato il suo consenso. Fred e io siamo molto turbatti. Non che non le vogliamo bene a lei che è una meravigliosa bambina ma sappiamo che questo è male per tutt'e due Elizabet. Siamo moltissimo fieri di nostro figlio e vogliamo che abbia successo e sia felice che è quello che sappiamo lei vuole anche per Charlene. Loro non capiscono che il mondo non li lascierà essere in quel modo se si sposeranno. La gente gli spezerà il cuore Elizabeth e anche il nostro.

Amiamo lei e Charlene quasi tanto come amiamo James. È per questo che la preghiamo di fermarli se gli riesce. Clara è l'unica che è contenta perché lei è giovane e non può capire comè davero il mondo ma noi lo sappiamo vero? La prego lo faccia per Fred e per me. Ma sopratutto per i nostri figli. So che lei la pensa come noi.

La sua sincera amica
Addie Jenkins

Elizabeth cercò di parlare un momento da sola a Jim e gli mostrò la lettera della madre.

«Lo so», commentò lui tristemente. «Sono molto arrabbiati e hanno ragione. Sto facendo una cosa orribile a Charlene, signora Whitman. Me ne rendo conto ogni giorno di più. È come se vivessi sempre stando allerta. In quali ristoranti posso portarla senza che ci mandino via? Che cosa succederà quando incontreremo qualcuno che l'uno o l'altro conosce? Perché crede che la porti sempre nei cinema *drive-in* invece che nei locali normali? Buon Dio, mi sembra di essere un lebbroso. E se è brutto ora, che cosa sarà in seguito? Quante volte al giorno verrà umiliata e canzonata? Mi sono chiesto migliaia di volte se ho il diritto di farle passare tutto questo. Io ormai ci sono abituato. Ma per Charlene sarebbe nuovo e orribile. Lei ancora non se ne rende conto. Ho sempre avuto cura di evitarle le situazioni pericolose, ma quando saremo sposati non sarò in grado di ergermi tra lei e le difficoltà ventiquattro ore al giorno. Non so che fare, signora Whitman. Non so se ho il coraggio di stare a guardarla soffrire. Non so se ho il diritto di trascinarla in questo genere di vita. Eppure non so nemmeno come potrei mai lasciarla.»

Charlene, che era nel suo spogliatoio, stava ora sulla soglia. «Ne ho abbastanza della gente che si preoccupa della mia vita», dichiarò. Elizabeth alzò gli occhi stupita. Non aveva mai sentito sua figlia parlare con un tono tanto ostile.

«Ho sentito quasi tutto quello che hai detto, Jim, e voglio informarti subito che non sono fatta di zucchero filato. Hanno tutti paura che la gente mi distruggerà. Sembra quasi che il mondo intero pensi che io debba essere messa ermeticamente sotto una campana di vetro, come se non avessi la forza o la capacità di rendere pan per focaccia. Bene, vi sbagliate tutti quanti. Voglio lottare per il diritto di essere felice. Non me ne importa un accidenti se questo matrimonio corrisponde o meno all'idea che il mondo si fa di un'unione come si deve; per me lo è. E giuro che la prossima persona che andrà in giro a torcersi le mani nel timore che facciano del male alla povera piccola Charlene si prenderà un pugno sulla bocca!»

Era un discorso così poco da lei che Elizabeth e Jim restarono letteralmente ammutoliti. Vedendo le loro facce Charlene scoppiò in una risata.

«A guardarvi si direbbe che mi sono appena trasformata in Frankenstein. È così terribile scoprire che anch'io ho una spina dorsale? Andiamo, mamma, sono una dei tuoi tre ostinati figli. Ann e Quigly hanno fatto quello che hanno voluto della loro vita. Perché io non potrei fare altrettanto?»

«Tuo fratello e tua sorella non hanno sfidato il mondo intero come stai per fare tu», intervenne Jim. «Da quello che so l'unico peccato di Ann è di avere una mentalità ristretta. Quanto a Quigly, per quel poco che lo conosco, credo che lo si possa solo accusare di essere scarsamente ambizioso. Non vorrai certo paragonare il passo che stai per compiere tu con la strada che loro hanno scelto?»

Elizabeth lo interruppe. «Quello che dici è più o meno vero, Jim. Ma anche Charlene ha ragione. La sua strada sarà certamente più dura, ma spero che il raccolto sarà più ricco. Non cerca di ingannare se stessa su quello che dovrà patire. La differenza è che Charlene è lucidamente ma allegramente disposta al sacrificio. Vorrei potere dire lo stesso di molta gente. Me compresa.»

Charlene sorrise: «Non si ottiene mai facilmente qualcosa per cui valga la pena, vero?»

«Non ne sono tanto sicura», scherzò Elizabeth. «Diciotto

anni fa non mi hai davvero dato troppo disturbo per venire al mondo, e ne valeva proprio la pena», aggiunse ridendo.

Quella franca conversazione non fece magicamente sparire tutte le loro apprensioni, ma perlomeno li fece sentire meglio. Ormai tutto era chiarito e, per quanto si poteva prevedere, erano pronti a ricevere il peggio da amici, parenti ed estranei. L'idea di essere uniti li faceva sentire più forti e Charlene era certo la più forte di tutti. Che le malelingue e i moralisti imperversino pure, pensava Elizabeth. Questi ragazzi ce la faranno. Anzi, in un certo assurdo modo partiranno più preparati di molte altre coppie. Sono corazzati contro i guai e non persi in irreali e romanzesche illusioni sulla vita matrimoniale.

Scrisse quella che sperava che fosse una lettera rassicurante ad Addie e Fred Jenkins cercando di spiegare la consapevolezza sua e dei ragazzi e insieme la loro incrollabile determinazione. Non ricevette una risposta diretta, ma più tardi Jim le disse che la sua lettera aveva un po' riconciliato i suoi genitori con l'idea di quel matrimonio, che tuttavia continuavano a disapprovare. Quasi ogni giorno Elizabeth riceveva lettere da parte di Ann, che salivano in un crescendo fino a toccare il colmo con un biglietto in cui Ann affermava che non solo nessuno dei Richards sarebbe andato al matrimonio, ma che non avrebbe mai più voluto rivedere sua sorella. «Non ho detto niente né a Peter né ai suoi genitori», scrisse Ann. «Quando questo folle matrimonio sarà stato fatto farò loro semplicemente sapere che Charlene ha sposato un ingegnere aeronautico. Punto e basta. Non so proprio come farò a impedire che vengano a sapere la verità, ma puoi stare sicura che ci proverò.»

Elizabeth stracciò la lettera, più triste che arrabbiata. Tutta la vita di Ann era basata sulle bugie. Bugie sul suo ambiente, su sua madre e suo padre, bugie sul fratello e ora anche sulla sorella. Mentiva anche a se stessa, pensò Elizabeth, sul tipo di persona che era. Ormai Ann credeva che esistesse davvero quella creatura fittizia che era la signora Richards junior.

Dopo la prima violenta reazione Laurel si adattò con rammarico ad accettare la faccenda. Scrisse un caloroso biglietto di auguri per Charlene e le mandò un négligé di pizzo come regalo di fidanzamento. Elizabeth e Charlene risero tra di loro di quel dono: era ancora più inutile del piatto d'argento che aveva ricevuto Ann.

«Mi ci vedi alle sei e mezzo del mattino girare in cucina per preparare la prima colazione a Jim con addosso questo coso?» chiese Charlene.

«Magari ti servirà durante il viaggio di nozze», ribatté Elizabeth. La coppia aveva deciso di andare in Messico per qualche giorno dopo la cerimonia prevista per la metà di novembre. Al ritorno sarebbero andati a vivere in un appartamentino a Manhattan Beach, uno di quei posti sul lungomare che anche Elizabeth aveva preso in considerazione prima di decidere per Pasadena. L'appartamento non era molto lontano dal luogo di lavoro di Jim. Ma soprattutto era un quartiere del tipo «vivi e lascia vivere» dove gli abitanti erano quasi tutti giovani e senza pregiudizi.

Quigly si era abbandonato a un atteggiamento di quasi completa indifferenza. Non ci furono più pesanti minacce. Quando Elizabeth gli disse che Charlene voleva che fosse lui ad accompagnarla al matrimonio, Quigly acconsentì con cupa indifferenza. «Se è questo che vuole, okay.»

Elizabeth ne fu gradevolmente stupita. Charlene e Jim non sapevano nulla della violenta reazione di Quigly alla notizia, ma Elizabeth aveva creduto di poter pretendere al massimo che se ne stesse appartato. Non sapeva se questa indifferente condiscendenza fosse il risultato delle sue preghiere o solo una prova in più del progressivo allontanamento di Quigly dalla realtà. Comunque in quel momento si preoccupava solo che Quigly si comportasse bene durante la cerimonia e soprattutto che fosse sobrio. Charlene sapeva che il fratello beveva, ma non si rendeva conto del suo stato di deterioramento fisico né del pericolo che rappresentava. Fu felice e non si stupì quando seppe che aveva accettato di fare la parte del padre della sposa. Jim chiese a Tony di fargli da testimone. E Clara Jenkins sarebbe stata la madrina di Charlene.

Doveva essere una cerimonia semplicissima. Si sarebbero sposati nel municipio di Los Angeles e avrebbero festeggiato a Pasadena con la torta e lo champagne. Volevano evitare che qualche sacerdote si rifiutasse di sposarli. Del resto nessuno di loro era formalmente religioso. Elizabeth non andava in chiesa da anni e così pure i suoi figli. Solo i Jenkins andavano regolarmente nella chiesa battista di Denver, ma anche loro erano abbastanza intelligenti da capire che era meglio rendere quel matrimonio il più possibile tranquillo e impersonale. Naturalmente sarebbero stati presenti e così pure Laurel, ma a parte i parenti non ci sarebbe stato nessun ospite. Jim e Charlene avevano pochi amici, più o meno quel gruppetto di otto ragazzi che erano andati alla festa di Charlene, ma decisero di non invitare nessun estraneo. A Elizabeth questa parve la cosa più triste di tutte. Era come se sapessero che sarebbero dovuti vivere solo l'uno per l'altra e vi si stessero già preparando fin dal primo giorno di matrimonio.

In quella situazione Tony fu una specie di baluardo di forza. La gioia che provava per Charlene gli si leggeva in faccia e l'ammirazione che aveva espresso fin dal primo giorno per Jim pareva aumentare man mano che lo conosceva meglio.

Nel periodo precedente le nozze la benefica influenza di Tony fu l'unica cosa che impedì ai nervi di Elizabeth di andare a pezzi. La sua maggiore preoccupazione era Quigly. Si sarebbe davvero comportato bene? Oppure la vista della sorella che concedeva la sua mano a un negro avrebbe fatto di nuovo esplodere la sua indomabile collera? E come avrebbe reagito davanti ad Addie, Fred e Clara Jenkins? Comunque anche la presenza di Tony sarebbe stata sufficiente a trasformare quella specie di robot delle ultime settimane in un mostro irragionevole. Elizabeth pensava seriamente di cambiare i piani e tenere Quigly lontano dal matrimonio. Ma era impossibile. L'impegno era stato preso e Charlene ci teneva tanto. Del resto nemmeno Quigly avrebbe probabilmente mai acconsentito a ritirarsi, anche se Elizabeth avesse avuto la temerarietà di chiederglielo. No, poteva solo fare gli scongiuri e sperare, come Tony le aveva detto, che l'affetto che Quigly aveva per lei e per Charlene l'avrebbe indotto a comportarsi come il capofamiglia.

«Reciterà la sua parte», assicurò Tony a Elizabeth. «Ne sono certo. Sei stata brava a decidere di fare la cerimonia sul presto. Penso che le dieci sarebbe l'ora giusta. In tempo per rimettersi da una sbronza, ma non sufficiente per prenderne un'altra. Lo terremo d'occhio al ricevimento. Dirò a Laurel di attaccarglisi alla giacca, se necessario. Laurel riesce a distrarre chiunque! Smettila di preoccuparti, cara. Andrà tutto bene.»

Con grande sollievo di Elizabeth Tony si rivelò un buon

profeta. Quigly andò a prendere Charlene ed Elizabeth alle nove in punto e le portò in silenzio, ma con sicurezza, in municipio. Aveva gli occhi rossi e gonfi, ma era ben vestito e cortese in modo quasi teatrale. Quando arrivarono trovarono gli altri che li aspettavano: Jim con uno sguardo di adorazione, Tony con il suo tranquillo sorriso e Clara, eccitatissima e felice. Laurel e i Jenkins avevano un'aria molto solenne e la piccola Lucy di dieci anni, che nessuno di loro aveva mai vista, se ne stava tranquillamente accanto alla madre, incuriosita da tutta quella gente che ben presto avrebbe fatto parte della sua famiglia.

Charlene, in abito corto di seta bianca con la collana della nonna sulla semplice scollatura a V, sembrava un personaggio da fiaba. Elizabeth sapeva che lei, Laurel e Tony stavano mentalmente confrontando quella modesta sposa e quella breve cerimonia con il vistoso matrimonio di Ann. Quello non era uno spettacolo a beneficio degli estranei e degli esponenti della stampa locale. Era una semplice promessa per la vita fra due persone che riuscivano ad annullare la tetraggine dell'ambiente e l'innegabile tensione degli astanti. Tutto fu breve e commovente, serio ma gioioso. Anche Quigly era quasi intenerito, mentre accompagnava la sorella verso quel ragazzo che aveva minacciato di uccidere. Elizabeth si accorse con timore che tutto dipendeva da Charlene, dalla sua serenità, dalla sua gioia e dalla sublime fiducia di essere circondata dall'amore. Nessuno sarebbe potuto essere tanto disumano da guastarle quel momento con un gesto o una parola fuori luogo.

E così avvenne. Anche a casa quell'atmosfera di perfezione rimase, come se tutti si fossero lasciati prendere dall'incantesimo del più bel giorno per Charlene. Tony si mostrò particolarmente premuroso con i Jenkins. Laurel, che doveva avere ricevuto ordini in proposito da Tony, stava appiccicata alle costole di Quigly, riuscendo perfino a farlo ridere ogni tanto. Ma sembrava quasi che tutti sapessero che era pericoloso forzare troppo la fortuna. Verso le dodici e mezzo gli sposi novelli erano in macchina diretti in Messico e i Jenkins salutarono educatamente e se ne andarono rifiutando l'invito di Elizabeth a restare per il pranzo. Pochi minuti dopo anche Quigly si accinse ad andarsene. Elizabeth lo accompagnò all'auto e lo baciò con calore.

«Sei stato magnifico, caro», gli disse. «Tutto è stato magnifico. Grazie per essere stato così caro con Charlene e con tutti quanti.»

«Di nuovo sorpresa, eh? Pensavi che mi sarei ubriacato e avrei fatto qualche scenata, vero?»

«No, assolutamente. Sapevo che non avresti mai fatto una cosa simile a tua sorella.»

«Sei davvero una pessima bugiarda, mamma. Ti si leggeva l'ansia in viso fin da stamattina alle nove.» Avviò il motore. «Questo matrimonio non funzionerà, sai», concluse tranquillamente. «Ma non ci sarà bisogno che io lo uccida. Entro un anno Charlene tornerà a casa. Per questo ho pensato che non ci fosse bisogno di fare tanto chiasso. Andrà in pezzi per conto suo. E presto.»

Si allontanò rapidamente. Elizabeth non lo avrebbe più rivisto per molto, molto tempo

28

Poco dopo Natale Laurel e Tony ebbero una conversazione molto seria. Fu Laurel a cominciare, spinta forse dal ricordo del matrimonio di Charlene o perlomeno servendosene come pretesto iniziale.

«Forse ho un attacco di sentimentalismo acuto», osservò con tono casuale mentre pranzava con Tony, «ma, a dispetto della mia capacità di giudizio, sono arrivata alla conclusione che l'unico modo per essere felici tra persone civili sia raggiungere una specie di duraturo e tranquillo legame affettivo. Mi ero opposta al matrimonio tra Jim e Charlene, ma, Dio mio, che pace sui loro visi quando hanno detto sì! Pareva che avrebbero potuto affrontare qualsiasi cosa purché stessero insieme. Non riesco a togliermi dalla mente quella cerimonia.»

Senza sospettare nulla Tony approvò. «Per sofisticata o intellettuale che sia certa gente, quasi tutti per sopravvivere hanno bisogno di appartenere a qualcuno. Quei ragazzi l'hanno capito per istinto. La maggior parte della gente lo scopre molto più tardi per la via più difficile.»

«Esatto.» Laurel tirò un sospiro profondo. «Tony, che anno è?»

Lui la guardò divertito. «Che cosa intendi dire? Intendi forse alla cinese, tipo l'anno del drago o roba simile? Oppure cinquemila e qualcosa secondo il calendario ebraico? O forse intendi proprio che anno è secondo la data che si mette sugli assegni? In quest'ultimo caso è il 27 dicembre 1953. Che cos'è, un nuovo modo per alludere? Non dirmi che ho dimenticato il tuo compleanno!»

«No. Sono io piuttosto che cerco di dimenticarmelo. Pensavo che fosse forse un anno bisestile.»

Tony distolse lo sguardo.

«Non fare il finto tonto», osservò Laurel. «Ti sto proponendo di sposarci.»

Fingendo che fosse uno scherzo Tony cercò di risparmiarle un'umiliazione. «Perché guastare una così bella amicizia? Stai scherzando, Laurel. Che cosa te ne faresti di un marito come me?»

«Ti ho sempre voluto», ribadì lei ostinatamente. «Sono entrata in società con Elizabeth e con te solo per starti vicino. Ti amo, Tony. Sono la donna giusta per te. Perché restare tutt'e due soli? L'hai appena detto tu, la gente ha bisogno di appartenere a qualcuno.»

«Laurel, io ti sono molto affezionato. Lo sai. Ma non siamo fatti l'uno per l'altra.»

«Sono tanto brutta? Una volta non la pensavi così.»

La freccia colpì nel segno. «Non hai bisogno di essere rassicurata sul tuo fascino», rispose. «C'è sempre. E più forte che mai. Ma che altro ci terrebbe uniti? Gli affari? Per di più non amiamo nemmeno lo stesso genere di vita. Diventeresti pazza a restartene tutte le sere in casa mentre io mi immergo nei miei libroni che ti danno tanto fastidio. Non capiresti la mia mancanza d'interesse per la gente e per i posti alla moda. Odieresti il mio appartamentino dall'aria spartana, mentre io impazzirei nel tuo elegantissimo superattico. Che altro avremmo in comune, a parte il sesso e la Robert Gale Associates?»

«Perlomeno ora abbiamo questo.»

Nonostante il tono serio della discussione Tony dovette sorridere della rapida battuta. Poi disse ancora onestamente:

«Sono molto lusingato, mia cara. E chi non lo sarebbe? Sei una donna famosa, eccitante e meravigliosa. Ma io non sono innamorato di te, Laurel. Non potrei renderti felice».

«Non stai dicendo la verità, eh? Ci deve essere anche qualcos'altro.»

«Qualcos'altro?»

«Sì. Forse la differenza d'età. Sono più vecchia di te di cinque anni. Ti secca, vero?»

L'ironia era quasi eccessiva. Non poteva sposare Laurel

perché era innamorato di Elizabeth. Elizabeth che aveva non cinque, ma dodici anni più di lui. Elizabeth che probabilmente non l'avrebbe mai accettato come amante né tanto meno come marito.

«Laurel, sai benissimo che l'età non potrebbe essere meno importante.»

«E allora che cos'è, Tony?»

Tony cercò di essere paziente. «Te l'ho appena detto, cara. Non condividiamo gli stessi interessi e lo stesso modo di pensare. Possiamo lavorare insieme in perfetta armonia. Ma se cercassimo di vivere insieme sarebbe un disastro.»

«Posso cambiare. Se avessi te non vorrei nient'altro. Per l'amor di Dio, Tony, devo gettarmi in ginocchio ai tuoi piedi? Ma non vedi come tutto questo è umiliante per me? Comunque ne vale la pena, se serve a farti capire che ho ragione. Non mi hai dato un solo valido motivo per cui il nostro matrimonio dovrebbe essere un disastro. Non lo sarebbe, lo sai. Sarebbe un buon matrimonio. Solido. Faremmo parte di qualcosa. E ne abbiamo bisogno tutt'e due. Non m'importa se non sei innamorato di me, purché tu non sia innamorato di...» La voce le si spense. Gli occhi le si strinsero. «È questo, vero? È questo l'ostacolo. Sei innamorato di un'altra. Ma certo. Di Elizabeth. È sempre stata Elizabeth, vero? Anche quando vivevi con Robert in realtà eri innamorato di Elizabeth. Dio buono, ma come ho potuto essere così cieca? Perché non ho capito la commedia che avete inscenato in tutti questi anni? Che grande, completa idiota dovete avere pensato che fossi!»

Tony cercò di calmarla, ma le parole continuavano a uscirle a fiume dalle labbra.

«La mia migliore amica!» continuò Laurel. «Che enorme scherzo! Colei che cercava di consolarmi quando Robert mi ha tagliato a fettine anni fa! Che mi compativa per come tu ti eri servito di me! E che fingeva persino di capire quando le ho spiegato il motivo principale per cui entravo in società con voi! 'Lascia che le cose maturino da sole', diceva.» Laurel rise amaramente. «Lei sapeva bene come sarebbero maturate. Ti ha avuto in palmo di mano fin dalla prima sera che ti ha conosciuto. E lo sapeva. E ha lasciato che io continuassi a pensare che ci fosse qualche probabilità.»

«Finiscila! Non hai capito proprio niente! Sì, è vero, sono

innamorato di Elizabeth. Le ho anche chiesto di sposarmi. Ma lei non è innamorata di me. E tu lo sai meglio di chiunque altro. Sai che per lei non c'è mai stato nessun altro che Adam Barnsworth. Non io. E non fingeva quando cercava di consolarti. Elizabeth ti adora, Laurel. Non puoi dubitarlo, dopo tutti questi anni. Se non ti ha detto niente dei miei sentimenti per lei non è stato per falsità. Cercava solo di aiutarti a superare un momento difficile. Mio Dio, Elizabeth è l'ultima persona al mondo che si prenderebbe gioco di te! Forse lei credeva perfino che ci fosse una probabilità che rinunciassi a lei per dedicarmi a te. Forse lo sperava. Non so. So però che il mio amore è stato un peso per lei in molti sensi, perché non voleva ferire me più di quanto non volesse ferire te. Non dare la colpa di niente a Elizabeth, Laurel. Se devi dare la colpa a qualcuno dalla pure a me.»

Laurel era più tranquilla dopo quelle parole, ma sempre colma di risentimento. «Puoi tentare di proteggerla se vuoi», rispose, «ma non puoi discolparla. Avrebbe dovuto farmi sapere che cosa provavi per lei. Mi avrebbe risparmiato anni di inutili sogni. Il minimo che potesse fare la mia 'cara amica' era dirmi la verità. Ma non l'ha fatto. Mi ha perfino lasciato cambiare completamente modo di vita quando una sola parola sarebbe bastata a fermarmi. Lei sapeva perché gettavo al vento una buona carriera per rischiare il mio futuro: solo per esserti vicina. Che meravigliosa farsa avete recitato quella sera a casa di Robert! Elizabeth che 'per caso' descrive esattamente me. E tu che 'istintivamente' capisci che avevo tutti i requisiti richiesti! Che meraviglia scoprire che la tua più cara amica e l'uomo che ami cospirano contro di te al solo scopo di arricchirsi a tue spese!»

«Non penso che tu creda una sola parola di quello che hai detto.» Tony parlava quasi sottovoce. Gli altri clienti del ristorante avevano cominciato a girarsi verso il loro tavolo man mano che la voce di Laurel era diventata più stridula. «Non credo che tu possa davvero accettare questa immagine di una Elizabeth che agisce a sangue freddo. Dovresti conoscerla meglio di chiunque altro, Laurel. Era felice per te come per noi quando sei diventata nostra socia in affari. E, tu lo creda o no, lo ero anch'io.»

«Oh, ma sicuro!» La voce di Laurel era carica di sarcasmo. «Voi due eravate assolutamente filantropici. Che occasione, per me. Non so proprio come ringraziarvi!»

«Stai diventando ridicola. Distorci tutto quanto pur di giustificare il tuo infantile attaccamento a me. Nessuno ti ha offerto Tony Alexander come parte dell'affare. Ti sei inventata quella ragione da sola. Elizabeth e io ti abbiamo solo fatto una sana proposta di lavoro. Il fatto che tu pensassi di sfruttarla per starmi più vicina era solo il risultato della egoistica presunzione che la tua vicinanza sarebbe stata irresistibile. Chi aveva intenzione di ingannarti? Elizabeth? Io? Noi speravamo solo che tu rientrassi nel buonsenso, come avevi già fatto una volta. Non ti ho mai dato il minimo incoraggiamento, Laurel. Anzi, ho sempre cercato di starti lontano, a parte le ore di lavoro. Ma tu non volevi riconoscere la verità. Ora che sei costretta a farlo sei gelosa e offesa e dai la colpa a tutti fuorché a te stessa.»

Nonostante le pesanti accuse che le lanciava, Tony si sentiva addolorato per lei. Laurel era arrabbiata e umiliata. Eppure lui non si aspettava certo quello che lei stava per dirgli.

«Voglio uscire dall'azienda», dichiarò improvvisamente Laurel. «Tu ed Elizabeth potete permettervi di liquidare la mia parte. Non ti preoccupare, l'ho messa in buone condizioni. Starete tutt'e due bene finanziariamente. La Robert Gale Associates può continuare al ritmo attuale per altri vent'anni. E tu ed Elizabeth non dovrete più preoccuparvi di tenermi nascosti i vostri piccoli segreti. Non intendo rivedervi mai più.»

«Ti stai rendendo ridicola, Laurel. Elizabeth e io non abbiamo nessun 'piccolo segreto'. Non siamo mai stati più intimi di te e di me. Anzi, per la verità, non siamo mai stati fisicamente altrettanto intimi. Non c'è motivo per cui tu butti a mare un ottimo mezzo di sostentamento solo per orgoglio ferito e convinzioni sbagliate. O che getti via la migliore amicizia che hai solo per la stupida idea che Elizabeth e io ti abbiamo tradito. Non ha senso distruggere il tuo futuro per una ripicca personale. Non è da te, Laurel. Sei troppo sensata per un gesto emotivo tanto irragionevole.»

«Voglio uscire dall'azienda», ripeté Laurel gelida. «Parlane con i tuoi avvocati. E, soprattutto, fa' in modo che Elizabeth non mi telefoni. Non voglio parlarle.» Si alzò di scatto. «Addio, Tony. È stato divertente.»

Impotente e quasi incredulo Tony la guardò uscire dal ristorante. Aveva paura di telefonare a Elizabeth. La sapeva così felice di dedicarsi, dopo il matrimonio della figlia, ai progetti per la nuova casa, così entusiasta per il luogo nel quale avrebbero dovuto passare tante affettuose ore amichevoli insieme. Sarebbe rimasta annientata nel sapere quello che Laurel pensava di lei, ma naturalmente bisognava informarla subito. L'avrebbe fatto a voce. Era importante esserle vicino quando avrebbe cercato di spiegarle il comportamento di Laurel.

Prenotò un posto sul primo aereo del mattino per Los Angeles. Poi chiamò Elizabeth e le disse che sarebbe arrivato. Lei ne fu felice.

Elizabeth lo aspettava all'aeroporto. Quando vide il suo viso sorridente a Tony venne una gran voglia di voltare le spalle e di scappare via. Elizabeth gli gettò le braccia al collo e lo baciò con gioia infantile. Era così eccitata da quando aveva deciso di cominciare a costruire la sua casa! Come aveva previsto, Tony aveva condiviso il suo entusiasmo quando lei gli aveva telefonato la mattina in cui aveva preso la decisione. Si lanciò quindi subito a capofitto nell'argomento senza lasciargli dire quasi neanche una parola. Aveva trovato un architetto meraviglioso che non si sarebbe mai sognata di usare per la Gale Associates perché aveva quel gusto per le linee semplici e pure che i loro clienti non avrebbero mai capito. Ora stava facendo i progetti basandosi essenzialmente su quelle che Elizabeth chiamava le sue elucubrazioni. Con un po' di fortuna l'imprenditore avrebbe cominciato a costruire in primavera e di certo entro un anno, se non prima, Tony, Laurel e tutti avrebbero potuto festeggiare il Natale nella nuova casa. L'indomani doveva assolutamente andare con lei a vedere quel posto, bello da togliere il respiro.

«Domani è sabato», continuava a farfugliare Elizabeth, «perciò qualunque lavoro tu sia venuto a fare può aspettare fino a lunedì, okay?» Alzò improvvisamente la testa. «A proposito, che cosa sei venuto a fare? Ora che ci penso è un viaggio deciso all'improvviso. È successo qualcosa oppure», continuò fingendo di fare la svenevole, «sei venuto a passare il capodanno con me?»

Tony guidava il «bolide rosso» e non staccava gli occhi dalla strada. «Tutt'e due le cose», rispose. «Hai qualche progetto per l'arrivo del 1954?» («Che anno è», gli aveva chiesto il giorno prima Laurel. «Pensavo che fosse un anno bisestile.»)

«Nessun progetto», rispose lei. «Che cosa ti piacerebbe fare? Non abbiamo molta scelta. Non siamo tipi da night-club e cotillon. Inoltre ho rifiutato tre inviti da certi ricchi clienti che danno una festa per l'anno nuovo nella loro hacienda. Naturalmente sarei ancora in tempo ad accettarne uno, ma a noi non piacerebbe di sicuro.»

«Voto per Pasadena. Potrei portarti fuori a cena e poi potremmo tornare a casa e starcene lì buoni buoni mentre il 1954 fa il suo ingresso nel mondo.»

«Non me la sento di stare buona buona. Mi sento molto in sintonia con la vita in questi giorni. Quello che davvero mi piacerebbe fare la sera di martedì prossimo sarebbe cucinarti una buona cena e aprire una bottiglia di champagne a mezzanotte. D'accordo?»

«D'accordo.» Martedì è fra quattro giorni, pensò. Dovrò dirle di Laurel prima di allora. Mi chiedo che voglia avremo poi di festeggiare.

«E ora dimmi il vero motivo di questo viaggio improvviso. È successo qualcosa a New York?» Elizabeth cominciava ad avere un tono preoccupato. «Ann e i bambini stanno tutti bene, vero? Me lo avresti detto se ci fosse stato qualcosa che non andava. Oppure mi avrebbe telefonato Laurel.»

«Per quanto ne sappia stanno tutti benone.» Frenò davanti al *Beverly Hills Hotel*. «Prendiamo un sandwich e beviamo qualcosa», propose. «Non riesco mai a mangiare quello che danno sull'aereo. Te lo dirò appena mi sarò registrato.»

Si sistemarono a un tavolo in fondo in penombra. Era circa metà pomeriggio e la sala era quasi deserta. Con maggiore calma possibile Tony le raccontò tutta la scena con Laurel mentre Elizabeth era sempre più costernata. Tony non le risparmiò nulla, eppure Elizabeth reagì alle amare accuse di Laurel con simpatia e dolore sinceri.

«Non è possibile», continuava a ripetere. «Non può credere davvero che ci siamo serviti di lei. Non è da Laurel pensare in questo modo.»

«Lo so. Ma non ce l'ha con te, Elizabeth. Quando si calmerà lo capirà anche lei. Adesso vede in te solo l'ostacolo ai suoi progetti nei miei confronti. È me che odia. Non basta la furia dell'inferno. È la seconda volta che viene respinta. È troppo per lei.»

«Povera bambina. Povera Laurel. Con tutta la sua sofisticata disinvoltura è più ingenua di Charlene. Così romantica, così vulnerabile. Tony, ora le telefono. Sono sicura di riuscire a farle capire. Non deve lasciare l'azienda. Anche se non ci può perdonare non dobbiamo permetterle di gettare via il suo futuro. Deve esserci un modo per parlarle, per convincerla. Noi due siamo sempre riuscite a parlare.»

«Davvero non te lo consiglio. Non subito, perlomeno.»

«Ma che cosa hai intenzione di fare?»

«Per il momento niente», rispose Tony. «Lasciamo passare una settimana. Per fortuna siamo nel mezzo delle vacanze di Natale. Non potremmo parlare con i nostri legali nemmeno se volessimo. Penso che dovremmo lasciare stare Laurel per un po'. Appena tornerò a New York le parlerò. Magari allora riuscirò a farle capire almeno il lato pratico della faccenda. Quanto a ritrovare l'intimità della nostra amicizia, dubito che nemmeno il tempo possa più farlo.»

Elizabeth aveva voglia di piangere. Era tutto così inutile, così assurdo. Lei e Laurel avevano diviso una tale parte della loro esistenza, erano passate attraverso tanti cambiamenti. Era impossibile pensare che l'unica cara amica che avesse al mondo la odiasse, non la volesse più rivedere. Tony si sbagliava. Laurel ce l'aveva con lei probabilmente più che con Tony. Un cambiamento da parte di Tony avrebbe fatto rinascere l'amore in Laurel, mentre lei non poteva dire o fare nulla per convincere la sua amica che non era stata né egoista né reticente. A una a una perdo tutte le persone che amo, pensò Elizabeth. Alan. Adam. Ann. Quigly. E ora Laurel. Da alcune si era allontanata lei stessa. Altre l'avevano giudicata e ritenuta colpevole. Le aveva perdute per colpa sua. Si era aspettata troppo da loro, aveva inconsapevolmente cercato di renderle perfette perché cercava la perfezione nelle persone che amava. E quando le pareva che fossero al di sotto dei suoi metri di giudizio pensava che la colpa stesse in loro. In quel momento di autocritica Elizabeth si accusava duramente. La sua più grande nemica era l'idealista che albergava in lei. Parlava con indulgenza degli errori umani, ma quando le capitava di trovarli nelle persone che «le appartenevano» aveva davvero scarsa tolleranza per le loro debolezze.

Un tocco leggero la riportò alla realtà. Le ricordò che c'erano ancora tre persone che le volevano bene: Charlene, Jim e Tony. Coprì con la propria la mano che stava sulla sua; ferocemente, possessivamente, quasi temesse che gliela portassero via.

Tony la chiamò il mattino dopo molto presto. Di certo non aveva dormito molto più di lei, ma aveva un tono vivace e allegro.

«A che ora vuoi partire?» le chiese.

Per un attimo Elizabeth non riuscì a ricordare dove dovevano andare. Si era dimenticata di avergli chiesto di accompagnarla sulla costa. Il suo impulso sarebbe stato di annullare la gita. Proprio non aveva cuore di uscire.

Quasi prevenendo i suoi pensieri Tony la canzonò: «Ehi, bada che se avessi per caso intenzione di cambiare idea sbaglieresti di grosso. Oggi abbiamo proprio bisogno di vedere cose più grandi e più importanti di noi. Passo a prenderti tra un'ora».

Fu una buona decisione. Man mano che si avvicinavano alla zona boscosa che le apparteneva Elizabeth si sentiva pervadere da un gran senso di pace. In piedi sull'orlo della scogliera guardava quel mondo sempre uguale da anni e anni mentre la dolce brezza del Pacifico spazzava insieme alle nuvole i dubbi che le affollavano la mente. Desiderava che la casa fosse costruita. Desiderava viverci per sempre. Tony pareva condividere il senso di pace che quella vasta distesa di bellezza naturale infondeva. Rimase silenzioso accanto a lei immergendosi in quella sensazione di grandezza.

«Che briciole di nulla siamo in realtà», esclamò infine. «Quando penso a questo tutto il resto si ridimensiona.»

Elizabeth raccolse una pietra e la gettò distrattamente giù per la scogliera. La guardò saltellare e rimbalzare fino a fermarsi in fondo al ripido pendio.

«Quella sono io», osservò. «Che parto dall'alto e rimbalzo da un pianoro all'altro per fermarmi poi in fondo. Sono come quel sassolino. Solo che lui resiste.»

Tony le circondò le spalle con un braccio in un gesto protettivo, ma impersonale. «Crede di essere la sola, cara signora? Hai appena descritto la vita di ciascuno di noi.»

Quelle semplici parole erano esattamente quelle di cui lei aveva bisogno. Non sarebbe mai riuscito a farle abbandonare quell'atteggiamento di disistima ricordandole i suoi pregi e i suoi successi. E non sarebbe mai riuscito a strapparla alla disperazione negando i difetti che Elizabeth si riconosceva o facendole dei complimenti. Poteva solo ricordarle che era anche lei un essere umano e perciò soggetta a sbagliare. Elizabeth invidiò la forza interiore che sosteneva Tony. Anzi, lo benedisse per quell'innata capacità che aveva di donarsi agli altri entro il rispetto dei limiti accettabili a chi riceveva.

Fu una bella giornata, un bell'week-end. Domenica andarono a trovare Charlene e Jim che sembravano enormemente felici nel loro piccolo appartamento.

«Abbiamo fatto un bellissimo Natale, vero, mamma?» esclamò Charlene. «Avrei voluto che ci fossi anche tu con noi, Tony. E Laurel. Come sta?»

Tony diede un'occhiata a Elizabeth. Non ancora, gli segnalarono i suoi occhi.

«Laurel sta bene», rispose. «Come tutti noi è sopravvissuta alle vacanze e probabilmente annegherà i dispiaceri in qualche veglione di Capodanno. A proposito, che cosa fate voi ragazzi alla fine dell'anno?»

Charlene pareva imbarazzata. Jim rispose per lei.

«Mia moglie teme che pensiate che siamo pazzi, se vi dice che andremo in un cinema *drive-in*.»

Elizabeth era esterrefatta. «Un cinema *drive-in*?»

«È lì che Jim e io abbiamo avuto il nostro primo appuntamento, ricordi?» spiegò Charlene. «Sono una sciocca romantica, ma è là che voglio andare la sera del nostro primo capodanno insieme.»

«Ma certo», confermò Elizabeth. «Mi pare un'idea perfetta.» Ma non lo pensava affatto. Sospettava piuttosto che non volessero andare in qualche locale pubblico in cui la gente potesse fissarli o fare loro qualche sgarbo. Si domandò se Charlene e Jim avessero degli amici. Charlene parlava di «vicini», ma Elizabeth non ne aveva mai visti. Forse anche quella disinvolta località balneare disprezzava i matrimoni fra bianchi e neri. Erano giovani. Sarebbe stato naturale che volessero andare a qualche festa o darne una in casa loro. Avrebbe anche capito se avessero semplicemente pensato di restarsene in casa a fare l'amore in quella notte così sentimentale. Ma andare in un cinema *drive-in* era come ammettere che avrebbero voluto fare parte del mondo in festa, ma che non vi avevano accesso. Non potevano vivere per sempre da soli, pensava Elizabeth preoccupata. Mentre erano ancora in luna di miele aveva poca importanza, ma un giorno avrebbero sentito il bisogno di interessi e di stimoli esterni. A un tratto capì che stava facendo qualcosa di sbagliato. Accidenti a te, Elizabeth, si disse, non cominciare a immischiarti. Che cosa vuoi fare, allontanare anche questi due? Sono adulti, sposati. Lascia che risolvano da soli i loro problemi. Smettila di vedere nemici dappertutto. Loro non li vedono, perché dovresti vederli tu? Doveva smettere di interferire nella vita degli altri mascherandolo per affetto. Non importava che la sua preoccupazione fosse sincera. La verità era che non poteva mettersi al loro posto, non poteva vivere la vita per loro o presumere di potere insegnare loro come viverla. Più presto accettava questa realtà, meglio era per tutti.

Il cambiamento che Elizabeth aveva osservato in Quigly non era ovviamente sfuggito nemmeno a Theresa Isherwood. Lei e Quigly erano ormai insieme da quattro anni, una sistemazione insolitamente duratura per quella donna dalle esperienze sessuali passeggere e i cui matrimoni non erano mai durati più di qualche mese. Durante quei quattro anni aveva guardato altrove solo un paio di volte, ma non aveva trovato nessuno così soddisfacente come il suo burbero amante e con sua grande sorpresa aveva dovuto accettare il fatto di essersi sistemata con un solo uomo. Negli ultimi mesi, però, aveva cominciato a nutrire qualche dubbio. Il gran bere aveva finito per intaccare il vigore sessuale di Quigly e anche il suo bell'aspetto. Era diventato più villano, ma questo non importava certo a una masochista come lei che arrivava anzi a godere del suo rozzo comportamento. Però le piacevano i bei corpi e, soprattutto, virili. Dato che Quigly stava perdendo questi due attributi Theresa cominciò a prendere seriamente in considerazione l'idea di liquidarlo.

Non sarebbe stato facile. Quigly infatti era ormai molto viziato. Considerava la casa, la macchina e perfino la cameriera tanto sue che di Theresa. Senza dubbio si era dimenticato i loro patti iniziali. Allora lei non aveva certo idea che quell'«un po'» sarebbe durato quattro anni e c'era da scommettere che Quigly si sentisse ormai in una botte di ferro. Soprattutto, Theresa temeva non poco la reazione di Quigly quando lei gli avrebbe detto di andarsene. Aveva un caratteraccio spaventoso. Spesso la picchiava. Una volta l'aveva battuta in modo così feroce che non era potuta uscire di casa per una settimana. Quella violenza fisica le aveva dato un torbido brivido, era una cosa che nessuno aveva mai osato infliggerle. In quel momento però Theresa era spaventata all'idea dell'ira incontrollabile che il licenziamento poteva provocare in Quigly e per la prima volta ebbe paura che potesse ferirla gravemente o anche ucciderla. Ma avrebbe dovuto correre il rischio. Era stanca di lui. La lasciava fredda. E intanto il tempo scivolava via. Ormai Theresa aveva quarantacinque anni ed erano sempre meno gli anni che le restavano per attirare ed eccitare i giovanotti. Non li avrebbe certo sprecati con quell'essere tronfio e letargico che non sapeva più darle la soddisfazione che lei desiderava. Con parole meno crude glielo disse una sera di primavera del 1954 rompendo il solito silenzio a cena con l'annuncio della sua decisione.

«Alan», incominciò senza tanti preamboli, «ho riflettuto su noi due. Penso che sia ora di dare un taglio netto.»

Lui continuò a mangiare come se non l'avesse nemmeno sentita.

«È durata più di quanto pensassimo», ribadì Terry. «Quasi quattro maledetti anni. Ma io sono pronta a cambiare. È stato bello, amore mio, ma il fiore è appassito. Non ce la fai più.»

Lui tacque ancora. Quel silenzio cominciò a innervosire Terry. «So che hai messo da parte del denaro», continuò, «e naturalmente voglio che ti tenga l'auto. Ma credo che sia meglio che tu faccia le valigie stasera stessa e te ne vada domani.»

Quigly scostò la sedia e si alzò. Girò attorno al tavolo, la afferrò rudemente per le spalle e la sollevò in piedi. Il suo viso arrossato era vicinissimo a quello di Terry e l'alito puzzolente di whisky era bollente sulla sua pelle.

«Maledetta puttana», le urlò, «credi davvero di passartela così liscia? Credi che mi accontenti di pochi miseri sacchi e di una macchina. Devi essere pazza. Chi diavolo pensi che io sia, un povero impiegatuccio che puoi licenziare in tronco?»

Pur tremando dentro di sé Terry cercò di assumere un'aria spavalda. «Che cos'hai da lamentarti?» gli chiese. «Sei venuto qui per una notte e ti ho tenuto per quattro anni. Se non fosse stato per me saresti a fare lo sguattero in qualche bettola del Ventura Boulevard! Hai avuto denaro e abiti, hai imparato a comportarti in una casa per bene e te ne vai con molto più di quanto avevi quando sei arrivato.»

«Non me ne vado affatto», dichiarò Quigly. «Qui mi piace. E mi guadagno il soggiorno. Se non funziona bene a letto la colpa è tua, non mia.» Il suo viso aveva un'espressione malvagia e determinata. «Dovresti essermi grata. Scopare te è come farsi una vecchia avvizzita. È meglio che ti accontenti di quello che hai, bambola. Ormai sei sexy quasi quanto una madre superiora. Faccio più di quanto potrebbe fare chiunque, con una vecchia battona come te.»

Lei lo colpì forte sul viso con il pugno chiuso. «Schifoso bastardo», urlò, «non osare parlarmi in questo modo! Ubriacone impotente, vattene fuori di qui immediatamente. Stasera. Non sei altro che una miserabile spugna. Ho sempre saputo che eri sciatto e vizioso, ma ora capisco anche che sei stupido e osceno. Si vede che vieni dall'immondizia. Chi diavolo ti ha messo al mondo, dimmi, un magnaccia e una puttana?»

Quigly fu travolto da un'ira mai provata prima. Fuori di sé dalla rabbia vedeva solo quella stridula strega che urlava vili bugie sul suo passato. Cominciò a colpirla alla cieca ripetutamente con i suoi forti pugni sul viso e sul corpo anche dopo che lei era ormai caduta sul pavimento della sala da pranzo. Dopo il primo urlo Terry era svenuta, ma Quigly continuava a picchiarla con pugni e calci forti da rompere le ossa. La scena durò pochi minuti, ma a lui parvero ore, una vita intera nel tentativo di distruggere ogni impurità.

Quando finalmente si calmò non riuscì a guardare il corpo sanguinante e malconcio ai suoi piedi. Pensò di averla uccisa. Si chiese come mai la cameriera non fosse subito accorsa alle urla di Terry. Poi ricordò che era mercoledì, la sua serata di libertà. Sono un assassino, pensò confusamente. La polizia verrà a cercarmi. Devo andarmene di qui.

La donna per terra pareva non respirare più. Barcollando Quigly corse in camera sua e cacciò gli abiti in una valigia, interrompendosi solo il tempo necessario per andare in camera di Terry a prendere i soldi che teneva in borsetta. Per sicurezza vuotò anche il portagioie nelle sue tasche. Forse sarebbe riuscito a lasciare il paese. Sarebbero passate molte ore prima che la cameriera ritornasse. A volte restava anche a dormire da sua figlia. Aveva quindi tutto il tempo di prendere un aereo per il Messico prima che venisse scoperto il cadavere di Terry. Forse da lì poteva andare direttamente in Sud America o in qualche altro posto dove gli sbirri non potessero raggiungerlo.

Pensò di chiamare Elizabeth per dirle che andava fuori città, ma poi decise di non farlo. Avrebbe saputo ben presto quello che lui aveva fatto, quando sui giornali sarebbe comparsa la notizia che Terry Isherwood era morta e che Alan Whitman era scomparso. Sarebbe stato meglio che Elizabeth potesse dire sinceramente che non sapeva dove si trovava suo figlio. Magari le avrebbe mandato una lettera o una cartolina dal Brasile o da qualche altro posto. O forse, ancora meglio, quella volta sarebbe davvero scomparso per sempre dalla sua vita.

Ma non ci fu nessun grosso titolo sui giornali. Quella notte quando la cameriera tornò trovò la signorina Isherwood svenuta sul pavimento della sala da pranzo. Terry fu portata d'urgenza all'ospedale e sopravvisse miracolosamente dopo essere rimasta per quarantotto ore tra la vita e la morte. La cameriera, sapendo che la signorina Isherwood avrebbe voluto così, mantenne saggiamente il silenzio su Quigly. Disse al medico e alla polizia che probabilmente qualche ladro doveva essersi introdotto in casa e aveva aggredito e rapinato la sua padrona, probabilmente l'aveva picchiata quando lei aveva cercato di opporre resistenza.

Tanto la polizia che il medico credettero alla storia che sui giornali finì in terza pagina come la descrizione di una ennesima rapina e di una brutale aggressione nell'elegante zona di Bel Air. Quando Theresa riprese conoscenza si limitò a confermare il racconto. E quando la polizia confrontò le impronte digitali di Quigly sparse per tutta la casa e le trovò identiche a quelle di un ragazzo arrestato per brevissimo tempo a San Diego, Terry disse che il signor Whitman era venuto spessa a trovarla, ma che da parecchi giorni non lo vedeva. L'uomo mascherato che l'aveva rapinata e picchiata, disse, era un giovane negro e non pensava di poterlo identificare.

Elizabeth lesse gli articoli sui giornali con grande disperazione. Istintivamente capì la verità, ma non poteva farci niente. Era contenta di non sapere dove si trovasse Quigly perché anche se qualcuno li avesse collegati lei avrebbe sempre potuto dire onestamente che non vedeva suo figlio da parecchi mesi. Non si era fatto più vivo dal giorno del matrimonio di Charlene. Forse, pensò Elizabeth piena di speranza, se n'era veramente andato prima che succedesse quel fattaccio. Forse era per questo che non aveva più avuto sue notizie. Ma sapeva che non poteva essere così. Le sue impronte erano sparse per tutta la casa di Theresa Isherwood. Elizabeth era sicura che il colpevole fosse proprio suo figlio.

Charlene le telefonò, turbata dagli articoli dei giornali sulla datrice di lavoro di Quigly. Elizabeth cercò di rassicurarla, ma fallì miseramente nell'intento.

«Sono certa che Quigly non ha niente a che vedere con questa faccenda», mentì Elizabeth. «Anche la signorina Isherwood ha detto che è stato un estraneo.»

«Ma perché non si è più fatto vivo con noi?» insistette Charlene. «È tutto così strano, mamma. Pensavo proprio che l'avremmo visto a Natale, ma non ha fatto sapere niente. Tu hai cercato di metterti in contatto con lui?»

«No, cara. Ho finalmente imparato che quando tuo fratello vuole vederci pensa lui a farsi vivo. Sono sicura che sta bene. Probabilmente telefonerà quando leggerà questa orribile notizia. Secondo me aveva lasciato il lavoro da qualche tempo e non voleva farcelo sapere.» Sperò che Charlene non calcolasse la contraddizione temporanea tra la sparizione di Quigly e le sue impronte ancora fresche in casa della Isherwood. Ma era davvero sperare troppo.

«Quigly però è stato recentemente in quella casa», ribatté Charlene. «Hanno trovato le sue impronte. Anche la signorina Isherwood ha detto che lo aveva visto qualche giorno prima. Si vede che lavorava ancora lì.»

«Può darsi, cara. Proprio non so.»

«Ma tu sapevi che Quigly una volta era stato arrestato a San Diego?»

«Sì, ma era stato per cattiva condotta. Una rissa in un bar.»

Charlene sospirò. «Pensi davvero che ci farà avere notizie?»

«Ma certo. Sappiamo che non ha niente a che fare con questo fattaccio. La signorina Isherwood l'avrebbe detto.»

Elizabeth non credeva una parola di quanto stava dicendo e sapeva benissimo che non ci credeva nemmeno Charlene. Tutt'e due avevano la netta sensazione che fosse proprio opera di Quigly e che la vittima mentisse per ragioni sue.

29

QUANDO tornò a New York Tony per prima cosa telefonò a casa di Laurel. Rispose la cameriera e gli disse che la signorina Lane era in viaggio. No, la signorina Lane le aveva ordinato di non dare il suo indirizzo a nessuno. No, non aveva idea di quanto sarebbe rimasta via.

«Però mi ha pregato, se chiamava lei, signor Alexander, di riferirle di mettersi in contatto con i suoi legali. La signorina Lane ha detto che saranno loro a occuparsi di tutto.»

I legali di Laurel non furono più loquaci sul luogo in cui si trovava la signorina Lane, ma furono prontissimi a discutere la sistemazione che chiedeva la loro cliente. Dopo due ore di ambigui discorsi legali nei quali si discusse di «attività passata» e di «sviluppo futuro» con velate insinuazioni che la signorina Lane «aveva il merito di aver salvato da sicuro naufragio la Robert Gale Associates» emerse il fatto che Laurel avrebbe accettato una somma forfettaria di trecentocinquantamila dollari come risarcimento del suo quindici per cento dell'azienda.

Prima di telefonare a Elizabeth Tony si rivolse al proprio legale per un consiglio.

«Una vera rapina», commentò l'avvocato. «Sareste dei pazzi ad accettare. Tutto è dalla vostra parte. È la signorina Lane che vuole vendere la sua quota e il quindici per cento di un'azienda che supera appena il milione di dollari d'incasso lordo l'anno non può assolutamente raggiungere una cifra simile. Se dovete essere proprio generosi offritele cinquantamila dollari. E anche così vi comportereste da Babbo Natale.»

«E se lei rifiuta?»

«Allora può tenersi la sua quota e partecipare agli utili che lei e la signora Quigly otterrete. Le avete concesso una interessenza nella ditta, perciò ha diritto di partecipare agli utili probabilmente in ragione di quindici, ventimila dollari l'anno. Potreste anche venire a una transazione, ma una cifra complessiva, anche se si accordassero per un quarto di milione di dollari, vorrebbe dire per voi indebitarsi fino al collo. Dovreste farvi fare un grosso prestito, ammesso che troviate qualcuno disposto a correre il rischio. Strano», osservò l'avvocato, «non immaginavo che fosse una donna del genere. Ha l'aria di farlo più per vendetta che per denaro. È così, oppure è nella mani di una banda di legulei convinti di cavare chissà che cosa dalla Gale Associates.»

«Potrebbe anche portare la causa in tribunale?»

«Ah, certo! Non credo che la vincerebbe, ma potrebbe provarci. Probabilmente farebbe un gran polverone sul fatto che ha salvato l'azienda dalla rovina e potrebbe fondare la causa sul futuro sviluppo degli affari che lei pretende di avere avviato.» Fece una pausa. «Naturalmente se in tutto questo c'è qualcosa di personale potrebbe derivarne una pessima pubblicità per la Gale Associates. E io credo che la signorina Lane conti proprio su questo. Dalla morte del signor Gale siete in pratica una nuova società. Quanti anni sono? Tre, mi pare. Una battaglia odiosa e infamante sui rotocalchi potrebbe mettervi in cattiva luce con la clientela. Ammesso», continuò intenzionalmente, «che ci sia del fango da sollevare.»

Tony non rispose. Laurel era tanto amareggiata da essere disposta a tirare fuori tutti i cadaveri dagli armadi. Avrebbe di certo sbandierato la relazione di Tony con Robert. Avrebbe anche potuto dipingersi come la vittima fiduciosa di un uomo lascivo e bugiardo e di una donna che fingeva di esserle amica, ma che in realtà era una adultera e una madre senza cuore respinta perfino dai suoi stessi figli. Nessuna di queste accuse avrebbe effettivamente influenzato il risultato della causa, ma avrebbe di certo provocato maligni titoloni sui giornali, se Laurel avesse scelto quella strada.

Tony non si preoccupava seriamente della possibilità che la cattiva pubblicità distruggesse l'azienda e non gli importava nemmeno molto che la sua vita venisse esposta e messa a nudo. Ma non poteva permettere che accadesse anche a Elizabeth. Non poteva permettere a Laurel di dipingere la sua amica come la ex moglie di un ubriacone morto in un casino, come l'amante di un famoso uomo d'affari della California e come la madre di un figlio psicopatico che nascondeva un losco passato e di una figlia sposata con un negro. Niente di tutto questo avrebbe aiutato Laurel a vincere la causa e con il tempo la gente avrebbe dimenticato, dopo qualche settimana di pettegolezzi sui giornaletti scandalistici. Ma Elizabeth non si sarebbe mai più ripresa.

«Devo parlarne con la mia socia», disse infine Tony all'avvocato. «Ma non credo che lasceremo arrivare la faccenda in tribunale. Troppa gente ne resterebbe ferita, se Laurel è davvero così vendicativa come credo. Se facciamo una controfferta, quanto pensa veramente che dovrebbe essere?»

L'avvocato fece un rapido calcolo. «Se l'azienda ha un profitto lordo di circa un milione di dollari annui, le quote della signorina Lane oggi varrebbero centocinquantamila dollari. Non si può partire da molto meno. Probabilmente, se siete fortunati, potrebbero accordarsi per duecentomila come cifra complessiva. Potreste permettervelo?»

«Non so come, ma dovremo.»

«Penso che faremmo un affare migliore opponendoci.»

«Le farò sapere tra qualche giorno», concluse Tony.

Quella sera stessa spiegò la faccenda a Elizabeth per telefono. Fino ad allora non si era ancora saputo niente dell'aggressione e della rapina a Theresa Isherwood, ma anche così Elizabeth pensava che fosse impensabile mettere in piazza la propria vita. Charlene doveva essere protetta e anche Ann, per quanto meschina, non meritava di vedere distrutto il suo mondo dalle chiacchiere delle amiche e dallo scherno dei bambini che giocavano con i suoi. Bisognava anche pensare ad Adam e alla sua famiglia. Sarebbe stata una vera e propria caccia alle streghe sostenuta dalla nuda e cruda verità senza nessuna circostanza attenuante. Elizabeth riteneva quasi impossibile che Laurel si sarebbe davvero servita di quello che sapeva della sua vita intima per distruggere tante persone. Ma non osarono correre il rischio. Come Tony, anche Elizabeth non pensava a se stessa, ma non poteva vivere con la consapevolezza che tutte quelle cose, alcune opera sua e altre puramente casuali, potessero portare la devastazione nella vita di tante persone.

«Pensi che Laurel lo farebbe veramente?» chiese. «Può odiarci fino a questo punto? Se solo potessi parlarle, so che riuscirei a farle capire.»

«È irraggiungibile, cara. Fisicamente ed emotivamente. Se tu sei d'accordo credo che l'unica cosa che possiamo fare sia giungere a patti. Lasciamo che se la sbrighino i legali. Non sarà facile mettere insieme una grossa cifra in contanti, ma ci riusciremo in qualche modo, anche se questo significherà di certo un taglio considerevole nel nostro reddito per anni, finché non avremo restituito il prestito. Naturalmente potremmo anche cercare denaro fuori. Per esempio qualcuno che volesse investire nell'azienda. Un altro socio, insomma.»

«Senti, dopo quanto è successo preferirei se potessimo farne a meno.»

«Be', anch'io», ammise Tony, «anche se c'indebiteremo fino al collo per pagare la nostra indipendenza. Non so che profitto netto potremo avere per molto, molto tempo. Io posso farcela e sono certo che anche tu ce la farai, ma per prima cosa ho pensato alla tua casa. Dovrai rimandare la costruzione per chissà quanto tempo e so come invece la desideri.»

«La casa può aspettare», concluse Elizabeth. «Ne vale la pena.»

Ci vollero settimane di mercanteggiamenti tra gli avvocati per giungere alla fine a un accordo. Laurel non si fece mai vedere e i suoi rappresentanti si limitarono a dire che era da qualche parte in Europa. Alla fine si accordarono sul pagamento di una somma totale di duecentomila dollari per la quota di Laurel e l'avvocato della Robert Gale Associates lavorando con i ragionieri di Tony riuscì a ottenere un prestito decennale per la società. Significava dover restituire ventimila dollari l'anno più gli interessi; considerevole riparazione, pensò acidamente Tony, per la rottura di una promessa mai fatta. Comunque si assunse tutta la responsabilità. Al punto che si offrì di pensare da solo all'estinzione del debito.

«Senti, ci ho riflettuto», confidò più tardi a Elizabeth. «In fondo tutta questa maledetta faccenda è colpa mia. Laurel vuole sono vendicarsi di me. Non è giusto che venga penalizzata anche tu. Diavolo, posso farcela benissimo senza che tu debba rimetterci niente. Penso che questo prestito sia una cosa che riguardi solo me. Voglio che tu continui a prendere le tue normali quote di profitto senza pensare al debito.»

Ma Elizabeth scosse la testa. «Assolutamente no. Siamo soci. I nostri impegni in affari sono reciproci. E così pure i nostri impegni personali. Indipendentemente da quello che tu possa pensare, agli occhi di Laurel siamo colpevoli tutt'e due e meritiamo uguale punizione. Forse siamo colpevoli verso di lei, se non altro per inadempienza.»

«Continuo a pensare che tu ti assuma delle responsabilità non tue.»

«No, pago per i molti momenti di cecità, come te. Grazie a Dio possiamo permetterci di pagare il silenzio di Laurel. Specialmente ora.»

La storia della Isherwood era infatti venuta alla luce. Se avessero rischiato una causa in tribunale con Laurel chissà quali conseguenze avrebbe procurato quella faccenda!

«So benissimo che se non fosse stato per me, i miei figli e qualche altra persona tu avresti lasciato tranquillamente portare la causa in tribunale», aggiunse Elizabeth. «Il minimo che possa fare, Tony, è pagare la mia parte, e con gratitudine.» Prese un tono più leggero. «E poi, non è così terribile, ti pare? Tanto tu che io abbiamo vissuto con molto meno denaro di quanto ne portiamo a casa ora. Io non ho più figli da mantenere. Possiedo un pezzo di terra e anche se Pasadena non è esattamente il luogo in cui vorrei finire i miei giorni non è certo un postaccio. Charlene e Ann sono al sicuro. L'azienda funziona bene anche senza le pubbliche relazioni di Laurel. Ne ho fatta di strada dal cottage avuto gratis da Marion Parrish-Parker e dai sessanta dollari la settimana che prendevo a *Wife and Mother*! Guarda, carissimo, in fondo sono stata molto fortunata. Nonostante tutto questi ultimi vent'anni non sono stati niente male. Se non altro perché mi hanno portato te.» Erano seduti in giardino sul retro della casa di Elizabeth, nella morbida luce del tramonto. Nonostante tutti i suoi guai Elizabeth riusciva ad apparire bella e serena. Tony sapeva che doveva essere terrorizzata per Quigly, delusa da Ann, preoccupata per Charlene. E sapeva anche che amara delusione fosse per lei interrompere i lavori di costruzione della nuova casa. Eppure nulla di tutto questo le si leggeva in viso. Riusciva anzi a trovare qualcosa di cui essere grata, compresa la presenza di Tony. Era quasi impossibile non riconfermarle il suo amore. Voleva offrirle se stesso, il suo affetto, chiederle di stare con lei pienamente, completamente e per sempre. Se Elizabeth intuì tutto questo, non lo diede comunque a vedere. Gli sorrise con dolcezza, ma non in modo provocante, con calore e tenerezza, ma senza fuoco. Non era ancora pronta a lasciare che Tony la liberasse dal suo peso maggiore, la solitudine. Immerso nei suoi pensieri, lui non aveva sentito le ultime parole di Elizabeth.

«Scusami», disse, «ma ero lontano mille miglia. Che cosa hai detto?»

«Ti ho chiesto se ultimamente sei stato a trovare i tuoi genitori. È un pezzo che non ne parli.»

Con riluttanza Tony tornò a una parte della sua vita a cui cercava di dedicare il meno tempo possibile, la parte iniziale.

«Sono andato a trovarli ieri», rispose. «Niente di nuovo. Quando entro in quella casa mi sembra di tornare indietro nel tempo e di avere sette anni invece che trentasette. Mia madre si lamenta e mio padre sorride. Parla di andare in pensione tra qualche anno e lei dice che diventerà pazza se lui starà tutto il giorno a ciondolare per casa. Papà è stanco. Ha sessantatré anni e vorrebbe darsi da fare nella sua officina e curare il giardino. Sarebbe felice. Ma mia madre non glielo permetterà. Lei pensa che gli uomini che vanno in pensione avvizziscono e muoiono. Almeno, così dice. La verità è che meno vede mio padre meglio sta. Cosa che ho sempre saputo. Lui l'adora e lei per tutti questi anni lo ha a malapena tollerato. Non c'è da stupirsi che abbia cercato di fare di me un suo piccolo marito. Mi sta sempre addosso con quell'affetto che mio padre darebbe l'anima per avere. Mi dispiace per lei, ma mia madre mi soffoca. Detesto andare a casa loro. E odio anche parlarne.»

Elizabeth non disse nulla. Come orfana le era difficile immaginare una madre che non fosse affettuosa e generosa, ma non a spese dell'uomo che aveva sposato, soprattutto se così paziente e devoto come pareva il signor Alexander. Ricordava i racconti che suo padre le faceva della donna che lei non aveva mai conosciuto, la donna che lo aveva amato al punto da morire per dargli un figlio che tanto desiderava. Quello era il genere di madre che Tony avrebbe dovuto avere. E anche in quel momento, pensò Elizabeth realisticamente, forse era quella che cercava.

«So che cosa stai pensando», le disse Tony.

«Davvero?»

«Il tuo cervello funziona come un manuale. Ti stai dicendo che il mio è un caso tipico, il cocco di mamma che diventa omosessuale e poi finisce per gravitare verso una donna più vecchia di lui, immagine della madre ideale. Davvero un caso di psicanalisi spicciola, Elizabeth. Peccato che non funzioni. Se non altro io ho preso a modello mio padre, almeno nel senso che desidero essere sfruttato, se questo serve a fare felice qualcuno che amo. Quanto a 'cercare un'altra madre', l'ultima cosa che desidero è un rapporto possessivo. È proprio da quel genere di opprimente dominio che ho cercato di fuggire per tutta la vita. Ed è probabilmente il motivo per il quale non sono mai riuscito ad amare Laurel. Lei mi avrebbe messo in catene se l'avessi lasciata fare. Sarei diventato il bambino che non ha mai avuto.»

«Tony, ti contraddici», osservò Elizabeth. «Se vuoi essere sfruttato per rendere felice la gente che ami avresti potuto dare a Laurel l'occasione.»

«Tu tralasci un particolare importante. Non ho mai amato Laurel. Non a quel modo. E penso che nemmeno lei mi abbia mai veramente amato. Altrimenti ora non ci punirebbe così. Per definizione chi ama non ferisce mai l'essere amato. Prova rimpianto, forse, ma non reagisce alla delusione con il deliberato intento di distruggere. Questo non è amore, Elizabeth. Questo è falso orgoglio, sgradevole ammissione della propria insicurezza.»

«L'idea è convincente», ammise Elizabeth, «ma allora come spieghi gli omicidi per gelosia che riempiono i giornali di grossi titoli? Come potrebbe la gente dirsi le cose orribili che si sentono nelle aule dove vengono pronunciate le sentenze di divorzio se non si volessero ferire le persone che si sono un tempo amate?»

«Perché non provi a cercare la risposta proprio qui?» Tony era molto serio. «Hai mai cercato di vendicarti di tutte le cose orribili che ti ha fatto Alan Whitman? Hai mai cercato di punirlo per la tua umiliazione e la tua delusione? E Adam Barnsworth? Hai mai fatto niente per sconvolgere la sua esistenza, dopo tutto quello che lui ti ha fatto passare? No, Elizabeth.

Tu capisci l'amore. Non si presenta con un cartellino del prezzo. Il cuore non può dare un 'pagherò'. L'amore è un prestito, ma chi dà o chi riceve non dovrebbe mai chiedere un risarcimento alla scadenza del termine. I saggi semplicemente cancellano il credito, visto che ne hanno goduto per un po' o per la vita.»

Elizabeth sorrise. «Tu ti aspetti sempre molto dalla gente, vero, Tony?»

«Solo da un pugno di persone che sanno veramente amare. Sono le uniche dalle quali mi aspetto qualcosa, quelle che capiscono la delicatezza di quel sentimento. Queste sono le Elizabeth in questo mondo. Le altre sono le Laurel.»

«Non essere troppo duro con lei, Tony. Nonostante quella patina esteriore di successo, non ha avuto molto dalla vita. È sola e spaventata. Questo mi dimostra la sua amarezza. Conosco questo sentimento, amarezza compresa. Non è facile per una donna essere sola, ma è quasi insopportabile se non è mai stata amata nel passato. Senza i ricordi di ieri a sostenerci che difesa abbiamo contro il vuoto dell'oggi e del domani?»

«Forse la speranza di un futuro migliore.»

«Facile a dirsi. Purtroppo non puoi suscitare amore e comprensione ogni volta che ne avresti bisogno.»

«Tu sì», disse Tony. «Senti, Elizabeth, smettiamo di giocare a rimpiattino. Ti amo. Ti voglio. Non c'è più niente che ci separi ormai. Né un'amica, né un figlio, né un amante. Ci sono tante cose giuste fra di noi. Perché sprechiamo altro tempo a dire che ci basta l'amicizia? Tutt'e due abbiamo bisogno di più e non sono sicuro che mi resti ancora molto tempo. Non volevo essere melodrammatico quando ti ho detto che sento di morire presto. Dicevo sul serio. E tanti o pochi che siano gli anni che mi restano li voglio passare vicino a te. Sposami, ti prego.»

«Caro», rispose lei, «non è giusto per te. Hai trentasette anni, Tony, e io ne ho quarantanove. Quando sarai un vigoroso cinquantenne io sarò sui sessanta. Ho già dei nipoti. Agli occhi del mondo sono una vecchia signora con i capelli bianchi. La gente riderebbe di noi, Tony.»

Ma non riuscì a ingannarlo. Tony sentiva che l'agognata vittoria era a portata di mano. Era così fiducioso, così felice da permettersi un tono incalzante, teso, polemico.

«E da quando in qua a noi importa della gente? E poi, mia cara, dimentichi una cosa: io non arriverò a cinquant'anni.»

Elizabeth non voleva assolutamente accettare quell'idea e la voce le si fece più acuta: «Quando parli in questo modo capisco proprio che sei davvero troppo giovane per me. Te l'ho già detto una volta, smettila di dire queste sciocchezze infantili. Nessuno può prevedere la propria morte. Mi fai impazzire, con queste stupide premonizioni!»

«E va bene», ammise lui. «Non ne parlerò più. Cercherò perfino di credere che diventerò un virile cinquantenne che dovrà sopportare il peso di una vecchia moglie di sessantadue anni, finché non ti sarai abituata all'idea.»

Suo malgrado Elizabeth dovette ridere. «Tony, Tony, ma che posso fare con te?»

«Te l'ho già detto. Guarda, cerchiamo almeno di essere concreti, se questo può servire a farti sentire meno colpevole. Chiuderemo l'ufficio di New York e opereremo da qui. Forse faremo meno affari, ma ridurremo enormemente le spese generali e avremo un unico reddito. Riusciremo a costruire la tua casa sul mare e faremo i pendolari con Beverly Hills. Pensa un po', avresti perfino un autista gratis!»

Sembrava più che mai un ragazzo innamorato, eppure parlava con il senso pratico di un uomo.

«È una cosa sensata da tutti i punti di vista. Ma soprattutto la senti giusta, lo so. C'è voluto molto tempo, ma ora sai di avere bisogno di me quanto io di te. Ci lasceremo forse fermare da una banalità come la differenza di anni tra noi? Hai paura che Ann si ritragga inorridita, come quando Jim ha sposato Charlene? Forse pensi che l'ostilità di Quigly verso di me sia un ostacolo insormontabile, anche se ora non c'è lui a erigerlo? Tesoro, non possiamo nemmeno più ferire Laurel. Credo che sia sempre stata fra noi, come Robert.»

Elizabeth non poteva negare che l'idea della reazione dei suoi figli le era passata per la testa. Solo Charlene si sarebbe rallegrata per lei. Quanto agli altri, che differenza faceva, in realtà? Ann l'aveva ripudiata per avere permesso un matrimonio misto. Quigly se ne era andato di nuovo, senza una parola, incurante, forse per sempre. Laurel ora sapeva dov'era riposto l'amore di Tony. E, soprattutto, si permise finalmente di accettare l'idea che lo amava. Forse lo aveva sempre amato, anche quando a New York si era rifiutata di prendere seriamente in considerazione l'idea, e poi a Denver, quando si era concessa di insistere in quel suo romantico, appassionato, irrealistico attaccamento ad Adam.

Perché, ora lo capiva, Tony era sempre stato al suo fianco ad aspettare. Era rimasto accanto a lei in silenzio durante il tumulto di tutti quegli anni permettendosi una sola volta di mostrare il proprio egoistico desiderio fisico. Nei momenti di tormento si era rivolta a lui. Nei momenti buoni era con lui che aveva diviso le gioie. Nei momenti di tormentosi dubbi, era stato lui a calmarla e consolarla. La dolcezza di Tony mascherava la sua forza. Di tutta la gente del mondo solo Tony aveva saputo vedere sotto quella patina esteriore di autosufficienza la donna che cercava il conforto di qualcuno più forte di lei.

Improvvisamente Elizabeth sentì la pace di affidarsi a qualcuno. Assaporò l'idea di abdicare a responsabilità e a decisioni. In un certo senso era stato proprio Tony, con la rapida sua capacità di sistemare gli aspetti pratici della loro vita, a offrire un'insperata chiave che schiudeva loro la possibilità di quel matrimonio. Non perché lei avrebbe acconsentito a quell'unione convinta razionalmente. Ma la sua risolutezza aveva in un certo senso dato una realtà concreta alle profondità emotive e fisiche della sua attrazione. Tony non era l'inerme, spirituale sognatore che Robert aveva cercato di far sembrare. Né il personaggio mistico e remoto sul quale Laurel fantasticava. Era un uomo capace di prendere decisioni anche per la sua donna, perché la amava. Elizabeth vedeva in lui la prima persona al mondo che non la credeva così terribilmente autosufficiente. Tony non l'avrebbe mai trattata come se lei non avesse bisogno di aiuto. Lui la conosceva bene. Non era una donna da viziare e coccolare come una stupida bambola. Ma aveva bisogno di ricevere rispetto e di avere un uomo che la tenesse al riparo, tra le sue braccia.

Le parve che Tony potesse leggerle tutto quello negli occhi. Al punto che quando gli rispose non gli disse: «Ti amo, ti desidero, ho bisogno di te e ti ringrazio per la tua gratitudine e la tua comprensione».

Gli disse semplicemente: «Sì».

Si sposarono il giorno del Ringraziamento del 1954 nella casa quasi finita in cima alla scogliera sul Pacifico. Una volta presa la decisione, Tony era andato a New York a chiudere l'ufficio, a sciogliere il suo contratto d'affitto dell'appartamento in Beekman Place e fare spedire i suoi preziosi libri e i suoi dischi in California. Elizabeth con grande gioia aveva chiamato il costruttore e gli aveva fatto pressioni perché finisse la casa per novembre facendo impudentemente leva sui sentimenti e dicendogli dei suoi progetti matrimoniali. Lei e Tony erano decisi a cominciare la loro vita insieme nella casa nuova. Ogni istante divenne prezioso e per tutta l'estate e l'inizio dell'autunno Elizabeth continuò ad aggirarsi nel cantiere come una sposa in ansia, incantando operai e capocantiere e ottenendo miracoli solo con la felicità e il senso di attesa che irradiava. Tutto sembrava funzionare bene e per il giorno del loro matrimonio, quasi fosse un segno di buon auspicio, la casa non solo era quasi finita, ma anche abbastanza arredata per poterci vivere. Anzi, Elizabeth decise che sarebbe stata una casa mai veramente finita. Ogni stanza sembrava offrire infinite possibilità di miglioramenti che lei avrebbe aggiunto pian piano durante gli anni. Ma anche a quello stadio incompleto la costruzione era bella. Le ampie stanze con le pareti dipinte semplicemente di bianco rustico e con travi di quercia erano progettate in modo da avere tutta la vista sul mare. La casa, robusta e accogliente, spiccava tra gli alberi che la circondavano e la nascondevano alla vista senza tuttavia disturbare il panorama. C'erano talmente tanti caminetti che Tony prendeva in giro Elizabeth.

«Credo che sotto sotto tu sia una piromane», disse. «C'è un camino in ogni stanza della casa. Potremmo bruciare tutto quanto e ci resterebbero ancora sette camini!»

Era vero. C'era un enorme camino in soggiorno e un altro nella grande cucina dove in genere mangiavano. Ciascuna delle tre camere da letto aveva un caminetto e così pure la piccola biblioteca. Per coronare un sogno di tutta la vita Elizabeth aveva fatto fare anche un caminetto d'angolo nel bagno accanto alla stanza matrimoniale che avrebbe diviso con Tony. Elizabeth non riusciva a immaginare niente di più lussuoso che starsene immersa in una vasca di acqua calda, a osservare il bagliore danzante del fuoco. Tanto tempo prima aveva deciso che se mai si fosse costruita una casa questo sarebbe stato uno degli inattesi piaceri. E inoltre aveva voluto una cucina abbastanza grande da contenere sedie a dondolo e un tavolo rotondo, pentole di rame e file di piante in vaso per avere anche in casa il verde del paesaggio esterno.

Malgrado le sue dimensioni e questi tocchi di stravaganza, la casa era ben lungi dal sembrare una villa di lusso secondo i canoni di Bel Air, Beverly Hills o Malibù. Ma aveva grazia e dignità e ogni centimetro recava l'inconfondibile impronta del gusto infallibile di Elizabeth.

Pur non potendosi in realtà permettere un gesto tanto generoso, Elizabeth volle dare, d'accordo con Tony, la casetta di Pasadena a Charlene e a Jim. Le rate del mutuo che restavano da pagare erano meno di quanto i due ragazzi spendessero per l'affitto della casa sulla spiaggia e comunque avrebbero dovuto trasferirsi in una casa più grande.

Charlene infatti aspettava un bambino per aprile, evento che aveva riempito lei di gioia e di segreta apprensione sua madre e suo marito. Tanto Elizabeth che Jim avevano infatti sentimenti divisi di fronte a questa gravidanza.

Antoinette Jenkins nacque il 4 aprile del 1955, tre mesi prima del ventesimo compleanno di sua madre. Benché fosse una bimba minuta Charlene ebbe un travaglio molto lungo e doloroso per mettere al mondo quella bambolina color caffellatte. Jim era fuori di sé per l'angoscia durante le ore di attesa in ospedale. Né Elizabeth né Tony riuscivano a distrarlo o a confortarlo.

«Se le succede qualcosa», non faceva che ripetere in continuazione senza mai finire la frase. «Dio mio, se dovesse succeder qualcosa a Charlene!»

«Non succederà proprio niente», lo rassicurò Elizabeth desiderando di essere davvero calma come sembrava. «Charlene starà benissimo, caro.»

Addie e Frank Jenkins si erano precipitati da Denver appena Jim aveva telefonato loro per dire che Charlene stava andando in ospedale. Questo era accaduto circa ventiquattro ore prima e da allora nessuno si era più mosso dalla sala d'attesa. I visi pazienti e quasi tristi dei Jenkins innervosivano Elizabeth. Loro non avevano mai veramente accettato quel matrimonio ed Elizabeth capiva che cosa passava loro per la mente: quella era la punizione divina per quei due ragazzi che avevano osato infrangere le regole. Elizabeth sapeva che pregavano per Charlene. Ma non era sicura che stessero chiedendo al Signore anche la sopravvivenza del futuro nipote. Accidenti! Perché proprio Charlene doveva essere l'unica donna della famiglia ad avere difficoltà nel mettere al mondo i figli! Tanto lei che Ann avevano sfornato i loro bambini con una facilità quasi vergognosa. Forse gli istinti primitivi dei due vecchi Jenkins erano giusti. Forse Dio non voleva che quel bambino nascesse, per il suo stesso bene. Forse non era privo di senso il fatto che solo sua madre ne avesse atteso l'arrivo con gioia. Jim non parlava mai del bambino, era solo preoccupato per la moglie. E quando alla fine l'ostetrico esausto uscì dalla sala parto lui gli si precipitò incontro con una sola domanda sulle labbra:

«Dottore, mia moglie sta bene?»

«Sta bene, signor Jenkins. Può andare da lei.»

Jim si afflosciò per il sollievo. «Dio, ti ringrazio», esclamò. «Ho temuto di perderla.»

Il dottore gli batté affettuosamente una mano sulla spalla. «Ora è tutto finito per il meglio. Non le nascondo che ho passato anch'io qualche brutto momento.» Parve esitare, come se avesse ancora qualcosa di sgradevole da dire.

Jim annuì. «Le sono molto grato per averla salvata.»

Che aveva Jim, si chiese Elizabeth? Non chiede nemmeno del figlio? Non capisce che il medico ha qualcosa da dire? Aspettò, ma Jim era invece tra le braccia forti della madre che lo cullava come un bambino. Piangevano tutt'e due senza ritegno mentre Fred Jenkins accarezzava dolcemente la testa del figlio. Alla fine Elizabeth non resistette più.

«E il bambino, dottore?» chiese.

«Una bella, perfetta bambina», rispose lui. «Un cosino così piccolo procurare tante pene! Poco più di due chili e mezzo, ma tutto in perfette condizioni. C'è un'altra cosa che devo dirle, signor Jenkins. Lei ha una bella figlia, ma temo che dovrà esser anche l'unica della famiglia. Charlene non deve avere altri figli. Mi dispiace, ma dovrete abituarvi a questa idea. Sua moglie non sopravviverebbe a un'altra gravidanza.» Il medico aggrottò la fronte. «È un vero peccato. Charlene è una meravigliosa ragazza. Mai visto una donna più coraggiosa di lei. È il tipo che potrebbe avere cinque o sei figli.»

Per la prima volta in vita sua Elizabeth sentì un tono duro nella voce di Jim. «Ci guardi, dottore. Guardi qui tutta la famiglia. Lei ci ha dato una buona notizia. Un bambino mezzosangue è già sufficiente. Dio sa che non abbiamo bisogno di moltiplicare i nostri problemi per due, per quattro o per sei!»

Il dottore aveva un'aria imbarazzata. «Be', questo è un problema personale, non crede? Io parlo solo dal punto di vista medico. Buona notte, signor Jenkins.»

Elizabeth era colpita. Sapeva che Jim avrebbe preferito non avere figli per niente, ma Charlene avrebbe avuto il cuore spezzato sapendo di non potere avere più figli. Jim sentì su di sé lo sguardo inquisitore di Elizabeth.

«Devo sembrarle un mostro, dica la verità», disse guardando francamente Elizabeth. «Ma lei non potrà mai capire che cosa significhi essere negro e mettere al mondo dei figli messi al bando. Amo mia figlia, ma ogni volta che qualcuno la chiamerà negra o le rammenterà il colore della pelle di suo padre, penserò che forse era meglio che non fosse mai nata. Quanto crede che potrò sopportare questa punizione? E Charlene? Non avremmo dovuto avere figli. È stato un incidente. Sono solo grato che non ci sia permesso insistere nell'errore.»

«Charlene non voleva avere figli?»

«Certo che voleva. Ma non poteva capire che cosa significasse più di quanto non possa lei, signora Whitman. Oh, certo, razionalmente lei può capire. Ce ne parlò lei stessa prima che ci sposassimo. E io ero d'accordo con lei. Non volevo che avessimo dei figli. Charlene non lo sapeva. Be', almeno non dovremo bisticciare sulle dimensioni della nostra famiglia. Faremo solo quanto di meglio potremo per la nostra unica bambina, che Dio l'aiuti.» Sospirò. «Vediamo se possiamo vedere Charlene e la bimba per un minuto. Poi ce ne andremo tutti quanti a casa a riposare.»

Riuscirono a dare un'occhiata a una Charlene insonnolita, ma felice e a un minuscolo fagottello che pareva una piccola Charlene in miniatura con la pelle dorata. Anche Jim si commosse quando vide sua figlia.

«Com'è piccola», disse teneramente. «Così indifesa.»

Mentre uscivano dall'ospedale Jim si rivolse a Tony. «Prima che la bimba nascesse abbiamo parlato del nome da darle. Charlene aveva detto che se fosse stata una bambina avrebbe voluto chiamarla Antoinette. Che ne dice?»

«Grazie, Jim.» Tony guardò Elizabeth. «È il secondo più bel regalo che abbia mai ricevuto.»

30

Benché Elizabeth avesse scritto ad Ann una lunga e affettuosa lettera in cui le diceva del suo matrimonio con Tony, della nascita della bimba di Charlene, della felicità che tutti provavano e del loro amore immutato per la famiglia Richards, nessuna lettera arrivò mai da Scarsdale nella cassetta sul vialetto che portava alla villa degli Alexander. E per due anni non giunsero nemmeno notizie di Quigly. Era semplicemente stato inghiottito la notte in cui era fuggito dalla casa di Teresa Isherwood. Per quanto ne sapeva Elizabeth, poteva addirittura essere morto.

Giunsero invece sorprendenti notizie indirette su Laurel. Stu Preston, che da tempo era ormai in pensione, si manteneva sempre in contatto con Elizabeth. E fu proprio da una delle sue lettere che vennero a sapere che Laurel era tornata a Washington.

«La nostra piccola Laurel è diventata l'ospite d'onore di Washington. È tornata nella nostra città, che nel frattempo è molto cambiata, dopo un anno di bella vita nelle maggiori capitali d'Europa. Ha uno spettacolo tutto suo alla televisione locale e un appartamento in Wisconsin Avenue sempre affollato di pezzi grossi del governo Eisenhower. Lei e Perle Mesta sono in mutua costante competizione, credo. E ciascuna delle due ha le sue munizioni. Perle ha i soldi, Laurel la bellezza. È perfino diventata una *femme fatale* (almeno così mi dicono dei giovanotti più qualificati di me per giudicare!) e la colonna dei pettegolezzi le attribuisce un nuovo uomo la settimana.

Ogni tanto la vedo a pranzo, ma nonostante tutte le voci di presunti romanzetti sentimentali, mi pare non abbia nessun legame serio in vista. Peccato. Laurel ha bisogno di un marito, se non altro per smussare certi suoi spigoli che questo vecchio matto trova un po' troppo pungenti. Non è più la ragazza che conoscevamo, Elizabeth. Se sembro un po' nostalgico è perché lo sono davvero.»

Due anni di vita in comune avevano portato dei cambiamenti anche in Tony ed Elizabeth. L'azienda prosperava, tanto che poterono assumere personale competente, ampliare la sede di Beverly Hills e affidarne in misura sempre crescente la gestione ai loro impiegati. Andavano ancora in città quattro giorni la settimana uscendo di casa il mattino presto e aspettando solo il momento di ritornarci.

Vedevano pochissima gente e non avevano bisogno di nessuno. A parte Jim, Charlene e l'adorabile Antoinette custodivano gelosamente la loro intimità perfettamente felici della reciproca compagnia. Per tacito accordo parlavano pochissimo del passato, in parte perché c'erano tante cose dolorose che non serviva rivangare e in parte perché tutt'e due avevano la sensazione di essere rinati l'una attraverso l'altro.

Certo non era possibile chiudere fuori della porta tutti i ricordi antecedenti il loro matrimonio. Tony andava ancora raramente e con riluttanza a trovare i suoi genitori, irritato dal fatto che sua madre si rifiutasse di conoscere Elizabeth alla quale si riferiva con frasi come «quella vecchia che hai sposato». Se non fosse stato per l'affetto che portava al padre e per le insistenze di Elizabeth non ci sarebbe mai andato.

«Caro, possiamo capire tua madre», gli diceva Elizabeth. «Non è me che odia. Non avrebbe accettato nessuna donna che tu avessi sposato. E poi io so che cosa vuol dire avere dei figli e non vederli mai. È una punizione crudele e assurda.»

Tony perciò si presentava doverosamente una volta la settimana a casa dei genitori per poi scapparsene via di corsa quasi fosse sfuggito alle fauci dell'inferno. Elizabeth si rendeva conto che le notti in cui era stato a trovare sua madre faceva l'amore con particolare ardore, come se potesse trovare scampo solo tra le sue braccia. Comunque il loro matrimonio non aveva certo bisogno di stimoli in quel senso. Elizabeth era una donna piena di passione e il suo desiderio era pari alla capacità che Tony aveva di eccitarla con un gesto, una parola, uno sguardo. Era un amore che non aveva mai conosciuto, nemmeno con Adam. Con Adam aveva creduto di avere raggiunto le vette estreme dell'estasi. Ma con Tony andava anche più in là perché quando si accostava al corpo del marito sentiva che il loro amore era qualcosa che durava nel tempo, sentiva una sicurezza che la colmava, mentre il vigore di Tony rendeva la loro unione fisica completa e soddisfacente per entrambi. Quando aveva ammesso per la prima volta di amarlo e aveva cautamente acconsentito a sposarlo non sapeva ancora quanto fosse profondo l'affetto di Tony e non immaginava quanta gioia le avrebbe recato. Ora capiva finalmente che cosa significava essere amata senza egoismo.

A volte, quando era sola nel bagno illuminato dal bagliore del camino, Elizabeth scrutava con ansia il proprio corpo per scorgervi i segni dell'età. Non temeva d'invecchiare se non nella misura in cui temeva di vedere sparire dal viso del marito l'incanto e il desiderio. Voleva essere bella per lui. Non che per Tony contasse molto la sua perfezione fisica. Tony adorava il suo corpo, ma lei sapeva, e questo le dava un senso meraviglioso di fiducia, che Tony la vedeva sempre tutta intera, non separava mai il suo aspetto esterno da quello interiore. Comunque Elizabeth era contenta che i suoi seni fossero ancora sodi ed eretti e che le cosce non fossero né rugose né cascanti. Una bella fortuna, pensava, per una donna che ha vissuto per oltre mezzo secolo e che ci aveva messo tanto per scoprire che cosa fosse davvero l'amore.

Benché fossero d'accordo nel non parlarne mai Elizabeth era così certa, così sicura della loro buona stella che il giorno del quarantesimo compleanno di Tony rivangò quella sua vecchia superstizione prendendolo garbatamente in giro sulla sciocchezza di aver creduto che non avrebbe mai superato quell'età.

«Buon compleanno, tesoro», augurò alzando il suo cocktail. «E un brindisi ai prossimi quaranta! Guardati, caro. Sei forse lo stesso uomo che era convinto di non entrare nel decennio dei cinquanta? Dove sono finite le sue predizioni, signor Anthony Alexander? E come farà un giorno a spiegare di avere ottant'anni e una moglie di novantadue?»

Lui la prese tra le braccia ridendo. «Strega! Sei stata tu a spezzare l'incantesimo. Mi hai fatto fare una figura da sciocco, vero?» E cominciò a baciarla, ma lei si scostò.

«Neanche per sogno», replicò con finta severità. «Non crederai di fare queste cose con me alle cinque del pomeriggio.»

«Perché, che cosa c'è che non va alle cinque del pomeriggio? E poi oggi il sole ti fa strani giochi sexy sul viso.» La fece voltare verso uno specchio. «Guarda! Dimmi, hai mai visto una visione pomeridiana più eccitante?»

Mentre Tony ed Elizabeth in California erano l'immagine della felicità, Ann Whitman Richards a Scarsdale, in lacrime, stava pensando che la sua era finita per sempre. Le pareva di non fare che piangere da una settimana, da quando cioè aveva scoperto che Peter voleva mettere fine al loro matrimonio. Fino allora non aveva avuto il minimo sospetto. Qualche sera Peter era rientrato tardi dall'ufficio, ma di per sé questo non era un motivo d'allarme. Tutti i mariti ogni tanto facevano tardi in ufficio. Né aveva turbato Ann il fatto che Peter fosse andato a tre conferenze di una settimana a Washington senza chiederle di accompagnarlo. Sarebbe stato complicato per lei trovare una baby-sitter e poi l'idea di stare una settimana a Washington, una città che serbava solo brutti ricordi, non l'attirava affatto. Inoltre era fin troppo occupata con la casa, i bambini e le sue varie attività sociali. Era presidentessa del Club letterario e ogni giorno lavorava parecchio per preparare gli incontri mensili, per cercare conferenzieri e per organizzare colazioni tra gli autori di recente pubblicazione e i membri del Club. Faceva inoltre parte del consiglio di amministrazione del Country Club, un grande onore visto che tutti gli altri membri erano uomini.

Fino a una settimana prima si era considerata una moglie modello in tutti i sensi. Sposata da dodici anni non si era mai, nemmeno per un momento, lasciata andare. Era sempre in perfetto ordine, competente e interessante. Non era come certe sue amiche meno attive che non avevano mai niente da raccontare al marito oltre il banale resoconto delle malefatte dei bambini o la noiosa descrizione di qualche problema quando la lavatrice si rompeva. La sua casa era in perfetto ordine, i pasti ben pianificati e cotti decentemente dalla cameriera a tempo pieno. E anche la sua vita sessuale andava oltre il semplice dovere coniugale. Se Peter non la eccitava badava bene a non farglielo capire. Era bravissima in quella commediola a letto. Non era difficile fingere di raggiungere l'orgasmo. A lei non succedeva mai, ma a Peter piaceva pensare di sì. Non una sola volta in dodici anni si era rifiutata al marito con la scusa di essere troppo stanca o di avere l'emicrania. Era stato senz'altro un sollievo che negli ultimi sei mesi l'ardore di Peter si fosse alquanto intiepidito, cosa che le sembrava di scarso rilievo in un uomo solido, non particolarmente dotato di fantasia e ormai sulla soglia della mezza età.

Per quanto la riguardava, niente poteva essere più lontano dalla sua mente di quell'improvvisa richiesta di divorzio da parte di Peter.

Una sera lui era tornato a casa come il solito, aveva ascoltato il racconto della sua giornata attiva e ben organizzata, si era versato qualcosa da bere e senza tanti preamboli aveva detto: «Ann, voglio divorziare».

Per un attimo Ann aveva creduto che si trattasse di uno dei penosi tentativi di Peter di fare dello spirito, ma le bastò un'occhiata al suo viso chiuso e infelice per capire che non si trattava di uno scherzo. Una volta tanto Ann rimase senza parole.

«So che per te sarà uno choc», continuò Peter, «ma ho conosciuto un'altra donna. Mi dispiace farti del male. So che tu hai cercato di essere una buona moglie, ma dalla vita voglio qualcosa di più.»

«Cercato di essere una buona moglie!» La voce di Ann tremava di rabbia. «Ho mandato avanti la tua casa, ho partorito i tuoi figli e mi sono sempre assoggettata al tuo goffo modo di fare l'amore! Ho speso dodici anni per cercare di diventare la donna che pensavo che tu volessi, facendo le cose come le faceva tua madre, perfino allontanandomi dalla mia famiglia perché temevo che le loro idee anticonvenzionali potessero dispiacerti! Mi sono completamente rifatta per te e tu adesso te ne stai lì seduto a dirmi che vuoi qualcosa di più dalla vita! Ti aspetti forse che ti dica va bene? Credi davvero che per il solo fatto di avere conosciuto una donna di cui immagini di essere innamorato io permetta che le nostre vite vengano sconvolte e risistemate da zero? Devi essere fuori di te, mio caro! Hai forse dimenticato come mi hai pregato di sposarti, come mi hai spinta a farlo? E adesso che ti sei stufato hai il coraggio di dirmi che sai che 'ho cercato di essere una buona moglie'! Io sono una buona moglie, accidenti a te! E per di più sono quella che ti sei scelto.»

Ma Peter non era sembrato molto scosso da queste parole. «Tutto quello che hai detto, Ann, è vero, a parte le ultime parole. Tu non sei la moglie che ho scelto. Io ho scelto una dolce, inerme, gentile fanciulla. E adesso mi trovo sposato con un computer. Sei programmata per funzionare efficientemente come una macchina. Dirigi la casa in modo perfetto, porti i bambini dal dentista due volte l'anno e ti dedichi a tutte le possibili opere di beneficenza. Ma in te non c'è un briciolo di calore, Ann. Né di amore. Solo questo esasperato desiderio di perfezione, di mortale, soffocante e scontata perfezione. Non ce la faccio a sopportarlo per tutto il resto della mia vita. Non posso più tollerare la tua impeccabilità. Mi stai soffocando dentro questo tuo mondo maledettamente ben organizzato.»

Ann non riusciva a credere alle proprie orecchie. Che ingratitudine! E proprio da Peter! Il noioso, borghesuccio Peter che era sembrato così perfettamente integrato nelle convenzioni e in quel momento si comportava come un irresponsabile libertino di mezza età. Tutta la fatica che aveva fatto per diventare una del «loro mondo», tutti gli atteggiamenti che aveva assunto perché era convinta che così dovesse pensare e comportarsi la moglie di Peter Richards, tutto quello le veniva ora rinfacciato proprio dall'uomo che lei aveva pensato di compiacere in quel modo. Ann aveva dimenticato di avere voluto lei quella piccola vita limitata nella quale si sentiva sicura e protetta. In quel momento riusciva solo a pensare che Peter aveva voluto che lei diventasse così e che dopo esserci riuscito non volesse più saperne di lei.

«Chi è questa donna?»

«Non la conosci», aveva risposto lui. «Sta a Washington. Non voglio parlare di lei, Ann. È vero che mi sono innamorato di lei, ma sono abbastanza onesto da ammettere che se non fosse stata lei sarebbe stata un'altra. Non mi ha rubato a te. Sei tu che mi hai allontanato a poco a poco, anno dopo anno. Non ricordi come eravamo, quando ci siamo conosciuti? Ti avevo trovato in quella libreria e pensavo che tu fossi la ragazza più fresca, carina e meno egoista che conoscessi. Sembravi così modesta, sembrava così facile renderti felice.

Quando ho scoperto che ero il primo uomo con cui fossi andata a letto non hai voluto nemmeno che mi sentissi in colpa. Non riuscivo a credere che non pretendessi proprio nulla da me. E ho pensato che tu fossi la creatura più candida, più innocente che avessi mai conosciuto. Non ti ho spinta al matrimonio. Ora so che faceva parte di un tuo progetto fin dal primo momento che mi hai visto. Per anni non l'avevo capito. Ho perfino cominciato ad assumere gli atteggiamenti pesanti e saccenti di mio padre, dato che tu ti adattavi sempre di più all'immagine scattante e organizzata di mia madre. Ma un paio d'anni fa mi sono accorto di quello che ci stava accadendo. I nostri pianificati figli erano già tutti lì. Il nostro pianificato giro mondano funzionava. Anche la nostra vita sessuale era perfettamente pianificata: lunedì, venerdì e sabato, che ne avessimo voglia o no. Sono troppo giovane per questo genere di inveterate abitudini e anche tu, Ann. Dobbiamo allontanarci l'uno dall'altra.

La voce di Ann era carica di sarcasmo. «E così hai deciso di gettare via tutto quanto e di correre dietro a qualche donna che ti faccia ancora sentire come quel ragazzo che era entrato in libreria tanti anni fa.»

«No. Quel ragazzo non c'è più. Ma vorrei essere un uomo che tutte le mattine si sveglia con un senso di attesa.»

«Ah, davvero, e che ne sarà di me? Devo diventare come mia madre? Sola a trentun anni con tre figli da crescere? Oh, non dirmi che tu provvederesti a loro. Certo che provvederesti... denaro. Ma chi darà un padre a quei bambini? E chi penserà al nuovo ruolo di donna senza marito, che dovrei avere in questa comunità?»

«Ti risposerai, Ann. Sei troppo in gamba per non trovarti un altro marito. Farai un bel piano. Sei bravissima in questo.»

«Sbagliato», aveva commentato lei freddamente. «Quello in cui sono bravissima è essere la signora Richards. Ed è quello che penso di restare.» Si era avviata verso le scale. «Sono certa che stanotte preferirai dormire nel salottino. Ci sono delle lenzuola nell'armadio in corridoio.»

«E pensi di lasciare le cose a questo punto?»

Per la prima volta durante quella serata Ann aveva parlato con un filo di umiltà. «Peter, è una cosa troppo seria per prendere una decisione così improvvisa. Che tu ci creda o no, io ti amo. Ho bisogno di tempo per pensare a quello che mi hai detto. Sono colpita, ferita e arrabbiata, ma credo nel mio matrimonio, nel nostro matrimonio. Cerchiamo di essere sicuri su quello che facciamo prima di sfasciare tutto quanto. Non si tratta solo di te e di me.»

Peter aveva pensato che Ann stesse facendo di nuovo dei progetti, che volesse prendere tempo per escogitare qualcosa per trattenerlo. Eppure aveva ragione lei. Lui aveva avuto anni per pensare a tutte quelle cose. Ann solo pochi minuti. Era giusto lasciare che arrivasse da sola alla conclusione che la loro vita insieme era vecchia e stantia e che era meglio finirla. Le aveva mentito a proposito di un'altra donna. Ce n'era effettivamente una, ma Peter non aveva nessuna intenzione di risposarsi. Ne aveva abbastanza della monotonia che pareva sinonimo di stato matrimoniale. Aveva raggiunto i limiti della noia.

«E va bene, Ann. Ne parleremo domani.»

Ne avevano parlato ogni sera per un'intera settimana, a volte con calma, a volte gridando. A un certo punto Peter aveva anche ammesso che l'altra donna non aveva importanza. Ann non gli aveva creduto, ma era pronta a perdonargli quella infedeltà, se solo fosse riuscita a tenere insieme i cocci del loro matrimonio. Alla fine dei sette giorni erano arrivati a una reciproca comprensione maggiore che all'inizio ed era stato allora che Peter, esausto, aveva fatto la sua poco ortodossa proposta.

«Senti», le aveva detto. «Così non arriviamo a nulla. Non facciamo che ripetere le stesse cose. Credo proprio che sarebbe meglio se ci separassimo per un paio di settimane. Perché non vai in California a trovare tua madre? Baderei io ai bambini.»

L'idea era così assurda che Ann si era messa a ridere.

«A trovare mia madre? Ma di che cosa stai parlando, Peter, per carità! Ma se non ci sentiamo più da quattro anni! Penserebbe che sono pazza, se di colpo le comparissi davanti dopo tutto questo tempo!»

«Anche questo fa parte del problema. Sei arrivata perfino a disapprovare tutta la tua famiglia. Io credo che tu sottovaluti tua madre. Credo che tu non la capisca nemmeno quanto la capisco io. So che ogni tanto ricevi da lei qualche lettera. Le ho lette quasi tutte. E so che tua madre ti ama ancora. Secondo me è una donna molto saggia. La persona più adatta cui rivolgerti ora. Hai bisogno di lei. Perché non vuoi ammetterlo?»

Ann esitava. «Non saprei che cosa dirle. Non so nemmeno se vorrei vederla.»

La voce di Peter era gentile: «Saprai che cosa dirle, quando la vedrai. Vai a telefonarle, cara.»

Quando Elizabeth tornò dal telefono aveva l'aria di avere appena visto un fantasma.

«Tony, era Ann.»

Tony aveva alzato gli occhi dalle sue carte stupito. «Ann? Qualcosa non va?»

«Sì e no. Voglio dire, non ne ha voluto parlare per telefono. Ha detto solo che voleva allontanarsi da casa per un paio di settimane e se poteva venire a trovarmi.»

«Per quanto sia difficile crederlo, evidentemente ha dei guai con Peter.»

Elizabeth annuì. «È quello che penso anch'io. Comunque le ho detto di venire subito. Spero che non ti dispiaccia.»

«Al contrario. Te lo proibisco nel modo più assoluto.»

Lei lo guardò con gli occhi spalancati, poi Tony scoppiò a ridere.

«Pazzerella», le disse con affetto, «non avrai creduto davvero che dicessi sul serio? Tesoro, Ann ha qualche guaio e ha bisogno di te. È solo che mi stupisce e mi fa piacere che abbia avuto tanto buonsenso da rendersene conto. Porta anche i bambini?»

«Non farmi più prendere spaventi simili», soggiunse lei. «Per un attimo ho creduto davvero che non volessi che Ann venisse.»

«Lo so. Poi hai pensato, dato che la luna di miele è finita, che io fossi già così stufo di te che avrei perfino accolto volentieri la tua non esattamente cordialissima figlia.»

«Sii serio, Tony. Ann si è comportata molto male. Riguardo a Charlene e anche riguardo a noi due. Deve essere qualcosa di grave, per farla cedere al punto da volermi parlare, per venire addirittura a trovarmi. Comunque, per rispondere alla tua domanda, no, non porta i bambini. Glielo avevo chiesto, ma lei ha detto che preferisce venire sola. Arriverà qui dopodomani.»

«Lo dirai a Charlene?»

«Non so. Credo di no, almeno finché Ann non sarà arrivata e mi avrà detto qual è il suo problema.»

«Buona idea. È l'ultima cosa che ci saremmo aspettati, vero?» L'attirò tra le sue braccia. «Sarà bene che tu sia super gentile con me stanotte e domani», aggiunse. «Ho l'impressione che per un po' di tempo non potrò più averti tutta per me.»

«Dormito bene?» chiese Elizabeth ad Ann tre giorni dopo porgendole una tazza di caffè.

«Come non dormivo da una settimana», rispose Ann guardando fuori della finestra in cucina. «È molto bello qui. Così tranquillo e isolato. Ti invidio molto.»

Elizabeth non rispose. Si diede invece da fare per prepararle il breakfast. Lei e Tony avevano già fatto colazione un'ora prima.

«Solo un toast, grazie», rispose Ann.

«Oh, tesoro, perché non ti fai una bella e abbondante prima colazione? Possiamo portarcela fuori nel patio e io prenderò con te una quarta tazza di caffè. Mi sembri un po' troppo magrolina. Potresti mettere su qualche chilo mentre sei qui.»

Ann scosse la testa. «Non ho fame. Davvero. Ma sono una fanatica del caffè, come te del resto. Sarebbe bello metterci fuori a berne dei litri.»

Si sistemarono nelle comode poltrone del terrazzo davanti al soggiorno. Per un pezzo nessuna delle due parlò, ciascuna immersa nei propri pensieri. Alla fine Elizabeth accese una sigaretta e aspirò profondamente.

«Allora, vuoi parlarne, Annie?»

Ann tenne lo sguardo fisso sul panorama. «D'accordo», ammise infine. «Peter vuole divorziare.»

Fu come un fulmine a ciel sereno, ma in apparenza Elizabeth non batté ciglio.

«E tu?»

«Sono così confusa che non so più nemmeno che cosa provo. Quando me l'ha detto, una settimana fa, mi ha presa letteralmente alla sprovvista. Non avevo la minima idea che potesse pensare una cosa simile, come non ci avevo pensato io. Mi sono rifiutata decisamente di concederglielo. E la penso ancora così. Ma adesso non so se c'è qualcosa che possa unirci ancora, anche se l'ho convinto a restare.»

«Dimmi come è accaduto, Ann. Peter ha un'altra donna?»

«Sì, c'è un'altra donna, ma non è proprio di questo che si tratta, mamma. Voglio dire, è stata senz'altro la spinta finale, ma non è una cosa poi tanto importante. Il vero guaio è che Peter è stanco della nostra vita e di me. Mi pare che abbia proprio detto che aveva scelto una dolce, gentile fanciulla e si è trovato sposato con un computer. Una bella ironia della sorte! Ho passato dodici anni a cercare di diventare la moglie ben organizzata che pensavo che lui volesse solo per scoprire che lui preferisce il tipo appiccicoso e dipendente. Dice che sono una macchina fredda ed efficiente che pianifica ogni passo della mia vita e della sua. Ritiene il nostro matrimonio soffocante e scontato.» Il viso di Ann si rabbuiò. «È davvero ingiusto! In principio fu lui a volere la casa a Scarsdale, tre figli e una sana vita normale. Adesso ha cambiato idea e io dovrei accettare senza nemmeno protestare.»

Elizabeth aveva l'impressione di camminare su una lastra sottile di ghiaccio. C'era dell'ironia, senza dubbio, ma non nel senso che Ann intendeva. Quello che era tristemente, dolorosamente ironico era che Ann aveva effettivamente pensato di potere organizzare la propria vita e quella di Peter, proprio come un tempo Elizabeth aveva creduto di poter fare con Alan. In fondo ci somigliamo, pensò Elizabeth, e c'è un parallelo negli anni che ci hanno portato alla scoperta finale. Ann però ha un vantaggio. Peter l'aiuterà a cambiare se lei vorrà. Ann può salvare il suo matrimonio se è disposta a inghiottire il suo orgoglio.

«Ma tu lo ami, Ann?»

La ragazza s'impermalì. «Che cosa vuoi dire? L'ho sposato, sì o no? Ho avuto dei figli da lui, gli ho tenuto la casa e ho cercato di dargli quell'ambiente che pensavo potesse favorire la sua carriera. Siamo molto noti a Scarsdale e i rapporti che ho allacciato personalmente non hanno nuociuto agli affari di Peter, puoi starne certa. Non l'ho mai ingannato. Ho cercato di conservarmi carina e interessante. Dio mio, che altro dovrei essere... Marilyn Monroe?»

«Non hai ancora risposto alla mia domanda.»

Ann rifiutò di guardarla in viso.

«Bene, allora risponderò io per te. Tu non hai mai veramente amato Peter. Dal momento in cui hai deciso di sposarlo hai visto in lui solo l'occasione per sottrarti al tuo passato, all'insicurezza e alla confusione emotiva. Peter non se n'è reso conto per molto tempo, Ann, ma noi due sappiamo che ti sei servita di lui per allontanarti da me e da quello che io rappresentavo. Ti sei gettata così in là nella direzione opposta che credo che tu sia diventata effettivamente una specie di manuale vivente della perfetta efficienza. Ma Peter non vuole questo. Gli serve una moglie che abbia bisogno di lui, lo lusinghi, gli faccia sentire che non può vivere senza di lui. Gli hai forse detto queste cose quando lui ti ha detto che vuole lasciarti?»

Ancora nessuna risposta.

«Se ti conosco, Ann, non gli hai detto niente del genere. Sono sicura invece che gli hai parlato di te, dei tuoi sacrifici e probabilmente della tua preoccupazione riguardo al tuo futuro di donna divorziata con tre figli. Puoi dirmi che non è vero? Puoi dirmi che hai detto invece a Peter quanto fosse importante per te lui come marito, come amante e come uomo?»

Ann balzò in piedi livida di rabbia. «Non capisco proprio perché sono venuta qui. Avrei dovuto sapere che cosa potevo aspettarmi da te: prediche e accuse. Sono stata una sciocca a pensare che tu potessi capire. Non sei mai riuscita a dare un senso alla tua vita. Perché, in nome di Dio, ho potuto pensare di dare un senso alla mia correndo qui da te?»

«Siediti, cara», le rispose Elizabeth. «Te ne prego. Sei già così addolorata che, credimi, non ho nessuna intenzione di darti altro dolore. Ti voglio bene, Ann. Forse non la pensiamo allo stesso modo, ma non puoi impedirmi di amarti e di cercare di aiutarti. Non sono tanto sciocca da credere che tu possa servirti della mia esperienza. L'unico modo per imparare qualcosa sulla vita è viverla. Ma viene sempre un momento in cui le lezioni devono dare il loro frutto, oppure passerai il resto dei tuoi giorni a rimpiangere di non averne saputo approfittare.»

Con aria ribelle Ann tornò a sedersi. «E allora, quali sarebbero le lezioni che dovrei avere imparato? Che è stupido avere delle ambizioni per la propria famiglia? Che è sciocco dedicare la propria vita a creare un ambiente di sana normalità? Quali sono le sue prescrizioni, dottore?... Forse un armadio pieno di camicie da notte di pizzo nero e una bella bottiglia di Chanel n. 5?»

Elizabeth non poté fare a meno di sorridere, ma cercò di non darlo a vedere. Avrebbe voluto dire che in fondo anche le camicie da notte sexy e il profumo possono essere un buon inizio, ma Ann non era in vena di umorismo. Perciò rispose invece: «Ann, prova a chiederti una cosa. Se pensi a Peter tra venticinque anni, vuoi davvero immaginarlo come quel fanfarone classista e limitato di suo padre? Vuoi davvero diventare un'altra Joanne Richards senza niente di stimolante nella propria esistenza oltre l'ikebana? È forse questa una risposta alla vita? Peter pensa di no. E io con lui. E nel tuo cuore credo che lo sappia anche tu».

«Che cosa c'è di sbagliato?» chiese Ann. «È così che in genere vivono gli americani se sono fortunati. Non vanno certo in giro lancia in resta a caccia di eccitazione, di sentimentalismo o del grande amore travolgente.»

«No, infatti», ammise Elizabeth. «In genere preferiscono la mediocrità. Anno dopo anno con lo stesso noioso coniuge. Lo stesso gruppo di amici che continua a fare le stesse noiose affermazioni su affari, scuola, difficoltà di trovare aiuto domestico e tasse. Vivono in un ghetto dorato, dove li hanno chiusi le loro piccole paure. Questa è la via che tu hai scelto, Ann. Tu non sapevi come fosse limitata questa strada e Peter era troppo ciecamente innamorato di te per pensare più in là del domani. Ma adesso per lui le cose sono cambiate. E se vuoi tenerlo sarà bene che cambino anche per te.»

«Perché? Perché dovrei essere io a cambiare?»

«Perché lui è già cambiato, mia cara. Semplice.»

Ann teneva i denti così stretti che le si evidenziavano le vene del collo. Faceva resistenza con tutte le sue forze a quello che aveva sentito. Si diceva che era stata ingannata, che le cose cui aveva attribuito valore e alle quali si era dedicata erano quelle giuste, le uniche che contassero. Era facile per Elizabeth dirle di cambiare. Ma lei non avrebbe saputo da che parte cominciare anche se avesse voluto provarci. Pareva a un tratto che viso e corpo le si raggrinzissero. Si raggomitolò in un angolo della poltrona e diede sfogo alle lacrime. Elizabeth le fu subito accanto mormorandole dolci frasi di consolazione e abbracciandola.

«Ho bisogno di lui, mamma», singhiozzava Ann. «So che sono stata egoista. Non intendevo esserlo, ma non ho mai pensato a quello che provava Peter. Per anni. Sono stata così impegnata a diventare una donna importante nella mia città che non sono stata una donna con lui. Oddio, non mi ero mai resa conto di quanto non lo voglio perdere.»

«Nessuno lo sa, cara, finché non si trova davanti al fatto compiuto.»

Ora Ann si abbandonava a un'ondata di autorecriminazione. «Non sono nemmeno stata onesta con lui. Non gli ho mai detto la verità su Quigly o su Charlene. Mi vergognavo troppo, avevo troppo paura che mi si potesse equiparare a qualcosa d'imperfetto. Ricordo come ha reagito Peter quando gli ho detto di te e di Tony.»

Elizabeth era abbastanza umana da essere curiosa. «E che cosa ti ha detto?»

«Pensava che non fosse affatto una cosa terribile. Io ero furiosa con lui. Lui invece mi disse: 'Ann, dovresti essere contenta per tua madre. Le ci è voluto tanto tempo per trovare qualcuno che potesse ridarle l'amore che lei ha sempre dato. Certa gente non ci riesce per quanto cerchi anche per tutta la vita'. Ero troppo arrabbiata con te per prestare attenzione a quello che Peter intendeva dire. Credo di capire, ora. Due anni fa Peter mi stava chiedendo di amarlo più di quanto amassi me stessa.»

«O più di quanto amassi l'immagine che ti eri fatta di te.»

«È proprio così, mamma? Ho passato tutti questi anni a costruire una Ann Whitman? Non riuscirò mai a essere una persona completa, vera?»

«Tesoro, ma certo che riuscirai! Non succederà dall'oggi al domani, ma ogni giorno scoprirai una parte della nuova, vera Ann. Tanto per cominciare è già qualcosa che tu ammetta di voler cambiare, non ti pare? Non puoi annullare venticinque anni di ostilità e di autoprotezione davanti a una tazza di caffè, tesoro mio!»

Ann si alzò, questa volta con calma. «Voglio telefonare a Peter. Voglio dirgli che cambierò. Che lo farò davvero.»

«Vuoi un piccolo consiglio?» disse Elizabeth. «Aspetta qualche giorno. Ci sono un paio di cose che vorrei che tu facessi prima.»

«Quali cose?»

«Vorrei che tu vedessi quanto siamo felici Tony e io e che cosa significa pensare prima all'altro che a se stessi. E poi», aggiunse lentamente, «vorrei che tu andassi a trovare Charlene e Jim.»

Ann deglutì a fatica. «D'accordo. Andrò a trovare Charlene. Credo di doverle delle scuse.»

«No, Ann. Lei non se le aspetta e non le desidera. Non ha bisogno dei tuoi rimorsi o della tua approvazione. Ha bisogno del tuo amore.»

«E Quigly?»

Elizabeth sospirò. «Di lui ti parlerò più tardi.»

Una settimana dopo una Ann molto cambiata volava a casa dal marito. La riunione tra le due sorelle era stata più semplice e più calorosa di quanto Elizabeth non si aspettasse. Dopo una presentazione quasi timida Ann e Jim erano sembrati a loro agio. Antoinette naturalmente avrebbe affascinato anche il capo del Ku Klux Klan e in pochi minuti conquistò quella nuova zia.

Tornando a casa da Pasadena Ann era sembrata taciturna e assorta. «Quanta felicità in quella casetta», osservò. «E dire che hanno problemi terribili, poveri ragazzi. Non molti soldi. E la questione razziale. Mio Dio, hanno davvero del fegato.»

«No», aggiunse Tony. «Hanno un'altra parola di cinque lettere. Una parola che comincia per A.»

31

DOPO soli quattro giorni dalla partenza di Ann per New York nella cassetta della posta di casa Alexander c'era già una sua lettera. Era la lettera che Elizabeth non aveva mai osato sperare di ricevere.

Ann scriveva a lungo del ritorno dal marito ammettendo di essersi quasi gettata ai suoi piedi e che per fortuna Peter pareva disposto a ritentare. Pensava di vendere la casa di Scarsdale e di tornare ad abitare in città. Si sarebbero potuti permettere delle buone scuole private per i bambini e appena avessero trovato un bell'appartamento si sarebbero subito lasciati il «ghetto dorato» alle spalle. Ann si era dimessa da tutte le sue cariche «importanti». «D'ora in poi», scriveva, «voglio essere sola la piccola, anonima signora Richards che dimentica di mandare il bucato in lavanderia. Forse riuscirò a inserirmi in qualche opera di carità, come leggere per i ciechi o dare una mano in qualche ospedale. Ma basta con i grossi impegni che occupano tutti i miei pensieri. Adesso so su che cosa concentrare la mia attenzione. Mi hai colpita nel segno. E spero che il messaggio sia giunto a destinazione. Anzi, ne sono sicura.»

Ma fu l'ultima frase quella che soprattutto piacque a Elizabeth. «Non so come dirlo, mamma, ma credo che a operare in me un piccolo miracolo sia stato vedere te e Tony insieme. Mi ha fatto vergognare molto dell'odioso e meschino atteggiamento che avevo assunto. Ma soprattutto mi ha fatto capire quale sincera armonia può esistere fra due persone. È come se voi due foste una sola persona. Vorrei, se possibile, che accadesse lo stesso anche fra Peter e me. Non so come ringraziarti... e non solo per la visita in California, ma per avere badato a me una vita intera. Posso solo dire che ti rispetto profondamente e vi amo molto, tutt'e due.»

Elizabeth mostrò la lettera a Tony. «Credo che dica sul serio. Le ci è voluto molto per scoprire che può anche abbassare la guardia e credere in qualcun altro oltre se stessa. Peter le ha fatto prendere una bella paura. Non credo che riuscirà tanto presto a dimenticare di essere stata sul punto di perdere tutto quello che conta veramente.»

Tony lesse la lettera attentamente. «Vorrei che tu avessi ragione, cara, ma spesso la gente ha l'abitudine di dimenticare i dolori quando sono passati. Speriamo che Ann non abbia una ricaduta nei suoi vecchi modi ostili ed egoisti. Forse dovresti mandarle la preghiera che ogni giovane sposa indù impara a memoria.»

«E sarebbe?»

Tony sorrise. «È una preghiera che una donna indipendente come Ann farebbe molta fatica ad accettare. La diceva Sita, la moglie di Rama, una delle nove forme dell'incarnazione di Visnù, il dio dell'amore. Nella religione indù Rama venne ingiustamente bandito dal padre e la sua fedele moglie Sita lo seguì dicendo:

Carrozza, destriero e palazzo dorato
inutili sono alla mia vita di donna;
meglio è l'ombra del marito
per la moglie amata e amante.

A parte il pensiero di Quigly che non abbandonava mai la sua mente Elizabeth finalmente poteva dirsi contenta della sua famiglia. Charlene e Jim sembravano non avere tanti problemi come aveva temuto. Jim andava molto bene alla Douglas e aveva avuto anche due notevoli avanzamenti. Charlene era rimasta molto male nel sapere che non avrebbe potuto avere altri figli, ma pareva rassegnata consolandosi all'idea di averne già una assolutamente perfetta.

Le notizie da New York continuavano a essere buone. I Richards proseguivano con la realizzazione dei loro progetti. Avevano lasciato Scarsdale e avevano ricominciato da capo, con una nuova capacità di comunicazione che traspariva dalle frequenti lettere che Ann scriveva alla madre. Elizabeth sospettava che l'adattamento alla nuova situazione non fosse proprio tanto facile come pareva dalle parole di Ann. Sua figlia aveva perdonato, ma non sarebbe mai riuscita a dimenticare l'infedeltà di Peter anche se di quell'aspetto del problema non si parlava mai. Elizabeth immaginava che anche Peter stesse compiendo da parte sua un notevole sforzo. Ann non sarebbe mai cambiata completamente. Dovevano esserci sicuramente momenti in cui sia pure inconsapevolmente tornava all'antico egoismo, ma Peter voleva quel matrimonio tanto da credere che Ann stesse perlomeno tentando, non solo con dei cambiamenti esterni, ma con un'intima determinazione a essere più generosa, più affettuosa e più duttile. Tutt'e due le sue figlie ce l'avrebbero fatta, pensava Elizabeth. Se solo avesse saputo anche che cosa ne era di suo figlio, qualunque cosa fosse, la sua mente sarebbe stata veramente in pace.

La vita con Tony era un giorno di gioia dopo l'altro, una perfetta fusione di interessi e amore reciproci. Lei non smetteva di essere se stessa, né Tony aveva rinunciato alla propria personalità. Ma insieme formavano un tutt'uno che si esprimeva con un'unica voce e un unico cuore.

La Robert Gale Associates era diventata solida e florida, non era più un'azienda dall'incerto avvenire. Tony ed Elizabeth erano soddisfattissimi del personale che avevano assunto, tutti impiegati molto fedeli che naturalmente a loro volta erano felici di lavorare per il signor Alexander e la «signorina Quigly». Avevano poi trovato un uomo dotato di un certo fascino e delle qualità adatte per svolgere quel lavoro di pubbliche relazioni che prima era affidato a Laurel. Avevano anche pensato che forse a quest'uomo sarebbe piaciuto dividere anche in minima parte gli utili dell'azienda, ma non ne avevano avuto il coraggio. Non ancora, perlomeno. La Gale rendeva bene, ma c'erano la casa da pagare e il prestito da ammortizzare ancora per parecchi anni. Non avevano problemi con le spese. Il loro libro paga era diventato più alto, ma anche i profitti lo erano. Vivevano bene, ma modestamente. Ricordando i vecchi tempi in cui spendeva tutto quello che guadagnava e le toccava evitare il macellaio o il droghiere, Elizabeth si sentiva piena di gratitudine per tutte le benedizioni che le erano toccate. E venivano tutte da Robert Gale, pensava, tanto l'inattesa sicurezza economica quanto l'incredibile felicità con Tony. Sperava proprio che in qualche modo Robert sapesse e approvasse.

Decisero di dare una festa di capodanno per festeggiare l'avvento del nuovo decennio che iniziava con il 1960. Erano sposati da sei meravigliosi anni e in tutto quel tempo non avevano mai avuto una grande riunione nella loro amata casa. La festa fu un'idea di Elizabeth. Non sapeva come l'avrebbe presa Tony, specie per quanto riguardava un particolare.

«Caro», gli disse una sera verso i primi di novembre, «perché quest'anno non festeggiamo in grande l'anno nuovo?»

Lui parve un po' sorpreso. «Ma sì, certo, se vuoi. Pensavo che detestassi il divertimento organizzato. Che cosa preferisci fare, uscire o invitare qui qualcuno?»

«Vorrei invitare qui un mucchio di gente. La gente dell'ufficio. Charlene e Jim. I tuoi genitori, se verranno...»

Tony sbuffò. «Alt, fermati. Prima di tutto non verrebbero e in secondo luogo non ce li vorrei io. Avresti altrettante probabilità che mia madre accetti quante se invitassi Mamie Eisenhower o la sua nuova cocca, Laurel Lane.»

«Strano che tu abbia nominato Laurel Lane», sottolineò Elizabeth lentamente. «Avevo giusto pensato di invitarla.»

Tony la fissò stralunato. «Tesoro, ma sei pazza! Che cosa ti fa credere, in nome di Dio, che verrebbe? E poi perché la vuoi invitare?» Poi le lanciò improvvisamente uno sguardo acuto. «Adesso capisco», esclamò. «Sai che non verrà, ma speri sempre in una riconciliazione, vero? Non ti arrendi proprio mai, Elizabeth? So esattamente che cosa ti sta passando per la testa. Laurel non verrà, ma potrebbe rispondere alla tua lettera. E questo aprirebbe la porta alla possibilità di un dialogo. Tesoro, dimenticatelo. Ti umilierà soltanto, ammesso che ti risponda.»

«Che male c'è tentare? So che era ossessionata dall'idea della vendetta perché credeva sinceramente che ci fossimo serviti di lei. Ma lei e io abbiamo avuto tanti anni buoni, Tony. Tanti anni in cui lei è stata gentile e cara con me. Non ho mai smesso di pensare che un giorno riuscirei a farle capire tutto, se solo mi volesse parlare.»

«Cara, ti amo per il tuo modo generoso di pensare, ma ti prego di non ricominciare daccapo questa storia.»

Lei lo guardò con aria implorante.

«E va bene», ammise Tony. «Invitala, se proprio vuoi. Ma

non lasciarti stupire o abbattere dalla sua risposta. O meglio, dal fatto che non ci sarà risposta.»

«Te lo prometto.» Elizabeth lo baciò. «Ho anche un'altra idea. Che di certo ti piacerà di più.»

Tony sollevò un sopracciglio con aria dubbiosa.

«Che ne diresti di invitare Ann, Peter e i bambini? Credo che a loro piacerebbe e abbiamo tanto di quello spazio da poterli sistemare tutti per qualche giorno. E poi non ho mai conosciuto Alan e sai che ormai ha nove anni?»

«Per me va bene, cara. Ma vuoi proprio vedere tuo nipote o piuttosto constatare come procede il matrimonio dei Richards?»

«To-ny!» La voce di Elizabeth era velata di rimprovero.

«E va bene. Ritiro tutto. Comunque è una buona idea. Sai, non abbiamo mai riunito tutta quanta la famiglia. Però lascia fuori la mia, d'accordo?»

«Intendi dire che non glielo devo nemmeno chiedere?»

«Intendo esattamente questo. Se vuoi una guastafeste assicurata di primo grado, allora invita pure mia madre. Sono sicuro al cento per cento che non verrebbe, ma non lasciarle nemmeno una probabilità su un milione.»

Elizabeth si finse delusa. «Insomma, non mi vuoi proprio coccolare, nemmeno la sera di Capodanno?»

«No, amore. Non ti coccolerò proprio. Né la sera di Capodanno né mai. Ti amerò, ti ammirerò, godrò di te, ti offrirò la mia vita, ma le coccole sono per le bambine viziate e le donne stupide e tu grazie a Dio non sei né l'una né l'altra.»

Lei rise. «Insomma vuoi proprio privarmi di una suocera? Non l'ho mai avuta, sai? Mi è solo toccato di esserlo.»

Tony tornò a immergersi nel suo libro. «Certa gente non capisce quanto è fortunata», commentò. «Spiacente, cara. Argomento chiuso.»

Quando Laurel aprì la sua posta giornaliera, una settimana dopo, con suo grande stupore trovò in una lettera di Stu Preston una busta chiusa sulla quale era scritto semplicemente «Laurel» con una calligrafia che riconobbe immediatamente. Il biglietto di Stu spiegava brevemente che Elizabeth, non conoscendo il suo indirizzo a Washington, gli aveva chiesto di inoltrarle la busta acclusa. Per un attimo Laurel ebbe paura ad aprirla. Dopo tutto quel tempo Elizabeth non si sarebbe certo messa in contatto con lei a meno che non si trattasse di una cosa molto importante, di qualche guaio. Forse aveva a che fare con Tony. Forse, che Dio non volesse, gli era successo qualcosa. Laurel sapeva del matrimonio. La notizia non l'aveva stupita. Conoscendo quanto profondi erano i sentimenti di Tony e intuendo che alla fine Elizabeth avrebbe ceduto, la loro unione era prevedibile. Ma non provava più nessuna amarezza. Sei anni erano più che riusciti a cancellare l'offesa. Restava comunque l'umiliazione di essere stata tanto cieca a proposito di Tony. Si era comportata come una scolaretta romantica non una, ma due volte. Era una parte che non si addiceva all'immagine di sé che Laurel coltivava. Alla fine, quasi con riluttanza, si decise ad aprire la busta.

L'invito in California era davvero l'ultima cosa che si sarebbe aspettata. A Laurel pareva quasi di sentire la voce di Elizabeth, mentre leggeva la lunga lettera scritta con il solito tono gentile dell'amica. Era una semplice affermazione di immutato affetto. Parlava liberamente delle difficoltà che c'erano stare tra loro, senza scuse e senza malignità. Ma si dilungava soprattutto sui primi anni della loro amicizia quando Laurel, diceva Elizabeth, aveva dato tanto a lei e ai suoi figli, quando aveva fatto intensamente parte del suo mondo.

Non era una lettera comune, ma nemmeno chi l'aveva scritta era una donna comune. Come Tony, anche Laurel sapeva che Elizabeth non si aspettava veramente che lei andasse in California, ma sperava solo di ristabilire i contatti con una persona che era sempre stata così importante per lei. Per la prima volta Laurel ebbe la sensazione che fosse una nuova Elizabeth a parlare. Una Elizabeth non più così forte e capace. Una Elizabeth che aveva le stesse profonde esigenze e insicurezze che affliggono le donne più deboli. Non era la Elizabeth distrutta dalla disastrosa relazione sentimentale con Adam Barnsworth. Né quella che era piombata nella disperazione quando suo figlio era scappato di casa. Era una Elizabeth che intravedeva lo spettro della vecchiaia avanzare inesorabilmente. Una donna che era stata ammirata da molti, ma alla quale pochi avevano offerto amicizia. E tra quei pochi l'unica donna alla quale fosse stata vicina era Laurel Lane.

D'impulso Laurel andò alla macchina per scrivere e rispose alla lettera.

Sono contenta che tu mi abbia scritto. Anzi, più che contenta: sono commossa e felice e piena di ammirazione. Se le nostre parti fossero invertite non so se avrei saputo trovare in me altrettanta generosità d'animo. Ma, del resto, non sono mai stata la donna che tu sei, Elizabeth. Ed è per questo, naturalmente, che Tony ha sempre voluto te. Aveva ragione, sai, e la tua felicità ne è la riprova.

Vorrei essere tanto grande, forte e brava da dirti che verrò a trovarti, ma non lo sono. Non che nutra ancora dentro di me i vecchi rancori e i vecchi risentimenti. Mi vergogno di quello che ho fatto e detto. Non solo per i soldi, anche se so di avervi messi in difficoltà, ma soprattutto per le cose odiose che ho pensato, per l'autocommiserazione nella quale mi sono crogiolata, per le infantili frustrazioni che ho trasformato in baluardi del martirio.

Avere, senza nemmeno chiederlo, il vostro perdono e la conferma del vostro amore è molto più di quanto io non meriti, lo so. Eppure sento che con tutto ciò la cosa migliore è che non ci si riveda, per ora. Un giorno forse sarò cresciuta abbastanza per farlo. Quando arriverà quel giorno saprò che potrò venire da te. E devi anche sapere in cambio che se mai un giorno dovessi avere bisogno di me sarò al tuo fianco... superando questo abisso che ci divide con un sentimento di amicizia che non è mai morto, ma che è solo rimasto in ibernazione per un po'.

Gli altri inviti provocarono immediate ed entusiastiche risposte. I Richards in massa accettarono con gioia l'invito per un lungo week-end. E così naturalmente anche i Jenkins, che sarebbero rimasti per una notte.

«Saremo una bella combriccola», osservò Tony. «Che cosa pensi di fare, appendere delle amache al soffitto? Per fortuna la banda di quelli dell'ufficio potrà tornarsene a Los Angeles, anche se un po' sbronza.»

«Non c'è problema. Abbiamo un mucchio di spazio. Sarà divertente. Immagina! Tutti i bambini vedranno i loro cugini per la prima volta. E del resto anche i cognati non si sono mai visti. Non è ridicolo? Si direbbe che viviamo tutti a milioni di chilometri di distanza invece che ai due lati del Paese.»

Tony era un po' più cauto nei suoi entusiasmi. «Speriamo che risulti davvero una grande e felice famiglia», rispose. «La geografia, mia cara, spesso non è solo una questione di distanza, e i bambini possono essere anche molto cattivi.»

«Stai pensando ad Antoinette, vero?»

«Già. È l'unica omonima che mai avrò e, sarò forse prevenuto, ma che sia dannato se permetterò a quei saputelli di New York di dire una sola parola che possa ferirla. Spero che Ann spieghi loro i fatti della vita prima che incontrino la loro cuginetta dalla pelle scura.»

«Non preoccuparti, amore, lo farà di certo.»

«Be', tanto per farmi stare tranquillo, ricordaglielo quando le scrivi, ti dispiace? Forse sarebbe meglio che fosse Peter a spiegarlo loro. Pur se proviene dall'impeccabile ambiente di Scarsdale credo che sia molto più sensibile di nostra figlia, nonostante tutta la sua cosiddetta metamorfosi.»

«Tu ancora non sei convinto che Ann sia cambiata, vero?»

«Tesoro, Ann è innocente finché non verrà dimostrata colpevole. So che non è molto nobile da parte mia, ma Ann è sempre stata un'ottima attrice, da Oscar cinematografico. Speriamo che tutta questa nuova tolleranza e umiltà non siano solo un tentativo per ottenere l'Oscar del matrimonio.»

A Elizabeth dispiaceva sapere che Tony era ancora così prevenuto nei confronti di Ann. Voleva assolutamente credere che sua figlia avesse davvero capito i propri difetti e stesse cercando di correggerli. Eppure Tony aveva ragione a non fidarsi troppo della nuova Ann, perché ricordava ancora la vecchia Ann, quando giovanissima aveva cercato di suscitare, senza riuscirci, il suo interesse. Era un brutto ricordo ed Elizabeth lo aveva rimosso. Ann era così giovane, allora! E non era la sola, a essere innamorata di Tony. Storia vecchia si disse Elizabeth spazientita. Non ha niente a che fare con il presente. Pensò al comportamento della figlia quando era stata a trovarli da sola. Nonostante la loro vicinanza d'età Ann aveva trattato Tony con rispetto quasi filiale. Diversamente da Laurel lei aveva superato la sua infantile infatuazione per Tony. Ann ora desiderava solo un buon matrimonio con l'uomo che amava, il padre dei suoi figli. Elizabeth l'avrebbe di certo avvertita di preparare i piccoli Richards all'incontro con una cugina e uno zio che non dovevano essere per loro assolutamente una sorpresa. Forse Ann lo aveva già fatto. Ma non sarebbe stato male assicurarsene. Quanto all'idea che sua figlia potesse ancora pensare a Tony non solo era ridicola, ma anche disgustosa. Tony ormai era diventato il suo patrigno.

Per il giorno del Ringraziamento Elizabeth pensò di organizzare una cena tranquilla soltanto con Charlene, Jim e naturalmente Antoinette. Erano tutti i parenti più stretti presenti. Ma non si trattava solo della solita festa del Ringraziamento. Era anche l'anniversario di matrimonio di Tony ed Elizabeth e volevano dividerlo solo con le due persone che alla cerimonia si erano schierate dalla loro parte.

Da brava americana Elizabeth rifiutò di allontanarsi minimamente dal tradizionale menù del giorno del Ringraziamento della sua infanzia. Sarebbero stati a tavola solo in cinque, ma Elizabeth preparò un banchetto che sarebbe bastato per il doppio di persone. Quel giorno di festa non sarebbe stato tale se la tavola non fosse stata imbandita di tacchino ripieno, quattro diverse verdure e due tipi di torte. Era tempo di sentirsi circondati da un senso di abbondanza: di cibo e d'amore. Rimase a casa dall'ufficio il giorno prima per preparare la cena lavorando tutta contenta nella sua bella cucina e pregustando le esclamazioni di protesta e di piacere che avrebbero compensato le sue fatiche. Era contenta che lei e Tony avessero scelto proprio quel giorno per sposarsi. Dava un segno particolare alla parola «ringraziamento».

Nelle prime ore del pomeriggio telefonò Charlene. Aveva una voce strana, come se stesse scegliendo con cura le parole a beneficio di qualcuno che la stesse ascoltando. C'era in lei come un tono di forzata allegria.

«Mamma, non indovineresti mai chi è arrivato a casa mia. È Quigly. È proprio qui accanto a me.»

Elizabeth trattenne il respiro. «Sta bene, Charlene?»

Vi fu un attimo di esitazione. «Sì, certo.»

«Non puoi parlare liberamente, vero?»

«Infatti.»

«Senti, cara, prima di passarmelo rispondi a un paio di domande. «È ubriaco?»

«No, mamma. Non ora.»

«Ma ha bevuto.»

«Direi proprio di sì.» Charlene cercava di avere un tono gaio.

«Capisco. Tu stai bene?» La voce di Elizabeth tremava.
«Ma certo, mamma. Ora ti passo Quigly.»

Il suono della voce di suo figlio le strinse il cuore. Era la solita voce carica di rimprovero, priva di ogni cortesia anche dopo tutti quegli anni.

«Ero venuto qui a cercarti», disse senza preamboli, «ma non sapevo che avessi traslocato.»

«Quigly, mio caro, che bellezza che tu sia tornato a casa! Come stai? Dove sei stato? Siamo stati tanto in pena per te.»

«Non cominciare a farmi domande, mamma. Ne ho anch'io un paio da fare a te. Charlene mi dice che hai sposato Tony Alexander! Cristo, perché hai fatto una cosa simile?»

«Non credo che sia il momento di parlarne», rispose Elizabeth. «Non ho potuto fartelo sapere dato che non avevo idea di dove fossi. Comunque abbiamo tanto tempo per parlare di queste cose ora che sei tornato. Sono molto felice, Quigly. Completamente felice ora che sei qui. Dove abiti?»

«Da nessuna parte. Sono appena arrivato a Los Angeles. E ho preso l'autobus per venire qui pensando che mia madre avesse un po' di posto per me. Adesso non so che cosa farò. Forse me ne andrò di nuovo.» Rise. «Una cosa è maledettamente sicura: non posso certo tornare a Bel Air!»

Senza rifletterci Elizabeth disse la prima cosa che le venne in mente. «Puoi venire qui finché non ti sarai sistemato. C'è un mucchio di spazio. Sono certa che Charlene può sistemarti per stanotte e domani puoi venire qui con lei e con Jim. Te ne prego, non scappare via di nuovo, Quigly. C'è sempre posto per te nella mia casa.»

«Davvero? Sarà. Ma tuo marito la penserà anche lui allo stesso modo?»

«Sì», confermò Elizabeth. «Certamente.»

La voce di Quigly era incredula. «Bene, allora verrò domani. Poi vedremo. Ti passo Charlene. Vuole parlarti ancora.»

«Quigly può stare con noi, mamma. Possiamo fargli spazio se non gli importa di dormire un pò scomodo nella poltrona letto in soggiorno.»

«No, cara. Gli ho detto di venire da me. Se puoi arrangiarti per stanotte poi ci penserò io. È in cattivo stato, vero?»

«Sì», disse Charlene. «Vedrai tu stessa domani.»

Solo quando ebbe riappeso Elizabeth si rese conto di ciò che aveva appena fatto. Quella non era solo casa sua, era anche di Tony. Non aveva diritto di invitare nessuno prima di averne parlato con lui. Nemmeno il proprio figlio. Anzi, pensò realisticamente, meno di tutti suo figlio, un uomo ombroso, irritabile e imprevedibile che non aveva mai potuto soffrire Tony e che ovviamente non poteva capire o accettare l'idea del loro matrimonio.

Come le era spesso capitato Elizabeth era lacerata da due forze opposte. Non era stata giusta con Tony. Sapeva che lui avrebbe acconsentito a tutto quello che poteva renderla felice, ma non ci si poteva certo aspettare che accogliesse a braccia aperte quell'ospite così ostile. D'altronde non poteva permettere che Quigly se ne andasse di nuovo alla ventura lasciandola con mille domande senza risposta alle quali tuttavia la sua fervida immaginazione aveva dato terribili spiegazioni.

Sto approfittando di Tony, pensò con rimorso. Prima con Ann. E ora con Quigly. Solo un uomo comprensivo e devoto come lui poteva sopportarlo. Cercò di soffocare il proprio senso di colpa pensando che si sarebbe trattato solo di qualche giorno. Quigly era tornato. Significava pure qualcosa. Forse anche a lui, come ad Ann, si poteva fare capire che cosa stava facendo a se stesso e alle persone che amava. Era un vagabondo di trentun anni rimasto emotivamente allo stadio di quando, a sedici anni, era scappato di casa. Conduceva una vita senza scopo e, da quanto Elizabeth aveva capito, non aveva più progetti per il proprio futuro di quanti non ne avesse al tempo in cui lei aveva cercato di convincerlo a lasciare Terry Isherwood, a tornare a scuola e alla fine a trovarsi un vero lavoro per costruirsi una solida esistenza. Se aveva respinto quella proposta a ventun anni, che speranze potevano esserci per lui in quel momento? Aveva lasciato Terry, pensò tristemente Elizabeth, ma in circostanze che nessuno avrebbe potuto immaginare. Era stato fortunato che quella donna non avesse voluto farsi cattiva pubblicità. Avrebbe potuto passare quegli ultimi anni in prigione, invece di nascondersi. Chissà dove era stato o che cosa aveva fatto. Forse non era stato poi tanto fortunato. Forse sarebbe stata meglio la prigione.

Quando Tony tornò a casa Elizabeth gli raccontò quello che era successo. Se era seccato non lo diede a vedere. Invece di recriminare le offrì conforto.

«Mia povera cara», mormorò prendendola tra le braccia,

«hai passato tutta la giornata a tormentarti su che cosa ne avrei pensato io, vero?»

Lasciò che Elizabeth gli appoggiasse la testa sul petto. «Non avevo il diritto di chiedergli di venire qui senza il tuo permesso», rispose lei con voce soffocata. «Sapevo che tu saresti stato meraviglioso, ma non posso mentirti, Tony. Non ho nemmeno pensato a te quando gli ho detto di venire qui. Mi pareva che niente importasse, se non tendergli ancora una mano. È stato un grosso sbaglio da parte mia, stupido ed egoista. Non merito il tuo perdono.»

Tony le sollevò il viso bagnato di lacrime. «Tesoro, non c'è proprio niente di male in quello che hai fatto. Non sono in competizione con i tuoi figli. So di avere un posto speciale nella tua vita. Non abbiamo sempre diviso i momenti difficili e quelli felici? Questa è la nostra casa, Elizabeth, e chiunque uno di noi inviti, è nostro ospite. E poi», aggiunse sensatamente, «perché prevedere il peggio? Non vediamo Quigly da anni. La sua visita potrebbe rivelarsi una gradevole sorpresa come quella di Ann. Eppure sai come eravamo ansiosi prima che arrivasse.»

Elizabeth scosse il capo. «Non chiederei che di poterti credere, Tony, ma non spero in un secondo miracolo. Tu non hai sentito la sua voce al telefono né quella di Charlene. No, caro, Quigly non ci porterà nessuna felicità, nonostante voglia essere ottimista. Voglio vederlo. Voglio scoprirlo da sola. Ma ti prometto che sarà una visita breve e cercherò di risparmiarti il più possibile.»

«Non è da te», ribadì Tony, «assumere un atteggiamento così disfattista. È venuto di nuovo a cercarti, Elizabeth. Ha bisogno di te. Sarei l'uomo più ingrato del mondo se non facessi nulla per ripagarti di questi ultimi anni. Non preoccuparti per Quigly e me e non dire sciocchezze a proposito di dovermi chiedere il permesso per qualunque cosa tu decidessi di fare. Con una sola eccezione, però. Se vuoi chiedere il divorzio ti dirò di no.»

Elizabeth riuscì finalmente a sorridere. «Vorrei saperti dire quanto ti amo. Senza di te non ci sarebbe vita per me.»

La cullò tra le braccia. «Non ci separeremo mai», sussurrò. «Questo te lo prometto.»

Elizabeth pensava di essere preparata al peggio, ma rimase molto colpita dalla vista di Quigly quando l'indomani arrivò insieme con i Jenkins. Aveva la tipica aria gonfia dell'accanito bevitore, più palese che mai. Pareva un mendicante, pensò Elizabeth vergognandosi. Aveva un abito misero e malfatto tutto macchiato e spiegazzato e non portava cravatta sotto il colletto logoro della camicia sudicia. Teneva in mano un sacchetto di tela, pietoso contenitore di tutto quello che possedeva. Quasi con ripugnanza Elizabeth gli si avvicinò e lo abbracciò. Lui rimase immobile con le braccia penzoloni lungo il corpo senza rispondere all'abbraccio.

Guardò subito Tony, ma poi distolse gli occhi sotto lo sguardo fermo, minuzioso e impenetrabile del patrigno. Dietro le spalle di Quigly Charlene scosse negativamente la testa rivolta alla madre, in un gesto che era insieme di scoramento e di avvertimento.

Con forzata allegria Elizabeth li sospinse tutti in casa con piccole, gioiose esclamazioni per nascondere l'ansia. Non faceva che ripetere a Quigly quanto fossero contenti di rivederlo e che incredibile meraviglia fosse avere la famiglia riunita proprio in quel giorno particolare di festa.

«Sai, caro, non è solo il giorno del Ringraziamento», esclamò, «ma è anche il nostro anniversario di matrimonio! E ora, con il tuo arrivo, avremo non più due, ma tre cose da festeggiare! Ah, Quigly, che gioia riaverti a casa.»

«Davvero?» disse lui. «E perché? Forse perché è il ritorno del figliol prodigo?» Diede un'occhiata ai propri abiti logori. «Non certo perché aggiungo un tocco di classe alla riunione.»

«Aggiungi qualcosa di meglio», osservò Tony pacatamente. «La tranquillità d'animo di tua madre. Quanto agli abiti, che ne diresti domani di andare in città a scegliere qualcosa di nuovo? Qui in California usa uno stile tutto particolare, casual e comodo.»

«Lo so», ribadì Quigly. «Una volta abitavo qui, ricordi? No, grazie. Non credo che mi fermerò tanto da dovermi preoccupare di adeguarmi all'atmosfera. In nessun senso.»

La cena che sarebbe dovuta essere una festa fu invece un tormento, con lunghi intervalli di silenzio tra i complimenti ad Elizabeth per l'ottimo cibo e gli inutili tentativi di Charlene e di Elizabeth per mantenere viva la conversazione. Jim non aveva quasi aperto bocca da quando erano arrivati ed era evidentemente turbato. Era profondamente affezionato a Elizabeth e a Tony e non gli piaceva vedere, sentire, odorare quell'intruso che mangiava con modi da scaricatore di porto e continuava a riempirsi il bicchiere del vino senza nemmeno offrirsi di versarlo anche ai suoi vicini di tavola.

Antoinette, sul seggiolone tra Tony e Charlene, fu l'unica attrazione che salvò la giornata. Quando il resto veniva meno tutti non facevano che guardare la bimba felice e dagli occhi ridenti commentando quando fosse carina nel suo abitino color zucca. Aspettavano solo la fine del pranzo. Tutti i preparativi e le speranze di Elizabeth erano stati rovinati dalla presenza di quell'estraneo dall'aria collerica che sedeva alla sua destra con evidente disprezzo per tutti.

Verso le nove i Jenkins si prepararono per andarsene.

«Credo che mi farò dare un passaggio da voi in città», disse inaspettatamente Quigly.

Elizabeth rimase di stucco. «Ma di che cosa stai parlando? Tu resti qui con noi. Non eravamo d'accordo così, ieri?»

«Ieri era ieri», ribatté Quigly. «Gli accordi io li prendo giorno per giorno. Oggi non mi va più. È stata un'ottima cena. Grazie infinite.»

Tony intervenne. «Via, amico», incominciò con tono cordiale, «ma che senso ha tutto questo? Noi vogliamo che resti. Che passi un po' di giorni con noi.»

«Noi?» Il sorriso di Quigly era senza allegria. «Vuoi dire 'lei', vero? Mamma vorrebbe che restassi qui in modo da potermi tirare fuori dove sono stato e che cosa ho fatto in questi anni, ma non venirmi a dire che anche tu desideri che io mi fermi. Ho smesso di credere alle fiabe da un pezzo, caro Alexander.»

C'era una sottile allusione in quelle ultime parole, ma Tony preferì ignorarla, così come aveva scelto di non lasciarsi irritare dalla ostentata maleducazione di Quigly.

«Parlo per tutt'e due, Quigly», ripeté. «Tua madre e io desideriamo che ti fermi qui per un po'.»

«Non propinarmi queste nobili stronzate. So che mi odi a morte.»

«No, non ho motivo per odiarti.» Tony manteneva un tono ragionevole. «Così come non ho motivo per trovarti simpatico. Non ti conosco più di quanto tu non conosca me. Non sento niente per te, ma sento molto per tua madre. Dubito che abbia potuto mettere al mondo un figlio senza qualità che lo redimano. Forse potrei scoprirle.»

«Oddio, sto per vomitare! Ma chi ti credi di essere, un finto predicatore? E chi diavolo pensi che sia tua moglie, una santa? Mi fai venire la nausea.»

«Quigly, ora basta!» La voce di Elizabeth era alta e ferma. Era furiosa non per sé, ma per l'attacco malvagio e gratuito contro Tony. «Tony ha tutti i diritti e tutte le ragioni per sbatterti fuori da questa casa. Come me anche lui vuole che tu stia qui, ma se tu sai soltanto rispondere con la villania alla gentilezza, allora qui non è aria per te. Tornatene in città. Va' dove vuoi. Esci dalla nostra vita e questa volta non farti più rivedere.»

Quigly rimase impietrito, come se avesse ricevuto uno schiaffo. Si era aspettato che Elizabeth lo implorasse di restare. La sua vena di sadismo voleva vederla implorare. Confuso, ebbe un attimo di esitazione. Sullo sfondo Jim e Charlene stavano in piedi, in silenzio, la piccola Antoinette addormentata in braccio al padre. Tutti lo guardavano con espressioni che andavano dall'evidente disprezzo di Jim alla imperturbabilità di Tony.

«Be', diavolo», esclamò Quigly, «che cosa conta giorno più giorno meno? Dov'è la mia cuccia?»

«In fondo al corridoio, prima porta a destra», rispose Tony con calma.

Charlene si fermò ancora un momento, dopo che Quigly fu andato in camera sua mentre Jim metteva la bambina in macchina.

«Ma siete sicuri che debba restare?» chiese. «La notte scorsa è stato così strano. L'ho sentito aggirarsi per un pezzo in soggiorno a parlare da solo. Quigly mi fa paura, mamma. Non riesco a dimenticare quella spaventosa faccenda con la Isherwood. Non so che cosa sia, ma credo che la sua mente sia malata. Forse dovremmo lasciarlo andare via. So che tu non vuoi, ma credo che non sia responsabile dei suoi atti. E con i sentimenti che prova per Tony...»

«Tesoro, sono grande e grosso», replicò Tony. «Posso badare a me stesso e anche a mia moglie. Sai bene che non possiamo mandarlo via, Charlene. Non ha dove andare.»

«Staremo benissimo», gli fece eco Elizabeth. «Voi andate a casa, la bambina è stanchissima. Ti telefonerò domani.»

Quando l'auto dei Jenkins si fù allontanata Elizabeth voltò un viso disperato verso il marito. «Charlene ha ragione, sai. Si comporta da squilibrato. Immagino che tutto quel bere abbia finito per rovinargli la mente, come è stato per suo padre. Tony, che faremo?»

«Vedremo che cosa succederà nei prossimi giorni», rispose Tony. «Aspettiamo fino a lunedì. Il negozio resta chiuso fino allora e non voglio assolutamente lasciarti sola in casa con lui, neanche per un minuto.»

«Non mi farebbe mai del male», ribadì Elizabeth. «Ne sono sicura. Ma non credo di poterlo aiutare.»

«Puoi parlargli», osservò Tony. «Lo saprai subito.»

32

Il Quigly sorridente e ben strigliato che il mattino dopo si presentò al tavolo della prima colazione fu uno choc quasi di più che il sudicio vagabondo della sera prima. Si sedette a tavola con Tony ed Elizabeth rivolgendo loro un sorriso timido e fanciullesco.

«Non so come scusarmi per ieri sera», incominciò. «Forse avevo bevuto troppo. Il vino mescolato con tutte le emozioni deve avermi reso odioso. Spero che mi vogliate perdonare. Specialmente tu, Tony.»

La recita non era gran che e il pubblico non si lasciò ingannare. Se possibile, questo insincero cambiamento di atteggiamento spaventò Elizabeth ancora di più. Le ricordava Alan Whitman: un momento un affascinante e impeccabile gentiluomo e l'attimo dopo un bruto minaccioso e collerico. Anche Tony, nonostante non avesse gli stessi schemi di riferimento, non si lasciava facilmente convincere da quella finta trasformazione repentina e Quigly del resto non era tanto stupido da credere di prenderli in giro. Si strinse nelle spalle. «Okay», ammise. «Dimenticatevene. Ieri sera ero più sobrio di quanto non lo fossi da anni. Quanto all'emozione, è tutto da ridere. Stare qui per me non significa niente di più che stare in qualunque altro posto. Mi dispiace, gente. Se vi aspettavate il peccatore pentito avrete una grossa delusione.»

«Non so che cosa ci aspettassimo», rispose Elizabeth. «O meglio, non so che cosa mi aspettassi. Tony non ti conosce abbastanza da avere su di te opinioni preconcette, buone o cattive che siano.»

Quigly si spazientì. «Andiamo, mamma, non penserai davvero di darmela a bere in questo modo. So benissimo che gli hai raccontato tutto quanto di me dal giorno in cui sono nato. Lui sapeva benissimo che cosa aspettarsi. E tu pure.»

«Hai ragione», intervenne Tony. «So tutto di te, compreso quanto tua madre ti ama. C'è una sola cosa che non so, Quigly. Perché sei tornato? Forse perché non avevi un altro posto dove andare?»

«Tombola! Centrato in pieno! Mi ero stufato di correre. Pensavo che Pasadena fosse un posto buono come un altro, per uno che è rimasto senza un soldo. Certo, non sapevo che la sistemazione fosse così cambiata. Tanto da guastare tutti i miei piani.» Sbadigliò con finta indifferenza. «Bene, così stanno le cose, giusto? Me ne andrò subito dopo la prima colazione. In tre siamo troppi, in questo nido d'amore.»

Elizabeth era decisa a lasciare che fosse Tony ad assumere una posizione. Aveva invitato Quigly senza consultarlo. Non avrebbe insistito per farlo restare senza un cenno di consenso da parte del marito e si sarebbe morsa la lingua piuttosto che chiedere al figlio dove era stato tutto quel tempo.

«Dove andrai?» gli chiese Tony con calma.

«E chi diavolo lo sa? Magari torno in Messico.» Guardò Elizabeth. «So che morivi dalla voglia di chiedermelo, mamma. Bene, ora sai dove sono andato dopo la lite con Terry. È un magnifico paese per sparire e la vita non costa cara. Quello che avevo fregato a Terry mi è bastato per un bel po' di tempo. Finiti i soldi mi sono messo a fare dei lavoretti saltuari come portare in giro i turisti e lavorare sui pescherecci a Baja. Non era male, ma maledettamente noioso. Perciò quando ho saputo che lei non era morta e che ero al sicuro ho pensato di tornare negli amati Stati Uniti d'America.» Rise. «Forse mi era anche venuta la folle idea sentimentale di passare con mia madre i suoi ultimi anni. Figurati che ti immaginavo come una povera vecchia signora sola. E invece ecco qui, ti sei trovata un bel marito giovane, una grande casa e un portafoglio gonfio. Avrei dovuto saperlo che mi saresti comparsa davanti profumata come una rosa. È sempre stato così.»

Elizabeth non poté trattenersi. «Ma perché l'hai fatto, Quigly? Perché hai aggredito e derubato Terry Isherwood? Certo non era una bella sistemazione, ma a suo modo quella donna è stata buona con te.»

«Buona con me? Ah, certo che era buona con me. Mi dava soldi, abiti, una macchina e tutto l'alcool che volevo da bere. E perché no? Pagava per farsi scopare. Era buona con me come con qualsiasi altro servo. E pensava di potermi buttare fuori con un calcio in culo come avrebbe licenziato una cameriera che non la soddisfaceva più. Ma io non mi lascio trattare in quel modo da nessuno. Sono io che decido quando me ne devo andare. Non sparisco solo perché una vecchia battona me lo chiede. Lei sapeva benissimo che razza di puttana era. Guarda come ha coperto le mie tracce. E non è certo stato per gentilezza, puoi starne sicura. Aveva una maledetta fifa che io la sputtanassi pubblicamente. Si è avuto quello che si meritava da me quella schifosa, puzzolente puttana.»

Elizabeth pensò di stare per vomitare. Solo la ferma pressione della mano di Tony sulla sua le impedì di sfogare la sua repulsione fisica. In Quigly non c'era una briciola di rimorso. Era uno psicopatico. L'unica cosa giusta da fare era affidarlo alle cure di un istituto per il suo bene e per la protezione degli altri. Sarebbe stato inutile rivolgersi alla polizia, ammesso che trovasse il coraggio di farlo. Terry non avrebbe mosso nessuna accusa contro di lui e Quigly non avrebbe mai ammesso quello che aveva appena rivelato a Tony e a lei. Pensò che avrebbe potuto farlo dichiarare incapace di intendere e di volere, ma l'idea di suo figlio chiuso in un manicomio era in un certo senso terribile quanto l'idea di Quigly libero di compiere altri atti di brutalità senza un barlume di coscienza.

Come sua moglie anche Tony aveva ascoltato con disgusto quello sconvolgente racconto di violenza e di vendetta. Quigly era la personificazione stessa del male, ma era anche un uomo malato. E, soprattutto, era figlio di Elizabeth. Quando Tony finalmente parlò fu con voce calma e rassicurante.

«E va bene, Quigly», disse. «Chiudiamo con il passato. Non ci si può fare nulla ormai. Pensiamo invece al futuro. Hai detto che pensavi di tornare a casa per stare con tua madre. In un certo senso sono io il responsabile di avere buttato all'aria i tuoi progetti. Se mi permetti vorrei aiutarti a capire dove potresti andare, una volta fuori di qui. Non puoi continuare a trascinare un'esistenza senza scopo. Forse tutti insieme riusciremo a farti trovare un modo migliore di vivere.»

Quigly alzò gli occhi al cielo. «Gesù Cristo, ma sei proprio un predicatore nato, eh? Non fare lo scemo. Non mi interessa tutta questa dolciastra sbrodolata su una vita migliore. La vita fa schifo. Non vale un soldo bucato. Né la tua né la mia. Niente va per il verso giusto. Nessuno vale qualcosa. Il mondo è pieno di gente fasulla, di ladri e di pii benefattori che ti strappano il cuore e poi ti dicono che è stato per il tuo bene. Grazie tante, ma qui non ci resto. Che liberazione, eh, per voi!»

«Quigly, sei uno sciocco.» La voce di Elizabeth tremava. «Tony non ti vuole bene. Perché dovrebbe, del resto? Ma io sì. E lui lo sa. Io ti ho messo al mondo e questo per me conta di più di qualsiasi riserva logica. Sono tanto ostinata da non tirarmi da parte e lasciare che tu ti distrugga se c'è la minima possibilità di aiutarti. Tony lo sa e vuole tentare insieme a me. Non vuoi fare altrettanto?»

Quigly distolse lo sguardo da sua madre. «Non ne vale la pena», mormorò. «Manderei a puttane anche tutta la tua vita. Non mi conosci. Ci sono dei momenti in cui sono veramente fuori di me. Quando ragiono capisco che la cosa migliore per me e per gli altri sarebbe che la facessi finita e mi ammazzassi. Ma quando perdo il lume non si può dire di che cosa sono capace. Faccio la voce grossa, mi comporto da duro, ma in realtà sono solo un ubriacone spaventato come il mio vecchio. Ricordi quando mi sono messo nei guai a San Diego? Avevo fatto a pezzi un bar solo perché ero fuori di testa. Solo perché una stupida puttanella con un figlio mio nella pancia si era ammazzata per colpa mia. Quella volta ho perso proprio la ragione. Mi era già successo prima. E l'ho fatto dopo, con Terry. Per carità, mamma, come fai a sapere che non lo rifarò?»

Quello fu uno dei pochi momenti lucidi e sinceri nella vita di Quigly. Tutto è come sospeso in equilibrio in questo momento, pensò Elizabeth. Se riesco ad afferrarlo ora, forse c'è una probabilità.

«Non posso sapere se lo rifarai», ribadì Elizabeth. «Nessuno di noi può saperlo. Ma se Tony e io pensiamo che valga la pena di rischiare, che cos'hai da perdere? Resta un po' con noi, Quigly. Offriti l'occasione di un po' di pace e di tranquillità, per una volta. Non ti seccheremo. Non ti tormenterò, non ti farò domande, non ti assillerò. Forse qui, dove la natura è così travolgente da farci sentire tutti piccoli e umili, riuscirai a rimettere in sesto la tua vita. E in qualunque momento vorrai andartene sarai liberissimo di farlo. Non sei prigioniero. Sei un gradito membro della famiglia.»

Nemmeno da bambino Quigly aveva mai pianto. Ma adesso gli si inumidirono gli occhi. «Ho paura», confermò. «Voglio restare. Non voglio ricominciare a vagabondare senza meta e trascinarmi in giro a vuoto. Ma, accidenti, devo essere sincero.» Si rivolse a Tony. «L'unica persona di cui mi sia mai importato è mia madre. Charlene è una brava ragazza, ma non l'ho mai veramente conosciuta. È sempre stata come una bambolina. Quanto ad Ann, una volta credevo che fosse la mia migliore amica, ma adesso so che a modo suo era un'imbrogliona quanto me. E tu, Tony, non mi piaci per niente, non mi sei mai piaciuto. Non mi fido di tanta generosa bontà. Credo che anche tu ti sia servito di mia madre come noi tutti...»

Elizabeth cercò d'interromperlo, di protestare contro quelle parole taglienti ed eccessive, ma Tony la zittì.

«Lascialo continuare», disse. «È meglio.»

Quigly sorrise. Le lacrime erano sparite e gli era tornata l'antica espressione dura e arrogante. «Capito che cosa voglio dire? per questo non mi fido. Qualsiasi persona con del sangue nelle vene che si senta di dire da un altro che non si fida di lui o che non gli piace gli mollerebbe un pugno sul naso e lo getterebbe fuori di casa. A meno che non abbia un'ottima ragione per continuare a fare il suo gioco da ipocrita. Io non so quale sia il tuo, Tony, ma ti assicuro che se resto in questa casa lo scoprirò.»

«Non puoi scoprire quello che non esiste», replicò Tony. «Ma puoi benissimo provarci. Così come puoi restare qui. Non credo che sarà un intervallo piacevole per nessuno di noi, ma almeno sei stato esplicito. Non posso dire che mi piaccia quello che ti ho sentito dire, ma rispetto il tuo coraggio nel dirmelo. E visto che l'unica cosa che abbiamo in comune è l'amore per la stessa donna possiamo almeno cercare di accettarci per il suo bene.»

I due uomini si fronteggiarono, l'uno con evidente ostilità, l'altro con freddo disprezzo.

«Scusate, posso dire una parola anch'io?» intervenne Elizabeth. «O devo semplicemente starmene qui ad aspettare che voi due decidiate se potete vivere sotto lo stesso tetto?»

«Tesoro, la decisione spetta a te, lo sai», concluse Tony.

«Tesoro, la decisione spetta a te», lo scimmiottò Quigly. «Sei un dritto, eh, Tony? Quando la situazione è disperata non ti prendi nessuna responsabilità per il figlio ribelle, vero? Puoi sempre dire che è stata lei a scegliere. Se do fuoco alla casa o pesto il giardiniere non dovrai nemmeno dire 'te l'avevo detto'! Lei lo saprà senza che tu glielo dica.»

«Quigly, piantala!» Era un ordine. «La pazza devo essere io, a lasciarti restare qui! I rischi sono tutti dalla nostra parte, mia e di Tony, ricordi? Noi siamo felici del nostro matrimonio e della nostra casa. Pensi proprio che non aspiri ad altro che alla distruzione del periodo più bello della mia vita? Anch'io so essere sincera: ho più paura io a farti restare che tu a rimanere. Non perché creda che tu possa fare qualcosa di violento, ma perché se la tua mente contorta minaccia anche solo vagamente ciò che c'è tra me e Tony potrei ucciderti io stessa!»

Non era mia stata così fuori di sé.

«Non ho il diritto di farti delle richieste, né tu di farne a me», continuò Elizabeth. «Sì, voglio aiutarti perché fra noi ci sono dei legami di sangue. Ma tu dovrai convincermi che sei salvabile. Cosa che, lo ammetto davanti a Dio, non sono mai stata capace di fare. Come madre ti ho sempre amato, ma ti trovo inetto come uomo e patetico come essere umano. Adesso sai tutto. Se vuoi restare e comportarti bene Tony e io cercheremo di esserti amici. Se non puoi accettare Tony come capofamiglia in questa casa, come mio marito e come l'uomo che amo, allora sarà meglio trovare un'altra sistemazione. Come vedi, figlio mio, non sono buona come Tony. Sto solo cercando di esserlo. Sto solo cercando di essere all'altezza dell'uomo pieno di compassione che è Tony. E Dio sa se l'ha mai dimostrato meglio di oggi.»

Si aspettava che Quigly se ne andasse sbattendo l'uscio e in fondo al cuore desiderava che lo facesse. Era una follia prendersi in casa quel giovane rozzo, oltraggioso e pericoloso. Lascialo perdere, si disse. È come mettersi in casa una pericolosa polveriera.

Ma Quigly non se ne andò. Con un altro di quei suoi rapidissimi cambiamenti di personalità divenne, se non gradevole, perlomeno docile.

«Okay», confermò. «Resterò un po' se me lo permettete. Non tanto. Solo finché non avrò deciso dove andare. Scusami, Tony. Non ritiro quanto ho detto, ma non lo dirò più. È una promessa.» Si alzò da tavola. «Credo che andrò a fare una passeggiata, se non vi dispiace.»

Appena fu uscito Elizabeth si prese la testa fra le mani. «Dio mio, che cosa ho fatto? Come posso infliggerti questo tormento?»

«Tesoro, non essere tragica», disse Tony. «È triste, per te e per lui. Crede di non avere bisogno di aiuto, ma noi due sappiamo che ce lo sta chiedendo nell'unico modo che conosce. Bada, non sarà facile avere Quigly per casa, ma non credo che sarà per molto. Ha bisogno di un aiuto molto più grande di quello che possiamo dargli noi. Devi rendertene conto. Un giorno di questi se ne andrà via di nuovo. Devi cominciare ad abituarti all'idea.»

«Mi vergogno di dirti che invece spero proprio che lo faccia.»

«Lo so. E non c'è di che vergognarsi. Quigly non cederà di un centimetro. Non credo che possiamo fare altro se non aspettare finché non decide di andarsene di nuovo.»

«Ma è tutto così inutile», rispose Elizabeth. «E dicevo la verità prima. Ho paura che, se resta qui, possa succederci qualcosa. Sono convinta che è malato di mente. Vorrei riuscire ad avere la forza di portarlo da qualche parte a farlo curare, ma non ce la faccio. Non ce la faccio ad affrontare niente, sembra. Né la minaccia di averlo qui, né l'ansia di vederlo sparire di nuovo. Oh, Tony, promettimi che qualunque cosa accada non cambierà nulla tra di noi.»

«Niente potrebbe cambiare qualcosa fra di noi.» Poi cercò di rallegrarla. «Nemmeno una dozzina di Quigly, nemmeno un terremoto e nemmeno mia madre.»

Lei cercò di sorridere. «Grazie, caro.»

«Grazie a te, cara, perché acconsenti a restare con me per mille reincarnazioni.»

Il soggiorno di Quigly si protrasse per una settimana, poi per un mese. Non ci furono più scenate come quella della prima mattina. Non ci fu niente.

Sembrava che tutti fossero in una vigile attesa apparentemente calma, ma innaturale. Elizabeth si sentiva come il personaggio di un sogno surreale. Lei e Tony ripresero la loro solita vita quotidiana recandosi in ufficio quattro volte la settimana. Quigly non si allontanava mai di casa e ogni volta che Elizabeth rientrava si chiedeva se durante la loro assenza fosse caduto in preda a qualche attacco di violenza o se tutto fosse tranquillo. Se Quigly pensava al proprio futuro, comunque non ne parlava e né Tony né Elizabeth osavano alludervi. Solo quando era sola con Tony in camera loro Elizabeth si sentiva sia pure remotamente se stessa. Durante il resto del tempo camminava in punta di piedi e tratteneva il respiro come in attesa dell'esplosione.

A Natale andarono a cena da Charlene. Era la prima volta in un mese che Elizabeth si rilassava un po' dalla tensione, anche perché Antoinette era ormai abbastanza grande per godere di quella giornata di festa e la sua eccitazione era contagiosa persino per il tetro e taciturno Quigly. Benché telefonasse a sua madre tutti i giorni e sapesse bene in che situazione impossibile stesse vivendo, Charlene aveva incominciato a sentirsi un po' più ottimista riguardo al fratello. Durante quell'ultimo mese Quigly non aveva quasi bevuto e pareva che considerasse casa Alexander come una casa di riposo: dormiva fino a tardi la mattina, mangiava in abbondanza e faceva lunghe e solitarie passeggiate lungo la spiaggia. Charlene sapeva che la situazione era sempre molto tesa, ma era contenta di vedere che Quigly aveva ripreso l'aspetto del bel giovanotto che lei ricordava. Aveva perso gran parte del suo gonfiore e aveva perfino accettato l'offerta da parte di Elizabeth di qualche abito nuovo borbottando a mezza voce dei ringraziamenti quando erano andati insieme a comperarli.

Per l'arrivo dei Richards Quigly declinò gentilmente l'invito ad andare all'aeroporto a prenderli. «Siete già in sette sulla giardinetta più il bagaglio. Resterò a casa a tenervi i Martini gelati per quando arrivate.» Lo sguardo preoccupato di Elizabeth non gli sfuggì. «Non ti preoccupare, mamma. Giuro che non li assaggerò nemmeno. Mi terrò fresco e sobrio per incontrare il mio caro cognato perbene. Non hai notato che modello di temperanza sono stato in questo mese? Bevo meno Martini di te.»

«Lo avevo proprio notato», rispose Elizabeth, «con molto

piacere. Hai un ottimo aspetto in questi giorni, Quigly. Anche Ann sarà felicissima di trovarti così in forma.»

«È molto cambiata?»

«Sì, credo proprio che la troverai diversa, un'altra ragazza. Ma che dico, ragazza! Buon Dio, i prossimi che compie sono trentaquattro. Non riesco a crederci. Comunque è diventata molto più consapevole. Sono davvero contenta di lei. E anche tu lo sarai.»

L'unica risposta di Quigly fu un sardonico sorriso.

I Richards arrivarono come una ventata di aria fresca dall'Est. Erano una splendida famiglia. Il padre, un giovane uomo bello e di successo. La madre, giovane ed elegantissima. E i tre bambini, le cui buone maniere dimostravano una vita familiare ben organizzata unita a quel tipo di mondanità che i figli dei newyorkesi ricchi acquistano sin dai primi anni.

Elizabeth non finiva di rimirare i suoi nipoti. Peter III, sempre chiamato Ditto, era un ragazzino di tredici anni alto e snello. Elizabeth Joanne, di undici, aveva la stessa bellezza bionda della madre e la stessa dolce timidezza di Charlene alla sua età. Ma fu il piccolo Alan che conquistò immediatamente il cuore della nonna forse perché non l'aveva mai visto e perché era nato nel periodo in cui Ann ed Elizabeth si erano del tutto estraniate. Fino a quel momento Alan Richards era stato solo un nome su una foto. Ora era diventato una deliziosa realtà di nove anni con un visetto malizioso, un eterno sorriso e un'enorme curiosità per la California.

«Ma è proprio vero che qui c'è il sole tutto l'anno, nonna?» chiese appena si avviarono in macchina verso casa.

«Be', non proprio esattamente, caro», rispose Elizabeth. «A volte può anche piovere un po'. In questo periodo dell'anno, poi, può anche fare piuttosto frescolino, ma non ci sono cambiamenti di stagione come da voi.»

Alan ci rifletté un momento. «Intendi dire che qui non nevica mai. Non credo che mi piacerebbe. Non potrei andare a pattinare in Central Park.»

«Vuoi dire pattinare sul ghiaccio, stupidello», precisò Ditto con la saggezza dei suoi tredici anni. «Il pattinaggio a rotelle puoi farlo anche tutto l'anno. Mammina dice che la casa della nonna è proprio sull'oceano. Ragazzi, come mi piacerebbe imparare il surf! Scommetto che è terribilmente più entusiasmante dei soliti vecchi pattini.» Si rivolse a Tony. «Lei sa andare sul surf... ehm... scusi, come la devo chiamare, signore?»

«Tony andrà benissimo. Quanto al surf, non sono un esperto, ma mi arrangio. Sono cresciuto qui in California, sai, Ditto. E qui tutti i bambini imparano a nuotare prima ancora che a camminare. Il surf viene un po' dopo, ma ci proviamo tutti.»

«Io so nuotare», aggiunse Alan con orgoglio. «Abbiamo imparato tutti da nonna Joanne. Sa nuotare perfino Jo che è una ragazza.»

«Bene, ragazzi», intervenne Ann, «non monopolizzate la conversazione. Vorremmo riuscire a infilare una parola anche vostro padre e io.»

Docilmente la nidiata di ragazzini si acquietò. Evidentemente la parola di Ann era legge e nessuno si ribellò all'ordine di tacere. Ann li sta educando bene, pensò contenta Elizabeth. Ha raggiunto la difficile arte della disciplina senza dare ai suoi figli l'impressione di non essere amati o di essere troppo dominati.

Nella successiva mezz'ora gli adulti chiacchierarono piacevolmente mettendosi al corrente reciprocamente delle rispettive novità mentre i bambini tranquilli guardavano fuori dei finestrini facendo ogni tanto qualche osservazione sulle palme, sugli aranceti e su altre affascinanti scoperte di quella nuova, strana terra. Alla fine Elizabeth si rivolse ai bambini.

«Ci sono un mucchio di sorprese in serbo per voi», esclamò. «Di certo mamma e papà vi avranno detto che conoscerete per la prima volta vostro zio Quigly. E anche vostro zio Jim. Tu, Ditto, e anche tu, Elizabeth Joanne, avete conosciuto zia Charlene, ma dubito che la ricordiate. È stato tanto tempo fa. E poi c'è anche una cuginetta che si chiama Antoinette.»

Uno strano silenzio si diffuse nell'auto. Elizabeth guardò con aria interrogativa la figlia. Ann sembrava a disagio e Peter aggrottò la fronte.

«Ho detto ai bambini che zio Quigly è stato in viaggio per molti anni», spiegò Ann.

Elizabeth aspettava.

«E sanno anche che il marito di zia Charlene e la cuginetta

sono diversi dalle persone che conosciamo. Ma sono bambini beneducati», si affrettò ad aggiungere Ann rivolgendosi più a loro che a Elizabeth, «e sanno che la gente perbene non fa commenti su quelli che non sono fortunati come loro. Sono molto ansiosi di conoscere zio Jim e la cuginetta Antoinette.»

«Mammina dice che dobbiamo essere gentili con loro anche se sono negri.»

«Taci, stupido! Sai bene che non si doveva dirlo!»

Elizabeth sentì male al cuore. Guardò Ann, che arrossì e alzò il mento nel vecchio atteggiamento di sfida.

«Che cosa gli avresti detto tu al posto mio, mamma?»

Elizabeth non rispose. Non aveva certo intenzione di mettersi a discutere con Ann davanti ai bambini, ma sapeva benissimo che cosa avrebbe detto. Avrebbe parlato del grande amore tra Charlene e Jim e della loro bambina che adoravano. Era in realtà un argomento che richiedeva una certa delicatezza nell'esprimersi, dato che non era una situazione facilmente comprensibile per dei bambini anzi, per la verità, nemmeno per degli adulti. Sicuramente lei non avrebbe mai detto che i nipoti di Charlene dovevano essere gentili con il loro zio e la loro cugina «meno fortunati». Cercò di consolarsi pensando che sembravano effettivamente dei bambini beneducati, ma erano pur sempre bambini, incuranti delle ferite che potevano procurare agli altri. Forse Ditto era abbastanza grande per badare a quello che diceva e la piccola Jo, come la chiamavano, aveva l'aria di essere una bambina tranquilla, quasi spirituale, con molta sensibilità. I momenti imbarazzanti sarebbero potuti venire per i commenti spontaneamente curiosi del più piccolo ed esuberante dei Richards.

Tony staccò un attimo la mano dal volante e le batté affettuosamente sul ginocchio. «Non preoccuparti», le sussurrò. «Jim se la saprà cavare. E Antoinette ha solo quattro anni.»

Non era tanto l'idea di quello che poteva succedere, pensò Elizabeth, quanto il dovere rendersi conto che Ann non era così cambiata come sperava. Era ancora una ragazza snob, ipocrita e ignorante. Quei pochi giorni trascorsi in California non avevano veramente mutato il suo modo di pensare. Erano stati semplicemente un periodo in cui era pentita e preoccupata, animata da una ferma decisione a cambiare che era stata sincera, ma che poi si era rivelata soltanto un espediente. Tony aveva detto che spesso il tempo fa ricadere la gente nelle vecchie abitudini quando la crisi è passata. Nel caso di Ann aveva predetto esattamente quello che era avvenuto. Ann aveva cambiato indirizzo e attività, ma era chiaro che i vecchi pregiudizi erano rimasti tali e quali.

Elizabeth gettò un'occhiata a Peter, che non aveva quasi aperto bocca da quando era arrivato. Aveva l'aria chiusa di chi si è rassegnato e ha smesso di lottare. Elizabeth intuì che Peter doveva essere diventato un giovane Adam Barnsworth, un uomo che riusciva a restare con la moglie solo per senso del dovere, ma senza amore. Come Adam, anche Peter l'avrebbe ingannata. E come Monica, anche Ann avrebbe finto che non accadesse nulla. Elizabeth si sentì dispiaciuta per tutt'e due. Peter era intrappolato dalla sua stessa coscienza, come lo era stato Adam. Quanto ad Ann, nonostante il suo deludente ritorno al vecchio tipo, Elizabeth la compativa per non sapersi sollevare da quel suo modo meschino e dogmatico di vedere la vita.

Un Quigly sobrio ma serio li aspettava. Fu corretto ed educato quando gli vennero presentati i nipoti e il cognato, ma quando si girò a baciare leggermente Ann sulla guancia lo fece con una sorta di indifferenza. Nemmeno Ann poteva fingere di non notare quella gelida accoglienza.

«Bene, Quigly, dopo tutto questo tempo non direi che sia un saluto particolarmente caloroso», esclamò. «Sono più di quindici anni che non ci vediamo.»

«Lo so. Non sei cambiata affatto.»

«Apparentemente nemmeno tu», rispose lei acidamente.

«Penso che noi due, comunque siamo fatti, con gli anni non possiamo che accentuare le nostre caratteristiche.» La voce di Quigly era sgradevole. «La gente perbene diventa ancora più perbene.» L'allusione lasciata a metà fece impallidire Ann di rabbia.

I bambini erano rimasti in piedi in silenzio un po' stupiti, senza capire esattamente che cosa stesse accadendo. Elizabeth li interruppe bruscamente. «Forza, andiamo che vi faccio vedere dove sono i vostri letti. Ann, tu e Peter avrete la stanza degli ospiti accanto a quella di Quigly, che la cede ai ragazzi. Quigly dice che può arrangiarsi sul divano del soggiorno. Charlene e Jim staranno nella stanza per gli ospiti più piccola. Resteranno solo una sera, poi ci andrà Quigly.»

«E io, nonnina?» Una Elizabeth Joanne tutta ansiosa la guardava.

«Per te, amore, abbiamo una piccola sorpresa. Ti metterò insieme con Antoinette nel divano letto della biblioteca. Sei una bimba grande e saprai badare alla tua cuginetta, vero?»

Jo parve quasi spaventata. «Intendi dire che dovrò dormire nello stesso letto con lei?»

«Tesoro, siamo ospiti», concluse rapidamente Ann. «Nonna ha la casa piena di gente. Non sarà un problema dividere la stanza per una notte, ti pare? A casa ha una stanza per conto suo», aggiunse rivolta a Elizabeth, «è questo che intende dire.»

«Davvero?» rispose gelida Elizabeth. «Ne sono contenta.» Mise un braccio intorno alle spalle di Jo. «Aspetta di vedere Antoinette, cara. È come un angioletto.»

Alan strepitò: «Come sei buffa, nonna! Come può essere un angelo, Antoinette? Gli angeli sono bianchi e lei è nera».

Peter Richards intervenne con voce tagliente. «Ora basta, Alan.» Poi con tono più dolce: «Gli angeli non hanno un colore definito. Non sono come li vedi nei libri. E poi, la nonna non stava parlando di quel genere di angeli. Voleva solo indicare una cara bambina che è vostra prima cugina, figlia della sorella di vostra madre che noi tutti amiamo molto».

Alan si ritrasse. «Sissignore», disse. Poi, deciso ad avere l'ultima parola, stuzzicò la sorella. «Sono proprio contento che zia Charlene non abbia avuto un maschio. Altrimenti sarebbe toccato a me dividere il letto con lui al posto tuo!»

«Sta' zitto, Alan», gridò Jo. «Aspetta e vedrai. Te la farò pagare, brutto e cattivo moccioso!»

Quell'improvviso scoppio d'ira in una bimbetta tanto riservata stupì Elizabeth. Evidentemente non era stato solo Alan a subire un lavaggio del cervello per quanto riguardava i negri. Ma tutti quanti. Probabilmente anche Ditto, benché lui fosse abbastanza grande per non darlo a vedere.

Peter intervenne. «Mi vergogno molto di voi», commentò. «E anche vostra madre. Adesso spicciatevi tutti quanti. Siete abbastanza grandi per disfarvi da soli la valigia, perciò marc'!»

«Andiamo, ragazzi, vi mostro le vostre cuccette.»

«E io la scorterò in biblioteca, signora», annunciò con sussiego Tony a Jo.

«Io so già dove è la nostra stanza», aggiunse Ann. «Vado a sistemarmi.»

Elizabeth e Peter rimasero soli in soggiorno.

«Mi dispiace», disse Peter. «Credo che non ci saranno altri problemi. Lei sa, Elizabeth, come sono fatti i ragazzi.»

Lei gli sorrise con affetto. «Sì, so come sono. So anche che bisogna purtroppo insegnare loro ad avere paura e a odiare.»

«Ann ha cercato di prepararli. Davvero, ci ha provato.»

«Non sentirti in dovere di difenderla, Peter», rispose Elizabeth con tristezza. «Conosco bene mia figlia. E conosco anche i limiti della sua tolleranza.»

Peter non rispose.

«Vorrei che fosse tutto come tu meriti. Sei un uomo molto caro, Peter.»

Toccò a Peter, a quel punto, sorridere con affetto. «Non è poi così male, davvero. A modo suo Ann ha tentato duramente, sin da quando è tornata dalla sua visita qui. La nostra vita è un po' migliorata. Anzi, per molti versi ci sono stati notevoli cambiamenti. Conosco matrimoni peggiori.»

«Già, anche migliori.»

«Sì», ammise Peter. «Il vostro, per esempio. A quanto ne so, il matrimonio tra lei e Tony è di quelli di cui si parla nei romanzi.»

«Sì, è vero», affermò Elizabeth. «Ma non dimenticare che ci ho dovuto provare due volte, con in più un grosso sbaglio nel mezzo.»

Il giorno dopo Tony si offrì di accompagnare i Richards a Los Angeles in macchina a vedere la città. I bambini e Peter accettarono con gioia, ma Ann preferì non andare.

«L'ho già vista», spiegò. «Peter e i bambini invece no. Resterò qui. Magari potrò aiutare la mamma nei preparativi per domani sera.»

«È tutto sotto controllo», la tranquillizzò Elizabeth. «Vai pure se vuoi, Ann.»

«No, preferirei restare qui con te e con Quigly, se non ti dispiace.»

«Certo che non mi dispiace», confermò Elizabeth.

Ann diede un'occhiata a Quigly, che se ne stava disteso a leggere una rivista.

«E tu, fratello caro? Ti dispiace avermi qui?»

Quigly non alzò nemmeno gli occhi. «Per me fa esattamente lo stesso.»

Ann gli si avvicinò. «Mamma dice che fai un mucchio di passeggiate. Che ne diresti di farmi da guida fino alla spiaggia? È una bella giornata.»

Per un attimo Ann credette che avrebbe rifiutato, invece Quigly posò il giornale e si alzò in piedi.

«Okay, sono pronto.»

Scesero per un ripido pendio che andava dalla casa fino al mare con una serie di pietre grezze e malsicure che formavano una scala approssimativa fino alla spiaggia. Per due volte Ann scivolò e sarebbe di certo caduta se Quigly non l'avesse prontamente afferrata.

«Accidenti», esclamò Ann senza fiato, «è più di quanto mi aspettassi. Ma non c'è una via più facile?»

Quigly scosse la testa. «C'è solo questa. A me piace. È pericolosa. Lo sai, Ann, che se non ti avessi afferrata saresti potuta cadere giù per la scarpata fino in fondo? Forse saresti morta. Meglio che i ragazzi non ci provino senza un adulto che li tiene.»

Ann lo guardò con sospetto. «Non credo che ci sia solo questa strada. Mamma non riuscirebbe a farla e poi mi avrebbe avvertito, per l'incolumità dei bambini. Stai mentendo. Ma certo. Adesso ricordo, dall'altra parte della casa c'è una comodissima scaletta che scende fino al mare. Accidenti a te, Quigly. Mi hai voluta spaventare, vero? Ti dà un torbido piacere spaventare la gente. Sei davvero un mostro!»

Lui rise. «Sarà meglio che tu tenga gli occhi aperti e la bocca chiusa, Ann. Ci manca ancora un bel po' di strada prima di arrivare in fondo.»

Furiosa, Ann seguì il suo consiglio. Quando finalmente giunsero al sicuro sulla sabbia lo guardò con gli occhi scintillanti d'ira. «Che diavolo c'è in te di sbagliato? E che cosa ti ho mai fatto? Ho forse ferito il tuo prezioso io? Solo perché ho mentito sul fatto che eri un marinaio semplice sapendo che i Richards non avrebbero capito? Tu mi odi, Quigly. Ormai me l'hai fatto capire chiaramente.»

Quigly guardava verso il mare. «Non sei degna di essere odiata, Ann. Per te non provo nessun sentimento oltre la diffidenza. Quando eravamo molto giovani ti volevo bene perché pensavo che tu fossi l'unica della famiglia a darmi affetto. Ma più tardi ho capito che non te ne era mai importato niente, né di me né di nessun altro. A te importa solo della tua augusta persona. Fingevi di essermi amica, ma solo per avermi dalla tua parte contro mamma e Charlene. Mi hai fatto delle cose cattive, Ann. Cose che ormai non si possono più rimediare. Ma non me ne importa più. Non penso a me, ma alla mamma. Non smetterai mai di ferirla, vero? Come ieri. Devi avere fatto proprio un buon lavoro per preparare quei bambini all'incontro con i nuovi parenti. E ti ho vista, ieri sera. Hai cercato di fare la civetta con Tony. Non so chi altro ti abbia visto, ma credimi, sorellina, io non mi sono perso lo spettacolo. Gli facevi gli occhioni dolci, vero? Sei una puttana, Ann. Sei la donna più immorale che abbia conosciuto.»

«Come ti permetti! Proprio tu! Dio sa che cosa hai fatto in questi quindici anni! E credi di potere stare lì ad accusarmi di essere immorale!»

«La tua morale è solo teorica. Forse sei andata a letto con un solo uomo in tutta la tua vita, ma secondo me il tuo modo di pensare ti rende più battona della peggiore puttana del porto. Oh, tu lo tieni tutto puro, il tuo bel corpicino! Ma la tua mente è più sporca di quella di un magnaccia. Siamo davvero una bella coppia, tu e io. La brava figlioletta che va in calore per il patrigno e il cattivo, pazzo figlio con uno schifoso passato. Siamo dritti, noi due. Proprio quello che si merita mamma.»

Ann ignorò l'allusione offensiva ai suoi sentimenti per Tony. «Trovo che la tua preoccupazione tardiva per nostra madre sia davvero commovente!» esclamò con sarcasmo. «Ma dove diavolo eri in quegli anni in cui lei aveva bisogno di te?»

«Dove eri tu: a mille miglia di distanza.»

«E immagino che farti vivo adesso per vivere alle sue spalle debba compensarla della tua lontananza geografica di un tempo, vero?»

«No. Quando sono tornato non sapevo che si fosse sposata. Sulle prime ero furioso. Odiavo quel Tony Alexander. Gliel'ho anche detto chiaro e tondo che non mi fidavo di lui. Pensavo che approfittasse di lei. Forse perché ero convinto che tutti ne avessero approfittato come abbiamo fatto tu e io, Ann.»

«E adesso invece hai cambiato parere?»

«Per quanto sia difficile crederlo, sì. Sono contento che mamma abbia sposato Tony. Quell'uomo ha più fegato di tutti noi. E poi si prende veramente cura di lei, come noi non abbiamo mai fatto. Per questo non mi è piaciuto quello che ho visto ieri sera. Stai alla larga da Tony, hai capito? Se quel mollusco di tuo marito non è abbastanza uomo da tenerti in riga, io lo sono di certo.»

A un tratto Ann ebbe paura perché c'era del vero in quello che diceva Quigly. Aveva effettivamente tentato di flirtare un po' con Tony la sera prima, ma non aveva importanza. Certo, una volta aveva creduto di essere innamorata di lui, ma era acqua passata. Aveva solo voluto dimostrare a Peter che era ancora una donna desiderabile per gli altri uomini, tutto lì. Ma ormai sapeva che Quigly aveva visto quello che lei negava anche a se stessa. Si era data da fare per impressionare Tony. La mente del fratello, distorta da anni di rancore contro di lei, aveva letto il vero significato dei suoi gesti. L'aveva messa di fronte ai suoi inconfessabili desideri. Ann non dubitò nemmeno per un istante che l'avrebbe veramente uccisa se lei avesse pensato di realizzarli.

«Quigly», ammise con tono tranquillo, «forse hai ragione di pensare che ero una ragazza sgradevole. Ma adesso sono cambiata. Amo mio marito e i miei figli. Amo la mamma. Sono venuta proprio qui a chiederle aiuto quando pensavo che il mio matrimonio si stesse rompendo. Una volta credevo di essere innamorata di Tony, ma ti giuro sulla testa dei miei figli che non ho più avuto idee del genere su di lui dal giorno in cui ho incontrato Peter. È la sacrosanta verità.»

«Che ne sai, tu, della verità? O di quello che è sacrosanto? Bada a quello che fai, Ann. Ti avverto.»

Quindi si voltò avviandosi su per la salita e lasciandola sola a cercare la via del ritorno. Proprio come Ann ricordava c'era una sicura scaletta in legno che portava direttamente in cima alla scogliera.

33

Il mattino dell'ultimo giorno dell'anno 1959 Elizabeth si svegliò a malincuore, con il corpo pesante come se fosse di piombo. Quel senso di stanchezza era insolito in lei. Di solito usciva dal sonno ben desta e desiderosa di lanciarsi nel nuovo giorno. Il suo corpo forte e pieno di salute era capace di sopportare ore di estenuante attività e la sua mente agile era sempre pronta a quello che la giornata le riservava.

Ma quella mattina non aveva nessuna voglia di muoversi. Il posto nel letto accanto a lei era vuoto. Tony era scivolato silenziosamente fuori della stanza senza svegliarla. Udiva vagamente i rumori della casa in movimento. Le vocette acute dei bambini di Ann e i borbottii dei tre uomini già in circolazione. Erano le nove passate. Quasi due ore più tardi del solito. E ancora non si decideva a scendere dal letto. Rimase supina, gli occhi al soffitto, aspettando con timore il momento in cui avrebbe dovuto mescolarsi a quella complicata famiglia.

Il giorno prima era stato di cattivo auspicio. Ann e Quigly erano tornati separatamente dalla passeggiata e non avevano più scambiato una sola parola tra loro. Anche quando Tony e Peter erano tornati con i bambini dalla gita Ann aveva tardato a uscire dalla sua stanza per salutarli. Subito dopo il pranzo, durante il quale Elizabeth aveva notato che i suoi due figli non si parlavano affatto, Ann si era ritirata di nuovo in camera sua con la scusa di un'emicrania.

Verso metà pomeriggio Elizabeth era entrata in punta di

piedi per vedere se stava bene. Ann era sdraiata su un fianco, il viso rivolto verso il muro.

«Ann, sei sveglia?» aveva bisbigliato Elizabeth.

«Sì.»

«Stai bene? Posso fare qualcosa per te?»

«No, niente, grazie. Voglio solo essere lasciata in pace.»

Elizabeth aveva aggrottato la fronte. «È successo qualcosa tra te e Quigly? Avete bisticciato?»

«Te ne prego, mamma, non mi va di parlarne.» Ann cercava di non spazientirsi. Elizabeth sapeva che sarebbe dovuta andarsene e invece si era seduta sul bordo del letto.

«Cara, se Quigly ti ha fatto arrabbiare vorrei che mi raccontassi perché. Quigly è molto instabile, ma non può farci niente. Tony e io ce ne siamo accorti in questo mese. Per giorni e settimane sembra perfettamente normale, poi la minima cosa può farlo arrabbiare. Che vuoi, è un ragazzo malato.»

Ann era balzata di scatto a sedere sul letto. «Ma sei cieca? Un ragazzo malato! È pazzo! Sai che stamattina ha tentato di uccidermi?» La sua voce era stridula, quasi un urlo.

Elizabeth aveva cercato di calmarla. «Ssst, Ann. Quigly potrebbe sentirti.»

«E che mi senta pure! È pazzo, te lo dico io! Con quella sua sporca mente depravata! Dovrebbe essere rinchiuso.»

«Tesoro, ma che cosa è successo? Che cosa ti fa credere che abbia tentato di ucciderti?»

Ann allora le aveva raccontato dei gradini pericolosi. Elizabeth era impallidita. Non sapeva niente di quella scaletta. O Quigly l'aveva scoperta da solo oppure aveva passato i giorni precedenti a costruire con cura meticolosa un inutile e pericoloso sentiero sul fianco della scogliera.

«Quigly mi odia», aveva insistito Ann. «Sperava che cadessi e mi ammazzassi. E mi è quasi successo, per due volte. Se non mi avesse afferrata lui, sarei finita in fondo alla scarpata.»

Elizabeth l'aveva guardata. «Ma lui ti ha ripreso, vero? Perciò non poteva avere intenzione di farti cadere. Non ha senso, Ann. Non so niente di questa pericolosa gradinata, ma se Quigly voleva che tu ti ammazzassi mi pare che non gli sarebbe stato difficile lasciare che accadesse.»

Per un attimo questo discorso logico aveva bloccato Ann. Ma poi la paura e il disgusto per il fratello erano ritornati.

«Ma non capisci? È stato un avvertimento. Voleva farmi capire come sarebbe stato facile per lui. Era un avvertimento per via di Tony.»

«Che cosa c'entra Tony?» aveva chiesto Elizabeth.

«Adesso te lo spiego. Tuo figlio è matto. Crede che io abbia cercato di flirtare con Tony ieri sera. In quella sua mente malata si immagina che io mi interessi a Tony. Pensa addirittura che abbia fatto delle *avances* al marito di mia madre! Dio mio, come si fa a essere più dementi di così? Tutt'a un tratto ammira molto Tony e pensa che sia un buon marito per te. Si è messo in testa che niente deve interferire con la vostra unione e gli è venuta la pazzesca idea che io voglia mettermi fra voi due.»

Elizabeth non aveva risposto e Ann l'aveva guardata attentamente.

«Non lo crederai anche tu, vero?»

Elizabeth si era ripresa rapidamente. «Non essere ridicola. Stavo pensando a Quigly. Non so che fare per lui, Ann. Non so proprio che cosa ne sarà.» Aveva cercato di sorridere. «So che una volta hai avuto una cotta da scolaretta per Tony», aveva aggiunto, «ma non eri la sola. Anche Laurel lo amava. Solo che lei non è mai riuscita a superare la cosa.»

La voce gentile della madre aveva tranquillizzato Ann che le aveva risposto con voce più controllata.

«Non ci capisco niente. Quigly non c'era nemmeno quando abbiamo conosciuto Tony. Non l'aveva mai visto fino al giorno del compleanno di Charlene. Perché mai dovrebbe credermi capace di fare una cosa simile?»

«Come può una persona normale comprendere una mente turbata come quella di Quigly? Sappiamo che ha dei periodi in cui perde completamente il controllo, ma oltre a questo io credo che abbia accumulato tanto odio e tanto risentimento che ora non è più capace di giudicare correttamente. Mi ha detto per esempio quello che prova per te. Ti attribuisce la colpa di gran parte della sua infelicità. Ha un modo distorto, deformato di guardare il passato. Crede che tu l'abbia indotto a non fidarsi di me, cosa che infatti ha messo in atto per gran parte della sua vita. Forse tu per lui sei l'ultimo simbolo dell'ingiustizia. Da quando ha deciso che io lo amo e che l'ho sempre amato non gli servo più come oggetto di amore-odio. Non ha motivo di prendersela con Charlene. E pensa di avere anche capito che l'affetto di Tony per me è sincero e disinteressato. Perciò può darsi che gli sia rimasta solo tu, da sospettare e spaventare.»

«È un incubo», aveva osservato Ann. «Forse ho effettivamente influenzato il suo modo di pensare quando eravamo bambini. Ero anch'io una ragazzina piuttosto amareggiata a quel tempo. Ma portare un rancore a questi estremi, per tutti questi anni!»

«Non si tratta solo di te», le aveva spiegato Elizabeth. «Molte altre persone e situazioni sono responsabili di quello che Quigly è diventato ora.» E aveva raccontato ad Ann della faccenda di San Diego e della disgraziata relazione con Terry Isherwood. «Non c'è stato niente di vero per lui per molti e molti anni. Gli mancava la sicurezza di appartenere a qualcuno, a qualcosa. E poi, naturalmente, in questi anni ha bevuto molto. Per non parlare del resto. Comunque, secondo me è più che un semplice alcolizzato. Se fosse solo questo per lui ci sarebbe una speranza, mediante la Lega Antialcolica o la psichiatria. Ma temo che sia troppo tardi. Credo che il suo cervello abbia ormai subito un danno irreversibile per il troppo alcool. Per questo sono tanto preoccupata per lui. Non posso tenerlo qui e non oso lasciarlo andare via. Ma bisognerà prendere una decisione, e presto.»

Ann l'aveva guardata con curiosità. «Non è da te, mamma. Tu non sei un medico. Devi essere ben sicura della gravità della sua malattia se non l'hai nemmeno fatto visitare.»

«Dimentichi, Ann, che ho già vissuto una volta con questo genere di stravaganze. Ne riconosco i sintomi. So che si arriva a un punto senza ritorno.»

«Eppure la cosa sensata sarebbe farselo confermare da un dottore.»

«Sì, certo. Tony e io ne abbiamo già parlato. Subito dopo le vacanze di Natale avremo un franco discorso con Quigly.» Elizabeth si era alzata in piedi. «Cerca di riposare un po'. Peter e i ragazzi dovrebbero essere di ritorno tra poco. Stasera andremo tutti a letto presto perché domani sarà una giornata lunga e faticosa.»

«Dov'è Quigly?»

«Non so, cara. Fuori, da qualche parte.»

«Tienilo lontano da me, mamma. Mi fa paura.»

«Ann, ti prego, non lasciarti turbare tanto dalle stranezze di Quigly. Non ti farebbe mai del male fisico. Ne sono certa.»

Ann si era riadagiata sui cuscini. «Perché tu non l'hai né visto né sentito stamattina quando eravamo soli. Non voglio restare mai più sola con lui. E voglio che tu mi prometta di tenerlo lontano dai miei bambini.»

Elizabeth aveva sospirato. «Lo farai solo sentire peggio. Quigly ama i bambini. È molto dolce e gentile con loro. Dovresti vederlo con Antoinette. La adora.»

Ann aveva di nuovo girato il viso verso il muro. «Già, è logico», aveva detto. «È figlia di Charlene, non mia.»

Il ricordo di quella conversazione con Ann pesava ancora sull'animo di Elizabeth quando si svegliò quel mattino. Non ne aveva ancora parlato con Tony. La sua insolita reticenza era dovuta a uno strano imbarazzo per via di quelle accuse che sia pure indirettamente coinvolgevano anche Tony. Così Elizabeth aveva deciso che quel soggiorno di parenti sarebbe già stato abbastanza faticoso senza aggiungervi anche il fatto che Tony dovesse sentirsi imbarazzato o a disagio ogni volta che si rivolgeva gentilmente alla figliastra. Chiuse gli occhi e pregò in silenzio: «Facci arrivare alla fine dei prossimi giorni e ti prometto che affronterò qualunque cosa si debba fare per Quigly».

Di malavoglia si alzò e si vestì. Quando arrivò in cucina c'erano ancora due posti vuoti a tavola. Baciò Tony e poi tutti gli altri.

«Dov'è Ann?»

«La mia pigra moglie sta ancora dormendo», rispose Peter. «È un'occasione così rara per lei che non ho avuto il coraggio di svegliarla. Di solito si alza alle sette per riuscire a farci uscire tutti quanti in ordine.»

«Le occasioni rare devono essere contagiose», commentò Tony guardando Elizabeth affettuosamente.

Lei rise. «A quanto pare! Non ricordo di avere mai dormito fino a quest'ora! Avete mangiato tutti? Bene. Allora, fuori dai piedi. Charlene e Jim saranno qui per pranzo e la banda dell'ufficio per le otto di stasera. Ho un milione di faccende dell'ultimo minuto da sbrigare e vi sarei molto grata se stamattina tagliaste tutti la corda.»

«Condurrò i bambini a fare una passeggiata sulla spiaggia, se ne hanno voglia», disse Quigly.

Elizabeth sobbalzò così violentemente che la tazza del caffè le cadde di mano e si ruppe sul pavimento di cotto.

Tony si chinò a raccogliere i cocci. «Sei un po' imbranata stamattina, bellezza. Fortuna che era solo il servizio della prima colazione.»

«Be', allora?» La voce di Quigly era aspra. O forse, pensò Elizabeth, comincio a immaginarmi le cose?

«Ah, dici la passeggiata? Magnifica idea», esclamò Peter. «I ragazzi saranno entusiasti, vero?»

Tre testoline si chinarono annuendo.

«Okay», approvò Quigly. «Allora si va. I gradini per scendere alla spiaggia sono sul retro della casa, ma tu devi reggerti bene alla ringhiera, Jo. Quei vecchi gradini di legno un po' sconnessi sono pericolosi.»

«Perché non vai anche tu con loro, Peter?» disse in fretta Elizabeth. «È una passeggiata splendida. E se ben conosco Ann non si alzerà che fra qualche ora.»

«Ottima idea. Ti spiace se mi unisco a voi, Quigly?»

Quigly guardò Elizabeth e a lei sembrò di scorgere sul suo viso un'ombra di sospetto. Ma poi lui scrollò le spalle con indifferenza.

«Per me. Anzi, mi fa piacere. E tu, Tony, non vieni?»

«No, grazie. Credo che resterò qui a intralciare i lavori della indaffaratissima padrona di casa.»

«Già», osservò Quigly. «Giusto. La principessa Ann avrà bisogno di qualcuno che la intrattenga quando si sveglierà.»

«Che cosa intendeva dire Quigly?» chiese Tony quando il gruppo si fu allontanato. «Era una buffa critica ad Ann. Mi spiace dirlo, ma temo che Quigly stia perdendo la medaglia d'oro per la buona condotta. Si comporta stranamente da quando sono arrivati i Richards. E poi si è rimesso a bere. L'ho capito dall'odore.»

«Sì, anch'io me ne sono accorta quando l'ho baciato.» Stava quasi per raccontargli anche della conversazione con Ann, ma qualcosa la trattenne. Alzò invece le braccia e le allacciò intorno al collo di Tony. «Ti amo», sussurrò.

«Fantastico. Torniamo a letto.»

«Sul serio, Tony. Non posso chiederti di sopportare ancora tutto questo. Parlo di Quigly. Devo convincerlo ad andare da un medico. Se non ha niente che non va nella testa, allora deve cercarsi un lavoro e farsi una vita sua lontano da noi.»

«E se c'è qualcosa che non va?» le chiese preoccupato.

«Allora dovrà essere ricoverato. Dovrò farmene una ragione. Non posso più vivere in questa incertezza.»

Tony le lanciò un'occhiata indagatrice. «Qui è successo qualcosa, vero? Me lo tieni nascosto, Elizabeth. Questo non è da te. Avanti, che cosa è successo?»

«Ann e Quigly hanno bisticciato. Io non ero presente, ma Ann è convinta che Quigly la voglia uccidere.»

Lo stupore di Tony era sincero. «Mio Dio! E perché?»

Per la prima e ultima volta nella sua vita, Elizabeth gli raccontò una mezza verità. «È ancora per quella cosa di quando erano bambini. Più qualche altra faccenda più recente, come la stupidaggine che ha fatto Ann a non preparare i bambini all'incontro con Jim e Antoinette.» Non gli disse che Quigly era convinto che Ann fosse ancora invaghita di lui. «Devono avere avuto un alterco violento e ora Ann pensa che lui possa fare del male a lei o ai suoi figli. Per questo ho voluto che stamattina andasse anche Peter alla spiaggia con loro.»

«Elizabeth, non crederai davvero a queste idiozie! So che Quigly è malato e so anche che può arrivare a essere violento. Ma non credo che farebbe del male alla sorella e sono maledettamente sicuro che non torcerebbe un capello a dei bambini innocenti.»

«Lo so anch'io», confermò lei. «Ma ho dovuto promettere ad Ann che non li avrei mai lasciati soli con Quigly. È questo che intendo dire, caro. Non possiamo continuare a vivere in questo modo. Senza essere mai del tutto sicuri che mio figlio non cada in un momento di squilibrio.»

«Ma credi davvero che l'abbia minacciata? Ha sempre avuto la tendenza a drammatizzare le cose, quella ragazza.»

«Non so se lui l'abbia veramente minacciata o meno. Ma so che c'è la possibilità che l'abbia fatto. E devo affrontare questa eventualità.»

«E c'è un altro fatto che devi affrontare», sottolineò una voce dalla soglia. Era Ann, in piedi sull'uscio, che li guardava. «Non potrei essermi inventata una storia così malvagia. Non sono una bugiarda patologica o una psicopatica, anche se tu pensi che io sia una perfetta attrice.»

«No, mia cara, però hai la brutta tendenza a origliare», replicò Tony. «Che cosa hai sentito di questa conversazione che doveva presumibilmente essere privata?»

«Abbastanza per sapere che tu credi che io non dica la verità, Tony. Peccato. Preferirei essere considerata una rovinafamiglie, piuttosto che una contapalle.»

Tony era confuso. «Una rovinafamiglie?»

Ann pareva quasi divertita. «Suppongo che tu non gli abbia raccontata questa parte della storia, mamma.»

Tony guardò Elizabeth. «Qualcuno vorrebbe avere la compiacenza di spiegarmi che cosa sta succedendo?»

«Non sta succedendo proprio niente», rispose Elizabeth nervosamente. «È una cosa così stupida e sgradevole che ho pensato che non valesse nemmeno la pena di ripetertela. Ann sostiene che Quigly è convinto che lei stia flirtando con te, Tony. Anzi, a stare a quello che lei dice, lui crede che lei voglia distruggere il nostro matrimonio. Dimmi, puoi davvero biasimarmi se non ti ho raccontato tutto questo? Anche Ann sa che è una follia. Me l'ha detto lei ieri.»

«Certo che è una follia», approvò Ann. «Non è proprio questo il punto. Quigly è pazzo. E sia che crediate o meno che io vi stia raccontando le cose esattamente come sono avvenute, sapete benissimo tutt'e due che è pericoloso e imprevedibile. Non avete il diritto di lasciarlo in giro in libertà senza sapere quali terribili cose farà. Aspettate, aspettate pure. Un giorno o l'altro ammazzerà davvero qualcuno e allora non ve lo perdonerete mai.»

«Non voglio parlarne più», concluse Elizabeth. «Sappiamo da noi che cosa dobbiamo fare, Ann. Lascia perdere questo argomento per favore, vuoi?»

Ann cedette. «Dove sono i ragazzi?»

«A fare una passeggiata sulla spiaggia con Quigly e Peter», rispose Tony. «Molto simpatico, tuo marito. Sono contento che tu non l'abbia perso.»

Ann si versò una tazza di caffè. «Perdere Peter? Nemmeno per sogno. Non so proprio come mai mi sia lasciata prendere dal panico qualche mese fa. Era stata tutta una grande montatura; la faccenda di volere il divorzio, intendo. Non che glielo avrei mai concesso. Comunque, adesso è tornato tutto tranquillo. Come avete visto anche voi ora Peter è felice e beato. Crede di avere affermato i propri diritti e di avere vinto. Solo di questo aveva bisogno. Solo di una piccola, minuscola vittoria. Non so proprio perché l'avessi preso così sul serio allora. Non ci riproverà mai più.»

Elizabeth era affaccendata davanti al lavandino. «Che bello essere così sicuri», commentò seccamente. «Sei sempre perfettamente in grado di controllare la situazione, vero?»

«Certo, mamma. Ho imparato da te.»

Tony si alzò. «Peccato che tu non abbia imparato anche qualche altra cosa.»

«Per esempio?»

«Oh, niente d'importante. Solo qualche trascurabile cosetta, come la lealtà, la tenerezza e la capacità di far sentire uomo un uomo.» La guardò con pietà. «Povero Quigly. Si sbaglia di grosso, se pensa che tu sia sexy. Non sei abbastanza donna per spezzare né questo matrimonio né nessun altro.» Aprì la porta che dava sul retro. «Mi spiace», aggiunse. «Questo è stato un colpo basso, vero? Vado a prendere un po' di aria fresca.»

Ann lo seguì con gli occhi. Era rossa come un peperone. Poi si rivolse furiosamente a Elizabeth.

«Ma come puoi vivere con un uomo del genere? Che sfrontatezza: Tony Alexander che accusa me di non essere abbastanza femminile! Con l'aria di alludere che non so soddisfare un uomo! Be', lui dovrebbe saperlo! Lui, che ha soddisfatto Robert Gale per tanti anni! Mi stupisce che possa fare qualcosa per te, mamma. O sbaglio?»

Elizabeth non alzò la voce, ma la luce che le brillava negli occhi era molto simile all'odio.

«Non voglio nemmeno credere di avere veramente sentito quello che hai detto, Ann. Farai bene a scomparire dalla mia vista prima che dimentichi che sei mia figlia.»

La giovane donna tentò di fare marcia indietro. «Mi dispiace, mamma. Ho parlato senza riflettere. Non intendevo veramente...»

«Fuori di qui!» urlò.

Spaventata Ann corse via dalla cucina. Una volta in camera sua si buttò tremante sul letto. Poi si alzò e si mise a fare le valigie. Appena Peter e i bambini tornano ce ne andremo. Non resterò in questa casa un giorno di più. Quigly, Tony, mia madre: sono tutti contro di me. Magari riusciamo a prendere un volo del pomeriggio per New York. Peter non avrebbe capito il motivo di quella improvvisa partenza, ma non importava. Gli avrebbe semplicemente detto che voleva tornare a casa. Lui avrebbe fatto come voleva lei. Lo faceva sempre.

Stava febbrilmente gettando gli abiti nelle valigie quando suo marito tornò dalla passeggiata. Rimase impietrito a guardarla, non riuscendo a dare un senso a quello che vedeva.

«Ma che cosa diavolo stai facendo?»

«Peter, voglio andarmene oggi stesso. Torniamo a New York con il primo volo. Non voglio restare qui un minuto di più. Ti prego, telefona all'aeroporto mentre io finisco i bagagli e preparo i bambini. Dovresti chiamare anche un taxi.»

Peter era confuso. «Ann, ma che significa tutto questo? Sei impazzita? Non possiamo prendere e andarcene in questo modo. Che cosa è successo?»

«Non ho tempo di spiegarti adesso, Peter. Voglio andare a casa.»

«Allora puoi andarci da sola», ribadì lui. «Ti stai comportando come una pazza. Che cosa è successo? Due ore fa stavamo tutti facendo tranquillamente la prima colazione pregustando la festa di stasera. Poi esco a fare due passi, torno e ti trovo agitata come una matta.» La spinse energicamente su una poltrona. «Adesso mi dici esattamente quello che è successo e poi deciderò se andiamo o meno a casa.»

Ann si mise a piangere. «Tu non sai che cosa è stato per me. Tutti mi disprezzano. Quigly ieri ha tentato di uccidermi, mia madre non mi può vedere e Tony pensa che sia una donna frigida, Charlene sta per arrivare con quel suo marito negro e quella figlia mezzosangue e voi tutti pensate che io abbia prevenuto i miei figli contro di loro. Non ho avuto un momento di gentilezza o di comprensione da quando ho messo piede in questa casa. Solo odio, rancori e perfino minacce alla mia vita.» Ora singhiozzava amaramente. «Non riuscirai a impedirmelo, Peter. Voglio andare a casa. Non resterò un'ora di più.»

Peter cercò di mettere insieme i pezzi di quel discorso incoerente, di capire il senso di tutte quelle accuse isteriche. La fece alzare gentilmente e la strinse tra le braccia.

«Calmati, tesoro», sussurrò. «Facciamo un passo per volta. Non capisco di cosa tu stia parlando. Ripetiamo tutto lentamente.»

«No! Non voglio ripetere un bel niente! Voglio andare a casa e tu hai il dovere di portarmici.»

«Ti ci porterò se mi spiegherai perché dovrei farlo. Finora ho sentito solo affermazioni deliranti che tutti ti disprezzano.

Non posso crederlo. Devo sapere perché scappiamo via di qui come persone la cui vita è in pericolo. Questa è la tua famiglia, tesoro. Non un mucchio di estranei cattivi e malvagi Adesso fatti sbollire la rabbia e cerca di spiegarmi che cosa è successo.»

In quello stato d'ira e di turbamento non era facile fargli un racconto sensato che escludesse, come Ann capiva di dover fare, qualsiasi riferimento a lei come minaccia al matrimonio di sua madre. Peter sarebbe stato curioso di sapere come poteva Quigly avere pensato una cosa simile e Ann non aveva la minima intenzione di entrare in particolari sui suoi sentimenti per la madre e il patrigno. C'erano tante cose che aveva nascosto a Peter, compreso il modo in cui considerava la propria vita prima di conoscerlo. Sarebbe potuta cadere in qualche trappola, se avesse dato a Tony un ruolo importante nel suo attuale turbamento.

Cercando di restare calma diede al marito un'edizione accuratamente riveduta e corretta degli avvenimenti degli ultimi due giorni. Spiegò la lite con Quigly dicendo che il fratello era un paranoico che aveva tentato per due volte di farla cadere dalla scogliera per via di certe immaginarie ingiustizie patite durante l'infanzia. Su questa base le fu facile fare sembrare l'ostilità di Elizabeth solo un atteggiamento materno di difesa e le accuse di Tony un rimprovero per la mancanza di amore e comprensione tra le due donne. Ma man mano che una bugia si legava alla successiva Ann diventava non solo più sicura, ma anche più rilassata. Arrivò quasi a convincere perfino se stessa che in tutta quella storia Tony non c'entrasse affatto e che si trattasse semplicemente del riaffiorare di vecchi rancori e di gelosie rimaste a lungo sopite tra fratello e sorella. Alla fine del racconto Ann ne usciva come la sorella maggiore incompresa, ferita e sbalordita dall'improvvisa rivelazione dell'odio da parte di un fratello disadattato difeso da una madre che lo adorava ciecamente e da un fatuo patrigno.

Peter l'ascoltò attentamente. Viveva con Ann da quattordici anni e ormai sapeva quando sua moglie mentiva. Sapeva inoltre che Ann poteva arrivare a uno stadio in cui si convinceva veramente delle frottole che stava raccontando. In quella storia doveva esserci molto di più di quanto lei gli avesse detto, ma non abbastanza, pensò Peter, da giustificare una partenza improvvisa e imbarazzante dalla casa di Elizabeth.

Quando ebbe finito il suo racconto Ann aveva gli occhi asciutti ed era molto più calma, ma sempre fermamente decisa ad andarsene nel pomeriggio.

«Quindi capisci, tesoro», disse a Peter, «che non posso restare più qui. Mia madre sa benissimo che Quigly ormai è arrivato al limite estremo, ma si sente in dovere di difenderlo e Tony deve adeguarsi. Non mi va di cominciare l'anno nuovo in un'atmosfera del genere. Mi fa troppo male. Tu capisci, vero, Peter?»

«Sì, capisco, ma penso anche che abbiamo verso tua madre il dovere di non guastare questa serata né a lei né agli altri. Ce ne andremo domani, ammesso che riesca a trovare i posti in aereo. Troverò qualche scusa, per esempio che devo tornare in ufficio due giorni prima del previsto. Ma non possiamo andarcene proprio la sera di Capodanno, Ann. Sarebbe troppo evidente. Perfino i bambini capirebbero che c'è qualcosa che non va. Se ce ne andiamo un paio di giorni prima del previsto perlomeno possiamo salvare la faccia.»

«Non so proprio perché dovrei preoccuparmi tanto dei sentimenti degli altri. Nessuno si è preoccupato dei miei.»

«Ma tu puoi essere più generosa di loro», incalzò Peter. «Puoi prenderti questa soddisfazione. E poi, cara, come ti ho già detto, metteremmo troppo in allarme i bambini se partissimo oggi.»

L'idea di essere più magnanima di sua madre fece presa su Ann. E poi Peter aveva ragione, per quanto riguardava i bambini. Avrebbero fatto un mucchio di domande imbarazzanti, se avessero cambiato improvvisamente programma. Pensò che in fondo poteva resistere per altre ventiquattro ore. Magari quella sera si sarebbe perfino ubriacata un po' e le cose non le sarebbero più sembrate tanto brutte. Non era certo una bevitrice, ma doveva pur aiutarsi con qualcosa per sopportare il resto di quell'orribile soggiorno.

«E va bene», acconsentì infine. «Tu però devi chiamare l'aeroporto e sentire se possiamo partire domani.»

Peter annuì. «D'accordo. Ora farai bene a vestirti. Tua sorella e la sua famiglia devono arrivare da un momento all'altro e tu sei ancora in vestaglia.»

Ann gli lanciò un'occhiata provocante. «Già, è vero. Perché non chiudi un momento la porta a chiave?»

Questo sorprendente cambiamento d'umore eccitò Peter.

Più tardi Ann giaceva supina accanto a Peter. E così Tony Alexander pensa che non sia abbastanza donna per far sentire a un uomo di essere un uomo, pensò con compiacimento ascoltando il respiro pesante del marito. Tony dovrebbe imparare che cos'è una vera donna.

L'arrivo di Charlene e della sua famigliola servì da distrazione al gruppetto di familiari già riuniti in casa Alexander. I nuovi parenti affascinarono Peter e i ragazzi. Antoinette era davvero graziosa come Elizabeth aveva detto, al punto che perfino la dubbiosa Elizabeth Joanne si lasciò conquistare da quella bambolina e la portò subito a vedere il letto che quella sera avrebbero diviso, comportandosi come una mammina protettiva verso la piccola Antoinette sorridente e con gli occhioni spalancati.

Jim ottenne altrettanto successo con il lato maschile della famiglia Richards. Tra lui e Peter nacque un'immediata simpatia e i ragazzi sentendo che lo zio lavorava alla Douglas cominciarono a tempestarlo di domande sui nuovi apparecchi ascoltando rapiti lo zio che spiegava loro il funzionamento tecnico dell'aereo che avevano preso per venire in California da New York. Tony e perfino Quigly si unirono a questa conversazione da uomini che occupò gran parte del pomeriggio e continuò anche durante la tranquilla cenetta familiare.

Quando tornò in camera sua con Tony a vestirsi per la festa Elizabeth era quasi tornata allegra e di buonumore. I buoni rapporti che si erano subito stabiliti tra le famiglie delle sue due figlie le erano stati di grande sollievo. Non c'era stata nessuna dimostrazione d'imbarazzo da nessuna delle due parti e la rigida e innaturale gentilezza dei bambini di Ann, che Elizabeth aveva tanto temuto, non si era verificata affatto. Aveva passato una tranquilla giornata con le figlie mentre gli uomini parlavano di aviazione e Jo giocava felice e beata con Antoinette. Ann miracolosamente si era comportata come se non fosse accaduto nulla di spiacevole dal momento del suo arrivo. Anzi, era più affascinante del solito ed Elizabeth aveva scorto negli occhi di Charlene l'antica «adorazione della sorellina minore» mentre Ann chiacchierava disinvolta e divertente della vita a New York e scambiava osservazioni da giovane madre con la sorella, che la guardava rapita come se fosse una specie di sofisticata, elegante, remota principessa.

«Dopotutto è stata una giornata piacevole», disse Elizabeth mentre faceva scorrere l'acqua nella vasca. Tony, con un asciugamano drappeggiato in vita come un sarong, si stava sbarbando davanti allo specchio del bagno e si voltò a sorriderle.

«Non sottovalutare mai i buoni istinti elementari», osservò. «Sono bastati due minuti d'orologio perché Peter e i ragazzi dimenticassero che i loro nuovi parenti erano qualcos'altro oltre che gente simpatica.»

Elizabeth gli restituì il sorriso. «Anche Ann si è comportata benissimo. Forse tutta questa faccenda finirà in niente.» Ma poi, facendosi seria, si contraddisse: «No, non finirà in niente. C'è sempre Quigly e le cose che ha detto ad Ann».

«E quello che io ho detto ad Ann?»

«Caro, tu le hai detto solo la verità. A proposito della lealtà e della tenerezza, voglio dire. Non ne ha. Non ne ha mai avute.»

Tony le si avvicinò. «Sei davvero meravigliosa», mormorò. «La tua capacità di giudicare obiettivamente i tuoi figli è l'unica cosa che non finisce mai di stupirmi. Come il fatto che tu sia sempre così desiderabile.» Lasciò cadere a terra l'asciugamano che teneva legato in vita. «E, naturalmente, anche il modo in cui hai progettato questa casa con un camino nel nostro bagno e davanti un morbido e invitante tappeto di pelliccia.» Le accarezzò dolcemente il seno. «Chiudi quel maledetto rubinetto, per favore. Questa è l'ultima volta che posso fare l'amore con te nel 1959.»

Non dimenticherò mai più questo momento per il resto della mia vita, pensò Elizabeth prima che le splendide, travolgenti, inebrianti ondate della passione cancellassero tutto dalla sua mente.

Nella loro stanza Charlene si rivolse allegramente a Jim. «Che te ne pare?»

«Di Peter e dei ragazzi? Fantastici. Lui è un tipo molto in gamba e i figli sono dei ragazzini vivaci e simpatici.»

«Sono così contenta che Jo e Antoinette abbiano legato così bene.»

Lui la guardò con tenerezza. «Povera bimba mia, eri preoccupata, vero? Be', lo ero anch'io. Avevo paura che fosse tutto molto complicato. Non è facile trovarsi improvvisamente faccia a faccia con uno zio e una cugina che sembrano usciti freschi dalla *Capanna dello zio Tom.*»

«Idiota», rise Charlene. «Siamo nel 1959, non nel 1849.»

«Non scherzare, bimba. Le cose non sono poi tanto cambiate da allora, per gente come i Richards. Anzi, non solo per gente come loro, ma per quasi tutti. C'è una riga che dice 'tu non lo farai' a proposito del matrimonio misto e anche i liberali più arrabbiati di solito non sono disposti a superarla. Ann può fingere di averti perdonato di esserti scelta un marito negro, ma, ammettiamolo, dentro di sé è sempre inorridita. A dirti la verità, temevo che avesse fatto un lavaggio del cervello a quei tre ragazzi perché si comportassero con me e con Antoinette con quella cortesia di tipo paternalistico e compassionevole che si ha per gli infelici. Forse l'ho giudicata male. O forse il marito e i figli sono persone decenti, malgrado lei.»

«Ann, non ti piace, vero?» gli chiese Charlene tristemente.

«Tesoro, quando uno ha il mio colore di pelle impara a fidarsi o meno della gente istintivamente. È così che capisci che cosa provano veramente gli altri, indipendentemente dal fatto che fingano che in te non ci sia niente di strano. Non è che Ann non mi piaccia. Solo, mi fa pena. È la donna più schiava dei pregiudizi che abbia mai conosciuto. Ma non posso dire davvero di sentire dell'affetto per lei, anche se è tua sorella.»

Charlene era riluttante ad accettare il calmo giudizio del marito. Sapeva come Ann la pensava a proposito del suo matrimonio con Jim anche se nessuno le aveva mai detto niente. Lunghi anni di silenzio erano più eloquenti di ogni parola. Eppure Charlene continuava ad amarla, a sentirsi ancora come un po' intimidita dalla presenza arrogante e sicura di Ann. Quel giorno sua sorella era stata più cordiale di quanto Charlene non la ricordasse da un pezzo, eppure aveva intuito che tra Ann ed Elizabeth c'era come una tensione nascosta. Non si era detto assolutamente niente, nemmeno un accenno a qualche screzio tra loro. Anzi, se possibile erano state ore eccezionalmente gradevoli, dal pranzo fino a quel momento. Eppure c'era qualcosa di terribilmente sbagliato in quella casa. Charlene rabbrividì improvvisamente.

«Hai freddo, amore? Vuoi che accenda uno dei famosi caminetti di tua madre per fartelo passare?»

Charlene scosse la testa. «No, non ho freddo. Ho avuto un'apparizione spettrale, per un attimo. Come se qualcuno camminasse sulla mia tomba.»

Jim rise. «Sando Dio, badroncina, mi sembri supersdiziosa come una vecchia *mamie*. Sei sicura di non essere negra, tesoro? Magari solo un pochino, qualche goccia di sangue nero tra i tuoi antenati?»

Charlene rise della parodia di Jim. Poi, in un modo un po' volgare del tutto insolito in lei, disse, mettendogli le mani sui fianchi sottili e scrollando la testa con aria perversa: «Ah, se io essere nera, Jim Jenkins, puoi stare certo che essere solo per iniezione!»

E tutt'e due scoppiarono a ridere.

Dalla sua camera Ann sentì quelle risate provenienti dalla stanza della sorella. Aggrottò la fronte seccata. Come facevano a essere così giulivi, quei due? Ridacchiare in camera, come due adolescenti! La parola camera da letto le fece tornare in mente il pensiero che la tormentava da tutto il giorno.

«Peter», esclamò di punto in bianco, «detesto l'idea che Jo debba dormire con Antoinette.»

Lui la guardò infastidito. «Per l'amor di Dio, quale altra complicazione stai cercando di creare, adesso? Sai che ormai è tutto sistemato e sono tutti contenti, comprese le due bambine.»

«Il che non vuol dire che a me debba piacere l'idea.»

«Bene. Che cosa non ti piace? Temi forse che il colore di Antoinette durante la notte si possa trasmettere a tua figlia?»

«Non sono esattamente felice di sapere che mia figlia debba dividere il letto con una bambina mezzo negra.»

«Quella bambina mezzo negra», ribadì Peter con intenzione, «è tua nipote. Oltre a ciò, è una delle cosine più graziose che abbia mai visto in vita mia. Jo va matta per lei. Ti giuro che mi stai facendo impazzire, Ann! Lascia perdere. È già tutto sistemato e non vorrai rimettere tutto in discussione solo perché non vuoi che la tua bionda figlia dorma con la sua cuginetta.»

«Non è solo questo», disse Ann lentamente.

«Che altro c'è, allora?» le chiese Peter con impazienza.

«Sono nell'altra ala della casa. E Quigly dormirà vicino a loro sul divano in soggiorno.»

Peter la guardò incredulo. «Oh, no!» esclamò. «Non vorrai dirmi che temi che Quigly faccia del male a Jo! Credo che sia più malata tu di lui, Ann. Cristo, Ann, ma che cosa stai dicendo? Stai cercando di farmi credere che Quigly molesterebbe anche sua nipote di undici anni?»

«Non so che cosa possa fare un pazzo!» urlò quasi Ann. «Potrebbe ucciderla. Potrebbe fare qualsiasi cosa per vendicarsi di me. Sono la madre di Jo. Ti sembra tanto strano che mi preoccupi della sua incolumità?»

«E io sono suo padre», rispose Peter. «E ti dico che stai diventando un'ossessione con questa maledetta faccenda. Non voglio sentirne più parlare, Ann. E ti prego di non aprire bocca nemmeno con Elizabeth.»

Ann lo guardò furiosa. «Non chiuderò occhio tutta la notte per colpa tua.»

«Splendida idea. Potrai dormire domani, durante il viaggio di ritorno a New York.»

L'espressione di Ann cambiò in un lampo. «Hai trovato i posti? Grazie a Dio! A che ora partiamo?»

«Alle due del pomeriggio.»

«Hai già detto a mamma e a Tony che ce ne andiamo prima del previsto?»

«No, mia cara. Lascio a te il compito di inventare qualche convincente bugia. Non credo che ne sarei capace.»

«Lo so», osservò Ann pensosa. «Senza dubbio se la prenderanno.»

«Forse», rispose Peter. «Io però al posto loro proverei solo sollievo.»

34

Quando, più tardi, Elizabeth riandò con la mente a quella notte di Capodanno la vide come una sequenza fotografica che cominciava con un ritratto di famiglia e finiva in un'esplosione accecante di colori, luci e forme distorti e alterati. Attraverso il microscopio della propria mente continuava a esaminare quella famosa notte scrutandone ogni minimo particolare, analizzando ogni figura che appariva man mano sempre più grande, fino a superare i limiti della realtà.

La serata era cominciata con una nota di affettuoso umorismo. Secondo la moda californiana Elizabeth e Charlene indossavano degli abiti lunghi mentre i loro mariti, in onore dell'occasione speciale, portavano delle giacche scure e un foulard colorato al collo invece del solito abbigliamento casual. Soltanto Peter si era presentato in un impeccabile smoking, con l'aria del perfetto newyorkese. Appena messo piede in soggiorno, tuttavia, si era accorto dello sbaglio e si era mostrato molto imbarazzato.

«Che figura da provinciale», aveva osservato tutto compunto. «Però, potevate avvertirmi di come ci si doveva vestire! Vado subito a cambiarmi, faccio in un secondo.»

«Sciocchezze», aveva replicato Elizabeth. «Sei bellissimo. Niente si addice di più a un uomo dello smoking.»

«Mi sento a disagio», aveva ribattuto Peter. «I vostri ospiti penseranno che sono un impiegato delle pompe funebri.»

«Non fare lo sciocco», aveva detto Jim gentilmente. «Aggiungi un tocco di classe molto mondano. Non è vero, Charlene?»

Charlene aveva annuito. «Stai benissimo, Peter. Ti prego, non cambiarti. Fai sembrare più importante la festa.»

«E va bene», aveva finito per acconsentire lui sia pure a malincuore. «Visto che Ann mi ha costretto a trascinarmi fin qui questo abito da scimmia, tanto vale che lo indossi.» Poi aveva sorriso. «Forse i tuoi amici penseranno che tu abbia assunto un maggiordomo per l'occasione, Tony.»

Ann non aveva aperto bocca durante quello scambio di battute. Anche lei del resto portava un pretenzioso abito di velluto nero lungo fino ai piedi con una vertiginosa scollatura, un abito che sarebbe stato adattissimo per un ricevimento in Park Avenue. Accidenti a loro, aveva pensato. Dio, come detesto i californiani, con quella loro aria noncurante e casual. È il peggiore tipo di snobismo alla rovescia. Peter penserà di certo che l'ho fatto apposta.

Man mano che arrivavano gli altri ospiti l'irritazione di Ann era cresciuta. Erano tutti vestiti come il resto della famiglia, le donne in semplici abiti lunghi o in pigiama palazzo dai larghi e fluttuanti pantaloni e gli uomini disinvolti. Non appartengo a questo mondo, aveva pensato Ann. Non somiglio a questa gente e questa gente non mi piace. Perfino Quigly sembra più integrato nell'ambiente di me e di Peter.

Aveva gettato un'occhiata al fratello che stava all'altro capo della stanza insieme con i bambini. Aveva continuato a bere in modo tranquillo, ma deciso, declinando le offerte di champagne per restare invece fedele al suo amato scotch con acqua e limitando la sua conversazione al reparto giovanissimi, che avevano avuto il permesso di partecipare alla festa fino a una certa ora.

Verso le otto e mezzo Charlene aveva detto che per Antoinette era ora di andare a letto e si era avviata per portarla in biblioteca.

«Lasciala restare ancora un minuto solo», l'aveva pregata Elizabeth. «Mi piacerebbe avere una foto di tutta la famiglia insieme. È la nostra prima vera riunione.» Poi indicando un giovanotto dell'ufficio aveva aggiunto: «George ha portato la macchina fotografica. Ne farò fare delle copie per tutti».

George li aveva fatti sistemare davanti al camino del soggiorno, mentre la banda dell'ufficio si teneva in disparte dando consigli e facendo commenti scherzosi. George aveva sbirciato attraverso l'obiettivo. «Mi sembra di fotografare la famiglia reale», aveva detto. «Siete tutti bellissimi.»

Quando Elizabeth, dopo vari anni, guardò quella fotografia, si rese conto che si trattava di una posa, di una natura morta: un momento fermo nel tempo in cui era stata colta sulla pellicola la vera essenza di tutti loro. Lei e Tony erano al centro del gruppo, con le mani intrecciate. Alla sua destra c'erano Ann e Peter, impettiti e compunti nei loro abiti eleganti. A sinistra c'era Jim, con un braccio intorno alle spalle di Charlene che a sua volta levava verso di lui uno sguardo sorridente. Accanto a Charlene c'era Quigly, che guardava con aria torva nell'obiettivo. I bambini stavano davanti ai rispettivi genitori. Ditto e Alan erano seduti a gambe incrociate per terra, con Jo in piedi dietro di loro e Antoinette si attaccava timidamente alla giacca di Jim con un visetto allegro.

In quel momento a Elizabeth era venuta in mente una frase che aveva già usato: «Il passato posa per un ritratto». Aveva sorriso, pensando: «Anche il presente. E il futuro».

A poco a poco tutti i bambini erano stati trascinati a letto dalle madri. Solo Ditto aveva avuto il permesso di restare alzato fino a mezzanotte e a quell'ora la festa aveva cominciato ad animarsi. Avevano ballato al suono dei dischi di Tony, avevano bevuto un numero incalcolabile di bottiglie di champagne, avevano riso, si erano stuzzicati e presi in giro l'un l'altro e tutti non facevano che ripetere a Elizabeth che era la più bella festa di Capodanno mai vista.

Allo scoccare della mezzanotte Tony aveva battuto un cucchiaino contro un bicchiere per farli tacere. «Agli amici e alla famiglia», aveva detto sollevando il bicchiere. «A coloro che si rallegrano del presente e ricordano il passato. Pace, salute, gioia, amore e... buon anno!»

«Buon anno!» avevano ripetuto gli altri in coro.

Mentre tutti si abbracciavano e si baciavano Tony aveva preso Elizabeth tra le braccia. «Il mio amore non va con le pagine del calendario», le aveva sussurrato. «Sarà con te sempre. Non solo questa notte. Ma ogni giorno, ogni notte. Nessuno di noi due sarà mai più solo. Buon anno, tesoro.»

«Anche a te, mio caro», aveva risposto lei. «A te, centro di ogni momento di veglia, di sonno, di amore, per sempre.»

A un tratto Jim si era intromesso tra loro. «Su, miei cari

colombi, separatevi un momento! Voglio baciare la più grande suocera del mondo!»

Tony ed Elizabeth si erano divisi e avevano cominciato a girare per la stanza abbracciando tutti quanti. Quando era arrivata davanti a Quigly, Elizabeth gli aveva preso il viso tra le mani e lo aveva baciato dolcemente. «Buon anno, Quigly caro», aveva detto. «Comincia un nuovo decennio. Quasi una nuova vita.»

Lui le aveva restituito il bacio con insolita tenerezza. «Sei una donna unica, mamma. Sono contento che tu sia tranquilla e felice.» Nella sua voce c'era una tristezza che le aveva dato una stretta al cuore, ma gli aveva sorriso fiduciosa: «Sì», aveva mormorato, «e anche tu lo sarai».

Charlene si era avvicinata a baciarli tutt'e due con affetto, ma Ann si era invece tenuta in disparte, come se non desiderasse avvicinarsi a sua madre. Elizabeth le si era fatta incontro. «Ann, cara, tanti auguri. Sono tanto felice che siamo qui insieme.»

Il bacio di Ann era stato freddo, sfuggente. «Buon anno, mamma. Spero di non averti guastato la festa di famiglia.»

Elizabeth l'aveva guardata sbalordita. Ann era decisamente ubriaca. Era stato un colpo, per Elizabeth. Non aveva mai visto Ann bere più di un paio di cocktail. Ma in quel momento si era resa conto di non essere mai stata a una festa con sua figlia dal ricevimento di nozze in poi. In quattordici anni le abitudini di Ann potevano essere cambiate. E poi, dopotutto, era la notte di Capodanno. Aveva riso delle proprie ridicole preoccupazioni.

«Ann, cara, come potresti guastare una festa! Sei così bella che puoi solo renderla più gradevole. Qui dentro tutti gli uomini non hanno occhi che per te.»

La risata di Ann era rauca e aspra. «Tutti meno uno», aveva ribattuto. Poi le aveva voltato di proposito la schiena e si era allontanata. Subito Elizabeth si era trovata accanto Peter, che pareva avesse seguito la scena.

«Posso parlarle un attimo?»

Impietrita e confusa per la villania della figlia, Elizabeth aveva annuito.

«Probabilmente ho scelto il momento sbagliato», aveva detto Peter. «Ma mi stavo chiedendo se Ann le ha già detto che partiamo domani.»

«Domani? Pensavo che sareste rimasti fino al tre.»

«Ann vuole andare a casa», aveva spiegato Peter. «L'avevo pregata di dirglielo, di inventare qualche scusa, ma forse *in vino veritas*, Elizabeth. Sono un po' sbronzo e credo che lei debba sapere la verità. Sua figlia è una donna emotiva, egocentrica e cocciuta. Se le cose non vanno esattamente come lei vuole, vale a dire se tutti non cadono ai suoi piedi, lei pianta baracca e burattini e se ne va. Credo di dirle tutto questo perché sono stufo di assumermi la colpa di tutto quello che fa Ann. Lei mi piace moltissimo, mia cara suocera, e sono abbastanza ubriaco da desiderare di farle sapere che quella di andarcene non è una mia idea.» Aveva riso. «Che cosa diavolo ho dimostrato venendo a raccontarglielo? Lei adesso penserà che ho voluto solo allargare l'abisso tra lei e Ann. Be', forse è proprio così. L'infelicità ama la compagnia.»

Elizabeth gli aveva preso una mano. «Va tutto bene, Peter. Capisco benissimo. Già me l'aspettavo che Ann volesse andarsene. Anzi, so per certo che non sarebbe rimasta nemmeno stasera, se tu non avessi insistito.»

«Sa», aveva aggiunto Peter, «è pazzesco, ma io amo ancora Ann. Credo che sia la donna più egoista e bugiarda che conosca, eppure la amo ancora.»

«Ne sono felice», aveva soggiunto lei. «Ann ha bisogno di essere amata.» Poi tutt'e due avevano guardato Ann che ondeggiava lentamente per la stanza in direzione di Tony. Quando lo aveva raggiunto si erano messi a parlare in modo quasi affettuoso con grande sollievo di Elizabeth. Tony sorrideva gentilmente. Elizabeth aveva distolto l'attenzione, stava trascurando i suoi ospiti. Peter era tornato al bar. Solo Quigly era rimasto a vedere Ann che prendeva Tony per un braccio e lo conduceva nella cucina deserta.

Tony aveva fatto proponimento di mostrarsi gentile con la figliastra quella sera. Al mattino era stato scortese e gli dispiaceva. Così quando Ann gli si era avvicinata era stato ben felice di avere l'occasione di dirglielo.

«Ann, voglio proprio scusarmi per avere perso le staffe stamattina», aveva detto con un sorriso. «È difficile che io mi arrabbi e poi me ne pento sempre. Te ne prego, perdonami.»

«Okay, domani torniamo a casa, Tony. Vorrei solo parlarti in privato un paio di minuti. Ci sono alcune cose che vorrei chiarire tra noi.»

«Ma certo. Parla, ti ascolto, Ann», le disse gentilmente.

«Non qui», aveva aggiunto lei. «C'è troppo baccano. Andiamo un attimo in cucina. Qui non riesco nemmeno a connettere.»

Lo aveva preso sottobraccio ed era uscita con lui dal salone. Una volta in cucina Ann si era staccata ed era andata davanti al caminetto acceso.

«Mia madre e i suoi maledetti camini», aveva esclamato. «Ricordo che anche quando ero bambina lei aveva la mania della legna che bruciava. Diceva che nelle fiamme vedeva tutta la sua vita. A me stanotte pare di vederci la mia, Tony. E non è un bello spettacolo.»

Lui le si era avvicinato e le aveva circondato le spalle con un braccio. «Non è poi una brutta vita, vero, Ann? Hai un bravo marito, dei bei figli e una bella casa. Hai tutto quello che vuoi, no?»

Allora, inaspettatamente, lei gli aveva buttato le braccia al collo e lo aveva baciato con passione. «No, non ho tutto quello che voglio», aveva sussurrato quando aveva staccato per un attimo la bocca dalla sua. «È questo che voglio, Tony. Voglio te. Ti ho sempre voluto. Quigly sarà pazzo, ma in questo non sbaglia. Ti porterei via subito, se potessi. Sono sempre stata innamorata di te, Tony. Ho sposato Peter solo perché tu non mi volevi. Non potevo sopportare di vederti con Robert Gale. Così come ora non posso sopportare di vederti con mia madre!»

Tony aveva cercato di divincolarsi dalle sue braccia. «Ann, non sai quello che dici! Sono solo un mucchio di sciocche romanticherie sentimentali, lo sai benissimo! Non sono mai stato innamorato di te.»

«Sì, lo eri», aveva insistito lei. «Lo eri e lo sei anche ora. Oh, Tony, andiamocene via noi due insieme! Saprei farti così felice! Sono giovane, come te. Ti farò vedere che cos'è veramente l'amore.» E lo teneva stretto, cercandogli appassionatamente la bocca. «Toccami, Tony. Baciami.»

Prima che Tony potesse rispondere era apparsa improvvisamente la massiccia figura di Quigly che aveva afferrato selvaggiamente Ann.

«Sporca, maledetta puttana!» aveva urlato. «Lo sapevo! Ti ho sentita, sgualdrina, ho sentito le tue schifose, maligne parole!» E aveva afferrato il primo oggetto a portata di mano: l'attizzatoio. Tony aveva teso il braccio per prenderglielo. «No, Quigly!» aveva gridato spingendo via Ann, ma ormai il potente braccio di Quigly stava già calando con forza. In quel colpo fatale, destinato ad Ann, Quigly aveva messo tutta la sua forza bruta.

Le urla di Ann avevano fatto accorrere gli altri. Peter e Jim si erano precipitati insieme in cucina ed erano rimasti impietriti davanti all'orrendo spettacolo del corpo senza vita di Tony riverso sul camino.

«Non fate entrare Elizabeth», aveva urlato Jim. Ma era troppo tardi. Elizabeth era già sulla soglia, in piedi, muta. C'era stato come un turbine di luce davanti ai suoi occhi e la sensazione di una insopportabile pressione alla testa. Poi il pietoso buio liberatore mentre scivolava a terra.

Per dieci giorni era rimasta in bilico tra il sonno e la veglia senza tuttavia riprendere mai conoscenza abbastanza a lungo per vedere i visi impersonali dei medici e delle infermiere che si affollavano intorno al suo letto o per fare un cenno di riconoscimento alle persone familiari che si chinavano su di lei implorandole di rispondere.

Sapeva vagamente che il viso che vedeva più spesso era quello di Charlene, un viso preoccupato, con due labbra che si muovevano pregandola di riconoscerla. A volte invece era il viso di Jim che si chinava sopra il suo e una volta le parve anche di vedere Peter. In quei brevi lampi di lucidità non vedeva mai né Ann né Quigly, ma non aveva la forza di chiedere dove fossero. L'oblio era vasto e confortevole, come un enorme telo nero di eternità in cui si muoveva continuamente una piccola scintilla di luce.

La riportarono faticosamente a quella vita che lei voleva lasciare. Una mattina si svegliò con la piena consapevolezza che la luce del sole inondava quella strana stanza bianca in cui si trovava. Charlene era in piedi a poca distanza dal letto e parlava a bassa voce con un medico. Nessuno di loro si accorse che Elizabeth era cosciente. Lei chiuse gli occhi e rimase in ascolto.

«Ci vorrà un po' di tempo prima di sapere la vera entità della lesione», diceva una voce seria. «Un colpo del genere potrebbe lasciare sua madre parzialmente o totalmente paralizzata, signora Jenkins. Poi c'è il problema della funzione cerebrale. Finché la signora Alexander non riacquisterà conoscenza non potremo essere sicuri di niente. Ma bisogna comunque che lei si prepari al fatto che sua madre avrà bisogno di cure continue. Potrebbe andare avanti per anni, ma sarà fisicamente e forse anche mentalmente menomata.»

Elizabeth cercò di saggiare i movimenti di una gamba. Non successe niente. La parte inferiore del suo corpo era completamente insensibile. Le sue mani si muovevano appena sul copriletto e riuscì con un piccolo sforzo anche a girare il capo verso la figlia.

«Charlene», sussurrò.

Le due figure corsero al suo cappezzale. Charlene si chinò su di lei e la baciò, mentre Elizabeth si sentiva il viso bagnato delle sue lacrime. Charlene piangeva di gioia.

«Grazie a Dio!» esclamò Charlene. «Grazie a Dio mi riconosci, mamma!»

Elizabeth tentò di sorridere. Non le uscì nessuna parola, ma annuì lievemente.

«Riesce a parlare, signora Alexander?»

Elizabeth aprì la bocca, ma non ne uscì alcun suono. Si sforzava di formare delle frasi, ma le parole le scivolavano via. Sapeva quello che voleva dire, ma assurdamente non riusciva a mettere insieme i suoni. Era tutto molto strano. Esausta per lo sforzo si sentì trascinare di nuovo nel nulla, non prima tuttavia di avere sentito la voce del medico.

«È un buon segno», ripeteva con tono confortante a Charlene. «Ha detto il suo nome. È impossibile che abbia una ripresa immediata del linguaggio, riprenderà a parlare invece lentamente, a poco a poco. Ricordi, signora Jenkins, che sua madre ha avuto un grave colpo. Non vuole affrontare la realtà. Per ora permette che la natura le faccia da scudo contro un ricordo che non è ancora in grado di dominare. Ma con il tempo riprenderà perfettamente consapevolezza di tutto e credo che potrà parlare di nuovo. Appena possibile cominceremo la terapia. Le insegneremo di nuovo a parlare, anche se non riusciremo mai più a farla camminare.»

Che buffo, pensò Elizabeth. In vita mia non ho fatto che parlare. E adesso devo imparare tutto daccapo. Ben contenta di sottrarsi alla realtà si lasciò di nuovo scivolare nel buio, soprattutto per ritrovarsi con quella piccola scintilla di luce che lei sapeva essere Tony e che sarebbe sempre stata in lei.

Era un bravo medico e naturalmente aveva ragione. Ci furono settimane e settimane d'ospedale. Ogni giorno recava con sé un piccolo miglioramento, ma ogni passo in avanti che faceva la sua mente esigeva un prezzo molto alto: la spaventosa consapevolezza. Fin quasi dal primo momento in cui era uscita dal coma, Elizabeth era stata in grado di capire quello che le dicevano e a poco a poco riacquistava la capacità di mettere insieme piccole frasi coerenti. Nei suoi momenti di lucidità le sembrava che Charlene fosse sempre presente, sorridente e incoraggiante, evitando però le mute domande che leggeva negli occhi della madre. La sera veniva spesso anche Jim, indignato perché i regolamenti dell'ospedale proibivano l'accesso ai bambini piccoli come Antoinette.

«Muore dalla voglia di vedere la nonna», disse una volta a Elizabeth, «ma questo stupido ospedale ha dei regolamenti rigidi per quanto riguarda i bambini piccoli. Comunque Antoinette le manda un regalo.»

E tese a Elizabeth un disegno a matita. Era un quadretto che rappresentava approssimativamente un albero di Natale con accanto cinque figure con le gambe a stecchino e, vicino a loro, una figuretta più piccola. Charlene osservò con apprensione Jim che metteva il disegno davanti agli occhi di Elizabeth, mentre lui guardava tranquillamente il viso di Elizabeth.

«È così che Antoinette ricorda il giorno più bello della sua vita», le spiegò. «Queste persone siamo Charlene e io, lei, Tony e Quigly. La figuretta piccola è Antoinette. Ricorda che bel Natale è stato. E anche noi, Elizabeth, lo ricordiamo. È questo che ci sostiene, quel bel ricordo e tanti altri. Ed è quello che sosterrà anche lei, cara.»

Charlene lo interruppe nervosamente. «Jim, non so se la mamma è già in grado...»

Elizabeth alzò una mano. «No, Jim ha ragione.» Pronunciava lentamente le parole. «Sono viva. Ho dei bei ricordi. Tony non è morto.»

Charlene le prese la mano. «Sì che lo è, cara», le disse con tono compassionevole, «ma continua a vivere nei nostri ricordi: tuoi, nostri, anche di Antoinette.»

Frustrata dalla propria incapacità ad esprimersi, Elizabeth cercò di farli partecipi. «Tony non può morire», spiegò. «La scintilla continua. Energia. Con me. Sempre. Ha promesso.»

Charlene e Jim si guardarono l'un l'altra senza riuscire ad afferrare il significato di quelle parole. Elizabeth ci riprovò.

«Non ho perso Tony», continuò. «Fuori, da qualche parte, mi aspetta.»

«Ne parleremo più tardi, cara», suggerì Charlene. «Ora ti stai stancando troppo.»

Ma Elizabeth non voleva che se ne andassero. Tenne ben stretta la mano di Charlene. E a un tratto riuscì a parlare chiaramente. «Dov'è il corpo di Tony?»

Spaventata, Charlene guardò Jim che le fece un cenno d'assenso.

«Deve saperlo», intuì Jim.

Charlene scosse il capo. «Non posso.»

Allora Jim prese l'altra mano di Elizabeth. «Ricorda quel grande vecchio pino che Tony amava tanto? Quello che sta tutto solo nell'angolo nord della casa?»

Elizabeth sorrise. «Il suo prediletto.»

«Tony è là, Elizabeth. Le sue ceneri sono sepolte sotto quell'albero.»

Alla parola ceneri Elizabeth trasalì. Poi riprese un'aria tranquilla, pacata. «Grazie. Ora ho una ragione per tornare a casa.» E chiuse gli occhi.

«Arrivederci a domani, cara», le mormorò Charlene.

Elizabeth le fece un piccolo cenno con il capo. «Di' a Toni che il suo disegno mi è piaciuto molto.» Aprì gli occhi. «Posso chiamarla Toni?»

Quando Charlene andò a trovarla il pomeriggio seguente trovò Elizabeth seduta su una poltrona accanto alla finestra. Già da qualche giorno la facevano regolarmente alzare un po' dal letto e la conducevano sulla sedia a rotelle a eseguire la terapia fisica e del linguaggio. Ma era quella la prima volta che Charlene la trovava seduta in poltrona. Il disegno di Toni era appeso al muro, sopra il tavolino. Elizabeth sorrideva. Accanto a lei c'era un'altra donna, che voltava le spalle alla porta. Appena Charlene entrò, la donna si voltò e disse:

«Salve, Charlene. È un pezzo che non ci si vede».

«Laurel! Non riesco a crederci!» Charlene corse ad abbracciarla. «Come sono felice di vederti! Quando sei arrivata? E quanto ti fermerai?»

«Sono arrivata un'ora fa», rispose Laurel. Guardò Elizabeth. «E sono venuta con il solo biglietto di andata.»

«Resti in California? Ma è una notizia magnifica, vero, mamma?»

Elizabeth annuì.

«Ho fatto una proposta a tua madre, Charlene. Mi piacerebbe tornare a lavorare alla Gale Associates. Anzi, mi piacerebbe addirittura dividere la casa con Elizabeth. Ne abbiamo appena parlato.» Rise. «Cioè, io ho parlato e lei è stata ad ascoltare.» La voce di Laurel era calda, naturale, senza la minima ombra di pietà. «Questa volta ce l'ho fatta, Charlene. Questa volta non può travolgermi con il suo solito fiume di parole, come faceva un tempo, per distruggere i miei migliori argomenti. So che ben presto tornerà a vibrare come un'arpa, ma nel frattempo il microfono è tutto mio per la prima volta nella nostra lunga e movimentata amicizia.»

Charlene guardò sua madre. Elizabeth si godeva le chiacchiere sconclusionate di Laurel. Pareva un miracolo, quasi la risposta a una preghiera. Lei e Jim erano molto preoccupati di che cosa sarebbe stato di Elizabeth una volta uscita dall'ospedale. Proprio la sera prima erano arrivati alla conclusione che ci fossero solo tre possibili soluzioni. Avrebbero venduto la casa di Pasadena e si sarebbero trasferiti tutti nella villa di Elizabeth. Oppure avrebbero convinto Elizabeth a vendere la sua casa e a prendere un appartamentino vicino a loro, a Pasadena. Oppure Elizabeth sarebbe andata in una casa di cura privata. Nessuna delle soluzioni era l'ideale. Andare a vivere a Monterey, sarebbe stato complicato per il lavoro di Jim e presentava qualche problema anche per Antoinette, che in autunno avrebbe cominciato a frequentare la scuola. D'altronde Elizabeth non poteva vivere sola nella sua casa o in un appartamento. Avrebbe dovuto avere una dama di compagnia a tempo pieno, cosa che non le sarebbe stata affatto gradita. Quanto alla casa di cura, Charlene aveva scartato decisamente l'idea. Elizabeth bollata come un'invalida, le sembrava davvero una cosa insopportabile. Sarebbe stato come mettere un uccellino selvaggio libero e vivace in una gabbia piena di vecchie cornacchie e di tetri scriccioli scuri. Inoltre Charlene sapeva che Elizabeth non aveva mai nemmeno dubitato di potere un giorno tornare nella sua casa sulla scogliera e che sarebbe morta di dolore se non fosse stato così.

Guardandola, incapace di camminare e a stento in grado di parlare, Charlene ebbe voglia di piangere. A volte in quelle ultime settimane era arrivata a desiderare che Elizabeth non fosse sopravvissuta a quel terribile trauma. Forse era malvagio da parte sua, ma Charlene sapeva che sua madre, che aveva vissuto intensamente e con tanto gusto, avrebbe disprezzato la parte dell'invalida derelitta. Nei primi dieci giorni Charlene aveva avuto la precisa sensazione che Elizabeth volesse veramente morire. Senza Tony e priva delle sue piene facoltà, che cosa le restava? Aveva solo cinquantacinque anni, ma a che cosa le serviva la vita se poteva solo mangiare e dormire? Charlene non augurava certo una vita del genere a Elizabeth. E sapeva che Elizabeth non l'augurava a se stessa.

Ma il suo forte cuore si era rifiutato di smettere di battere e in quel periodo di dolore straziante l'aveva sostenuta la pura forza di volontà.

Elizabeth ancora non conosceva tutta la tragedia. Era come se non avesse il coraggio di chiedere, anche quando capiva ormai tutto quello che le si diceva e poteva anche tentare qualche breve, intelliggibile risposta. Nessuno nominava mai Ann e Quigly. Elizabeth doveva chiedersi che cosa ne era stato di loro, ma aspettava. Forse sapeva istintivamente di non essere ancora pronta a sentire tutto. Ogni giorno Charlene aspettava da lei delle domande e ogni giorno Elizabeth si tratteneva dal porgliele.

Era strano. Anche più strano del fatto che pareva non piangere la morte di Tony. Il fatto che avesse tranquillamente accettato la sua morte fisica e che fosse stata in qualche modo consolata dalla notizia della sua sepoltura sotto il grande pino era possibile solo perché Elizabeth non accettava la totale scomparsa dell'unico uomo che avesse mai veramente amato. Charlene sapeva, da certi vecchi discorsi, che sua madre e Tony credevano che una scintilla di tutto ciò che era vissuto avrebbe continuato a esistere per sempre. Era questo che sua madre intendeva quando parlava di «energia». Per lei Tony era come una scintilla di luce che le stava sempre accanto. Lui le aveva promesso di non lasciarla mai e non l'avrebbe mai lasciata.

Era stata una fortuna che Elizabeth in quei primi giorni fosse in assoluto stato di incoscienza. C'era stata una disgustosa scenata con la madre di Tony che era giunta, urlante e isterica, decisa a reclamare il corpo del figlio per seppellirlo con tutti gli orpelli tipici dell'atteggiamento che il ceto medio, cui lei apparteneva, aveva nei confronti della morte. Tony ed Elizabeth avrebbero avuto orrore della morbosa esposizione del defunto, del corpo cereo di Tony in una bara decorata, dello smodato abbandono emotivo di tre giorni in cui sua madre avrebbe potuto servirsi di lui come simbolo inerme del suo lutto.

Tony doveva aver previsto tutto. Nella sua scrivania, a casa, trovarono una lettera indirizzata a Elizabeth in cui le dava le istruzioni complete per la sua cremazione e la sua sepoltura. Niente funerale. Solo qualche parola, pronunciata da Jim. Jim e Peter mostrarono la lettera alla madre di Tony che fece fuoco e fiamme, ma poi dovette cedere, sapendosi sconfitta. Non andò nemmeno ad assistere alla breve cerimonia funebre la settimana dopo. Vi parteciparono solo gli amici di Tony che si sedettero in silenzio nel soggiorno mentre il marito della sua figliastra, un giovane negro che lo aveva molto amato, parlava con calma ed eloquenza del «più puro di tutti loro».

A Elizabeth vennero risparmiati anche i grossi titoli sulle prime pagine dei giornali. L'uccisione del famoso arredatore per mano del figliastro era una succosa notizia e, benché la famiglia avesse rifiutato ogni intervista, reporter e fotografi si aggiravano intorno mentre i cronisti frugavano nei libri dell'obitorio per arraffare ogni possibile notizia su Tony Alexander, sua moglie e i suoi figli. Tentarono anche di fare qualche indiretta allusione ad Alan Whitman, «il primo marito della vedova la cui improvvisa sparizione da un alto posto governativo aveva suscitato molte chiacchiere nella Washington degli Anni Trenta.»

Fu tutto molto meschino e disgustoso. Ann e Peter rimasero in un albergo per una settimana dopo avere rispedito i figli a New York dove i nonni Richards li avevano prelevati. Ann, quasi sempre sotto l'effetto di pesanti sedativi, pareva incapace di capire. Si muoveva come un robot, rispondeva tranquillamente alle domande del procuratore distrettuale, rifiutava di avvicinarsi all'ospedale e non volle assistere alla cerimonia funebre. Si animava solo quando sentiva pronunciare il nome di Quigly.

«Spero che lo mandino alla sedia elettrica», ripeteva con lo stesso tono che avrebbe usato per un qualsiasi sconosciuto rapitore di bambini o violentatore.

Quigly naturalmente fu arrestato e grazie alla testimonianza di Ann venne accusato di omicidio di secondo grado. Il suo avvocato riuscì a farlo assolvere per infermità mentale e non andò in prigione. Un gruppo di psichiatri lo esaminò e lo dichiarò incapace di intendere e di volere; consigliarono perciò di chiuderlo in un istituto a tempo indeterminato. Chi era al corrente della verità sapeva che l'uccisione di Tony era stata un incidente assurdo. Come sapeva però che Quigly avrebbe dovuto essere comunque affidato a cure specialistiche anche se quell'immane tragedia non fosse avvenuta. In uno strano modo la morte di Tony finì per essere un ultimo favore fatto ad Elizabeth: le aveva risparmiato l'orrore di dovere essere lei a confinare il figlio in un manicomio per tutta la vita. Certo lei avrebbe preferito non dover pagare quell'alto prezzo per vedersi risparmiato il dolore di internare Quigly, ma Charlene ebbe la sensazione che fosse come tutto preordinato, come se Tony avesse saputo che avrebbe dato la vita per proteggere quella donna che era la sua vita.

Charlene lo disse anche a Laurel un giorno che erano sole.

«Strano che tu abbia detto una cosa del genere», esordì Laurel. Nei suoi occhi c'era uno sguardo triste, remoto. «Sono d'accordo con te. Non che Tony non volesse vivere. Lui si trovava bene solo con Elizabeth. L'amava tanto ed è potuto stare con lei così poco tempo. Ma Tony non aveva paura della morte. Una volta mi disse che pensava di morire verso i quarant'anni.» Fece una risata senza allegria. «Non mi stupirebbe sapere che Tony considerò i suoi ultimi tre anni come un dono, un periodo di tempo in prestito. Per questo ne viveva intensamente ogni minuto. E così faceva Elizabeth. Li ho giudicati terribilmente male, Charlene. Grazie a Dio, tua madre e io abbiamo avuto una specie di riconciliazione, sia pure lontana, prima che accadesse tutto questo.» Per un attimo prese un'aria ansiosa. «Vorrei solo avere rivisto Tony un'ultima volta per dirgli quanto mi dispiaceva, anche se sono sicura che Elizabeth gli avrà fatto leggere la lettera che le avevo scritto. Sapeva che mi ero resa conto di avere avuto pienamente torto.»

Charlene la guardava stupita.

«È una storia troppo lunga», spiegò Laurel. «Una volta te la racconterò nei minimi sciocchi particolari. Ho lasciato che il mio orgoglio mi rovinasse la vita, Charlene, e sono stata sul punto di rovinare anche la loro. Spero di poter compensare Elizabeth di tutto questo, un giorno.»

«È per questo che sei tornata, Laurel? Se sei qui per un complesso di colpa sbagli. Mamma non lo vorrebbe.»

Laurel scosse la testa. «Sì, ho un complesso di colpa, Charlene, e l'avrò sempre, ma non è per questo che sono tornata. Amavo Tony e amo quella donna che è ben lontana dall'essere sconfitta. Ritroverà la vita. E anche i suoi affari potrebbero andare avanti senza di me con il personale che ha assunto. No, sono tornata perché ho capito che era il momento giusto. Non sono venuta come donna d'affari, come infermiera o dama di compagnia, anche se farò tutte queste cose. Lei mi ha chiamata perché sono la sua più cara amica, come lei lo è per me. Capisci, Charlene, sapevo che Elizabeth aveva bisogno di me. Ed è questo che ho desiderato per tutta la vita: sentire di essere necessaria a qualcuno.»

Dodici anni, pensava Elizabeth mentre stava tranquillamente seduta in poltrona lasciando vagare disordinatamente la mente tra i brutti viottoli e i bei sentieri della sua vita. Dodici anni da quando quell'uomo caldo e affettuoso che era Tony se ne è andato. Dodici anni da quando ho perso per sempre Quigly. Dodici anni da quando ho provato per l'ultima volta il piacere di mettere un piede davanti all'altro, piccola gioia che non conoscerò mai più.

Guardò l'incessante movimento della risacca che si infrangeva e risuonava senza monotonia sulla spiaggia che si stendeva sotto di lei. Guardò il grande pino, identico a tanti altri eppure così diverso perché proteggeva e nascondeva una manciata di polvere preziosa che era solo un simbolo. Perché Tony non era là. Era accanto a lei, più profondamente presente nella sua mente di quanto non fosse mai stato fisicamente vicino al suo corpo. Fece un gioioso cenno di saluto all'albero e sorrise alla ridicola idea che il pino le rispondesse chinando il capo.

Dodici era un numero ricorrente pensò Elizabeth. Aveva dodici anni più di Tony. Cercò di immaginare come sarebbe stato in quel momento se fosse stato ancora vivo. Tony di cinquantacinque anni. Che sciocchezza! Tony era sempre giovane, bello e virile. Non riusciva a pensarlo come un uomo di mezza età, così come non riusciva a vedere se stessa se non come una donna ardente, appassionata, piena di gioia di vivere. Quella donna dall'aria ormai vecchia che stava per toccare la soglia del sessantottesimo anno non era Elizabeth Quigly. La persona dai capelli bianchi serena e rassegnata che viveva in quella grande casa sulla scogliera con una sua cara amica che dirigeva la sua impresa d'arredamento era solo una tale che avevano portato a casa dall'ospedale una dozzina di anni prima. La vera Elizabeth Quigly era morta nella sua cucina il primo gennaio del 1960. Quella che ora stava nella sua casa era una simulatrice. Charlene e Jim non lo sapevano. Nemmeno Ann e Peter se ne erano accorti. E nemmeno i nipoti e i pronipoti.

Tra i vivi solo Laurel lo sospettava. Perché solo Laurel aveva conosciuto Elizabeth Quigly come donna. Non come madre, nonna o bisnonna. Soltanto Laurel conosceva veramente la ardente, allegra, triste, arrabbiata, ribelle, ficcanaso, scriteriata, energica e generosa Elizabeth Quigly.

Ma nessuno la conosceva come l'aveva conosciuta Tony. E come ancora la conosceva. Elizabeth strofinò i due anelli che portava all'anulare sinistro, il suo e quello che era appartenuto a Tony. Li strofinò come fossero la lampada dalla quale poteva uscire il genio che l'avrebbe portata in un'altra vita, insieme con Tony. Chissà come sarebbe stata! Chissà se sarebbero andati avanti o indietro nel tempo? Chissà come sarebbe accaduta quella trasformazione di una piccolissima particella di energia nella sua prossima incarnazione fisica? Il puntino luminoso danzava invitante pregandola di raggiungerlo. Non se ne era mai andato, dal giorno in cui era comparso accanto a lei. Era un suo segreto. Nessuno lo sapeva. Nemmeno Laurel e nemmeno Charlene. Nemmeno loro avrebbero capito quella piccola ape blu scura.

Tutti si stupivano della sua serenità, ma Elizabeth sapeva anche che da lei tutti se la aspettavano. Esternamente era sempre la stessa donna che tutti avevano conosciuto: forte, resistente, pronta ad accettare tutto quello che la vita le portava nella gioia e nel dolore.

La compiangevano come una prigioniera, ma non sapevano che per la prima volta Elizabeth si sentiva meravigliosamente libera. Tutti i conflitti e le contraddizioni della sua vita erano alle sue spalle. Non c'era più bisogno di nascondere l'incertezza dietro la maschera della sicurezza. Non c'era più bisogno di celare i piccoli timori, di ammantarsi di indipendenza e di invincibilità. Il corpo di Elizabeth Quigly era immobile, ma la sua mente e il suo spirito fluttuavano nel futuro guidati da quel piccolo, inestinguibile bagliore che prometteva gioia immortale.

Ora non le restava che aspettare con ansia e con ardore la grande avventura. E lei alimentava la propria inquietudine, conscia che era qualcosa da considerare con fiduciosa curiosità fino al momento della fuga. Nel frattempo, conosceva la pace.

Era un suo piccolo scherzo segreto e ne rideva, quando ci pensava. Li aveva ingannati tutti, fino a quel momento. Riceveva compassione senza chiederla. La accettava per amore di coloro che si prendevano cura di lei in tutti i modi.

Loro vedevano solo una vecchia signora rassegnata sulla sua sedia a rotelle e si compiacevano della sua vista. Ma era solo un miraggio. Elizabeth in realtà era una ragazzina che camminava in punta di piedi. Con le braccia tese. Pronta a spiccare la corsa.

Tante cose meravigliose aspettavano Elizabeth Quigly.

FINE

Finito di stampare nel maggio 2005
presso la Mondadori Printing S.p.A.
Stabilimento N.S.M. di Cles (TN)
Printed in Italy

FACOLTATIVO

Nome ....
Cognome ....
Via .... n. ....
Città .... Provincia .... CAP ....
E-mail ....

Informativa ai sensi dell'art. 13 D. Lgs n. 196/2003
I suoi dati saranno trattati da Sperling & Kupfer Editori S.p.A. e dalle società con essa in rapporto di controllo e collegamento ai sensi dell'art. 2359 cod. civ. – titolari del trattamento – per evadere la sua richiesta di invio di materiale d'informazione libraria delle titolari e più in generale per finalità di marketing, attività promozionali, offerte commerciali e per indagini di mercato da parte delle stesse titolari.
Nome, cognome, indirizzo sono indispensabili per il suddetto fine. Il suo indirizzo di posta elettronica è necessario solo se desidera ricevere via mail i suddetti materiali.
Inoltre, previo suo consenso, i suoi dati potranno, altresì, essere comunicati a soggetti operanti nei settori editoriale, largo consumo e distribuzione, vendita a distanza, arredamento, telecomunicazioni, farmaceutico, finanziario, assicurativo, automobilistico, e a enti pubblici e Onlus, per propri utilizzi aventi le suddette medesime finalità.
Responsabile del trattamento è il Responsabile Dati presso Sperling & Kupfer Editori S.p.A. L'elenco completo e aggiornato delle società in rapporto di controllo e collegamento ai sensi dell'art. 2359 cod. civ. con Sperling & Kupfer Editori S.p.A., delle aziende terze a cui i dati possono essere comunicati e dei responsabili è disponibile al seguente indirizzo e-mail: privacy@mondadori.com.
I suoi dati saranno resi disponibili agli incaricati preposti alle operazioni di trattamento finalizzate all'elaborazione e gestione dei dati.
Ai sensi dell'art. 7 D. Lgs. n. 196/2003, potrà esercitare i relativi diritti, fra cui consultare, modificare e cancellare i suoi dati o opporsi al loro trattamento scrivendo a Sperling & Kupfer Editori S.p.A. Ufficio Promozione - Via Durazzo 4 - 20134 Milano.
Acconsente che i suoi dati siano comunicati ai suddetti soggetti terzi e da questi utilizzati per le finalità e secondo le modalità illustrate nell'informativa? sì ☐ no ☐

La preghiamo di tagliare lungo la linea tratteggiata e di inviare in busta chiusa e affrancata a:

Sperling & Kupfer Editori S.p.A. Ufficio Promozione
Via Durazzo 4 - 20134 Milano

Prova d'acquisto
88-8274-857
2005

Gentile lettore,

la ringraziamo per aver scelto uno dei romanzi della ricca collana Superbestseller.

Per poter soddisfare sempre meglio le sue esigenze e i suoi gusti, le chiediamo di voler gentilmente compilare il seguente questionario. Se ci fornirà anche il suo indirizzo, le invieremo le informazioni relative alle nuove pubblicazioni del gruppo Sperling & Kupfer e alle iniziative speciali rivolte ai nostri lettori. Se invece preferisce registrarsi sul nostro sito www.sperling.it, riceverà nella sua casella e-mail la nostra newsletter informativa.

Ho trovato questo questionario nel volume dal titolo

....

Ho acquistato questo volume

☐ in libreria ☐ in edicola ☐ al supermercato

Numero libri acquistati in un anno: ....

Il mio autore preferito è: ....

Il mio genere preferito è

☐ Narrativa ☐ Narrativa per ragazzi
☐ Thriller ☐ Saggistica
☐ Narrativa al femminile ☐ Business

INFORMAZIONI ANAGRAFICHE

Età: Sesso: ☐ M ☐ F

Professione: ....